DOIS A DOIS

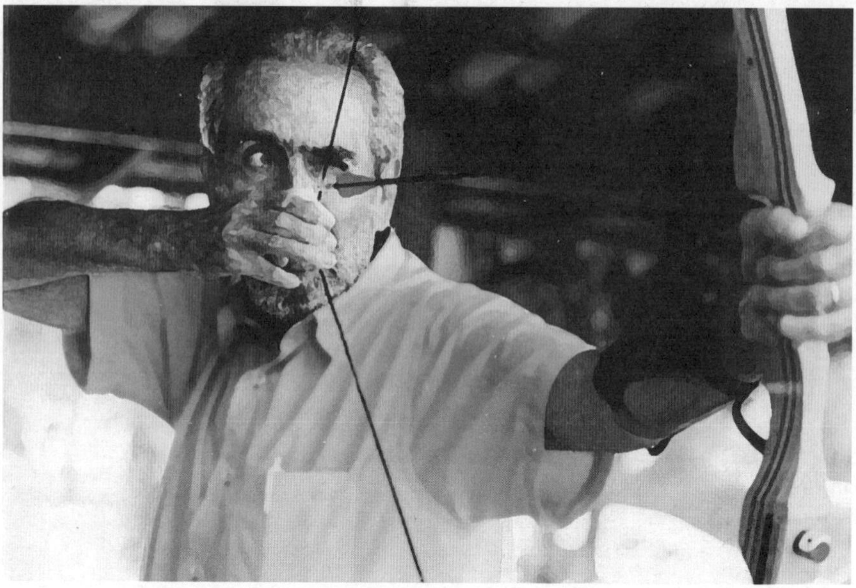

O Arqueiro

Geraldo Jordão Pereira (1938-2008) começou sua carreira aos 17 anos, quando foi trabalhar com seu pai, o célebre editor José Olympio, publicando obras marcantes como *O menino do dedo verde*, de Maurice Druon, e *Minha vida*, de Charles Chaplin.

Em 1976, fundou a Editora Salamandra com o propósito de formar uma nova geração de leitores e acabou criando um dos catálogos infantis mais premiados do Brasil. Em 1992, fugindo de sua linha editorial, lançou *Muitas vidas, muitos mestres*, de Brian Weiss, livro que deu origem à Editora Sextante.

Fã de histórias de suspense, Geraldo descobriu *O Código Da Vinci* antes mesmo de ele ser lançado nos Estados Unidos. A aposta em ficção, que não era o foco da Sextante, foi certeira: o título se transformou em um dos maiores fenômenos editoriais de todos os tempos.

Mas não foi só aos livros que se dedicou. Com seu desejo de ajudar o próximo, Geraldo desenvolveu diversos projetos sociais que se tornaram sua grande paixão.

Com a missão de publicar histórias empolgantes, tornar os livros cada vez mais acessíveis e despertar o amor pela leitura, a Editora Arqueiro é uma homenagem a esta figura extraordinária, capaz de enxergar mais além, mirar nas coisas verdadeiramente importantes e não perder o idealismo e a esperança diante dos desafios e contratempos da vida.

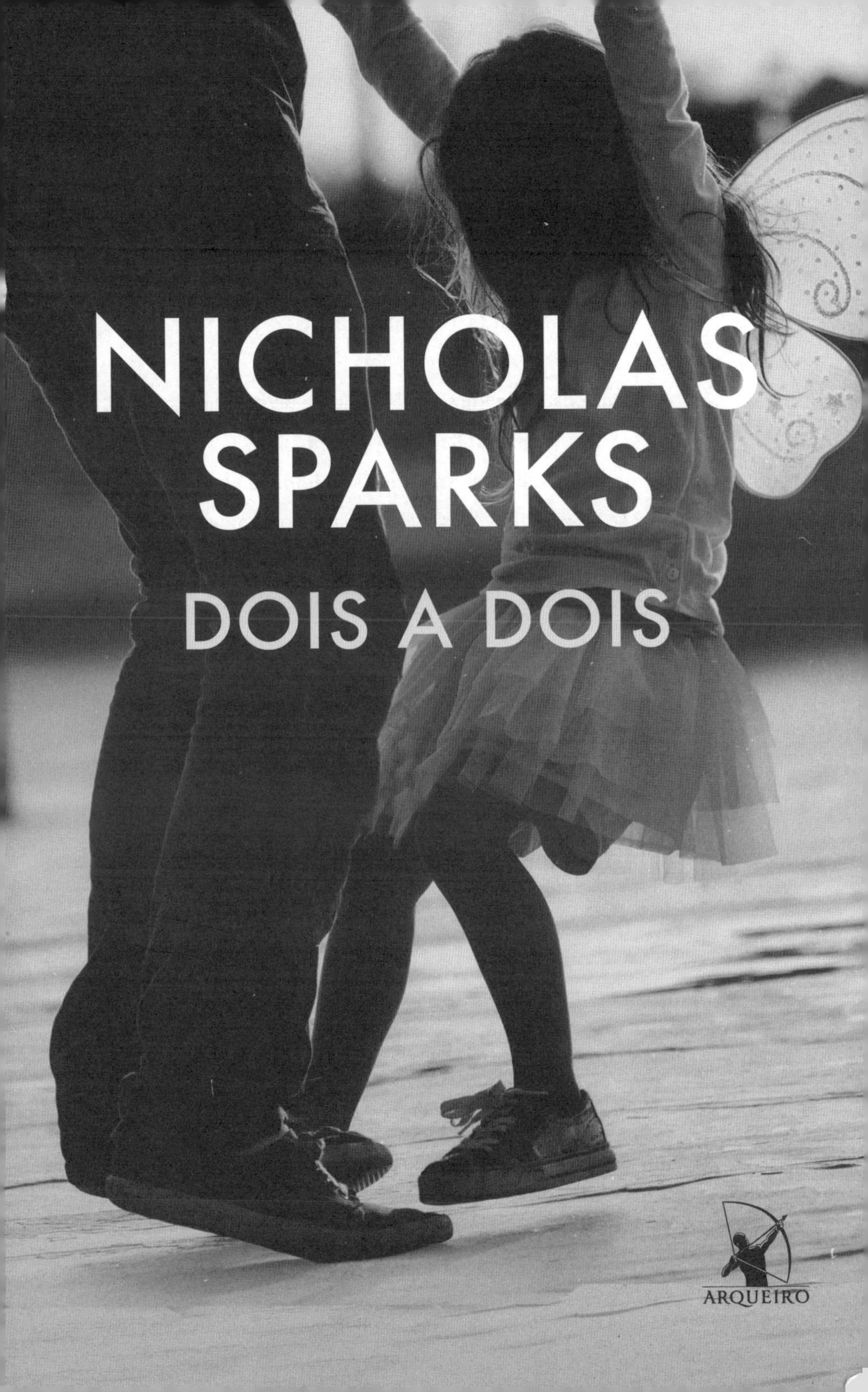

NICHOLAS SPARKS

DOIS A DOIS

ARQUEIRO

Título original: *Two by Two*

tradução: Fernanda Abreu

preparo de originais: Lucas Bandeira

revisão: Cristhiane Ruiz, Flávia Midori e Renata Dib

diagramação: Abreu's System

adaptação de capa: Ana Paula Daudt Brandão

imagem de capa: Gallery Stock/ Pete Thompson Photography

impressão e acabamento: Associação Religiosa Imprensa da Fé

CIP-BRASIL. CATALOGAÇÃO NA PUBLICAÇÃO
SINDICATO NACIONAL DOS EDITORES DE LIVROS, RJ

S726d Sparks, Nicholas
Dois a dois/ Nicholas Sparks; tradução de Fernanda Abreu. São Paulo: Arqueiro, 2017.
416 p.; 14 x 21 cm.

Tradução de: Two by two
ISBN 978-85-8041-692-3

1. Ficção americana. I. Abreu, Fernanda. II. Título.

17-42704 CDD: 813
CDU: 821.111(73)-3

Rua Funchal, 538 – conjuntos 52 e 54 – Vila Olímpia
04551-060 – São Paulo – SP
Tel.: (11) 3868-4492 – Fax: (11) 3862-5818
E-mail: atendimento@editoraarqueiro.com.br
www.editoraarqueiro.com.br

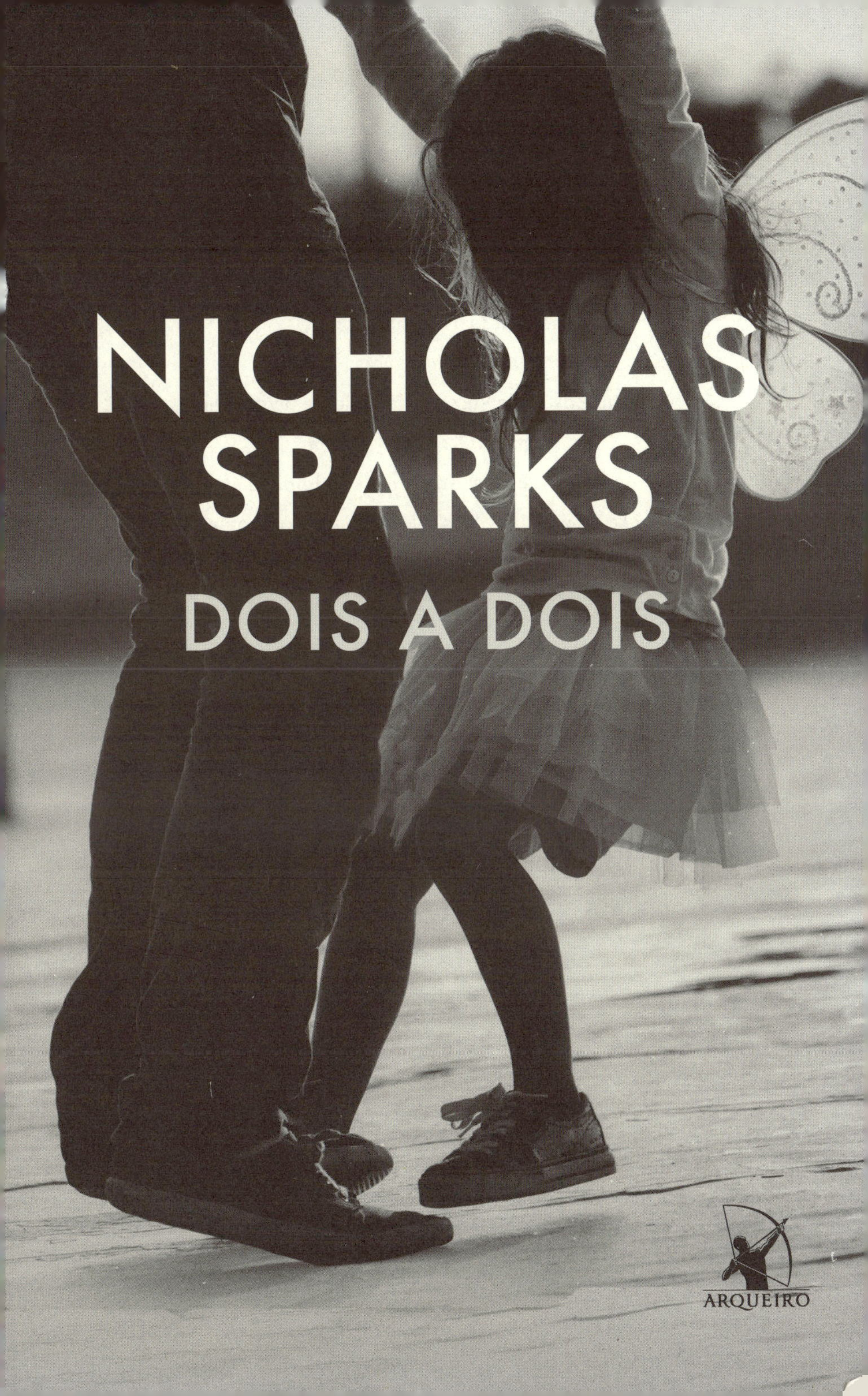
NICHOLAS
SPARKS
DOIS A DOIS
ARQUEIRO

Título original: *Two by Two*

tradução: Fernanda Abreu

preparo de originais: Lucas Bandeira

revisão: Cristhiane Ruiz, Flávia Midori e Renata Dib

diagramação: Abreu's System

adaptação de capa: Ana Paula Daudt Brandão

imagem de capa: Gallery Stock/ Pete Thompson Photography

impressão e acabamento: Associação Religiosa Imprensa da Fé

CIP-BRASIL. CATALOGAÇÃO NA PUBLICAÇÃO
SINDICATO NACIONAL DOS EDITORES DE LIVROS, RJ

S726d Sparks, Nicholas
Dois a dois/ Nicholas Sparks; tradução de Fernanda Abreu. São Paulo: Arqueiro, 2017.
416 p.; 14 x 21 cm.

Tradução de: Two by two
ISBN 978-85-8041-692-3

1. Ficção americana. I. Abreu, Fernanda. II. Título.

17-42704
CDD: 813
CDU: 821.111(73)-3

Editora Arqueiro Ltda.
Rua Funchal, 538 – conjuntos 52 e 54 – Vila Olímpia
04551-060 – São Paulo – SP
Tel.: (11) 3868-4492 – Fax: (11) 3862-5818
E-mail: atendimento@editoraarqueiro.com.br
www.editoraarqueiro.com.br

A você, fiel leitor: obrigado pelos últimos vinte anos.

1

Um mais um é igual a três

– Uau! – É isso que me lembro de ter dito quando Vivian saiu do banheiro e me mostrou o resultado positivo do teste de gravidez. – Que maravilha!

Na realidade, o que senti estava mais para... "Sério? Já?"

Foi mais um choque do que qualquer outra coisa, além de um pouco de pânico. Estávamos casados havia pouco mais de um ano e ela já tinha avisado que, quando decidíssemos ter um filho, pretendia passar os primeiros anos em casa. Sempre concordava quando Vivian dizia isso, afinal eu queria a mesma coisa, mas naquele momento compreendi que nossa vida como um casal com fonte de renda dupla em breve chegaria ao fim. Além disso, eu não tinha certeza se estava pronto para ser pai. Mas o que podia fazer? Afinal, ela não havia me enganado, tampouco escondido que queria ser mãe, e me avisara quando parou de tomar o anticoncepcional. Eu também queria filhos, claro, mas fazia só três semanas que ela havia abandonado a pílula. Lembro que pensei que eu provavelmente ainda teria pelo menos alguns meses até o corpo dela voltar ao estado normal e ser capaz de gerar um bebê. Pelo que eu sabia, ela poderia ter dificuldade para engravidar, o que significava que demoraria mais um ou dois anos.

Mas não com a minha Vivian. O corpo dela se readaptou de imediato. Minha Vivian era fértil.

Passei o braço em volta dela e a observei com atenção para ver se já estava com aquele brilho especial. Só que era cedo demais para isso, certo? O que é exatamente esse brilho especial, afinal de contas? Será apenas outro jeito de dizer que alguém está suado e morrendo de calor? Como nossas vidas iriam mudar? E quanto iriam mudar?

As perguntas não paravam de girar na minha cabeça, e ali, abraçado à minha mulher, eu, Russell Green, não tinha resposta para nenhuma delas.

Meses depois, o grande dia chegou, embora eu reconheça que boa parte dele até hoje não esteja clara.

Pensando bem, eu deveria ter anotado tudo o que aconteceu enquanto os fatos ainda estavam frescos na memória. O grande dia deveria ser lembrado em vívidos detalhes, não em imagens embaçadas como as que eu costumo recordar. Só tenho tantas recordações por causa de Vivian. Todos os detalhes parecem estar impressos na sua consciência, mas, afinal, quem estava em trabalho de parto era ela, e a dor às vezes tem o dom de aguçar a mente. Pelo menos é o que dizem.

O que sei é o seguinte: às vezes, ao rememorar os acontecimentos daquele dia, ela e eu temos opiniões um pouco diferentes. Por exemplo, considero meus atos totalmente compreensíveis nas circunstâncias, enquanto Vivian costuma dizer ora que fui egoísta, ora que fui um completo idiota. Quando ela contava a história para amigos, o que aconteceu muitas vezes, eles sempre riam ou então balançavam a cabeça e olhavam para ela com pena.

Para ser sincero, não acho que eu tenha sido egoísta ou idiota. Afinal de contas, aquele era nosso primeiro filho, e nenhum dos dois sabia exatamente o que esperar quando ela entrasse em trabalho de parto. Será que alguém de fato se sente preparado para o que está por vir? Disseram que o trabalho de parto é imprevisível. Durante a gestação, Vivian lembrou mais de uma vez que o processo, desde as primeiras contrações até o nascimento do bebê, poderia levar mais de um dia, principalmente no caso do primeiro filho, e o mais comum era durar doze horas ou mais. Como a maioria dos jovens futuros pais, considerava minha mulher uma especialista no assunto e acreditei no que ela dizia. Afinal, fora ela quem tinha lido todos os livros.

É preciso observar que, na manhã em questão, eu não fui totalmente incapaz. Levei minhas responsabilidades a sério. Tanto a mala dela quanto a do bebê estavam prontas e eu as havia conferido duas vezes. A câmera fotográfica e a filmadora estavam carregadas e a postos, e o quarto do bebê estocado com tudo de que ele iria precisar por pelo menos um mês. Eu sabia qual era o caminho mais curto até o hospital e tinha planejado rotas alternativas caso houvesse algum acidente na autoestrada. Também sabia que o bebê iria chegar em breve: nos dias que antecederam o parto, ocorreram vários alarmes falsos, mas até eu percebi que a contagem regressiva tinha começado oficialmente.

Em outras palavras, não fui pego de surpresa quando minha mulher me acordou com uma sacudida às quatro e meia da manhã do dia 16 de outubro de 2009 e anunciou que as contrações estavam vindo com cinco minutos de intervalo e que era hora de ir para o hospital. Não tive dúvida: ela sabia a diferença entre as contrações falsas e as *verdadeiras* e, embora eu viesse me preparando para aquele momento, a primeira coisa em que pensei não foi me vestir de qualquer maneira e preparar o carro; na verdade, nem mesmo foi algo relacionado a minha mulher e a meu filho prestes a nascer. Meu raciocínio foi mais ou menos este: *Hoje é o grande dia e as pessoas vão tirar um monte de fotos. Outras pessoas vão ver essas imagens para sempre e, como elas vão ficar para a posteridade, é melhor eu tomar uma chuveirada antes de ir, já que meu cabelo está todo desgrenhado.*

Não que eu seja um cara fútil. Apenas achei que teria *bastante* tempo, então disse a Vivian que estaria pronto em poucos minutos. Em geral sou rápido no banho num dia normal, não levo mais de dez minutos, incluindo fazer a barba. Logo depois de passar o creme de barbear, porém, pensei ter escutado minha mulher dar um grito lá na sala. Apurei os ouvidos outra vez. Mesmo sem escutar nada, me apressei. Quando estava enxaguando o rosto, ela gritou, mas estranhamente parecia gritar algo *sobre mim*, não *para mim*. Enrolei uma toalha na cintura e saí para o corredor escuro, ainda pingando água. Juro por Deus que passei menos de seis minutos no banho.

Vivian deu outro grito e levei um segundo para absorver o fato de que ela estava de quatro no chão gritando ao celular que eu estava "NA PORCARIA DO CHUVEIRO!" e perguntando "O QUE É QUE ESSE IDIOTA PODE ESTAR PENSANDO?!?!?!?!" *Idiota*, aliás, foi o adjetivo mais leve que ela usou para se referir a mim naquela conversa; na realidade, seu linguajar foi bem mais agressivo. O que eu não sabia era que as contrações, que antes tinham um intervalo de cinco minutos, agora vinham de dois em dois minutos, e que ela também sentia dores excruciantes na lombar. Vivian de repente deu um grito tão alto que se transformou numa entidade viva autônoma, que talvez ainda esteja pairando acima do nosso bairro em Charlotte, na Carolina do Norte – tirando isso, é um lugar bem tranquilo.

Fiquem descansados: depois disso, eu fiz tudo ainda mais depressa. Vesti a roupa sem me secar direito e coloquei as malas no carro. Amparei Vivian até lá e não comentei nada quando ela cravou as unhas no meu braço. Numa fração de segundo, sentei-me ao volante e, da estrada, liguei para o obstetra, que prometeu nos encontrar no hospital.

As contrações ainda vinham com intervalos de alguns minutos quando chegamos, mas, como Vivian sentia muita dor, foi levada direto para a sala de parto. Segurei a mão dela e tentei ajudá-la a manter o ritmo da respiração enquanto ela novamente emitia opiniões agressivas sobre mim e sobre onde eu poderia *enfiar a porcaria da respiração* até o anestesista chegar para aplicar a peridural. No início da gravidez, Vivian hesitara se pediria ou não a anestesia, até finalmente resolver que a receberia, e naquele momento isso me pareceu uma bênção. Assim que o remédio começou a fazer efeito, a dor desapareceu e Vivian sorriu pela primeira vez desde que havia me sacudido naquela manhã para me acordar. O obstetra, um sessentão de cabelos grisalhos bem penteados e expressão simpática, entrava no quarto a cada vinte minutos ou meia hora para checar a dilatação e, entre uma e outra visita dele, eu liguei para os meus pais e para os pais dela, e também para minha irmã.

A hora havia chegado. As enfermeiras foram chamadas e prepararam o equipamento com calma e profissionalismo. Então, de repente, o médico mandou minha mulher fazer força.

Vivian fez força durante três contrações. Na terceira, o médico começou a girar os pulsos e as mãos feito um mágico que tira um coelho da cartola, e quando eu percebi tinha virado pai.

Simples assim.

O médico examinou nossa filha. Embora levemente anêmica, a menina tinha dez dedos nas mãos, dez nos pés, um coração saudável e um par de pulmões que obviamente estavam funcionando. Perguntei sobre a anemia. O médico relatou que não era nada preocupante e, depois de ele esguichar um pouco de líquido viscoso nos olhos da nossa neném, ela foi limpa, enrolada e colocada no colo da minha mulher.

Como eu havia previsto, várias fotos foram tiradas ao longo do dia. Estranhamente, porém, quando as pessoas as viram mais tarde, ninguém pareceu dar a mínima para a minha aparência.

Dizem que todos os bebês nascem com cara de Winston Churchill ou de Mahatma Gandhi, mas, por causa da anemia, que dava ao rosto da minha filha uma palidez acinzentada, meu primeiro pensamento foi que ela se parecia com o Yoda, sem as orelhas pontudas, claro. Uma Yoda *linda*, entendam bem, uma Yoda *linda de morrer*, uma Yoda tão *milagrosa* que, quando ela segurou meu dedo, meu coração quase explodiu. Meus pais chegaram poucos minutos depois, e eu, de tão nervoso e empolgado, fui recebê-los no corredor e disse as primeiras palavras que me vieram à mente.

– *Nosso bebê é cinza!*

Minha mãe me olhou como se eu tivesse enlouquecido, e meu pai enfiou o dedo no ouvido para verificar se a cera acumulada tinha prejudicado sua audição. Eles ignoraram meu comentário, entraram no quarto e viram Vivian com nossa filha no colo e uma expressão serena no rosto. Meu olhar acompanhou o deles, e pensei comigo mesmo que London devia ser a menininha mais linda de toda a história do mundo. Embora todos os pais pensem a mesma coisa dos filhos recém-nascidos, a verdade é que só pode haver uma criança que seja de fato a *mais linda em toda a história do mundo*, e parte de mim achava inacreditável que as outras pessoas naquele hospital não estivessem passando no nosso quarto para se extasiar diante da minha filha.

Minha mãe se aproximou da cama e esticou o pescoço para olhar ainda mais de perto.

– Já decidiram o nome?

– London – respondeu minha mulher, cuja atenção estava totalmente focada em nossa filha. – A gente decidiu chamá-la de London.

* * *

Meus pais foram embora, mas voltaram naquela mesma tarde. Nesse meio-tempo, os pais de Vivian também nos visitaram. Vieram de avião de Alexandria, na Virgínia, onde Vivian fora criada, e, embora ela tenha ficado radiante, eu na mesma hora senti a tensão no quarto. Sempre tivera a sensação de que, para eles, sua filha havia *se contentado com pouco* ao decidir se casar comigo. Será que estavam certos? Eles tampouco pareciam gostar dos meus pais, e o sentimento era mútuo. Os quatro sempre se tratavam de modo cordial, mas era evidente que preferiam evitar a companhia uns dos outros.

Minha irmã mais velha, Marge, também apareceu levando presentes, acompanhada de Liz. As duas estavam juntas havia mais tempo do que Vivian e eu, que na época tínhamos mais de cinco anos como casal. Eu não só pensava que Liz era uma ótima companheira para minha irmã, como sabia que Marge era a melhor irmã mais velha que um cara poderia ter. Como nossos pais trabalhavam – papai como bombeiro hidráulico, mamãe como recepcionista de um dentista, até se aposentar havia alguns anos –, Marge tinha atuado como mãe substituta em determinadas ocasiões, além de irmã e confidente, me ajudando a atravessar a angústia da adolescência. Aliás, nenhuma das duas gostava dos pais de Vivian, sentimento que se consolidara no meu casamento, quando eles se recusaram a deixar que Marge e Liz se sentassem juntas na mesa principal. É bem verdade que Marge participara da cerimônia e Liz não, e minha irmã decidiu ir de smoking, não de vestido. Mas esse fora o tipo de deslize que nenhuma das duas conseguira perdoar, já que outros casais heterossexuais tiveram o privilégio de se sentarem à mesma mesa. Para ser franco, não culpo as duas por terem ficado chateadas, pois eu também fiquei. Elas se dão melhor do que a maioria dos casais que conheço.

Enquanto as visitas chegavam e partiam, passei o resto do dia no quarto com minha mulher, sentado ora na cadeira de balanço junto à janela, ora na cama ao seu lado. Não parávamos de sussurrar com assombro que *tínhamos uma filha*. Eu observava minha esposa e a neném, e tinha certeza de que meu lugar era ao lado das duas e de que nós três permaneceríamos conectados para sempre. Foi uma sensação avassaladora, assim como tudo o mais nesse dia, e me peguei imaginando como seria London adolescente, quais seriam seus sonhos, o que ela faria da vida. Toda vez que ela chorava, Vivian automaticamente lhe dava o peito, e eu testemunhava um novo milagre.

Como London sabe fazer isso?, pensava. *Como é que ela pode saber?*

Tenho outra lembrança desse dia, mas que é só minha.

O pensamento me ocorreu naquela primeira noite no hospital, bem depois de as últimas visitas terem ido embora. Vivian estava dormindo, e eu cochilava na cadeira de balanço quando ouvi minha filha começar a se mexer. Até aquele dia, eu nunca tinha segurado um recém-nascido. Peguei-a no colo e a segurei junto do corpo. Pensei que fosse ter que acordar Vivian, mas, para minha surpresa, London se acalmou. Voltei devagar para a cadeira de balanço e, pelos vinte minutos seguintes, tudo que consegui fazer foi me maravilhar com os sentimentos que ela despertou em mim. Eu a adorava, é claro, mas, já naquele instante, pensar na vida sem ela me pareceu inconcebível. Lembro-me de sussurrar que era seu pai, que estaria sempre por perto quando ela precisasse. Então, como se entendesse exatamente o que eu estava falando, ela fez cocô, se contorceu e começou a chorar. No final, acabei devolvendo-a para Vivian.

2

No início

– Falei com eles hoje – anunciou Vivian.

Estávamos no quarto. Vivian tinha vestido o pijama e deitado na cama. Estávamos enfim a sós, apenas os dois. Eram meados de dezembro, e London dormia havia menos de uma hora. Com oito semanas de vida, ainda dormia só três a quatro horas por vez. Vivian não havia reclamado, mas vivia cansada. Linda, mas cansada.

– Falou com quem sobre o quê? – perguntei.

– Com Rob – respondeu ela, referindo-se a seu chefe na empresa de comunicação onde trabalhava. – Avisei oficialmente que não vou voltar quando a licença-maternidade acabar.

– Ah – falei, e senti o mesmo espasmo de terror de quando vira o resultado positivo do teste de gravidez.

Vivian ganhava quase tanto quanto eu, e sem a renda dela eu não tinha certeza se conseguiríamos manter o padrão de vida.

– Ele disse que a porta estaria sempre aberta caso eu mudasse de ideia – acrescentou ela. – Mas argumentei que não queria que London fosse criada por estranhos. Se não for assim, para que ter um filho?

– Não precisa me convencer – comentei, esforçando-me ao máximo para disfarçar meus sentimentos. – Estou do seu lado. – Bom, pelo menos parte de mim estava. – Mas você sabe que isso significa que a gente não vai mais poder sair tanto para jantar e também que vamos cortar uns gastos supérfluos, não sabe?

– Sei.

– E tudo bem para você não comprar tanto?

– Do jeito que você fala, parece até que jogo dinheiro fora. Eu nunca faço isso.

As faturas do cartão de crédito às vezes pareciam indicar o contrário, assim como seu armário abarrotado de roupas, sapatos e bolsas, mas pude detectar a irritação na sua voz e a última coisa que eu queria era discutir com ela. Então me aproximei e a puxei para perto, com outra questão em mente. Afundei o rosto no pescoço dela e a beijei ali.

– Agora? – indagou Vivian.

– Já faz um tempão.

– E o pobrezinho do meu bebê está sentindo que vai explodir, é?

– Para ser bem sincero, não quero correr esse risco.

Ela riu. Quando comecei a desabotoar a parte de cima do pijama dela, a babá eletrônica emitiu um ruído. Congelamos no mesmo instante.

Nada.

Ainda nada.

E bem na hora em que pensei que a barra estivesse limpa e soltei o ar que nem tinha consciência de estar prendendo, o ruído na babá eletrônica recomeçou com força total. Com um suspiro, rolei de costas e Vivian saiu da cama. Quando London finalmente se acalmou, o que levou uma boa meia hora, Vivian não estava a fim de tentar outra vez.

De manhã, tivemos mais sorte. Tanta sorte, na verdade, que me ofereci alegremente para cuidar de London quando ela acordasse e Vivian pudesse voltar a dormir. Mas nossa filha devia estar tão cansada quanto a mãe: foi só depois que terminei minha segunda xícara de café que escutei alguns ruídos, mas não choro, saírem da babá eletrônica.

No quarto de London, o móbile acima do berço girava, e ela se contorcia toda, cheia de energia, movendo as perninhas como se fossem pistões. Não pude conter um sorriso, e a neném de repente sorriu também.

Não eram gases; não era um reflexo involuntário. Esses eu conhecia. Quase não acreditei: aquilo era um sorriso genuíno, verdadeiro como o sol que nasce, e, quando ela deu uma risadinha inesperada, meu dia, que já tivera um começo excelente, de repente melhorou mil vezes.

Não sou um homem sábio.

Não que eu seja burro, vejam bem. Mas sabedoria significa mais do que inteligência, pois envolve compreensão, empatia, experiência, paz interior e intuição, e, olhando em retrospecto, muitos desses traços evidentemente faltam em mim.

Eis o que mais eu aprendi: idade não garante sabedoria, da mesma forma que não garante inteligência. Sei que essa não é uma ideia muito popular. Afinal, costumamos considerar os mais velhos sábios em parte por serem grisalhos e enrugados, não é? Mas nos últimos tempos passei a acreditar que algumas pessoas nascem com capacidade para se tornarem sábias, outras não, e em outras ainda a sabedoria parece evidente mesmo numa idade precoce.

Minha irmã, Marge, por exemplo. Ela é sábia, e é só cinco anos mais velha que eu. Sinceramente, ela é sábia desde que eu a conheço. Liz também. Apesar de mais nova, seus comentários são ao mesmo tempo sensíveis e empáticos. Depois de conversar com ela, muitas vezes me pego refletindo sobre o que falou. Minha mãe e meu pai também são sábios, e ando pensando muito nisso ultimamente, agora que ficou claro para mim que, embora a sabedoria esteja no sangue da família, ela com certeza me pulou.

Afinal de contas, se eu fosse sábio, teria escutado Marge lá no verão de 2007, quando ela me levou ao cemitério onde nossos avós estão enterrados e perguntou se eu tinha certeza absoluta de querer me casar com Vivian.

Se eu fosse sábio, teria ouvido meu pai quando ele perguntou se eu tinha certeza de que queria trabalhar como autônomo e abrir minha própria agência de publicidade aos 35 anos.

Se eu fosse sábio, teria dado ouvidos à minha mãe quando ela me aconselhou a passar o máximo de tempo que pudesse com London, pois crianças crescem muito depressa e você nunca consegue recuperar os anos perdidos.

Mas, como eu falei, não sou um homem sábio, e por causa disso minha vida praticamente fugiu ao controle. Até hoje me pergunto se vou conseguir me recuperar.

Por onde começar quando se quer dar sentido a uma história que não faz o menor sentido? Pelo começo? E onde fica o começo?

Quem pode saber?

Então vamos começar pelo seguinte: quando eu era criança, cresci pensando que me sentiria um adulto ao completar 18 anos, e de fato assim aconteceu. Nessa idade, eu já fazia planos. Minha família vivia apertada de dinheiro, e eu não tinha a menor intenção de passar por isso de novo. Sonhava em montar meu próprio negócio, em ser meu próprio patrão, ainda que não tivesse certeza do que exatamente iria fazer. Imaginei que um curso universitário poderia me guiar na direção certa e entrei para a Universidade Estadual da Carolina do Norte, mas, quanto mais tempo passava lá, mais jovem parecia me sentir. Quando me formei, não conseguia me livrar da sensação de que eu era praticamente o mesmo que tinha sido no ensino médio.

A universidade tampouco me ajudou a decidir que tipo de empresa criar. Eu tinha pouca experiência no mundo real e ainda menos capital, de modo que adiei meu sonho e fui trabalhar como publicitário para um homem chamado Jesse Peters. Ia para o escritório de terno e trabalhava uma tonelada de horas, mas, mesmo assim, na maior parte das vezes, ainda me sentia *mais jovem* do que minha idade real. Nos fins de semana, frequentava os mesmos bares da época da faculdade, e muitas vezes pensava que poderia começar tudo outra vez como calouro, e que me encaixaria bem em qualquer fraternidade.

Ao longo dos oito anos seguintes, houve ainda mais mudanças: me casei, comprei uma casa e comecei a dirigir um carro híbrido, mas nem sempre me sentia uma versão adulta de mim mesmo. Afinal de contas, Peters tinha assumido o lugar dos meus pais e, como eles, podia me dizer que tinha que *fazer tal coisa ou então...*, o que me dava a sensação de ainda estar *fingindo*. Às vezes, sentado à minha mesa no trabalho, eu tentava me convencer: *Ok, agora é oficial... Sou adulto.*

A consciência, claro, veio depois de London nascer e de Vivian largar o emprego. Eu ainda não havia chegado aos 30, e a pressão que sentia para sustentar minha família nos anos seguintes exigia um sacrifício que eu não tinha imaginado; se isso não era ser adulto, não sei o que poderia ser. Depois de sair da agência, nos dias em que conseguia chegar em casa num horário razoável, eu passava pela porta e ouvia London chamar: "Papai!", e sempre desejava poder ficar mais tempo com ela. Minha filha vinha correndo, eu a pegava no colo e ela me enlaçava pelo pescoço, então eu lembrava a mim mesmo que todos os sacrifícios tinham valido a pena, nem que fosse apenas por causa da nossa maravilhosa garotinha.

No ritmo louco da vida, foi fácil me convencer de que as coisas importantes, minha mulher e minha filha, meu emprego, minha família, estavam indo bem, mesmo que eu não fosse meu próprio patrão. Nos raros momentos em que eu imaginava o futuro, pegava-me visualizando uma vida não muito diferente da que tinha, e tudo bem. Na superfície, as coisas pareciam correr bem, mas eu deveria ter interpretado isso como um alerta. Podem acreditar, eu não tinha *a menor ideia* de que, dali a poucos anos, acordaria de manhã me sentindo como um daqueles imigrantes em Ellis Island, recém-chegados aos Estados Unidos só com as roupas do corpo, sem falar o idioma e se perguntando: *E agora, eu faço o quê?*

Quando exatamente tudo começou a dar errado? Se você perguntar a Marge, a resposta vai ser óbvia: "Tudo começou a descer ladeira abaixo quando você conheceu a Vivian", ela me disse mais de uma vez. É claro que, sendo Marge, automaticamente se corrigia. "Retiro o que disse", acrescentava. "Tudo começou bem antes disso, quando você ainda estava no ensino fundamental e pendurou aquele cartaz na parede, aquele da garota de biquíni minúsculo com uns peitões enormes. Sempre gostei daquele cartaz, aliás, mas ele deformou seu cérebro." Então, depois de pensar mais um pouco, ela balançava a cabeça, especulando: "Agora, pensando bem, acho que você sempre foi meio esquisito e, vindo da pessoa que sempre foi considerada a esquisita da família, isso é significativo. Seu verdadeiro problema é ser bonzinho demais."

E é isso. Quando você começa a tentar entender o que deu errado ou, mais especificamente, onde *você* errou, é mais ou menos como descascar uma cebola. Há sempre outra camada, outro erro do passado ou uma lembrança dolorosa que surge e então conduz ainda mais para o passado, e ainda mais, em busca da *verdade definitiva*. Cheguei ao ponto em que parei de tentar entender: agora, a única coisa que de fato importa é aprender o suficiente para evitar repetir os mesmos erros.

Para entender o que aconteceu, é importante me entender. O que não é fácil, aliás. Já faz mais de um terço de século que eu sou eu, e na metade do tempo nem eu consigo entender a mim mesmo. Então permitam que eu comece assim... À medida que fui ficando mais velho, passei a acreditar que só existem dois tipos de homem no mundo: o que se casa e o que fica solteiro. O tipo que se casa é o que praticamente avalia toda garota com quem sai para ver se ela pode ou não ser *A Garota*. Esse é o motivo pelo qual mulheres na casa dos 30 ou 40 anos vivem dizendo coisas como *Todos os caras legais já estão comprometidos*. Com isso, estão se referindo a caras que estejam prontos, dispostos e capazes de se comprometer em um relacionamento.

Eu sempre fui do tipo que se casa. Para mim, fazer parte de um casal parece *certo*. Seja qual for o motivo, sempre me senti mais à vontade na presença de mulheres do que na de homens, tive até mais amigas do que amigos, e conviver com uma única mulher que *por acaso também fosse loucamente apaixonada por mim* me parecia o melhor dos mundos possíveis.

E pode ser mesmo, imagino. Mas é aí que as coisas ficam um pouco mais complicadas, porque nem todos os homens que se casam são iguais. Existem subgrupos dentro desse tipo, homens que talvez também sejam *românticos*, por exemplo. Soa bacana, não? O tipo de sujeito que a maioria das mulheres afirma querer? Provavelmente é isso mesmo, e devo admitir que sou um integrante de carteirinha desse subgrupo específico. Em raras ocasiões, contudo, esse subgrupo ainda tem a inclinação de *querer agradar aos outros*, e essas três coisas juntas me fizeram acreditar que com apenas um pouco mais de esforço, se eu somente tentasse com um pouco mais de afinco, minha mulher sempre iria me adorar da forma como eu a adorava.

Mas por que eu era assim? Seria apenas a minha natureza? Será que eu tinha sido influenciado pela dinâmica familiar? Ou simplesmente assistira a uma quantidade excessiva de filmes românticos numa idade impressionável? Ou quem sabe tudo isso junto?

Não faço ideia, mas posso afirmar, sem hesitação, que a parte de *assistir a uma quantidade excessiva de filmes românticos* foi culpa de Marge. Minha irmã adorava clássicos como *Tarde demais para esquecer* e *Casablanca*, mas *Ghost* e *Dirty Dancing* também entravam na lista, e devemos ter visto pelo menos vinte vezes *Uma linda mulher*. Era o filme preferido de Marge. O que eu não sabia, claro, era que gostávamos dele porque na época éramos ambos perdidamente apaixonados pela Julia Roberts, mas isso não vem ao caso. Esse filme será lembrado para sempre porque *funciona*. Os personagens interpretados por Richard Gere e Julia Roberts têm... *química*. Eles conversam. Aprendem a confiar um no outro apesar das circunstâncias. Eles se apaixonam. E como esquecer a cena em que Richard Gere está esperando Julia, que planeja levar à ópera, e ela aparece usando um vestido que a transforma completamente? O público vê a expressão embasbacada de Gere, que por fim abre uma caixa de veludo em que está o colar de brilhantes que Julia vai usar nessa noite. Quando ela estende a mão para pegar a joia, ele fecha a tampa no seu dedo, e a surpresa repentina e alegre no rosto dela...

Estava tudo ali, naquelas poucas cenas. O lado romântico, digo: confiança, expectativa e alegria, misturadas com ópera, roupas chiques e joias, conduziam ao *amor*. No meu cérebro pré-adolescente, tudo fazia sentido: aquilo era uma espécie de manual para impressionar uma garota. Tudo que eu na verdade devia lembrar era que as garotas precisavam *gostar* do cara primeiro e que os *gestos românticos* então conduziriam ao *amor*. E foi assim que, afinal, nasceu mais um romântico no mundo real.

Eu estava no sexto ano, uma menina nova entrou na turma. Melissa Anderson tinha se mudado de Minnesota. Loura, de olhos azuis, tinha a aparência de seus antepassados suecos. Quando a vi, no primeiro dia de aula, tenho quase certeza de que meu queixo caiu, e não fui o único. Todos os garotos cochichavam a seu respeito, e eu tinha poucas dúvidas de que ela era, de longe, a menina mais bonita que já havia pisado na aula da Sra. Hartman na Escola Fundamental Arthur E. Edmonds.

Mas a diferença entre mim e os outros meninos era que eu sabia exatamente o que fazer, eles não. Eu iria conquistá-la e, embora não fosse Richard Gere com seus jatinhos particulares e colares de diamantes, tinha uma bicicleta e havia aprendido a fazer pulseiras de macramê, com contas de madeira e tudo. Mas as pulseiras viriam mais tarde. Em primeiro lugar, assim como Richard e Julia, nós precisávamos *gostar* um do outro. Comecei a arrumar motivos para me sentar à mesa de Melissa durante o almoço. Enquanto ela falava, eu escutava e fazia perguntas, e semanas mais tarde, quando ela finalmente revelou que me achava legal, soube que estava na hora de dar o passo seguinte. Escrevi um poema sobre sua vida em Minnesota e sobre quanto ela era bonita, e o entreguei um dia de tarde no ônibus escolar junto com uma flor. Fui me sentar sabendo exatamente o que iria acontecer: ela entenderia que eu era diferente e descobriria algo ainda maior, que a faria me dar a mão e pedir que a acompanhasse até em casa assim que descêssemos do ônibus.

Só que não foi isso que aconteceu. Em vez de ler o poema, ela ficou batendo papo com sua amiga April durante todo o trajeto, e no dia seguinte, na hora do almoço, sentou-se ao lado de Tommy Harmon e nem me dirigiu a palavra. Tampouco falou comigo no dia seguinte ou no outro. Mais tarde, quando me encontrou emburrado no quarto, Marge disse que eu estava exagerando, e que precisava simplesmente ser eu mesmo.

– Mas eu estou sendo eu mesmo.

– Então talvez você deva mudar – retrucou ela. – Porque assim você está parecendo desesperado.

O problema era que eu não pensava duas vezes. Por acaso Richard Gere tinha pensado duas vezes? Ele obviamente sabia mais do que minha irmã, e aqui, mais uma vez, eu e a sabedoria obviamente seguimos em direções opostas. Porque *Uma linda mulher* era um filme, e eu estava vivendo no mundo real, mas o padrão que estabeleci com Melissa Anderson perdurou, com variações, até se tornar um hábito que eu não conseguia largar. Tornei-me o rei dos gestos românticos: flores, bilhetes, cartões, essas coisas. Na faculdade, cheguei a ser o "admirador secreto" de uma garota de quem estava a fim. Abria portas, pagava a conta quando saía com alguma menina e escutava sempre que alguém queria conversar, mesmo que fosse sobre quanto ela ainda amava o ex. A maioria delas gostava sinceramente de mim. Estou falando sério. Para elas, eu era um *amigo*, o tipo que era convidado para sair com um grupo de amigas, mas era raro eu conseguir ficar com a menina em quem estava de olho. Nem consigo contar quantas vezes escutei: *Você é o cara mais legal que eu conheço e sei que vai conhecer alguém especial. Tenho duas ou três amigas que posso apresentar...*

Não era fácil ser o *cara perfeito para outra pessoa.* Muitas vezes eu acabava com o coração partido e não conseguia entender por que as mulheres diziam querer determinadas qualidades em um homem, como romantismo e gentileza, interesse e capacidade de escutar, mas não valorizavam quando essas coisas lhes eram de fato oferecidas.

Não fui de todo infeliz no amor, claro. No segundo ano do ensino médio, tive uma namorada chamada Angela; na faculdade, Victoria e eu passamos a maior parte do meu penúltimo ano juntos. E no verão depois de eu me formar, quando estava com 22 anos, conheci uma moça chamada Emily.

Emily ainda mora na região, e ao longo dos anos eu a vi por aí. Ela foi a primeira mulher que amei e, como *romantismo* e *nostalgia* muitas vezes caminham juntos, penso nela até hoje. Emily era meio hippie: gostava de saias floridas compridas e sandálias, usava pouca maquiagem e se formou em belas-artes com ênfase em pintura. Era também linda: tinha cabelos ruivos e olhos castanhos salpicados de dourado, mas havia algo além da aparência física. Emily tinha o riso fácil, era educada com todos e inteligente, uma mulher que a maioria das pessoas considerava perfeita para mim. Meus pais a adoravam, Marge a adorava, e quando estávamos juntos nos sentíamos à vontade mesmo em silêncio. Nosso relacionamento era fácil e leve; mais do que namorados, éramos amigos. Não só podíamos conversar sobre qualquer coisa, como ela também adorava os bilhetinhos que eu colocava debaixo do seu travesseiro e as flores que mandava entregar no seu trabalho sem motivo algum. Emily me amava tanto quanto amava os gestos românticos, então, depois de uns anos de namoro, eu planejava pedi-la em casamento, e até comecei a pagar por um anel de noivado.

Então pisei na bola. Não me perguntem por quê. Eu poderia pôr a culpa no álcool, já que nessa noite estava bebendo num bar com amigos, mas o que importa é que, por algum motivo, comecei a conversar com uma mulher chamada Carly. Ela era linda, sabia ser sedutora e tinha terminado recentemente um longo namoro. Um drinque conduziu a outro, que conduziu a mais flerte, e acabamos indo para a cama. De manhã, ela deixou bem claro que o que havia acontecido era só uma coisa passageira, sem compromisso, e, embora tenha me dado um beijo de despedida, não se deu ao trabalho de deixar seu telefone.

Existem algumas Regras Masculinas muito simples nesse tipo de situação. A Regra Número Um é a seguinte: *Nunca conte, aconteça o que acontecer.* E se a sua namorada algum dia desconfiar e perguntar explicitamente, passe direto para a Regra Número Dois: *Negue, negue, negue.*

Todo homem conhece essas regras, mas o problema era que eu estava cheio de culpa. Uma culpa horrível. Mesmo um mês depois do que havia acontecido, não conseguia esquecer, tampouco me perdoar. Guardar o segredo me parecia inconcebível – eu não podia me imaginar construindo um futuro com Emily sabendo que ele estaria baseado pelo menos em parte numa mentira. Conversei com Marge e ela, como sempre, me ajudou daquele seu jeito de irmã.

– Fique com essa boca fechada, seu retardado. Você vacilou, e deve mesmo se sentir culpado. Mas, se nunca mais for fazer isso, então não precisa magoar a Emily. Um troço desses vai deixá-la arrasada.

Eu sabia que Marge tinha razão, mas mesmo assim...

Queria o perdão de Emily, pois só dessa forma achava que conseguiria perdoar a mim mesmo. Então, no fim das contas, acabei indo procurá-la e disse as palavras que, até hoje, gostaria de poder desdizer.

– Preciso contar uma coisa – comecei, e joguei tudo em cima dela.

Se o objetivo era o perdão, não deu certo. Se o outro objetivo era tentar construir um relacionamento duradouro baseado na verdade, também não deu certo. Chorando de raiva, ela saiu pisando duro e dizendo que precisava de um tempo para pensar.

Deixei-a em paz por uma semana e esperei que ela me ligasse enquanto zanzava pelo meu apartamento, mas o telefone não tocou. Então, deixei dois recados, com novas desculpas em ambas as vezes, mas ela não me retornou. Só na outra semana finalmente almoçamos. Foi um encontro tenso, e na saída ela pediu que eu não a acompanhasse até o carro. Tudo já tinha sido dito, e uma semana depois ela me deixou um recado dizendo que estava tudo acabado para sempre. Passei semanas arrasado.

O tempo aliviou minha culpa, como o tempo sempre faz, e tento me consolar pensando que, pelo menos para Emily, minha pulada de cerca foi uma bênção disfarçada. O amigo de um amigo me contou, anos depois de terminarmos, que ela havia se casado com um australiano, e eu tinha a impressão, sempre que a via de longe, que a vida a estava tratando muito bem. Eu me convencia de que estava feliz por ela. Mais do que ninguém, Emily merecia uma vida maravilhosa, e Marge pensava o mesmo. Mesmo depois de eu me casar com Vivian, minha irmã às vezes se virava para mim e dizia: "Aquela Emily era realmente especial. Você meteu os pés pelas mãos, não foi?"

Nasci em Charlotte, na Carolina do Norte, e, tirando um único ano em outra cidade, morei lá a vida inteira. Até hoje me parece quase impossível Vivian e eu termos nos conhecido onde nos conhecemos, ou até mesmo termos nos conhecido, para começar. Afinal, ela, assim como eu, era do Sul; assim como o meu, seu trabalho a ocupava quase o dia inteiro, e ela raramente saía. Quais eram as chances, portanto, de eu a conhecer numa festa em Manhattan?

Na época, eu trabalhava na filial da agência em Midtown, Manhattan, algo que provavelmente soa mais importante do que na realidade era. Jesse Peters achava que quase qualquer um que demonstrasse potencial no escritório de Charlotte deveria trabalhar pelo menos algum tempo mais ao norte, nem que fosse porque vários de nossos clientes eram bancos, que tinham presença importante em Nova York. Vocês já devem ter visto alguns dos comerciais nos quais trabalhei; gosto de pensar neles como peças sensíveis e sérias, que transmitem a essência da integridade. O primeiro deles, aliás, foi criado enquanto eu morava em um pequeno quarto e sala na Rua 77 Oeste, entre as avenidas Columbus e Amsterdam, e tentava entender se o caixa eletrônico estava dando as informações corretas sobre minha conta bancária, cujo saldo só servia para comprar uma promoção no restaurante de fast-food mais próximo.

Em maio de 2006, o presidente de um dos bancos, que *adorava a minha visão*, promoveu um evento beneficente em prol do MoMA. Ele era um apreciador sério de arte, assunto sobre o qual eu nada sabia, e mesmo o evento sendo exclusivo, com traje black-tie, eu não queria ir. Só que o banco dele era um cliente, e Peters era um patrão no estilo *faça o que estou mandando ou então...* Ou seja, o que eu podia fazer?

Não me lembro de quase nada da primeira meia hora, a não ser que me sentia um peixe fora d'água. Bem mais da metade do público tinha a idade dos meus avós e praticamente todo mundo pertencia a outra estratosfera em matéria de poder aquisitivo. Em determinado momento, peguei-me escutando um senhor grisalho discutir os méritos do G-IV e do Falcon 200. Levei um tempo para entender que eles estavam comparando seus jatinhos particulares.

Quando me afastei dessa conversa, vi o chefe de Vivian do outro lado do cômodo. Reconheci-o dos programas de TV de tarde da noite, e ela depois me contaria que ele se considerava um colecionador de arte. Vivian torceu o nariz ao dizer isso, sugerindo que ele tinha dinheiro, mas não bom gosto, o que não me espantou. Apesar dos convidados famosos, o programa dele tinha um humor apenas rasteiro.

Ela estava em pé atrás do chefe, fora da minha linha de visão, mas, quando deu um passo à frente para cumprimentar alguém, eu a vi: cabelos escuros, pele perfeita, e maçãs do rosto que as supermodelos sonham em ter. Ela era certamente a mulher mais linda que eu já vira na vida.

Primeiro pensei que os dois estivessem juntos, porém, quanto mais olhava, mais tinha certeza de que eles *não* estavam juntos e de que ela de algum modo trabalhava para ele. Também não vi uma aliança no seu dedo, outro bom sinal... Mas, sério, que chance eu tinha?

O romântico que mora em mim, porém, não se deixou deter e, quando ela foi ao bar pegar uma bebida, eu a segui. De perto, ela era ainda mais deslumbrante.

– É você.

– Como?

– É em você que os artistas da Disney pensam quando desenham os olhos das princesas.

Sofrível, reconheço. Forçado, cafona até, e durante aquele silêncio embaraçoso eu entendi que tinha estragado tudo. Mas o que aconteceu foi o seguinte: ela riu.

– Essa cantada eu nunca tinha escutado.

– Não funciona com qualquer uma. Russell Green.

Ela pareceu achar graça.

– Vivian Hamilton – apresentou-se, e eu quase arquejei.

O nome dela era *Vivian*.

Como a personagem de Julia Roberts em *Uma linda mulher*.

* * *

Como é que a gente sabe quando alguém é a *pessoa certa*? *De* que tipo de sinal a gente precisa? Como acontece de você pensar, ao conhecer alguém: *Essa é a pessoa com quem quero passar o resto da minha vida*? Por exemplo, como Emily podia parecer certa e Vivian também, quando as duas eram tão diferentes quanto o dia e a noite? Quando os dois relacionamentos eram tão diferentes quanto o dia e a noite?

Não sei, mas, quando penso em Vivian, ainda é fácil recordar a empolgação de nossas primeiras noites juntos. Enquanto com Emily havia afeto e conforto, com Vivian quase desde o princípio houve uma espécie de ardor, como se aquela atração fosse nosso destino. Cada interação e cada conversa pareciam fortalecer ainda mais minha crença de que éramos exatamente o que procurávamos.

Como sou do tipo que se casa, comecei a fantasiar sobre os rumos que nossa vida juntos iria seguir, e sobre como nossa conexão arrebatadora duraria para sempre. Em poucos meses, tive certeza de que a queria como esposa, mesmo que não o tenha dito. Vivian levou mais tempo para sentir o mesmo por mim, mas seis meses depois de começarmos a sair já estávamos namorando *sério*, e testávamos o terreno para saber o que o outro pensava em relação a Deus, dinheiro, política, família, bairros legais para morar, filhos e valores básicos. Na maior parte das vezes, concordávamos. Aproveitando a dica de mais um filme romântico, eu a pedi em casamento no terraço panorâmico do Empire State, no Dia dos Namorados, uma semana antes de ter que me mudar de volta para Charlotte.

Eu *achei* que soubesse em que estava me metendo quando me ajoelhei. Hoje, pensando bem, sei que Vivian *tinha certeza*, não só de que eu era o tipo de homem que ela queria, mas o tipo de que *precisava*. Assim, em 17 de novembro de 2007, pronunciamos nossos votos na frente de amigos e parentes.

O que aconteceu depois?, vocês podem estar se perguntando.

Como acontece em todos os casamentos, tivemos nossos altos e baixos, nossos desafios e oportunidades, nossos sucessos e fracassos. Quando toda a poeira baixou, passei a acreditar que o casamento era maravilhoso, pelo menos teoricamente.

Na prática, porém, acho que um termo mais exato seria *complicado*.

Afinal, o casamento nunca é exatamente como a gente imagina que vai ser. Parte de mim, a parte romântica, imaginava a coisa toda como um longo comercial de margarina, com a família reunida à mesa transbordando felicidade, uma dimensão na qual o amor e a confiança eram capazes de superar qualquer desafio. Já o meu lado mais prático sabia que, para seguirmos como um casal por um longo período, seria preciso esforço de ambos. Casamento exige compromisso e negociação, comunicação e cooperação, principalmente porque a vida costuma lançar umas bolas traiçoeiras, muitas vezes quando menos esperamos. No mundo ideal, a bola traiçoeira passa pelo casal sem causar muitos danos; em outros momentos, encarar esses lançamentos a dois torna o casal mais comprometido um com o outro.

Às vezes, no entanto, as bolas traiçoeiras acabam nos acertando bem no meio do peito, perto do coração, e deixam feridas que nunca parecem sarar.

3
E agora?

Ser o único provedor da família não era fácil. Muitas vezes eu terminava a semana exausto, mas uma sexta-feira à noite em especial foi pior do que as outras. No dia seguinte, London faria um ano, e eu havia passado o dia mergulhado numa série de vídeos que fazia parte de uma importante campanha publicitária da Empreendimentos Spannerman, a maior construtora da região sudeste.

A agência estava ganhando uma pequena fortuna com a conta, e os executivos da Spannerman eram particularmente exigentes. Cada estágio do projeto tinha um prazo, e o próprio Spannerman, dono de uma fortuna de 2 bilhões de dólares, tornava os prazos ainda mais difíceis de cumprir. Ele precisava aprovar cada decisão, e eu tinha a impressão de que ele desejava tornar minha vida o pior possível. Não havia dúvida de que ele não simpatizava comigo. Era o tipo de cara que adora se cercar de mulheres lindas. Como os executivos, na maioria, eram mulheres, e bonitas, nem preciso dizer que Spannerman e Jesse Peters se davam muito bem.

Eu, por minha parte, desprezava tanto o homem quanto sua empresa. Spannerman tinha fama de não respeitar os regulamentos e pagar propina a políticos, principalmente para burlar a legislação ambiental, e os jornais estavam cheios de artigos que acabavam com ele e com a empresa. E esse era um dos motivos que o levaram a contratar a nossa agência: a imagem da construtora precisava de uma reformulação pesada.

Eu tinha passado a maior parte do ano trabalhando feito um condenado na conta da Spannerman, e foi de longe o pior ano da minha vida. Detestava ir para o trabalho, mas, como Peters e Spannerman eram amigos, eu guardava o que sentia para mim. Só pude respirar aliviado quando a conta acabou sendo passada para outra pessoa na agência. O cliente queria uma executiva mulher, o que não foi surpresa para ninguém. Se eu tivesse sido forçado a continuar com a conta, provavelmente teria acabado me demitindo.

Jesse Peters acreditava nos bônus como um jeito de manter a equipe motivada e, apesar do estresse sem fim de lidar com a conta da Spannerman, eu consegui todos os bônus possíveis. Fui obrigado a fazer isso. Nunca me sentia satisfeito a menos que conseguisse pôr dinheiro na poupança e na nossa carteira de investimentos, mas os bônus também ajudavam a pagar em dia as faturas do cartão de crédito. Em vez de diminuírem, nossas despesas mensais tinham aumentado no último ano, apesar das promessas de Vivian de cortar as "coisas para resolver", que era como ela havia começado a se referir às compras. Vivian parecia incapaz de entrar na Target ou no Walmart sem gastar pelo menos 200 dólares, mesmo que tivesse ido só comprar sabão em pó. Eu não conseguia entender esse comportamento. Imaginava que comprar devia preencher uma espécie de vazio dentro dela. Nos dias em que estava particularmente exausto, me sentia magoado e usado. Mas, sempre que eu tentava conversar sobre o assunto, nós discutíamos. Mesmo quando não nos exaltávamos, contudo, pouca coisa parecia mudar. Ela garantia que só comprava o que precisávamos ou que eu tinha sorte porque ela havia aproveitado uma promoção.

Nessa sexta-feira, entretanto, essas preocupações pareciam distantes. Ao entrar na sala, vi London no cercadinho, e ela me presenteou com o tipo de sorriso que nunca deixava de me emocionar. Vivian, mais linda do que nunca, folheava uma revista de casa e jardim no sofá. Beijei minha filha e depois minha mulher, envolto no cheiro de talco infantil e perfume.

Durante o jantar, conversamos sobre o que cada um de nós tinha feito naquele dia, e então começou o processo de preparar London para dormir. Vivian foi na frente, deu-lhe banho e a vestiu com o pijama; eu li uma história para ela e a acomodei na cama, sabendo que ela pegaria no sono em poucos minutos.

Tornei a descer, me servi de vinho, e notei que a garrafa estava quase vazia, o que significava que Vivian devia estar na segunda taça. A primeira era um talvez no quesito sexo; já a segunda tornava a coisa provável e, por mais que eu estivesse cansado, me animei.

Vivian continuava folheando a revista quando me sentei ao lado dela. Dali a algum tempo, inclinou a revista na minha direção.

– O que acha desta cozinha? – perguntou.

A cozinha da foto tinha armários creme com bancadas de granito marrom, e os detalhes do acabamento seguiam a mesma paleta de cores. No meio, uma ilha cercada por utensílios profissionais reluzentes. Uma verdadeira fantasia burguesa.

– É linda – admiti.

– Não é? Tem tanta classe... E adorei a iluminação. Esse lustre é um arraso.

Eu, que não prestara atenção nas luminárias, observei mais de perto.

– Nossa. Demais.

– A reportagem diz que reformar a cozinha quase sempre valoriza um imóvel. Se algum dia a gente decidir vender a casa.

– Por que a gente faria isso? Eu adoro esta casa.

– Não estou dizendo que vamos vender agora. Mas não vamos morar aqui para sempre.

Estranhamente, nunca tinha me passado pela cabeça que não moraríamos ali para sempre. Afinal de contas, meus pais ainda viviam na mesma casa em que eu fora criado. Mas não era sobre isso que Vivian queria falar.

– Você provavelmente está certa quanto à valorização – continuei. – Só não sei se a gente pode se dar ao luxo de reformar a cozinha agora.

– Temos dinheiro guardado, não temos?

– Sim, mas é nosso fundo de reserva. Em caso de emergência.

– Tudo bem – disse ela, e ouvi a decepção na sua voz. – Foi só uma ideia.

Observei-a dobrar cuidadosamente o canto da página para poder encontrar a foto depois e me senti um fracasso. Detestava decepcioná-la.

A vida de mãe e dona de casa era boa para Vivian.

Apesar de ter uma filha, ela ainda podia se passar por uma mulher dez anos mais nova e às vezes ainda tinha que mostrar a identidade quando pedia uma bebida alcoólica. O tempo tinha pouca influência sobre ela, mas o que a tornava excepcional eram outras características. Vivian sempre me impressionara por sua maturidade e segurança, pela firmeza de suas ideias e opiniões, e, ao contrário de mim, sempre tivera coragem de dizer o que pensava. Quando queria alguma coisa, ela contava; quando algo a incomodava, nunca represava o que sentia, mesmo que eu pudesse ficar chateado com o que ela fosse dizer. A força de ser quem é sem medo da rejeição dos outros era um traço que eu respeitava, antes de tudo por ser algo que almejava para mim mesmo.

Vivian também era forte. Não ficava se lamuriando nem reclamando diante dos problemas; pelo contrário, tornava-se quase estoica. Em todos os anos desde que nos conhecemos, só a vi chorar uma vez, quando seu gato Harvey morreu. Na época ela estava grávida de London e tinha Harvey desde o segundo ano da faculdade; mesmo com os hormônios a mil, não foi uma crise de soluços, mas apenas algumas lágrimas que rolaram pelo seu rosto.

As pessoas podem interpretar de outro jeito o fato de ela não chorar muito, mas a verdade era que Vivian *não tinha* muitos motivos para chorar. Até então, tínhamos sido poupados de tragédias graves e, se havia algo que pudesse decepcioná-la, era não ter conseguido engravidar pela segunda vez. Começamos a tentar quando London estava com 1 ano e meio, mas os meses foram passando sem sucesso. Embora eu estivesse disposto a consultar um especialista, Vivian parecia conformada em deixar a natureza seguir seu curso.

No entanto, mesmo sem outro filho, eu em geral me sentia um homem de sorte por ser casado com Vivian, em parte por causa de London. Algumas mulheres são mais talhadas para a maternidade do que outras, e ela havia revelado um talento natural. Era dedicada e carinhosa, uma enfermeira nata que não se deixava intimidar por diarreia ou vômito, um modelo de paciência. Lia centenas de livros para London e era capaz de passar horas brincando no chão. Iam a parques e bibliotecas, e era comum ver Vivian fazendo jogging enquanto empurrava London num carrinho especial. Havia ainda outras atividades, encontros com as crianças da vizinhança, as aulas do maternal e as consultas de praxe com médicos e dentistas, então as duas viviam para lá e para cá. Apesar disso, quando penso nesses primeiros anos da vida de London, a imagem de Vivian que mais me vem à mente é a expressão de felicidade absoluta em seu rosto quando estava com London no colo ou percebia nossa filha descobrir o mundo aos poucos. Uma vez, quando London tinha uns 8 meses e estava sentada na cadeirinha de comer, Vivian deu um espirro. Por algum motivo, nossa filha achou isso muito engraçado e começou a rir. Fingi espirrar também, e a risada de London se tornou incontrolável. Embora para mim a experiência tenha sido deliciosa, para Vivian foi *mais* do que isso. O amor que ela sentia pela nossa filha obscurecia todo o resto, até mesmo o amor que tinha por mim.

O caráter avassalador da maternidade, pelo menos na versão de Vivian, não só permitiu que eu me concentrasse na carreira, mas também significou que raras vezes precisei cuidar de London sozinho, de modo que nunca percebi de fato como era desafiador. Como Vivian fazia parecer fácil, achava que aquilo era fácil para ela, mas, ao longo do tempo, começou a ficar mal-humorada e irritável. As atividades domésticas básicas também ficaram em segundo plano, e eu muitas vezes chegava em casa e encontrava a sala repleta de brinquedos de um canto a outro e a pia da cozinha abarrotada de louça. A roupa suja se acumulava, os tapetes não eram aspirados, então, como ter a casa bagunçada sempre me incomodou, acabei decidindo contratar uma pessoa para fazer a faxina duas vezes por semana. Enquanto London era bebê, contratei também uma babá três tardes por semana para que Vivian pudesse ter uma folga durante o dia, e comecei a cuidar da minha filha aos sábados de manhã para ela poder ter um tempo para si. Minha esperança era que ela voltasse a ter mais energia para nós dois como casal. Tinha a sensação de que minha mulher havia começado a se definir como mãe, e que nós três juntos éramos uma família, mas que, na verdade, ser uma esposa havia aos poucos se tornado um estorvo para ela.

Na maior parte do tempo, contudo, nosso relacionamento não me incomodava. Achava que éramos iguais à maioria dos casais com filhos pequenos. À noite, costumávamos conversar sobre as *coisas da vida*: filhos, trabalho, família, o que comer e aonde ir no fim de semana ou quando levar o carro para fazer revisão. E na verdade nem sempre eu era deixado para escanteio: começamos a reservar as noites de sexta para ficarmos juntos, só os dois. Até mesmo o pessoal do trabalho sabia que essa era a nossa noite e, a menos que houvesse uma emergência incontornável, eu saía do escritório num horário razoável, colocava uma música para tocar no carro ao longo do caminho e entrava em casa com um sorriso no rosto. Ficava com London enquanto a mãe se arrumava e, depois de nossa filha ir para a cama, era quase como se Vivian e eu voltássemos a ser namorados.

Vivian também me dava uma força quando o trabalho estava particularmente estressante. Aos 33 anos, eu cogitara trocar meu carro *respeitável*, um híbrido, por um Mustang GT, mesmo que o automóvel antigo não valesse nada na troca. Na época, isso não tinha importância. Quando fiz um test drive com o vendedor entusiasmado, ouvi o ronco grave do motor e soube que aquele carro iria atrair olhares invejosos quando eu o tirasse da garagem. O vendedor fez seu papel com perfeição e, quando comentei mais tarde naquele dia, Vivian não caçoou, dizendo que eu estava novo demais para a crise da meia-idade nem me avisou que eu obviamente queria algo diferente da vida que estava levando. Pelo contrário, deixou que eu curtisse aquele sonho por um tempo e, quando finalmente caí em mim, acabei comprando um carro parecido com o que já tinha: outro híbrido, de quatro portas, com espaço extra no porta-malas e excelente segurança segundo a classificação do *Consumer Reports*. E jamais me arrependi.

Bom, talvez tenha me arrependido *um pouco*, mas isso não vem ao caso.

Durante esse tempo todo, eu *amei* Vivian, e nem uma vez minha convicção de que queria passar a vida ao lado dela foi abalada. Queria sempre poder demonstrar isso, então pensava muito no seu presente de Natal, no aniversário dela ou do nosso casamento, além do Dia dos Namorados e do Dia das Mães. Mandava flores do nada, colocava bilhetinhos debaixo do travesseiro antes de sair para o trabalho e às vezes a surpreendia com um café da manhã na cama. No começo do relacionamento, ela valorizava esses gestos; com o tempo, pareceram perder um pouco do brilho, pois ela já os esperava. Então eu me esforçava, tentando inventar outro jeito de agradar, algo que a fizesse saber quanto ela ainda significava para mim.

E, entre outras coisas, Vivian acabou ganhando a cozinha que queria, igualzinha à da revista.

O plano de Vivian sempre fora voltar a trabalhar quando London começasse na escola – um emprego de meio período, que ainda lhe permitisse passar as tardes e as noites em casa. Ela insistia em que não tinha a menor vontade de virar uma daquelas mães que se tornam voluntárias permanentes na escola ou decoram a cantina nos feriados. Tampouco queria passar seus dias numa casa que agora estaria vazia. Além de ser uma ótima mãe, Vivian também é muito inteligente.

Formou-se com distinção máxima na Universidade de Georgetown e, antes de virar mãe e dona de casa, tinha sido uma assessora de comunicação de sucesso não só do apresentador em Nova York, mas também na empresa em que trabalhava antes de London nascer.

Eu, por minha parte, além de receber todos os bônus desde que havia entrado para a agência, também fora promovido algumas vezes, e em 2014 era responsável por algumas das principais contas da empresa. Vivian e eu estávamos casados havia sete anos, London comemorara pouco antes seu quinto aniversário, e eu estava com 34 anos. Não só tínhamos renovado a cozinha, como também pretendíamos reformar o banheiro da nossa suíte. A bolsa de valores fora generosa com nossos investimentos, sobretudo a Apple, cujas ações representavam a maior parte do nosso portfólio. Tirando a hipoteca da casa, não tínhamos dívidas. Eu adorava minha mulher e minha filha, meus pais moravam perto, e minha irmã e Liz eram minhas melhores amigas. Vista de fora, minha vida parecia encantada, e era isso que eu dizia a quem perguntasse.

No entanto, bem lá no fundo, parte de mim sabia que era mentira.

Por mais que as coisas no trabalho estivessem correndo bem, ninguém que tivesse Jesse Peters como chefe se sentia à vontade ou seguro no emprego. Ele havia fundado a agência vinte anos antes. Com escritórios em Charlotte, Atlanta, Tampa, Nashville e Nova York, era de longe a mais importante do Sudeste. Com seus olhos azuis e cabelos prematuramente grisalhos, Peters era notório tanto por ser astuto quanto por ser implacável; seu *modus operandi* era roubar clientes de outras agências ou abaixar o próprio preço. Quando essas estratégias não davam certo, ele simplesmente comprava os concorrentes. Os sucessos fizeram seu ego desmesurado inflar ainda mais até alcançar proporções megalomaníacas, e seu estilo de administração refletia com precisão sua personalidade. Peters achava que suas opiniões estavam sempre certas e elegia favoritos entre os funcionários, jogando com frequência um executivo contra outro e mantendo todo mundo alerta. Ele gerava um ambiente em que a maioria dos funcionários tentava obter mais crédito pelos sucessos do que merecia, além de colocar quaisquer fracassos ou erros nas costas dos colegas. Uma versão brutal de darwinismo social, na qual apenas uns poucos escolhidos tinham qualquer chance de sobrevivência a longo prazo.

Por mais de uma década fui relativamente poupado dessas disputas selvagens de política corporativa, que haviam causado mais de um colapso nervoso em executivos. No começo por ser júnior demais para me importar com isso, e depois porque trazia clientes que gostavam do meu trabalho e pagavam a agência por ele. Com o tempo, acho que me convenci de que, como eu ganhava muito dinheiro para Peters, ele me considerava valioso demais para me atormentar. Afinal, não era nem de longe tão duro comigo quanto com outros funcionários.

Enquanto comigo ele costumava bater papo no corredor, outros executivos, alguns mais experientes do que eu, muitas vezes saíam de sua sala atordoados. Ao vê-los, eu não conseguia conter um suspiro de alívio, e talvez até me sentisse um pouco orgulhoso por aquilo nunca ter acontecido comigo.

Mas as pressuposições têm a precisão de quem as formula, e eu estava errado em relação a quase tudo. Minha primeira promoção, por algum motivo, coincidira com meu casamento com Vivian; a segunda acontecera quinze dias depois de ela aparecer no escritório para me devolver o carro, que tinha saído da oficina, uma daquelas aparições que podiam se transformar em catástrofe, mas, nesse caso, meu chefe se juntou a nós na minha sala antes de finalmente nos convidar para almoçar. A terceira promoção veio menos de uma semana depois de Peters e Vivian passarem três horas conversando num jantar na casa de um cliente. Só em retrospecto ficou claro para mim que Peters estava menos interessado no meu desempenho profissional do que na minha mulher, e era esse singelo fato que o impedira de me tomar como alvo desde o princípio. Vivian, devo dizer, era impressionantemente parecida com as duas ex-mulheres de Peters, e eu desconfiava que ele não queria nada além de mantê-la feliz... ou, caso possível, arrumar sua esposa número três, mesmo que isso custasse o meu próprio casamento.

Não estou brincando. Nem exagerando. Quando Peters falava comigo, nunca deixava de me perguntar por Vivian, de comentar como ela era linda, ou de perguntar se *nós dois* estávamos bem. Nos jantares com clientes, três ou quatro vezes por ano, sempre arrumava um jeito de se sentar ao lado da minha mulher, e em toda festa de Natal tinha um momento em que os dois ficavam juntinhos num canto. Eu poderia ter ignorado tudo isso, não fosse a reação de Vivian à evidente atração de Peters. Embora ela não fizesse nada para encorajá-lo, tampouco *desencorajava* suas investidas. Por mais terrível que Peters fosse como chefe, ele podia ser bastante encantador com as mulheres, sobretudo as bonitas como Vivian. Escutava, ria, e fazia o elogio certo na hora certa. Além disso, como ele também era podre de rico, pensei que era possível, ou até provável, Vivian se sentir lisonjeada com seu interesse. Do ponto de vista dela, aquela atração era normal. Os homens competiam por sua atenção desde que ela estava no ensino fundamental e ela passara a *esperar* por isso; o que não lhe agradava, porém, era o fato de isso às vezes me deixar com ciúmes.

Em dezembro de 2014, um mês antes do que seria o ano mais terrível da minha vida, estávamos nos preparando para a festa de Natal no escritório da agência. Quando expressei minha preocupação sobre a situação, ela deu um suspiro irritado.

– Supere isso.

Eu lhe dei as costas me perguntando por que minha mulher parecia dar tão pouca importância aos meus sentimentos.

* * *

Recapitulando um pouco sobre mim e Vivian:

Por mais recompensadora que a maternidade fosse para ela, o nosso casamento parecia ter perdido sua atração. Lembro-me de cogitar que Vivian tinha mudado, mas por fim passei a pensar que ela havia mais evoluído do que mudado, e se tornado mais a pessoa que sempre fora. Uma pessoa que aos poucos fui começando a achar uma estranha.

A mudança foi tão sutil que mal deu para notar. No primeiro ano de vida de London, aceitei as eventuais oscilações de humor e os momentos de irritação como algo normal e esperado, uma fase que iria passar. Não posso dizer que gostei, mas me acostumei com aquilo, mesmo quando a coisa parecia beirar o desprezo. Só que essa fase parecia não ter fim. Ao longo dos anos seguintes, Vivian foi ficando mais irritada, mais decepcionada e mais desinteressada pelo que eu sentia. Com frequência ficava brava até por coisas sem importância e gritava ofensas que eu jamais poderia me imaginar sussurrando. Sua agressividade era rápida e certeira, em geral com o objetivo de me fazer pedir desculpas e recuar. Como evitava conflitos, acabei me tornando uma pessoa que quase sempre recuava assim que ela levantava a voz, por maiores que fossem minhas insatisfações.

O que vinha depois da raiva era muitas vezes pior do que o ataque em si. Parecia impossível me perdoar e, em vez de continuar a falar sobre o assunto ou simplesmente ignorar, Vivian se retraía. Quase não falava comigo ou me dirigia a palavra, às vezes por dias a fio, respondendo com monossílabos ou pouco mais. Concentrava toda a atenção em London e se recolhia para o quarto assim que nossa filha ia para a cama, deixando-me sozinho na sala. Nesses dias ela irradiava desprezo, e eu ficava me perguntando se minha mulher ainda me amava.

Mas tudo era imprevisível, e as regras mudavam de repente, depois tornavam a mudar. Vivian exibia uma raiva explícita, então ficava passiva-agressiva, o que mais correspondesse ao seu humor. Suas expectativas em relação a mim se tornaram cada vez mais vagas. Na metade do tempo, eu não sabia ao certo o que fazer ou o que não fazer, e depois de um rompante ficava remoendo os acontecimentos para tentar entender o que havia feito para irritá-la. Ela também não me contava; pelo contrário, negava que houvesse algo errado ou então me acusava de estar exagerando. Muitas vezes parecia que eu andava num campo minado, e que tanto meu estado emocional quanto meu casamento estavam em risco... e então, por motivos igualmente misteriosos para mim, nosso relacionamento voltava a ser algo *parecido* com o normal. Ela perguntava sobre o meu dia ou se eu queria um prato especial no jantar, e depois de London ir para a cama nós transávamos, sinal definitivo de que eu fora perdoado. Quando isso acontecia, eu dava um suspiro de alívio e torcia para as coisas finalmente voltarem a ser como antes.

Vivian negaria minha versão desses acontecimentos ou pelo menos o modo como os estou interpretando. Negaria *com raiva*. Ou então diria que seus atos e seu comportamento eram reações a coisas que eu tinha feito. Diria que eu tinha uma visão pouco realista do casamento, que de alguma forma eu esperava que a lua de mel durasse para sempre, o que era simplesmente impossível. Segundo Vivian, eu levava o estresse do trabalho para casa, quem tinha oscilações de humor era eu, não ela, e eu lidava mal com o fato de minha esposa ter podido ficar em casa e muitas vezes descontava nela meu ressentimento.

Seja qual for a versão verdadeira e objetiva dos acontecimentos, no meu coração o que eu queria mesmo era que Vivian fosse feliz. Ou, mais especificamente, *feliz comigo*. Ainda a amava, no fim das contas, e tinha saudade do jeito como ela costumava sorrir e dar risada quando estávamos juntos; tinha saudade das nossas conversas intermináveis e de como costumávamos ficar de mãos dadas. Tinha saudade da Vivian que me fizera acreditar que eu era digno do seu amor.

No entanto, com exceção das noites de sexta-feira, nosso relacionamento seguiu evoluindo gradualmente em direção a algo que eu nem sempre reconhecia ou sequer desejava. O desprezo de Vivian começou a me *magoar*. Passei a maior parte desses anos decepcionado comigo mesmo por desapontá-la constantemente e jurando tentar lhe agradar mais ainda.

Agora vamos avançar de novo para a noite da festa de Natal da empresa.

– Supere isso – disse ela, e essas palavras continuaram a ecoar na minha mente enquanto eu me vestia.

Eram palavras ríspidas, sem empatia, que não levavam em conta o que eu sentia, mas mesmo assim o que mais me lembro dessa noite é que Vivian estava ainda mais estonteante do que de costume. Usava um vestido de festa preto, escarpins e o colar com pingente de brilhante que eu lhe dera de presente no seu último aniversário. Os cabelos soltos caíam nos ombros, e quando ela saiu do banheiro tudo que consegui fazer foi olhá-la.

– Você está linda – falei.

– Obrigada – disse ela, e pegou a bolsa.

No carro, o clima entre nós ainda era tenso. Conversamos amenidades e, ao perceber que eu não tornaria a mencionar Peters, o humor dela começou a melhorar. Quando chegamos à festa, era quase como se tivéssemos firmado um acordo tácito para fingir que meu comentário e a resposta dela jamais tinham sido pronunciados.

Mas Vivian havia me escutado. Por mais que tivesse ficado irritada, passou praticamente a noite inteira ao meu lado. Peters conversou conosco em três momentos diferentes e duas vezes perguntou a Vivian se ela desejava beber alguma coisa; estava claro que ele queria que ela o acompanhasse até o bar. Em ambas as ocasiões, ela negou com a cabeça e disse que já havia pedido sua bebida aos garçons. Foi educada e simpática, e me peguei pensando se, afinal, eu estava colocando peso demais na situação com Peters. Ele podia dar em cima da minha mulher quanto quisesse, mas no fim da noite ela voltaria para casa comigo e isso era tudo que importava, certo?

A festa em si não foi nada de mais, nem pior nem melhor, nem muito diferente de qualquer outra festa de Natal da empresa. No entanto, depois de chegarmos em casa e dispensarmos a adolescente que havíamos contratado como babá, Vivian me pediu que lhe servisse uma taça de vinho e foi ver como London estava. Quando enfim cheguei ao nosso quarto, havia velas acesas e ela estava só de lingerie... e...

Vivian era assim: tentar adivinhar o que faria a seguir era inútil. Mesmo depois de sete anos, ela ainda conseguia me impressionar, às vezes com tanto carinho que eu me sentia perfeitamente feliz.

Erro crasso.

É mais ou menos assim que penso naquela noite agora, pelo menos quanto à minha carreira na agência.

No fim das contas, Jesse Peters não gostou de ser ignorado por Vivian e, a partir de então, um vento perceptivelmente frio começou a soprar da sala dele em direção à minha. No início foi sutil: na manhã de segunda-feira depois da festa, quando cruzei com ele no corredor, Peters passou por mim com um meneio seco de cabeça, e dias depois, durante uma reunião de criação, fez perguntas a todos, menos a mim.

Pequenas afrontas desse tipo continuaram a acontecer, mas, como eu estava envolvido em mais uma campanha complexa, de um banco que queria algo centrado na integridade mas que ao mesmo tempo parecesse *novo*, não dei muita importância. Então veio o recesso e, como nosso escritório ficava *sempre* uma certa loucura no início do ano, só no final de janeiro notei que Jesse Peters mal falava comigo havia pelo menos um mês e meio. Então comecei a passar na sua sala, mas o assistente sempre dizia que ele estava numa ligação ou ocupado com outra coisa.

O que finalmente me fez entender a gravidade da sua cisma comigo aconteceu em meados de fevereiro, quando ele enfim me procurou. Na verdade, solicitou me ver, por meio de sua secretária e depois da minha, o que em outras palavras significava que eu não tinha escolha. A empresa havia perdido um cliente importante, dono de concessionária com oito lojas espalhadas por Charlotte, e a conta era minha. Depois de eu explicar os motivos pelos quais, na minha opinião, o cliente tinha escolhido outra agência, ele me encarou com um olhar firme. Mais significativo ainda, não tocou no nome de Vivian nem pediu notícias dela. Ao fim da conversa, saí da sala me sentindo como os executivos que eu vira à beira de um ataque de nervos, e aos quais costumava me considerar superior. Tive a desalentadora sensação de que meus dias no Grupo Peters de repente estavam contados.

Mais difícil ainda de suportar foi o fato de que o dono da concessionária, um homem na casa dos 60 anos, não tinha ido embora por causa de nada que eu fizera ou deixara de fazer. Eu vira os anúncios impressos e os comerciais de TV feitos pela agência que assumiu a conta e ainda acho que nossas ideias eram mais criativas e eficientes.

Mas os clientes podem ser volúveis. Dificuldades na economia, uma mudança administrativa ou simplesmente o desejo de cortar custos a curto prazo podem levar a mudanças que afetam nossa área, mas às vezes os negócios em si não têm nada a ver com a história. Nesse caso específico, o cliente estava passando por um divórcio e precisava de dinheiro para pagar a indenização; cortar a publicidade nos seis meses seguintes o faria economizar mais de 100 mil dólares, e ele teria de juntar cada centavo, pois a ex-mulher havia contratado um advogado famoso por ser jogo duro. Com as despesas jurídicas se acumulando e uma provável indenização pesada a pagar, o sujeito estava cortando tudo que conseguia, e Peters sabia disso.

Um mês depois, quando outro cliente debandou, dessa vez uma cadeia de postos de saúde, o desprazer do meu chefe ficou ainda mais evidente. Não era um cliente importante. Na verdade, mal chegava a ser classificado como um cliente *médio*. E ele pareceu não dar nenhuma importância para o fato de eu ter captado três contas novas desde o início do ano. Pelo contrário: me convocou outra vez e declarou em voz alta que "talvez você esteja perdendo a mão" e que "os clientes talvez tenham parado de confiar no seu julgamento". Para coroar a reunião, ele chamou Todd Henley e anunciou que, dali em diante, nós iríamos "trabalhar juntos". Henley era um executivo ambicioso que estava na agência havia cinco anos e, embora fosse razoavelmente criativo, seu verdadeiro talento era navegar as águas da política corporativa. Eu sabia que ele estava de olho no meu cargo. Não era o único, mas era o mais puxa-saco de todos. Quando, de uma hora para outra, começou a passar mais tempo na sala de Peters, sem dúvida alegando ser mais responsável do que de fato era por alguma campanha na qual estivéssemos trabalhando juntos e depois saindo com um sorrisinho satisfeito, entendi que precisava fazer outros planos.

Minha experiência, meu cargo e meu salário da época não me deixavam muitas alternativas. Como Peters dominava o negócio publicitário na região de Charlotte, tive que pesquisar mais longe. Em Atlanta, a agência de Peters era a segunda maior, e estava crescendo graças à aquisição de concorrentes menores e à prospecção de novos clientes. O atual líder do mercado tinha passado por duas transições recentes na direção e não estava contratando ninguém. Em seguida procurei empresas em Washington, Richmond e Baltimore, pensando que ficar perto dos pais tornaria a mudança de Charlotte mais suportável para Vivian. Mas também não consegui nem uma entrevista nessas cidades.

Havia outras possibilidades, claro, dependendo de quanto eu estivesse disposto a me afastar de Charlotte. Entrei em contato com sete ou oito agências localizadas no Sudeste e Meio-Oeste, mas, a cada telefonema, aumentava minha certeza de que não queria me mudar. Meus pais moravam ali, Marge e Liz também. Charlotte era meu lar. E com isso a ideia de *abrir meu próprio negócio*, uma pequena agência de publicidade, começou a surgir das cinzas como a mítica fênix. Que, aliás, percebi, por acaso também daria um ótimo nome...

Agência Fênix: com a gente, seu negócio vai alcançar um sucesso jamais visto.

De repente, eu já podia ver o slogan nos cartões de visita e me imaginava falando com clientes. Quando fui visitar meus pais, comentei casualmente sobre o assunto com meu pai. Ele rebateu imediatamente que não era uma boa ideia, e Vivian tampouco ficou animada. Eu a vinha mantendo informada sobre minha busca por emprego e, quando falei sobre a ideia da Agência Fênix, ela sugeriu que eu procurasse alguma coisa em Nova York ou Chicago, dois lugares que eu considerava impossíveis. Mesmo assim, não consegui tirar aquele sonho da cabeça, e as vantagens não paravam de surgir na minha mente.

Como trabalharia sozinho, eu teria poucos custos.

Tinha intimidade com vários donos de empresas e outros executivos em toda Charlotte.

Era excelente no que fazia.

Teria uma agência exclusiva, que só atenderia uns poucos clientes.

Poderia cobrar menos e ganhar mais.

Enquanto isso, no trabalho, comecei a analisar números e fazer projeções. Liguei para alguns clientes perguntando se eles estavam satisfeitos com os serviços e os custos praticados pelo Grupo Peters, e as respostas aumentaram minhas certezas de que não havia como fracassar. Enquanto isso, Henley estava me sabotando e deixando meu emprego na corda bamba toda vez que entrava na sala de Peters, e o patrão começou de fato a me olhar de cara feia.

Foi então que eu soube que Peters iria me mandar embora, ou seja, eu não tinha outra escolha senão abrir meu próprio negócio.

Tudo que me restava fazer era avisar Vivian oficialmente.

O que poderia ser melhor do que comemorar meu futuro sucesso na nossa noite de sexta-feira?

Claro, eu poderia ter escolhido outra noite, mas queria compartilhar meu entusiasmo com ela. Queria seu apoio. Queria dividir meus planos, e que ela estendesse a mão por cima da mesa, segurasse a minha e dissesse: *Você não faz ideia de há quanto tempo estou esperando você fazer uma coisa assim. Não tenho a menor dúvida de que vai ser um sucesso. Sempre acreditei no seu potencial.*

Cerca de um ano mais tarde, quando confessei a Marge as minhas expectativas com relação àquela noite, ela chegou a gargalhar.

– Deixa eu entender direito: você basicamente destruiu a sensação de segurança dela e disse que estava prestes a virar suas vidas de cabeça para baixo... e acreditou mesmo que ela iria achar isso uma boa ideia? Pelo amor de Deus, vocês tinham uma filha! E uma hipoteca. Sem falar nas outras despesas. Ficou maluco?

– Mas...

– Não me venha com "mas". Você sabe que Vivian e eu nem sempre concordamos, mas nessa noite ela estava certa.

Talvez Marge tivesse razão, mas as coisas sempre parecem mais claras depois que acontecem. Na noite em questão, depois que London foi para a cama, preparei uns bifes, praticamente a única coisa que sabia fazer direito na cozinha, enquanto Vivian fazia uma salada, cozinhava brócolis no vapor e salteava vagens com amêndoas em lascas. Devo acrescentar que Vivian *nunca* comia o que poderíamos chamar de carboidratos *pouco saudáveis*: pão, sorvete, macarrão, açúcar ou qualquer coisa que contivesse farinha branca. Eu achava todas essas coisas muito saborosas e as comia no almoço, o que provavelmente explicava meus pneuzinhos.

Mas o jantar foi tenso desde o começo. Minha intenção era manter o clima leve e descontraído, o que só pareceu deixá-la mais nervosa, como se estivesse se preparando para o que estava por vir. Vivian sempre fora capaz de me ler como Moisés leu os Dez Mandamentos, e, vendo seu desconforto crescente, tentava mais ainda manter o clima relaxado, o que só a fez se sentar ainda mais ereta na cadeira.

Esperei até termos quase acabado o jantar. Ela havia comido no máximo 100 gramas da carne, e eu acabara de completar sua taça de vinho quando comecei a falar sobre Henley, Peters e minha desconfiança de que seria demitido. Como ela só meneava a cabeça, tomei coragem e comecei a falar sobre meus planos, explicando minhas projeções e enfatizando todos os motivos para a decisão. Enquanto eu falava, ela poderia muito bem ter passado por uma estátua. Nunca a vira ficar tão imóvel. Não desviava os olhos nem para a taça de vinho. Tampouco fez qualquer pergunta até eu terminar. O silêncio tomou conta do ambiente e reverberou nas paredes.

– Tem certeza de que é uma boa ideia? – perguntou ela por fim.

Não era o apoio entusiasmado que eu queria, mas tampouco ficou brava, o que interpretei como um bom sinal. Outro erro idiota.

– Na verdade estou apavorado, mas, se não fizer isso agora, não sei se algum dia vou conseguir – admiti.

– Você não é um pouco novo para abrir a própria agência?

– Estou com 35. Peters tinha só 30 quando abriu a dele.

Ela contraiu os lábios, e quase pude ver as palavras se formando na sua mente: *Só que você não é Peters.* Felizmente, ela não as pronunciou. Em vez disso, aproximou as sobrancelhas uma da outra, embora nenhuma ruga tenha se formado. Aquela mulher era mesmo um assombro no quesito envelhecimento.

– E você pelo menos sabe como abrir sua própria agência?

– É como qualquer outro negócio, e as pessoas vivem abrindo negócios. Basicamente, a coisa se resume a preencher os documentos certos, contratar um bom advogado e um bom contador, e montar o escritório.

– E quanto tempo isso iria levar?

– Sei lá, um mês? E quando eu tiver montado o escritório começo a captar clientes.

– Se eles decidirem contratar você.

– Vou conseguir os clientes – falei. – Não é isso que me preocupa. Peters é caro, mas eu já trabalho com alguns desses clientes há anos. Tenho certeza de que eles vão abandonar o barco se tiverem oportunidade.

– Mas mesmo assim você vai ficar um tempo sem ganhar nada.

– A gente só vai ter que cortar algumas despesas. Como a faxineira.

– Você quer que eu faça a faxina?

– Eu posso ajudar – garanti.

– Claro. E onde vai arrumar dinheiro para tudo isso?

– Estava planejando usar parte do que temos aplicado.

– O que temos aplicado? – repetiu ela.

– Temos mais do que o suficiente para viver um ano.

– Um ano? – indagou ela, repetindo outra vez minhas palavras.

– E isso sem renda nenhuma. O que não vai acontecer.

Ela aquiesceu.

– Sem renda nenhuma.

– Sei que agora soa assustador, mas no fim tudo vai valer a pena. E a sua vida não vai mudar.

– Exceto pelo fato de que você espera que eu vire sua empregada, você quer dizer.

– Não foi isso que eu disse...

Ela me interrompeu antes de eu terminar:

– Peters não vai simplesmente ficar sentado aplaudindo sua coragem. Se ele achar que você está tentando roubar os clientes dele, vai fazer o que puder para acabar com o seu negócio.

– Ele pode tentar – falei. – Mas no final das contas o que importa é o dinheiro.

– Ele tem mais dinheiro.

– Estou falando do dinheiro dos clientes.

– E eu estou falando de dinheiro para nossa *família* – disse ela, e havia agora rispidez na sua voz. – E a gente, como fica? E eu? Você espera que eu simplesmente aceite isso? Pelo amor de Deus, a gente tem uma filha!

– E eu devo abrir mão do meu sonho e pronto?

– Não comece a bancar o mártir. Detesto quando você faz isso.

– Não estou bancando o mártir. Estou tentando conversar...

– Não, não está! – disse ela, levantando a voz. – Está dizendo o que *você* quer fazer, mesmo que não seja bom para nossa família!

Suspirei e me concentrei em manter a voz firme.

– Tenho certeza de que Peters vai me mandar embora, e não há nenhum outro emprego por aqui.

– Já tentou conversar com ele?

– É claro que eu tentei conversar com ele.

– Se você está dizendo...

– Não acredita em mim?

– Só em parte.

– Que parte?

Ela jogou o guardanapo no prato e se levantou da mesa.

– A parte em que você vai fazer o que quer, mesmo que vá nos prejudicar.

– Está dizendo que eu não ligo para nossa família?

Mas a essa altura ela já havia saído da sala.

Passei a noite no quarto de hóspedes. E, embora tenha se mantido razoavelmente cordata e respondido às minhas perguntas com uma ou duas palavras, Vivian não falou comigo nos três dias seguintes.

Apesar de seu talento para me manter vivo durante a juventude e me oferecer pérolas de sabedoria quando eu errava, parte de Marge se ressentiu de ter que bancar minha babá quando chegou à adolescência. Ela começou a passar muito tempo ao telefone e, consequentemente, eu comecei a assistir muita TV. Não sei quanto às outras crianças, mas aprendi boa parte do que sei sobre comerciais e publicidade por simples osmose. Não foi na faculdade, nem com os colegas mais velhos e mais experientes na agência, já que metade deles gastava suas energias criativas tentando sabotar a carreira da outra metade, com os cumprimentos de Peters. Sem saber o que fazer ao ser lançado de cabeça no mundo do trabalho, eu escutava os clientes descreverem o objetivo que tinham em mente, apelava para minha reserva de memórias e inventava uma abordagem nova para comerciais antigos.

É claro que não era tão simples. A publicidade abarca muito mais do que apenas comerciais de TV. Ao longo dos anos, eu tinha inventado slogans atraentes e fáceis de lembrar para anúncios impressos e outdoors, escrito roteiros para anúncios de rádio e televendas, e ajudado a redesenhar sites e a criar campanhas viáveis de mídia social; fizera parte de uma equipe focada em buscas na internet e banners publicitários direcionados a códigos postais, faixas de renda e níveis de instrução específicos, e para um cliente em especial havia concebido e executado propagandas em vans de entrega. Enquanto, no Grupo Peters, praticamente todo esse trabalho era realizado internamente por equipes diferentes, quando eu me tornasse independente seria responsável por tudo que o cliente necessitasse, e, embora fosse forte em algumas áreas, eu era fraco em outras, particularmente quando envolvia tecnologia. Por sorte, estava no ramo havia tempo suficiente para conhecer fornecedores locais que faziam os serviços de que eu precisava e fui entrando em contato com cada um deles.

Eu não tinha mentido para Vivian quando dissera que captar clientes não me preocupava, mas infelizmente cometi um erro, um erro carregado de ironia. Esqueci de planejar uma campanha publicitária para minha própria empresa. Deveria ter gastado mais dinheiro em um site de qualidade na internet e criado materiais promocionais que refletissem a empresa que eu pretendia ter, não aquela que eu estava construindo do zero. Deveria ter montado um bom e-mail marketing que instigasse os clientes a recorrer a mim.

Em vez disso, porém, passei o mês de maio me certificando de que a estrutura que iria acomodar meu sucesso estava pronta. Usei uns dias de férias, contratei um advogado e um contador, e preenchi os documentos necessários. Aluguei uma sala com uma recepcionista compartilhada. Comprei equipamentos, assinei contratos de locação de outros equipamentos e abasteci meu escritório com o material de que sabia que iria precisar. Li livros sobre como abrir um negócio, todos os quais enfatizavam a importância de estar adequadamente capitalizado, e em meados de maio dei meu aviso prévio de duas semanas. Se algo diminuía minha empolgação, era o fato de eu ter subestimado o capital inicial, enquanto as contas regulares não paravam de chegar. O ano sem renda que eu havia mencionado a Vivian tinha se reduzido a nove meses.

Mas isso não tinha importância. Veio o mês de junho e, com ele, o momento de lançar oficialmente a Agência Fênix. Mandei cartas para clientes com quem já havia trabalhado explicando os serviços que a empresa oferecia e prometendo uma economia significativa, além de afirmar que esperava que eles entrassem em contato. Fiz algumas ligações e marquei reuniões, então me recostei na cadeira e fiquei esperando o telefone tocar.

4
O verão do meu descontentamento

Nos últimos tempos, passei a acreditar que ter um filho bagunça nossa noção do tempo, misturando passado e presente como em um liquidificador. Quando olhava para London, o passado muitas vezes tomava o primeiro plano dos meus pensamentos e as lembranças começavam a surgir.

– Papai, por que você está sorrindo? – perguntava ela.

– Porque estou pensando em você.

Na minha imaginação podia vê-la pequenininha, dormindo no meu colo, dando seu primeiro e mágico sorriso ou mesmo se virando sozinha pela primeira vez. Ela estava com pouco mais de 5 meses e eu a tinha deitado de bruços para uma soneca enquanto Vivian estava na aula de ioga. Quando London acordou, tive que olhar duas vezes para entender que ela estava deitada de costas, sorrindo para mim.

Outras vezes eu me lembrava dela um pouquinho maior, de seu jeito cauteloso de engatinhar ou de segurar as pernas da mesa para se equilibrar quando estava aprendendo a ficar em pé; lembro que segurei a mão dela e a ajudei a ir para lá e para cá pelo corredor até ela aprender a andar sozinha.

Mas eu perdi muita coisa, principalmente algumas primeiras vezes. Perdi sua primeira palavra, por exemplo, e estava fora da cidade quando seu primeiro dente de leite caiu. Perdi a primeira vez em que ela comeu papinha. Mas ter perdido esses momentos não mudou grande coisa na minha reação quando enfim presenciei esses fatos. Afinal de contas, para mim ainda era a primeira vez.

Infelizmente, porém, existe muita coisa que não recordo. Nem tudo pode ser reduzido a um único acontecimento. Quando exatamente ela deixou de engatinhar e começou a andar? Quando evoluiu daquela primeira palavra para frases curtas? Esses períodos de evolução lenta e inevitável agora parecem se fundir, e eu às vezes tenho a sensação de ter virado as costas por um segundo e descoberto que uma versão mais atualizada de London havia substituído a antiga.

Também não me lembro de quando o quarto e os brinquedos dela mudaram. Posso visualizar seu quarto de bebê nos menores detalhes, até o friso do papel de parede com imagens de patinhos. Mas quando é que os blocos de montar e as lagartas de pelúcia foram guardados na caixa que hoje fica no canto? Quando a primeira Barbie apareceu, e como London começou a fantasiar uma vida para a boneca, inclusive a cor da roupa que a Barbie precisa usar quando está na cozinha? Quando London tinha crescido e deixado de ser um bebê?

Às vezes me pego com saudades da London que conheci e amei. Ela foi subs-

tituída por uma menininha com opiniões sobre seu penteado, que pedia à mãe para pintar suas unhas e que em pouco tempo passaria a maior parte do dia na escola, aos cuidados de uma professora que ainda não conhecia. Nesses dias me pego desejando reverter os ponteiros do relógio para viver com mais intensidade os primeiros cinco anos de London: trabalharia menos, passaria mais tempo brincando com ela e compartilharia seu assombro com o voo das borboletas. Queria que ela soubesse quanta alegria trouxe para minha vida e que fiz o melhor que pude. Queria que ela entendesse que, embora a mãe estivesse sempre com ela, eu a amava tanto quanto é possível um pai amar uma filha.

Então me pergunto por que às vezes sinto que esse tanto não basta.

O telefone não tocou.

Nem na primeira semana, nem na segunda, nem mesmo na terceira. Embora eu tivesse me encontrado com mais de uma dezena de clientes potenciais, e todos tivessem manifestado um interesse inicial, o telefone do meu escritório permaneceu mudo. Pior ainda: o mês foi chegando ao fim e nenhum deles aceitou reservar mais tempo para conversar comigo quando os procurei, e suas secretárias chegaram a pedir que eu parasse de ligar.

Peters.

Era óbvio que aquilo tinha o dedo dele, e voltei a pensar no alerta de Vivian. "*Se ele achar que você está tentando roubar os clientes dele, vai fazer o que puder para acabar com seu negócio.*"

No início de julho, eu já estava deprimido e preocupado, situação agravada pela última fatura do cartão de crédito. Vivian obviamente tinha levado ao pé da letra quando eu disse que sua vida não iria mudar em nada; tinha *resolvido coisas* feito louca e, como eu havia dispensado a faxineira, nossa casa agora vivia de pernas para o ar. Depois do trabalho, eu precisava passar uma hora recolhendo objetos, lavando roupa, passando o aspirador e limpando a cozinha. Tinha a sensação de que Vivian via o fato de eu ter assumido as tarefas da casa, bem como da conta do cartão, como uma espécie de penitência merecida.

Desde que eu abrira minha própria agência, nossas conversas eram superficiais. Eu falava pouco sobre trabalho; ela mencionou uma vez, casualmente, que havia começado a sondar o mercado em busca de um emprego de meio período. Conversávamos sobre nossas famílias e sobre amigos e vizinhos. Mas nosso principal assunto, sempre seguro, era London. Ambos pressentíamos que a menor das desfeitas ou qualquer palavra fora do lugar poderia levar a uma discussão.

O Quatro de Julho caiu num sábado e tudo que eu queria era passar o dia relaxando. Queria esquecer as preocupações sobre dinheiro, contas e clientes que ignoravam minhas ligações. Queria calar a vozinha na minha cabeça que começara a perguntar se eu deveria arrumar um segundo emprego ou procurar de novo vagas em outras cidades. Queria fugir da vida adulta por um dia, e então coroar o feriado com uma noite romântica na companhia de Vivian, pois isso me faria sentir que ela ainda acreditava em mim, mesmo que sua fé estivesse fraquejando.

No entanto, com ou sem feriado, Vivian reservava a manhã de sábado para a Hora de Cuidar de Si, e logo depois de acordar ela saiu para a aula de ioga, depois iria para a academia. Dei um pouco de cereal para London comer e fomos para o parque; à tarde, fomos os três a uma festinha no bairro. Houve jogos para as crianças, e Vivian ficou conversando com as outras mães enquanto eu tomava umas cervejas com os pais. Não os conhecia muito bem; assim como eu até recentemente, eles trabalhavam bastante e, ouvindo a conversa deles, eu não parava de pensar no meu iminente fiasco financeiro.

Mais tarde, enquanto os fogos de artifício iluminavam o céu acima do BB&T Ballpark, continuei a sentir a tensão no pescoço e nos ombros.

No domingo, continuava me sentindo mal.

Mais uma vez esperava ter o dia para relaxar, mas depois do café da manhã Vivian disse que tinha umas *coisas para resolver* e iria passar a maior parte do dia fora. Seu tom de voz, entre casual e desafiador, deixava bem claro que aquilo já estava decidido e que estava mais do que pronta para bater boca se eu quisesse.

Eu não quis. Em vez disso, com um nó na barriga, eu a vi entrar no utilitário e me perguntei não apenas como iria conseguir segurar minha própria onda, mas como manteria London entretida o dia inteiro. Nesse instante, porém, me lembrei de um slogan que tinha inventado no meu primeiro ano como publicitário.

Quando você estiver com problemas e precisar de alguém do seu lado...

Escrevi isso para um advogado especializado em responsabilidade civil, que lidava com acidentes de trabalho e coisas assim, e, embora o sujeito tenha sido advertido pelo conselho e perdido a licença para exercer a profissão, o anúncio fez vários outros advogados das redondezas procurarem a minha agência. Fiquei com a conta da maioria deles; era o cara que todos procuravam quando queriam publicidade na área do direito, e Peters ganhou uma tonelada de dinheiro com isso. Alguns anos depois, o jornal *Charlotte Observer* publicou um artigo afirmando que o Grupo Peters era considerado *o caça-ambulâncias do mundo publicitário* e alguns executivos das áreas financeira e imobiliária ficaram descontentes com essa associação. Com relutância, Peters dispensou os escritórios de advocacia, mesmo que isso lhe causasse alguma dor, e anos depois ainda reclamava de ter sido extorquido pelos mesmos bancos que não tinha o menor problema em explorar, pelo menos na hora de cobrar os honorários.

Mesmo assim, eu *estava com problemas e precisava de alguém do meu lado*, e tomei a súbita decisão de visitar meus pais.

Se eles não estiverem do seu lado, você está mesmo com problemas.

É difícil imaginar minha mãe sem avental. Ela parecia convencida de que o avental era uma peça tão fundamental do guarda-roupa feminino quanto a calcinha e o sutiã, pelo menos em casa. Quando eu era pequeno, já estava de avental quando Marge e eu descíamos para tomar café da manhã; punha um assim que entrava pela porta depois do trabalho e continuava com ele bem depois de o jantar ter acabado e de a cozinha estar limpa. Se eu perguntava por quê, respondia que gostava dos bolsos, que o avental a mantinha aquecida ou então que talvez fosse tomar uma xícara de café descafeinado mais tarde e não queria que respingasse na roupa.

Pessoalmente, acho que era só uma mania, mas isso facilitava a compra de presentes de Natal e aniversário, e ao longo dos anos a coleção dela foi aumentando. Minha mãe tinha aventais de todas as cores, de todos os comprimentos e estilos. Tinha aventais para certas estações, aventais com slogans, aventais que Marge e eu fizéramos para ela quando crianças, aventais com o nome "Gladys" aplicado no tecido, e alguns até rendados, embora ela os considerasse ousados demais para usar. Eu sabia muito bem que no sótão havia sete caixas de aventais perfeitamente dobrados, e duas portas de armário inteiras na cozinha eram dedicadas à coleção. Aquilo sempre constituíra certo mistério para Marge e para mim: como nossa mãe escolhia o seu Avental do Dia ou mesmo como conseguia encontrar o escolhido no meio de todos os outros.

Depois de ela se aposentar, pouca coisa havia mudado em seu hábito de usar aventais. Minha mãe tinha trabalhado não porque amava o emprego, mas porque nossa família precisava do dinheiro e, quando parou, entrou para um clube de jardinagem, tornou-se voluntária do centro da terceira idade e membro ativo do clube de senhoras Red Hat Society: a "sociedade do chapéu vermelho". Assim como Vivian e London, era como se ela tivesse algo planejado para cada dia da semana, coisas que a faziam feliz, e eu tinha a nítida impressão de que os aventais escolhidos por ela nos últimos anos refletiam uma disposição mais alegre. Os lisos haviam sido relegados ao fundo da gaveta. No alto estavam os estampados com flores e passarinhos, e um ou outro com frases do tipo *Aposentada: jovem de coração, mas velha em outros lugares*.

Quando cheguei com London, minha mãe usava um avental vermelho e azul quadriculado, sem bolso, como não pude deixar de reparar, e seu rosto se iluminou ao ver a neta. Ao longo dos anos, ela havia começado a se parecer menos com a mãe que eu tinha conhecido e mais com uma avó tipicamente americana, do tipo que Norman Rockwell poderia ter criado para a capa do jornal *The Sa-*

turday Evening Post. Minha mãe tinha cabelos grisalhos, bochechas rosadas, e era cheinha na medida certa. Nem preciso dizer que London ficou igualmente radiante ao vê-la.

Melhor ainda: Liz e Marge também estavam lá. Depois de me darem um abraço e um beijo rápido, todas as atenções foram voltadas para minha filha e eu me tornei quase invisível. Liz a pegou no colo praticamente assim que London passou pela porta, e na mesma hora a menina começou a falar feito uma matraca. Marge e Liz prestavam atenção em tudo e, assim que escutei a palavra cupcakes, soube que London ficaria ocupada pelas duas horas seguintes, no mínimo. Minha filha adorava fazer bolo, o que era estranho, uma vez que Vivian não apreciava especialmente essa atividade, que envolvia grandes quantidades de farinha branca e açúcar.

– Como foi seu feriado? – perguntei para minha mãe. – Você e papai viram os fogos?

– Ficamos em casa. Tem gente e carro demais na rua. E vocês?

– O de sempre. Uma festinha no bairro, e depois fomos ao estádio.

– A gente também foi – disse Liz. – Vocês deveriam ter ligado. Poderíamos ter combinado de nos encontrar.

– Não pensei nisso. Desculpe.

– Você gostou dos fogos, London? – perguntou Marge.

– Foi muito bonito. Mas alguns eram bem barulhentos.

– Eram mesmo.

– A gente pode fazer os cupcakes agora?

– Claro, querida.

Estranhamente, minha mãe não foi com elas. Em vez disso, ficou perto de mim, e esperou as três entrarem na cozinha antes de finalmente alisar o avental. Era o que sempre fazia quando estava nervosa.

– Está tudo bem, mãe?

– Você precisa falar com ele. Ele tem que ir ao médico.

– Por quê? O que houve?

– Estou com medo de ele estar com o câncer.

Minha mãe nunca dizia apenas "câncer". Era sempre *o* câncer. E pensar *no câncer* a deixava apavorada. Seu pai e sua mãe, além de dois irmãos mais velhos, morreram da doença. Desde então, *o câncer* tinha se tornado um tema recorrente nas conversas com minha mãe, um bicho-papão à espreita para atacar quando menos se esperava.

– Por que você acha que ele está com câncer?

– Porque o câncer dificulta a respiração. Foi a mesma coisa que aconteceu com meu irmão. Primeiro o câncer leva embora seu fôlego, depois leva o resto.

– Seu irmão fumava dois maços de cigarro por dia.

– Mas seu pai não fuma. E outro dia ele teve dificuldade para recuperar o fôlego.

Pela primeira vez, notei que o rosado natural de suas bochechas tinha sumido.

– Por que não me contou? O que houve?

– Estou contando agora. – Ela inspirou fundo. – Na quinta-feira, depois do trabalho, ele estava na varanda dos fundos. Eu preparava o jantar e, apesar do calor atroz do lado de fora, seu pai encasquetou de arrastar o vaso do bordo japonês de um canto da varanda para outro, para a árvore não pegar sol demais.

– Sozinho? – Eu seria incapaz de mover aquele vaso 1 centímetro sequer. Devia pesar uns 100 quilos. Talvez mais.

– Claro – respondeu ela, como se a pergunta fosse idiota. – E, depois de mudar o vaso de lugar, ele levou uns minutos para recuperar o fôlego. Precisou sentar e tudo.

– Não é de espantar. Qualquer um ficaria ofegante depois disso.

– Não seu pai.

Ela estava certa, precisei reconhecer.

– E depois, como ele ficou?

– Acabei de dizer.

– Quanto tempo ele levou para voltar ao normal?

– Não sei. Uns minutos, talvez.

– Precisou deitar no sofá ou algo assim?

– Não. Ele agiu como se não houvesse nada de errado. Na verdade, pegou uma cerveja e ligou a televisão num canal de esportes.

– Bom, se ele parecia bem...

– Ele tem que ir ao médico.

– Você sabe que ele não gosta de médicos.

– É por isso que *você* precisa falar com ele. Ele não me escuta mais. Está com os ouvidos tão entupidos quanto um ralo cheio de cabelo, e há anos não vai ao médico.

– Ele provavelmente também não vai me escutar. Já pediu a Marge para falar com ele?

– Ela disse que estava na sua vez.

Obrigado, Marge.

– Ok, vou falar com ele.

Ela aquiesceu, mas pela sua expressão preocupada pude ver que ainda estava pensando *no câncer*.

– Cadê a Vivian? Ela vem?

– Hoje somos só London e eu. A Viv está resolvendo umas coisas.

– Ah – fez minha mãe. Ela sabia o que significava *resolver umas coisas*. – Seu pai ainda deve estar lá na garagem.

* * *

Por sorte, a garagem era coberta, o que deixava a temperatura dentro do limite tolerável para um homem como eu, acostumado ao ar-condicionado de um escritório. Meu pai nem parecia perceber ou, se percebia, não reclamava. A garagem era seu santuário, e quando entrei fiquei maravilhado ao ver como o espaço era ao mesmo tempo organizado e atravancado. Ferramentas penduradas da parede, caixas de fios e gerigonças variadas que eu não saberia identificar, e uma bancada de trabalho feita em casa com gavetas repletas de todos os tipos possíveis de pregos, parafusos e porcas. Peças de motor, extensões elétricas, equipamentos de jardim, tudo tinha seu lugar no mundo do meu pai. Sempre achei que ele teria se sentido mais à vontade nos anos 1950 ou mesmo na época dos pioneiros.

Meu pai era um homem grande, de ombros largos e braços musculosos, e tinha uma sereia tatuada no antebraço, lembrança de quando servira na Marinha. Quando eu era criança, ele parecia um gigante. Embora fosse bombeiro hidráulico e trabalhasse na mesma firma havia quase trinta anos, parecia capaz de consertar qualquer coisa. Janelas ou telhados com vazamento, cortadores de grama, televisores, aquecedores, não importava: ele possuía um conhecimento inato de qual peça exata iria precisar para fazer o que estivesse quebrado voltar a funcionar perfeitamente. Sabia tudo que havia para saber sobre automóveis, contanto que tivessem sido fabricados antes de tudo ser computadorizado, e passava as tardes dos finais de semana mexendo no Ford Mustang 1974 que havia restaurado vinte anos antes e ainda usava para ir trabalhar. Além da bancada, fabricara várias coisas em casa: o deque da varanda dos fundos, o barracão, uma penteadeira para minha mãe, os armários da cozinha. Como quer que estivesse o clima, estava sempre de calça jeans e botas, e tinha um jeito exuberante de xingar que privilegiava verbos a adjetivos. Nem é preciso dizer que meu pai não tinha a menor afinidade com a cultura pop e nunca havia assistido um minuto sequer de qualquer coisa parecida com um *reality show*. Contava com o jantar na mesa pontualmente às seis e em seguida ligava num jogo de beisebol na sala de TV. Nos fins de semana, trabalhava no jardim ou na garagem, além de cuidar do gramado. Tampouco era dado a abraços. Meu pai apertava a mão das pessoas, inclusive a minha, e eu sempre notava os calos na palma e a força do aperto.

Quando o encontrei, ele estava meio escondido debaixo do Mustang, só com as pernas para fora. Conversar com meu pai na garagem muitas vezes era como conversar com um manequim largado num depósito.

– Oi, pai.

– Quem é?

Aos 60 e poucos anos, meu pai já começava a ouvir mal.

– Sou eu, Russ.

– Russ? O que está fazendo aqui?

– Vim trazer London para dar um oi. Ela está lá dentro com mamãe, Marge e Liz.

– Gracinha de menina – comentou ele.

Esse era o elogio mais entusiasmado de que meu pai era capaz, apesar de ele adorar a neta. Na verdade, o que ele mais amava na vida era ficar com London no colo enquanto assistia a um jogo.

– Mamãe disse que você ficou sem ar outro dia. Ela acha que você deveria ir ao médico.

– Sua mãe se preocupa demais.

– Quanto tempo faz que você não vai ao médico?

– Não sei. Um ano, talvez. Ele disse que eu estava ótimo.

– Mamãe falou que faz mais tempo do que isso.

– Pode ser...

Observei sua mão selecionar uma chave em meio a várias outras pousadas junto ao seu quadril e em seguida desaparecer debaixo do carro. Aquela era a minha brecha para deixá-lo em paz ou no mínimo mudar de assunto.

– O que houve com o carro?

– Um vazamento de óleo bobo. Só estou tentando entender por quê. Pode ser o filtro.

– Você deve saber.

Já eu nem teria sido capaz de encontrar o filtro de óleo. Éramos diferentes, meu pai e eu.

– Como vai o trabalho? – perguntou ele.

– Devagar – admiti.

– Imaginei que pudesse ser assim. É difícil abrir um negócio.

– Você tem algum conselho?

– Não. Ainda nem sei exatamente o que você faz.

– A gente já falou sobre isso umas cem vezes. Eu crio campanhas publicitárias, roteiros para comerciais e anúncios impressos e digitais.

Ele enfim saiu de baixo do carro, com as mãos e as unhas sujas de graxa.

– É você quem faz aqueles anúncios de carros? Aqueles em que o cara fica gritando sobre a última grande oportunidade?

– Não.

Eu também já havia respondido a essa pergunta.

– Odeio esses comerciais. São histéricos. Sempre ponho a TV no mudo.

– Eu sei. Você já me falou.

Ele começou a se levantar vagarosamente. Ver meu pai se levantar era como observar uma montanha ser empurrada para cima pela colisão de placas tectônicas.

– London veio, você disse?

– Está lá dentro.

– Vivian também, suponho.

– Não. Ela teve umas coisas para resolver hoje.

Ele seguiu limpando as mãos.

– Coisas de mulher?

Sorri. Para meu pai, no fundo um sexista à moda antiga, *coisas de mulher* significava praticamente tudo que minha mãe agora fazia, de cozinhar e fazer faxina a destacar cupons de desconto de revista ou ir às compras.

– É. Coisas de mulher.

Ele aquiesceu, achando que isso fazia total sentido, e eu pigarreei.

– Falei que ela está pensando em voltar a trabalhar?

– Hum.

– Não que a gente precise da grana. Ela já vem falando nisso há um tempo, sabe. Quero dizer, agora que London vai entrar na escola.

– Hum.

– Acho que vai ser bom para ela. Alguma coisa fácil, em meio período. Senão ela vai ficar entediada.

– Hum.

Hesitei.

– O que você acha?

– Sobre o quê?

– Sobre a Vivian voltar a trabalhar. Sobre minha nova agência.

Para ganhar tempo, ele coçou a orelha.

– Para começar, você alguma vez pensou que talvez não devesse ter largado o emprego?

Por mais homem com H que fosse, meu pai não era o tipo que se arriscava. Para ele, ter um emprego fixo e um contracheque regular mais do que superava qualquer satisfação potencial de ter o próprio negócio. Sete anos antes, o dono da firma de hidráulica sugerira que meu pai a comprasse; ele havia recusado, e a empresa fora arrematada por outro funcionário, mais jovem e com sonhos de empreendedor.

Para ser sincero, eu não esperava que meu pai me desse grandes conselhos profissionais. Isso também estava fora da sua zona de conforto, mas eu não o recriminava. Tínhamos levado vidas diferentes: enquanto eu fizera faculdade, depois de se formar no ensino médio ele servira algum tempo num destróier no Vietnã. Casara-se aos 19 anos, e aos 22 já era pai; um ano depois, perdera os pais num acidente de carro. Enquanto ele trabalhava com as mãos, eu trabalhava com a cabeça, e, embora sua visão de mundo em preto e branco, bem e mal, pudesse parecer simplista para alguns, também proporcionava um mapa de como um homem de verdade deveria conduzir a vida. Casar-se. Amar a esposa e tratá-la com respeito. Ter filhos, e ensinar a eles o valor do trabalho árduo. Cumprir suas responsabilidades. Não reclamar. Lembrar que a família vai estar sempre por perto, ao contrário da maioria das pessoas que você vai encontrar na vida. Consertar o que tiver conserto, caso contrário jogar fora. Ser um bom vizinho. Amar os netos. Fazer a coisa certa.

Eram boas regras. Na verdade, eram *ótimas* regras, e a maioria permanecera intacta durante toda a sua vida. Uma, porém, havia ficado pelo caminho e já não fazia parte dessa lista. Meu pai fora criado na Igreja Batista e durante toda a nossa juventude Marge e eu frequentamos cultos nas noites de quarta e domingo. No verão, fazíamos aulas de religião e meus pais nunca perguntavam se queríamos ou não ir à igreja. Assim como outras regras, esta só foi abandonada logo após Marge contar a meus pais que era gay.

Posso apenas imaginar quanto ela ficou nervosa. Fomos criados numa religião que considerava a homossexualidade um pecado, e meus pais acreditavam nisso piamente; talvez fossem até mais radicais, já que eram de uma geração anterior. Meu pai acabou indo falar com o pastor, um daqueles tipos fanáticos. O pastor falou que, se Marge cedesse à sua natureza, estaria optando por uma vida de pecado, e que eles deveriam levá-la para orar na esperança de obter o perdão de Deus.

Meu pai podia ser muitas coisas, duro às vezes, mal-humorado, desbocado, mas amava os filhos. Acreditava nos filhos, e quando Marge disse que não havia escolhido aquele estilo de vida, mas tinha nascido assim, ele meneou a cabeça uma vez, disse a ela que a amava, e desse dia em diante nossa família parou de frequentar o culto.

Acho que muita gente no mundo poderia aprender bastante com o meu pai.

– Você está com uma cara péssima – disse Marge.

Tínhamos nos refugiado na varanda dos fundos com dois cupcakes enquanto mamãe, Liz e London assavam outra fornada. Meu pai estava na sala de TV saboreando cupcakes diante de um jogo do Atlanta Braves, esperando que London se juntasse a ele. Ela sempre o chamava de vovô, o que eu achava uma graça.

– Você sempre sabe o que dizer para fazer alguém se sentir ótimo.

– Estou sendo sincera. Você está pálido.

– Estou cansado.

– Ah – comentou ela. – Eu me enganei. Não conheço você, nem sei dizer quando está mentindo. Você está estressado.

– Um pouco.

– A empresa não está indo bem?

Remexi-me na cadeira.

– Achava que seria um pouco mais fácil arrumar clientes. Ou pelo menos um.

– Eles vão aparecer. Você só precisa ter paciência.

Como não respondi, ela continuou:

– Como Vivian está lidando com isso?

– A gente na verdade não conversa muito sobre o assunto.

– Por que não? Ela é sua mulher.

– Não quero que ela fique preocupada. Acho que vou falar com ela quando tiver alguma boa notícia para contar.

– Viu? É aí que você se engana. Vivian deveria ser a pessoa com quem você pode falar sobre tudo.

– É, acho que sim.

– Acha? Vocês precisam melhorar a comunicação. Fazer terapia, sei lá.

– Talvez a gente devesse marcar uma hora com a Liz. Já que ela é terapeuta, digo.

– Você não poderia pagar a Liz. Não está ganhando dinheiro nenhum.

– Obrigado, agora me sinto muito melhor.

– Você prefere que eu minta para você?

– Até que seria bom, mas não.

Marge riu.

– A questão é que eu já vi isso acontecer muitas vezes.

– Viu o que acontecer?

– Os mesmos erros quando as pessoas abrem um negócio – explicou ela, e deu outra mordida no cupcake. – Otimismo de mais quanto à renda e pessimismo de menos com as despesas profissionais e domésticas. No seu caso, com os cartões de crédito.

– Como é que você sabe disso?

– Oi? Vivian e as tais *coisas para resolver*? A conta que chega no meio do mês? Não é a primeira vez que a gente tem essa conversa.

– O extrato veio um pouco alto – acabei admitindo.

– Então escute um conselho da sua irmã contadora profissional: cancele o cartão. Ou pelo menos ponha um limite.

– Não dá.

– Por quê?

– Porque eu disse para Vivian que a vida dela não ia mudar.

– E por que diabo você foi dizer uma coisa dessas?

– Porque ela não precisa ser obrigada a sofrer.

– Você percebe a maluquice que está dizendo? Comprar menos não significa sofrer. Além do mais, vocês dois deveriam ser parceiros, jogar no mesmo time, sobretudo quando a coisa aperta.

– A gente está no mesmo time. E eu amo a Vivian.

– Eu sei que ama. Ama até demais, aliás.

– Não existe amar demais.

– É, bom... Estou só dizendo que ela nem sempre é a pessoa mais fácil do mundo como esposa.

– É porque ela é mulher.

– Será que eu preciso lembrá-lo com quem você está falando?

Hesitei.

– Você acha que eu cometi um erro? Abrindo meu próprio negócio?

– Não adianta olhar para trás agora. A não ser que estivesse disposto a se mudar para o outro lado do país, você não teve escolha. Além do mais, tenho a sensação de que tudo vai acabar dando certo.

Era exatamente o que eu precisava ouvir. Mesmo assim, não pude evitar pensar que queria ter escutado aquilo de Vivian, não de minha irmã.

– Pelo visto as aulas de culinária continuam indo bem, não? – falei para Liz meia hora mais tarde.

No Natal do ano anterior, eu tinha lhe dado de presente umas aulas num lugar chamado Sonho de Chef, mas ela gostara tanto que havia continuado por conta própria. Eu agora estava no meu segundo cupcake.

– Está uma delícia.

– Esses aí foram mais obra da sua mãe. A gente não faz muito bolo no curso. Agora estamos aprendendo culinária francesa.

– Tipo caramujos e pernas de rã?

– Entre outras coisas.

– E você come isso?

– Acredite ou não, são melhores do que cupcakes.

– E já conseguiu convencer Marge a ir?

– Não, mas tudo bem. E eu gosto de ficar um pouco sozinha. Além do mais, é só uma noite por semana. Não é nada de mais.

– Falando na Marge, ela acha que eu sou um capacho.

– Ela só está preocupada com você – disse Liz.

Com seus longos cabelos castanhos, olhos amendoados cor de café e uma postura descontraída, ela fazia mais o tipo *representante de turma* do que *líder de torcida*, mas eu sempre havia pensado que isso a tornava ainda mais atraente.

– Ela sabe que você está sob muita pressão e se preocupa com você. Como anda a Vivian?

– Está bem, mas também está sentindo a pressão. Eu só quero que ela seja feliz comigo.

– Hum.

– É só o que você tem a dizer?

– O que mais você quer que eu diga?

– Sei lá. Que tal me contestar? Ou me dar um conselho?

– Por que eu faria isso?

– Porque, entre outras coisas, você é terapeuta.

– Você não é meu paciente. Mas, mesmo se fosse, não tenho certeza de que eu poderia ajudar.

– Por quê?

– Porque terapia não tem a ver com mudar outra pessoa. Tem a ver com tentar mudar a si mesmo.

A caminho do carro, dei a mão para London.

– Não conte para a mamãe que eu comi dois cupcakes, tá?

– Por quê?

– Porque não é bom para mim, e eu não quero que a mamãe fique chateada comigo.

– Tudo bem – disse ela. – Não vou contar. Prometo.

– Obrigado, querida.

London e eu entramos às seis da tarde numa casa vazia levando uma fornada de cupcakes de baunilha.

Quando mandei um torpedo para Vivian perguntando onde estava, ela respondeu: *Ainda tenho umas coisas para fazer. Chego em casa daqui a pouco.* Achei a mensagem irritante e vaga, mas, antes de replicar, London começou a me puxar pela manga e a me levar na direção da casa de três andares da Barbie que havia colocado no canto da sala de estar.

London *adorava* a Barbie; era *louca* pela Barbie. Tinha sete bonecas, dois conversíveis cor-de-rosa e uma banheira de plástico lotada com mais roupas do que o estoque inteiro de uma loja de departamentos. O fato de todas as bonecas terem o mesmo nome não parecia ter a menor importância para ela. O que mais me fascinava era que, toda vez que a Barbie mudava de cômodo na casa rosa de três andares ou mudava de atividade, London achava que ela precisava trocar de roupa. Isso acontecia mais ou menos a cada 35 segundos, e nem preciso dizer que a única coisa de que London gostava mais do que trocar a roupa da Barbie era que o papai fizesse isso para ela.

Durante a hora e meia seguinte, passei quatro dias inteiros trocando roupas de Barbies, uma atrás da outra.

Se essa frase não fez sentido, devo admitir que também não fazia muito sentido para mim. Provavelmente deve ter algo a ver com a teoria da relatividade, com o fato de o tempo ser relativo e tal, mas London não parecia se importar que eu estivesse entediado ou não, contanto que continuasse trocando as roupas. Tampouco parecia ligar se eu entendia ou não seu raciocínio ao escolher um traje específico. Em algum momento por volta do terceiro dia nesse final de tarde, lembro que peguei uma calça verde e London balançou a cabeça.

– Não, papai! Já falei que ela tem que usar calça *amarela* quando estiver na cozinha.

– Por quê?

– Porque ela está *na cozinha*.

Ah, ok.

Por fim, escutei o utilitário de Vivian chegar. Ao contrário do meu Prius, o carro gastava gasolina demais, mas era grande, seguro, e Vivian tinha insistido que jamais dirigiria uma perua, apesar de ser bem mais econômico.

– Mamãe chegou, meu amor – falei e soltei um suspiro de alívio quando London saiu correndo em direção à porta.

Assim que ela a abriu, ouvi-a gritar: "Mamãe!" Dei uma arrumada rápida no lugar em que estávamos brincando antes de ir atrás dela. Quando cheguei à porta, Vivian já estava com London no colo e o porta-malas aberto, e demorei um segundo para assimilar o que vi. Notei que os cabelos dela estavam perceptivelmente mais curtos, na altura dos ombros, mais próximos do corte que ela usava quando nos conhecemos.

Ela sorriu, semicerrando os olhos sob a luz do final da tarde de verão.

– Oi, querido! Você se importa em pegar algumas destas sacolas?

Desci os degraus escutando London tagarelar, contando à mãe sobre seu dia. Quando cheguei perto, Vivian a pôs no chão. Por sua expressão, sabia que ela estava esperando uma reação.

– Nossa – falei, e dei-lhe um beijo rápido. – Isso traz muitas lembranças.

– Gostou? – perguntou ela.

– Você está linda. Mas como conseguiu cortar o cabelo num domingo? Que salão abre hoje?

– Tem um no centro que abre domingo. Ouvi maravilhas sobre uma das cabeleireiras de lá e decidi ir experimentar.

Por que ela não comentara nada de manhã?, eu me perguntei. Além do mais, ela havia feito as unhas, e tampouco tinha comentado sobre isso.

– Também adorei, mamãe – disse London, interrompendo meus pensamentos.

– Obrigada, meu amor.

– Hoje fiz cupcakes na casa da vovó.

– Foi mesmo?

– E ficou uma delícia. Papai comeu dois.

– Sério?

Minha filha assentiu. Era óbvio que tinha esquecido o que combinamos mais cedo.

– E o vovô comeu quatro!

– Devem estar uma delícia.

Vivian sorriu. Esticou a mão para dentro do carro e pegou duas sacolas mais leves.

– Você se importa em ajudar com as compras?

– Tá – concordou London, e estendeu a mão para pegar as sacolas.

Enquanto ela subia os degraus, notei um ar travesso em Vivian, que estava claramente de bom humor.

– Dois cupcakes, é?

– O que posso dizer? – Dei de ombros. – Estavam gostosos.

Ela começou a pegar mais sacolas e me entregou quatro.

– Pelo visto vocês dois se divertiram hoje.

– Foi legal.

– Como estão seus pais?

– Bem. Minha mãe está de novo com medo de papai estar com o câncer. Disse que ele ficou sem ar outro dia.

– Isso não soa nada bem.

– Não é a história toda. Tenho quase certeza de que não há nada com que a gente deva se preocupar. Ele me pareceu bem. Mas mamãe tem razão. Ele precisa mesmo fazer um check-up.

– Me avise quando conseguir juntar o time de brutamontes para arrastá-lo. Vou querer fotografar.

Antes de olhar para a porta da frente, ela deu uma piscadela. Era o seu jeito de jogar charme.

– Você se importa em pegar o resto? – perguntou. – Quero ficar com a London um pouco.

– Claro.

Ela tornou a me beijar, e senti o leve toque de sua língua nos lábios. Sim, sem dúvida alguma ela estava jogando charme.

– E tem mais umas sacolas no banco de trás.

– Sem problemas.

Enquanto ela se afastava, comecei a pegar as sacolas de supermercado. Olhei distraído para o banco de trás, esperando ver mais sacolas daquele tipo.

Só que não eram sacolas de supermercado. O banco de trás estava abarrotado de bolsas de várias lojas de departamento chiques, e senti o estômago dar um nó. Não era de espantar que minha mulher estivesse tão bem-humorada.

Fazendo o máximo para ignorar meu estômago, fiz três viagens para descarregar o utilitário. Coloquei as sacolas chiques em cima da mesa de jantar e tinha acabado de guardar as compras de casa quando Vivian entrou na cozinha. Ela abriu o armário, pegou duas taças, e tirou uma garrafa da adega refrigerada que ficava sob o armário.

– Imagino que você precise de uma taça mais do que eu – disse ela ao servir. – London me contou que você brincou de Barbie com ela.

– Ela brincou. Eu fiquei responsável pelas roupas.

– Sei como é. Fiz isso ontem. – Ela me passou uma das taças e deu um gole na sua. – Como vão Marge e Liz?

Embora a mudança de tom tenha sido sutil, detectei na pergunta a falta de interesse real. Os sentimentos de Vivian por Marge refletiam os de Marge por Vivian, e esse era um dos motivos pelos quais minha mulher costumava se dar melhor com Liz. Dito isso, embora Vivian e Liz fossem civilizadas e educadas uma com a outra, também não eram exatamente próximas.

– Bem. London gosta muito de ficar com elas.

– Eu sei.

Indiquei com a cabeça a mesa de jantar.

– Vi que você fez compras.

– London precisava de uns vestidos de verão.

Minha filha, assim como minha mulher, sempre saía de casa como se tivesse acabado de emergir das páginas de um catálogo.

– Pensei que você já tivesse comprado as roupas de verão dela.

Vivian suspirou.

– Por favor, não faça isso.

– Isso o quê?

– Reclamar porque fiz compras. Estou tão cansada de ouvir isso.

– Não estou reclamando.

– Está de brincadeira? – perguntou ela, e pude notar a frustração. – É só o que você sabe fazer, mesmo quando eu aproveito uma liquidação. Além do mais, precisei comprar uns terninhos novos para minhas entrevistas desta semana.

Por um segundo, não tive certeza se havia escutado direito.

– Você tem entrevistas esta semana?

– Por que acha que passei o dia inteiro correndo feito uma doida? – Ela balançou a cabeça. Parecia pasma por eu não ter notado. – Falando nisso, você vai poder ficar com London, não é? Na terça à tarde e na quarta de manhã? Por umas três horas, algo assim? Parece que vou ter que conversar com vários executivos da empresa.

– Ahn... vou, acho que sim – respondi, ainda tentando processar direito a palavra "entrevistas". – Quando isso aconteceu?

– Fiquei sabendo hoje.

– Num *domingo*? Num fim de semana de *feriado*?

– Acredite, fiquei tão surpresa quanto você. Eles nem foram trabalhar na sexta. Eu estava a caminho do salão quando me avisaram.

– Por que não me ligou?

– Porque depois disso fiquei correndo para lá e para cá. E eu mesma mal consegui acreditar. Não é incrível? Acho que a gente deve comemorar hoje, mas, primeiro, que tal eu mostrar o que comprei?

Sem esperar resposta, ela seguiu na frente até a sala e tirou das sacolas os dois terninhos, um cinza e outro preto, que pendurou no encosto das cadeiras.

– O que acha?

– Muito elegantes.

Tentei não olhar as etiquetas de preço, mas não pude evitar. Meu estômago deu uma cambalhota e depois outra. Cifrões começaram a dançar na minha cabeça.

– O tecido é maravilhoso, e eu adorei o corte – disse ela. – E comprei estas aqui também, para usar com os terninhos.

Ela estendeu a mão para outra sacola e pegou quatro blusas, que pousou primeiro sobre um dos terninhos, depois sobre o outro.

– Elas combinam com os dois. Tentei economizar o máximo possível.

Não soube o que responder. Então falei:

– Ainda estou meio confuso. Como essas entrevistas surgiram? A última notícia que tive foi que você estava sondando o mercado.

– Tive sorte.

– Como assim?

– Algumas semanas atrás, liguei para Rob e disse que estava pensando em voltar para o mercado e ele prometeu me avisar se ficasse sabendo de algo. Depois liguei para meu antigo chefe em Nova York. Você se lembra dele?

Aquiesci, perguntando-me por que ela precisava indagar isso. Víamos o cara praticamente toda noite antes de desligar a TV.

– Enfim, ele disse que iria ver o que podia fazer. Eu não estava muito confiante, mas acho que ele conversou com seu empresário, e o empresário acabou me ligando. E por acaso ele conhecia um cara que conhecia um cara, e acho que meu nome foi mencionado com as pessoas certas, porque acabou que segunda-feira passada eu já estava conversando com uma das vice-presidentes sobre uma vaga e ela me pediu para mandar um currículo e três cartas de recomendação.

– Você está envolvida nisso desde segunda? E não comentou nada?

– Achei que não fosse dar em nada.

– Parece que você tinha alguma noção do rumo que poderia tomar.

– Ah, por favor. Como se eu pudesse ter previsto alguma parte do que aconteceu. – Ela começou a pendurar as blusas no encosto de uma das cadeiras. – Enfim, tive que rebolar para conseguir uma terceira recomendação. Queria alguém importante na região, mas não tinha certeza se ele iria aceitar. Mas ele escreveu a carta e mandei minha documentação na quarta-feira.

– E a vaga é de relações-públicas, você disse.

– Eu devo trabalhar direto para o presidente, mais do que para a empresa em si. Acho que ele dá muitas coletivas e entrevistas para a imprensa. Muitos dos empreendimentos dele ficam no litoral e os ambientalistas vivem protestando. Além do mais, ele agora tem um supercomitê de ação política, está se envolvendo mais na vida pública e quer ter certeza de que está sempre passando a mensagem certa.

– Quem é o presidente?

Ela ficou calada por alguns instantes, correndo os dedos por um dos terninhos.

– Antes de eu contar, só lembre que nem me ofereceram a vaga ainda. E mesmo se me oferecerem não sei se vou aceitar. Ainda não tenho todos os detalhes.

– Por que você não quer me dizer?

– Porque não quero que você fique chateado.

– Por que eu ficaria chateado?

Ela começou a recolocar os terninhos dentro do plástico protetor.

– Porque você o conhece. Na verdade, trabalhou em algumas das campanhas da empresa dele.

Liguei os pontos na mesma hora.

– Não é o Walter Spannerman, é?

Ela pareceu quase culpada.

– Na verdade, é, sim.

Lembrei como ele tinha feito com que eu me sentisse infeliz; lembrei-me também da sua tendência de contratar mulheres bonitas, de modo que seu interesse em Vivian não me chocou nem um pouco.

– Você sabe que ele é horrível, não sabe? E a empresa dele também?

– É por isso que ele quer um assessor de comunicação.

– E você acha tudo bem trabalhar para um cara desses?

– Não sei. Ainda não o conheci. Só espero conseguir impressioná-lo.

Com sua aparência, tenho certeza de que vai impressioná-lo, pensei.

– Em quantas horas por semana eles estão pensando?

– Bom, a questão é essa – respondeu ela. – É uma vaga em tempo integral. E provavelmente também vai haver algumas viagens.

– De um dia para outro?

– Em geral é isso que significam viagens, não?

– E London?

– Eu ainda não sei, ok? Vamos pensar nisso quando a hora chegar. *Se* a hora chegar. Por enquanto, será que a gente pode só comemorar? Você consegue fazer isso por mim?

– Claro.

Na mesma hora, porém, me lembrei de Spannerman e de seu relacionamento com Peters, e me peguei imaginando para quem exatamente Vivian tinha ligado pedindo aquela última recomendação.

Mas ela não teria feito uma coisa dessas, teria?

5

Mudanças

Quando London tinha 4 anos, uma bicicleta com rodinhas apareceu debaixo da árvore de Natal. Eu fizera questão de lhe comprar uma bicicleta; algumas das minhas melhores lembranças da infância eram de quando pedalava com força na minha Schwinn, perseguindo a liberdade nos dias úmidos de verão. Sim, a maioria dessas lembranças ocorrera entre 8 e 13 anos de idade, mas, quando o Natal se aproximou, pensei que London passaria um ano ou dois aprendendo a andar antes de finalmente tirar as rodinhas, e que dali a algum tempo andaria tão bem quanto eu.

Só que Vivian não ficou tão animada assim com a ideia. Embora tivesse tido uma bicicleta, não tinha as mesmas lembranças felizes que eu. Lembro-me de lhe perguntar se ela havia comprado a bicicleta nas semanas que antecederam o Natal e toda vez ela desconversava e respondia que não tivera tempo. No fim das contas, arrastei-a até a loja e comprei eu mesmo, e depois de ela ir dormir passei horas montando a bicicleta feito um dos duendes do Papai Noel.

Mal podia esperar para London experimentá-la e, assim que ela a viu debaixo da árvore, correu até lá e eu a ajudei a montar. Quando comecei a empurrá-la pela sala, Vivian se meteu e sugeriu que abríssemos alguns dos outros presentes. Como sempre, a primeira coisa em que pensei foi que minha filha ganhava coisas demais: roupas e brinquedos, material de pintura a dedo, um manequim (para vestir) e um kit para fazer bijuterias. Havia também incontáveis acessórios para a Barbie; levei uma hora só para catar o papel de embrulho e as fitas espalhadas pela sala. Enquanto isso, Vivian ficou com London e os brinquedos e as roupas que ela havia acabado de ganhar, e foi só quase ao meio-dia que eu enfim consegui levar minha filha para fora de casa.

Vivian foi conosco, mas notei que ela via aquilo mais como uma obrigação do que como uma nova e emocionante aventura para London. Enquanto eu ajudava minha filha a subir na bicicleta, ela ficou em pé nos degraus da entrada, com os braços cruzados. Fui caminhando curvado ao lado de London, segurando o guidom e vendo o ar entrando e saindo de sua boca em pequenas lufadas. Incentivei-a a pedalar e ficamos subindo e descendo a rua; dali a quinze minutos, ela me disse que já estava bom. Estava com as bochechas rosadas e eu garanti que ela se saíra muito bem. Não tenho certeza por quê, mas imaginei que fôssemos tentar mais duas ou três vezes antes de o dia terminar.

Mas não: ela passou o resto do Natal brincando com suas Barbies ou experimentando roupas sob o olhar radiante de Vivian; depois disso, fez pintura a dedo e montou duas pulseiras de contas. Mas eu não me deixei abater: havia tirado a semana de folga e fiz questão de levá-la para andar de bicicleta pelo menos uma vez por dia. Nos dias que se seguiram, à medida que ela ficava mais coordenada e menos instável, fui soltando o guidom por períodos cada vez mais longos. London ria quando eu fingia que ela estava indo tão depressa que eu não conseguia acompanhar. Passávamos cada vez mais tempo lá fora e, quando ela finalmente anunciava que tinha cansado, eu a segurava pela mão e voltávamos andando até nossa casa. Ela tagarelava animada com Vivian, e eu tinha certeza de que havia pegado o mesmo vício de bicicleta que eu e que insistiria para andar todos os dias quando eu estivesse no trabalho.

Só que não foi assim que aconteceu. Em vez disso, quando eu chegava do trabalho, com o céu já escuro e London muitas vezes de pijama, perguntava se ela havia andado de bicicleta e ela sempre respondia que não. Vivian sempre tinha um motivo para não a levar: estava chovendo, ou as duas tinham coisas a resolver, ou London estava ficando gripada, ou London simplesmente não queria. Quando eu estacionava na garagem depois do trabalho, via a pequena bicicleta que fazia minha filha rir juntando poeira no canto. E todas as vezes sentia uma dorzinha no coração. Eu não devia conhecer minha filha tão bem quanto pensava, ou talvez London e eu simplesmente gostássemos de coisas diferentes. E, embora goste de admitir, às vezes me pegava pensando se Vivian não queria que nossa filha andasse de bicicleta só porque era algo que eu queria que ela fizesse.

Em retrospecto, acho que pensei que largar meu emprego fosse ser o acontecimento mais significativo de 2015 para mim e minha mulher. Acabei me enganando, claro. Começar a trabalhar por conta própria foi apenas o primeiro dominó de uma longa série que começou a cair, com peças maiores ainda por vir.

Na semana seguinte foi a vez do dominó número dois.

Como Vivian queria se preparar para as entrevistas na segunda-feira, voltei do trabalho ao meio-dia. Limpei a casa e lavei roupa enquanto tentava manter London entretida, o que não era tão fácil quanto parecia. Na terça à tarde, enquanto Vivian fazia a entrevista, levei minha filha para um almoço um pouco mais tarde do que o normal num restaurante Chuck E. Cheese's, onde Vivian jamais pisaria. Depois de comer, ela jogou algumas partidas nas máquinas de videogame, na esperança de ganhar tíquetes suficientes para trocar por um urso de pelúcia rosa. Não chegamos nem perto e, pelos meus cálculos, eu poderia simplesmente ter comprado três ursos com o que gastei em fichas.

Na quarta-feira, optei pela rotina habitual de sábado, café da manhã e parque, mas foi impossível ignorar minha ansiedade crescente em relação ao trabalho. Eu não parava de imaginar que clientes potenciais estavam tentando entrar em contato comigo, ou pior, estavam em pé diante de um escritório obviamente fechado, mas toda vez que ligava para a recepcionista ela me dizia que não havia recados.

Como a minha lista inicial de potenciais clientes não dera resultado, comecei a ligar para empresas aleatoriamente. A partir de quarta à tarde e durante todo o dia de quinta, dei mais de duzentos telefonemas. A frase que mais ouvi foi "Não estamos interessados", mas insisti e acabei conseguindo cinco reuniões para a semana seguinte. As empresas não eram o tipo de cliente que o Grupo Peters costumava buscar: um restaurante familiar, uma lanchonete, dois quiropráticos e um centro de estética. Os honorários seriam baixos, mas era melhor do que nada.

Em casa, Vivian pouco falou sobre suas várias entrevistas. Não queria atrair má sorte, explicou, mas parecia confiante, e quando lhe contei sobre as reuniões que marcara para a semana seguinte, ficou claro que ela estava com a cabeça em outro lugar. Pensando bem, eu deveria ter interpretado isso como um sinal.

Na sexta de manhã, tinha acabado de entrar na cozinha quando ouvi o celular de Vivian começar a tocar. London já estava sentada à mesa comendo cereal. Vivian olhou para o número e saiu para o pátio dos fundos para atender. Pensei que fosse a mãe dela, a única pessoa que eu sabia que ligaria assim tão cedo, e me servi uma xícara de café.

– Oi, querida – falei para London.

– Oi, papai. Papai, zero é um número?

– É, sim. Por quê?

– Bom, você sabe que eu tenho 5 anos, né? E antes tinha 4?

– Sei.

– E quantos eu tinha antes de fazer 1 ano?

– Antes de você fazer 1 ano, a gente contava sua idade em meses. Tipo: você tinha 3 meses ou 6 meses. E antes de você completar 1 mês, sua idade era medida em semanas. Ou até em dias.

– E depois eu tinha zero, né?

– Acho que sim. Por que tantas perguntas?

– Porque eu vou fazer 6 anos em outubro. Mas na verdade eu vou fazer 7.

– Você vai fazer 6, amor.

Ela levantou as mãos e começou a contar, esticando um dedo a cada número que cantava.

– Zero. Um. Dois. Três. Quatro. Cinco. Seis.

Ela agora estava com cinco dedos levantados em uma das mãos e dois na outra. Sete no total.

– Não é assim que funciona.

– Mas você disse que eu tinha zero, e que zero é um número. Aqui tem sete números. Então eu vou fazer 7 anos, não 6.

Era coisa demais para processar antes de terminar a primeira xícara de café.

– Quando você pensou nisso tudo?

Em vez de responder, ela deu de ombros, e pensei outra vez em quanto era parecida com a mãe. Nesse exato momento, Vivian voltou para a cozinha, com o rosto levemente corado.

– Tudo bem? – perguntei.

No início, não tive certeza se ela havia me escutado.

– Tudo – respondeu ela por fim. – Tudo bem.

– Tudo bem com sua mãe?

– Acho que sim. Faz mais ou menos uma semana que não falo com ela. Por que está perguntando sobre minha mãe?

– Não era com ela que você estava falando?

– Não.

– Então quem era? – quis saber.

– Rachel Johnson.

– Quem?

– Uma das vice-presidentes da Spannerman. Tive uma entrevista com ela na quarta.

Ela não disse mais nada. Aguardei. Nada ainda.

– E ela ligou porque...? – insisti.

– Eles me ofereceram a vaga. Querem que eu comece na segunda. Adaptação.

Não tive certeza se deveria parabenizá-la, mas o fiz mesmo assim, e nem mesmo nessa hora tive qualquer suspeita de que todo o meu mundo estava prestes a virar de cabeça para baixo.

O trabalho nesse dia não me pareceu... *normal*, o que era dizer muito, já que nenhum dia de trabalho parecia normal desde que eu tinha aberto minha própria agência. Comecei a montar apresentações de PowerPoint para as reuniões que havia marcado. Daria uma visão geral das diversas campanhas nas quais havia trabalhado, discutiria o retorno financeiro da publicidade na área de atuação do cliente e daria uma prévia do tipo de trabalho que poderia fazer. Caso o potencial cliente demonstrasse interesse, eu apresentaria uma proposta mais detalhada num segundo encontro.

Embora eu tivesse feito um avanço significativo, de vez em quando tornava a pensar na informação que recebera naquela manhã.

Minha mulher recomeçaria a trabalhar segunda-feira para Spannerman.

Meu Deus do céu.

Para *Spannerman*.

Apesar de tudo, aquela era nossa "noite de casal" e eu estava ansioso para fazer algo com Vivian. Quando passei pela porta, porém, senti como se tivesse errado de casa. As salas de estar e de jantar e a cozinha estavam uma bagunça, e London estava largada em frente à televisão, algo que eu nunca tinha visto àquela hora da noite. Vivian não estava por perto e tampouco respondeu quando a chamei. Fui passando de cômodo em cômodo e por fim a encontrei no escritório. Ela estava sentada em frente ao computador pesquisando tudo que tivesse a ver com Spannerman e pela primeira vez em nossa vida de casados pareceu quase exausta. Estava de jeans e camiseta, e dava a impressão de ter passado boa parte do dia retorcendo mechas do cabelo. Atrás dela havia uma pasta grossa com uma pilha de papéis que ela havia imprimido e realçado com marcador, e quando ela se virou para mim pude ver que uma noite romântica não só estava fora dos planos, como nem mesmo havia lhe passado pela cabeça durante todo o dia.

Escondi minha decepção e, depois de uma conversa rápida, sugeri pedirmos comida chinesa. Comemos os três juntos, mas Vivian continuou distraída e, assim que acabou, voltou para o escritório. Enquanto ela navegava pela internet e imprimia artigos, limpei a casa e ajudei London a se preparar para dormir. Como ela já tinha idade para tomar banho sozinha, enchi a banheira, depois escovei seus cabelos e me deitei ao seu lado na cama para ler alguns livros. Vivian limitou-se a lhe dar deu um beijo de boa-noite, sem ler nenhuma história, o que também nunca havia acontecido, e quando fui falar com ela no quartinho me disse que ainda iria demorar algumas horas. Passei um tempo vendo televisão, depois fui para a cama sozinho. Ao acordar na manhã seguinte, peguei-me observando Vivian e me perguntando a que horas ela finalmente fora se deitar.

Logo que acordou, ela voltou a ser a pessoa de sempre, mas, afinal, era sábado de manhã. Saiu de casa pontualmente para sua Hora de Cuidar de Si, e pela quinta vez em sete dias me vi desempenhando o papel de Sr. Mamãe, ainda que em meio período. Quando estava saindo, Vivian perguntou se eu poderia ficar com London durante o dia; disse que não tinha acabado as pesquisas da noite anterior, além de precisar providenciar algumas coisas para o trabalho.

– Sem problemas – falei, e consequentemente London e eu voltamos à casa dos meus pais.

Marge e Liz tinham ido passar o dia em Asheville, de modo que London teve a avó para si durante a maior parte do dia. Mesmo assim, encontrou tempo para me chamar de lado e comentar que, como eu havia fracassado na tarefa de obrigar meu pai a ir ao médico, Marge iria levá-lo na segunda-feira.

– É bom saber que um dos nossos filhos de fato se importa com o pai – comentou ela.

Obrigado, mãe.

Como sempre, meu pai estava na garagem. Quando entrei, ele espichou a cabeça por trás do capô do carro.

– Você por aqui.

– Vim dar uma passada com a London.

– Sem Vivian outra vez?

– Ela precisou resolver umas coisas para o trabalho. Arrumou um emprego e vai começar segunda.

– Ah.

– É só o que você tem a dizer?

Ele tirou um lenço do bolso de trás e limpou as mãos.

– Provavelmente é uma boa coisa – falou, enfim. – Alguém na sua família precisa ganhar dinheiro.

Obrigado, pai.

Depois de passar um tempo com ele, enquanto London pilotava alegremente o forno com a vovó, sentei-me no sofá da sala e fiquei assistindo distraído a uma partida de golfe. Não jogo, e em geral não vejo golfe, mas peguei-me olhando os logos nas bolsas de tacos e nas camisas e tentando calcular quanto dinheiro tinham ganhado as agências de publicidade que tiveram aquela ideia.

Isso tudo me deixou deprimido.

Enquanto isso, mandei para Vivian duas mensagens de texto e um recado de voz sem obter resposta; o telefone de casa também tocou e ninguém atendeu. Calculei que ela estivesse na rua e passei no supermercado na volta da casa dos meus pais, algo que eu raramente fazia. Em geral, só ia ao supermercado quando algo em casa acabava, ou então quando estava com vontade de comer algo específico no jantar; era o tipo de cliente que usa uma cesta e não um carrinho, como se estivesse numa corrida para ver com que velocidade conseguia sair dali. Peguei uma caixa de macarrão pronto com queijo, peito de peru fatiado e peras para London, a refeição favorita dela, embora apenas parcialmente saudável. Para mim e Vivian, comprei um contrafilé e um filé de atum especial, que eu poderia grelhar, além de ingredientes para uma salada, espigas de milho para cozinhar e uma garrafa de Chardonnay.

Esperava conseguir compensar a noite anterior perdida, mas também queria simplesmente passar mais tempo com minha mulher. Queria escutá-la, abraçá-la e conversar sobre nosso futuro. Sabia que haveria mudanças em nossas vidas, assim como desafios, e queria prometer que passaríamos por eles juntos, como um casal. Se Vivian se sentisse mais plena e realizada trabalhando, talvez pudesse trazer para casa essa boa disposição; se compartilhássemos de maneira mais equilibrada a tarefa de cuidar de nossa filha, talvez começássemos a ver um ao outro de um jeito diferente, que tornasse nosso relacionamento mais íntimo. À noite, conversaríamos sobre como passamos o dia, comemoraríamos nossos sucessos e nos apoiaríamos em nossos combates, e o dinheiro extra também facilitaria as coisas. Em outras palavras, as coisas para nós só poderiam melhorar, e aquela noite seria o primeiro passo desse processo.

Por que então eu estava me sentindo tão incomodado?

Talvez porque Vivian não tivesse me ligado ou respondido minhas mensagens, nem estivesse em casa quando London e eu voltamos.

Se no início estava apenas incomodado, aos poucos fui ficando preocupado, mas não mandei mais mensagens nem liguei, pois sabia que não conseguiria esconder minha irritação e isso acabaria com a noite antes mesmo de começar. Em vez disso, pus a carne para marinar, coloquei na geladeira e comecei a picar os pepinos e os tomates para a salada. Enquanto isso, London tirou a palha e os cabelos das espigas de milho. Radiante por estar ajudando a preparar o jantar para a Noite Romântica, removia com cuidado os fios, então erguia a espiga para eu examinar antes de colocá-la de lado e partir para a seguinte. Preparei o macarrão com queijo, descasquei e fatiei uma pera, servi um pouco de peito de peru no prato dela e fiquei sentado ao seu lado enquanto ela comia. Ainda sem notícias de Vivian, coloquei um filme para London assistir e fiquei sentado com ela até finalmente ouvir o utilitário parar em frente de casa.

Quando Vivian desceu do carro, London já tinha saído porta afora e vi minha mulher pegá-la no colo e lhe dar um beijo. Ela me beijou também e perguntou se eu poderia levar as sacolas para dentro. Imaginei que fossem compras para a casa. Abri o porta-malas depois de as duas desaparecerem e vi uma *montanha* de sacolas da rede de luxo Neiman Marcus e meia dúzia de caixas de sapato com nomes italianos.

Não era de espantar que ela não tivesse ligado nem atendido. Vivian passara o dia resolvendo coisas.

Como na semana anterior, precisei de várias viagens para tirar tudo que ela havia comprado do carro, e quando acabei Vivian estava sentada no sofá, e London encostada nela.

Sorriu para mim e articulou com os lábios que queria passar mais alguns minutos com a filha. Aquiesci, lembrando a mim mesmo outra vez para não dar o menor sinal de irritação. Na cozinha, servi duas taças de vinho e levei uma para Vivian, então fui para a varanda dos fundos e acendi a churrasqueira. Como sabia que o fogo levaria uns minutos para esquentar, tornei a entrar em casa e fiquei bebericando o vinho enquanto observava a mesa de jantar, onde havia empilhado as compras. Depois de um tempo, Vivian deu um beijo na cabeça de London e se desvencilhou. Acenou para que eu fosse falar com ela perto das sacolas. Quando cheguei, aproximou-se para um beijo rápido.

– London disse que teve um dia legal com você.

– Que bom – falei. – Seu dia também deve ter sido cheio.

– Foi mesmo. Depois de terminar a pesquisa, fiquei correndo de loja em loja. No final, tudo que eu queria era chegar em casa e relaxar.

– Está com fome? Comprei atum fresco e já acendi a churrasqueira.

– Sério? Hoje?

– Por que não?

– Porque eu já jantei. – Ela deve ter notado minha expressão e sua voz adquiriu um tom defensivo: – Não sabia que você planejava preparar o jantar hoje. Só conseguia pensar que não tinha tomado café nem almoçado e estava com tanta fome que minhas mãos começaram a tremer. Acabei parando num café quando estava saindo do shopping. Você deveria ter me avisado, eu teria feito só um lanche.

– Eu liguei e mandei mensagens, mas você não respondeu.

– Meu telefone estava na bolsa e não escutei. Só vi as mensagens e que você tinha ligado quando já estava quase em casa.

– Você poderia ter ligado.

– Já disse que passei o dia inteiro correndo.

– Não teve tempo nem de checar o telefone?

– Não faça parecer que eu queria estragar sua noite de propósito – disse ela com um suspiro. – Pode grelhar o atum mesmo assim. London com certeza está com fome.

– Ela já jantou – falei, e pensei que o que eu realmente queria era que minha mulher tivesse sentido tanta falta de falar comigo quanto eu sentira de falar com ela.

– Ah – fez ela. – Quer ver o que eu comprei?

– Quero.

– Você me serviria mais meia taça de vinho antes? Quero organizar as compras antes de lhe mostrar.

Assenti e voltei para a cozinha atordoado, ainda tentando entender o que acabara de acontecer. Ela com certeza imaginou que jantaríamos juntos, então por que havia parado para comer? E por que não tinha verificado o celular? Como é possível que minha mulher não tenha desejado saber da família em momento algum? Tornei a encher a taça dela e voltei para a sala com vontade de fazer mais perguntas, mas Vivian já estava com várias roupas estendidas sobre a mesa ou então penduradas no encosto das cadeiras.

– Obrigada, querido – falou, pegando a taça. Deu-me outro beijo e pousou o copo na mesa sem tomar nenhum gole. – Comprei um terninho azul-marinho. É lindo, mas estava grande no quadril e tive que mandar ajustar – começou ela.

Então pôs-se a apresentar os *looks*, um depois do outro. Enquanto isso, vi de relance uma das notas dentro das sacolas e senti o coração parar. O valor daquela única nota representava mais de metade da hipoteca mensal.

– Está tudo bem? – quis saber Vivian ao terminar. – Você parece chateado.

– Só estava pensando por que você não me ligou.

– Eu já disse. Estava ocupada.

– Eu sei, mas...

– Mas o quê? – perguntou ela, com uma expressão de raiva. – Você também não ligava nem mandava mensagem a toda hora quando estava no trabalho.

– Você estava fazendo compras.

– Para o *trabalho* – rebateu ela, a raiva na voz agora evidente. – Acha que eu quis passar metade da noite acordada e depois a tarde batendo perna? Mas você não me deixou muita escolha, não é? Eu *preciso* trabalhar porque *você* largou o emprego. E não adianta fingir, porque eu vi você espiando as notas, então, antes de vir me dar lições de moral *outra vez*, talvez fosse melhor você lembrar que sua aventurazinha custou bem mais do que eu gastei hoje. É melhor você se olhar no espelho.

– Vivian...

– Você precisa parar de agir como se eu fosse a vilã. Você não é exatamente perfeito.

– Eu nunca disse que era.

– Então pare de botar defeito em tudo que faço.

– Não estou...

Mas a essa altura ela já havia saído da sala.

Passamos a meia hora seguinte nos evitando. Ou melhor, ela me evitou. Vivian sempre foi melhor nisso do que eu. Eu sei porque não parava de olhar para ela de esguelha na esperança de perceber uma melhora no seu humor e peguei-me pensando por que parecíamos incapazes de conversar sobre qualquer coisa que me incomodasse sem a conversa virar uma discussão.

Grelhei o atum e a carne, torcendo para que ela ao menos provasse a comida, e arrumei a mesa na varanda dos fundos. Depois de servir, chamei Vivian e a vi chegar com London em seu encalço.

Servi pequenas porções para as duas e, embora elas tenham comido alguma coisa, minha mulher continuou me evitando. Se houve algo positivo no jantar, foi que London não pareceu se dar conta de nada, já que ela e a mãe ficaram conversando como se eu nem estivesse ali.

Quando acabamos de comer, eu estava tão irritado com Vivian quanto ela comigo. Fui para o escritório e liguei o computador, pensando em continuar trabalhando nas apresentações, mas era impossível, pois não parei de pensar no que tinha acontecido.

Não consegui reprimir uma sensação insistente de fracasso. De alguma forma, eu tinha estragado tudo outra vez, embora não soubesse exatamente o que fizera de tão errado. Agora Vivian já havia começado a preparar London para dormir e ouvi quando ela desceu a escada.

– Ela está pronta para ouvir uma história – falou. – Mas que não seja muito comprida. Já está bocejando.

– Tudo bem – disse, e pensei ter visto em seu rosto o mesmo tipo de remorso que eu estava sentindo em relação àquela noite. – Olhe – continuei, pegando sua mão –, eu sinto muito pelo jeito como as coisas aconteceram hoje.

Ela deu de ombros.

– Foi uma semana estressante para nós dois.

Li um pouco para London e lhe dei um beijo de boa-noite. Quando desci, encontrei Vivian na sala de TV, já de pijama, com uma revista aberta no colo e a televisão ligada em algum *reality show*.

– Oi – disse ela assim que me sentei ao seu lado. Parecia mais interessada na revista do que em mim. – Tive que trocar de roupa e vestir alguma coisa confortável. Estou exausta. Não sei quanto tempo mais vou durar antes de ir dormir.

Entendi o que ela não tinha verbalizado especificamente: a possibilidade de fazer amor mais tarde estava fora de cogitação.

– Também estou cansado.

– Não consigo acreditar que ela vai começar na escola mês que vem. Não parece possível.

– Eu ainda não entendo por que eles começam tão cedo – falei, aproveitando a deixa. – A gente não voltava às aulas sempre na primeira terça-feira de setembro quando estava na escola? Por que 25 de agosto?

– Não faço ideia. Deve ter a ver com o número obrigatório de dias letivos.

Estendi a mão para o controle remoto.

– Você se importa se eu mudar de canal?

De repente ela levantou os olhos em direção à TV.

– Eu estava assistindo. Só queria alguma coisa bem boba que me ajudasse a relaxar.

Larguei o controle. Durante algum tempo, nenhum de nós dois disse nada.

– O que você quer fazer amanhã? – perguntei por fim.

– Ainda não tenho certeza. Tenho que pegar a roupa que está ajustando, mas acho que é só isso. Por quê? Em que você está pensando?

– Qualquer coisa que você quiser. Sua semana foi tão ocupada que não conseguimos ficar muito tempo juntos.

– Eu sei. Foi uma correria louca.

Embora possa ter sido apenas minha imaginação, ela não me pareceu tão incomodada quanto eu com a agenda dos últimos dias.

– E sobre o jantar de hoje...

Ela balançou a cabeça.

– Russ, não vamos falar sobre isso. Eu só quero relaxar.

– Eu só queria dizer que fiquei preocupado porque você não deu notícias...

Ela abaixou a revista.

– Sério?

– O quê?

– Vai mesmo querer falar sobre isso agora? Eu já disse que estou cansada. Já disse que não quero falar sobre isso.

– Por que está irritada outra vez?

– Porque eu sei o que você está tentando fazer.

– E o que é que eu estou tentando fazer?

– Me fazer pedir desculpas, mas eu não fiz nada errado. Quer que eu me desculpe por ter arrumado um bom emprego? Ou por tentar me vestir como uma profissional? Ou por comer alguma coisa quando estava tremendo de fome? Para começo de conversa, você alguma vez parou para pensar que talvez deva pedir desculpas por ficar puxando briga?

– Eu não estou tentando puxar briga.

– É exatamente isso que você está tentando fazer – disse ela, encarando-me como se eu fosse louco. – Você ficou chateado assim que eu disse que já tinha comido e fez questão de que eu percebesse. Aí eu tentei ser gentil. Chamei você na sala para mostrar o que tinha comprado. Beijei você. E logo depois disso você começou a me atacar, como sempre faz.

Eu sabia que o que ela estava dizendo tinha um fundo de verdade.

– Tudo bem, você tem razão – falei, tentando controlar a voz. – Reconheço que fiquei decepcionado por você ter jantado antes de vir para casa...

– Ah, jura? – interrompeu ela. – Esse é o seu problema. Acredite ou não, você não é o único por aqui que tem sentimentos. Já parou para pensar na pressão que eu tenho aguentado nos últimos tempos? Então o que você faz? Começa a criar caso assim que eu entro pela porta, e não desistiu até agora. – Ela se levantou do sofá e seguiu falando enquanto começava a sair da sala: – Eu só queria ver TV, ler minha revista e ficar sentada com você sem brigar. Só isso. É pedir demais?

– Aonde você vai?

– Vou deitar na cama um pouco, porque eu quero relaxar. Se quiser, você é bem-vindo, mas, se prefere começar a bater boca outra vez, por favor, nem precisa vir.

E ela saiu. Desliguei a TV e passei a hora seguinte sentado em silêncio, tentando entender o que havia acontecido conosco.

Ou, mais especificamente, como eu poderia melhorar as coisas entre nós.

Acordei tarde no domingo e me deparei com a cama vazia.

Vesti uma calça jeans e fui tentar domar as estranhas ondas de cabelo que me davam bom-dia no espelho toda manhã. Era frustrante, ainda mais porque Vivian em geral acordava como se já estivesse penteada.

Como ela já estava dormindo quando deitei na cama, não sabia ao certo o que esperar, mas quando me aproximei da cozinha ouvi minha mulher e minha filha rindo.

– Bom dia.

– Papai! – exclamou London.

Vivian se virou e piscou para mim, sorrindo como se não houvesse acontecido nada na noite anterior.

– Bem na hora. Acabei de preparar o café.

– O cheiro está ótimo.

– Venha cá, bonitão – chamou ela.

Fui até lá, imaginando que ela estivesse tentando testar meu humor, e quando cheguei perto ela me beijou.

– Me desculpe por ontem à noite. Está tudo bem?

– Está. Também peço desculpas.

– Que tal eu preparar um prato para você? Fiz o bacon bem torradinho.

– Seria ótimo.

– Tem café também. O creme sem lactose deve estar logo ali.

– Obrigado.

Servi uma xícara, levei-a até a mesa de jantar e me sentei ao lado de London. Dei-lhe um beijo no alto da cabeça enquanto ela estendia a mão para pegar seu copo de leite.

– Tudo bem, querida? Teve algum sonho legal?

– Não lembro – respondeu London.

Tomou um gole de leite, que a deixou com um bigode branco.

Vivian trouxe para a mesa dois pratos com ovos mexidos, bacon e torradas, e os pôs na nossa frente.

– Quer suco? Tem de laranja fresquinho.

– Claro. Obrigado.

Vivian trouxe o suco junto com seu próprio prato. Diferente do nosso, o dela tinha apenas uma porção pequena de clara de ovo mexida e um pouco de fruta.

Comi um pedaço de bacon.

– A que horas você levantou?

– Deve fazer uma hora. Você devia estar exausto. Acho que nem me ouviu sair da cama.

– Acho que sim – concordei.

– Na verdade, quando você acordou, eu estava a ponto de mandar London até o quarto pular em cima de você.

Virei-me para minha filha com a boca escancarada.

– Você não teria feito uma coisa dessas, teria? Se eu ainda estivesse dormindo?

– Teria, sim – disse minha filha, gargalhando. – Sabia que a mamãe vai me levar ao shopping para pegar a roupa dela e depois a gente vai à pet shop?

– O que tem na pet shop?

– A mamãe disse que eu podia comprar um hamster. O nome dela vai ser Dona Confete.

– Eu não sabia que você queria um hamster.

– Eu quero um hamster há um tempão, papai.

– E como nunca me falou isso, querida?

– Porque a mamãe disse que você não ia deixar.

– Bom, não sei. Cuidar de um hamster dá muito trabalho.

– Eu sei. Mas eles são fofos.

– São fofos mesmo.

Passei o resto do café escutando London tentar me convencer de que tinha idade suficiente para cuidar de um hamster.

Estava bebendo minha segunda xícara de café na cozinha enquanto Vivian começava a encher o lava-louças. Na sala, London brincava com suas Barbies.

– Ela tem idade suficiente para ter um hamster, sabe? – comentou Vivian. – Mesmo que você tenha que limpar a gaiola.

– Eu?

– Claro – disse ela. – Você é o pai.

– E na sua cabeça ajudar minha filha a limpar a gaiola de um hamster é tarefa do pai?

– Pense nisso como uma boa maneira de estreitar seu vínculo com ela.

– Limpando cocô de hamster?

– Ah, pare – disse ela, me dando um esbarrão. – Vai ser legal para ela. London vai aprender a ser responsável. Além do mais, é bem mais fácil do que cuidar de um cachorro. Ela está apaixonada pelo yorkshire do vizinho, sabe, então pode se considerar com sorte. Você viu a newsletter do clube?

– Não, não vi.

– Eles têm uns cursos de férias legais para crianças, inclusive aulas de tênis. São três dias por semana às nove da manhã durante quatro semanas, então não iria interferir em nenhuma das outras atividades dela. Segundas, terças e quintas.

De onde eu estava, podia ver minha filha e novamente notei quanto ela se parecia com a mãe.

– Não sei se ela iria gostar de tênis – respondi. – E, falando nela, eu estava querendo perguntar... Quais são seus planos em relação a London?

– Como assim?

– Uma creche – expliquei. – Você começa a trabalhar amanhã. Quem vai ficar com a London?

– Eu sei, eu sei. – Percebi uma leve tensão em sua resposta enquanto ela enxaguava e punha na máquina mais um prato. – Queria ter pesquisado umas creches semana passada, mas acabei não tendo tempo. Mal consegui dar conta de tudo e mesmo assim ainda não me sinto preparada para amanhã. A última coisa que eu quero é que Walter me ache uma idiota quando estivermos almoçando.

– Almoçando com o Walter?

– Meu novo chefe. Walter Spannerman.

– Eu sei quem ele é. Só não sabia que você iria almoçar com ele amanhã.

– Nem eu sabia até hoje de manhã. Recebi um e-mail quando acordei com minha programação para o período de adaptação. Eles não vão me deixar parar um minuto amanhã: RH, departamento jurídico, almoço, reuniões com vários vice-presidentes. Tenho que estar lá às sete e meia da manhã.

– Que cedo – comentei.

Aguardei que ela voltasse ao assunto de quem iria ficar com London. Ela enxaguou alguns utensílios e os colocou na máquina sem dizer nada. Pigarreei.

– E você disse que não conseguiu encontrar uma creche para a London?

– Ainda não. Liguei para umas amigas e elas disseram que as creches que pagam para os filhos são boas, mas mesmo assim eu quero ver pessoalmente, sabe? Fazer uma visita, conhecer os funcionários, conversar sobre os tipos de programa que eles oferecem. Quero ter certeza de que é o lugar certo para ela.

– Se você tiver os nomes, eu posso ligar e marcar uma hora pra gente.

– O problema é que eu não faço ideia de como vai ser meu horário esta semana.

– Tenho certeza de que consigo uma hora à noite.

– É melhor eu fazer isso, não acha? Detestaria ter que cancelar.

– Nesse caso, qual é o plano para amanhã? O que vamos fazer com London?

– Eu não ficaria à vontade simplesmente largando nossa filha num lugar desconhecido. Você ficaria? Quero o melhor para ela.

– Tenho certeza de que se você escolher um dos lugares que suas amigas indicaram ela vai ficar bem.

– Ela já está nervosa o suficiente porque eu vou voltar a trabalhar, e hoje de manhã estava bem chateada. Foi por isso que a gente tomou café todo mundo junto e eu sugeri comprar um hamster. Não quero que ela se sinta abandonada esta semana.

– O que exatamente você está sugerindo?

Ela fechou a porta do lava-louças.

– Eu esperava que você pudesse ficar com ela esta semana. Assim ela vai ter tempo de se adaptar.

– Não posso. Tenho reuniões com clientes todos os dias desta semana.

– Sei que estou pedindo muito, e detesto fazer isso com você. Mas não sei que opção eu tenho. Pensei que você poderia levá-la para seu escritório ou quem sabe até trabalhar de casa. Quando tiver uma reunião, pode deixar London na casa da sua mãe. Seria só por uma semana ou duas.

Uma semana? *Ou duas?*

As palavras seguiram ecoando na minha cabeça enquanto eu respondia.

– Não sei. Teria que ligar para minha mãe e ver se dá.

– Você faria isso? Já estou nervosa o suficiente com meu trabalho novo e não quero ter que me preocupar com London também. Como eu disse, ela estava bem chateada hoje de manhã.

Observei minha filha: ela não me parecera chateada durante o café e tampouco parecia agora, mas, afinal, Vivian a conhecia melhor do que eu.

– Tudo bem. Vou ligar para ela.

Vivian sorriu, então chegou perto e passou os braços em volta do meu pescoço.

– Você foi uma graça tentando me fazer uma surpresa com o jantar ontem. Estava pensando que talvez queira tomar uma taça de vinho depois que a London for para a cama. – Ela beijou meu pescoço e senti seu hálito quente na pele. – Você toparia algo desse tipo?

Mesmo contra minha vontade, perguntei-me se aquela manhã toda, sua aparência, seu bom humor, o café da manhã, se tudo fora apenas parte de um plano para conseguir o que queria, mas, quando ela beijou meu pescoço pela segunda vez, eu a perdoei.

* * *

Vivian e London ficaram fora até o meio da tarde. Enquanto isso, terminei a apresentação para o quiroprático, a primeira das reuniões que eu teria. Aproveitei também para dar um jeito na casa, em seguida liguei para minha mãe. Contei-lhe sobre as reuniões que teria durante a semana e perguntei se poderia deixar London lá na segunda.

– Claro que pode – respondeu ela.

Estava desligando o telefone bem na hora em que Vivian e London chegaram de carro e pude ouvir minha filha me chamando antes mesmo de eu sair pela porta.

– Papai, papai! Vem aqui, rápido!

Desci depressa os degraus da frente. Ela estava levantando uma pequena gaiola de plástico transparente. De longe, a primeira coisa que pensei foi que estava vendo duplo, pois parecia haver dois hamsters, um preto e branco, o outro marrom. London sorria de orelha a orelha quando cheguei perto.

– Eu peguei dois, papai! A Dona Confete *e* o Seu Confete.

– Dois?

– Ela não estava conseguindo escolher – disse Vivian. – Então pensei: por que não? Íamos ter mesmo que comprar a gaiola.

– E eu fiquei segurando o Seu Confete todo o caminho até em casa! – acrescentou London.

– Foi mesmo?

– Ele é muito fofo. Ficou sentadinho na minha mão o tempo todo. Agora eu vou segurar a Dona Confete.

– Que ótimo – falei. – Gostei da gaiola.

– Ah, essa é só a caixa de transporte. A gaiola está lá atrás. A mamãe disse que você pode me ajudar a montar. É enorme!

– Ela disse isso, foi?

Fui acometido por imagens de natais anteriores em que havia passado horas montando diversas... coisas: cavaletes de pintura, a casa da Barbie, a bicicleta. Basta dizer que achei tudo isso bem mais difícil do que meu pai provavelmente teria achado. Vivian deve ter intuído exatamente o que eu estava pensando, pois passou o braço à minha volta.

– Não se preocupe – disse ela. – Não vai ser tão difícil assim. E eu vou ficar na torcida.

Mais tarde nessa noite, depois de fazermos sexo, eu estava deitado de lado acariciando as costas de Vivian com o dedo. Ela estava de olhos fechados e com o corpo relaxado, linda.

– Você ainda não me falou muito sobre como vai ser seu trabalho de fato.

– Não tem muita coisa para contar. É o mesmo tipo de trabalho que eu fazia antes.

Sua voz soava sonolenta e ela quase balbuciava as palavras.

– Você sabe com que frequência vai ter que viajar?

– Ainda não – respondeu ela. – Acho que vou ter que descobrir.

– Talvez seja meio complicado para London.

– Ela vai ficar bem. Você vai estar aqui.

Por algum motivo, esperei que ela dissesse mais: quanto sentiria falta da filha, ou que esperava encontrar um jeito de viajar menos. Em vez disso, ela seguiu respirando num ritmo lento e regular.

– Já sabe quanto vai ganhar?

– Por quê?

– Estou tentando calcular nosso orçamento.

– Não – respondeu ela. – Ainda não sei.

– Como assim, não sabe?

– Tem o salário-base, os bônus e vários tipos de incentivo. Participação nos lucros. Eu meio que parei de prestar atenção quando começaram a me explicar.

– Você tem pelo menos uma ideia aproximada?

Ela pôs a mão no meu braço.

– A gente precisa mesmo entrar nesse assunto agora? Você sabe que eu detesto falar de dinheiro.

– Não, claro que não.

– Te amo.

– Também te amo.

– Obrigada por ficar com London esta semana.

Ou duas semanas, pensei na hora, mas guardei as palavras para mim.

– De nada.

Não consegui dormir. Depois de uma hora olhando para o teto, saí da cama e fui pé ante pé até a cozinha. Servi um copo de leite, que tomei de um gole só, e pensei que, já que estava acordado, podia muito bem ir dar uma olhada em London. Entrei no quarto dela e escutei a roda do hamster rangendo e girando: uma festa de roedores no meio da noite.

Felizmente, London não pareceu notar. Ela dormia a sono solto, respirando em movimentos profundos e regulares. Beijei-a na bochecha e ajeitei as cobertas. Ela se mexeu de leve e, enquanto a observava, senti um aperto no coração, mistura de orgulho, amor, preocupação e medo, um sentimento cuja intensidade me assombrou.

Depois fui me sentar ao ar livre, em frente à casa. A noite estava quente, o ar tomado pelo barulho dos grilos. Lembrei-me vagamente de algo da minha infância, quando meu pai disse que a frequência do barulho dos insetos tinha relação com a temperatura, e perguntei-me se era verdade, ou apenas algo que os pais dizem para os filhos ao cair das noites de verão.

Essa imagem pareceu liberar outros pensamentos e eu de repente entendi por que estava com tanta dificuldade para pegar no sono.

Tinha a ver com Vivian e com o fato de ela não ter me dito seu salário. Não acreditei quando ela contou que tinha parado de prestar atenção quando lhe explicaram quanto iria ganhar, e isso também me incomodava.

Durante todos os anos de nosso casamento, eu sempre dissera a ela exatamente quanto ganhava. Para mim, compartilhar essa informação era um pré-requisito do casamento. A última coisa que deveria existir em qualquer casal eram segredos em relação a dinheiro. Esses segredos podiam ser destrutivos, e no fundo vêm de um desejo de controle. Ou talvez eu estivesse sendo duro demais com ela. Talvez ela apenas não quisesse me deixar desconfortável, já que iria ganhar um salário enquanto meu negócio estava afundando.

Eu não conseguia entender. Enquanto isso, a responsabilidade pela nossa filha caíra no meu colo e de repente o verdadeiro motivo da minha insônia me pareceu mais do que evidente.

Nossos papéis no casamento de repente tinham se invertido.

6

Sr. Mamãe

Quando eu era pequeno, todo verão meus pais carregavam o trailer e nos levavam para a península de Outer Banks. No início, parávamos perto de Rodanthe; depois passamos a ficar mais ao norte, perto do lugar em que os irmãos Wright fizeram a história da aviação. Quando Marge e eu ficamos mais velhos, porém, Ocracoke se tornou o nosso point.

Ocracoke é pouco mais do que uma aldeia, mas em comparação com Rodanthe era uma metrópole, com lojas que vendiam sorvete e fatias de pizza. Marge e eu passávamos horas percorrendo as praias e as lojas, catando conchas e tomando sol. À noite, minha mãe fazia o jantar, em geral hambúrguer ou cachorro-quente. Depois íamos capturar vaga-lumes em jarros de vidro, antes de finalmente adormecer dentro de uma barraca enquanto nossos pais dormiam no trailer sob o céu estrelado.

Bons tempos. Dos melhores que eu já vivi. Meu pai, claro, tem uma lembrança diferente.

– Eu odiava essas viagens em família – confessou ele quando eu estava na faculdade. – Você e Marge brigavam a ida inteira feito gato e cachorro. No primeiro dia você pegava sol demais e passava o resto da semana choramingando feito um bebê. Marge ficava a maior parte do tempo emburrada por não estar com as amigas e, como se isso não bastasse, assim que sua pele começava a descascar, você jogava a pele que soltava na Marge para fazê-la gritar. Vocês dois eram um pé no saco.

– Então por que você levava a gente para lá todo ano?

– Porque sua mãe me obrigava. Eu preferiria ter tirado férias.

– A gente estava de férias.

– Não. A gente estava numa viagem em família, não de férias.

– Qual é a diferença?

– Você vai entender.

Durante os três primeiros anos de vida de London, cada viagem para fora da cidade exigia preparativos de guerra: fraldas, mamadeiras e carrinhos, lanches e xampu para bebê, sacolas inteiras cheias de brinquedos para ela se divertir. Quando viajávamos, era para visitar lugares que pensávamos que poderiam agradá-la: o aquário, o parquinho do McDonald's, a praia, e nos exauríamos sem ter quase tempo nenhum para nós dois e menos ainda para relaxar.

Duas semanas antes de London completar 4 anos, porém, Peters me mandou para uma conferência em Miami e decidi emendar alguns dias de férias. Combinei de meus pais cuidarem de London por quatro dias e, embora Vivian tenha inicialmente hesitado em deixar nossa filha, não foi preciso muito tempo para nós dois entendermos quanto sentíamos falta de estar simplesmente... livres. Lemos revistas e livros junto à piscina, tomamos piñas colada *e tiramos cochilos à tarde. Nos vestíamos bem para jantar, nos demorávamos tomando taças de vinho e fazíamos sexo todos os dias, às vezes mais de uma vez. Houve uma noite em que fomos a uma boate e dançamos até bem depois da meia-noite, e no dia seguinte dormimos até tarde. Quando voltamos para Charlotte, eu finalmente entendi o que meu pai queria dizer.*

Ele queria dizer que filhos mudavam tudo.

Acho que teria sido mais adequado ter caído numa sexta-feira 13, e não numa segunda-feira 13, porque tudo no primeiro dia de trabalho de Vivian pareceu *esquisito*.

Para começar, Vivian entrou no chuveiro primeiro, o que bagunçou uma rotina matinal que havia demorado anos para se firmar. Sem saber direito o que fazer, arrumei a cama e fui para a cozinha começar a preparar o café. Enquanto o café passava, decidi preparar algo para Vivian comer: claras de ovo, frutas vermelhas e fatias de melão. Preparei o mesmo para mim, pensando que não me faria mal perder uns quilinhos. Tinha percebido que minhas calças estavam começando a ficar apertadas na cintura.

Enquanto eu cozinhava, London se juntou a mim e lhe servi uma tigela de cereal. Seus cabelos estavam em pé e bagunçados, e até eu pude ver que ela estava cansada.

– Dormiu bem? – perguntei.

– Os hamsters ficaram me acordando. Eles iam toda hora andar na roda, e a roda range.

– Isso não é nada bom. Vou ver se consigo fazê-la parar de ranger, ok?

Ela aquiesceu. Eu me servi uma primeira xícara de café. Foi só quando estava na terceira que Vivian apareceu na cozinha. Quase caí para trás.

– Nossa – falei, sorrindo.

– Gostou?

– Você está linda – comentei, e era verdade. – Fiz seu café.

– Não sei quanto vou conseguir comer. Estou tão nervosa que perdi a fome.

Requentei os ovos no micro-ondas enquanto ela se sentava ao lado de London e a escutava contar sobre o barulho da roda.

– Eu disse a ela que vou tentar diminuir o barulho – disse, e pus os pratos na mesa.

Vivian começou a beliscar a comida enquanto eu me sentava.

– Você vai ter que passar o creme para pentear no cabelo dela hoje antes de escovar. Está ao lado da pia, no frasco verde.

– Sem problemas – respondi, recordando vagamente já ter visto Vivian fazer aquilo.

Comi uma garfada de ovos. Ela voltou a atenção para London.

– E seu pai hoje vai inscrever você na aula de tênis. Você vai amar.

Com o garfo suspenso sobre o prato, hesitei.

– Espere aí... O quê?

– As aulas de tênis? A gente conversou sobre isso ontem. Não lembra?

– Lembro que você comentou sobre o assunto. Mas não me lembro de termos tomado nenhuma decisão.

– As inscrições são hoje e as vagas com certeza vão esgotar depressa, então é melhor você tentar chegar por volta das oito e meia. Eles vão começar a anotar os nomes às nove. A aula de arte dela é às onze.

– Preciso revisar minha apresentação.

– A inscrição não vai levar muito tempo, e você pode revisar sua apresentação quando ela estiver na aula de arte. Tem um café umas duas lojas depois no mesmo centro comercial. Ela não vai achar ruim você não ficar. Eu costumo deixá-la lá e vou à academia. A que horas é sua reunião?

– Duas.

– Viu? Dá certinho. A aula termina ao meio-dia e meia, então você pode deixar ela na sua mãe depois. Sabe onde fica o ateliê, não sabe? Naquele centro comercial logo depois do shopping onde tem um restaurante TGI Fridays.

Eu conhecia o centro comercial a que ela se referia, mas minha cabeça estava mais concentrada na lista de afazeres, que aumentava rapidamente.

– Não dá para ligar para o clube e fazer a inscrição?

– Não – respondeu Vivian. – Eles precisam de uma cópia da carteirinha do plano de saúde e você precisa assinar uma autorização.

Minha cabeça continuava um caos.

– Ela precisa ir à aula de arte hoje?

Vivian se virou para a filha.

– Você quer ir à aula de arte hoje, meu amor?

London fez que sim com a cabeça.

– Meu amigo Bodhi vai estar lá – disse ela, pronunciando *bôdi*. – O nome dele se escreve B-O-D-H-I, e ele é bem legal. Eu disse para ele que ia levar os hamsters hoje para ele ver.

– Ah, por falar nisso, você também precisa passar na pet shop e comprar mais serragem – acrescentou Vivian. – E não esqueça a aula de balé no final da tarde. É às cinco, e fica no mesmo shopping do supermercado Harris Teeter.

Ela se levantou da mesa, beijou London e lhe deu um abraço apertado.

– A mamãe volta depois do trabalho, tá? Não se esqueça de colocar a roupa suja no cesto.

– Tudo bem, mamãe. Te amo.

– Também te amo.

Acompanhei Vivian até a porta e a abri para ela. Dei-lhe um beijo rápido.

– Você vai arrasar – falei.

– Tomara.

Ela tocou os cabelos com cuidado. Pôs a mão dentro da bolsa e me entregou um papelzinho dobrado, acrescentando:

– Anotei os horários da London para facilitar sua vida.

Passei os olhos pela lista. Aula de arte às segundas e sextas às onze, de piano às terças e quintas às nove e meia. Balé às segundas, quartas e sextas às cinco. E, a partir da semana seguinte, tênis às segundas, terças e quintas às oito.

– Caramba! – exclamei. – Que agenda cheia. Você não acha que é muita coisa?

– Ela vai ficar bem – disse Vivian.

Por algum motivo, eu esperava uma despedida mais demorada, talvez mais um pouco de papo sobre ela estar nervosa, sei lá, mas em vez disso ela se virou e andou apressada até o carro.

Nem olhou para trás.

* * *

Não me perguntem como, mas de algum jeito eu consegui dar conta. Chuveiro, barba, vestir a roupa de trabalho: feito. Creme para pentear antes de escovar os cabelos de London, em seguida vesti-la: feito. Limpar a cozinha e ligar o lava-louças: feito. Inscrever London nas aulas de tênis e levá-la para a aula de arte junto com os dois hamsters: feito e feito. Revisar a apresentação, deixar London na casa da minha mãe e chegar na reunião com o quiroprático com alguns minutos de antecedência: feito, feito e feito.

A sala do quiroprático, uma espelunca de frente para a rua num bairro industrial detonado, não era o tipo de lugar em que alguém se sentiria à vontade para cuidar da saúde. Uma olhada bastou para ver que meu potencial cliente estava precisando desesperadamente dos meus serviços.

Infelizmente, o cliente não pensava assim. Não demonstrou interesse nem na apresentação de PowerPoint que eu havia preparado, nem em nada que eu tivesse a dizer, mas em compensação demonstrava um enorme interesse no sanduíche que estava comendo. Ficou irritado ao descobrir que o sanduíche não tinha vindo com mostarda. Sei disso porque ele me falou três vezes, e quando perguntei se tinha alguma pergunta ao final da apresentação ele perguntou se eu tinha algum sachê de mostarda no carro para lhe dar.

Eu não estava de bom humor quando fui buscar London na minha mãe, e depois de uma passada na pet shop fomos para casa. Tornei a me sentar ao computador e fiquei trabalhando até a hora da aula de balé, mas, como nenhum de nós dois fazia ideia de onde Vivian as guardava, levei algum tempo para achar as roupas. Saímos de casa com alguns minutos de atraso e London foi ficando aflita à medida que o tempo passava.

– A professora Hamshaw fica muito, muito brava quando alguém não respeita as regras.

– Não se preocupe. Eu digo que a culpa foi minha.

– Não vai adiantar.

Afinal, ela estava certa. Logo depois da entrada havia uma área de espera ocupada por cinco mulheres mudas. Mais à frente ficava a sala de balé, e as duas áreas eram separadas por uma parede baixa com uma porta de vaivém. À direita havia estantes cheias de troféus, e as paredes eram decoradas com cartazes alardeando a vitória de várias alunas e equipes em concursos nacionais.

– Vai lá, entre – incentivei-a.

– Eu só posso entrar na sala quando for autorizada.

– Como assim?

– Fique quieto, papai. Os pais e as mães precisam ficar calados quando a professora Hamshaw está falando. Vou me encrencar mais ainda.

A professora Hamshaw, uma mulher sisuda de cabelos cinzentos presos num coque apertado, bradava instruções para uma turma formada por crianças de 5 e 6 anos. Quando terminou, veio na nossa direção.

– Desculpe o atraso – disse. – A mãe de London começou a trabalhar hoje e eu não conseguia encontrar a roupa de balé dela.

– Entendo – interrompeu a professora Hamshaw, erguendo os olhos para mim. Não disse mais nada, apenas manifestou silenciosamente seu desagrado, e por fim pousou a mão nas costas de London.

– Está autorizada a entrar.

London passou pela porta e entrou na sala com os olhos baixos.

Hamshaw a observou entrar, então tornou a voltar sua atenção para mim.

– Por favor, que isso não se repita. Atrasos atrapalham a aula, e já é bem difícil manter minhas alunas concentradas.

Saí e liguei para minha recepcionista, que disse não haver recados, então passei o restante do tempo observando London e as outras meninas darem o melhor de si para agradar a professora Hamshaw, o que parecia quase impossível. Mais de uma vez, vi London roendo as unhas.

Quando a aula acabou, London ficou um pouco para trás, com os ombros caídos, enquanto andávamos até o carro. Não disse uma palavra até deixarmos o estacionamento.

– Papai?

– Sim, meu amor?

– Posso comer Froot Loops quando a gente chegar em casa?

– Isso não é jantar. É comida de café da manhã. E você sabe que sua mãe não gosta que você coma esses cereais que têm açúcar.

– A mãe do Bodhi às vezes deixa ele comer Froot Loops de lanche. E eu estou com fome. Por favor, papai!

Ela falou *Por favor, papai* no tom mais choroso possível. Como eu, um pai, poderia dizer não?

Parei num mercadinho para comprar a caixa de cereal e cheguei em casa três minutos depois do que deveria.

Servi uma tigela de cereal para ela, mandei uma mensagem para Vivian perguntando a que horas ela iria chegar e trabalhei mais um pouco, com a sensação de ter levado uma surra desde que saíra da cama. Devo ter perdido a noção do tempo. Quando Vivian finalmente chegou de carro, notei que eram quase oito da noite.

Oito horas?

London chegou antes de mim na porta e vi Vivian pegá-la no colo e a beijar antes de recolocá-la no chão.

– Me desculpe pelo atraso. Teve uma emergência no trabalho.

– Pensei que esta fosse a sua semana de adaptação.

– E é. Passei quase o dia inteiro na adaptação. Aí, às quatro, descobrimos que uma jornalista do *News & Observer*, de Raleigh, está planejando uma suposta "denúncia" de um dos empreendimentos do Walter. Entramos no modo gerenciamento de crise na hora. Eu inclusive.

– Por que você? Foi seu primeiro dia.

– Foi para isso que eles me contrataram. E eu tenho bastante experiência em gerenciamento de crise. Meu chefe em Nova York vivia se metendo em encrencas com a imprensa. Enfim, tivemos de nos reunir e bolar um plano, e precisei entrar em contato com os assessores de comunicação externos do Spannerman. Foi uma coisa depois da outra. Espero que você tenha guardado meu jantar. Estou faminta. Não importa o que você tenha feito.

Xi.

Ela deve lido minha expressão, pois seus ombros afundaram de leve.

– Você não fez o jantar?

– Não. Fiquei envolvido no trabalho...

– Quer dizer que London não comeu?

– Papai me deixou comer Froot Loops – informou minha filha com um sorriso.

– Froot Loops?

– Foi só um lanche – expliquei, e notei o tom defensivo da minha voz.

Mas Vivian mal escutava.

– Que tal a gente ver o que consegue encontrar para o jantar, hein? Alguma coisa saudável.

– Tá bom, mamãe.

– Como foi a aula de balé?

– A gente chegou atrasado – respondeu London. – E a professora ficou muito, muito brava com o papai.

O rosto de Vivian se contraiu, e seu desgosto foi tão evidente quanto o de Hamshaw.

– Tirando a emergência, como foi seu primeiro dia de trabalho? – perguntei a Vivian mais tarde quando estávamos deitados na cama.

Dava para ver que ela ainda estava irritada comigo.

– Foi tudo bem. Só umas reuniões e me aclimatar à empresa.

– E seu almoço com Spannerman?

– Acho que correu bem – disse ela simplesmente.

– Você acha que vai conseguir trabalhar com ele?

– Acho que não vou ter problema nenhum. A maioria dos executivos está na empresa há anos.

Só se forem mulheres, pensei.

– Me avise se ele assediar você, ok?

Ela suspirou.

– É só um trabalho, Russ.

Acordei com o dia nascendo e trabalhei umas duas horas no computador antes de Vivian acordar. Na cozinha, conversamos sobre questões objetivas, e ela evitou qualquer tema mais pessoal. Ela me passou uma lista de compras e lembrou que London tinha aula de piano. Também me pediu que perguntasse se o professor de piano estaria disponível para dar aulas a London às terças e quartas no meio ou no final da tarde quando as aulas dela começassem. Quando estava a caminho da porta, virou-se para mim.

– Será que hoje você poderia tentar ser mais cuidadoso em relação a London? Levá-la na hora nas atividades e garantir que ela coma direito? Não estou pedindo para fazer nada que eu não tenha feito durante anos.

Esse comentário me magoou, mas antes que eu conseguisse responder ela já havia se virado e estava fechando a porta.

Minutos depois, London desceu a escada de mansinho e perguntou se podia comer Froot Loops de café da manhã.

– Pode, claro – falei.

Como ainda podia ouvir as palavras de Vivian, havia algo de claramente passivo-agressivo em minha resposta afirmativa e imediata.

– Quer um pouco de achocolatado também?

– Quero!

– Bem que eu imaginei – falei, perguntando-me o que Vivian iria pensar *disso*.

London comeu, depois foi brincar de Barbie. Desembaracei seus cabelos, me certifiquei de que ela estivesse vestida adequadamente para suas atividades e a levei à aula de piano. Lembrei-me de perguntar ao professor sobre a mudança de horário, depois fui correndo para a casa dos meus pais.

– Ah – disse minha mãe assim que cheguei. – Você de novo.

Quando ela beijou London, notei que não estava de avental. Dessa vez, estava usando um vestido roxo.

– É claro que sou eu – falei. – Mas só posso ficar alguns minutos, porque não quero me atrasar.

Ela deu uns tapinhas nas costas da neta.

– London, querida? Quer experimentar um dos cookies que a gente fez ontem? Estão no vidro ao lado da torradeira.

– Eu sei onde eles estão – disse London. Minha filha praticamente voou até a cozinha, como se o cereal açucarado não tivesse sido suficiente.

– Muito obrigado mesmo por me ajudar com ela – agradeci.

– Bom, é este o problema.

– Que problema?

– Hoje eu tenho um almoço do Red Hat Society.

Ela apontou para o chapéu, pousado sobre a mesa ao lado: era tão vermelho quanto a boca de um palhaço, enfeitado com plumas que pareciam de pavão.

– Mas eu disse que tinha reuniões a semana inteira.

– Eu lembro. Mas só me pediu para ficar com London na segunda.

– Imaginei que você tivesse entendido o que eu queria dizer. E a London adora ficar aqui com você.

Ela tocou meu braço.

– Russ, você *sabe* quanto eu também amo a London, mas não posso ficar com ela todos os dias até ela começar a escola. Assim como você, também tenho coisas a fazer.

– É temporário – protestei. – Na semana que vem já espero não precisar mais que você cuide dela.

– Amanhã eu não vou estar em casa. Meu clube de jardinagem está organizando uma oficina de tulipas e narcisos. Vão vender uns bulbos exóticos. Estou querendo fazer uma surpresa para seu pai na primavera que vem. Você sabe que ele nunca teve muita sorte com tulipas. E nas quintas e sextas eu faço trabalho voluntário.

– Ah – falei.

Minha cabeça começou a rodar. Ouvi minha mãe soltar um suspiro.

– Mas hoje, como ela já está aqui... A que horas acaba sua reunião?

– Quinze para o meio-dia, talvez.

– Meu almoço é ao meio-dia, então que tal você passar no restaurante para pegar a London? Ela pode ficar comigo e com minhas amigas até você chegar.

– Seria ótimo – falei, e senti uma onda de alívio. – Onde fica o restaurante?

Ela disse o nome de um lugar que eu por acaso conhecia, embora nunca tivesse ido lá.

– A que horas mesmo é sua reunião?

A reunião. Ai, droga.

– Preciso ir, mãe. Você não imagina como eu agradeço.

– Sério? – perguntou Marge. – Você está chateado com nossa mãe porque ela tem vida própria?

Eu ziguezagueava entre os carros enquanto falava pelo Bluetooth.

– Você não ouviu o que eu disse? Tenho reuniões a semana inteira. O que eu posso fazer?

– Oi? Uma creche? Chamar uma babá por algumas horas? Pedir a um dos vizinhos? Marcar de brincar com um amiguinho e deixar a London lá?

– Não tive um minuto livre para pensar em algo desse tipo.

– Mas teve tempo para falar comigo agora.

Porque estou torcendo para você poder ficar com London por algumas horas amanhã.

– Vivian e eu conversamos sobre isso. London já está abalada o suficiente porque a mãe voltou a trabalhar.

– Está mesmo?

Exceto por um aparente problema na aula de balé, não que eu tenha percebido. Mas...

– Enfim, eu liguei porque estava com esperança de...

– Nem vem – interrompeu Marge.

– Como assim?

– Você vai me perguntar se eu posso ficar com a London amanhã, já que nossa mãe está indisponível. Ou na quinta ou na sexta. Ou todos os três dias.

Como eu disse, Marge é sábia.

– Não sei do que você está falando.

Praticamente pude ver minha irmã revirando os olhos.

– Pare de se fazer de bobo. E nem adianta tentar negar. Por que outro motivo você estaria telefonando? Sabe quantas vezes nos últimos cinco anos você me ligou no trabalho?

– Não assim de cabeça – admiti.

– Nenhuma.

– Não é verdade.

– Tem razão. Estou mentindo. Você me liga todo dia. A gente passa horas conversando e rindo que nem duas adolescentes enquanto eu fico rabiscando um papel. Espere um instantinho.

Ouvi minha irmã tossir, um som profundo, rascante.

– Está tudo bem? – perguntei.

– Devo ter pegado alguma virose.

– No verão?

– Tive que levar papai ao médico ontem e a sala de espera estava lotada de micróbios e doenças. É surpreendente eu não ter saído de maca.

– E papai, como está?

– Os exames vão levar alguns dias para ficarem prontos, mas o teste de esforço e o ecocardiograma mostraram que o coração está bem. O médico pareceu bem impressionado, apesar da cara feia do papai.

– Típico dele – concordei e voltei a pensar na minha filha. – O que vou fazer com a London se não encontrar ninguém para ficar com ela?

– Você é esperto. Vai dar um jeito.

– Você sabe mesmo dar uma força.

– Eu tento.

A reunião com os donos da lanchonete correu mais ou menos tão bem quanto a da véspera com o quiroprático. Não que eles não estivessem interessados. Os donos eram um casal grego que sabia que a publicidade poderia ajudar o negócio deles, mas o problema era que os dois mal ganhavam o bastante para manter as portas abertas e pagar as contas de casa. Pediram que eu voltasse dali a alguns meses, quando estivessem com as coisas sob controle, e me ofereceram um sanduíche quando eu já me preparava para ir embora.

– É uma delícia – disse o marido. – Todos os nossos sanduíches são feitos com pão árabe fresco que nós mesmos fabricamos.

– A receita é da minha avó – acrescentou a mulher.

Precisei reconhecer que o pão tinha um cheiro divino, e pude ver o grande cuidado do marido ao preparar o sanduíche. A mulher perguntou se eu queria batatas chips e uma bebida. Por que não? Os dois me serviram a comida com um sorriso no rosto.

Em seguida me apresentaram a conta.

Era meio-dia e meia quando cheguei ao almoço do Red Hat Society. Apesar do transtorno que sem dúvida causei à minha mãe, tive a sensação de que ela estava orgulhosa de exibir a neta, afinal era uma novidade para o grupo.

– Papai! – exclamou London assim que me viu.

Desceu da cadeira e correu na minha direção.

– As amigas da vovó disseram que eu posso vir de novo em um dos almoços quando eu quiser!

Minha mãe se levantou da cadeira e me abraçou longe do grupo.

– Obrigado por ficar com ela, mãe.

– Foi um prazer. Ela fez um baita sucesso.

– Deu para ver.

– Mas amanhã e o resto da semana...

– Eu sei – falei. – As tulipas. O trabalho voluntário.

Na saída do restaurante, estendi a mão para segurar a de London. Sua mão, tão pequena dentro da minha, estava quente e me reconfortou.

– Papai?

– Oi.

– Estou com fome.

– Vamos para casa. Posso preparar um sanduíche de manteiga de amendoim com geleia.

– Não dá – disse London.

– Por quê?

– Lá em casa não tem pão.

•

Fomos ao supermercado, e pela primeira vez na vida eu peguei um *carrinho*.

Passei a hora seguinte percorrendo lentamente a lista de Vivian, e tive que voltar mais de uma vez aos mesmos corredores. Não faço ideia do que teria feito se London não estivesse lá para me ajudar, pois ela possuía um conhecimento muito avançado para seus 5 anos. Eu não tinha a menor ideia de onde encontrar uma abóbora *spaghetti*, nem sabia dizer se um abacate estava maduro apertando a casca, mas de algum jeito, com a ajuda de London e de alguns funcionários, consegui riscar tudo da lista. No mercado, vi mães com crianças de todas as idades, a maioria parecendo tão assoberbada quanto eu, e experimentei uma solidariedade momentânea. Perguntei-me quantas, como eu, preferiam estar num escritório a estar na seção de carnes, onde levei quase cinco minutos para achar os peitos de frango caipira orgânicos que Vivian tinha pedido.

Em casa, depois de preparar um sanduíche para London e desembalar as compras, passei o resto da tarde alternando entre trabalho e faxina enquanto me certificava de que minha filha estava bem, e o tempo todo me senti nadando contra uma correnteza incessante. Vivian chegou em casa às seis e meia e passou alguns minutos com London antes de ir me encontrar na cozinha, onde eu tinha começado a preparar uma salada.

– A quantas anda o frango ao Marsala?

– Frango ao Marsala?

– Com abóbora *spaghetti*?

– Ahn...

Ela riu.

– Estou brincando. Deixe que eu faço. Não vai demorar.

– Como foi hoje no trabalho?

– Atribulado – respondeu ela. – Passei a maior parte do dia estudando o jornalista de quem falei ontem e tentando entender o ângulo pelo qual ele pretende abordar o tema. E também, claro, como conter a onda quando a matéria for publicada e conseguir que, em vez disso, ela gere alguma repercussão positiva.

– Você já tem uma ideia de que tipo de matéria pode ser?

– Desconfio que seja o mesmo lixo de sempre, parecido com o que já foi escrito antes. O jornalista é um ambientalista maluco e tem conversado com pessoas que dizem que os condomínios construídos à beira-mar passaram por cima de várias regulamentações e não só são ilegais, como causaram grave erosão em outro trecho de praia durante a última tempestade no verão. Basicamente, a ideia é culpar os ricos toda vez que a mãe natureza ataca.

– Você sabe que Spannerman não se preocupa muito com ecologia, não sabe?

Vivian já estava se servindo uma taça de vinho.

– Walter não é mais assim. Ele mudou muito desde que você o conheceu.

Duvido, pensei.

– Parece que você está no controle da situação – falei, em vez disso.

– Só estou feliz que a matéria não seja publicada esta semana. Walter vai ter um evento de arrecadação importante neste fim de semana em Atlanta. Para o comitê político dele.

– Ele agora tem um comitê político?

– Já comentei isso com você – disse ela.

Pôs uma frigideira sobre o fogão, colocou nela o frango e começou a remexer no armário de temperos.

– Tem uns dois anos, e ele próprio vem financiando. Agora resolveu pedir o apoio de outras pessoas. E é isso que eu vou ter que supervisionar nos próximos três dias. Ele contratou uma produtora de eventos para cuidar da programação e, embora a equipe tenha feito um bom trabalho, Walter quer que tudo saia perfeito. É aí que eu entro. Ele sabe que eu trabalhei com entretenimento e quer que eu tente encontrar uma atração musical. Alguém com um nome de peso.

– Para este fim de semana? Você não vai ter muito tempo.

– Eu sei. E foi exatamente o que eu argumentei. Dei uma ligada para meu antigo chefe e ele me indicou algumas pessoas, então vamos ver. O lado bom é que Walter está disposto a pagar o que for preciso, mas isso quer dizer que eu provavelmente vou trabalhar até tarde a semana toda. E vou precisar ir para Atlanta.

– Está de brincadeira – deixei escapar. – Hoje foi só seu segundo dia de trabalho.

– Não fale assim – disse ela, começando a dourar o frango. – Ele não me deixou muita escolha. Quase todos os empresários importantes do ramo da construção do Texas até a Virgínia vão, e todos os executivos precisam estar presentes. E não vai ser o fim de semana todo: eu viajo sábado de manhã e volto no domingo.

Aquilo não me deixava feliz, mas o que eu podia fazer?

– Ok. Pelo visto você já virou indispensável.

– Estou tentando. – Ela sorriu. – E o dia da London, como foi? Ela foi bem na aula de piano?

– Foi tudo ótimo, mas não tenho certeza se gosta de balé. Ontem depois da aula ela ficou bem calada.

– A professora ficou chateada porque você chegou atrasado. Então a London também ficou.

– Essa professora parece meio intensa.

– E é. Por isso a equipe de balé dela ganha tantas competições. – Ela meneou a cabeça em direção à nossa filha. – Enquanto eu adianto o jantar, você poderia preparar o banho dela?

– Agora?

– Assim você pode ler para ela depois de a gente comer e então a colocar na cama. Ela está cansada e, como eu disse, tenho uma tonelada de trabalho para fazer.

– Claro – concordei, entendendo que mais uma vez eu iria para a cama sozinho.

7
Dois a dois

Quando London tinha 3 anos e meio, fomos os três fazer um piquenique no lago Norman. Só fizemos isso uma vez. Vivian embalou um almoço delicioso e no caminho, como estava ventando, paramos para comprar uma pipa. Escolhi uma do tipo mais popular quando eu era criança: simples e barata, bem diferente daquelas pipas que os entusiastas sonham empinar.

Aquela pipa se mostrou perfeita para uma criança. Consegui empiná-la sozinho e quando ela subiu praticamente parecia estar colada ao céu. Pouco importava o que eu fizesse: podia ficar parado ou andar e, quando entreguei a pipa para London e a prendi no seu pulso, tampouco importava o que ela fizesse. Ela podia colher flores ou correr atrás de borboletas. Um casal simpático tinha um filhote de cocker spaniel, e minha filha pôde sentar no chão e deixar o cachorrinho subir em cima dela enquanto a pipa se mantinha firme no ar. Quando finalmente fomos almoçar, amarrei a linha num banco próximo e a pipa simplesmente ficou flutuando acima de nós.

Vivian estava alegre, e passamos quase a tarde inteira no parque. A caminho de casa, lembro-me de pensar que momentos assim eram o que de fato definiam a vida e que, acontecesse o que acontecesse, eu jamais deixaria minha família na mão.

Só que agora era exatamente isso que eu estava fazendo. Ou pelo menos era isso que eu sentia. Eu parecia deixar todo mundo na mão, inclusive a mim mesmo.

* * *

Era quarta-feira, terceiro dia de Vivian no trabalho, e eu fiquei sozinho com London.

O dia inteiro.

Parado com ela em frente ao consultório do segundo quiroprático, parecia estar despachando minha filha para um país estrangeiro. A ideia de abandoná-la sentada na sala de espera com desconhecidos me deixava nervoso. Os jornais e os noticiários de TV levam os pais modernos a acreditar que o bicho-papão está sempre à espreita, pronto para atacar.

Perguntei-me se meus pais algum dia se preocuparam desse jeito com Marge e comigo, mas esse pensamento durou apenas uma fração de segundo. É claro que não. Meu pai costumava me deixar sentado no banco em frente a um velho boteco que frequentava às vezes, na esquina de uma rua movimentada e perto de um ponto de ônibus.

– Você entende que essa reunião é importante para o papai, não entende?

– Eu sei – disse London.

– E quero que você fique sentada quietinha.

– E não é para levantar nem sair andando nem conversar com estranhos. Você já falou.

Alguma coisa Vivian e eu devíamos estar fazendo certo, porque London obedeceu às instruções à risca. A recepcionista comentou como a mocinha havia se comportado bem durante a reunião, e isso aliviou a minha culpa.

Infelizmente, o cliente não se interessou pelos meus serviços. Agora estava perdendo de três a zero. No dia seguinte, no restaurante, o placar abriu para quatro a zero.

Obriguei-me a permanecer otimista, e na sexta à tarde fiz minha melhor apresentação até então. A dona do centro de estética, uma loura cinquentona de fala rápida, ficou animada e, embora parecesse que eles já estavam indo muito bem, sabia quem eu era e até conhecia algumas das minhas outras campanhas. Conversando com ela, eu estava relaxado e confiante, e ao terminar tive a sensação de que não poderia ter me saído melhor. Apesar de tudo isso, porém, os astros não estavam me favorecendo.

Além de eu não conseguir marcar nenhuma reunião para a semana seguinte, o placar aumentou para cinco a zero.

Mesmo assim, era nossa noite juntos.

Quando não houver nada para comemorar, comemore mesmo assim, certo?

Só que isso não era exatamente verdade. Enquanto eu não obtinha sucesso na minha busca de clientes, para Vivian com certeza tudo parecia estar indo de vento em popa no emprego novo. Ela até deu um jeito de contratar uma atração musical, uma banda dos anos 1980 cujo nome reconheci. Como conseguira isso, eu não fazia a mínima ideia. Eu também havia passado mais tempo com London, o que sem dúvida era uma excelente evolução.

Só que eu não estava me sentindo tão bem assim. Como vivia correndo de um compromisso para outro, tinha a sensação de estar *trabalhando* para London, e não *curtindo* ficar com ela.

Será que eu era o único que me sentia assim? Será que outros pais e mães passavam pela mesma coisa?

Eu não fazia ideia, mas a noite do casal era a noite do casal, e enquanto London estava no balé, passei no mercado e comprei salmão, carne e uma bela garrafa de Chardonnay. Quando cheguei, o utilitário de Vivian estava parado na frente da casa, e London saltou do carro chamando a mãe. Entrei atrás dela com os ingredientes para o jantar nas sacolas e vi London descendo os degraus outra vez. Vivian não estava por perto, mas a ouvi chamar lá do quarto.

London correu nessa direção, e ouvi Vivian dizer:

– Você chegou, meu amor! Como foi seu dia?

Fui seguindo as vozes e vi as duas junto à cama, sobre a qual estava aberta uma mala já cheia, assim como duas sacolas vazias de loja de departamentos.

Coisas a resolver.

– Já está se preparando para amanhã, pelo visto.

– Na verdade, vou ter que viajar hoje.

– Você vai viajar? – disparou London antes de eu conseguir falar.

Vivian pousou a mão no ombro da nossa filha.

– Eu não queria, mas preciso. Sinto muito, meu amor.

– Mas eu não quero que você vá – disse London.

– Eu sei, querida. Mas quando chegar em casa no domingo eu compenso. A gente faz alguma coisa divertida, só você e eu.

– Tipo o quê? – perguntou London.

– Você decide.

– Talvez...

Observei minha filha enquanto ela avaliava o problema.

– A gente pode ir à fazendinha? Aquela aonde você me levou da outra vez? A gente pode colher frutas no pé e fazer carinho nos bichos?

– Que ótima ideia! – exclamou Vivian. – Vamos fazer isso.

– E a gente também tem que limpar a gaiola dos hamsters.

– Seu pai faz isso para você enquanto eu estiver fora. Mas agora vamos arrumar alguma coisa para você comer. Acho que sobrou um pouco de frango com arroz que eu posso esquentar. Pode esperar a mamãe na cozinha enquanto eu converso com o papai um instantinho?

– Tá bom.

– Quer dizer que você vai hoje – comecei, depois de London nos deixar a sós.

– Tenho que sair daqui a meia hora. Walter quer que eu e outros dois executivos façamos uma visita com o gerente do Ritz-Carlton, para ter certeza de que o hotel está sendo arrumado como ele quer.

– Ritz-Carlton? – Balancei a cabeça. – É lá que você vai se hospedar?

Ela fez que sim com a cabeça.

– Sei que você deve estar chateado. Só para você saber, eu também não fiquei feliz quando soube que precisaria passar duas noites fora. Só estou tentando lidar com a situação da melhor maneira possível.

– É tudo que você pode fazer – comentei, forçando um sorriso.

– Vou lá ficar um pouquinho com a London, tá? Acho que ela está chateada.

– Tudo bem.

Vivian me encarou.

– Você está bravo comigo.

– Não, não é isso. Eu só queria que você não precisasse ir. Quero dizer, eu entendo, mas estava com esperança de ter um pouco de tempo com você hoje.

– Eu sei. Eu também. – Ela se aproximou para um beijo rápido. – A gente compensa na sexta que vem.

– Ok.

– Pode fechar a mala para mim? Não quero estragar as unhas. Acabei de fazer. – Ela levantou as mãos para me mostrar. – Gostou da cor?

– Está linda – elogiei. Fechei a mala e a coloquei no chão. – Você disse que vai checar o hotel hoje à noite?

– A coisa toda virou um evento imenso.

– Atlanta fica a quatro horas daqui.

– Eu não vou de carro. Vou de avião.

– A que horas é o seu voo?

– Seis e meia.

– Você já não deveria estar a caminho do aeroporto? Ou mesmo ter chegado lá?

– A gente vai no jatinho do Walter.

Walter. Eu estava começando a detestar o som daquele nome, quase tanto quanto detestava a expressão *coisas para resolver.*

– Nossa, que chique.

– O jatinho não é meu – disse ela sorrindo. – É dele.

– Eu sabia que você daria conta sozinho – disse Marge. – Deveria estar orgulhoso.

– Não estou orgulhoso, estou exausto.

Eram onze da manhã de sábado, estávamos na casa dos meus pais e o dia já estava um forno. Marge e Liz se achavam sentadas de frente para mim na varanda dos fundos enquanto eu narrava a semana que acabara de ter em todos os seus frenéticos detalhes. London ajudava minha mãe a preparar sanduíches. Papai, como sempre, estava na garagem, fazendo as suas coisas.

– E daí? Você mesmo falou que finalmente sentiu que estava entrando no ritmo em sua última apresentação.

– Só que não adiantou. E não tenho nada marcado para a semana que vem.

– O lado bom é que você vai poder levar London para todas as atividades dela e *você* vai ter mais tempo para cozinhar e fazer a faxina – comentou Marge.

Eu a encarei com raiva e ela deu uma gargalhada.

– Ah, relaxe. Com a Vivian voltando a trabalhar, você já sabia que a semana seria uma loucura. E conhece aquele ditado que diz que *depois da tempestade vem a bonança*? Tenho a sensação de que a bonança logo, logo vai chegar.

– Sei lá. No caminho para cá, hoje de manhã, fiquei pensando que eu deveria ter virado bombeiro hidráulico como o papai. Nunca falta trabalho para um bombeiro.

– É verdade, mas por outro lado tem que mexer em um monte de merda – retrucou Marge.

Apesar do mau humor, dei uma risada abafada.

– Engraçado.

– O que posso dizer? Eu levo alegria e riso para todos à minha volta. Até para os caçulinhas que vivem se lamuriando.

– Eu não estou me lamuriando.

– Está, sim. Desde que sentou nessa cadeira.

– Liz?

Minha cunhada mexeu no braço da cadeira antes de responder:

– Talvez um pouquinho.

Depois do almoço, como o dia ia ficando ainda mais quente, resolvi levar London ao cinema para ver uma animação. Marge e Liz também foram e pelo visto se divertiram tanto quanto minha filha. Até tentei curtir o filme, mas não consegui parar de pensar na semana anterior, o que me fez questionar o que iria acontecer dali para a frente.

Depois do cinema, não quis ir para casa. Marge e Liz também pareceram querer ficar nos meus pais, e minha mãe acabou fazendo um macarrão com atum, prato que London adorava, já que a massa era cheia de farinha branca. Ela comeu um prato maior do que o normal e começou a cochilar já no carro a caminho de casa. Pensei que lhe daria um banho, leria um pouco para ela, depois passaria o resto da noite largado em frente à televisão.

Mas não foi isso que aconteceu. Assim que entrou em casa, ela saiu correndo para ver os hamsters e a ouvi me chamar do andar de cima.

– Papai! Vem aqui rápido! Acho que tem alguma coisa errada com a Dona Confete!

Entrei no quarto dela e espiei dentro da gaiola, onde um hamster parecia estar tentando atravessar o plástico. O quarto cheirava a curral.

– Ele me parece bem.

– Esse é o Seu Confete. A Dona Confete não está se mexendo.

Estreitei os olhos.

– Acho que ela está dormindo, querida.

– Mas e se ela estiver doente?

Eu não tinha a menor ideia do que fazer nesse caso. Abri a tampa da gaiola e peguei Dona Confete. Ela estava quentinha, o que é sempre um bom sinal, e pude senti-la começar a se mexer.

– Ela está bem?

– Me parece bem, sim – respondi. – Quer segurá-la?

London aquiesceu e ergueu as mãos em concha. Coloquei a hamster ali. Observei minha filha levar o pequeno roedor até mais perto do rosto.

– Acho que vou segurá-la um pouco para ter certeza.

– Ok – falei, e dei-lhe um beijo na cabeça. – Mas não por muito tempo, tá? Já está quase na hora de dormir.

Dei-lhe outro beijo e me encaminhei para a porta.

– Papai? – chamou ela.

– Oi?

– Você tem que limpar a gaiola deles.

– Faço isso amanhã, tá? Estou meio cansado.

– A mamãe falou que você ia limpar.

– E eu vou. Acabei de dizer que amanhã eu limpo.

– Mas e se for a gaiola suja que está deixando a Dona Confete doente? Eu quero que você limpe agora.

Ela não só não estava escutando, como o tom da sua voz começou a se elevar, e eu não estava com a menor disposição para lidar com birra de criança àquela altura.

– Volto daqui a pouco para preparar a sua cama. Jogue a roupa suja no cesto, ok?

Passei a meia hora seguinte zapeando pelos canais de TV, mas não encontrei nada para assistir. Mais de cem canais e nada, mas enfim, além de cansado, eu estava de mau humor. No dia seguinte teria que limpar uma gaiola de hamster cheia de cocô, minha lista de clientes continuava zerada e, a menos que ocorresse alguma espécie de milagre, permaneceria assim por mais uma semana.

Enquanto isso, minha mulher viajava de jatinho particular e se hospedava no Ritz-Carlton.

Depois de algum tempo, levantei-me do sofá e fui até o quarto de London. Os hamsters agora tinham voltado à gaiola e ela estava brincando com as Barbies.

– Oi, meu amor. – Pronta para o banho?

Ela respondeu sem se virar para mim:

– Não quero tomar banho hoje.

– Mas você suou muito com a vovó durante o dia.

– Não.

Pisquei os olhos.

– O que aconteceu?

– Estou brava com você.

– Está brava comigo por quê?

– Porque você não liga para os meus hamsters.

– É claro que eu ligo para eles.

Na gaiola, os dois roedores agora se comportavam como em qualquer outra noite.

– E você sabe que precisa de um banho – acrescentei.

– Quero que a mamãe me dê banho.

– Eu sei que você quer. Mas a mamãe não está aqui.

– Então não vou tomar banho.

– Não quer olhar para mim?

– Não.

London parecia Vivian falando, e eu não soube o que fazer. Ela continuou a fazer a Barbie correr de um lado para outro da casinha. A boneca parecia que ia derrubar os móveis.

– Vou começar a encher a banheira, tudo bem? Aí a gente conversa. Posso fazer bastante espuma.

Conforme o prometido, coloquei mais espuma na água do que o normal e quando o banho ficou pronto fechei a torneira. London não tinha saído do lugar: a Barbie continuava a correr desembestada pela casa, com Ken ao seu lado.

– *Eu não posso fazer o café da manhã porque preciso ir trabalhar* – ouvi-a fazer a boneca dizer ao Ken.

– *Mas o pai é que trabalha* – disse Ken.

– *Você devia ter pensado nisso antes de se demitir.*

Certo de que minha filha imitava meu relacionamento com Vivian, senti o estômago contrair.

– Seu banho está pronto – falei.

– Eu já *disse* que não vou tomar banho!

– Vamos lá...

– NÃO!!! – gritou ela. – Eu não vou tomar banho e você não pode me obrigar! Você obrigou a mamãe a arrumar um emprego!

– Eu não obriguei a mamãe a arrumar um emprego...

– OBRIGOU, SIM!

Quando London se virou na minha direção, vi lágrimas escorrendo por seu rosto.

– Ela falou que precisou arrumar um emprego porque você não estava trabalhando!

Outro pai com certeza teria ficado menos na defensiva, mas eu estava exausto e as palavras dela me magoaram, afinal eu já estava me sentindo muito mal em relação a tudo isso.

– Eu estou trabalhando! – disse, levantando a voz. – E cuidando de você, e limpando a casa!

– Eu quero a mamãe! – gritou London.

Pela primeira vez me dei conta de que Vivian não tinha ligado durante todo o dia. Eu também não podia entrar em contato: o evento devia estar no auge àquela hora.

Inspirei fundo.

– Ela volta amanhã e vocês duas vão à fazendinha, lembra? Você não vai querer ficar bem limpinha para quando ela chegar?

– NÃO! – berrou ela. – Eu odeio você!

Quando percebi, já estava marchando pelo quarto e segurando London pelo braço. Ela começou a se debater e a gritar, mas eu a arrastei até o banheiro feito um daqueles pais agressivos do YouTube.

– Ou você tira a roupa e entra nessa banheira ou eu vou tirar. Não estou brincando.

– VAI EMBORA! – gritou ela.

Depois de colocar seu pijama sobre a bancada, fechei a porta. Passei os minutos seguintes escutando-a alternadamente chorar e falar sozinha enquanto eu aguardava do outro lado da porta.

– Entre na banheira, London – avisei do outro lado da porta. – Se não entrar, vou obrigar você a limpar a gaiola dos hamsters sozinha.

Ela gritou outra vez. No minuto seguinte, porém, escutei-a entrar na banheira. Continuei aguardando. Depois de um tempo, ouvi-a brincando na banheira já sem a raiva de antes. Por fim, a porta se abriu e London surgiu de pijama, com os cabelos molhados.

– A gente pode usar o secador em vez de deixar o cabelo molhado?

Cerrei os dentes.

– É claro que pode, querida.

– Estou com saudades da mamãe.

Agachei-me e a tomei nos braços, sentindo o aroma limpo do sabonete e do xampu.

– Eu sei.

Abracei-a com força, pensando como um pai tão desorientado como eu podia ter ajudado a criar algo tão maravilhoso, e minha menininha começou a chorar.

Deitado na cama com ela, li a história da arca de Noé. Sua parte preferida, que eu sempre lia duas vezes, era quando a arca ficava pronta e os animais começavam a chegar.

– "Dois a dois, eles foram chegando em pares do mundo todo" – li em voz alta. – "Leões, cavalos, cachorros, elefantes, zebras e girafas..."

– E hamsters – completou ela.

– E hamsters – concordei. – "E dois a dois foram entrando na arca. Como vão caber todos lá dentro?, pensaram as pessoas. Mas Deus também tinha um plano para isso. Eles foram entrando na arca e teve espaço para todo mundo, e todos os animais ficaram felizes. E dois a dois eles ficaram dentro da arca enquanto a chuva começava a cair."

Quando terminei a história, London estava quase dormindo. Apaguei a luz e a beijei na bochecha.

– Te amo, filha – sussurrei.

– Também te amo, papai – balbuciou ela, e saí do quarto sem fazer barulho.

Dois a dois, pensei enquanto descia a escada. London e eu, pai e filha, ambos fazendo o melhor que podíamos.

Mesmo assim, tive a sensação de que a estava deixando na mão em todos os quesitos.

8

Novas experiências

Em fevereiro passado, quando as coisas estavam indo de mal a pior para mim na agência, London pegou uma gripe feia. Passou dois dias vomitando quase sem parar e tivemos que levá-la ao hospital para fazer os enjoos cessarem e receber soro.

Fiquei com medo. Vivian também ficou, embora aparentemente tenha manifestado bem mais segurança com os médicos do que eu. Ao falar com eles, sempre se mostrava calma e tranquila, e fazia todas as perguntas certas.

London não precisou passar a noite no hospital e, quando a levamos para casa,

Vivian ficou acordada com ela até meia-noite. Como Vivian havia passado a noite anterior quase inteira em claro, assumi o posto. Assim como ela, sentei-me na cadeira de balanço com minha filha no colo. Ela ainda estava meio febril e lembro como me pareceu frágil, envolta numa fina manta, suando e tremendo. Ela acordava a cada vinte minutos. Por volta das seis da manhã, finalmente a pus na cama e desci para fazer um café. Uma hora mais tarde, quando estava me servindo mais uma xícara, ela entrou devagar na cozinha e sentou-se à mesa ao lado de Vivian. Movia-se com letargia e tinha o rosto pálido.

– Oi, meu amor. Como está se sentindo?

– Estou com fome – respondeu ela.

– Bom sinal – comentou Vivian.

Levou a mão à testa da filha, manteve-a ali, então sorriu.

– Acho que a febre passou.

– Estou me sentindo um pouco melhor.

– Russ? Pode preparar uma tigela de Cheerios? Sem leite?

– Claro – falei.

– Vamos tentar comer o cereal sem leite? Não quero atrapalhar sua barriguinha.

Levei o cereal até a mesa com meu café e sentei-me ao lado delas.

– Você ficou muito doente. Sua mãe e eu ficamos superpreocupados.

– E vamos pegar bem leve hoje, ok?

Enquanto mastigava, London aquiesceu. Fiquei feliz por vê-la se alimentando.

– Obrigada por me pegar no colo quando eu estava doente, mamãe.

– É claro, meu anjo. Eu sempre pego você no colo quando fica doente.

– Eu sei.

Tomei um gole de café, esperando Vivian dizer que eu também havia ajudado. Mas ela não disse.

Crianças são resilientes. Sei disso porque, até onde minha memória alcança, minha mãe e meu pai usavam essa expressão, sobretudo para descrever o método de criação que usaram em mim e Marge. *Por quê, por quê, por que vocês fizeram essas coisas com a gente?*, perguntávamos. *Ah, não faz mal. Crianças são resilientes.*

Para ser bem sincero, havia certa verdade no que diziam. No domingo de manhã, quando London desceu a escada, parecia ter esquecido por completo a pirraça da noite anterior. Estava tagarela e ficou ainda mais feliz quando eu a deixei comer Froot Loops enquanto eu subia para limpar a gaiola dos hamsters. Enchi meio saco plástico com a serragem suja, algo realmente nojento, e joguei na lixeira. Num canto do quarto, vi a bicicleta de London e, embora já estivesse ficando quente lá fora, pensei no que ela e eu poderíamos fazer de manhã.

– Ei – falei quando tornei a entrar em casa. – Quer fazer uma coisa divertida hoje de manhã?

– O quê? – perguntou ela.

– Por que a gente não vai andar de bicicleta de novo? Quem sabe sem as rodinhas?

– Eu vou cair.

– Prometo a você que não. Eu fico bem ao seu lado e seguro você no selim.

– Faz tempo que não ando de bicicleta.

E nunca andou sem rodinhas, pensei.

– Tudo bem. Se você não quiser ou ficar com medo, a gente para.

– Não estou com medo – disse ela. – Mas a mamãe não vai gostar se eu ficar toda suada.

– Se você ficar suada, toma um banho e pronto. Não é nada grave. Quer tentar?

Ela pensou por um momento.

– Só um pouquinho, então – cedeu. – Quando a mamãe vai chegar?

Como se minha mulher tivesse escutado nossa filha a quilômetros de distância, meu celular tocou e o nome de Vivian apareceu na tela.

– Bom, vamos descobrir. É sua mãe – falei, estendendo a mão para o aparelho. – Ela devia estar pensando em você. – Atendi e coloquei a ligação no viva-voz. – Oi, querida. Tudo bem? Como foi? Coloquei no viva-voz e a London está aqui ao meu lado.

– Oi, filhinha! – disse Vivian. – Tudo bem? Me desculpe por não ter te ligado ontem. Foi uma correria danada desde que cheguei. Como você está? Como foi ontem?

– Foi muito divertido – respondeu London. – Eu fui para a casa da vovó, depois papai, eu, tia Marge e tia Liz fomos ao cinema, e o filme era muito engraçado...

Enquanto as duas batiam papo, tornei a me servir de café e gesticulei que iria voltar para o quarto e me trocar. Vesti um short e uma camiseta e calcei os tênis que costumava usar na academia. Quando voltei à cozinha, London estava contando à mãe sobre os hamsters e Vivian finalmente pediu para falar comigo.

Atendi e tirei a ligação do viva-voz.

– Oi.

– Ela está de bom humor. Pelo visto vocês dois estão se divertindo bastante. Estou com ciúme.

Hesitei e pensei na noite anterior.

– Está indo tudo bem. E você, como foi ontem?

– Por incrível que pareça, correu tudo às mil maravilhas. Walter ficou muito feliz. Os vídeos foram ótimos, e a música também. O pessoal amou.

– Que bom que deu tudo certo.

– Deu, sim. A gente arrecadou bastante dinheiro. Pelo visto, Walter não é o único frustrado com o atual governo e com o Congresso em relação ao setor imobiliário. Os regulamentos são absurdos. Os empresários estão ficando com as mãos atadas e hoje em dia é quase impossível ter lucro.

Conforme demonstrado pelo jatinho de Walter, pensei.

– A que horas você chega?

– Espero que por volta da uma. Mas a gente talvez almoce com um empresário do Mississippi. Se isso acontecer, devo chegar lá pelas três.

– Espere um instante.

Saí da cozinha e fui até a sala.

– E a fazendinha?

– Não sei se vai dar tempo.

– Mas você prometeu a ela.

– Eu não prometi.

– Eu estava lá, Viv. Ouvi o que você disse. E ainda confirmei ontem à noite.

– Como assim?

Contei o que havia acontecido na noite anterior.

– Bom, que ótimo – ironizou ela. – Você não deveria ter tocado no assunto.

– Está dizendo que a culpa é minha?

– Ela vai ficar ainda mais chateada.

– Porque você disse que a levaria.

– Chega, está bem? Eu trabalhei quase vinte horas seguidas e praticamente não dormi. Converse com ela e pronto, ok? *Explique* para ela.

– O que você quer que eu diga?

– Por favor, não use esse tom comigo. Não fui eu que marquei esse almoço. Estou por conta de Walter aqui, e tem muito dinheiro em jogo.

– Spannerman *já tem* muito dinheiro. Ele é bilionário.

Ouvi-a soltar um longo suspiro.

– Como eu já disse – retomou, com a voz tensa –, talvez chegue a tempo. Se o almoço furar, estou em casa à uma. Devo saber mais daqui a uma hora ou duas.

– Tudo bem – falei, pensando em London. – Me avise.

Decidi não falar nada com London até ter mais informações. Ela saiu de casa comigo e ficou me observando preparar tudo. Como a bicicleta estava toda empoeirada, peguei a mangueira e a lavei, depois sequei com uma toalha. Enchi os pneus e me certifiquei de que não estavam furados. Em seguida tive que arrumar uma chave para tirar as rodinhas. Por que as ferramentas sempre parecem sumir? Como London tinha crescido, levantei o selim e o guidom, e quando tudo finalmente ficou pronto ela me seguiu até a rua e subiu na bicicleta.

– Lembra o que tem que fazer? – perguntei, ajustando seu capacete.

– Pedalar – disse ela. – Mas você não vai me soltar, né?

– Só vou soltar quando você estiver pronta.

– E se eu não estiver pronta?

– Aí eu não vou soltar.

Ela começou a pedalar, oscilando de um lado para outro enquanto eu segurava o selim e corria curvado. Em pouco tempo, eu estava ofegante e comecei a suar. Depois a suar em bicas. Fizemos incontáveis idas e voltas e, bem na hora em que pensei em lhe dizer que precisava de um descanso, o equilíbrio dela começou a melhorar, pelo menos nas retas. Aos poucos, pude ir soltando o selim. Depois comecei a usar apenas os dedos, o suficiente apenas para segurá-la caso ela tombasse.

E depois disso eu pude soltar.

No início não por muito tempo, só uns poucos segundos, e da segunda vez mais ou menos a mesma coisa. Então, quando achei que ela estivesse pronta, falei as palavras mágicas.

– Vou soltar por um segundo – disse, arfante.

– Não, papai!

– Você consegue! É só tentar! Eu vou estar bem do seu lado para segurar você!

Soltei o selim e apertei o passo para correr ao lado da bicicleta por não mais do que um segundo ou dois. London olhou para mim com o assombro estampado no rosto, então voltei à posição original e tornei a segurar seu selim.

– Consegui, papai! – gritou ela. – Sem você me ajudar!

Segurei o selim enquanto fazíamos a curva no final do beco sem saída e então, quando ela se equilibrou, tornei a soltar, dessa vez por cinco ou seis segundos. Depois soltei por dez segundos. E ela então percorreu sozinha a reta inteira.

– Estou andando, papai! Estou andando de bicicleta! – berrou ela animada.

Embora estivesse suando muito, sem fôlego e com a sensação de estar morrendo, dei um jeito de gritar de volta:

– Eu sei, querida! Você está andando de bicicleta!

Quando London quis parar de andar, meu corpo inteiro doía e minha camisa estava ensopada de suor. Empurrei a bicicleta até a garagem e entrei atrás dela em casa. A lufada do ar-condicionado foi um sinal claro da existência de Deus.

– Papai precisa de um descanso – anunciei, ainda tentando recuperar o fôlego.

– Tudo bem, papai – disse ela.

Fui até o banheiro e entrei no chuveiro, regulando a água entre fresca e fria. Fiquei debaixo do jato até finalmente voltar a me sentir razoavelmente humano, depois tornei a me vestir e fui até a cozinha.

Havia uma mensagem de texto de Vivian: *O almoço foi cancelado. Estou indo agora para o aeroporto. Fale pra London que não vou demorar.*

Encontrei minha filha na sala, brincando com suas Barbies.

– Mamãe está vindo – disse. – Deve chegar daqui a pouco.

– Tudo bem – respondeu ela, soando estranhamente desinteressada.

Preparei uma salada e grelhei o salmão para Vivian, e fiz dois sanduíches para mim e para London. Quando Vivian entrou pela porta, a mesa estava posta e a comida servida.

Após uma rodada de abraços e beijos em London, ela entrou na cozinha e me beijou também.

– Nossa – comentou. – Que comida mais chique para o almoço.

– Eu já tinha comprado tudo, então pensei: por que não? Como foi o voo?

– Incrível. É ótimo não ter que se preocupar com estacionamento, segurança, ou ter que enfiar as malas naqueles compartimentos apertados. Jatinhos com certeza são o melhor jeito de viajar.

– Vou me lembrar disso quando começar a ganhar os meus milhões.

– O que você e a London fizeram hoje de manhã?

– Tirei a bicicleta da garagem.

– Ah, é? E como ela se saiu?

– Estava pegando o jeito no final.

– Antes você do que eu – disse ela. – Está quente lá fora hoje.

– De manhã não estava tão ruim – menti.

– Lembrou-se de passar protetor nela?

– Não. Esqueci.

– Você precisa tentar se lembrar dessas coisas. Sabe quanto o sol pode estragar a pele dela.

– Da próxima vez eu lembro.

Ela me beijou outra vez. Durante o almoço, contou sobre o fim de semana e conversou com London sobre o que nossa filha tinha feito na semana anterior. Depois disso, as duas foram para o carro enquanto eu arrumava a cozinha.

Pela primeira vez desde terça-feira, London não estava comigo. Eu poderia ter trabalhado, mas não tinha nada para fazer. Pensara que fosse curtir a tarde tranquila, mas me peguei zanzando pela casa e pensando na minha filha, surpreso com a saudade que estava sentindo.

Vivian e London voltaram lá pelas cinco, carregadas de sacolas de lojas de departamento. Não havia uma sujeirinha nas mãos ou no rosto da minha filha.

– Vocês foram à fazendinha? – indaguei.

– Não – respondeu Vivian, colocando as sacolas em cima da mesa. – Estava quente demais para ir lá hoje. Acabamos indo ao shopping. Ela precisava de umas roupas para a escola.

É claro que precisava.

Antes que pudesse continuar o assunto, Vivian passou por mim depressa e entrou na cozinha. Fui atrás dela e tentei puxar conversa, mas ficou claro que ela estava irritada, respondendo apenas com monossílabos. Depois preparou macarrão com legumes salteados para London e para mim e, para ela, uma salada, e o jantar foi rápido. Foi só quando estávamos colocando os pratos no lava-louças que eu finalmente perguntei qual era o problema.

– Você não me contou que tinha tirado as rodinhas da bicicleta dela hoje. Nem que, quando falou que ela havia andado de bicicleta, estava querendo dizer que ela realmente tinha andado de bicicleta.

– Me desculpe – falei. – Pensei que você tivesse entendido.

– Como é que eu poderia ter entendido? Você não foi claro.

– Está chateada?

– Estou chateada, sim. Por que não estaria?

– Não entendo muito bem por que estaria.

– Porque eu não estava aqui. Por acaso passou pela sua cabeça que eu talvez quisesse ver a London andar de bicicleta pela primeira vez?

– Ela ainda é só uma iniciante. Não consegue fazer as curvas sem cair.

– E daí? A questão é que você ensinou nossa filha a andar de bicicleta sem mim. Por que não me esperou chegar em casa?

– Não pensei nisso.

Ela pegou um pano de prato e começou a secar as mãos.

– É exatamente esse o seu problema, Russ. É o que você faz sempre. Sua vida inteira sempre girou em torno do que você quis.

– Não é verdade – protestei. – E como eu poderia saber que você iria querer assistir? Você nem queria comprar a bicicleta para a nossa filha, para começo de conversa.

– É claro que eu queria que a London tivesse uma bicicleta! Por que você pensou uma coisa dessas? Fui eu que comprei a bicicleta de Natal para ela.

Encarei-a, pensando: *Eu tive que arrastar você até a loja.* Será que ela não se lembrava mesmo que as coisas tinham acontecido desse jeito? Ou será que eu estava ficando maluco?

Enquanto eu refletia, ela se virou para sair.

– Aonde você vai? – perguntei.

– London precisa de um banho. Você não se importa de eu passar um tempo com minha filha, se importa?

Ela saiu da cozinha, e suas palavras ficaram ricocheteando dentro da minha cabeça.

"*Minha* filha?"

Depois de London ir para a cama, Vivian e eu ficamos sentados no sofá diante da televisão, sintonizada no Food Network, um canal de gastronomia. Ela bebericava uma taça de vinho. Pensei de novo em abordar a questão da creche, mas não tinha certeza se ela ainda estava zangada por causa do incidente da bicicleta. Seus olhos relancearam na minha direção e ela deu um leve sorriso, depois voltou para a revista que estava lendo. Melhor do que ser ignorado, refleti.

– Ei, Viv?

– Hum?

– Sinto muito por você ter perdido a primeira vez de London na bicicleta. Realmente não achei que fosse tão importante assim.

Ela pareceu refletir sobre minhas palavras e vi seus ombros relaxarem de leve.

– Tudo bem. Eu só queria ter estado lá para ver. Fico mal por não ter participado do momento.

– Eu entendo. Também perdi várias primeiras vezes esses anos todos.

– Mas você não é a mãe dela. Para as mães é diferente.

– É, deve ser – respondi, sem muita certeza, mas achei melhor não refutar.

– Quem sabe amanhã à noite vocês podem me mostrar – disse ela com a voz suave.

Pude ver ali a Vivian por quem tinha me apaixonado tantos anos antes. Era impressionante como minha mulher nunca parecia envelhecer.

– Que bom que o evento correu sem problemas. Aposto que seu chefe já está comendo na sua mão.

– Walter não come na mão de ninguém.

– E quais os planos para a semana que vem?

– Vou saber mais amanhã. Talvez tenha que viajar de novo na quarta.

– Outro evento de arrecadação?

– Não. Dessa vez tenho que ir a Washington. E sei que London vai ficar chateada outra vez. Fico me sentindo uma péssima mãe.

– Você não é péssima. E London sabe que você a ama.

– Mas este é o último verão dela antes de entrar no jardim de infância. Ela deve estar achando que eu a abandonei. London precisa de estabilidade e não é isso que ela tem agora.

– Eu tenho me esforçado ao máximo.

– Eu sei. Ela falou que gosta de ficar com você, mas que é esquisito.

– Ela disse que acha *esquisito*?

– Ah, você entendeu. Ela está acostumada comigo, só isso. Tem sido uma mudança brusca para ela. Você sabe disso.

– Continuo não gostando da palavra *esquisito.*

– Ela é uma criança. Não tem um vocabulário muito amplo. Não é nada de mais. Está pronto para ir deitar? A gente pode ligar a TV e relaxar.

– Você está me dando mole?

– Pode ser.

– Sim ou não?

– Que tal eu antes terminar minha taça de vinho?

Sorri e mais tarde, com nossos corpos entrelaçados, peguei-me pensando que, por mais difícil que tivesse sido a semana, ela havia terminado de um jeito absolutamente perfeito.

9

O passado nunca passa

Há alguns anos, quando me sentia nostálgico, eu costumava refletir sobre alguns dos dias mais significativos da minha vida. Lembrava-me das formaturas do ensino médio e da faculdade, do dia em que pedira a mão da minha mulher e do nosso casamento, e, é claro, do dia em que London nascera. No entanto, nenhum desses momentos tinha sido uma surpresa, pois eu soubera que eles iriam acontecer.

Também recordava as estreias memoráveis da minha própria vida, assim como recordava as estreias de London. Meu primeiro beijo, minha primeira vez com uma mulher, minha primeira cerveja e a primeira vez que meu pai me deixou dirigir um carro. Lembro-me do meu primeiro contracheque de verdade e da sensação de quase reverência que experimentei ao percorrer os cômodos da primeira casa que comprei.

Mas havia outras lembranças de valor incalculável, lembranças que não eram nem estreias, nem acontecimentos esperados, mas que eram perfeitas em sua alegria espontânea. Certa vez, quando eu era garoto, meu pai me acordou no meio da noite e me chamou para ver uma chuva de meteoros. Ele havia estendido uma toalha na grama e, quando estávamos os dois deitados vendo os rastros brancos cortarem o céu, eu senti, no jeito como ele apontava para eles, o amor que ele tinha por mim mas muitas vezes não sabia expressar. Lembrava-me de quando Marge e eu passamos uma noite inteira acordados devorando um pacote de cookies com gotas de chocolate, aos risos, a noite em que de fato entendi que ela e eu sempre teríamos um ao outro. Recordava a noite em que minha mãe, após duas taças de vinho, falara sobre a própria infância de um jeito que me permitira vê-la como a criança que um dia tinha sido, alguém que eu poderia imaginar como amiga.

Esses instantes me acompanham até hoje, em parte pela sua simplicidade, mas também por terem sido reveladores. Eles também nunca mais se repetiram, e não consigo evitar pensar que, se um dia tentasse replicá-los, as lembranças originais escorreriam por entre meus dedos feito areia, diminuindo o domínio que tenho delas hoje.

Na segunda de manhã, Vivian saiu pela porta às sete e meia levando uma bolsa de academia.

– Quero ir à academia se der tempo – explicou. – Sinto que estou ficando mais flácida a cada minuto.

London e eu saímos algum tempo depois, ambos de short e camiseta. Estávamos a caminho do clube para a primeira aula de tênis dela quando vi homens de gravata ao meu lado na estrada. Senti que fora expulso do único clube ao qual desejara pertencer. Sem trabalho, tinha a sensação de ter perdido uma parte importante da minha própria identidade e, caso não revertesse aquela situação, iria me perder por completo.

Estava na hora de mais alguns telefonemas.

Assim que estacionei o carro, London viu umas meninas do nosso bairro e saltitou junto com elas para dentro da quadra. Fui até a arquibancada levando um bloco de anotações e digitei *cirurgiões plásticos* na ferramenta de busca do meu celular. Assim como os advogados, eles eram um grupo que Peters evitava, pois os considerava temperamentais e mão de vaca. Eu, por outro lado, imaginava que médicos tinham dinheiro e também inteligência para entender como a publicidade poderia beneficiar seu negócio. Havia diversos cirurgiões plásticos na região de Charlotte, agrupados em vários consultórios, o que era bom sinal, e comecei a bolar algumas linhas introdutórias na esperança de encontrar as palavras certas para fazer o gerente do consultório, ou, se tivesse sorte, o médico, ficar ao telefone por tempo suficiente para se interessar a ponto de marcar uma reunião.

– Dá para acreditar no calor que já está fazendo? – ouvi alguém dizer ao meu lado num forte sotaque de Nova Jersey. – Vou derreter, juro por Deus.

Quando me virei, deparei-me com um homem talvez alguns anos mais velho do que eu, forte feito um touro, com os cabelos escuros e a pele queimada de sol. Estava de terno e usava uns óculos de aviador com lentes espelhadas.

– Falou comigo?

– É claro que falei com você. Tirando nós dois, isto aqui parece um congresso de estrogênio. Devemos ser os únicos homens num raio de 100 metros. A propósito, eu sou Joey Taglieri, o Buldogue.

Ele chegou mais perto e estendeu a mão.

– Russell Green – falei, apertando-a. – Por que Buldogue?

– É o mascote da Universidade da Geórgia, onde estudei. E eu tenho o pescoço grosso, então o apelido pegou. Prazer, Russ. E se eu infartar ou tiver um AVC, faça o favor de ligar para a emergência. A Adrian devia ter me avisado que aqui não teria nenhuma nesga de sombra.

– Quem é Adrian?

– Minha ex. Número três, aliás. Ela jogou essa responsabilidade no meu colo ontem, claro. Ela entendia quanto era importante para mim e só Deus sabe que não anda muito inclinada a facilitar minha vida. Ela sabe que eu preciso estar no fórum às nove e meia, mas por acaso está ligando para isso? Você quer saber se ela está ligando? Não, não está. Ela não *precisava* ir visitar a mãe. E daí se a mãe dela está no hospital? Ela se interna semana sim, semana não, porque é *hipocondríaca*, isso sim. Os médicos nunca acham nada de errado com ela. A mulher provavelmente vai viver até os 100 anos. – Ele indicou meu bloco de anotações. – Está preparando suas alegações preliminares?

– Alegações preliminares?

– As que você vai dizer ao júri? Você é advogado, não é? Acho que já o vi lá no fórum.

– Não. Você está me confundindo. Não sou advogado. Trabalho com publicidade.

– Ah, é? Em que agência?

– Agência Fênix – respondi. – É minha própria empresa.

– Sério? Os caras que eu contratei são um bando de idiotas se você quer saber.

Foi como se dissesse as palavras mágicas.

– Que agência você contratou?

Ele disse o nome. Eu a conhecia. Era uma agência nacional especializada em propaganda de escritórios de advocacia, ou seja, a maioria das peças era praticamente igual, com as mesmas imagens e apenas leves variações no roteiro. Antes que eu pudesse desenvolver o assunto, ele perguntou outra coisa.

– Há quanto tempo você é sócio aqui do clube?

– Uns quatro anos.

– E você gosta? Acabei de entrar.

– Considerando que eu não jogo golfe, gosto, sim. A comida é boa e a piscina vira um point no verão. Dá para conhecer muita gente interessante por aqui.

– Eu também não curto golfe. Tentei por um ano, ferrei as costas e acabei dando os tacos de presente para o meu irmão. Entrei por causa do tênis. Sei que não parece, mas eu até que jogo bem. Ganhei bolsa na faculdade e sonhava em ser profissional, mas por causa da minha altura meu saque não é muito rápido. É a vida, eu acho. Então pensei em fazer minha filha começar cedo, para quando ela for adolescente e começar a me odiar nós dois termos alguma coisa para fazer juntos. É aquela ali de top turquesa, aliás. Cabelo escuro, pernas compridas. E a sua, quem é?

Apontei para London, que estava na linha de fundo da quadra junto com outras meninas.

– Ali – falei. – A segunda a partir da esquerda.

– Ela também vai ser alta. Isso é bom.

– Vamos ver se ela gosta de jogar. Hoje é a primeira vez que ela segura uma raquete. Você disse que é advogado?

– Sou. Responsabilidade civil, uma ou outra ação coletiva. Sei o que você deve estar pensando sobre advogados como eu, e não ligo, mesmo. Ninguém gosta de advogados especializados em responsabilidade civil até o dia em que precisam de um, e aí, de uma hora para outra, eu viro seu melhor amigo e salvador. E não só porque quase sempre consigo fazer meus clientes ganharem o dinheiro que merecem, mas porque eu os escuto. Metade do meu negócio tem a ver com ouvir. Aprendi isso quando trabalhava com direito de família, antes de a minha esposa número um fugir com o vizinho e eu entender que precisava ganhar mais dinheiro. Direito de família não estava dando conta. Quer um conselho? Nunca deixe de fazer um acordo pré-nupcial.

– Obrigado pelo conselho.

Ele gesticulou na direção do meu bloco.

– Cirurgiões plásticos, é?

– Estava pensando em me expandir para essa área.

– Ah, é? Já ganhei uma fortuna de alguns deles. Pareciam ter usado machadinhas em vez de bisturis em alguns dos meus clientes. Quer meu conselho sobre esses caras? Vindo de quem já lidou muito com eles?

– Pode falar.

– Eles acham que são Deus, mas são péssimos nos negócios, então é só inflar o ego deles e prometer que vai deixá-los ricos. Confie em mim. Isso vai chamar a atenção.

– Vou me lembrar do conselho.

Ele acenou para a quadra.

– Esse professor ainda não me convenceu. O que você acha?

– Não entendo o suficiente nem para palpitar.

– Dá para ver que ele já foi jogador, mas não acho que tenha experiência com crianças. Com elas a história é outra. Crianças não têm capacidade de concentração. O segredo é manter a coisa em movimento, senão elas começam a ficar dispersas.

– Faz sentido. Talvez você devesse virar instrutor.

Ele riu.

– Quem sabe, não é? Não, não é para mim. Nunca ser professor do próprio filho. É uma das minhas regras. A menina provavelmente acabaria me detestando mais ainda do que já vai detestar. Mas e você, qual seu interesse nisso? Você joga?

– Não. Foi ideia da minha mulher.

– Mas olha você aqui.

– Olha eu aqui – concordei.

Joey tornou a prestar atenção no que estava acontecendo na quadra. Voltei a rascunhar linhas introdutórias, mas sabia que precisava pesquisar bem mais antes de estar pronto para uma apresentação. De vez em quando, Joey comentava sobre a posição dos pés ou o arco adequado que se devia imprimir à bola, e então trocávamos mais algumas frases soltas.

Quando a aula terminou, ele apertou minha mão pela segunda vez.

– Você vai vir amanhã?

Aquiesci, e ele completou:

– Eu também. Até amanhã, então.

Desci da arquibancada e encontrei London quando ela estava saindo da quadra. Tinha o rosto vermelho por causa do calor.

– Você se divertiu? – perguntei.

– Mamãe acha que eu deveria saber jogar. Ela falou hoje de manhã.

– Eu sei que ela acha isso. Quero saber o que você achou.

– Fiquei com calor. Quem era aquele cara com quem você estava conversando?

– Joey.

– Ele é seu amigo?

– A gente acabou de se conhecer. Por quê?

– Porque vocês pareciam amigos.

– Ele é legal – falei.

Enquanto andávamos até o carro, lembrei o que Joey tinha dito sobre a agência de publicidade que ele havia contratado ser um bando de idiotas.

E, é claro, que iria revê-lo no dia seguinte.

London precisava de um descanso antes da aula de arte, então comprei um lanche para ela. Enquanto isso, refleti sobre as campanhas que fizera para advogados antes de Peters desistir dessa área. Lembrei-me de filmar comerciais em escritórios com estantes de madeira cheios de livros de direito e de recomendar inserções nos canais a cabo entre as nove e o meio-dia, quando as pessoas que tinham sofrido acidentes estariam assistindo.

Na época, quando a maioria dos comerciais no país era criada por uma única agência nacional, havia a oportunidade de um trabalho de nicho, caso se quisesse seguir esse caminho. Eu desconfiava que conseguiria negociações melhores com as emissoras a cabo, já que tinha relacionamentos de trabalho longos com alguns dos personagens mais importantes do ramo, algo que a agência nacional não tinha. A longo prazo, é provável que não fosse bom para minha agência, e eu talvez tivesse que fazer a mesma coisa que Peters e depois de um tempo abrir mão desses clientes, mas esse dia estava bem distante e eu não queria pensar nele. Em vez disso, me concentrei no fato de que Taglieri poderia estar aberto – ou mesmo disposto – a uma mudança.

London levou menos tempo do que imaginei para voltar ao normal e passou quase a viagem de volta inteira falando em Bodhi. Assim que entrou no ateliê, virou-se, e eu me agachei. Ela me enlaçou pelo pescoço e apertou.

– Te amo, papai.

– Também te amo.

Quando me levantei, vi-a correr em direção a um menininho louro e, quando os dois se aproximaram, abraçaram-se também.

Que graça.

Então, de repente, franzi o cenho. Refletindo bem, não tinha certeza do que pensar sobre minha filha já estar abraçando meninos. Não fazia ideia do que seria normal nessa idade.

Após um rápido aceno para a professora, tomei o rumo da cafeteria com meu computador. Estava pensando em pesquisar as últimas tendências da publicidade jurídica e os regulamentos que poderiam ter mudado desde minha última campanha.

Pedi um café, achei uma mesa e abri o laptop. Acessei algumas informações preliminares e, quando já estava imerso nelas, ouvi uma voz ao meu lado.

– Russ?

Impossível não a reconhecer. Seus cabelos ruivos batiam nos ombros e o corte acentuava seus malares bem marcados. Os olhos castanhos salpicados de dourado ainda eram tão impressionantes quanto me lembrava.

– Emily?

Ela veio na minha direção com uma xícara de café na mão.

– Bem que eu achei que fosse você lá no ateliê. Tudo bem? Há quanto tempo.

– Tudo – falei, levantando-me da cadeira.

Emily me surpreendeu ao se aproximar para um rápido abraço, que provocou uma enxurrada de lembranças felizes.

– O que você está fazendo aqui? O que estava fazendo lá no ateliê?

– Meu filho está naquela turma – respondeu ela. – Acho que puxou a mãe. – Seu sorriso transmitia uma empatia genuína. – Você está ótimo.

– Obrigado. Você também. Como estão as coisas?

De perto, notei que os olhos dela tinham pontinhos dourados e me perguntei se já havia reparado nisso antes.

– Tudo bem.

– Só bem?

– É, você sabe. A vida.

Entendi exatamente o que ela estava querendo dizer e, embora tenha tentado esconder, pensei ter detectado na sua voz uma nota de tristeza. A frase seguinte saiu de modo quase automático, embora eu soubesse que passar um tempo com uma pessoa que um dia você amou e com quem foi para a cama pode ser complicado caso você não tome cuidado.

– Quer se sentar comigo?

– Tem certeza? Você parece ocupado.

– Estava só fazendo umas pesquisas. Nada de mais.

– Então seria um prazer – disse ela. – Mas só posso ficar alguns minutos. Preciso despachar umas coisas para minha mãe e, dependendo da fila, pode levar uma eternidade.

Quando nos sentamos, olhei para ela com atenção, assombrado com o fato de fazer quase onze anos desde o fim do nosso namoro. Assim como Vivian, ela não parecia ter envelhecido, mas afastei esse pensamento e obriguei-me a voltar para um terreno seguro.

– Quantos anos tem seu filho?

– Cinco. Ele vai entrar no jardim de infância no outono.

– Minha filha também – comentei. – Onde ele vai estudar?

Quando ela disse o nome da escola, arqueei uma sobrancelha.

– Que coincidência. É para lá que a London vai também.

– Dizem que é ótima.

E cara, pensei.

– Também já ouvi boas recomendações – falei. – E como estão seus pais? Faz anos que não tenho contato com eles.

– Estão bem. Meu pai finalmente vai se aposentar ano que vem.

– Da AT&T?

– Isso... Ele trabalhou lá a vida inteira. Falou que quer comprar um trailer e viajar pelo país. É claro que minha mãe não quer nem ouvir falar nisso, então ela vai continuar trabalhando na igreja até o capricho do meu pai passar.

– Na St. Michael's?

– Claro. Tanto meu pai quanto minha mãe trabalharam no mesmo lugar a vida inteira. Isso é algo que não acontece mais. E você? Ainda está no Grupo Peters?

Ergui a sobrancelha.

– Estou impressionado que você ainda se lembre. Mas não, saí tem uns meses e abri minha própria agência.

– E como está indo?

– Está indo – desconversei.

– Que legal. Lembro que você sempre dizia que queria ter seu próprio negócio.

– Eu era jovem e ingênuo. Agora sou velho, mas continuo ingênuo.

Ela riu.

– Como vai a Vivian?

– Bem. Ela voltou a trabalhar. Não sabia que você a conhecia.

– Não conheço. Eu a vi algumas vezes no ateliê no começo do verão, mas ela nunca ficava para a aula. Estava sempre vestida com roupas de academia.

– A descrição bate. E como vai o... seu marido?

– David, você quer dizer?

Emily inclinou a cabeça.

– Isso. David.

– A gente se separou. Em janeiro passado.

– Sinto muito.

– Eu também.

– Quanto tempo vocês ficaram juntos?

– Sete anos.

– Posso perguntar o que aconteceu?

– Sei lá – começou ela. – É difícil explicar. Dizer que a gente se afastou soa meio clichê... Ultimamente, quando perguntam, respondo só que o casamento deu certo até que não deu mais, mas essa não é a resposta que a maioria das pessoas quer ouvir. É como se elas quisessem poder fofocar a respeito depois ou reduzir tudo a um único incidente. – Enquanto ela falava, ficou esfregando o polegar no indicador. – Há quanto tempo você e Vivian estão juntos?

– Vamos completar nove anos.

– Que legal. Parabéns.

– Obrigado.

– E ela voltou a trabalhar?

Aquiesci.

– Está trabalhando para uma construtora grande aqui da cidade. Assessora de comunicação. E você? Está trabalhando?

– É, acho que se pode chamar de trabalho. Continuo pintando.

– Sério?

– Nisso meu ex foi bom. Ele me incentivou, quero dizer. E as coisas têm corrido bem. Enfim, eu nunca vou ser um Rothko, um Pollock, mas sou representada por uma das galerias do centro da cidade e vendo dez ou doze quadros por ano.

– Que fantástico – elogiei, com sinceridade. – Você sempre teve muito talento. Lembro que via você pintar e ficava pensando como sabia o que fazer com as cores e com a...

Eu me detive, tentando buscar o termo correto.

– Com a composição?

– Isso. Você ainda faz arte moderna?

Ela assentiu.

– Tipo isso. Trabalho com realismo abstrato.

– Você sabe que eu não faço a menor ideia do que isso significa, não sabe?

– Basicamente, começo com cenas realistas, mas a partir disso vou seguindo o pincel e acrescento cores vibrantes ou formas geométricas, ou então manchas, espirais e pingos aleatórios até sentir que está concluído. É claro que um quadro nunca está concluído. Tenho peças em que estou mexendo há anos, porque ainda não estão como devem estar. O problema é que eu nem sempre sei como acabá-las.

– Isso soa bem artístico.

Abri um sorriso, e ela deu uma risada, cujo som era exatamente como eu me lembrava.

– Contanto que fique bonito pendurado na parede da maioria das pessoas e as faça pensar, eu fico satisfeita com o resultado.

– Ah, só isso?

– É o que o galerista gosta de dizer quando está tentando vender meus quadros. Então, sim.

– Eu adoraria ver seu trabalho.

– Pode passar na galeria quando quiser – disse ela.

Então me deu o nome, e eu o decorei.

– E Marge, como anda? – perguntou ela. – Eu sempre quis ter uma irmã igual a ela.

– Ela está bem. Ainda com a Liz, claro.

– A mesma Liz que eu conheci quando a gente namorava?

– Isso. Elas estão juntas desde então. Já faz quase onze anos.

– Nossa, que legal. E como ela é?

– Gentil, atenciosa, sempre dando apoio. Não faço ideia do que ela vê na Marge.

A expressão de Emily traiu uma centelha de reprovação.

– Não seja mau.

– Você sabe que estou brincando. Elas formam um casal ótimo. Não sei se algum dia vi as duas discutirem. Meio que deixam a vida levar.

– Isso é bom. E seus pais? Ainda trabalham?

– Minha mãe se aposentou, mas meu pai ainda trabalha em tempo integral.

– E continua mexendo no carro?

– Todo final de semana.

– E sua mãe?

– Ela agora faz parte de um clube de senhoras e quer plantar tulipas.

Emily franziu o cenho e lhe contei sobre a semana anterior.

– Você sabe que não pode ficar bravo com ela por causa disso. Ela já cumpriu suas obrigações de mãe.

– Foi o que Marge falou. Ela também não quis me ajudar.

– Mas mesmo assim você conseguiu fazer tudo que precisava.

– Marge também disse isso.

Ela soltou um longo suspiro.

– Incrível aonde a vida nos levou, não é? Desde que a gente se conheceu. É claro que na época éramos só duas crianças.

– Não éramos crianças.

Ela sorriu.

– Está brincando? Talvez tecnicamente tivéssemos idade para votar, mas me lembro com bastante nitidez de certa exuberância juvenil da sua parte. Como naquela vez em que você resolveu descobrir se conseguia comer um bife gigantesco só para porem sua foto na parede do restaurante. Quanto pesava o bife mesmo?

A lembrança me voltou toda de uma vez. Tínhamos ido ao lago com um grupo de amigos e vi o anúncio do restaurante assim que saímos da autoestrada. Além da minha foto na parede, a refeição sairia de graça.

– Dois quilos.

– Você não chegou nem na metade.

– Estava com fome quando comecei...

– E bêbado também.

– Talvez um pouco.

– Bons tempos.

Emily riu. Ficou calada alguns instantes e por fim indicou o laptop.

– Mas infelizmente é melhor eu ir andando. Você precisa trabalhar, e eu tenho mesmo que despachar as tais encomendas hoje.

Percebi que não queria que ela fosse embora, por mais que isso não fosse uma boa ideia.

– Você provavelmente tem razão.

Ela se levantou.

– Foi legal ver você de novo, Russ.

– Também gostei. Foi legal pôr a conversa em dia.

– A gente se vê mais tarde.

– Mais tarde?

– Quando a aula acabar.

– Ah, claro. Que pergunta.

Enquanto ela abria a porta com o ombro, não pude deixar de notar que olhou para trás na minha direção e sorriu antes de sumir de vista.

Passei a hora seguinte no café pesquisando e achei dois comerciais do escritório de advocacia de Joey Taglieri, um dos quais já saíra do ar. Eram profissionais, informativos, e precisei reconhecer que eram muito parecidos com os que eu costumava produzir. Também assisti às peças de uns dez outros escritórios de advocacia da cidade e cheguei à conclusão de que, na verdade, os de Taglieri não eram nem melhores nem piores do que qualquer um dos outros.

Por que Joey Taglieri considerava o pessoal da agência uns idiotas?

Mesmo que os comerciais não fossem tão ruins assim, eu ainda não achava que a campanha como um todo valesse o que Taglieri gastava. Seu site era visivelmente antiquado, sem graça, e com um telefonema para um amigo descobri que o escritório não tinha nenhum anúncio na internet. Mais uns dois telefonemas e fiquei sabendo que ele tampouco tinha anúncios impressos ou em outdoors. Fiquei me perguntando se estaria aberto a essas ideias, esforçando-me ao máximo para não me empolgar além da conta.

Uma ligação para meu escritório ajudou: ainda zero, nada, *niente* em matéria de recados. Saí do café e fui buscar London na aula. Ela me mostrou toda orgulhosa uma tigela que tinha feito, e acenei para Emily enquanto saíamos da sala de aula. Ela estava falando com uma das professoras, mas sorriu e se despediu com uma das mãos. Depois de levar London para casa, eu não sabia muito bem como ocupar o tempo até a hora do balé. Estava quente demais para sair com ela na rua e, como seu dia já estava muito cheio, desconfiava que ela talvez quisesse só relaxar e brincar um pouco.

Por fim, resolvi preparar um jantar para Vivian. Olhei uns livros de receitas, mas a maioria delas estava além das minhas habilidades culinárias. Acabei encontrando uma receita de robalo chileno, e numa busca rápida nos armários achei a maior parte dos ingredientes. Perfeito. Levei London ao balé e, enquanto a carrancuda professora Hamshaw sem dúvida se decepcionava com as alunas, dei um pulo no mercado para comprar o resto. Quando Vivian chegou, o jantar estava bem adiantado.

Com pilafe e vagens salteadas com amêndoas, eu não podia sair de perto do fogão.

– Estou na cozinha! – gritei, e logo depois ouvi os passos dela atrás de mim.

– Uau – disse ela, vindo na minha direção. – Está com um cheiro delicioso. O que está preparando?

Eu expliquei e ela se inclinou sobre as panelas no fogão.

– O que estamos comemorando?

– Nada. Só quis experimentar alguma coisa nova. E depois do jantar pensei que a gente poderia pegar a bicicleta para você ver a London pedalar.

Vivian abriu o armário, pegou uma taça, em seguida tirou o vinho da geladeira.

– Amanhã a gente faz isso, pode ser? Estou exausta, e London teve um dia cheio. Ela já está com cara de cansada.

– Tudo bem – falei.

Ela se serviu uma taça.

– E como ela se saiu no tênis?

– Mais ou menos como todos os outros. Primeiro dia, aprendendo a segurar a raquete do lado certo, o básico. Tinha umas meninas do bairro, então ela pareceu feliz em estar lá.

– Acho que o tênis vai ser bom para ela. É um ótimo esporte para socializar.

– E as meninas ficam bonitas com aqueles shorts, devo acrescentar.

– Rá, rá. E a aula de arte? E o balé?

– Na de arte ela se divertiu, mas não acho que ela gosta muito do balé.

– Vamos esperar. Quando ela começar a competir, vai amar.

Fiquei me perguntando quem Vivian imaginava que fosse levar nossa filha às competições, mas não externei meu pensamento.

– Conseguiu ir à academia?

– Sim, na hora do almoço – respondeu ela. – Foi ótimo, aliás. Me senti bem o resto da tarde.

– Que bom. E como foi o seu dia?

– Nada como a semana passada, com certeza. As coisas estão bem mais calmas no escritório. Por alguns minutos fiquei com a sensação de que finalmente tive tempo para sentar à minha mesa e respirar.

Sorri.

– Meu dia foi bem interessante.

– Ah, é?

– Já ouviu falar num cara chamado Joey Taglieri?

Ela franziu o cenho.

– O advogado?

– Ele mesmo.

– Já vi os comerciais dele. Passam de manhã.

– E o que achou?

– Do quê?

– Dos comerciais.

– Na verdade não prestei atenção. Por quê?

Contei sobre nossa conversa e sobre o que eu tinha pensado depois.

– Tem certeza de que quer fazer isso? – perguntou ela, parecendo cética.

– Como assim?

– Não acha um trabalho meio ralé? Comerciais para advogados? Peters não parou de aceitar advogados porque os outros clientes não gostavam?

– É, mas eu não tenho nenhum outro cliente com que me preocupar. Só quero pegar algum trabalho, entende? E ele obviamente gasta muito com publicidade.

Ela aquiesceu e tomou um gole de vinho.

– Então ok. Se é o que você acha melhor.

Não chegava a ser um incentivo entusiasmado, mas, como ela parecia estar num humor melhor do que nos últimos tempos, pigarreei e tomei coragem.

– Encontrou alguma creche para deixar a London durante o dia?

– E eu lá tive tempo para isso?

– Quer que eu peça umas indicações?

– Não – respondeu ela, soando decepcionada. – Deixe que eu faço. É que...

– É que o quê?

– A gente precisa mesmo colocá-la agora numa creche? Ela precisaria parar o piano, o tênis e a aula de arte, e você até agora tem conseguido levá-la para todas as atividades.

– As creches têm atividades.

– Estou só dizendo que, como ela ficou tão chateada sábado à noite, não tenho certeza se essa é uma boa ideia. E a escola começa daqui a poucas semanas.

– Não são poucas semanas – falei, fazendo um cálculo rápido. – São *cinco* semanas ainda.

– E isso tem a ver com a sua filha. Com o que é melhor para ela. Quando a escola começar, você vai ter tempo de sobra para se concentrar na vida profissional. É só continuar fazendo o que está fazendo e, quando tiver uma reunião, deixá-la na casa da sua mãe.

– Minha mãe não pode ficar com ela todos os dias. Ela tem outros compromissos.

– Ela disse isso? Por que não me contou?

Porque você praticamente me ignorou a semana inteira e não fez uma pergunta sobre meu trabalho.

– Vivian, essa história não tem nada a ver com a minha mãe. Estou tentando conversar com você sobre a creche.

– E eu *escutei*. Você acha que largar sua filha com um bando de desconhecidos é uma boa ideia, só para você ficar livre para fazer o que quiser.

– Não foi isso que eu disse.

– E nem precisou. É a mesma coisa. Você está sendo egoísta.

– Não estou, não.

– É claro que está. Ela é nossa filha. Está passando por um momento difícil.

– Ela passou por *um* momento difícil – corrigi. – Fez pirraça porque você tinha viajado.

– Não. London ficou abalada porque o mundo inteiro dela mudou. E agora você quer piorar ainda mais as coisas. Não consigo entender por que você acha uma ideia tão genial largá-la numa creche. Não gosta de ficar com ela?

Senti meu maxilar se contrair e expirei devagar, tentando manter a voz sob controle.

– Gosto, claro. Mas você disse que eu teria que cuidar dela por uma semana, duas, no máximo.

– O que eu *também* disse foi que queria fazer o que fosse melhor para a nossa filha! Não tive tempo de achar o lugar certo e agora, quando conseguir encontrar e matricular London, já vai estar quase no dia de começar no jardim de infância. De que iria adiantar?

– Ela ainda precisa de um lugar para ir depois da escola – retruquei.

– Vou conversar com ela sobre isso, ok?

– Vai conversar com a London sobre a creche?

– Imagino que você não tenha conversado. Não tenho a menor ideia do que ela acha.

– Ela tem 5 anos. É pequena demais para ter alguma opinião formada sobre o assunto.

– Mamãe? Estou com fome.

Virei-me e vi London na soleira da porta da cozinha. Vivian me encarou com raiva, e eu sabia que, como eu, estava se perguntando quanto nossa filha tinha escutado.

– Oi, querida – disse Vivian, suavizando imediatamente o tom. – O jantar vai estar pronto daqui a poucos minutos. Quer me ajudar a pôr a mesa?

– Quero.

Vivian foi até o armário. As duas puseram a mesa. Eu servi a comida e levei os pratos.

Depois de dar algumas colheradas, London sorriu para mim.

– O jantar está muito bom, papai.

– Obrigado, querida – falei, e senti meu coração se aquecer um pouco.

Meu casamento com Vivian podia estar um pouco instável no momento, e meu trabalho na estaca zero, mas pelo menos eu estava aprendendo a cozinhar, pensei.

O que não fez com que eu me sentisse nem um pouco melhor.

10

Avante

Quando eu era criança, o verão era a época mais gloriosa que existia. Como meus pais eram adeptos de um estilo de criação livre e solto, em geral saía de casa às dez e só voltava na hora do jantar. Não havia celulares para ficar me controlando e, quando minha mãe ligava para alguma vizinha perguntando se sabia onde eu estava, a vizinha muitas vezes fazia tão pouca ideia do meu paradeiro quanto do de seu próprio filho. Na verdade, até onde eu podia me lembrar, só havia uma regra: eu tinha que estar em casa às cinco e meia, pois meus pais gostavam que a família jantasse reunida.

Não consigo me recordar exatamente do que costumava fazer ao longo do dia, apenas imagens isoladas: construir fortes, brincar de rei da montanha na parte mais alta do parquinho ou jogar futebol. Lembro-me também de brincar na mata. Na época, nossa casa era rodeada por terrenos baldios, e meus amigos e eu fazíamos guerra de terra ou brincávamos de pique-bandeira. Quando ganhamos espingardas de ar comprimido, passávamos horas atirando em latas, e ocasionalmente uns nos outros. Eu ficava horas explorando os arredores de bicicleta e passavam-se semanas inteiras em que eu acordava todo dia de manhã sem absolutamente nada programado.

É claro que havia crianças no bairro que não tinham o mesmo tipo de vida sem compromisso. Frequentavam colônias de férias ou então participavam de ligas de verão de esportes variados, mas na época elas eram minoria. As de hoje praticam atividades de manhã até a noite – e London não era exceção –, pois os pais assim querem.

Mas como isso aconteceu? E por quê? O que mudou a cabeça dos pais da minha geração? A pressão dos outros pais? Uma vida vivida a reboque do sucesso dos filhos? A preparação de um currículo para a faculdade? Ou simplesmente medo de que, se nossos filhos puderem descobrir o mundo por si sós, nada de bom vai acontecer?

Eu não sei.

Acredito, porém, que algo se perdeu nesse processo: a alegria de acordar de manhã e não ter absolutamente nada para fazer.

– Qual é o problema com esses comerciais? – questionou Joey Taglieri, repetindo a pergunta que eu tinha lhe feito.

Era terça-feira de manhã, e estávamos na segunda aula de tênis. Ainda com raiva de mim por causa da noite anterior, Vivian saíra de manhã sem falar comigo.

– O problema é que eles são chatos – ele mesmo respondeu. – Sou só eu falando com a câmera num escritório abarrotado. Cara, eu pego no sono vendo esses comerciais, e eles me custaram uma fortuna.

– E o que você mudaria?

– Quando eu era criança, minha família morou por alguns anos no sul da Califórnia, quando meu pai ainda era fuzileiro naval. Eu detestava, aliás. Minha mãe também. Assim que meu pai se aposentou, nos mudamos de volta para Nova Jersey. Meu pai e minha mãe eram de lá. Já esteve em Nova Jersey?

– Acho que peguei avião em Newark algumas vezes.

– Isso não conta. E não acredite naquela bobajada toda que vê sobre Nova Jersey nos *reality shows*. É um ótimo lugar. Eu criaria minha filha lá se pudesse, mas a mãe dela está aqui, e, mesmo ela sendo uma megera com o coração de pedra, é uma mãe muito boa. Mas, enfim, voltando ao sul da Califórnia: lá tinha um revendedor de carros chamado Cal Worthington. Já ouviu falar?

– Não, acho que não.

– O velho Cal Worthington tinha os melhores comerciais de todos os tempos. Todos eles apresentavam Cal e seu cachorro Spot, só que Spot era tudo menos um cachorro. Spot podia ser um macaco, um leão, um elefante, qualquer coisa. Teve até uma vez que ele foi uma baleia orca. O velho Cal tinha um jingle animado que grudava na cabeça, com um refrão que dizia: *Fale com Cal, fale com Cal, fale com Cal.* Cara, eu tinha 8 anos e não estava nem aí para carros, mas até eu fiquei com vontade de ir à concessionária só para conhecer o sujeito e quem sabe ver uns animais exóticos. É *esse* tipo de comercial que eu quero.

– Você quer elefantes nos seus comerciais? E orcas?

– É claro que não. Mas quero algo de que as pessoas se lembrem, algo que faça um sujeito machucado, deitado numa poltrona reclinável, pensar: "É com *esse* cara que eu preciso falar. Quero que *ele* me represente."

– O problema é que os comerciais da sua área são regulados pela Ordem dos Advogados.

– E você acha que eu não sei? Já que estamos falando de regulamentações, sei também que a Carolina do Norte em geral defende a publicidade como liberdade de expressão. Se você trabalha com publicidade, deveria saber.

– E sei – concordei. – Mas existe uma diferença entre passar a imagem de um advogado profissional e competente em quem se pode confiar e a de um advogado de porta de cadeia.

– Foi exatamente o que eu disse para os idiotas que fizeram o comercial. E mesmo assim eles criaram uma peça que parecia dizer: *vamos deixar os espectadores em coma.* Você já assistiu?

– Já, claro. E na verdade eles não são tão ruins assim.

– Ah, é? Então qual é o telefone do escritório?

– Como?

– O telefone do escritório. O número fica estampado na tela o tempo todo. Se os comerciais eram tão bons, qual é o telefone?

– Não sei.

– Viu? É esse o problema.

– É bem provável que as pessoas se lembrem do seu nome.

– É. E esse é outro problema. Taglieri não é exatamente o sobrenome mais sulista que existe, o que pode espantar alguns clientes.

– Não há muito que você possa fazer quanto ao seu nome.

– Não me entenda mal. Tenho orgulho do meu sobrenome. Estou só mencionando outro problema que vejo nos comerciais. Meu nome aparece demais, e meu telefone, de menos.

– Entendi – falei. – O que você pensa sobre outras formas de publicidade? Tipo outdoors, sites, anúncios na internet, no rádio?

– Não sei. Nunca pensei muito sobre isso. E meu orçamento é limitado.

– Faz sentido.

Desconfiei que continuar fazendo perguntas causaria mais mal do que bem. Na quadra, observei London tentando jogar com outra menina, mas elas mais corriam atrás das bolas extraviadas do que de fato as rebatiam.

Joey quebrou o silêncio.

– O que a sua mulher faz?

– Trabalha como assessora de comunicação – respondi. – Ela acabou de começar num emprego novo em uma construtora grande aqui da região.

– Nenhuma das minhas mulheres trabalhava. Claro, eu trabalho demais. Os opostos se atraem e coisa e tal. Já falei que nunca se deve deixar de fazer um acordo pré-nupcial?

– Já.

– Assim você evita cair naquelas torturas financeiras que o sexo frágil gosta de aplicar.

– Você parece decepcionado.

– Pelo contrário. Adoro as mulheres.

– Você se casaria de novo?

– Claro. Acredito totalmente no casamento.

– É mesmo?

– O que posso dizer? Sou um cara romântico.

– O que houve, então?

– Tenho tendência a me apaixonar pelas malucas, foi isso que houve.

Eu ri.

– Que bom que eu não tenho esse problema.

– Você acha? Mesmo assim, ela é mulher.

– E daí?

Tive a sensação de que Joey estava tentando ler meus pensamentos.

– Ora – disse ele por fim –, contanto que você esteja feliz, fico feliz por você.

Na quarta à noite, depois do balé, London entrou no carro com a cara fechada, como era de se prever.

– Como a mamãe está viajando hoje, que tal a gente jantar uma pizza?

– Pizza não faz bem.

– É só não comer sempre. Quando foi a última vez que você comeu pizza?

Ela pensou um pouco.

– Não lembro. A mamãe volta quando?

– Amanhã, querida.

– A gente pode ligar para ela?

– Não sei se ela está ocupada, mas vou mandar uma mensagem, ok?

– Ok – disse ela.

Parecia menor do que de costume ali no banco de trás.

– E se a gente fosse comer pizza mesmo assim, só você e eu? E depois parasse para tomar um sorvete?

Embora ela não tenha dito sim, tampouco disse não, e acabamos indo a um lugar que fazia uma pizza de massa fina satisfatória. Enquanto esperávamos, Vivian ligou pelo FaceTime, e depois disso London começou a ficar mais animada. Quando chegamos à sorveteria, já estava tagarelando, toda contente. Passou a maior parte do caminho de volta falando sobre Bodhi e sua cadela Noodle – sim, o animal tinha nome de macarrão. Contou que ele a tinha convidado para ir a sua casa para lhe mostrar seu sabre de luz.

A primeira coisa que pensei foi que minha filha era nova demais para ver o sabre de luz de quem quer que fosse; a segunda, um minuto depois, foi que aquilo era provavelmente só um convite para brincar na casa de um colega, como Marge havia sugerido, e que sabre de luz não era uma metáfora, mas uma espada de brinquedo inspirada em *Star Wars*.

Quando chegamos em casa, London subiu correndo para ver os hamsters e eu esperava que ela fosse ficar um tempo lá em cima, mas alguns minutos depois ela apareceu na sala.

– Papai?

– Sim, querida?

– A gente pode ir andar de bicicleta outra vez?

Reprimi um grunhido. Eu estava cansado e tudo que mais queria era ficar grudado no sofá.

– Pode, claro – acabei respondendo.

Quando me levantei lembrei de repente que Vivian tinha dito que queria ver London andar de bicicleta na noite anterior, mas ela devia ter esquecido.

Não devia?

London deu três voltas sozinha. Cambaleou um pouco, mas conseguiu recuperar o equilíbrio, e mesmo nas curvas tive que ajudá-la menos do que antes. Nas retas, mal encostei na bicicleta. Como ela estava ganhando confiança, já pedalava mais depressa, e no fim eu estava ofegante e suado, com a camiseta encharcada.

– Que tal você tomar um banho de banheira lá em cima enquanto eu tomo uma ducha aqui embaixo? – sugeri.

Não sabia ao certo o que esperar. A última vez que Vivian saíra da cidade não tinha corrido muito bem.

Nessa noite, ela concordou de imediato.

– Tudo bem, papai.

Tomei banho e, quando cheguei ao quarto de London, ela estava sentada na cama, de pijama, com a escova e o frasco de creme para pentear ao lado. Depois de o produto operar sua magia e eu terminar de cuidar do seu cabelo, recostei-me na cabeceira.

Li *Dois a dois*, depois mais alguns outros livros, dei-lhe um beijo de boa-noite, e estava prestes a apagar a luz quando ouvi de novo sua vozinha.

– Papai?

– Hum?

– O que é creche? Ouvi você e a mamãe conversando sobre isso.

– Creche é um lugar para onde as crianças vão quando as mamães e os papais trabalham, para os adultos terem certeza de que elas vão ficar seguras.

– Como uma casa?

– Pode ser. Mas às vezes fica num prédio. Lá tem brinquedos, jogos e atividades, e muitas crianças gostam bastante porque sempre têm alguma coisa divertida para fazer.

– Mas eu gosto de ficar com você e com a mamãe.

– Eu sei. E a gente também gosta de ficar com você.

– A mamãe não. Ela não gosta mais.

– É claro que gosta. Ela ama muito você. Só que ela precisa trabalhar.

– Por que ela precisa trabalhar?

– Porque a gente precisa de dinheiro para viver. Sem dinheiro, não teria como comprar comida, roupas e brinquedos, nem mesmo Seu Confete e Dona Confete.

Ela pareceu refletir.

– Se eu devolver os hamsters para a pet shop, a mamãe pode parar de trabalhar?

– Não, meu amor. Não é assim que funciona. – Hesitei. – O que aconteceu, querida? Você parece meio tristinha.

– A mamãe viajou outra vez. Não gosto quando ela viaja.

– Eu sei, e sei que ela também preferiria estar aqui com você.

– Quando você ia trabalhar, sempre voltava para casa.

– Nossos trabalhos são diferentes. Ela às vezes precisa trabalhar em outras cidades.

– Eu não gosto disso.

Nem eu, pensei. Mas não havia muita coisa que eu pudesse fazer a respeito. Passei o braço em volta dela e mudei de assunto.

– Você arrasou na bicicleta hoje.

– Eu andei muito rápido.

– Andou mesmo.

– Você quase não conseguiu acompanhar.

– O papai deveria se exercitar mais. Mas que bom que você gostou.

– É legal andar rápido.

– Mais legal do que... a aula de piano? – perguntei, fazendo-lhe cócegas de leve ao dizer as três últimas palavras.

Ela deu uma risadinha.

– Sim.

– Mais legal do que... a aula de tênis?

– Sim.

– Mais legal do que... a aula de balé?

– Sim.

– Mais legal do que... a aula de arte?

– Sim – respondeu ela, rindo. – Mas não é mais legal do que o Bodhi.

– Bodhi?! Andar de bicicleta é MUUUITO mais legal do que o Bodhi.

– Não é, não. O Bodhi é MUUUITO mais legal.

– Não, senhora.

– Sim, senhor. – Ela riu. – E eu quero ir à casa dele!

A essa altura, eu também já estava rindo.

– Ah, não – falei. – Acho que você é MUUUITO pequena para ir na casa do BODHI.

– Não sou nada. Eu sou GRANDE!

– Não sei...

– Sou, sim, senhor. Eu sou grande o suficiente para ir à casa do Bodhi.

– Tudo bem... Acho que eu posso perguntar para a mãe dele.

Seu rosto se iluminou e ela me agarrou pelo pescoço.

– Te amo, papai.

– Também te amo, meu neném.

– Eu não sou mais neném.

Apertei-a com força.

– Você sempre vai ser o meu neném.

Depois de apagar as luzes do quarto dela e de pensar que não conseguia mais correr atrás dela, fui até a garagem e peguei minha bicicleta. Fazia anos que a tinha. Assim como a de London, ela estava mais malcuidada do que estragada. Fiz uma limpeza e lubrificação, passei WD-40 nas coroas e nas catracas, calibrei os pneus e dei uma pedalada para experimentar.

Dá para o gasto, pensei. Voltei para dentro, pus o laptop na mesa da cozinha e acessei o YouTube. Assisti a uns dez comerciais diferentes de Cal Worthington e concluí que Taglieri tinha razão: o jingle era animado e o velho Cal estava sempre acompanhado do cachorro, Spot, que cada vez tinha a forma de um animal exótico diferente. As peças eram muito boas, mas a coisa toda cheirava a oportunismo puro. Não era de espantar que uma criança ficasse com vontade de conhecer a concessionária, mas eu não tinha tanta certeza de que aquilo inspirasse a confiança necessária para um advogado conseguir clientes.

Voltei a assistir aos comerciais de Taglieri. Em seguida anotei o telefone num papel e fiquei tentando correspondências entre os números e letras, buscando inventar uma palavra ou duas que tornassem o número mais fácil de lembrar. Nada me ocorreu imediatamente com o telefone que ele já tinha, mas, se ele acrescentasse um segundo número, com prefixo 0800, talvez eu pudesse achar alguma coisa. Primeiro pensei em simplesmente soletrar seu sobrenome, mas eram oito letras e sete números, de modo que não daria certo nem se as pessoas conseguissem se lembrar da grafia correta de Taglieri, o que era pouco provável. Eu talvez encontrasse alguma coisa como W-I-N-4-Y-O-U, "ganhamos para você", ou então T-A-G-I-S-I-T, "Tag é o cara", ou mesmo B-U-L-L-D-O-G, mas nenhum deles parecia funcionar cem por cento. Algo melhor precisava me ocorrer.

Embora o escritório de Taglieri pudesse se beneficiar de outros tipos de publicidade, concentrei-me nos comerciais de TV, pois sabia que era uma linguagem que ele iria entender. Como então melhorar as peças e torná-las diferentes o bastante para incentivá-lo a trocar de agência? Passei as duas horas seguintes anotando várias ideias até elas começarem a se cristalizar: saem o escritório, o terno e a gravata; em vez disso, vamos mostrar Taglieri em frente ao fórum, em trajes casuais, como um homem comum, um homem que de fato se importa com os outros. Um roteiro parecido, só que mais... familiar e casual, tanto no clima quanto no tom.

Isso com certeza era diferente, mas eu achava que ainda não havia chegado ao nível das peças de Cal Worthington. Talvez já estivesse cansado, mas continuei brincando com diversos slogans e ideias para imagens, e algumas soluções absurdas começaram a surgir. O negócio era ser oportunista? Que tal pôr Taglieri numa roupa de super-herói derrubando portas para atacar os executivos de seguros malvados? Ou enrolá-lo numa bandeira dos Estados Unidos com imagens de águias estampadas para mostrar como ele é digno de confiança? Ou quem sabe colocá-lo fazendo coisas bacanas, como partindo tábuas de madeira como um faixa preta de caratê, para mostrar que ele está disposto a fazer o que for necessário para ganhar?

Conforme as imagens iam passando pela cabeça, de vez em quando eu me pegava rindo, ainda que usá-las algum dia estivesse fora de cogitação. Não havia problema algum com criatividade e originalidade, mas pessoas feridas não estavam atrás de humor pastelão. O que elas queriam era experiência, tenacidade e confiança, e ocorreu-me que, em vez de tentar pôr tudo isso num comercial só, talvez fosse possível captar essas ideias individualmente em uma série de anúncios...

A ideia pareceu funcionar e senti o coração bater forte no peito. Perguntei-me se Taglieri se interessaria por algo desse tipo. E, se eu conseguisse convencê-lo a sentar e escutar minhas ideias, sabia que precisaria detalhar pelo menos dois ou três comerciais. O primeiro lembraria um pouco as peças atuais, mas e o segundo e o terceiro?

Eles tinham que ser diferentes. Um podia ser curto, mas o outro deveria transmitir a sensação de um acontecimento especial, o tipo de peça que só passaria de vez em quando, daquelas que quase contam uma história...

Pude sentir as engrenagens girando, o início de uma ideia, e nas duas horas seguintes continuei a desenvolvê-la, juntando os diferentes elementos e pedaços.

Quanto à terceira peça, mais curta, bem-humorada e centrada num único tema, a ideia me veio justamente quando eu estava desligando o computador. Como num passe de mágica, minha criatividade começou a fluir e tive outra ideia poucos minutos depois.

Contente comigo mesmo, apaguei as luzes uma hora mais tarde e, embora tenha levado algum tempo para pegar no sono, quando apaguei dormi melhor do que vinha dormindo havia semanas.

– Está dizendo então que você quer testar uma ideia e que eu sou o otário que escolheu como cobaia?

Era quinta de manhã. Joey estava vestido casualmente, de short e camiseta como eu. Mesmo assim, suava.

– Eu não colocaria dessa forma.

– Você sabe que eu sou um cara ocupado, não sabe? Não sei se consigo administrar mais clientes.

Aquele era um novo motivo de rejeição, e eu não soube ao certo o que dizer. Devo ter deixado transparecer, porque ele soltou uma risada.

– Brincadeira. Preciso fazer com que o máximo de pessoas vá ao meu escritório para poder encontrar as pérolas que de fato pagam as contas. Tenho três sócios e três assistentes, ou seja, minhas contas são altas. Minha área hoje virou um negócio de grande volume, mesmo que isso me obrigue a peneirar todos os malucos em busca de um vencedor. Preciso que as pessoas liguem para o escritório e apareçam lá.

– É por isso que estou falando com você. Eu posso ajudar.

– Quanto tempo você levaria para montar alguma coisa?

– Já tenho algumas ideias – admiti. – Não demoraria muito para finalizar tudo.

Ele me olhou de cima a baixo.

– Ok. Segunda à tarde. Uma hora. Vou passar o resto da semana no fórum e a semana seguinte também.

Ia ser difícil esperar tanto tempo, embora eu fosse ficar soterrado de trabalho nos três dias seguintes.

– Uma da tarde então – concordei.

– Só não esqueça uma coisa...

– O quê?

– Não desperdice o meu tempo. Detesto quando as pessoas desperdiçam o meu tempo.

Nessa tarde, como eu sabia que a apresentação tinha que ser o mais informativa possível, com muito mais detalhes do que as que eu fizera na semana anterior, coloquei a mão na massa. Embora fosse apresentar um plano de campanha publicitária amplo em diferentes mídias, comecei com os comerciais de TV, que pareciam ser a principal área de interesse de Taglieri.

Fiz primeiro o roteiro e, uma vez concluídas as primeiras versões, pesquisei imagens genéricas na internet, para que Taglieri pudesse acompanhar o fluxo das peças da forma como eu estava imaginando. Enquanto eu trabalhava, London ficou quietinha brincando com as Barbies, mas de onde estava, na mesa da cozinha, podia ficar de olho nela.

Vivian chegou um pouco depois das cinco. Contei por alto como havia sido meu dia antes de ela ficar um pouco com London e preparar o jantar. Foi só depois de eu colocar minha filha na cama que pudemos ficar a sós. Fui encontrá-la no sofá, folheando uma revista, com uma taça de vinho quase vazia na mesinha ao seu lado.

– Ela dormiu fácil?

– Estava cansada. A gente só leu uns dois livros hoje.

– Como vai o trabalho?

– Falta muito ainda, mas vou terminar.

– Quando cheguei, vi que você consertou sua bicicleta.

– Quero andar com a London.

– Ela disse que vocês dois foram andar de bicicleta outra vez.

– Quem andou foi ela. Eu corri atrás e quase infartei. Por isso consertei a bicicleta. London está melhorando. Não consigo mais acompanhar.

– Ela tem muita energia.

– Tem mesmo.

Vivian virou uma página.

– Consegui ligar para algumas creches enquanto estava viajando.

– Sério? – indaguei, com um misto de assombro e alívio, além de uma ponta da de culpa que eu não esperava.

Nossa conversa anterior sobre o tema me levara a pensar que ela jamais fosse dar esse telefonema.

– Quando conseguiu tempo para isso? – perguntei.

Ela balançou a cabeça.

– Quando Walter foi se encontrar com o senador Thurman. Mas foram só telefonemas preliminares. Não marquei nenhuma reunião, porque não tinha certeza de como vai estar minha agenda de viagens na semana que vem.

– Você vai viajar de novo na semana que vem?

– Acho que sim. Só não sei ainda quais dias.

– Quando acha que vai saber?

– Amanhã, espero, mas sei lá... Aviso assim que souber.

Não sabia como Spannerman podia pensar que marcar viagens de última hora era justo com seus funcionários, mas, pensando bem, pelo que eu conhecia dele supunha que não devia nem se preocupar com isso.

– E o que as creches disseram?

– Não falei muito tempo. Só queria saber quais atividades oferecem, quantas crianças atendem, coisas assim.

– E sentiu confiança nelas?

– Pareceram corretas. As pessoas com quem falei foram muito dedicadas, mas até mesmo elas me disseram que só dava para ter uma ideia de verdade visitando.

– Faz sentido – comentei. – Como foi sua viagem, aliás?

– Produtiva. Além do senador, Spannerman se encontrou com dois deputados, e também com nosso lobista. Agora que o comitê tem mais dinheiro, é bem mais fácil encontrar as pessoas de que precisamos.

– Isso não me surpreende.

Ela deu de ombros.

– Quer dizer que vocês comeram pizza ontem, foi? E sorvete?

– Achei que ela ia curtir. Não estava muito bem-humorada depois do balé.

– Ela vai gostar mais quando começar a competir. Foi quando eu comecei a gostar.

– Você dançava?

– Eu já contei isso para você.

Não que eu me lembre.

– Dançou por quanto tempo?

Vivian não parou de folhear a revista.

– Sei lá... Uns dois ou três anos. Que diferença faz?

– Nenhuma. Só estou curioso.

– Não tem muita importância. Minha professora não chegava aos pés da que London tem. Quem dera chegasse. Eu provavelmente não teria largado tão cedo. – Ela estendeu a mão para a taça. – Você se incomoda em me servir meia taça de vinho? Estou exausta e quero muito conseguir dormir hoje. Principalmente porque prometi compensar você pela nossa noite romântica.

– Sim – falei, feliz por ela ter se lembrado. – Claro.

Levantei-me do sofá, fui até a cozinha e voltei com meia taça. Quando cheguei, Vivian tinha ligado a televisão num *reality show* e, embora tenhamos passado mais uma hora juntos, refugiou-se no silêncio, contentando-se em assistir ao programa e folhear a revista, como se eu nem estivesse presente.

Era sexta de manhã, e assim que acordei comecei a pensar na apresentação. Saí da cama em minutos e, como no dia anterior, fiquei trabalhando na mesa da cozinha até chegar a hora da aula de arte. Enquanto London pintava, fui para o café e fiquei tão concentrado que nem vi o tempo passar. Quando me dei conta, a aula tinha terminado.

Xi.

Recolhi minhas coisas e fui depressa até o ateliê. Aliviado, vi London e Bodhi no canto, com as cabeças bem juntinhas. Estava prestes a chamar minha filha quando notei Emily me observando com uma expressão curiosa.

– Oi, Russ.

– Ah, oi, Emily. Ainda por aqui?

Ela sorriu. Parecia relaxada.

– Vi você lá no café uns minutos atrás. Parecia bem envolvido no que estava fazendo, seja o que for. Como você não apareceu, achei melhor esperar você chegar para garantir que London estivesse bem.

– Não precisava ter feito isso – falei.

– Não tem problema nenhum. Acredite, meu filho adorou você ter se atrasado.

– Onde ele está?

– Meu filho? – Ela acenou na direção de London. – Está ali, conversando com sua filha.

Eu deveria ter percebido a semelhança. Agora que sabia, podia vê-la com clareza.

– Bodhi é seu filho?

– Mundo pequeno, não é? – Sem tirar os olhos dos dois, ela seguiu falando: – Eles são umas gracinhas nessa idade, não são? Tão... inocentes, sabe?

– Eu estava pensando a mesma coisa.

– Hoje os hamsters não vieram?

– Eu deveria ter trazido?

Emily riu.

– Não que eu saiba. Mas Bodhi adora o Seu Confete e a Dona Confete. Desde que a London trouxe os dois, vive me pedindo para ter dois hamsters também.

– Sinto muito. Não sei se vai servir de consolo, mas London quer brincar com a Noodle. E ver o sabre de luz do Bodhi.

– Nem me fale nesse sabre de luz. Bodhi não sai de casa sem ele. Semana passada, ele abriu o berreiro porque eu não deixei que ele levasse o sabre à igreja. E o trabalho, como vai?

– Até que está indo bem. Espero terminar no fim de semana. E seus quadros?

– Tem sido difícil retomar o ritmo. Os dois últimos anos foram complicados.

– Faz sentido – concordei. – Ainda não consegui passar na galeria para ver suas obras.

– Nem eu esperava que passasse. Com o trabalho e London, acho que seu dia deve estar bem cheio. Ela tem uma agenda e tanto. Balé, piano, arte e, agora, tênis.

Ao notar minha surpresa, ela se explicou:

– O que posso dizer? Bodhi fala nela o tempo todo. Ele quer marcar de os dois brincarem juntos.

– London também, mas, para ser franco nem sei direito como combinar uma coisa dessas.

Ela parecia achar graça da situação.

– Não é tão complicado, Russ – disse ela. – A gente se fala e combina. Tipo: "Como está sua agenda? Segunda à tarde está bom? London pode ir lá para casa?"

Assim que ela falou, percebi que seria perfeito. Só que...

Como não respondi, ela tornou a falar:

– Você já tem alguma coisa planejada?

– Não, não é isso – respondi. – Na verdade tenho uma reunião à uma da tarde.

– Então perfeito. Posso buscar os dois aqui e levar lá para casa. Eles almoçam e ficam brincando até você ir pegá-la.

– Não é quase como se fosse uma babá? Já que eu vou estar trabalhando?

– É apenas uma feliz coincidência. Vamos deixar pré-marcado, pode ser?

– Tem certeza? Parece que estou me aproveitando de você.

Ela riu alto.

– Você não mudou muito, não é?

– Como assim?

– Você se preocupa demais com o que não deveria. Não acha que, se eu tivesse alguma coisa para fazer, arrumaria alguém para ficar com o Bodhi?

– Obrigado. Vai ser uma mão na roda para mim.

– É um prazer, e Bodhi vai ficar feliz. É claro que ele vai passar o fim de semana inteiro ansiosíssimo, então vou ter que administrar isso. Falando nisso, olhe eles aí.

Vi as duas crianças correrem na nossa direção.

– Mamãe, a gente pode ir almoçar no Chick-fil-A? – perguntou Bodhi, referindo-se a um restaurante fast-food especializado em sanduíches de frango.

– Claro – respondeu Emily.

Senti London puxar a manga da minha camisa.

– Papai, a gente pode ir também?

– Você quer comer no Chick-fil-A?

– Por favor – pediu ela.

Senti que Emily ficou esperando uma resposta, mas não soube dizer se ela estava feliz ou incomodada com a ideia de eu ir junto.

– Ok, pode ser – falei.

O restaurante estava lotado. London e Bodhi correram para o espaço de recreação enquanto Emily e eu batíamos papo na fila. Depois de pegar a comida, chamamos as crianças, que engoliram o almoço num piscar de olhos antes de voltar a brincar.

– Eu gosto de vir aqui porque Bodhi pode gastar um pouco de energia. Ele tem andado meio agitado desde que o pai foi embora. David não é muito presente, e tem sido difícil para ele.

– Sinto muito.

– É a realidade. Não há muita coisa que eu possa fazer.

– Tem algum jeito de convencer seu ex a passar mais tempo com o filho?

– Não vejo como. Ele se mudou de volta para a Austrália em abril. É bem verdade que vem daqui a quinze dias e vai ficar até a terceira ou quarta semana de setembro. Tem algum projeto grande, sei lá, e disse que vai querer ficar o máximo possível com Bodhi. Isso é ótimo, mas vai bagunçar a agenda inteira do menino até ir embora e depois disso não faço a menor ideia de quando vai voltar a vê-lo. E não faço ideia de como Bodhi vai lidar com o fato de o pai ir embora outra vez. – Ela balançou a cabeça. – Me desculpe. Jurei para mim mesma que não me tornaria uma daquelas mulheres que não param de falar do ex.

– Às vezes é difícil não fazer isso, principalmente quando envolve as crianças.

– Sei que você tem razão, mas mesmo assim é chato. Nossa, até eu me acho uma chata. – Ela uniu as mãos sobre a mesa. – Mas por que você não me conta exatamente em que está trabalhando? Estava totalmente concentrado quando passei por você.

– É uma apresentação para um possível cliente. Um advogado, e a coisa é bem importante para mim. Minha empresa não decolou exatamente do jeito que eu queria.

– Tenho certeza de que ele vai amar suas ideias.

– Como você sabe?

– Porque você é inteligente e criativo. Sempre foi. São seus talentos.

– Sempre achei que a criativa aqui fosse você.

– É por isso que a gente se dava tão bem. – Ela deu de ombros. – Bom, pelo menos antes de acabar.

– Como funciona isso da pintura?

– Como profissão, você quer dizer? Ou como eu comecei?

– As duas coisas. Eu sabia que você adorava pintura, mas lembro que achava que acabaria fazendo mestrado e indo dar aula em algum lugar.

– Eu tive sorte, só isso. Depois que a gente terminou, passei um tempo meio perdida e tudo que conseguia fazer era pintar. Peguei toda a dor e a angústia que estava sentindo e dei um jeito de jogar isso em várias telas. Elas acabaram encostadas na garagem dos meus pais, e eu não tinha ideia do que fazer com tudo aquilo. Nem sabia que os quadros eram bons o suficiente. Pouco depois, conheci David e a vida andou, e acabei ouvindo falar num festival de arte em Greensboro. Por impulso, decidi alugar um espaço, e antes mesmo de terminar de montar tudo conheci um galerista. Ele examinou todos os meus trabalhos e concordou na hora em representar algumas obras. Um mês depois, já tinha vendido tudo.

– Incrível – falei.

– Como eu disse, tive sorte.

– Isso é mais do que sorte. Mas faz com que eu me sinta mal.

– Por quê?

– Porque eu fui a causa de toda essa dor e angústia. Até hoje me arrependo pelo que fiz, e eu sinto muito.

– Você já pediu desculpas lá atrás – comentou ela.

– Eu sei, mas mesmo assim.

– Russ, a culpa é uma emoção inútil. Pelo menos é o que minha mãe me diz. Além do mais, talvez eu também pudesse ter lidado melhor com a coisa toda.

– Você lidou bem.

– Se você está dizendo... O que posso afirmar é que minha carreira não estaria onde está se não tivesse passado por essa experiência. E meu casamento tampouco teria durado tanto. Digamos que eu tive que aprender a perdoar.

– David teve um caso?

– Um, não: vários.

– E por que você insistiu?

Ela meneou a cabeça em direção ao filho.

– Por causa dele. David pode ter sido um péssimo marido, mas era o herói de Bodhi. E tenho certeza de que ainda é. – Ela fez uma pausa, então balançou a cabeça. – E aqui estou de novo falando do meu ex.

– Não tem problema.

Emily passou alguns instantes sem dizer nada.

– Sabe o que é mais difícil em ser divorciada? É que eu não tenho nem certeza do que significa ser uma adulta solteira e independente. Praticamente emendei você e David, e agora estou aqui, sem a menor ideia do que deveria estar fazendo. Me dividindo entre o trabalho e Bodhi, não tenho exatamente tempo para ficar indo a bares ou festas. E, para ser sincera, meu estilo nunca foi esse. É que...

Detectei certa tristeza na sua expressão enquanto ela procurava as palavras certas.

– Esta não é a vida que eu imaginei para mim – continuou ela. – Metade do tempo eu me sinto uma desconhecida dentro de mim mesma.

– Não consigo imaginar como seria estar solteiro.

– Eu não gosto. Mas, acredite, às vezes a alternativa é ainda pior.

Aquiesci, sem saber muito bem o que dizer. Depois de algum tempo, ela suspirou e voltou a falar:

– Pelo menos fico feliz por poder trabalhar em casa. Senão, seria ainda mais difícil para Bodhi.

– Ele me parece um menino feliz.

– Na maior parte do tempo, sim. Mas de vez em quando ele desaba.

– Acho que isso vale para qualquer criança. Até London às vezes faz uma pirraça.

– Ah, é?

Contei a ela sobre o fim de semana anterior. Quando terminei, Emily pareceu hesitar.

– Espere aí. Quando Vivian chegou em casa, não levou London à fazendinha? – perguntou.

– Como estava muito quente, ela preferiu ir ao shopping. London não pareceu se importar. Acho que ficou feliz porque a mãe estava em casa. Ela ainda está se acostumando com a ideia de Vivian sair para trabalhar enquanto eu cuido dela.

– Pelo que estou percebendo, você está se saindo muito bem.

– Não tenho tanta certeza. Metade do tempo eu me sinto uma farsa.

– Eu também. É normal.

– Sério?

– Claro. Eu amo Bodhi, mas isso não quer dizer que acorde animada para levá-lo ao dentista, ajudá-lo a arrumar o quarto ou correr com ele para lá e para cá. É normal. Ter filhos é isso.

– Ainda acho que não estou fazendo o bastante. Ontem e hoje de manhã fiquei trabalhando e praticamente a deixei sozinha. Quero dizer, eu estava lá, de olho nela, mas na verdade não passamos nenhum tempo juntos.

– Não seja tão duro consigo mesmo. Tenho certeza de que London ficou bem. E você vai melhorar nessa coisa de equilibrar trabalho e paternidade. Hoje, por exemplo. Conseguiu pela primeira vez marcar com um coleguinha dela para brincar.

Isso eu fiz mesmo.

– Obrigado. Eu a busco na sua casa assim que terminar.

– Está ótimo.

– Mas é claro que você está esquecendo uma coisa.

– O quê?

– Vai precisar do meu endereço, não vai? E do meu telefone? – Ela estendeu a mão para o celular. – Me dê o seu número. Posso mandar as informações por mensagem.

Dei-lhe o telefone. Bem nessa hora, as crianças voltaram para a mesa.

– Oi, mãe. A gente acabou – anunciou Bodhi.

– Foi legal?

– A gente subiu até lá em cima.

– Eu vi. Você é um ótimo escalador. E quer saber? London vai lá em casa segunda-feira conhecer a Noodle.

O rosto de ambos se iluminou.

– Sério? Obrigado, mamãe! Ela pode levar o Seu Confete e a Dona Confete?

Quando Emily olhou para mim, levantei as mãos.

– Você decide. Eles têm uma caixa de transporte.

– Por que não? – respondeu Emily. – Tenho certeza de que a Noodle vai adorar.

Dei uma risada e nos despedimos. Enquanto London e eu andávamos até o carro, senti uma pontada de apreensão ao pensar que tinha almoçado com Emily, algo que não fazia com Vivian havia tempos, e que nossa conversa parecera tudo, menos forçada.

Mas eu com certeza estava dando importância demais a isso, certo?

11

E então restou um

Emily disse que a culpa era uma emoção inútil, mas não tenho tanta certeza disso. Entendi o que ela tentou dizer, que a culpa não pode mudar o passado, mas essa era uma arma que minha mãe usara de maneira eficaz quando criou os filhos. "Limpem os pratos. Tem gente morrendo de fome no mundo" era uma frase corriqueira, sobretudo quando ela servia "surpresa de sobras", descrição bem exata do prato em questão. O que quer que estivesse sobrando na geladeira no fim da semana era reunido num ensopado ou então coberto com lasanha. Marge e eu ficávamos nos perguntando como carne ao molho teriyaki e fettuccine de frango podiam ser comidos juntos de um modo que não nos desse engulhos. Algumas outras frases frequentes – "Se você se importasse mesmo com sua família, levaria o lixo lá para fora" e "Quem sabe um dia você ame sua mãe o suficiente para varrer a varanda dos fundos" – me faziam sentir um peso nos ombros e pensar como eu podia ser um filho tão horrível.

Minha mãe não se sentia mal de usar a culpa como ferramenta para nos controlar, e às vezes eu gostaria de ser como ela. Gostaria de poder simplesmente perdoar a mim mesmo e seguir em frente, mas, pensando bem, se eu quisesse mesmo mudar, por que não mudei? Uma vez, quando London ainda estava aprendendo a andar, levei-a a uma trilha pouco depois do parque. Não caminhamos muito nem fomos longe, mas na metade do percurso deu para ver que ela estava ficando cansada e apontei para um toco onde ela poderia descansar.

Segundos depois, ouvi-a dar um grito, e então, de uma hora para outra, London começou a berrar descontroladamente. Era óbvio que sentia dor. Em pânico, peguei-a no colo para tentar entender o que estava acontecendo, e foi quando percebi algumas formigas na sua perna.

Só que não eram apenas formigas. Eram formigas lava-pés, muito agressivas, que mordem e picam. Elas foram surgindo num carreiro, mordendo e picando, deixando marcas na pele, e quanto mais eu as espantava mais elas apareciam.

Estavam dentro das roupas de London, das meias, até dos sapatos. Então coloquei minha filha no chão e comecei a tirar suas roupas o mais depressa que consegui, até a fralda. Espantei e enxotei as formigas, fui mordido inúmeras vezes ao fazer isso, e corri até o carro com ela aos berros, tão rápido quanto era capaz.

Eu não sabia o que fazer. Aquele, como tantos outros, era um departamento no qual a especialista era Vivian, e dirigi feito um louco nos cinco minutos que demorei para chegar em casa. Levei London para dentro e Vivian assumiu o controle na mesma hora. Falava num tom ríspido comigo, mas suave com a filha. Levou London até o banheiro, passou álcool nas picadas que já começavam a inchar, deu-lhe um anti-histamínico e começou a cobrir as áreas feridas com panos molhados.

Talvez tenham sido a eficiência e a segurança que ela demonstrou que finalmente aplacaram a histeria de London. Enquanto isso, eu me sentia um simples pedestre que passa instantes após um terrível acidente, impressionado por Vivian saber exatamente o que fazer.

No fim das contas, não houve danos duradouros. Voltei ao parque e joguei no lixo as roupas de London, que continuavam infestadas de formigas. O inchaço durou um dia ou dois, e então ela voltou ao seu estado normal. Já lhe perguntei, mas London não se lembra do incidente. Embora isso faça com que me sinta melhor, ainda sinto culpa ao pensar nesse dia terrível. E a culpa serviu para me ensinar uma lição: hoje tomo bastante cuidado com o lugar onde London se senta quando está na mata ou no parque, e isso é uma coisa boa. Ela nunca mais foi atacada por formigas lava-pés.

Em outras palavras, a culpa nem sempre é inútil. Ela pode nos impedir de cometer o mesmo erro duas vezes.

Depois de almoçar no Chick-fil-A com Emily, passei a tarde trabalhando. Queria ter uma ideia de quanto Taglieri gastava, então falei com um amigo do departamento de vendas do canal de TV a cabo. Na realidade, Taglieri pagava tarifas *premium* e tinha um número excessivo de inserções ruins, uma lástima para ele, mas uma dádiva para mim. Depois disso, entrei em contato com o chefe da equipe de filmagem que pretendia usar. Já tínhamos trabalhado juntos e discutimos os tipos de planos que eu queria e uma estimativa de custos. Todas essas informações foram anotadas num bloco, para que fosse fácil encontrá-las quando eu precisasse mencioná-las na apresentação. Depois disso, continuei ajeitando os roteiros e mexi mais um pouco nas imagens genéricas que havia juntado. A essa altura, o esboço dos dois comerciais estava quase pronto.

Apesar de ter levado London para a aula da malvada professora Hamshaw, estava de bom humor quando minha noite com Vivian foi se aproximando. Ela chegou em casa num horário razoável e, depois de colocarmos London para dormir, jantamos à luz de velas e acabamos na cama. Apesar disso, a magia foi menor do que eu esperava: foi só quando entrou na terceira taça de vinho que Vivian começou a relaxar e, embora eu saiba que a lua de mel de qualquer casamento um dia acaba, de alguma forma sempre esperei que ela fosse substituída por algo mais profundo, um vínculo no estilo *nós dois contra o universo*, ou mesmo uma genuína valorização mútua. Por algum motivo, talvez porque percebia que a distância entre nós só aumentava, quando a noite acabou fiquei me sentindo levemente decepcionado.

No sábado de manhã, Vivian curtiu sua Hora de Cuidar de Si, depois passou o resto do dia com London. Isso me proporcionou a tranquilidade de que precisava para focar outros pontos da apresentação: atualização do site, anúncios na internet, outdoors e períodos eventuais de anúncio no rádio. Incluí a projeção de custos de tudo isso ao longo de um ano, contando o cachê dos fornecedores e o meu, e um slide com uma projeção de quanto Taglieri iria economizar.

Trabalhei no domingo também. Terminei à tarde e quis mostrar a apresentação para Vivian. Por algum motivo, porém, ela não parecia disposta a ouvir ou falar comigo, e o resto da noite correu da mesma forma pouco natural que parecia estar se tornando a regra. Embora eu entendesse que nossas vidas nos últimos tempos tinham começado a seguir em direções que nenhum dos dois poderia ter previsto, peguei-me pensando não apenas se Vivian ainda me amava, mas se ela ao menos gostava de mim.

Na segunda de manhã, antes de London acordar, entrei no banheiro de nossa suíte quando Vivian estava passando rímel.

– Você tem um minutinho?

– Claro. O que foi?

– Está chateada comigo? Você parecia irritada ontem à noite.

– Sério? Você quer falar sobre isso agora?

– Sei que não é o melhor momento...

– Não, não mesmo. Tenho que sair para o trabalho daqui a quinze minutos. Por que você sempre faz isso?

– Isso o quê?

– Tenta pôr a culpa em mim.

– Não estou tentando culpá-la de nada. Depois que acabei minha apresentação, você mal falou comigo.

Vivian olhou para mim com raiva.

– Porque você passou praticamente o fim de semana inteiro ignorando a London e a mim, você quer dizer?

– Eu não estava ignorando vocês. Estava trabalhando.

– Não venha com desculpas. Você poderia ter feito um intervalo aqui e ali, mas não, fez o que quis. Como sempre.

– Mas você parece estar com raiva de mim já faz algum tempo. Mal falou comigo quinta à noite.

– Ah, pelo amor de Deus. Eu estava cansada! Não tente fazer com que me sinta mal. Esqueceu completamente nossa noite romântica? Mesmo cansada na sexta à noite, eu me arrumei e a gente transou porque eu sabia que você estava a fim. Não aguento mais pensar que o que eu faço nunca é suficiente.

– Vivian...

– Por que você sempre leva tudo para o lado pessoal? – indagou ela, me interrompendo. – Por que não consegue ser feliz comigo e pronto? Você também não é perfeito, mas eu não chego e fico reclamando que não consegue mais nem sustentar sua família.

A declaração me deixou boquiaberto. Ela pensava que eu tinha passado o fim de semana inteiro tentando fazer o quê? Mas Vivian não queria uma resposta. Passou por mim sem dizer nada, agarrou a bolsa da academia e saiu de casa com o passo firme, batendo a porta da frente.

O barulho deve ter acordado London, pois alguns minutos depois ela desceu a escada e me encontrou sentado à mesa da cozinha. Ainda estava de pijama, com os cabelos bagunçados.

– Você e a mamãe estavam brigando?

– A gente estava só conversando.

Ainda não tinha me recuperado da explosão de Vivian e me sentia meio enjoado.

– Me desculpe se a porta bateu alto demais.

Ela esfregou o nariz e olhou em volta. Pensei que ela era a menininha mais linda do mundo, mesmo grogue de sono.

– Cadê ela? – perguntou London, por fim.

– Ela teve que ir trabalhar, querida.

– Ah. Eu tenho tênis hoje?

– Tem – respondi. – E aula de arte com Bodhi. A gente precisa lembrar de levar os hamsters.

– Tá – disse ela.

– E que tal um abraço, minha neném?

Ela chegou perto, me enlaçou e me deu um apertão.

– Papai?

– Hum?

– Posso comer Froot Loops?

Segurei-a com força e pensei em quanto eu estava precisando de um abraço.

– Pode, claro.

* * *

Taglieri não estava na arquibancada nessa manhã. No seu lugar, vi uma mulher que supus ser a ex número três, já que ela passou por mim com a filha dele. Não sei ao certo o que eu estava esperando, talvez uma loura de cabelo descolorido, mas ela pareceu se misturar bem com as outras mães.

Eu havia levado o laptop com a intenção de ensaiar minha apresentação, mas tive dificuldade para me concentrar. Não parava de remoer as palavras duras de Vivian e, embora talvez de fato tivesse trabalhado o fim de semana inteiro, a reação dela me parecia desproporcional e totalmente injusta. Mais uma vez desejei ser capaz de fazê-la feliz, só que não era, e sua expressão deixava isso claro.

Afinal, o que eu testemunhara não fora apenas raiva.

Tinha visto e ouvido seu desprezo.

– Está tudo bem? – perguntou Emily.

Eu acabara de entrar no ateliê e London traçou uma reta em direção a Bodhi levando Seu Confete e Dona Confete dentro da caixa de transporte. Emily deve ter notado algo na minha expressão enquanto eu observava minha filha, mas não queria lhe contar sobre a briga. Por algum motivo, isso me parecia errado.

– Tudo. A manhã foi meio complicada.

– Dá para ver – disse ela. – Tem algum jeito para desfranzir essa testa?

– Não faço ideia. Talvez um milhão de dólares ajudem.

– Isso eu não tenho. Mas que tal um Tic Tac? Devo ter uma caixa aqui na bolsa.

Apesar do mau humor, abri um sorriso.

– Não, mas obrigado.

– Tudo de pé para hoje, certo? Bodhi está falando nisso desde que acordou.

– Sim, tudo de pé.

– Está pronto para a apresentação?

– Espero que sim.

Transferi o laptop de mão. Por algum motivo, ele parecia mais pesado.

– Na verdade, estou mais nervoso do que achei que estaria – prossegui. – Taglieri seria meu primeiro cliente e nem tive oportunidade de ensaiar a apresentação. Quando estava na Peters, sempre havia alguém por perto para ouvir.

– Ajudaria se você ensaiasse comigo? Sei que não sou do ramo, mas ficaria feliz em escutar.

– Não posso lhe pedir isso.

– Você não pediu. Eu me ofereci. Estou com tempo livre. Além do mais, nunca escutei um publicitário apresentar suas ideias. Vai ser uma experiência nova.

Embora eu soubesse que ela estava tentando ajudar, precisava mesmo ensaiar, nem que fosse para parar de pensar na briga.

– Obrigado. Vou ficar devendo essa.

– Você já me deve. Pela tarde de hoje, lembra? Mas não estou marcando o placar.

– É claro que não.

Fomos até o café, pedimos bebidas e nos sentamos. Primeiro mostrei a ela alguns slides sobre o poder da propaganda, outros com detalhes de despesas publicitárias no mundo jurídico e mais alguns com o perfil de outros escritórios de Charlotte e suas rendas estimadas. A partir daí, a apresentação destacava a importância de uma estratégia mais ampla, em múltiplas plataformas, para aumentar o reconhecimento da marca, e mostrava a simulação de um site remodelado e fácil de acessar, que seria bem mais eficaz. Então vinha uma amostra de vários comerciais jurídicos, incluindo os de Taglieri, e enfatizei a semelhança entre eles. Por fim, terminava com os slides que mostravam como eu poderia não só criar uma campanha abrangente e filmar três comerciais de TV, como também fazê-lo poupar dinheiro.

Ela apontou para o computador.

– Você sempre trabalha tanto assim para conseguir um cliente?

– Não – respondi. – Mas acho que essa vai ser minha única chance com esse cara.

– Eu contrataria você.

– Você ainda não viu os comerciais.

– Você já me parece mais do que competente. Mas, tudo bem, continue.

Inspirei fundo e mostrei-lhe o esboço dos dois comerciais que eu iria tentar vender. O primeiro era um pouco parecido com o que Taglieri já estava fazendo.

Minha ideia era abrir com duas imagens de acidentes de carro, a de um canteiro de obras e a de um armazém. Em off, Taglieri diz: "Se você se feriu num acidente ou no trabalho, precisa da ajuda de um especialista." Então ele aparece andando devagar em frente ao fórum, usando um cardigã, e fala diretamente para a câmera:

Meu nome é Joey Taglieri, e minha especialidade é ajudar pessoas que se acidentaram. É isso que eu faço melhor, e estou do seu lado. As consultas são gratuitas e não há custo nenhum até eu conseguir o dinheiro que você merece. Já ganhei milhões de dólares para meus clientes, e agora quero ajudar você a conseguir sua vida de volta. Deixe que eu brigue por você. Ligue...

Seguia-se um número 0800, seguido pela palavra I-N-J-U-R-E-D, "ferido". Emily franziu o cenho.

– Gostei de ele estar ao ar livre e não dentro do escritório – comentou ela.

– Isso o deixa mais acessível, não acha? Eu também queria garantir que o telefone fosse fácil de lembrar.

– E você disse que tem um segundo comercial?

Aquiesci.

– Esse tem um tom diferente.

O vídeo abria com imagens cotidianas de Charlotte, lugares e pessoas, enquanto Taglieri falava em off num tom suave:

Bem-vindos a mais um dia em Charlotte. Os turistas vêm aqui curtir as belezas, os sons e os cheiros da cidade, mas nossas melhores atrações não são nossos churrascos, nem nosso autódromo, nossos times esportivos, nossos lagos e trilhas, nem o belo perfil de nossa cidade. Nossa melhor atração é nosso povo. Nossa comunidade. Nossos amigos, famílias, colegas e vizinhos, que fazem deste lugar nossa casa. E quando uma dessas pessoas se machuca num acidente de trabalho, um desconhecido de uma empresa de seguros, talvez alguém nem sequer capaz de apontar Charlotte no mapa, fará tudo que puder para negar a indenização, mesmo que isso signifique arruinar vidas. Para mim, isso está errado.

A câmera então foca em Taglieri, de camisa social e gravata, mas sem paletó.

Meu nome é Joey Taglieri e, se você se feriu e precisa de ajuda, me dê uma ligada. Afinal, nós somos vizinhos. Eu estou do seu lado, e estamos nessa juntos.

Quando o vídeo terminou, apertei uma tecla para deixar a tela preta.

– O que achou?

– Bem pitoresco.

– Pitoresco demais?

– De jeito nenhum – disse ela. – E com certeza é original.

– Isso é bom ou ruim?

– Ele vai adorar.

– Só não quero desperdiçar o tempo dele. Ele detesta gente que faz isso.

– Ele falou isso?

– Falou.

– Pelo menos ele é sincero. Gostei.

Quando entrei no escritório de advocacia de Joey Taglieri, ainda estava com os nervos à flor da pele e tive que respirar fundo para as mãos pararem de tremer.

Mostrei a apresentação quase inteira e o primeiro dos dois comerciais. Guardei na manga o segundo e as estimativas financeiras. Ao terminar, esperei que Joey comentasse alguma coisa. Qualquer coisa. Mas ele ficou apenas olhando fixamente para a última imagem.

– Esse número de telefone está disponível?

– Até sexta-feira passada, sim. E é o tipo de número que as pessoas lembram.

Taglieri aquiesceu.

– Gostei do número, então essa parte está fechada. E entendo que os outros tipos de publicidade podem ajudar. Mas eu não diria que o comercial me pegou de verdade.

Assenti. Sabia que ele teria essa opinião.

– Depois de ouvir o que você falou sobre Cal Worthington, meu conceito não é tanto ter *um comercial*, mas *uma série de comerciais*. Ao mesmo tempo, não quero me arriscar além da conta. Os comerciais dos advogados especializados em ações de responsabilidade civil são assim porque funcionam.

– Uma série de comerciais? Não vai sair caro?

Abri os slides com as estimativas de custos que eu havia preparado.

– De cara, é claro que vai ter um custo adicional, mas ao longo de um ano você não só vai poupar dinheiro, como vai ter muito mais retorno. Não vão ser só mais comerciais, mas uma campanha publicitária mais extensa, sob vários aspectos.

Ele olhou na hora para a linha que mostrava quanto ele estava gastando e apontou para ela.

– Como você sabe quanto estou pagando?

– Sou bom no que faço – respondi.

Não soube ao certo o que ele achou da minha resposta. Em silêncio, ele ficou mexendo numa caneta em cima da mesa.

– Então, qual seria o plano? Como você começaria?

– Eu começaria com o site e os anúncios on-line, principalmente nas plataformas de busca, para melhorar sua exposição na web. Ao mesmo tempo, marcaríamos as filmagens das duas primeiras peças para a TV. Também gravaríamos a voz em off. Tenho quase certeza de que consigo colocar o primeiro comercial no ar já em outubro, quando o site ficar pronto. Isso vai encaixar com o momento de lançar os anúncios on-line e otimizar a presença nos sites de busca. O segundo comercial vai estar pronto para as festas de fim de ano, e estou seguro de que vai ser algo de que as pessoas vão se lembrar. Mas você vai poder julgar por si mesmo.

– Certo. Vamos ver o que você pensou.

Mostrei. Depois de assistir ao vídeo, ele se recostou na cadeira e esfregou o maxilar.

– Não sei o que eu acho. Nunca vi nada assim antes.

– É justamente esse o objetivo. A peça força as pessoas a se lembrarem porque as faz pensar.

– Não é muito comercial.

– Não, não é, mas mesmo assim não deixa as pessoas esquecerem seu nome. Acho que depois desse comercial deveríamos colocar alguns outdoors em janeiro. Dois pontos incríveis vão vagar nessa época e eu gostaria de reservá-los se você concordar. Depois, claro, viriam o terceiro e o quarto comercial. Assim como o primeiro, eles seriam transmitidos o ano inteiro, um a partir de outubro ou novembro, dependendo do cronograma de filmagem, o outro a partir de janeiro, e depois disso alternados. São peças mais simples, de um tema só, e bem-humoradas.

– Vamos ver o que você bolou.

– Não preparei nenhum slide para essas peças.

– Por que não?

– Você ainda não é meu cliente.

Ele pareceu refletir a respeito.

– Que tal me dar uma dica?

– O foco seria na sua experiência.

Tive a sensação de que a reunião havia se tornado mais importante para Taglieri do que ele previra, o que sempre era bom sinal.

– Preciso de um pouco mais do que isso.

– Ok. Mas só em relação a um deles. Imagine uma menina de uns 8 anos, sentada diante de uma mesa de advogado e cercada por livros jurídicos, inclusive um escrito "acidentes" na lombada. Ela está anotando alguma coisa em um bloco de notas amarelo, aparentando estar atolada de trabalho, então estende a mão para o telefone e diz no viva-voz: *Dolores? Pode me trazer mais um achocolatado?* A tela então fica preta e palavras surgem como se estivessem sendo datilografadas na tela.

Se você sofreu um acidente de trabalho e precisa de ajuda com as despesas de saúde, não quer um advogado novato. Você quer um advogado experiente. Você quer alguém que já ganhou milhões de dólares para seus clientes. Você quer Joey Taglieri.

Quando terminei, Joey abriu um sorriso.

– Gostei.

Assenti sem dizer nada. Havia aprendido ao longo dos anos que ficar calado era muitas vezes o melhor que eu podia fazer diante de um cliente que estava a ponto de dizer sim.

Joey sem dúvida também sabia disso, pois tornou a se recostar na cadeira.

– Você deve imaginar que pesquisei seu histórico – recomeçou. – Quando você me convenceu a marcar esta reunião, falei com seu antigo chefe.

Senti o peito apertar.

– Ah.

– Ele foi vago, como os chefes sempre são, mas disse que você tinha saído para abrir sua própria agência havia poucos meses. Você me disse que tinha sua própria empresa, mas não comentou que havia acabado de abrir.

Minha boca ficou seca.

– Minha empresa pode ser nova, mas eu trabalho com publicidade há treze anos.

– Ele também me sugeriu que, em vez de conversar com ele, talvez fosse melhor eu pedir referências e opiniões a um dos seus clientes atuais.

– Ah – repeti.

– Você acha que poderia fazer isso? Entrar em contato com alguns dos seus outros clientes?

– Ahn... bom...

– Era o que eu achava que você fosse responder. Se me pedissem para adivinhar, meu palpite é que você ainda não tem outros clientes. Então, depois de falar com seu patrão, passei de carro em frente ao seu escritório durante o fim de semana. Reconheci o lugar. O dono é um ex-cliente meu. Não é exatamente o tipo de escritório que inspira confiança.

Forcei-me a manter a voz firme.

– Quase sempre encontro os clientes na empresa deles. E, se você quiser conversar com antigos clientes, devo conseguir alguns nomes. Trabalhei com dezenas de clientes na região de Charlotte.

– Isso eu também já sei – prosseguiu ele, erguendo a mão. – Já falei com alguns deles. Três, para ser exato. Eles ainda estão na Peters e não se animaram muito com a ideia de conversar comigo até eu dizer que não tinha a menor intenção de falar com seu ex-chefe sobre a conversa.

– Como foi que você...?

Parei a pergunta no meio e ele a terminou por mim:

– Como foi que eu soube com quem entrar em contato? Você é bom no que faz, e eu sou bom no que faço. Enfim, todos os três disseram que você é ótimo. Muito criativo, muito esforçado e muito bom no seu trabalho.

– Por que está me dizendo isso?

– Porque eu quero que você saiba que, embora eu não goste da ideia de ser seu primeiro e único cliente, venho tentando me convencer de que isso provavelmente significa que terá mais tempo para trabalhar na minha campanha. Para ser bem franco, ainda não sei se consegui me convencer disso. Mas, depois de ver o que você preparou, admito que estou impressionado com a reflexão que você dedicou ao meu caso.

Ele parou, e eu inspirei fundo.

– O que quer dizer *exatamente*?

Depois da reunião com Taglieri, fui de carro até a casa de Emily com a cabeça a mil. Se não fosse o GPS do telefone, jamais teria conseguido chegar. Embora não ficasse muito longe da minha casa, eu nunca tinha passado por aquele bairro, e o acesso não era particularmente bem sinalizado. Os terrenos eram muito arborizados, e as casas em estilo moderno de meados do século XX tinham janelas amplas, revestimento de cedro, e eram projetadas de modo que os primeiros andares subiam e desciam acompanhando a topografia.

Estacionei em frente à casa e segui por um caminho sinuoso que passava por um laguinho de carpas e ia até a porta principal. Quando Emily veio abrir, mais uma vez me surpreendi com seu sorriso caloroso.

– Não estava esperando você tão cedo. Não sei por quê, mas achei que a apresentação fosse levar mais tempo. Entre.

Se a briga com Vivian estava dificultando minha concentração e a reunião com Taglieri tinha me deixado com a cabeça a mil, entrar na casa de uma recém-divorciada com quem eu havia dividido a cama tornou o dia ainda mais surreal. Aquilo me pareceu de alguma forma errado, inapropriado, e lembrei a mim mesmo que estava ali só para buscar minha filha. Não era diferente de ir buscá-la na casa da minha mãe, mas mesmo assim a sensação de estar fazendo algo ilícito só aumentou quando Emily acenou em direção à escada.

– As crianças estão lá em cima no quarto de brinquedos com a Noodle. Almoçaram há meia hora, então não faz muito tempo que foram brincar lá.

Aquiesci, tomando cuidado para manter uma distância entre nós.

– Elas se divertiram?

– Muito – respondeu ela. – Riram à beça. Acho que sua filha está apaixonada pela nossa cadela.

– Isso não me surpreende. E o que a Noodle achou dos hamsters?

– Farejou a gaiola por alguns segundos e meio que foi só isso.

– Que bom.

Pus as mãos nos bolsos. A vozinha dentro da minha cabeça continuava a me sussurrar que eu não deveria estar ali, que minha presença na casa de Emily era inapropriada. Dei as costas para ela e examinei a sala. Com uma planta ampla, iluminada por uma luz filtrada por grandes janelas nos fundos, era um cômodo confortável e eclético, cheio de objetos espalhados, a casa de uma *artista*. Nas paredes, vi alguns quadros grandes que supus serem dela.

– Sua casa é linda – falei, tentando manter a conversa neutra.

– Obrigada – disse ela, soando bem mais à vontade do que eu estava me sentindo. – Na verdade, ando pensando em vender. A manutenção pesa no orçamento, e alguns dos cômodos precisam de uma reforma urgente. É claro que eu estou dizendo isso desde que David foi embora. Me desculpe pela bagunça.

– Nem reparei. Esses quadros são seus?

Ela chegou mais perto, não perto demais, mas o suficiente para eu sentir o cheiro de seu xampu de madressilva.

– São alguns trabalhos antigos. Ando querendo trocar por quadros mais recentes, mas tenho adiado isso também.

– Dá para entender por que o galerista gosta tanto do seu trabalho.

– Esses quadros me lembram quando eu estava grávida do Bodhi. São mais escuros e com menos textura do que boa parte do que eu produzo agora. São também mais melancólicos. Eu passei muito mal durante a gravidez, claro, então deve ter a ver com isso. Espere um instante. – Ela se aproximou da escada. – Bodhi? London? Continua tudo bem?

– Sim! – responderam os dois em coro.

– London, seu pai chegou.

Passos soaram lá em cima e vi minha filha espiar por entre as traves do corrimão.

– Papai? Posso ficar mais um pouco? Bodhi tem outro sabre de luz, e é vermelho! E a gente está brincando com a Noodle!

Olhei para Emily.

– Por mim tudo bem – disse ela, dando de ombros. – Ela está mantendo Bodhi ocupado e feliz, o que me facilita a vida.

– Quem sabe mais uns minutinhos! – gritei lá para cima. – Mas a gente não pode ficar muito. Você ainda tem balé hoje, lembra?

– Com a professora Hamshaw? – quis saber Emily.

Fiz que sim com a cabeça e ela tornou a falar:

– Ouvi algumas coisas interessantes sobre ela. E, quando digo "interessantes", quero dizer não especialmente boas.

– Não tenho certeza se a London gosta muito das aulas – reconheci.

– Então a tire do balé.

Com Vivian essas coisas nem sempre são tão fáceis, pensei. Diante do meu silêncio, Emily indicou a cozinha com o polegar.

– Quer um chá gelado enquanto espera? Acabei de preparar uma jarra.

Tornei a ouvir a voz dentro da minha cabeça, dessa vez me dizendo para recusar educadamente.

– Boa ideia – acabei respondendo.

Segui-a em direção à mesa da cozinha. Em frente às portas de vidro que conduziam ao quintal dos fundos, vi a caixa dos hamsters. Em um dos lados observei que havia outro cômodo, pelo visto o ateliê dela. Havia quadros encostados nas paredes e outro num cavalete, além de um avental estendido por cima da mesa surrada sobre a qual estavam espalhados centenas de recipientes com tinta.

– É ali que você trabalha?

– Meu ateliê – disse ela, pegando a jarra de chá. – Antes era uma varanda com uma tela, mas a gente fechou com vidro quando comprou a casa. A luz é perfeita de manhã.

– É difícil trabalhar em casa?

– Na verdade, não. Mas, como sempre pintei em casa, não tenho como comparar.

– E como você se organiza com o Bodhi?

Emily serviu chá em dois copos, pôs gelo em ambos e os levou até a mesa.

– Eu trabalho de manhã antes de a gente começar o dia pra valer, mas mesmo depois disso não é muito complicado. Quando eu quero pintar, ele vai lá para cima ou fica vendo TV. Já está acostumado.

Ela se sentou, e eu fiz o mesmo, ainda constrangido. Se Emily também sentia isso, não demonstrou.

– Como foi com Taglieri?

– Foi ótimo – respondi. – Ele me contratou. Topou a campanha inteira.

– Que maravilha! Parabéns! Sabia que você ia conseguir. Você deve estar empolgado.

– Acho que ainda não tive tempo de assimilar direito.

– Tenho certeza de que a ficha vai cair em breve. Vai comemorar hoje à noite?

Lembrei-me do comportamento de Vivian pela manhã.

– Vamos ver.

– Ele é seu primeiro cliente. Você precisa comemorar. Mas antes disso quero saber como foi. Me conte tudo.

Narrar como fora a reunião disfarçou meu desconforto. Quando contei que Taglieri havia ligado para Peters e as coisas que ele tinha dito, Emily levou as mãos à boca e arregalou os olhos.

– Ai, que horror! E você desanimou?

– Com certeza não foi agradável.

– Acho que eu teria desabado.

– Foi exatamente isso que senti. Acho que ele só queria me ver incomodado.

– Advogados fazem isso – concordou ela. – Mesmo assim, a notícia é ótima. Eu não poderia estar mais feliz por você.

– Obrigado. Parece que tirei um peso das costas, sabe?

– Sei exatamente o que você está sentindo. Lembro a primeira vez que soube que um dos meus quadros tinha sido vendido na galeria. Na época eu não sabia se algum dia conseguiria viver de arte e ficava na expectativa de receber um telefonema do galerista dizendo que tinha cometido um erro. Quando ele finalmente ligou para me dar as boas notícias, senti tanto medo de ouvir o que ia dizer que deixei a ligação cair na caixa postal.

Eu ri, e ela seguiu falando:

– E agora? Como as coisas funcionam no seu mundo?

– Amanhã vou mandar um contrato para ele e, assim que assinar, começo a trabalhar. Tenho que procurar locações, montar cronogramas, pedir autorizações e começar a trabalhar no site com o programador. Preciso ligar para equipes de filmagem e de som, contatar agências, ensaiar... Filmar é sempre uma produção pesada.

– E você consegue fazer tudo isso e ao mesmo tempo cuidar da London?

– Vou ter que conseguir – respondi, embora não tivesse começado a pensar nisso. – Mas a gente está tentando encontrar a creche certa.

– Eu sei. London contou durante o almoço. Ela não quer ir. Disse que era inútil, já que daqui a pouco vai começar na escola.

Inútil? Aquilo soava mais como uma palavra de Vivian do que de London.

– Ela falou isso?

– Também fiquei espantada. Mas, enfim, ela parece ser bem mais madura do que Bodhi.

Tomei um grande gole de chá e me perguntei o que mais Vivian teria dito a London sobre a creche.

– Tirando isso, correu tudo bem com ela?

– Tudo perfeito. Sua filha é um encanto. Aliás, ela adorou a Noodle. Quer levar a cadela para casa. Eu disse que ia ter que perguntar a você.

– Os hamsters já bastam – falei, erguendo uma das mãos. – Com tudo isso que está acontecendo, eu não conseguiria administrar um cachorro. Estou pensando em parar de dormir por um tempo.

Ela sorriu e adotou um ar quase sonhador.

– London disse que você a ensinou a andar de bicicleta.

– Foi.

– Queria fazer o mesmo com Bodhi, mas tenho medo de não conseguir impedir que ele caia. Acho que primeiro vou ter que entrar para a academia e ganhar um pouco de força nos braços. No tempo livre gigantesco de que disponho, quero dizer.

– Crianças com certeza demandam tempo.

– Eu sei. Mas eu não abriria mão dele por nada deste mundo.

Ela estava certíssima, pensei, e esvaziei o copo.

– Obrigado pelo chá. Não quero tomar mais seu tempo, e a gente precisa mesmo ir andando.

– Estou feliz por London ter vindo. Assim conheci um pouco mais a melhor amiga do Bodhi.

Levantei-me, peguei a caixa dos hamsters e acompanhei Emily até a porta. Quando chamei London, ela e Bodhi desceram a escada depressa, seguidos por um pequeno poodle.

– Uma poodle chamada Noodle? – perguntei.

– Foi Bodhi quem escolheu o nome.

– Estou pronta – anunciou London. – A Noodle é tããão fofinha, não é, papai? A gente pode ir à pet shop? Quero ver se eles têm um cachorro igual a ela.

– Hoje, não. Infelizmente o papai precisa trabalhar. Dê tchau para a tia Emily.

Ela abraçou Emily. Minha filha abraçava espontaneamente qualquer um: eu já a vira abraçar o carteiro e velhinhas no parque. Abraçou também Bodhi e, quando estávamos a caminho do carro, senti-a segurar minha mão.

– A tia Emily é muito legal. Ela me deixou colocar marshmallow no meu sanduíche de manteiga de amendoim.

– Deve ter ficado uma delícia. Que bom que você se divertiu.

– Me diverti mesmo. Bodhi pode ir lá em casa da próxima vez?

Perguntei-me o que Vivian iria achar disso.

– Por favor?

– A gente vai ter que perguntar se a mãe dele deixa, né?

– Tudo bem. Sabe de uma coisa?

– O quê?

– Obrigada por ter me trazido. Eu te amo, papai.

Vivian continuava claramente arisca quando chegou do trabalho, pelo menos em relação a mim, mas não posso dizer que tenha me pegado desprevenido. Foi só mais tarde, quando me sentei ao seu lado no sofá, que finalmente detectei um esboço de sorriso. Ele desapareceu com a mesma rapidez com que surgira, mas eu a conhecia havia tempo suficiente para entender que aquele gelo provavelmente estava mais para a gaveta de legumes do que para o congelador.

– Tenho boas notícias – comecei.

– Ah, é?

– Hoje consegui meu primeiro cliente. Vou deixar o contrato lá amanhã.

– É aquele advogado sobre quem você falou?

– O próprio. Sei que você não ficou muito animada com a ideia de eu trabalhar para advogados, mas estou empolgado. Vamos filmar quatro comerciais diferentes, além de anunciar em outras mídias.

– Parabéns – disse ela. – Quando começa?

– Assim que ele assinar. Tenho um cara para começar logo a cuidar do site e dos anúncios na internet, mas antes de filmar a gente precisa de muito trabalho preliminar. Só devemos dar partida no final de agosto.

– Perfeito.

– Por que perfeito?

– Porque a London já vai estar na escola.

– E...?

– E eu hoje liguei de novo para as creches e não acho que vá dar certo. Minhas duas primeiras escolhas só vão ter vaga depois que as aulas começarem – disse ela, e mencionou os nomes dos lugares. – E a terceira opção, que *talvez* possa aceitá-la antes, só vai saber com certeza na semana que vem. E depois disso o processo de admissão leva pelo menos quinze dias antes de ela poder ficar lá de verdade. A essa altura já vamos estar em meados de agosto, o que significa que ela só ficaria lá por uma semana antes de as aulas começarem ou algo assim.

– Meu Deus, por que leva tanto tempo?

– Porque todos esses lugares fazem entrevistas, além de verificar nosso histórico bancário e nossa ficha. É exatamente desse tipo de segurança que eu precisaria para me sentir confortável.

– Quer que eu ligue para ver se eles podem de alguma maneira apressar o processo?

– Pode ligar – disse ela, dando de ombros. – Mas não acho que eles possam fazer muita coisa em relação às listas de espera.

– Talvez a gente deva procurar uma babá.

– Isso levaria pelo menos quinze dias, e babás também custam caro. E o que a gente faria quando as aulas começassem? Mandaria a pessoa embora?

Eu não soube responder. Mas sabia que, se ela tivesse começado a procurar quando conseguira o emprego, a história poderia ter sido outra.

– Então você está dizendo que vou ter que continuar cuidando da London, certo?

– Eu com certeza não posso. Além do mais, você já tem cuidado e nem por isso deixou de conseguir seu primeiro cliente.

– A partir de agora tenho muito trabalho antes de começar a filmar.

– Não sei o que mais a gente pode fazer. Principalmente com o que anda acontecendo lá no trabalho.

– As viagens, você quer dizer?

– Também. Falando nisso, tenho que ir a Atlanta na quinta e só volto na sexta à noite.

– E lá se vai nossa noite juntos.

Vivian revirou os olhos.

– Eu falei que iria viajar esta semana, então não tente tornar o problema mais grave do que é. Mas, já que isso é uma coisa tão importante para você, espero chegar em casa num horário razoável para ainda podermos ficar juntos, pode ser?

– Combinado.

– Homens... – disse ela, balançando a cabeça. – Enfim, o que eu estava tentando dizer era que tem mais coisa acontecendo no trabalho. Algo importante. Além dos executivos, ninguém mais sabe. Então não comente nada.

– Com quem eu iria comentar?

– Sei lá. Conversa fiada com algum cliente? Marge? Seus pais? – Ela deu um suspiro. – Enfim, o motivo pelo qual vou ter que ir a Atlanta é que Walter está planejando transferir a sede da empresa para o escritório de lá. Ele quer que eu supervisione a transição.

– Está de brincadeira.

– Ele vem falando comigo sobre isso desde que eu fui contratada, mas finalmente tomou a decisão. Vai avisar ao resto dos funcionários esta semana.

– Por que ele vai transferir a sede?

– Segundo ele, como as restrições para construir no litoral da Carolina do Norte ficaram absurdas, ele decidiu se concentrar em empreendimentos na Geórgia e na Flórida. Se você pensar bem, faz sentido. E ele também pensa em se candidatar algum dia a um cargo público e prefere concorrer na Geórgia. A família dele é de lá, e o pai dele era deputado pelo estado.

Não estou nem aí para Walter e os planos dele, pensei.

– O que isso significa para seu emprego?

– Não vou ter problema algum. Ele já disse para eu não me preocupar.

– Quer dizer que você vai trabalhar no escritório de Charlotte?

– Não sei – respondeu ela. – Walter e eu pensamos um pouco no assunto, mas, como eu disse, ele ainda não tomou uma decisão.

– Você não está achando que talvez a gente precise se mudar?

– Espero que não.

"Espero que não"? Não gostei de ouvir aquilo.

– Não quero me mudar – falei.

– Eu sei. A gente está pensando que eu talvez possa dividir meu tempo entre aqui e lá.

Dividir seu tempo?

– Como assim?

– Sei lá, Russ. – Seu tom traiu uma leve irritação. – Até a mudança, acho que Walter e eu vamos ter que passar dois ou três dias por semana em Atlanta. Depois disso, quem pode saber?

– Só você e Walter?

– Por que os outros executivos precisariam ir?

Não sei se gostei da resposta.

Não, corrigindo: eu *com certeza* não gostei da resposta.

– E você vai viajar mais também?

– Provavelmente.

– Eu mal vou ver você. London também.

– Isso não é verdade e você sabe – disparou ela. – Não é como se eu estivesse sendo mandada para outro país por seis meses. Vários casais precisam lidar com uma vida entre duas cidades. Além do mais, o chefe é Walter, não eu. O que eu posso fazer?

– Você sempre pode pedir as contas. Quem sabe arrumar alguma coisa em meio período?

– Não quero pedir as contas. Gosto muito do que faço e Walter é um ótimo chefe. Sem falar que a gente não pode se dar ao luxo de abrir mão do meu salário, não é? Já que você só tem um cliente.

Fiquei incomodado com o modo como ela sugeriu que a culpa era minha por termos sido jogados naquele dilema. Pensei que talvez fosse mesmo culpa minha, o que só aumentou meu nervosismo.

– Quando isso tudo vai acontecer?

– Em algum momento em setembro. Por isso vamos a Atlanta esta semana. Para garantir que o escritório fique pronto a tempo.

Setembro era dali a um mês e meio.

– Não vejo como é possível transferir todo mundo com essa rapidez.

– Na verdade, só os executivos vão ter que se mudar. Vai haver algumas demissões em Charlotte, mas isso não significa que todo mundo vá ser mandado embora. Ainda temos muitos empreendimentos na Carolina do Norte em diferentes etapas de construção. Quanto a Atlanta, praticamente só vamos precisar contratar pessoal. Pelo que soube, o escritório já tem espaço mais do que suficiente.

– Não sei o que dizer.

– Não há muito a dizer antes de eu ter mais informações.

– Não entendo por que você não mencionou nada disso até hoje.

– Não mencionei nada porque não tinha nada certo até hoje.

Se alguém tivesse me dito com antecedência que, no dia em que eu conseguisse meu primeiro cliente, Vivian viria do trabalho com notícias cujo impacto em nossas vidas poderia ser ainda maior, eu o teria chamado de louco. Isso mostra bem como eu sei pouco da vida.

– Certo. Me mantenha informado.

– Eu sempre faço isso – disse ela. – Mudando de assunto, London contou que hoje foi brincar na casa do Bodhi.

– Sim, London ficou lá enquanto eu estava em reunião – falei. – Ela se divertiu. Passou a tarde inteira falando na poodle Noodle.

– Bodhi é filho da sua ex-namorada, Emily, não é?

– Isso, ela mesma.

– Ouvi umas pessoas falando sobre ela na aula de arte. Disseram que ela ficou bem amargurada com o divórcio.

– Divórcio pode ser uma coisa difícil – comentei, sem me comprometer.

– London também disse que você almoçou com ela na semana passada.

– Eu levei London ao Chick-fil-A. Mas, sim, a Emily também foi.

– Você não deveria almoçar com ela outra vez. Ou ir à casa dela, nem mesmo para levar London para brincar. É assim que nascem as fofocas.

– Que tipo de fofoca?

– Você sabe exatamente a que fofocas estou me referindo. Ela é divorciada, você é casado, e ainda por cima ela é sua ex? Não é preciso ser nenhum Einstein para imaginar o que as pessoas iriam começar a dizer.

Sim, eu sabia muito bem, e ali, sentado ao lado da minha mulher, perguntei-me como um dia tão bom podia terminar comigo me sentindo tão mal.

– Emily, é? – perguntou Marge alguns dias depois durante o almoço.

Estávamos na minha casa. Vivian viajara para Atlanta naquela manhã e, logo depois da aula de piano de London, eu tinha ido pegar o contrato assinado com Taglieri... e meu primeiro cheque como empresário! Também havia reservado o número de telefone 0800, um elemento fundamental da campanha. Marge, contudo, não estava nem um pouco interessada em conversar sobre essas coisas.

– E como vai a encantadora Emily?

Na varanda dos fundos, London fazia bagunça com o conjunto de pintura a dedo que Marge lhe trouxera.

– Não transforme a coisa toda em algo que não é. London foi brincar com um amiguinho.

– E vocês dois combinaram isso em um encontro anterior no Chick-fil-A.

– Não foi um encontro.

– Talvez fosse bom você se olhar no espelho enquanto diz isso. Mas você não respondeu à minha pergunta.

– Eu já disse. Ela ainda está se acostumando à vida de divorciada, mas tirando isso está bem.

– Eu sempre gostei dela.

– Eu sei. Você já falou isso.

– Não acredito que você contou para a Vivian.

– Eu não contei. Quem contou foi London.

– Então você não ia contar?

– Ia, claro. Não tenho nada a esconder.

– Que pena. Todo mundo precisa de um pouco de animação de vez em quando.

Ao ver minha expressão, ela deu uma gargalhada e acabou tendo um acesso de tosse. Observei-a pegar uma bombinha e inalar.

– O que é isso?

– Meu médico acha que eu talvez esteja com asma e receitou isto. Agora preciso usar esse troço idiota duas vezes por dia.

Marge tornou a guardar a bombinha no bolso.

– Ele também receitou óculos fundo de garrafa e suspensórios?

– Rá, rá. Asma pode ser bem sério, sabia?

– Estou brincando. Tive asma quando era pequeno, lembra? Asma alérgica. Toda vez que chegava perto de um gato, meu peito se contraía feito um torno.

– Lembro, sim, mas você está mudando de assunto. O que eu estava dizendo é que sei quanto você ama a Vivian. E tenho certeza de que já aprendeu sua lição em relação às armadilhas da infidelidade. Com quem foi mesmo? Ah, sim. Com a Emily. Que é justamente o assunto em pauta, claro.

– Você conscientemente para e planeja essas conversas? Para poder aumentar seu prazer às minhas custas?

– Não, é algo natural. Não tem de quê.

Eu ri.

– Antes que eu me esqueça: não comente com a Vivian que você sabe que a empresa dela vai se mudar para Atlanta. Não era para eu contar a ninguém.

– Eu não conto. Sou sua irmã.

– Ela mencionou especificamente você.

– Acredito. Mas, já que estamos no clima de trocar segredos, chegou a minha vez. Liz e eu estamos pensando em ter um filho.

Abri um sorriso.

– Sério?

– Já faz tempo suficiente que estamos juntas. Está na hora.

– Estão pensando em adotar ou...

– Estamos torcendo para uma de nós poder engravidar. Sei que estou numa idade meio avançada, então acho que vai ser a Liz, mas quem sabe? Ela é só dois anos mais nova, afinal. Enfim, marcamos com um especialista, e acho que nós duas seremos avaliadas de alto a baixo para ver se a possibilidade existe. Caso não, vamos adotar ou quem sabe até nos inscrever para acolher crianças necessitadas.

– Caramba, a coisa é séria... Quando vocês vão começar?

– Só em novembro. Tem uma lista de espera para se consultar com esse médico. Ele é tido como um dos melhores do país e parece que todo mundo da nossa idade ou que tenha algum problema quer ir nele. – Ao ver meu sorriso bobo, ela arrematou: – O que foi?

– Só estava pensando que você vai ser uma mãe incrível. A Liz também.

– A gente está animada.

– Quando foi que isso aconteceu?

– Já faz um tempinho que a gente vem conversando sobre isso.

– E você não comentou nada comigo?

– A gente ainda não tinha se decidido. Era um assunto que surgia de vez em quando. Só que o relógio biológico seguiu avançando e ultimamente ele anda gritando bem alto para nós duas. Outro dia eu acordei com sinos tocando.

– Já contaram para nossos pais?

– Ainda não. E não conte nada para eles. Prefiro descobrir primeiro se é possível uma das duas engravidar ou se a gente vai tomar o caminho da adoção. Fico imaginando o médico me dizendo que meu útero está cheio de teias de aranha.

Eu ri.

– Você vai estar legal, tenho certeza.

– Isso é porque eu me exercito, ao contrário de você. Esta tosse não está ajudando, é verdade, mas eu me forço a ir à academia.

– Você continua tossindo?

– Demais. Parece que, mesmo depois de o resfriado melhorar, os pulmões podem levar seis semanas para sarar.

– Eu não sabia.

– Nem eu. Mas a questão é que eu ainda cuido da saúde, ao contrário de você.

– Não tenho tempo para malhar.

– É claro que tem. Você pode ir de manhã cedinho. Todas as mães vão a essa hora.

– Eu não sou mãe.

– Detesto lhe dar essa notícia, mas, nos últimos tempos, você meio que tem sido, sim.

– Você sempre sabe exatamente o que dizer para que eu me sinta melhor.

– Eu só digo o que vejo. E tanto você quanto eu sabemos que um pouco de exercício não faria mal. Você anda meio mole ultimamente.

– Eu estou em forma.

– É claro que está. Em forma de barril...

– Você é mesmo um amor, sabia?

Na sexta-feira de manhã, postei-me em frente ao espelho e pensei que talvez Marge tivesse razão e eu devesse voltar a me exercitar. Mas infelizmente não seria nesse dia.

Eu tinha coisas a fazer e, enquanto cuidava de London e a levava à aula de arte, dediquei o tempo que me sobrou montando um cronograma para a campanha de Taglieri, contando que a creche possivelmente não seria uma realidade.

Muita coisa eu podia fazer de casa, mas conseguir as autorizações, visitar possíveis locações e obter as liberações necessárias significava muito tempo entrando e saindo do carro e ao volante. Contanto que eu dividisse isso em vários dias, não pensava que fosse incomodar London.

Disse isso a Vivian quando nos falamos pelo telefone. Pude ouvir o alívio em sua voz e pela primeira vez em anos passamos mais de meia hora ao telefone apenas conversando. Estava sentindo falta disso, e me pareceu que ela também. Embora ela tenha chegado em casa um pouco mais tarde do que queria, sorriu e deu risada, e até me jogou charme, e na cama foi sensual e arrebatadora, algo por que eu vinha ansiando, algo que me deu certeza de que ela ainda gostava de mim.

Seu bom humor se manteve na manhã de sábado. Antes de sair para a ioga, ela preparou o café da manhã para London e para mim e perguntou se tínhamos planos de visitar meus pais.

– Se tiverem, podem me esperar? Eu gostaria de ir também.

Eu garanti que esperaríamos e, quando ela me deu um beijo de despedida, senti o leve toque da sua língua nos lábios. Ainda sob o encanto daquele beijo e das lembranças da noite anterior que desfilaram pela minha cabeça, não tive dúvida dos motivos que haviam feito eu me casar com ela.

Enquanto esperávamos Vivian voltar, London e eu fomos ao parque, onde seguimos a trilha na mata que ia dar no campo de golfe. Anos antes, em seu projeto para a comunidade, um escoteiro Lis de Ouro colocara plaquinhas junto a várias árvores informando seus nomes comuns e científicos. Em cada uma delas, fui lendo as informações para London e apontando para a casca do tronco ou para as folhas, fingindo saber bem mais do que de fato sabia. Ela repetia as palavras, *Quercus virginiana* ou *Eucalyptus viminalis*, e, embora eu soubesse que iria esquecer quase tudo quando voltasse ao carro, me senti um pouco mais inteligente do que de costume.

Só que London *continuou* inteligente. Em casa, preparei uns sanduíches e, enquanto comíamos na varanda dos fundos, ela apontou para uma árvore imensa no quintal.

– Uma *Carya ovata*! – exclamou.

– Aquela ali? – indaguei, sem esconder meu assombro.

Ela assentiu.

– É uma nogueira-americana.

– Como você sabe?

– Porque você me mostrou – respondeu ela, erguendo os olhos para mim. – Lembra?

Não lembro mesmo, pensei. Para mim, a árvore tinha voltado a ser uma simples árvore.

– Acho que você está certa.

– Estou certa, sim.

– Acredito em você.

London tomou um gole de leite.

– Quando a mamãe chega?

Olhei para o relógio.

– Daqui a pouco.

– E aí a gente vai para a casa da vovó e do vovô?

– Essa é a ideia.

– Eu quero cozinhar hoje. Fazer cupcakes outra vez.

– Tenho certeza de que a vovó vai adorar.

– A tia Marge e a tia Liz vão estar lá?

– Espero que sim.

– Que bom. É melhor eu levar o Seu Confete e a Dona Confete. Eles com certeza vão querer dizer oi.

– Com certeza.

Ela deu uma mordida no sanduíche.

– Papai?

– Hum?

– Que bom que eu vou ficar com você.

– Como assim?

– A mamãe me disse que eu não vou mais para a creche. Ela disse que você pode trabalhar e cuidar de mim.

– Ah, é?

London assentiu.

– Ela falou isso hoje de manhã.

– Ela tem razão. Mas talvez você precise ficar no carro comigo enquanto eu faço algumas coisas.

– Posso levar minhas Barbies? Ou os hamsters?

– Claro.

– Tudo bem. Então vai ser legal.

Sorri.

– Que bom.

– Quando você era pequeno ia à creche?

– Não. Tia Marge cuidava de mim.

– Ela e a tia Liz?

– Não. Tia Liz ainda não tinha aparecido.

– Ah.

Deu mais algumas mordidas no sanduíche enquanto virava a cabeça de um lado para outro, como se estivesse absorvendo o mundo com um sentido de cada vez. Fiquei observando-a, pensando em como ela era linda, sem me importar se minha avaliação era parcial.

– Papai! Tem um passarinho gigante ali na árvore! – exclamou ela.

Quando London apontou, eu vi. Era um pássaro marrom, cor de chocolate, com penas brancas na cabeça que reluziam ao sol. Enquanto eu o observava, abriu as asas e tornou a fechá-las.

– É uma águia-de-cabeça-branca – falei, maravilhado.

Em todos os anos desde que morava em Charlotte, só tinha visto aquela ave duas vezes. Fui tomado por uma sensação de maravilhamento, um sentimento recorrente naquelas nossas semanas juntos.

Encarei minha filha, e de repente entendi como nossa relação havia mudado. Como eu me sentia mais à vontade no papel de figura presente, London tinha ficado mais à vontade comigo, e de repente pensar em passar horas e horas longe dela quando a escola começasse fez meu coração doer de um jeito que eu não esperava. Meu amor por London jamais estivera em questão. O que eu agora compreendia era que também gostava dela, não só como minha filha, mas como a menina que só pouco tempo antes passara a conhecer.

Talvez tenha sido esse pensamento ou talvez tenha tido algo a ver com o modo como a semana transcorrera, mas, qualquer que fosse o motivo, senti uma tranquilidade incomum, uma paz quase plena. Eu havia passado por um momento difícil e agora estava me reerguendo. Embora tivesse idade suficiente para reconhecer que aquela sensação podia ser passageira, nesse momento ela foi tão verdadeira quanto o sol. Enquanto observava a fascinação de London ao admirar a águia, perguntei-me se ela iria recordar aquele momento, ou se sabia o que eu sentia em relação à nossa proximidade recente. Mas na verdade isso pouco importava. Bastava o que eu sentia e, quando a águia levantou voo, guardei aquela imagem, sabendo que ela ficaria comigo para sempre.

12

Mau tempo no horizonte

Em fevereiro de 2004, quando já fazia quase dois anos que eu terminara a faculdade e quase o mesmo tempo que namorava Emily, fui visitar meus pais no fim de semana. Na época, meu hábito de visitá-los já estava firmemente estabelecido. Emily em geral ia comigo, mas, por motivos que se perderam no tempo, naquele fim de semana ela não pôde ir e eu estava sozinho.

Quando cheguei, meu pai estava mexendo no carro da minha mãe, e não no Mustang. Com a cabeça debaixo do capô, vi que estava completando o óleo do motor.

– Que bom que você está cuidando do carro da sua cara-metade – comentei, meio brincando, e meu pai aquiesceu.

– Não tem outro jeito. Vai nevar esta semana. Já pus o kit de sobrevivência do inverno no banco de trás. Não quero que sua mãe precise tirá-lo da mala se ficar presa na estrada.

– Não vai nevar – falei.

A temperatura já era de primavera. Eu estava de camiseta e chegara a cogitar ir à casa deles de bermuda.

Ele estreitou os olhos na minha direção de baixo do capô.

– Você andou assistindo à previsão do tempo?

– Ouvi alguma coisa no rádio, mas você sabe como são essas previsões. Elas erram mais do que acertam.

– Meus joelhos estão avisando que vai nevar.

– Está fazendo mais de 20 graus!

– Faça como preferir. Vou precisar de uma mãozinha para proteger os canos quando terminar aqui. Você vai estar por aqui para ajudar como nos velhos tempos?

Devo dizer que meu pai sempre foi esse tipo de cara. Se a previsão do tempo dissesse que um furacão chegaria ao litoral da Carolina, passava dias catando folhas do quintal, guardando coisas na garagem e fechando as persianas – apesar de Charlotte ficar a mais de 300 quilômetros do mar. "Você não estava aqui quando o Hugo passou", costumava dizer a Marge e a mim. "Charlotte parecia a casinha da Dorothy. A cidade inteira quase foi varrida."

– Sim, vou estar aqui – respondi. – Mas você está perdendo seu tempo. Não vai nevar.

Entrei em casa e fiquei um pouco com minha mãe. Uma hora mais tarde, quando meu pai entrou e acenou para mim, entendi o que ele queria. Ajudei sem reclamar, mas nem mesmo quando o vi começar a mexer no próprio carro levei a sério seu alerta. E, mesmo que tivesse levado, não teria a menor ideia do que deveria colocar em um kit de sobrevivência do inverno. Pelo menos foi o que pensei depois, mas o verdadeiro motivo pelo qual não estava preparado para o que aconteceu foi que, naquela idade, eu me achava mais esperto do que ele.

Na terça, a temperatura continuava por volta de 15 graus. Na quarta, apesar das nuvens que começaram a chegar, os termômetros atingiram quase 10 graus, e eu já tinha esquecido por completo o alerta do meu pai. Na quinta, porém, a tempestade se abateu com fúria sobre Charlotte. Começou a nevar, primeiro de leve, depois com mais força.

Quando peguei o carro para ir ao trabalho, a neve já estava se acumulando nas rodovias. As escolas cancelaram as aulas, e só metade dos funcionários conseguiu chegar à agência. A nevasca não deu trégua e, no meio da tarde, quando fui para casa, as estradas estavam quase intransponíveis. Centenas de motoristas derraparam na rodovia, inclusive eu, em meio a quase meio metro de neve acumulada numa cidade que dispunha de poucas máquinas para limpá-la. Quando a noite caiu, Charlotte estava paralisada.

Precisei esperar quase cinco horas para um guincho ir me resgatar. Embora eu não tenha corrido perigo, pois estava agasalhado, tinha meio tanque de gasolina e a calefação do carro estava funcionando, não parei de pensar nas diferenças entre mim e meu pai.

Enquanto eu torcia alegremente pelo melhor, meu pai era o tipo de cara que sempre esperava e se preparava para o pior.

Agosto trouxe temperaturas escaldantes e uma forte umidade, aliviada por um ou outro pé-d'água vespertino, mas as semanas que precederam o primeiro dia de London na escola me pareceram inteiramente diferentes das anteriores, nem que fosse porque eu de fato estava *ganhando dinheiro*.

Embora não tivesse um minuto do dia livre, estava menos estressado do que logo após abrir minha agência. Trabalhei com o programador em tudo que tivesse a ver com internet, visitei possíveis locações e obtive as licenças de que precisava, conversei com um agente na agência de *casting* da cidade, assinei um contrato para os outdoors e alinhavei um ótimo acordo para as peças publicitárias na TV. Além disso, ainda finalizei os ensaios e o cronograma de filmagem dos dois primeiros comerciais e supervisionei a escolha do elenco para o terceiro, e programei a filmagem de todos eles para a semana em que London começaria as aulas.

Apesar de tudo isso, continuei levando e buscando minha filha em suas atividades, andei de bicicleta, recebi um milhão de abraços e beijos, e cheguei até a mudar o dia de suas aulas de piano e de arte quando a escola começasse. As aulas de tênis terminaram bem na época em que fomos a um dia de portas abertas na escola, quando London pôde conhecer sua nova professora. Lá ela descobriu que Bodhi seria da sua turma e pude conversar por um minuto com Emily. Como seu ex-marido havia passado um tempo na cidade, a agenda de Emily tinha ficado uma bagunça e eu não havia cruzado muito com ela desde o dia em que fora à sua casa. Apresentei-a a Vivian. O comportamento de minha mulher poderia ser descrito como distante, mas com um alerta implícito, e entendi que o melhor seria limitar ao mínimo aqueles encontros com Emily, caso contrário haveria *problemas*.

Vivian passava duas ou três noites por semana em Atlanta, e quando estava em casa continuava se comportando ora como um doce, ora como uma fera. A animação da noite de final de julho não se repetiu e a completa imprevisibilidade do humor da minha mulher fazia com que me sentisse ao mesmo tempo animado e nervoso toda vez que o utilitário parava na frente da nossa casa.

Se houve outra mudança na minha rotina nessa época, teve a ver com o exercício físico. Depois de dar uma boa olhada no espelho, segui o conselho de Marge e, na primeira segunda-feira do mês, coloquei o despertador para tocar quarenta minutos mais cedo. Vesti um short de corrida e comecei a trotar devagarinho pelo bairro, sendo ultrapassado por todas as mães corredoras, duas das quais até empurravam carrinhos de bebê. Anos antes, eu conseguia correr de 8 a 10 quilômetros e me sentia revigorado ao terminar. No primeiro dia do meu novo treino, praticamente desabei na cadeira de balanço da varanda após 2 quilômetros. Levei mais de uma hora para voltar a me sentir eu mesmo. Apesar disso, repeti a dose na manhã seguinte, depois na outra, um costume que ainda não abandonei. Na segunda semana de agosto, somei à rotina flexões e abdominais, e com o passar do mês minhas calças foram ficando cada vez mais frouxas.

London agora dominava a bicicleta o bastante para eu poder andar ao seu lado, e no dia seguinte à visita à escola atravessamos juntos o bairro e chegamos a apostar corrida por todo um quarteirão. Deixei-a ganhar, claro. Depois de guardarmos as bicicletas na garagem, ela esticou a mão para o alto para eu cumprimentá-la e fomos tomar limonada na varanda dos fundos, torcendo para ver outra águia-de-cabeça-branca enquanto o sol começava a se pôr.

Mesmo que não tenhamos visto uma águia, porém, eu desconfiava que me lembraria daquele dia por muito tempo, nem que fosse porque ele também tinha sido perfeito à sua maneira.

– Você não acha que ela já tem roupa suficiente para a escola? – perguntei a Vivian.

Era o último sábado antes do início das aulas e, como Vivian chegara tarde de Atlanta na véspera, tínhamos concordado em adiar nossa noite juntos para sábado.

– Não vou comprar roupas – disse Vivian, que estava terminando de se vestir no banheiro.

Já tinha feito ioga, ido à academia e tomado banho. Era uma daquelas suas manhãs de atividade frenética.

– Vou comprar material escolar. Mochila, lápis, borracha e outras coisas. Você chegou a entrar no site da escola?

A resposta era não. Com toda a franqueza, isso nem havia me passado pela cabeça. No entanto, eu tinha recebido e pagado a matrícula do primeiro semestre escolar, o que abrira outro rombo na poupança.

– Pensei que a gente fosse à casa dos meus pais.

– E a gente vai – respondeu ela. – As compras não vão levar tanto tempo assim. Por que não vai na frente e eu encontro você lá?

– Tudo bem. Você vai para Atlanta esta semana?

Era uma pergunta que eu começava a fazer com regularidade.

– Viajo na quarta-feira, e na sexta à noite vai ter um jantar ao qual não posso faltar, mas a gente volta em seguida. Estou arrasada por perder quase toda a primeira semana de London na escola.

– Você não tem como fugir?

– Não. Queria poder fugir, mas não dá. Acha que London vai ficar brava comigo?

– Se você fosse perder o primeiro dia de aula, talvez, mas ela vai ficar bem.

Eu não estava tão certo disso, mas sabia que era o que Vivian queria ouvir.

– Tomara que você tenha razão.

– Falando em escola, o boleto chegou, e eu estava querendo perguntar a você sobre seu contracheque – prossegui.

– O que tem meu contracheque?

– Já recebeu algum?

Ela pôs a bolsa no ombro.

– É claro que já recebi meus contracheques. Não trabalho de graça.

– Não vi nenhum depósito nem na nossa conta-corrente nem na poupança.

– Eu abri outra conta – respondeu ela.

Não tive certeza se havia escutado direito.

– Outra conta? Por quê?

– Pareceu mais simples, só isso. Assim a gente pode controlar melhor nosso orçamento e suas despesas com a empresa.

– E não me contou?

– Não torne a coisa mais séria do que é.

Mas isso é sério, sim, pensei, ainda tentando entender.

– O saldo da nossa poupança está ficando baixo.

– Vou cuidar disso, ok? – Ela se inclinou para um beijo rápido. – Mas agora me deixe ir com a London pra gente conseguir chegar à casa dos seus pais numa hora decente, ok?

– Ok – respondi, pensando se ela queria fazer minha cabeça explodir. – Tudo bem.

* * *

– Isso certamente se encaixa na categoria *muito interessante* – opinou Marge.

– Só não sei por que ela nem comentou sobre o assunto.

– Oi? Essa pergunta é fácil. Porque ela não queria que você soubesse.

– Como é que eu não iria saber? Sou eu que preencho os cheques.

– Ela sabia que você iria descobrir. Algum dia. E aí, quando descobrisse, ficaria sentado tentando entender.

– Mas por que ela iria querer isso?

– Porque é assim que ela age. Vivian gosta de deixar você confuso. Ela sempre foi assim.

– Não foi, não – protestei.

– Liz? – indagou Marge.

– Prefiro não me meter – disse Liz, levantando a mão. – Estou de folga hoje. Mas, se vocês quiserem saber uma receita italiana maravilhosa de *marinara* ou se quiserem conversar sobre safáris, podem contar comigo.

– Obrigado, Liz. Ouvi dizer que no Botsuana tem uns safáris incríveis.

– Eu adoraria ir um dia. É a viagem dos meus sonhos.

– Será que podemos voltar ao assunto? – perguntou Marge. – Tem algo bem *interessante* acontecendo.

– Rinocerontes são interessantes. Elefantes também.

Liz pôs a mão no joelho de Marge.

– A gente deveria mesmo tentar marcar um safári no ano que vem ou no seguinte. Não acha que seria um espetáculo?

– Você sabe que não acho legal você ficar do lado do Russ quando ele tenta mudar de assunto.

– Ele não tentou apenas. Acho que se saiu bastante bem. Vi o anúncio de um lugar chamado Camp Mombo. Parece fantástico.

– Eu acho que vocês devem mesmo encontrar um jeito de ir – falei. – É uma daquelas experiências únicas na vida.

– Vocês dois poderiam, por favor, voltar à pauta em questão?

A frustração evidente de Marge fez Liz dar uma risadinha.

– Todo casal tem seu próprio estilo de comunicação, e eles muitas vezes falam uma língua apenas deles. Se eu não souber o subtexto, não sei o que pensar em relação a isso.

– Viu? – falou Marge. – Ela concorda comigo que aí tem.

– Liz não concordou. Ela não disse nada.

– Você é que não soube ler o subtexto dela.

* * *

– Falando sério – voltei ao assunto com Liz mais tarde. – Por que você acha que Vivian não me contou que tinha aberto outra conta? Sei que você está de folga hoje, mas eu gostaria mesmo de entender o que está acontecendo.

– Não sei se eu posso dizer o que está acontecendo. Minha suposição vale tanto quanto a sua.

– Mas qual seria sua suposição?

Ela pareceu refletir um pouco.

– Eu diria que é exatamente o que ela falou, e que não tem tanta importância assim. Talvez ela só queira ter a própria conta para saber exatamente com quanto está contribuindo e se sentir melhor assim.

Pensei a respeito.

– Você já teve pacientes que fizeram essas coisas? Outras mulheres casadas?

Liz aquiesceu.

– Algumas vezes.

– E...?

– Como eu disse, pode significar várias coisas.

– Eu sei que você está tentando ser diplomática, mas a verdade é que estou perdido. Pode me dar uma luz?

Liz demorou para responder.

– Se existe um fator comum nesse tipo de situação, geralmente é a raiva.

– Você acha que Vivian está com raiva de mim?

– Eu não convivo muito com ela. Quando a vejo em geral é aqui, com a família toda. Não dá para apreender muita coisa num ambiente assim. Mas, quando as pessoas estão com raiva, elas muitas vezes se comportam seguindo essa emoção. Podem fazer coisas que em sã consciência não fariam.

– Tipo abrir uma conta secreta?

– A conta não é secreta, Russ. Ela contou que abriu.

– Quer dizer que ela não está... com raiva?

– Eu acho que você tem mais condições de responder isso do que eu – concluiu ela.

Mais uma hora se passou e ainda nem sinal de Vivian ou London. Marge e Liz foram dar uma volta no quarteirão e papai se acomodara em frente à TV para ver um jogo. Encontrei minha mãe na cozinha, cortando batatas, com um panelão de ensopado fervendo no fogão com um cheiro delicioso. Ela estava usando um avental laranja berrante que eu tinha uma vaga lembrança de ter lhe dado.

– Olhe quem está aí – falou. – Estava me perguntando quando iria finalmente arrumar tempo para vir falar com sua velha mãe.

– Me desculpe. – Inclinei-me para lhe dar um abraço. – Não foi por mal.

– Ah, deixe disso. Eu estava brincando. Tudo bem com você? Parece que emagreceu.

Gostei de ela ter reparado.

– Um pouco, talvez.

– Está comendo direito?

– Eu voltei a correr.

– Ui. Não entendo como alguém pode gostar de correr.

– O que está cozinhando? O cheiro está ótimo.

– Um ensopado rústico francês. Joanne me passou a receita e decidi experimentar.

– A Liz deve ter uma receita ótima.

– Com certeza. Mas a Joanne chegou na frente.

– Eu conheço essa Joanne?

– Ela é do clube de senhoras. Você certamente a viu quando foi buscar London no almoço aquele dia.

– Ela era a de chapéu vermelho? E blusa roxa?

– Rá, rá.

– E como andam todas aquelas elegantes senhoras de chapéu vermelho?

– Elas são maravilhosas, e nos divertimos muito juntas. Semana passada, depois do almoço, algumas de nós fomos assistir à palestra de um astrônomo na faculdade. Você sabia que recentemente descobriram um planeta do tamanho da Terra, que orbita ao redor de outro Sol? E que esse planeta fica à mesma distância do Sol que a Terra? Ou seja, é possível que exista vida lá?

– Não sabia.

– E no encontro seguinte nós conversamos sobre isso.

– Porque vocês querem ser o primeiro grupo a acolher os extraterrestres de chapéu vermelho se eles um dia aparecerem?

– Por que está implicando comigo? É chato.

Abafei uma risada.

– Foi mal, mãe. Não consegui segurar.

Ela balançou a cabeça.

– Não sei onde você foi aprender que implicar com sua mãe é divertido. Com certeza não foi comigo.

– Verdade – falei, então indiquei a cebola ao lado da tábua de cortar. – Quer ajuda com isso?

– Está se oferecendo para ajudar na cozinha?

– Tenho cozinhado bastante ultimamente.

– Macarrão instantâneo?

– Quem está implicando com quem agora?

Os olhos dela brilharam.

– Estou só tentando acompanhar meus filhos. Mas não, não preciso de ajuda. Obrigada, de toda forma. Seu pai está vendo o jogo ou continua na garagem?

Dei uma espiada na sala, onde brilhava a luz da televisão.

– Vendo o jogo – respondi.

– Sonhei com ele uns dias atrás. Ou pelo menos acho que foi com ele. Foi um daqueles sonhos em que tudo era enevoado, então não consegui ver muito bem. Mas ele estava no hospital com câncer.

– Sei.

– Enfim, tinha um monte de aparelhos apitando em volta dele, e na televisão estava passando aquele programa *Judge Judy*. O médico era indiano, acho, e na cama ao lado do seu pai tinha um bicho de pelúcia gigante. Um porco imenso, roxo.

– Sei – repeti.

– O que você acha que isso significa? O porco roxo?

– Não sei dizer mesmo.

– Sabia que minha avó era vidente? E também tinha premonições.

– Pensei que você tivesse dito que era um sonho.

– A questão é que estou preocupada com ele.

– Eu sei. Mas o médico disse que ele está bem. Ele não ficou sem fôlego outra vez, ficou?

– Não que eu tenha notado. E se tivesse ficado tenho certeza de que não me contaria.

– Vou perguntar a ele, ok?

– Obrigada – disse ela. – Onde estão Vivian e London?

– Foram comprar uns últimos materiais escolares. Devem chegar daqui a pouco. London começa na escola na terça, aliás. Não sei se você gostaria, mas pode ir lá se quiser.

– Seu pai e eu vamos. É um grande dia para ela.

– É mesmo – concordei.

Minha mãe sorriu.

– Eu me lembro do seu primeiro dia na escola. Você ficou tão animado, mas depois que levei você até a sala me lembro de voltar para o carro e chorar.

– Por que você chorou?

– Porque aquilo queria dizer que você estava crescendo. E você era tão diferente da Marge... Sempre foi mais sensível do que ela. Eu me preocupava com você.

Não soube ao certo se ficava feliz em ser descrito como mais sensível do que minha irmã, mas suspeitei que minha mãe não estava de todo errada.

– Mas deu tudo certo. Você sabe que eu sempre gostei da escola. Só espero que London também goste. Fizemos nossa primeira visita e ela conheceu a professora. Parece ter corrido tudo bem.

– Ela vai ficar bem. É inteligente, madura e um amor de menina. É claro que eu sou suspeita para falar.

– É bom que seja assim.

– Só fico feliz por você não estar com raiva de mim.

– Por que eu estaria com raiva de você?

– Porque eu não pude cuidar da London toda vez que você precisou.

– Você estava certa. A responsabilidade não era sua. Mas posso dizer que desenvolvi outro nível de respeito pelas mães solteiras.

– Tem sido bom para ela também. London mudou muito neste verão.

– Você acha?

– É claro que mudou. Você só não tem distanciamento para ver.

– Mudou em que sentido?

– O jeito como ela fala de você, para começar. E quanto fala de você.

– Ela fala de mim?

– Ultimamente ela fala de você o tempo todo. "Eu e o papai fomos andar de bicicleta", ou "O papai brincou de Barbie comigo", ou "O papai me levou ao parque". Antes ela nunca fazia isso.

– Minha vida tem sido mais ou menos assim nos últimos tempos.

– E tem feito bem a você também. Sempre achei que seu pai teria saído ganhando se descobrisse como vive a outra metade.

– Mas nesse caso ele não seria o cara grande e mal-humorado que Marge e eu aprendemos a temer.

– Deixe disso. Você sabe que ele ama vocês dois.

– Lógico que sei. Contanto que eu não converse muito com ele durante o jogo. Marge e London podem falar o tempo inteiro sem problema algum, claro.

– Isso porque Marge conhece o jogo melhor do que você, e London se levanta do colo dele para buscar cerveja. Por que não tenta isso?

– Sou grande demais para sentar no colo dele.

– Você hoje está muito engraçado. Tem umas cervejas na geladeira. Por que não pega duas e vai ver o que acontece? Ele gosta da sua companhia.

– Eu sei exatamente o que vai acontecer.

– Ah, não o deixe assustá-lo. Só não esqueça: ele é capaz de farejar seu medo.

Dei risada e fui até a geladeira, certo de que tinha a melhor mãe do mundo.

– Tudo bem, pai?

Estendi-lhe uma garrafa aberta.

– Tome.

Por sorte, eu tinha chegado bem na hora dos comerciais e ele já havia tirado o som da TV.

– O que está fazendo?

– Eu trouxe uma cerveja.

– Por quê?

– Por quê? Porque achei que você pudesse querer.

– Não vai me pedir dinheiro emprestado, vai?

– Não.

– Que bom. Porque a resposta é não. Não é culpa minha você ter largado o emprego.

Meu pai, o Rei do Papo Reto. Sentei-me no sofá ao seu lado.

– Como está o jogo?

– Os Braves estão perdendo.

Uni as mãos e fiquei pensando no que mais dizer.

– Como andam as coisas, pai? Os negócios de hidráulica vão bem?

– Por que não iriam?

Não sei, pensei. *Porque você às vezes me deixa nervoso?* Tomei um gole da cerveja.

– Contei que arrumei meu primeiro cliente, não?

– Contou. O advogado. Um italiano.

– Vou filmar dois comerciais na semana que vem. Também tenho que encontrar uns atores mirins para o terceiro.

– Não gosto de comerciais de advogados.

– Pai, você não gosta de comercial nenhum. É por isso que tira o som da TV.

Ele concordou com um meneio de cabeça. O silêncio se prolongou e o único barulho audível era minha mãe cantarolando na cozinha. Ele mexeu no rótulo da garrafa, como se tentasse arrancá-lo, e deve ter pensado que a boa educação pedia uma pergunta.

– Como vai a Vivian?

– Vai bem.

– Que bom.

Nessa hora, o jogo recomeçou e ele estendeu a mão para o controle. O som voltou. O placar mostrava que os Braves estavam perdendo por três corridas, faltando quatro entradas para o jogo acabar.

– A gente deveria ir a um jogo dos Braves qualquer dia. Você e eu.

Ele me olhou com uma cara feia.

– Vai passar o dia inteiro falando ou vai me deixar curtir o jogo em paz?

* * *

– Acho que você o assustou, pai – comentou Marge, jogando-se no sofá ao lado dele.

Ela e Liz tinham voltado da caminhada.

– Que história é essa?

Marge apontou para mim.

– Olhe ele ali sentado como se estivesse com medo de mover um músculo.

Meu pai deu de ombros.

– Ele não parava de falar, parecia uma daquelas bonecas de dar corda.

– Ele faz isso às vezes – concordou Marge. Ela meneou a cabeça em direção à TV. – Quanto está o jogo?

– Quatro a quatro agora, a oitava entrada acabou de começar. Os Braves estão se recuperando.

– Já colocaram o lançador reserva para jogar?

– Na sétima entrada.

– Quem é?

Meu pai citou um nome que eu não reconheci.

– Boa escolha – comentou Marge. – Gosto muito dos arremessos *slider* dele, mas os *changeups* também são bons. Como ele está se saindo até agora?

– Lançou várias bolas. Está tendo trabalho.

– Lembra quando a gente tinha Maddux, Smoltz e Glavine?

– Quem não se lembra? Esse foi um dos melhores rodízios de todos os tempos, mas este ano...

– É, eu sei. Um ano ruim. Mas pelo menos estamos melhor que os Cubs.

– Dá para imaginar uma coisa dessas? Tem mais de cem anos que eles não ganham o campeonato. A Maldição do Bambino é fichinha comparada a isso, sobretudo levando em conta os últimos anos – continuou meu pai, referindo-se aos 86 anos que o Boston Red Sox ficou sem ganhar o campeonato.

– Quem você acha que vai ganhar o campeonato?

– Tanto faz, contanto que não sejam os Yankees.

– Estou achando que os Mets talvez levem.

– É um palpite razoável – concordou meu pai. – Eles estão jogando bem. Os Royals também, e este ano eles estão com um ataque bem forte.

Enquanto ele respondia, Marge olhou para mim e me lançou uma piscadela displicente.

Depois de algum tempo, Marge e eu fomos nos juntar a Liz na varanda dos fundos. Os ruídos do jogo na TV chegavam até lá fora.

– Nunca fui muito fã de beisebol – falei para minha irmã. – Eu praticava atletismo no ensino médio.

– E agora corre com as mamães. Nunca deixe ninguém lhe dizer que você jogou fora seu talento atlético.

Virei-me para Liz.

– Ela fala assim com você?

– Não – respondeu ela. – Se falar, sabe que vai ficar sem comida. Além do mais, você é um alvo fácil.

– Eu só acho que o papai ia querer conversar comigo se eu soubesse tanto de beisebol quanto você.

– Não se sinta mal por causa disso – disse Marge dando de ombros. – Você pode não entender de beisebol, mas tenho certeza de que nosso pai também não sabe identificar todos os acessórios da Barbie, então você tem isso a seu favor.

– Estou me sentindo bem melhor agora.

– Ah, não seja tão sensível. Nosso pai não fala comigo quando está na garagem. Lá é o seu lugar, não o meu.

– É mesmo?

– Por que você acha que eu me dei ao trabalho de aprender alguma coisa sobre os Braves? Senão ele provavelmente não me dirigiria a palavra, a não ser para me pedir para passar o purê durante o almoço.

– Você acha que ele e nossa mãe ainda conversam como antes?

– Depois de quase cinquenta anos? Duvido. Não deve ter sobrado muito assunto. Mas enfim... está claro que a coisa funciona para eles.

– Papai!

Ouvi o grito da cozinha e vi London saltitando na minha direção. Estava usando um vestido que serviria para o tapete vermelho e segurava uma lancheira enfeitada com uma imagem da Barbie. Mais um item para somar ao meu vasto conhecimento de acessórios da boneca, Marge devia estar pensando.

– Olhe o que eu ganhei! – disse ela, levantando a lancheira para eu ver. – E ainda cabe dentro da minha mochila da Barbie!

– Que ótimo, meu amor. Que lancheira mais linda.

Ela abraçou nós três, que nos revezamos para admirar a lancheira nova.

– Está animada para começar a escola? – quis saber Marge.

London aquiesceu.

– Vou começar na terça-feira.

– Eu sei. Seu pai me contou. Ele disse que você também conheceu sua professora.

– O nome dela é tia Brinson. Ela é muito legal. Disse que eu posso levar Seu Confete e Dona Confete no dia das novidades.

– Seria demais. Tenho certeza de que as outras crianças vão amar os hamsters. Onde eles estão agora? Você trouxe?

– Não. Eles estão em casa. A mamãe falou que estava quente demais para deixá-los no carro enquanto a gente fazia compras.

– Ela provavelmente está certa. Está bem quente hoje.

– Está com fome? – perguntei a London.

– A mamãe e eu já almoçamos.

Então é isso que vocês estavam fazendo.

– Você viu a vovó na cozinha?

– Ela disse que a gente vai fazer manjar daqui a pouco. É um lanche, para não estragar meu jantar. E depois a gente vai plantar umas flores.

– Que legal. E o vovô?

– Fiquei um pouco no colo dele. A barba dele fez cosquinha quando ele me beijou. Ele também gostou da minha lancheira.

– Aposto que gostou. Você assistiu ao jogo com ele?

– Na verdade, não. A gente conversou sobre o Seu Confete e a Dona Confete e ele me disse que estava com saudade dos dois. Depois a gente falou sobre a escola e sobre minha bicicleta, e ele disse que um dia queria me ver andar. Aí ele disse que, quando era pequeno, andava o tempo todo de bicicleta. E que uma vez foi até o lago Norman e voltou.

– Fica bem longe – comentei, sem duvidar sequer por um minuto.

Aquilo parecia mesmo algo que meu pai teria feito. Bem nessa hora, Vivian surgiu de dentro da casa.

Levantei-me para beijar minha mulher. Marge e Liz a cumprimentaram e tornaram a se sentar. Vivian também se acomodou.

Ela endireitou o vestido de London.

– Acho que a vovó está esperando sua ajuda na cozinha, querida.

– Tá bom – disse London, e saiu correndo até desaparecer lá dentro.

Quando a porta se fechou atrás dela, virei-me para Vivian, consciente de ainda estar chateado por ela ter aberto a conta, mas ali não era hora nem lugar para dizer a ela o que estava sentindo. Forcei-me a sorrir e fingi que não havia nada de errado.

– Como foram as compras?

– Você não calcula a chatice que foi. – Vivian deu um suspiro. – A gente levou uma eternidade para encontrar a mochila certa. Estava esgotada em tudo quanto é loja, mas finalmente tivemos sorte na última. Nem preciso dizer que as lojas todas estavam lotadas. Parece que todo mundo em Charlotte teve a mesma ideia e esperou a última hora para comprar material escolar. É claro que com isso eu tive que comprar alguma coisa para a London comer, porque ela estava faminta quando acabamos.

– Fazer compras não é para fracos – observou Marge.

– Pelo menos está feito – disse Vivian.

Virando-se de Marge para Liz, ela se concentrou em algum ponto entre as duas.

– E como estão as coisas com vocês? Algum plano de viagem?

Tanto Marge quanto Liz gostavam de viajar. Desde que estavam juntas, tinham visitado mais de quinze países.

– No fim de semana que vem vamos a Houston visitar meus pais – respondeu Liz. – Em outubro vamos à Costa Rica. Logo depois do aniversário da London.

– Uau... O que tem na Costa Rica?

– É mais uma viagem de aventura. Tirolesa, *rafting*, caminhadas pela floresta tropical, e vamos visitar o vulcão Arenal.

– Parece divertido.

– Tomara. Aí, no início de dezembro, vamos a Nova York. Queremos assistir a uns musicais, e ouvi dizer que o Memorial do Onze de Setembro é muito emocionante.

– Eu amo Nova York na época das festas. Quando saí de lá nunca pensei que fosse sentir falta, mas de vez em quando me pego pensando por que fui embora.

A gente foi embora porque se casou. Não falei o que pensei, mas Liz, sendo Liz, logo percebeu minha agitação e, assim como eu, preferiu manter o tom cordial.

– Não existe cidade igual a Nova York, não é? – comentou ela. – A gente sempre gosta quando vai lá.

– Se precisarem de ajuda para reservar algum restaurante, é só avisar. Posso ligar para meu antigo chefe e ele pode mexer uns pauzinhos. Qualquer coisa é só falar.

– Obrigada. Vamos nos lembrar disso. E como anda a mudança do escritório para Atlanta?

– Está indo. Por algum motivo fiquei responsável pela logística e tem dado mais trabalho do que eu imaginava. Preciso passar uns dois dias em Atlanta no final da semana.

– Mas você vai à escola para o primeiro dia da London?

– Não iria perder isso.

– Tenho certeza de que ela vai ficar muito feliz. Vocês já têm uma data oficial para a mudança? Para Atlanta, quero dizer?

– Eu chutaria em algum momento de setembro. Vai ser mesmo um escritório incrível. Fica bem na Peachtree Street, com uma vista esplêndida. E Walter arrumou apartamentos funcionais temporários para alguns dos executivos, o que facilitou um pouco as coisas.

– Você vai usar um desses apartamentos?

– Acho que depende de quanto tempo eu tiver que passar lá.

Depende?

Antes de eu conseguir entender o que *aquilo* significava, Liz voltou a falar:

– Mas você vai conseguir trabalhar principalmente de Charlotte, não?

– A esperança é essa, mas quem pode ter certeza? Esta semana vou passar três dias em Atlanta, mas Walter está pensando em se candidatar a governador algum dia. Não no ano que vem, mas em 2020. Com os empreendimentos imobiliários dele, seu comitê e agora isso, não se impressionem se eu tiver que passar quatro dias por semana lá.

– São muitas noites num hotel.

– Se eu ficar tanto tempo assim, provavelmente vou aceitar o apartamento funcional que Walter me ofereceu.

– Sério? – interrompi por fim, sem conseguir me controlar.

– O que você quer que eu diga, Russ? Liz tem razão quando falou sobre os hotéis.

– Eu preferiria que você não tivesse um apartamento em Atlanta – falei, perguntando-me por que estava descobrindo aquilo agora, e não numa conversa a dois.

– Eu sei. Você acha que eu quero isso?

Não respondi, pois não tinha certeza de saber a resposta.

– Por que ele iria querer se eleger governador? – indagou Marge, interrompendo meus pensamentos. – Já tem todo o dinheiro e o poder de que precisa.

– Por que não? Ele teve sucesso em tudo que fez. Provavelmente seria um ótimo governador.

Enquanto Vivian falava, continuei pensando na conta bancária e no apartamento. Pela expressão de Marge, ela também. Liz, por sua vez, era mestre em manter as conversas num terreno neutro.

– Parece que ele vai manter você muito ocupada nos próximos anos – disse ela.

– Eu já passo o dia inteiro ocupada, todos os dias da semana.

– E gosta disso – comentou Liz.

– Gosto. Estava sentindo muita falta de trabalhar, e lá é um lugar empolgante. Sinto que finalmente estou voltando a ser eu mesma, se é que isso faz sentido.

– Faz todo o sentido do mundo – concordou minha cunhada. – Sempre digo aos meus pacientes que um trabalho que dê sentido à vida deles é fundamental para uma boa saúde mental.

– Ser mãe em tempo integral também dá um sentido à vida – assinalei.

– Sem dúvida – rebateu Liz. – Acho que todo mundo concorda que ficar em casa para criar um filho é significativo e importante. – Ela se virou para Vivian. – Tem sido difícil ficar longe da London?

– Eu sei que ela sente a minha falta – respondeu Vivian. – Mas acho importante que ela me veja trabalhando fora. A última coisa que eu quero é que ela pense que as mulheres devem ter como objetivo de vida viver descalças, grávidas e enfiadas na cozinha.

– Em que momento você ficou descalça e grávida enfiada na cozinha? – intervim.

– Foi modo de dizer, Russ – disse ela. – Você entendeu. E, francamente, tem sido bom para Russ também. Acho que ele agora tem muito mais respeito pelo que foi minha vida nos últimos cinco anos.

– Eu sempre tive respeito pelo que você fazia – falei, cansado da sensação de ter que ficar o tempo todo na defensiva. – E sim, você tem razão, cuidar da London consome muita energia. Só que eu também estou trabalhando e tem sido difícil tentar equilibrar as duas coisas.

Ela estreitou os olhos por um instante. Era evidente que meu comentário lhe desagradara. Vivian tornou a se virar para Marge.

– E com você, como andam as coisas? Tudo bem no trabalho?

Era o tipo de pergunta inócua que definia o relacionamento das duas, uma pergunta sem significado, que mantinha a conversa superficial.

– Como se diz, para animar a festa da firma é só convidar uns agentes funerários.

Contra a minha vontade, sorri. Vivian não.

– Não sei como você aguenta – disse minha mulher. – Não consigo me imaginar olhando para números e lidando com a Receita Federal o dia inteiro.

– Não é para todo mundo, mas eu sempre fui boa com números. E gosto de ajudar meus clientes.

– Que bom – comentou Vivian.

Não disse mais nada, e nós quatro ficamos calados. Marge ficou mexendo na unha, enquanto Liz ajeitava a barra da bermuda. Não era preciso ser nenhum gênio para entender que a descontração que estivera presente a tarde inteira tinha se evaporado no instante em que Vivian se sentou na varanda. Nem mesmo ela parecia saber o que falar. Ficou encarando o nada antes de, por fim, quase com relutância, tornar a olhar para Marge.

– A que horas vocês chegaram aqui hoje?

– Meio-dia e meia, por aí – respondeu minha irmã. – Alguns minutos depois do Russ.

– Aconteceu alguma coisa interessante?

– Na verdade, não. Apenas um sábado típico. Mamãe passou o dia inteiro na cozinha, a gente foi caminhar, papai ficou na garagem até o jogo começar. E eu, é claro, passei um tempo implicando com o seu marido.

– Que bom. Ele precisa de alguém para mantê-lo na linha. Tem andado meio mal-humorado estes dias. Em casa, ultimamente, é como se eu não conseguisse acertar uma.

Virei-me para ela, espantado demais para falar *outra vez*, e pensei: *Está falando de mim ou de você?*

* * *

Conta bancária separada. Apartamento funcional. A possibilidade de passar até quatro noites por semana em Atlanta.

Quanto mais eu pensava nas *Surpresas de Sábado* de Vivian, mais desconfiava que ela havia mencionado isso tudo na casa dos meus pais porque sabia que eu não iria discutir na frente de outras pessoas. Quando chegássemos em casa, claro, ela diria que já havíamos conversado, de modo que não haveria por que voltar ao assunto. Se eu tentasse fazer isso, seria porque queria puxar uma briga. Qualquer que fosse o cenário, Vivian sairia ganhando e eu ficaria sem alternativa, mas o que me chateava, mais até do que a evidente manipulação, era que ela não parecia incomodada com a possibilidade de passarmos mais dias separados do que juntos. O que isso significaria para nós? O que significaria para London?

Eu não sabia direito. Não tinha vontade de sair de Charlotte, mas, se a situação chegasse a esse ponto, eu sairia. Meu casamento era importante para mim, minha *família* era importante para mim, e eu faria o que fosse preciso para nos manter unidos. Quanto à minha empresa, não estava propriamente estabelecido em Charlotte, e, caso houvesse uma possibilidade real de mudança, bastaria começar a procurar clientes em Atlanta, contanto que tivesse alguma ideia de quais seriam os planos futuros de Vivian. Só que a coisa toda ainda estava muito vaga e incerta.

Entretanto, se eu sugerisse a possibilidade de transferir a família, não sabia como Vivian iria reagir. Será que ela iria querer? Sentia que nós dois estávamos deslizando pelo gelo em direções opostas e, quanto mais eu tentava segurá-la, mais ela parecia decidida a se afastar. Seu desejo de guardar segredos me incomodava. Embora eu tivesse como certo que devíamos apoiar um ao outro em nossos desafios profissionais, não conseguia me livrar da sensação de que minha mulher não estava muito preocupada com isso. Em vez de nós dois unidos contra o mundo, sentia que ela estava contra mim.

Pensando bem, contudo, talvez eu estivesse dando importância excessiva a tudo aquilo. Talvez estivesse propenso demais à discussão, concentrado demais nos seus defeitos, e não nas suas qualidades. Quando London entrasse na escola e nós dois nos adaptássemos a nossas respectivas agendas de trabalho, as coisas talvez não parecessem tão desanimadoras e nossas vidas tornariam a melhorar.

Ou talvez não.

Nesse meio-tempo, enquanto eu refletia sobre essas coisas, Vivian conversava com Marge e Liz sobre diversos musicais em Nova York. Recomendou também que elas fossem a um bar numa cobertura na Rua 57 com vista para o Central Park que poucas pessoas conheciam. Lembrei que levara Vivian lá em tardes tranquilas de domingo, na época em que eu acreditava ser o centro do seu mundo. Como isso agora parecia subitamente distante.

Nesse exato momento, London apareceu com duas tigelas de manjar e entregou uma para Liz e outra para Marge, depois trouxe outras duas para Vivian e para mim. Apesar do meu turbilhão de sentimentos, ver a animação da minha filha não teve como não me fazer sorrir.

– Parece delicioso, querida – falei. – É feito de quê?

– Chocolate com chantilly – respondeu London. – É tipo um biscoito Oreo macio, e eu ajudei a vovó a fazer. Ela disse que não vai estragar meu apetite porque é só um lanche. Vou comer o meu com o vovô, tá?

– Ele vai amar, tenho certeza. – Dei uma pequena colherada no manjar. – Muito gostoso. Você é uma ótima chef.

– Obrigada, papai.

Para minha alegria, inclinou-se e me deu um abraço rápido antes de voltar para dentro de casa, sem dúvida direto para o colo do avô com mais duas sobremesas.

Vivian vira London me abraçar. Embora tenha reagido com um sorriso gentil, eu não soube ao certo como se sentira por ter sido excluída, se é que estava sentindo alguma coisa. Assim que London fechou a porta, ela pôs o doce em cima da mesa, afinal o açúcar era um inimigo. Mas não para mim, nem para Marge ou Liz. Quando tornou a falar, Marge já estava na segunda colherada:

– Vocês vão ter uma semana cheia. London começa na escola, Vivian vai viajar e você vai filmar os comerciais, certo? Quando começa?

– Temos ensaios na quarta à tarde e vamos filmar na quinta e na sexta, depois uns dias da outra semana. Também tenho uma sessão de *casting* semana que vem.

– Quanta coisa.

– Vai correr tudo bem – falei, e me dei conta de que realmente acreditava nisso.

Com London na escola, teria oito horas livres para trabalhar, o que me parecia todo o tempo do mundo em comparação com a vida que estava levando agora. Dei mais uma colherada no doce e senti o olhar de Vivian cravado em mim.

– O que foi?

– Você não vai comer tudo isso, vai? – perguntou ela.

– Por que não?

– Porque a gente vai jantar daqui a uma hora. E não faz bem para sua saúde. Nem para sua cintura.

– Acho que eu consigo administrar isso. Emagreci 3 quilos este mês.

– Então por que engordar de novo?

Como não respondi, Liz pigarreou.

– E você, Vivian? Continua indo à academia e praticando ioga naquele estúdio no Centro?

– Só aos sábados. Mas eu vou à academia do escritório duas ou três vezes por semana.

Pisquei os olhos.

– Tem uma academia no escritório?

– Você sabe que tem. Já me viu levando a bolsa de ginástica para o trabalho. Se não fosse assim eu não teria tempo. É claro que a academia às vezes vira uma reunião de trabalho, dependendo de qual executivo estiver lá.

Embora ela não tenha citado nenhum nome, tive a desanimadora sensação de que, ao dizer executivo, minha mulher na verdade estava se referindo a Walter, e isso, caso fosse verdade, me pareceu a mais cruel de todas as *Surpresas de Sábado*.

A essa altura, eu já estava deprimido de verdade. Vivian e Marge prosseguiram sua conversa superficial enquanto eu praticamente me desconectei, e os pensamentos explodiam na minha mente feito fogos de artifício.

London e minha mãe saíram da casa, ambas com luvas de jardinagem. Era óbvio que London tinha pegado as luvas da avó, pois eram uns três tamanhos acima do seu.

– Oi, querida! Hora de jardinagem?

– Olhe a minha luva, papai! A vovó e eu vamos deixar o canteiro beeem bonito!

– Que bom.

Observei minha mãe erguer uma bandeja com doze vasos de plástico menores cheios de cravos já floridos. London pegou duas pás e foram para o canteiro, minha mãe escutando atentamente enquanto ela tagarelava sem parar.

– Já notou como mamãe se dá bem com a London? – perguntou Marge. – É paciente, alegre e divertida.

– Você parece dizer isso com certa amargura – observou Liz.

– E digo mesmo. Ela nunca plantou flores comigo. Nem me ensinou a fazer manjar. Nem foi paciente, alegre ou divertida assim. Quando falava comigo, era porque queria que eu fizesse alguma coisa em casa.

– Você estaria disposta a pensar que talvez suas lembranças sejam seletivas? – indagou Liz.

– Não.

Liz riu.

– Então talvez deva simplesmente aceitar a ideia de que ela gosta mais da London do que jamais gostou de você ou do Russ.

– Ui – fez Marge. – Isso não é muito terapêutico.

– Queria muito que London tivesse mais contato com meus pais e os visse com mais frequência – comentou Vivian. – Fico triste por ela não ter o mesmo tipo de relação com eles. É como se estivesse perdendo a chance de conhecer minha família.

– Quando foi a última visita deles? – perguntou Liz.

– No Dia de Ação de Graças – respondeu Vivian.

– E por que eles não vêm agora no verão?

– A empresa do meu pai acabou de passar por uma imensa fusão e minha mãe não gosta de viajar sem ele. Acho que eu poderia levar London até lá, mas quando é que iria arrumar tempo?

– Talvez isso mude quando as coisas se ajeitarem – sugeriu Liz.

– Talvez.

Vivian franziu a testa de repente quando viu London cavando a terra enquanto minha mãe punha as flores no canteiro.

– Não sabia que ela iria mexer no jardim, senão teria trazido uma muda de roupa. Esse vestido é quase novo e ela vai ficar chateada se não puder usar outra vez.

Eu duvidava que London se importasse tanto com isso. Provavelmente minha filha nem se lembrava de metade dos vestidos que tinha. Mas meus pensamentos foram interrompidos por um grito agudo, um grito de dor e de medo...

– AI, AI, AIII! Está DOENDO! PAPAI!!!

Na mesma hora, o mundo se estilhaçou em imagens desconexas. Senti-me levantar, a cadeira lançada para trás... Vi Liz e Marge virarem a cabeça com uma expressão chocada... Vi a boca de Vivian formar um O... Vi minha mãe estender os braços para London... Vi London vermelha feito um tomate, aos prantos, balançando a cabeça com o rosto contorcido...

– ESTÁ DOENDO, PAPAI!!!

Pulei da varanda em direção a ela com a adrenalina correndo nas veias. Assim que cheguei lá, peguei-a no colo.

– Qual é o problema? O que aconteceu?

London soluçava forte demais para conseguir responder e os gritos a impediam de falar. Ela mantinha a mão afastada do corpo.

– O que houve? Você machucou a mão?

Minha mãe estava pálida.

– Ela foi picada por uma abelha! – explicou. – Tentou espantá-la com a mão...

Vivian, Liz e Marge também já estavam ao nosso lado. Até mesmo meu pai tinha aparecido na porta e vinha apressado na nossa direção.

– Foi uma abelha? – perguntei. – Uma abelha picou você?

Tentei segurar a mão de London, mas ela a agitava freneticamente, convencida de que o inseto ainda estava preso ali.

London continuava a gritar, mas Vivian logo segurou o braço dela. Girou-o e finalmente pôde examinar as costas da sua mão.

– Estou vendo o ferrão! – gritou ela para nossa filha.

London nem escutava e continuou a se debater.

– Tenho que tirar, tá? – Vivian voltou a falar.

Ela segurou o braço de London com mais força.

– Fique quieta! – ordenou ela.

Com as unhas, Vivian ainda precisou de algumas tentativas para soltar o ferrão, mas então, de repente, com um puxão rápido, conseguiu removê-lo, para meu alívio.

– Saiu, querida – anunciou ela. – Eu sei que está doendo, mas vai ficar tudo bem agora.

Não mais de quinze segundos haviam transcorrido desde que eu ouvira London começar a gritar, mas pareciam bem mais. Ela ainda estava chorando, mas se debatia menos, e continuei a segurá-la no colo enquanto seus gritos iam diminuindo. Suas lágrimas molharam meu rosto e todos se aproximaram dela para tentar reconfortá-la.

– Shh... – sussurrei. – Estamos com você agora...

– Está tudo bem? – perguntou Marge, afagando as costas dela.

– Deve ter doído, coitadinha... – acrescentou Liz.

– Vou pegar o bicarbonato... – falou minha mãe.

– Vem cá, neném – disse Vivian, estendendo os braços para a filha. – Vem no colo da mamãe...

Ela passou os braços em volta de London, mas de repente nossa filha enterrou o rosto no meu pescoço.

– Eu quero o papai!

Quando Vivian começou a levantá-la, eu a senti me apertar com mais força, quase me sufocando, até Vivian por fim desistir.

Voltei para minha cadeira com London no colo e me sentei enquanto ouvia seus gritos diminuírem aos poucos. Minha mãe já havia misturado bicarbonato de sódio e água até formar uma pasta, que trouxe até a mesa junto com uma colher.

– Isso diminui o inchaço e a coceira – explicou ela. – Quer me ver passar em você, London?

Minha filha se afastou do meu pescoço e ficou observando minha mãe aplicar a pasta em sua pele.

– Vai arder?

– Nadinha. Viu?

London agora apenas fungava e, quando minha mãe terminou, aproximou a mão do rosto.

– Ainda está doendo.

– Eu sei, mas vai ajudar a melhorar.

London assentiu, ainda examinando a própria mão. Sequei suas lágrimas com o dedo e senti a umidade na pele.

Ficamos sentados à mesa, conversando banalidades, tentando distraí-la e atentos a qualquer reação alérgica. Achávamos que ela não era alérgica, afinal nem Vivian nem eu éramos, e London não tivera nenhuma reação às formigas lava-pés. No entanto, como era a primeira vez que uma abelha a picava, ninguém podia ter certeza. A respiração dela parecia normal e o inchaço não piorou. Quando começamos a falar de Seu Confete e Dona Confete, ela pareceu até esquecer a dor por um tempo, mesmo que por alguns segundos.

Assim que tivemos certeza de que ela estava bem, pensei que todos nós, adultos, tínhamos reagido além da conta. Nosso pânico, nossa correria para tranquilizá-la, o modo como tínhamos acorrido à sua volta depois, tudo isso me pareceu meio ridículo. Afinal, ela não tinha quebrado o braço nem sido atropelada. Os gritos de dor foram reais, mas mesmo assim... *ela fora picada por uma abelha.* Quando eu era criança, devia ter sido picado meia dúzia de vezes, e na primeira vez minha mãe não fizera pasta de bicarbonato com água nem me pegara no colo para me reconfortar. Se não me falha a memória, ela simplesmente me mandou lavar a mão para tirar o ferrão e meu pai disse algo como: "Pare de chorar feito um bebê".

Quando minha mãe enfim perguntou se London queria mais uma colherada de manjar, ela pulou do meu colo, me deu um beijo e seguiu a avó rumo à cozinha. Manteve a mão estendida em frente ao corpo feito um cirurgião que acabou de se preparar para uma operação. Eu disse isso em voz alta, e Marge e Liz riram.

Mas Vivian não riu. Pelo contrário, seu olhar semicerrado parecia me acusar de um crime: *traição.*

13

Crime e castigo

Eu tinha 12 anos e Marge, 17, quando ela saiu do armário, ou seja qual for o termo adequado agora. Na época, minha irmã não tinha consciência de ser politicamente correta; a coisa aconteceu, só isso. Estávamos os dois no quarto dela e o assunto da festa de formatura surgiu. Quando perguntei por que ela não ia, Marge se virou para mim.

– Porque eu gosto de meninas – falou, abrupta.

– Ah – lembro-me de ter dito. – Eu também gosto de meninas.

Acho que parte de mim desconfiava vagamente que Marge pudesse ser gay, mas naquela idade quase tudo que eu sabia sobre sexualidade e sexo vinha de conversas ao pé do ouvido nos corredores da escola ou de um eventual filme proibido para menores. Se ela houvesse me contado um ano depois, quando eu travava a porta do quarto com um sapato para ter um pouco de privacidade quase todos os dias, não sei como eu teria reagido, embora desconfie que teria sido um problema maior. Aos 13, no ensino fundamental, qualquer coisa fora do comum é considerada a Pior Coisa do Mundo, inclusive as irmãs.

– Isso incomoda você? – perguntou ela, subitamente entretida mexendo numa cutícula.

Foi só quando olhei para ela, quando olhei de verdade, que entendi quanto ela estava nervosa por me contar.

– Acho que não. A mamãe e o papai sabem?

– Não. E não comente nada com eles. Eles vão surtar.

– Tudo bem – falei, sendo sincero.

Aquele foi um segredo que guardamos até Marge pedir aos meus pais que se sentassem à mesa da sala no ano seguinte e contar a eles.

Isso não faz de mim um cara nobre, e ninguém tampouco deve concluir algo em relação ao meu caráter. Por mais que eu tenha sentido o nervosismo dela, não era maduro o suficiente para compreender toda a gravidade do que ela acabara de me contar. Quando éramos jovens, as coisas eram diferentes de hoje. Ser gay era esquisito, ser gay era errado, ser gay era pecado. Eu não fazia ideia dos embates internos que Marge teria que enfrentar nem das coisas que as pessoas diriam pelas suas costas e às vezes até na sua cara. E não sou tão arrogante a ponto de pensar que mesmo hoje consiga entender por completo. Para o meu cérebro de 12 anos, o mundo era mais simples, e minha irmã gostar de meninas ou meninos francamente não tinha a menor importância. Eu gostava e não gostava dela por outros motivos. Não gostava, por exemplo, quando ela me imobilizava de costas no chão e prendia meus braços com os joelhos enquanto esfregava o nó dos dedos no meu esterno. Não gostei quando Peggy Simmons, uma menina de quem eu estava a fim, apareceu na porta de casa e ela disse: "Ele não pode vir atender porque está no banheiro, e já faz um tempão que está lá", antes de perguntar a Peggy: "Você por acaso tem um fósforo?"

Minha irmã. Sempre me dando força.

Quanto a gostar dela, isso na verdade era bem simples. Contanto que ela não estivesse fazendo nada desagradável, eu ficava mais do que feliz em gostar dela. Como qualquer irmão mais novo, eu de certa forma venerava Marge como se ela fosse uma heroína, e a revelação que ela me fez não mudou em nada esse fato. Eu achava, antes e depois de ela me contar, que meus pais a tratavam como uma jovem adulta, enquanto a mim tratavam como criança. Esperavam mais dela, fosse nas tarefas domésticas, fosse para tomar conta de mim. Também reconheço que Marge tornou meu caminho rumo à idade adulta mais fácil do que teria sido, pois meus pais já haviam passado por cada fase e vivido aquilo com Marge antes. Afinal, surpresa e decepção muitas vezes caminham de mãos dadas quando se criam os filhos, e poucas surpresas significavam menos decepção.

A noite em que saí de casa escondido e peguei o carro dos meus pais? Marge fez a mesma coisa anos antes.

Quando bebi demais numa festa no ensino médio? Bem-vindo ao clube.

Quando subi na torre da caixa-d'água do nosso bairro, local popular entre os adolescentes? Aquele já era o posto preferido de Marge.

Quando fui um adolescente mal-humorado que mal dirigia a palavra a meus pais? Marge havia lhes ensinado a esperar por isso também.

Marge, é claro, nunca me deixou esquecer quanto a minha vida era mais fácil, mas, para ser justo, isso muitas vezes me levava a sentir que eu tinha pouca importância na família, o que não era fácil. Cada qual à sua maneira, nós dois nos sentíamos meio desprezados, mas cada vez mais amparávamos um ao outro diante de nossos dilemas pessoais a cada ano que passava.

Hoje em dia, quando falamos sobre isso, sobre aquilo por que ela passou, minha irmã minimiza como foi difícil sair do armário diante dos outros, o que me leva a admirá-la ainda mais. Ser diferente nunca é fácil, e ser diferente nesse aspecto, no sul do país, num lar cristão, parece ter fortalecido sua decisão de parecer invulnerável. Depois de adulta, ela passou a viver em um mundo definido por números, planilhas e cálculos. Ao falar com os outros, procura se esconder atrás da inteligência e do sarcasmo. Evita a intimidade com quase todo mundo e, embora sejamos próximos, pergunto-me se minha irmã às vezes não acha necessário ocultar suas emoções, até mesmo de mim. Sei que, se eu lhe perguntasse, ela negaria. Diria que, se eu quisesse sensibilidade, deveria ter pedido a Deus outra irmã, do tipo que sempre tem um lenço de papel à mão para a eventualidade de o rádio tocar uma música triste.

Ultimamente, penso que devia ter feito Marge entender que eu via quem ela era de verdade, que sempre a amei como ela era. No entanto, por mais que sejamos próximos, nossas conversas raramente atingem essa profundidade. Como a maioria das pessoas, imagino, nós conversamos sobre os últimos acontecimentos de nossas vidas e escondemos nossos medos feito uma tartaruga que enfia a cabeça dentro da carapaça.

Mas eu também já vi Marge no fundo do poço.

Foi por causa de uma menina chamada Tracey, sua colega de quarto. Marge estava no terceiro ano na Universidade da Carolina do Norte em Charlotte e, embora não escondesse sua sexualidade, tampouco fazia alarde a respeito. Tracey sabia desde o início, mas isso nunca parecera ser um problema. Como passavam muito tempo juntas, as duas desenvolveram uma amizade próxima e natural, como muitas vezes acontece entre colegas de quarto. Tracey tinha um namorado na sua cidade natal e, quando eles terminaram, Marge a ajudou a catar os cacos. Depois de algum tempo, Tracey percebeu que Marge estava atraída por ela e não fez nada para desencorajá-la. Chegou até a pensar se não seria bissexual, mas não tinha muita certeza. Então, uma noite, aconteceu. Marge acordou de manhã com a sensação de ter encontrado a parte que faltava de si mesma; Tracey acordou mais confusa ainda, mas disposta a dar uma chance à relação. Por insistência de Tracey, elas foram discretas, e ao longo dos poucos meses seguintes Marge se apaixonou mais ainda. Tracey, por sua vez, começou a se afastar e, após ir passar as férias de primavera em casa, disse a Marge que ela e o namorado haviam reatado e que não tinha certeza se as duas poderiam continuar amigas. Disse que iria se mudar para um apartamento que os pais tinham alugado e que o que acontecera entre ela e Marge não passara de uma experiência. Não tinha significado nada para ela.

Marge me ligou logo antes da meia-noite. Bêbada e sem conseguir falar coisa com coisa, contou-me pedaços da história e, com a voz arrastada, disse que queria morrer. Eu acabara de tirar carteira de motorista e por algum motivo soube exatamente onde encontrá-la. Corri até o castelo de água e vi seu carro estacionado. Subi até lá e encontrei minha irmã sentada na borda, com as pernas para fora. Ao seu lado havia uma garrafa de rum vazia e notei na hora que ela estava bêbada e praticamente inconsciente. Quando me viu, chegou mais para a borda.

Falando bem baixinho, consegui convencê-la a deixar que eu me aproximasse. Ao alcançá-lo, passei o braço à sua volta e a puxei para longe da borda. Segurei-a enquanto ela soluçava e ficamos no alto do castelo de água quase até o dia amanhecer. Ela implorou que eu não contasse nada aos nossos pais e, depois de prometer, eu a levei de volta ao seu quarto no alojamento da universidade e a pus na cama. Quando cheguei em casa, meus pais estavam lívidos: eu tinha 16 anos e passara a noite inteira fora de casa. Me deixaram um mês de castigo e depois disso fiquei sem poder dirigir por três meses.

Mas nunca lhes contei onde estivera, nem como minha irmã estava arrasada naquela noite, nem o que poderia ter acontecido com ela se eu não tivesse aparecido. Já era suficiente saber que eu estivera ao seu lado, que a abraçara no momento em que ela mais precisava, exatamente do mesmo jeito que, eu sabia, ela teria feito comigo.

Nem preciso dizer que, depois do jantar com minha família, nossa noite romântica adiada não aconteceu. Quando chegamos em casa, Vivian não estava muito disposta. Nem eu.

A manhã de domingo começou preguiçosa, com direito a uma terceira xícara de café depois de correr 8 quilômetros, minha distância mais longa em quase dez anos. London estava assistindo a um filme na sala de TV e eu lia o jornal na varanda dos fundos quando Vivian entrou.

– Acho que London e eu precisamos de um dia *Mamãe e Eu* – anunciou ela.

– Um dia o quê?

– Você sabe, coisas de menina. Vamos nos arrumar, fazer o pé e a mão, talvez até cortar o cabelo dela, algo assim. Uma espécie de minicomemoração antes do primeiro dia de aula dela, sem termos que correr de um lado para outro feito loucas igual a ontem.

– Tem algum salão aberto no domingo?

– A gente acaba encontrando. Eu também estou precisando fazer o pé e a mão.

– London por acaso sabe o que é fazer o pé e a mão?

– É claro que sim. E vai ser bom passar um tempo sozinha com ela, sabe? Tenho trabalhado tanto... Assim você também tem um tempinho livre para fazer o que quiser. Ficar de bobeira, trabalhar, qualquer coisa.

– E eu lá fico de bobeira?

– Você entendeu. Enfim, preciso ajudar London a escolher a roupa. Quero que a gente se arrume e que o dia de hoje seja especial.

– Está parecendo um dia bem mulherzinha – concordei. – Tomara que vocês duas se divirtam.

– Vamos nos divertir, sim.

– Quanto tempo acha que vocês vão demorar?

– Ah, sei lá. Vai depender. Talvez a gente só volte na hora do jantar se ela quiser almoçar fora. Quero que o dia corra de um modo bem relaxado. Quem sabe a gente vá ao cinema?

Quarenta e cinco minutos mais tarde, as duas saíram e fiquei sozinho. Naquela época, isso não era muito comum. Eu tinha me acostumado tanto a correr para lá e para cá que nem sabia o que fazer. Como estava tudo mais ou menos organizado com Taglieri, na verdade não tinha trabalho e, exceto por alguma louça para pôr na máquina, a casa estava arrumada. Eu já tinha corrido e lido o jornal, e havia passado a maior parte do sábado com minha família, o que me deixou zanzando sem rumo pela casa após menos de uma hora sozinho. Estava faltando alguma coisa, ou melhor, alguém, e dei-me conta de que o que eu realmente queria fazer, se pudesse escolher, seria andar de bicicleta com London pelo bairro, nós dois juntos naquela maravilhosa e preguiçosa manhã de domingo.

Vivian e London só chegaram em casa quase às sete da noite, e eu almocei e jantei sozinho.

Adoraria ser o tipo de cara que teria ido à academia ou meditado, ou então passado a tarde lendo uma biografia de Theodore Roosevelt, mas aquele dia vagaroso contaminou com uma energia igualmente vagarosa qualquer desejo de cuidar de mim. Acabei passando o dia na internet, um link levando a outro, o que me chamasse a atenção. Li sobre uma água-viva gigante que aparecera nas praias da Austrália, os conflitos atuais do Oriente Médio, a extinção iminente dos gorilas na África Central e os "Dez melhores alimentos para acabar com a gordura abdominal!".

Se havia algo de que eu pudesse me orgulhar, era não ter lido uma notícia sequer sobre celebridades. Isso não bastava para eu me sentir um erudito, mas já era alguma coisa, certo?

Vivian e London chegaram cansadas, mas era um cansaço bom. London me mostrou suas unhas das mãos e dos pés e contou que elas tinham ido ao cinema e feito compras, além de comer. Depois do banho, li um pouco para ela como de costume, mas antes de virar a última página ela já não aguentava mais ficar de olhos abertos. Dei-lhe um beijo, e senti o cheiro do xampu infantil que ela ainda preferia usar.

Quando desci, Vivian estava de pijama sentada na sala de TV com uma taça de vinho. A televisão estava ligada em algum programa sobre donas de casa, a maioria das quais parecia sofrer de algum desequilíbrio emocional, mas Vivian se mostrou mais alegre do que de costume. Falou sobre seu dia, fez uma expressão provocante e, depois que fiz um comentário sugestivo, acabamos na cama.

Não foi exatamente a noite romântica planejada, mas mesmo assim fiquei feliz.

Na terça-feira de manhã, primeiro dia de aula de London, Vivian e eu atravessamos com ela o estacionamento em direção ao prédio da escola. Quando perguntei se ela queria que eu lhe desse a mão, ela prendeu os polegares nas alças da mochila.

– Não sou mais uma menininha.

Na véspera, Vivian e eu tínhamos recebido um e-mail da professora dizendo que o primeiro dia podia ser traumático para algumas crianças e que o melhor era não nos demorarmos na despedida. Um beijo rápido ou um tapinha nas costas e "deixem a professora conduzir a criança até a sala de aula", instruía a mensagem. Recomendava não ficar perto da porta observando, nem olhar por muito tempo pelas janelas da sala. Fomos alertados a não deixar nossos filhos nos ver chorar, por mais emocionados que ficássemos, pois isso poderia aumentar a ansiedade deles. Deram o telefone da enfermeira da escola e nos informaram que a orientadora estaria disponível na entrada caso algum pai ou mãe quisesse conversar sobre o que estava sentindo agora que seu filho entrava na escola. Perguntei-me se meus pais haviam recebido uma carta assim quando Marge e eu começamos na escola, e ri alto ao pensar nisso.

– Está rindo de quê? – perguntou Vivian.

– Depois eu conto. Não é nada de mais.

Mais à frente, vi minha mãe e meu pai esperando junto ao carro. Papai estava com sua roupa de trabalho: camisa de manga curta azul de botão com o logo da empresa, jeans e botas. Minha mãe, graça a Deus, não estava nem de avental nem de chapéu vermelho. Estava *normal*, fato que me agradou, mesmo que London não se importasse.

London viu os avós e começou a correr. Meu pai a pegou no colo quando ela pulou. Chamou-a de Abóbora, apelido que eu nunca tinha escutado antes. Perguntei-me se era um apelido novo ou se eu andava totalmente distraído.

– Chegou o grande dia – disse minha mãe. – Está animada?

– Vai ser legal – respondeu London.

– Tenho certeza de que você vai adorar – garantiu-lhe minha mãe.

Meu pai beijou London na bochecha e a colocou no chão.

– Vovô, segura a minha mão?

– É claro, Abóbora.

London foi na frente com meu pai enquanto Vivian conversava um pouco com minha mãe sobre o e-mail que tínhamos recebido da professora. Minha mãe franziu o cenho, sem entender.

– Eles têm uma orientadora para os *pais?*

– Ela trabalha para a escola – explicou Vivian. – Alguns pais podem ficar nervosos ou chateados. Com certeza ela só escuta, balança a cabeça e diz que as crianças vão ficar bem. Não é nada de mais.

– Você está nervosa?

– Não. Sinto uma leve tristeza, como se fosse o fim de uma era, mas vai passar, tenho certeza.

– Bem... que bom.

Chegamos à escola e, ao ver as mães e seus filhos entrarem na sala dois a dois, pensei na história da arca de Noé, o livro preferido de London. Imaginei que fosse ver Emily e Bodhi, mas não os encontrei. Perguntei-me se ela já havia chegado e ido embora ou se ainda não tinha aparecido.

Não que isso tivesse importância, claro. Ficamos na fila com os outros pais e crianças que se dirigiam para a sala do jardim de infância. Havia duplas na nossa frente e atrás. A fila andou depressa e, quando chegamos à porta, Vivian assumiu a dianteira e alcançou meu pai e London.

– Então é isso, querida. Dê um beijo no vovô e na vovó. Depois é a minha vez.

London obedeceu e beijou o avô, a avó e a mãe.

– Seu pai vai vir buscar você, mas quero saber tudo sobre a escola quando chegar em casa. E lembre que tem aula de piano hoje às quatro, ok? Te amo.

– Também te amo, mamãe.

A professora sorria.

– Oi, London. Que bom rever você. Está pronta para um dia divertido?

– Estou, tia.

Com a mão pousada suavemente em suas costas, Vivian a conduziu para a frente enquanto a professora abria caminho para ela passar. Conforme recomendado, não nos demoramos na porta nem na janela, embora eu tenha conseguido ver London em pé diante de uma mesa baixa cheia de feltro cortado em diferentes tamanhos e formatos. As crianças distribuíam os pedaços para criar desenhos. Ainda não havia sinal de Bodhi, mas London não parecia preocupada.

Foi só quando estávamos voltando para o carro que me dei conta do que havia acontecido.

– Não tive oportunidade de dar um beijo de despedida nela.

– Não faz mal. Vocês vão se ver depois da escola – disse Vivian, dando de ombros.

– Quer passar na administração para falar com a orientadora?

– Sem chance – respondeu ela. – Já estou atrasada para o trabalho. Walter deve estar andando de um lado para outro à minha espera.

Enquanto London estava na escola, confirmei todas as etapas de produção antes de encontrar o chefe da equipe de filmagem. Repassamos o cronograma e as imagens de que precisávamos, sobretudo para o comercial mais longo, que teria mais de dez planos diferentes e necessitaria de três dias de trabalho, e nos certificamos de estar de acordo em relação a todos os detalhes. Depois da reunião, liguei para os consultórios de meia dúzia de cirurgiões plásticos e marquei duas reuniões para a semana seguinte.

Nada mal para um dia de trabalho. Quando fui buscar London, entrei numa fila que se estendia pela rua. Ao contrário da chegada, a saída foi caótica e demorada, e levei vinte minutos para finalmente chegar com minha filha ao carro.

– Como foi seu primeiro dia? – perguntei, saindo da vaga devagar e observando seu reflexo no retrovisor.

– Foi legal – respondeu ela. – A tia me deixou ajudar a ler o livrinho na hora da leitura. Algumas crianças ainda nem sabem as letras.

– Elas vão aprender. Acho que eu ainda não sabia ler quando entrei no jardim de infância.

– Por quê?

– Meus pais não liam muito para mim. Deviam pensar que eu ia aprender a ler quando entrasse na escola.

– Por que eles não liam para você?

– Não sei. Vai ver estavam muito cansados.

– A mamãe lê para mim quando está cansada. E você lê para mim quando está cansado.

– As pessoas são diferentes, acho. Ah, aliás, Bodhi apareceu na escola?

– Apareceu, e a gente sentou na mesma carteira. Ele é muito bom de colorir.

– Que ótimo. É legal sentar junto de alguém que você já conhece.

A escola agora já estava longe.

– Papai?

– Hum?

– A gente pode ir à sorveteria antes do piano? Já que eu fui à escola hoje?

Olhei as horas e fiz um cálculo rápido.

– Acho que dá tempo.

Com a parada para o sorvete, chegamos à casa do professor de piano apenas alguns minutos antes da aula. London não parava havia oito horas, nove quando a aula acabou, sem contar o tempo que tinha levado para se arrumar para a escola. Estaria exausta quando chegássemos em casa.

Enquanto ela tocava piano, fui dar uma caminhada pelo bairro. Meus joelhos estavam um pouco doloridos por causa da rotina de corrida, mas nada muito grave. Acabara de começar a andar quando ouvi meu celular tocando. Era Marge.

– Como foi o primeiro dia da London? – perguntou ela, sem rodeios.

– Ela se divertiu. O amigo dela estava lá, Bodhi.

– Ah, é? E a mãe dele?

– Não vi. A gente saiu antes de eles chegarem.

– Graças a Deus – comentou ela. – A pobre da Emily poderia ter derretido pelos olhares mortais de raio laser da Vivian.

– Você não deveria estar trabalhando em vez de implicar com minha mulher?

– Não estou implicando com sua mulher. Pelo contrário, estou do lado dela. Quero dizer, se a Liz começasse a encontrar a ex dela, que fosse por acaso uma mulher incrível, linda e recém-separada, eu também estaria tentando aniquilar a fulana com meu olhar de raio laser.

– Qual o problema de vocês, mulheres?

– Ah, por favor. Nem venha com esse papo. Está de brincadeira comigo? Tenho certeza de que você adora ouvir Vivian mencionar *Walter* em todas as conversas. Até eu estava ficando cansada do nome dele.

– Ela trabalha para o cara – tentei minimizar a questão. – É normal.

– Ah, é? Qual é o nome do meu chefe?

Como não respondi, ela seguiu falando:

– E daí se eles trabalham juntos, vão à academia juntos, viajam juntos e voam juntos no jatinho particular dele, não é? E que importância tem ela dizer mais o nome do chefe bilionário do que o seu? Você é evoluído demais para sentir a mais leve pontada de ciúme.

– Está tentando me atiçar?

– Nem um pouco. Mas queria saber como foi o resto do seu fim de semana depois que vocês saíram da casa dos nossos pais. Imagino que tenha abordado os assuntos *conta bancária nova* ou *apartamento em Atlanta*.

– Não. A noite de sábado acabou sendo bem tranquila. Fomos deitar cedo. Estávamos todos cansados. E no domingo eu na verdade tive um descanso.

Contei-lhe sobre o dia de Vivian e London.

– *Essa* era fácil de adivinhar – opinou Marge.

– Como assim?

– Notou como ela olhava para você depois que a London foi picada pela abelha?

Eu me lembrava exatamente, mas não quis admitir.

– Ela só ficou chateada porque London se machucou – acabei falando.

– Não. Ela ficou chateada porque London correu para se consolar com você, não com ela. A Liz também percebeu.

Lembrei-me de ter pensado o mesmo e não falei nada.

– Então o que ela faz? – insistiu Marge. – Passa o domingo inteiro com London, depois apressa a menina para entrar na sala de aula sem você ter tempo de dar um beijo de despedida nela.

– Como é que você sabe?

– Porque minha mãe ligou e me contou. Ela achou esquisito.

– Você é louca – falei, me sentindo subitamente na defensiva. – Está inventando coisas.

– Pode ser – reconheceu ela. – Tomara que sim.

– E pare de falar assim da Vivian. Vocês todos precisam parar de dissecar tudo que ela faz. Ela tem andado sob uma pressão tremenda nas últimas semanas.

– Tem razão. Eu não deveria ter falado isso. Me desculpe. – Houve uma pausa. – O que você vai fazer agora?

– Está tentando mudar de assunto?

– Estou fazendo o melhor que posso. Já pedi desculpas.

– London está na aula de piano. Eu vim dar uma volta. Pensei que seria bom queimar mais algumas calorias antes do jantar.

– Que ótimo – disse ela. – Falando nisso, seu rosto está mais magro.

– Ainda não dá para ver, na verdade.

– Ah, dá, sim. No fim de semana, quando vi você, pensei: "Caramba."

– Você só está tentando me agradar para eu não continuar zangado com você.

– Você nunca fica zangado comigo. Você se importa tanto em agradar aos outros que provavelmente vai ficar preocupado se eu fiquei magoada porque você me deu uma dura.

Eu ri.

– Tchau, Marge.

O fato é que, por mais que a avaliação que Marge fizera de Vivian me desagradasse, eu não conseguia parar de pensar que talvez houvesse nela mais do que um fundo de verdade. O único acontecimento que não se encaixava bem nas teorias da minha irmã era nossa noite íntima de domingo, mas até mesmo o carinho inesperado de Vivian poderia ser explicado pela sensação de haver reafirmado sua supremacia inconteste na vida de London.

Por outro lado, era uma loucura. E daí se London tinha corrido para mim depois de levar a picada de abelha? Eu não teria ficado magoado se ela tivesse corrido para Vivian. Casais saudáveis não se deixavam levar por disputas de poder tão mesquinhas. Vivian e eu éramos uma equipe.

Não éramos?

Assim que Vivian chegou do trabalho, senti que não estava de bom humor, e quando lhe perguntei sobre seu dia ela começou uma história sobre como a diretora financeira acabara de pedir demissão e iria ficar apenas mais quinze dias, o que deixava a empresa de repente de pernas para o ar.

– Walter ficou uma fera – disse ela, a caminho do nosso quarto.

Foi até o closet e começou a se despir antes de acrescentar:

– E eu nem posso dizer que o culpo por isso. Na semana passada ela havia concordado em se mudar para Atlanta. Chegou a negociar um bônus por realocação, que já embolsou, e agora de repente avisa que aceitou outro emprego? As pessoas vivem tentando tirar vantagem de Walter. Eu vejo isso acontecer o tempo todo. Estou de saco cheio.

Ali estava o nome outra vez, o que me fez pensar nas insinuações de Marge. Não *uma vez*, mas *duas*.

– Ela deve estar fazendo o que acha melhor para a família.

– Você não me deixou terminar – disparou Vivian. De calcinha e sutiã, vestiu uma calça jeans. – Na verdade ela também andou recrutando outros executivos para irem com ela para a nova empresa, e há boatos de que alguns estão cogitando aceitar. Você sabe o estrago que isso poderia causar na empresa de Walter?

E uma terceira vez, para completar.

– Pelo visto foi um dia difícil.

– Horrível – continuou ela, pegando uma camiseta branca.

Não pude deixar de pensar como ela era elegante, mesmo em trajes casuais.

– Isso significa, claro, que, por causa desse novo problema, eu provavelmente vou ter que passar mais tempo ainda em Atlanta, enfim, pelo menos por um período.

Essa parte eu ouvi com clareza.

– Mais do que quatro dias por semana?

Ela ergueu as duas mãos e inspirou fundo.

– Por favor, não piore um dia que já foi horrível. Sei que você está chateado. Eu também estou. Só me deixe ficar um pouco com a London, depois a gente conversa. Antes quero saber como foi o primeiro dia dela, relaxar e talvez tomar uma taça de vinho, pode ser?

A essa altura, ela já estava indo falar com London.

Enquanto as duas estavam na sala de TV, preparei um jantar rápido: frango, arroz, cenouras glaceadas e salada. Quando a comida ficou pronta, as duas vieram para a mesa. Vivian continuava distraída e tensa. London, por sua vez, não parou de falar um só minuto: contou que ela e Bodhi tinham brincado de amarelinha no recreio, que Bodhi pulava muito bem e vários outros detalhes de seu empolgante dia na escola.

Depois do jantar, dei um jeito na cozinha enquanto Vivian subia com London. Apesar da hora, liguei para Taglieri para falar sobre o ensaio do dia seguinte e me certificar de que ele tinha lido o roteiro. Algo que eu havia aprendido com os clientes era que, quanto mais eles conhecessem o roteiro, melhor conseguiam processar outras instruções.

Quando desliguei, pude ouvir gritos vindos do andar de cima. Subi depressa a escada e parei na soleira da porta do quarto de London. Vivian estava segurando uma toalha úmida. London, de pijama, tinha os cabelos molhados e as bochechas riscadas de lágrimas.

– Quantas vezes eu já disse para *não pôr* as toalhas molhadas no cesto? – perguntou Vivian. – E este vestido aqui nem deveria ter ido para o cesto!

– Eu já pedi desculpas! – gritou London de volta. – Foi sem querer!

– Agora vai tudo ficar com cheiro de mofo e o vestido pode ficar manchado para sempre.

– Desculpa!

– O que está acontecendo? – perguntei.

Vivian se virou para mim com uma expressão lívida.

– O que está acontecendo é que o vestido novo da sua filha provavelmente estragou. Aquele que ela usou domingo.

– Foi sem querer! – disse London, consternada.

Vivian levantou a mão. Seus lábios contraídos formavam uma linha severa.

– Eu sei que foi. A questão não é essa. A questão é que você colocou um vestido sujo no cesto junto com seu vestido novo, depois colocou por cima *toalhas molhadas*. Quantas vezes eu já disse para deixar as toalhas secarem na borda da banheira antes de colocar no cesto?

– Eu esqueci! – gritou London. – Desculpa!

– A culpa foi minha – interrompi.

A regra da toalha molhada era obviamente nova para mim. Era a primeira vez que eu via Vivian e London gritarem assim uma com a outra. Aquilo me lembrou da noite em que London e eu tínhamos brigado.

– Eu disse a ela para pôr tudo que estivesse sujo no cesto.

– A verdade é que ela sabe o que fazer! – disparou Vivian, e virou-se outra vez para London. – Não sabe?

– Desculpa, mamãe.

– Posso levar os vestidos à lavanderia amanhã – ofereci. – Tenho certeza de que eles conseguem tirar as manchas.

– A questão não é essa, Russ! Ela não tem respeito algum pelas coisas que eu comprei para ela, por mais que eu repita!

– Eu já pedi DESCULPA! – berrou London.

De uma coisa eu tinha certeza: Vivian estava zangada demais e London, cansada demais para aquela discussão continuar.

– Que tal eu terminar aqui? – sugeri. – Posso colocá-la na cama.

– Por quê? Para poder dizer a ela que eu estou exagerando?

– Não, claro que não...

– Ah, faça-me o favor. Você está me sabotando desde que eu voltei a trabalhar – disse ela. – Mas ok, tudo bem. Vou deixar vocês dois sozinhos.

Ela começou a andar em direção ao nosso quarto, então tornou a se virar para London.

– Estou muito desapontada por você não gostar de mim o suficiente para ouvir o que digo.

Vi a angústia no rosto da minha filha assim que Vivian se retirou, e meu primeiro impulso foi tentar atinar por que ela havia sido tão cruel. Eu deveria ter reagido, mas Vivian já havia descido a escada. Como London estava chorando, entrei no quarto e sentei-me na cama. Abri os braços.

– Vem cá, meu neném – sussurrei, e London veio na minha direção.

Envolvi-a num abraço e a puxei para perto. Seu corpo ainda tremia.

– Não queria estragar meu vestido – choramingou ela.

– Eu sei que não. Não vamos nos preocupar com isso agora.

– Mas a mamãe está brava comigo.

– Ela vai ficar bem daqui a pouco. Teve um dia ruim no trabalho, e sei que ela está muito orgulhosa por você ter ido tão bem na escola hoje.

O choro foi diminuindo gradualmente, e agora ela só estava fungando. Enxuguei suas lágrimas com o dedo.

– Eu também estou orgulhoso de você, Abóbora.

– Quem me chama assim é o vovô, não você.

– Talvez eu possa chamar você assim também.

– Não.

Apesar de ela estar triste, eu sorri.

– Tudo bem. Quem sabe eu posso chamar você de... Mulinha?

– Não.

– De Pão Doce?

– Não. Me chame de London.

– Nem de neném? Nem de querida?

– Tudo bem. – Ela assentiu e encostou a cabeça no meu peito. – A mamãe não me ama mais.

– É claro que ama. Ela sempre vai amar você.

– Então por que ela vai sair de casa?

– Ela não vai sair de casa. Ela só precisa trabalhar em Atlanta de vez em quando. Eu sei que você vai sentir saudades.

Enquanto abraçava minha filha, senti pena da menininha que estava claramente tão confusa quanto eu com o que estava acontecendo na nossa família.

Foi preciso mais do que a quantidade habitual de histórias para London conseguir se acalmar o suficiente para dormir. Depois de beijar sua bochecha, desci a escada e encontrei Vivian tirando roupas do armário.

– Ela está pronta para um beijo se você quiser subir.

Vivian pegou o celular e passou por mim sem dizer nada, pousando em cima da cama de casal as roupas que tinha pegado. Havia duas malas abertas, ambas já cheias, e bem mais roupas do que as necessárias para uma viagem de três dias. Havia terninhos de trabalho, roupas de ginástica, roupas casuais e vestidos mais adequados para jantares chiques. Eu não entendia por que ela estava levando tanta coisa. Será que não pretendia voltar para casa no final de semana? Com certeza ela já teria comentado alguma coisa... mas então me dei conta de que eu não tinha motivo algum para achar isso. Eu saberia quais eram seus planos quando ela quisesse que eu soubesse. Enquanto eu olhava para as malas quase prontas, a expressão *apartamentos funcionais* me veio novamente à cabeça. Embora eu houvesse me sentido mais leve quando estava com London segundos antes, agora sentia um nó no estômago.

Como não suportava mais olhar para as roupas, fui até a cozinha e cogitei me servir uma bebida, mas acabei desistindo. Em vez disso, fiquei parado em frente à pia com o olhar perdido no quintal lá fora. O sol tinha se posto pouco antes, o céu se agarrava aos últimos vestígios do dia e a lua ainda não surgira. Aquele céu, um lusco-fusco que ia escurecendo aos poucos, pareceu-me estranhamente ameaçador.

Crescia em mim uma consciência da situação, junto a uma insinuante sensação de temor. Quanto mais pensava na minha mulher, mais eu aceitava o fato de que já não tinha a menor ideia do que ela pensava. Em relação a London, em relação a mim. Em relação a nós. Por algum motivo, apesar de tantos anos juntos, ela havia se tornado uma desconhecida.

Tínhamos feito sexo apenas dois dias antes, mas me perguntei se isso havia acontecido porque ela me amava ou por hábito, um resíduo dos anos passados juntos, algo mais físico do que emocional. Mas essa possibilidade, por mais dolorosa que fosse, era melhor do que a alternativa: que ela havia feito sexo comigo para me distrair, porque estava fazendo ou planejando fazer algo ainda pior, algo que eu não queria imaginar.

Falei para mim mesmo que isso não era verdade e que, mesmo que minha mulher não tivesse certeza do que sentia por mim, sempre iria querer o melhor para nossa família.

Não iria?

Eu não sabia, mas então a ouvi falando em voz baixa enquanto descia a escada. Ouvi-a dizer o nome *Walter* e lhe pedir que esperasse um instante. Entendi que não queria que eu soubesse que estava ao telefone. Ouvi a porta da frente abrir e fechar. Embora não devesse ter feito isso, fui de fininho até a sala de estar. As cortinas estavam fechadas, e o cômodo, escuro. Postei-me atrás das cortinas para olhar pela fresta entre o tecido e o vidro. Eu estava espionando minha mulher, algo que jamais imaginara que fosse fazer, mas o medo crescente parecia ter apagado meu bom senso. Eu sabia que aquilo era errado mesmo no momento em que estiquei o pescoço e afastei a cortina, mas a essa altura já era tarde para parar.

Não consegui ouvir grande coisa até que Vivian riu, um som cheio de alegria que eu não escutava havia anos. Mas o que me espantou não foi só a risada, mas também o jeito como ela sorriu e o brilho em seus olhos, a animação que ela irradiava. Não havia mais sinal da Vivian que chegara mal-humorada do trabalho e fora ríspida com London. A Vivian irada que saíra do nosso quarto havia desaparecido.

Eu já vira aquela expressão antes, em momentos de plena felicidade que em geral tinham a ver com London. Mas também a vislumbrara quando estávamos sozinhos, na época em que eu era mais jovem, ainda solteiro, e estava cortejando uma mulher que conhecera numa festa em Nova York.

Vivian parecia uma mulher apaixonada.

Quando ela entrou em casa outra vez, eu estava no escritório. Com medo do que poderia dizer, evitei lhe dirigir a palavra. Não queria estar na companhia dela e forcei-me a revisar o roteiro de Taglieri, mas as palavras que eu lia não significavam nada.

Senti-a se mover atrás de mim, mas só por um instante. Ouvi seus passos se afastarem até o quarto, onde sabia que planejava encher as duas malas até ficarem abarrotadas.

Passei uma hora no escritório, depois outra, e por fim uma terceira. Vivian finalmente apareceu para falar comigo. Acho que ela foi pega de surpresa pelo fato de eu não a ter procurado. A última coisa que me vira fazer foi reconfortar London aos prantos e, como me conhecia, imaginou que eu fosse tentar conversar sobre o ocorrido.

Mas agora, como ela tantas vezes havia feito comigo, eu a deixara ficar pensando o que estava acontecendo.

– Você vem para a cama?

– Já, já – respondi, sem me virar. – Ainda preciso trabalhar um pouco.

– Está ficando tarde.

– Eu sei.

– Eu não deveria ter gritado com ela como gritei. Pedi desculpas quando fui dar um beijo de boa-noite.

– Que bom. Ela ficou magoada.

Vivian aguardou. Continuei quieto, sem me virar. Ela esperou mais um pouco, mas eu não disse nada.

– Ok, deixa pra lá – disse ela por fim, com um suspiro. – Boa noite.

– Boa noite – sussurrei, mas imediatamente me perguntei se as palavras na verdade significavam adeus.

Treze dias se passaram antes de eu saber a verdade.

No dia seguinte, fui à agência e encontrei a atriz mirim perfeita para o comercial que havia imaginado. As imagens seriam rodadas em setembro, quando boa parte da edição das duas primeiras peças estivesse pronta. Ensaiei com Taglieri e no dia seguinte gravamos em frente ao fórum e terminamos a gravação em off para o segundo comercial. Filmamos o segundo comercial e na semana seguinte fiz as apresentações para os dois cirurgiões plásticos. Saí de uma das reuniões pensando que tinha chance de conseguir meu segundo cliente e comecei a trabalhar numa proposta mais detalhada.

Meu primeiro passo foi mergulhar fundo no site do cirurgião e estudar o e-mail marketing que ele já havia usado. As peças tinham sido criadas pelo gerente do seu consultório e jogavam de modo desorganizado os temas que havíamos debatido: segurança, profissionalismo, melhora da autoestima e tempo de recuperação reduzido. Não tinha dúvidas de que poderia criar uma campanha mais coesa. Em seguida visitei uma dezena de sites de cirurgiões plásticos espalhados pelo país e entrei em contato com meu programador para ter uma estimativa de custos.

Então comecei a trabalhar, e passei dois dias inteiros organizando minhas ideias numa apresentação do que considerava necessária para aquela atividade.

As horas em que eu não estava trabalhando eram dedicadas a London e a cuidar da casa. E da roupa. E do quintal. E dos hamsters. Eu levava e buscava London na escola, no piano e no balé. Vivian a levou à aula de arte no sábado. Fomos andar de bicicleta em seis dias distintos. A essa altura, minha filha já estava confiante o suficiente para, no último passeio, soltar o guidom por alguns segundos em um trecho plano e reto da rua.

Comemoramos bebendo limonada na varanda dos fundos enquanto procurávamos águias-de-cabeça-branca novamente.

Vivian, por sua vez, voltou na sexta-feira à noite e passou a maior parte do fim de semana com London. Foi educada comigo, mas parecia decidida a manter distância entre nós. Fui visitar meus pais sozinho e, quando ela saiu na segunda de manhã, levou consigo mais duas malas abarrotadas. Agora as únicas coisas suas que restavam no closet eram as roupas que raramente usava. Ela disse que iria ocupar um dos apartamentos funcionais, mas a essa altura isso era exatamente o que eu esperava ouvir.

Passou a semana inteira fora. Falava com London pelo FaceTime diariamente às seis da tarde, e de vez em quando tentava me colocar na conversa. Eu não conseguia participar. Ela ficou irritada comigo por causa disso na terça e na quinta e, quando nem assim eu mordi a isca, desligou na minha cara.

Apareceu em casa à tarde, na sexta antes do Dia do Trabalho, e me pegou levemente desprevenido. Na verdade, de certa forma fiquei chocado com o simples fato de vê-la, embora eu não quisesse admitir isso para mim mesmo. London ficou felicíssima. Vivian foi buscá-la na escola e a levou ao balé, e depois a preparou para ir dormir. Avisou-me quando chegou minha hora de subir e eu li quatro histórias e fiquei lá em cima por mais tempo do que precisava, pois estava com medo de encarar Vivian sozinho.

Mas ela não disse nada para me assustar. Embora nossa noite juntos estivesse fora de cogitação, pois nem mesmo eu estava a fim, ela foi estranhamente agradável e conversou banalidades, mas eu também não estava muito disposto a isso.

Sábado e domingo foram dias tranquilos. Vivian passou quase o tempo inteiro com London, só as duas, enquanto eu me exercitava, fazia faxina em casa, revia as imagens dos comerciais e tomava algumas notas, e visitei meus pais. Estava evitando Vivian, pois a essa altura já tinha medo do que ela iria me dizer.

No Dia do Trabalho, na primeira segunda-feira de setembro, Marge e Liz fizeram um churrasco na casa delas. Vivian, London e eu passamos a maior parte da tarde lá. Eu não queria ir para casa, pois sabia o que iria acontecer quando chegássemos.

No fim das contas, eu tinha razão. Depois de eu ler para London e apagar a luz, encontrei Vivian sentada à mesa de jantar.

– A gente precisa conversar.

Ainda agora suas palavras retornam à minha cabeça embaralhadas, mas eu entendi os pontos principais. Simplesmente aconteceu, disse ela. Não tinha sido sua intenção. Ela havia se apaixonado por Walter. Ia se mudar para Atlanta. Poderíamos nos falar na semana seguinte, mas ela iria viajar para a Flórida e para Washington. Além do mais, eu provavelmente iria precisar de tempo para processar o que ela estava me contando. Não via sentido em discutir a questão. Não tinha nada a ver comigo, as coisas aconteciam e pronto. Ela iria embora naquela mesma noite. Tinha dito a London que iria viajar a trabalho outra vez, mas ainda não lhe contara que iria me deixar. Era mais fácil assim, por enquanto, mas nós falaríamos sobre nossa filha quando as emoções não estivessem tão à flor da pele. E ela não iria dormir em casa, acrescentou.

O jatinho particular estava à sua espera.

14
Choque

Quando eu estava na faculdade, costumava sair com meus amigos nos fins de semana, que em geral começavam na quinta-feira por volta das três e terminavam quando acordávamos tarde no domingo de manhã. Um dos caras com quem andava, chamado Danny Jackson, fazia o mesmo curso que eu e acabávamos juntos na maior parte das disciplinas. Como a população estudantil da Universidade Estadual da Carolina do Norte era significativa, tinha impressão de que os deuses da grade universitária deviam ter decidido que precisávamos conviver mais um com o outro.

Danny era o cara mais tranquilo que eu já havia conhecido. Nascido e criado em Mobile, no Alabama, tinha uma irmã mais velha bem bonita que namorava o punter *do time de futebol americano Auburn Tigers. Danny nunca dizia nada de ruim sobre os pais. Deixava implícito que os dois eram razoavelmente legais, tanto quanto pais podiam ser legais, e eles deviam ter transmitido isso ao filho, pois eu também sentia isso em relação a ele. O que quer que eu quisesse fazer, fosse comer um hambúrguer às duas da manhã, passar na festa de alguma fraternidade ou assistir a um jogo no bar ali perto, Danny estava sempre disposto. Sempre que nos encontrávamos, retomávamos naturalmente a conversa do ponto em que havíamos parado, mesmo após semanas sem nos vermos. Ele bebia Pabst Blue Ribbon, que jurava ser a melhor cerveja do mundo, conforme demonstrado pelo laço azul, e, embora com frequência bebesse o suficiente para ficar alegre, parecia ter um botão automático de segurar o ritmo que praticamente o impedia de ficar bêbado. Isso contrastava bastante com o resto da população universitária, para quem ficar doidão parecia ser o principal objetivo de consumir álcool.*

Num sábado à noite, Danny e eu fomos com alguns outros colegas a um dos bares mais frequentados da faculdade. Com a aproximação das provas finais, a maioria de nós estava meio ansiosa, o que, é claro, tentávamos disfarçar. Bebemos como sempre bebíamos, até ficarmos um pouco mais do que altos, todos menos Danny, cujo botão para segurar o ritmo tinha sido acionado.

Ele recebeu uma ligação um pouco depois das onze. Não tenho ideia de como ouviu o celular tocar com todo o barulho que havia no bar. Mas ele escutou, e depois de uma olhada rápida na tela levantou-se da mesa e saiu. Não demos muita importância. Por que daríamos? Tampouco achamos que havia algum problema quando ele entrou outra vez no bar, passou direto por nossa mesa e traçou uma reta até o balcão.

Observei-o se espremer entre algumas pessoas para chamar a atenção do barman. Foi preciso alguns minutos para que o servissem, mas quando ele se virou vi que tinha pedido um drinque, um copo muito alto cheio de um líquido marrom dourado. Ele então se afastou em direção a outra parte do bar, como se tivesse nos esquecido por completo.

De todos ali, eu com certeza era seu melhor amigo, de modo que fui atrás dele. Danny estava encostado na parede perto do banheiro. Quando me aproximei, tomou uma golada da bebida, esvaziando quase um terço do copo.

– Está bebendo o quê? – perguntei.

– Bourbon.

– Caramba. Que copão.

– Pedi para encherem.

– Por acaso perdi o concurso em que a cerveja ficou em segundo lugar?

Não foi uma piada particularmente engraçada, e não sei por que a fiz, só sei que o comportamento dele estava me deixando nervoso.

– Meu pai bebe bourbon – disse ele.

Pela primeira vez, notei sua expressão de choque. Aquilo não era efeito do álcool. Era outra coisa.

– Está tudo bem? – perguntei.

Ele tomou outra golada. O copo agora estava pela metade. Ali devia ter no mínimo quatro, talvez cinco doses. Dali a bem pouco tempo Danny iria ficar bêbado, talvez muito bêbado.

– Não – respondeu ele. – Não está tudo bem.

– O que houve? Quem telefonou?

– Minha mãe – respondeu ele. – Foi minha mãe quem telefonou. – Ele apertou o nariz. – Ela falou que meu pai morreu.

– Seu pai?

– Ele sofreu um acidente de carro. Ela soube faz poucos minutos. Um policial rodoviário foi lá em casa.

– Que... que horror – falei, sem encontrar as palavras certas. – Eu... posso fazer alguma coisa? Posso levar você para casa?

– Ela vai me mandar uma passagem de avião amanhã. Só não sei o que vou fazer em relação às provas finais. Será que eles me deixam fazer segunda chamada semana que vem?

– Não sei, mas você não precisa pensar nisso agora. Sua mãe está bem?

Ele levou um tempão para responder. Seu olhar parecia perdido ao longe.

– Não – falou por fim. Virou o copo de bebida e o esvaziou. – Não está, não. Eu preciso sentar.

– Claro. Vamos.

Levei-o de volta até a mesa. Apesar de todo o álcool que tinha consumido, ele não parecia nem um pouco afetado. Ficou sentado sem dizer nada, sem participar da conversa. Não comentou sobre a morte do pai com mais ninguém à mesa, e uma hora depois eu o levei de carro até seu apartamento.

Ele foi para casa no domingo, como tinha me dito que faria. E, embora fôssemos amigos, eu nunca mais o vi nem tive notícias dele.

– Espere aí – disse Marge.

Depois que eu deixei London na escola na terça de manhã, minha irmã foi direto para minha casa e estávamos os dois sentados à mesa da cozinha.

– Quer dizer que ela simplesmente... foi embora?

– Ontem à noite.

– Ela pelo menos pediu desculpas?

– Não lembro. – Balancei a cabeça. – Não consigo nem... ahn... quero dizer... é...

Eu não conseguia organizar meus pensamentos. As emoções descontroladas, choque, medo, incredulidade e raiva, me jogavam entre um extremo e outro. Embora soubesse ter feito isso, não conseguia me lembrar de levar London à escola poucos minutos antes. O trajeto de carro havia desaparecido por completo.

– Suas mãos estão tremendo – comentou Marge.

– É... Eu estou bem... – Deixei a frase em suspenso e inspirei fundo. – Não era para você estar no trabalho? Posso fazer uns ovos mexidos.

Marge me contaria depois que eu me levantei e fui até a geladeira. Assim que abri a porta, devo ter decidido que na verdade o que eu queria era um café. Fui até o armário onde ficava o pó, então me dei conta de que provavelmente seria melhor primeiro pegar xícaras para nós dois. Mas devo ter pensado que ainda precisava do pó, de modo que pousei as xícaras ao lado da cafeteira. Ela me observou voltar à geladeira e pegar os ovos, então devolvê-los ao mesmo lugar. Disse que eu fui até a despensa, voltei com uma tigela e...

– Que tal eu preparar o café? – sugeriu ela, levantando-se da mesa.

– Ahn?

– Sente aí.

– Você não precisa ir trabalhar?

– Resolvi que vou tirar o dia de folga. – Ela pegou o celular. – Fique aí. Eu já volto. Só preciso avisar meu chefe.

Quando me sentei, fui tomado de novo pela consciência de que Vivian havia me deixado. De que estava apaixonada pelo chefe. Minha mulher tinha ido embora. Vi Marge abrir a porta que dava para a varanda dos fundos.

– Aonde você vai?

– Ligar para meu chefe.

– Vai ligar para seu chefe por quê?

Marge passou o dia inteiro comigo. Foi buscar London na escola e também a levou e buscou na aula de piano. Liz apareceu depois da sua última consulta, e as duas não só fizeram o jantar, como também mantiveram London entretida e a ajudaram a se preparar para dormir. Como era raro as tias virem brincar com ela, London ficou radiante com aquela atenção extra.

Também isso quem me contou foi Marge. Como o trajeto até a escola, eu não conseguia me lembrar de quase nada. A única coisa que de fato lembro é ter olhado para o relógio na parede e esperado Vivian ligar, o que ela nunca fez.

* * *

Na manhã seguinte, após menos de três horas de sono, rastejei para fora da cama me sentindo quase de ressaca, com todos os nervos à flor da pele. Foi um esforço monumental tomar uma ducha e fazer a barba, coisa que eu não tinha feito na véspera. Tampouco havia me alimentado direito, só umas garfadas no café da manhã e no jantar, mas pensar em comida era inconcebível.

Assim que entrei na cozinha, Marge me passou uma caneca de café e começou a servir um prato.

– Sente – disse ela. – Você precisa comer alguma coisa.

– O que você está fazendo aqui?

– O que parece que eu estou fazendo? Passei para me certificar de que você iria comer alguma coisa.

– Não ouvi você bater.

– Eu não bati. Depois que você foi dormir, peguei emprestada sua chave de casa. Espero que não se importe.

– Tudo bem.

Ergui a caneca e dei um gole, mas o café estava com o gosto errado, *esquisito*, por algum motivo. Apesar do aroma convidativo, meu estômago continuou travado. Mesmo assim, afastei a cadeira da mesa e me deixei cair sentado nela. Marge pôs um prato cheio de ovos, bacon e torradas na minha frente.

– Não sei se consigo comer.

– Que pena – rebateu ela. – Você vai comer nem que eu tenha que amarrar você na cadeira e dar na sua boca.

Exausto demais para discutir, forcei-me a engolir algumas garfadas. Por mais estranho que pareça, cada garfada descia mais fácil do que a anterior, mas mesmo assim comi menos da metade do prato.

– Ela me deixou.

– Eu sei – disse minha irmã.

– Não quis nem tentar resolver as coisas.

– Eu sei.

– Por quê? O que foi que eu fiz de errado?

Para ganhar tempo, Marge deu uma inalada em sua bombinha, plenamente consciente de que pôr a culpa em Vivian ou criticá-la só pioraria meu turbilhão emocional.

– Eu não acho que você tenha feito nada de errado. É que relacionamento é uma coisa difícil, e as duas pessoas precisam querer que dê certo.

Por mais verdadeira que fosse essa afirmação, ouvi-la não me trouxe alívio algum.

– Tem certeza de que não quer que eu fique com você hoje? – indagou Marge.

– Não posso pedir que você tire outra folga.

Comer parecia ter estabilizado um pouco meu estado emocional. Eu ainda não estava ótimo, entendam bem. Longe disso. As ondas de sentimentos podiam já não ser os maremotos da véspera, mas ainda assim eram grandes, do tipo das que fizeram o *Andrea Gail* naufragar no filme *Mar em fúria*. Apesar de me sentir um pouco desequilibrado, esperava ser capaz de dar conta do básico. Levar e buscar London na escola. Levá-la ao balé. Pedir uma pizza para o jantar. Sabia que não teria energia mental nem emocional para mais nada, até mesmo ler o jornal ou passar o aspirador estavam além das minhas capacidades. Meu objetivo era simplesmente me manter vivo e cuidar da minha filha.

Marge não pareceu convencida.

– Vou ligar durante o dia para ver como você está. Mais de uma vez.

– Tudo bem – concordei, mas sabia que parte de mim estava com medo de ficar sozinho.

E se eu simplesmente desabasse assim que minha irmã fosse embora? E se eu me estilhaçasse, como o resto do meu mundo?

Vivian tinha me abandonado.

Estava apaixonada por outro.

Eu era um marido horrível, inútil, e havia fracassado.

Eu a havia decepcionado um sem-número de vezes e agora estava sozinho.

Ai, meu Deus, pensei, assim que Marge saiu e fechou a porta. Estou sozinho. Vou acabar morrendo sozinho.

Enquanto London estava na escola, fiquei andando. Caminhei de um canto da casa até o outro, e repeti isso várias vezes. Passei horas andando pelas ruas do meu bairro. As perguntas relacionadas a Vivian se entrechocavam como pistões incansáveis. Será que ela estava em Atlanta ou em outra cidade? Será que havia tirado o dia para arrumar o apartamento ou estava trabalhando? Imaginei-a falando num headfone numa sala no canto ou passando apressada pelo corredor com uma pilha de papéis na mão. O escritório que eu imaginava ia de minimalista e moderno a abarrotado e formal. Perguntei-me se Spannerman estaria com ela. Perguntei-me se ela estaria rindo ao seu lado ou se estaria sentada diante de sua mesa de trabalho segurando a cabeça. Não parava de checar o celular na esperança de ter notícias dela, atento a mensagens de texto ou chamadas perdidas. Não desgrudava do telefone. Queria ouvir a voz dela me dizendo que havia cometido um erro e que desejava voltar para casa. Queria que ela me dissesse que ainda me amava. Queria que me pedisse para perdoá-la, e no fundo do coração eu sabia que não hesitaria em fazê-lo. Eu ainda a amava. Pensar numa vida sem ela era inconcebível.

Enquanto isso, eu seguia me perguntando onde havia errado. Foi ao largar o emprego? Foi por ter engordado um pouco? Foi porque trabalhei demais antes de deixar a Peters? E quando as coisas começaram a dar errado? Quando eu me tornei descartável? Como ela podia nos abandonar? Como podia abandonar London? Será que pretendia levá-la para Atlanta?

A última pergunta era a pior de todas, terrível demais para ser formulada, e quando eu finalmente voltei para casa estava exausto. Sabia que deveria tirar um cochilo, mas assim que me deitei fui tomado por pensamentos incontroláveis. Marge ligou três vezes, e dei-me conta de que ainda precisava contar para meus pais o que tinha acontecido, só que eu ainda não queria acreditar.

Queria que aquilo fosse um sonho.

No meio da tarde, fui buscar London enquanto minha tormenta interior prosseguia. Ela me pediu sorvete e, embora o pedido tenha parecido além das minhas forças, dei um jeito de conseguir chegar à sorveteria. Também dei um jeito de deixá-la no balé no horário certo.

Enquanto ela estava na aula, fui dar uma caminhada. Não sou um homem forte. Fui até o final do pequeno centro comercial. Quando cheguei lá, as lágrimas tinham começado a embaçar minha visão e de repente me vi parado sozinho, com os ombros convulsionados e o rosto enterrado nas mãos.

– Quando é que a mamãe vai chegar? – perguntou London.

Sobre a mesa havia uma embalagem de pizza. Larguei minha fatia. Tinha comido metade.

– Não sei, meu amor. Não falei com ela. Mas assim que descobrir aviso você.

Se ela achou a resposta estranha, não demonstrou.

– Eu contei que Bodhi e eu achamos uma tartaruga bebê no recreio?

– Uma tartaruga bebê?

– A gente estava brincando de pique-pega e eu a encontrei perto da cerca. Era muito fofa. Aí o Bodhi chegou e também achou que ela era muito fofa. A gente tentou dar grama para ela comer, mas ela não estava com fome, e aí todas as outras crianças chegaram e a tia também apareceu. E a gente perguntou se podia pôr a tartaruga bebê numa caixa e levar para a sala, e a tia deixou!

– Que legal.

– Foi mesmo! A professora pegou uma caixa de lápis e pôs a tartaruga bebê dentro, e aí todo mundo foi atrás quando ela levou a caixa para a sala. Acho que a tartaruguinha estava com medo, porque não parava de tentar sair da caixa, só que não conseguia porque escorregava. Aí a gente quis dar um nome para ela, mas a professora disse toda hora que era melhor não, porque ela ia soltar a tartaruguinha.

– A professora não quis ficar com a tartaruga bebê?

– Falou que ela devia estar sentindo falta da mãe.

Senti um nó na garganta.

– É. Faz sentido.

– Mas eu e Bodhi demos um nome para ela mesmo assim. A gente resolveu chamar de Ed.

– Ed, a tartaruga?

– A gente também pensou em chamar de Marco.

– Como vocês sabem que é menino?

– A gente sabe e pronto.

– Ah – falei, e apesar do pesadelo dos últimos dias peguei-me sorrindo.

O sorriso não durou.

Enquanto eu estava guardando os restos da pizza em saquinhos plásticos, Vivian ligou. Ao ver sua foto na tela do celular, senti o coração disparar. London estava na sala de TV assistindo a algum programa e eu saí da cozinha para o quintal. Respirei fundo antes de atender.

– Oi – falei, tentando parecer que tudo estava normal, quando na verdade nada estava. – Tudo bem?

Ela hesitou.

– Comigo, tudo. E com você?

– Aqui está meio estranho. Mas vou levando. Onde você está?

Vivian pareceu pensar se deveria ou não responder.

– Em Tampa – admitiu, por fim. – London está por aí? Ou já entrou no banho?

– Não, ainda não. Ela está na sala de TV.

– Posso falar com ela?

Controlei minha respiração.

– Antes de eu chamar London, você não acha que a gente deveria conversar?

– Russ, não sei bem se é uma boa ideia.

– Por quê?

– Porque eu não sei o que você quer que eu diga.

– O que eu quero que você diga? – repeti. – Eu quero que você dê outra chance para nós, Vivian. – Ignorei o silêncio ensurdecedor do outro lado. – Ainda não sei direito o que está acontecendo. Podemos resolver essa questão, fazer terapia de casal.

A voz dela saiu tensa:

– Russ, por favor. Posso falar com a London? Estou com saudades dela.

Não está com saudades de mim? Ou está com Walter agora?

O pensamento surgiu sem querer e trouxe consigo a imagem da minha mulher ligando de um quarto de hotel, enquanto Walter assistia à TV no cômodo ao lado. Me forcei a entrar de novo em casa e chamar minha filha.

– London, é a sua mãe no telefone. Ela quer dar um oi.

Não pude evitar escutar a conversa, mesmo quando London voltou para a sala de TV. Ouvi-a contar para Vivian sobre seu dia, inclusive sobre a tartaruga, e ouvi-a dizer *Eu te amo*. Ouvi-a perguntar quando Vivian iria voltar para casa. Embora não tenha escutado a resposta, pude notar, pela expressão de London, que ela não gostou muito do que ouviu. *Tá bom, mamãe*, disse ela por fim. *Também estou com saudades. A gente se fala amanhã.*

Vivian sabia que eu costumava colocar o celular no modo avião quando ia dormir. Como velhos hábitos são difíceis de mudar, foi o que fiz nessa noite. Pela manhã, quando tornei a ligar o aparelho, vi que ela havia deixado duas mensagens de voz.

"Sei que você queria conversar, e a gente vai conversar, mas só quando estivermos os dois prontos. Não sei o que mais posso lhe dizer. Quero que você saiba que não planejei nada disso e sei quanto o magoei. Gostaria que as coisas não tivessem acontecido assim, mas também não quero mentir para você.

"Estou ligando principalmente para falar sobre London. As coisas agora estão uma loucura aqui no trabalho com a mudança, o comitê do Walter e as viagens. A gente ainda tem que ir a Washington, e neste fim de semana viaja para Nova York. Como estou viajando muito, acho que o melhor é London ficar com você um tempo. Primeiro, quero me instalar aqui e preparar o quarto dela, mas ainda não tive tempo de começar a fazer nenhuma das duas coisas. Enfim, acho importante você por enquanto não contar a ela o que está acontecendo. Ela já está estressada com a escola e sei que deve estar exausta. Além do mais, acho que a gente deveria contar junto. Espere aí. Já ligo de volta. Não quero que sua caixa postal corte o meu recado."

A segunda mensagem retomava no ponto em que a primeira havia parado:

"Conversei com uma terapeuta hoje sobre a melhor maneira de contar para a London, e ela disse que a gente deve deixar claro para ela que acha melhor morar separado por um tempo, sem falar em divórcio. E é claro que nós dois devemos ressaltar que isso não tem nada a ver com ela e que nós dois a amamos. Enfim, a gente pode conversar mais sobre isso pessoalmente, mas eu queria explicar que estou tentando fazer o que é melhor para London. A gente também precisa conversar sobre quando seria um bom momento para ela vir para Atlanta." Ela fez uma pausa. "Então, acho que é isso. Bom dia para você."

* * *

Bom dia para você?

Ela estava de brincadeira? Sentado na borda da cama, escutei os recados várias vezes. Acho que estava procurando alguma coisa, qualquer coisa, que sugerisse que Vivian ainda sentia algo por mim, mas se havia algo assim eu não escutei. Ouvi diversas vezes as coisas que ela queria, disfarçadas ostensivamente como bem-estar de London, e esse subterfúgio me enfureceu. Enquanto eu estava pensando sobre isso, meu celular tocou.

– Oi – disse Marge, com uma voz preocupada. – Liguei só para saber como você está.

– Não são nem sete da manhã.

– Eu sei, mas estava pensando em você.

– Eu... eu na verdade estou meio puto.

– Ah, é?

– Vivian deixou uns recados.

Resumi as mensagens da melhor maneira que pude.

– Ai, putz... Foi com isso que você acordou? Não chega a ser exatamente uma boa xícara de café, né? Falando nisso, estou na sua rua, quase chegando na sua casa. Pode abrir a porta para mim?

Saí do quarto e desci sem fazer barulho. Quando cheguei à porta, Marge já estava saltando do carro com dois copos de isopor na mão.

Quando a vi se aproximar da casa, notei que já estava vestida para o trabalho.

– Eu posso fazer café em casa – falei.

– Eu sei. Mas queria ver como você estava. Conseguiu dormir?

– Umas quatro ou cinco horas.

– Também não dormi grande coisa.

– Liz não deixou?

– Não. Estava preocupada com você. Vamos entrar. London já acordou?

– Ainda não.

– Que tal se eu a ajudasse a se arrumar enquanto você toma café?

– Eu não estou incapaz.

– Eu sei. Muito pelo contrário. Está se virando bem melhor do que eu estaria no seu lugar.

– Duvido.

Para minha surpresa, ela estendeu a mão e tocou meu rosto, algo que eu não me lembrava de tê-la visto fazer.

– Eu nunca tive que convencer você a descer do castelo de água, não é?

* * *

Graças ao café e à ajuda matinal de Marge, fui levar London à escola me sentindo um pouco melhor do que na véspera. No banco de trás, ela ficou tagarelando sobre o sonho que tivera, algo relacionado a um sapo que mudava de cor toda vez que pulava, e sua alegria inocente era exatamente aquilo de que eu precisava.

De volta à casa, forcei-me a vestir a roupa de corrida. Não corria desde o anúncio de Vivian. Desde que voltara a me exercitar, tinham sido os primeiros dias em que deixava de correr, e torci para que o exercício físico melhorasse o meu ânimo. Apesar de ter acrescentado alguns quilômetros ao percurso, fiquei bem durante a corrida, mas depois de tomar banho me peguei pensando em Vivian outra vez. A fúria que sentira mais cedo havia diminuído, substituída por uma tristeza acachapante.

Aquilo era quase insuportável e, como eu sabia que seria incapaz de encarar mais um dia como os dois que acabara de ter, tinha que fazer alguma coisa. Qualquer coisa. Apesar de estar com zero vontade de trabalhar, forcei-me a ir ao escritório. Assim que me sentei diante da escrivaninha e vi uma foto de Vivian, soube que ficar em casa não iria funcionar. Havia lembranças demais, motivos demais para minha locomotiva emocional recomeçar a soltar fumaça.

Peguei meu laptop e fui até a sala que havia alugado. A recepcionista se espantou ao me ver, mas, como de hábito, informou que não havia recados. Pela primeira vez, eu sinceramente não dei a mínima.

Destranquei a sala. Nada havia mudado desde minha última visita, semanas antes, nada mesmo, e a mesa estava coberta por uma fina camada de poeira. Instalei o laptop sobre ela mesmo assim e abri minha caixa de e-mail.

Havia dezenas de mensagens, a maioria recibos de contas em débito automático ou spam. Apaguei tanto spam quanto consegui e salvei as contas nas pastas apropriadas até sobrarem só os e-mails com links para as imagens dos comerciais. Como a apresentação para o cirurgião plástico já estava terminada, era a vez de Taglieri. Revisei as anotações que fizera no fim de semana anterior: das seis tomadas que havíamos feito em frente ao fórum, três com certeza não davam para ser usadas. Das outras três, acabei escolhendo duas. Achei que ele estava melhor no início da segunda e no final da primeira. Eu tinha um editor de vídeo básico no computador, e com um pouco de edição conseguiria juntar esses dois pedaços. A magia do cinema é mesmo incomparável.

O melhor era que eu tinha *gostado* dele nas imagens gravadas, e tinha certeza de que as outras pessoas também gostariam. Taglieri transmitia exatamente a impressão que eu havia imaginado: honesto, competente, simpático, mas acima de tudo ele *ficava bem* no vídeo. Talvez fosse por causa da luz natural, mas aquelas imagens estavam muito melhores do que os comerciais anteriores que ele havia feito.

As imagens do segundo comercial eram bem mais complexas. Muitos planos diferentes, gravados em diversos ângulos, e um particularmente belo de uma campina com cavalos pastando. Havia também várias pessoas, e tudo isso multiplicava os caminhos possíveis para a peça. Como eu sabia que aquilo iria exigir mais tempo e energia do que eu conseguiria mobilizar, decidi trabalhar apenas no primeiro comercial.

O programa que usei não era profissional, mas deu conta do recado. Eu já tinha conversado com o melhor editor freelancer da cidade e comecei a trabalhar devagar, mas com segurança. Na hora do almoço, obriguei-me a terminar uma tigela de sopa que havia comprado na delicatéssen, depois voltei a editar até a hora de ir buscar London na escola.

Não foi um dia fácil. Sempre que a minha concentração fraquejava, mesmo que fosse apenas por um segundo, a turbulência emocional e as perguntas tornavam a surgir. Eu me levantava e ficava andando pela sala. Em outros momentos, ia me postar junto à janela, e sentia o peito apertar e as mãos começarem a tremer, sentindo a sala abafada. Eu estava *sentindo profundamente* a minha perda de um jeito que me fazia acreditar não haver nenhum motivo para seguir em frente.

Inevitavelmente, porém, como me distrair era minha única esperança de salvação, eu voltava para a mesa e tentava mergulhar no trabalho de Taglieri para esquecer.

– O que você está sentindo é normal – garantiu-me Liz na varanda dos fundos naquela mesma noite quando contei o que estava passando.

Ela e Marge tinham tornado a aparecer na minha casa depois do trabalho. Marge havia levado massinha de modelar e estava sentada no chão com London fazendo várias esculturas.

– Você teve um choque profundo. Qualquer um ficaria abalado.

– Estou mais do que abalado – reconheci. – Mal consigo funcionar.

Embora Liz e eu já tivéssemos conversado centenas de vezes, aquela era a primeira vez que eu sentia *necessidade* de conversar com ela. O dia tinha me deixado exausto. O que eu mais queria era sair correndo, ou então encontrar um lugar escuro e silencioso para me esconder, só que com London isso era impossível. Também não achava que fosse ajudar: afinal de contas, aonde quer que fosse, eu levaria comigo meus pensamentos.

– Mas você disse que foi trabalhar – observou ela. – Levou e buscou London na escola e na aula de piano. E ela já jantou.

– Passei num fast-food a caminho de casa.

– Não tem problema. Você precisa aprender a pegar leve consigo mesmo.

Está lidando com a situação tão bem quanto qualquer um lidaria. Principalmente no que diz respeito às emoções.

– Você ouviu alguma coisa do que eu falei?

– Ouvi, claro. E sei que isso tudo parece insuportável, mas acredite: o fato de deixar as emoções aflorarem em vez de reprimi-las é uma coisa boa. Tem um velho ditado que diz: *a única saída é ir adiante*. Entende o que eu quero dizer?

– Não muito. Mas meu cérebro não parece estar funcionando direito. Da próxima vez que eu assistir ao comercial que editei hoje, vou ficar deprimido de tão ruim que deve estar.

– Se estiver tão ruim assim você conserta, não?

Aquiesci. Eu seria obrigado a consertar. Como Vivian tinha aberto a própria conta no banco, agora cabia a mim pagar todas as contas, inclusive a hipoteca, eu supunha.

– Ótimo. E esse vai ser mais um passo à frente. Quanto ao que eu disse antes: muita gente acha que suprimir ou evitar as emoções é saudável. E às vezes pode até ser, principalmente depois que o tempo passa. Mas logo depois de um acontecimento traumático costuma ser melhor simplesmente deixar os sentimentos aflorarem e experimentá-los de forma plena, sem esquecer que o sentimento vai passar. Lembre que você não é suas emoções.

– Nem sei o que isso significa.

– Você agora está triste, mas não é uma pessoa triste, e também não vai ficar triste para sempre. Está com raiva agora, mas não é uma pessoa raivosa nem vai sentir raiva para sempre.

Depois de refletir sobre o que ela acabara de dizer, balancei a cabeça.

– Eu só queria impedir que as emoções fossem tão intensas. Como faço isso?

– Continue fazendo o que está fazendo. Pratique exercícios, trabalhe, cuide da London. No fim, é só uma questão de tempo.

– Quanto tempo?

– Depende de cada um. Mas a cada dia você vai se sentir menos vulnerável, mais forte e decidido. Se hoje está pensando em Vivian de cinco em cinco minutos, talvez semana que vem pense nela de dez em dez.

– Eu queria poder estalar os dedos e acabar com isso.

– Você e todo mundo que passa por uma situação assim.

Mais tarde nessa noite, depois de London falar com a mãe pelo FaceTime e ir para a cama, continuei conversando com Marge e Liz. Na maior parte do tempo, Marge se contentou em escutar.

– Pela sua experiência, você acha que ela vai voltar? – perguntei a Liz.

– Para ser sincera, já vi as duas coisas acontecerem. Às vezes o que alguém acha que é amor na verdade é atração e, depois que o desejo passa, a pessoa conclui que cometeu um erro. Outras vezes é amor e dura. E outras vezes ainda, mesmo que descubra que foi só atração, a pessoa chega à conclusão de que o sentimento que tinha pela pessoa não existe mais.

– O que eu devo fazer? Ela não quer nem falar comigo.

– Não sei se existe alguma coisa que você possa fazer. Por mais que queira, não pode controlar o outro.

Eu queria beber, queria esquecer e simplesmente parar de me importar, nem que fosse só por um tempo. No entanto, apesar de ter cerveja na geladeira, me segurei, pois temia que, se começasse a beber, só fosse parar quando a geladeira estivesse vazia.

– Não quero controlar Vivian. Só quero que ela volte.

– Eu sei. É óbvio que você ainda a ama.

– Você acha que ela ainda me ama?

– Acho – respondeu Liz. – Só que agora não é o mesmo tipo de amor.

Virei-me para Marge.

– E se ela quiser que London vá morar com ela em Atlanta?

– Você parte para a briga. Contrata um advogado e diz que é melhor ela ficar com você.

– E se London quiser ir? – Senti os olhos começarem a marejar. – E se ela preferir ficar com a mãe?

Nem Marge nem Liz responderam.

Na sexta-feira, levei e busquei London na escola e no balé, e no resto do tempo mergulhei no trabalho como na véspera. Mal estava conseguindo sobreviver. Lembrei-me de que catorze anos antes, num dia horrível que eu jamais iria esquecer, as Torres Gêmeas tinham caído.

Então veio o fim de semana. As sugestões de Liz tinham virado um mantra: me exercitar, trabalhar, cuidar de London, e, embora eu não tivesse planos de ir ao escritório alugado, mesmo assim queria seguir suas recomendações.

Acordei cedo e corri quase 12 quilômetros, meu treino mais longo em anos. Forcei-me a comer no café da manhã, depois preparei o café de London. Enquanto ela relaxava, terminei de editar o primeiro comercial e comecei a trabalhar no segundo. Levei-a à aula de arte e continuei a editar enquanto London estava lá. Minha filha tinha feito um vaso. Ela o levou até o carro com cuidado, prestando atenção para não o deixar tocar em nada.

– A gente vai ter que trazer o vaso de volta na semana que vem para eu poder pintar – contou ela. – Quero pintar umas flores amarelas. E quem sabe uns *camungondos* cor-de-rosa.

– *Camungondos*?

– Ou um hamster. Mas pintar um hamster é mais difícil.

Não entendi por que era mais difícil, mas eu por acaso sabia alguma coisa?

– Ok. Flores e *camungondos*.

– *Camungondos* cor-de-rosa.

– Melhor ainda – concordei. – Está pronta para ir para a casa da vovó?

Ajudei-a a entrar no carro sabendo que estava na hora de contar aos meus pais que Vivian tinha me deixado. Como Marge queria estar presente quando eu lhes desse a notícia, Liz levou London para dar uma volta. Fui chamar meu pai na garagem e ele se sentou ao lado da minha mãe.

Falei tudo de uma vez. Quando terminei, o primeiro a se manifestar foi meu pai.

– Ela não pode ir embora. – Ele franziu o cenho. – Ela tem uma filha.

– Eu deveria ligar para ela – interveio minha mãe. – Deve ser só uma fase.

– Não é uma fase. Ela confessou que está apaixonada pelo cara. E agora tem o próprio apartamento.

– Quando é que ela vem à cidade? – perguntou minha mãe. – Se for no fim de semana que vem, seu pai e eu vamos estar fora. Vamos visitar seu tio Joe em Winston-Salem. É aniversário dele.

Alguns anos mais novo do que meu pai, Joe era mecânico e nunca tinha se casado, mas tivera uma sucessão de namoradas firmes ao longo dos anos. Quando eu era jovem, ele era meu tio maneiro, e lembro que me perguntava por que jamais se casara. Agora desconfiava que ele talvez soubesse o que estava fazendo.

– Não faço a menor ideia de quando ela vai vir.

– O trabalho deve estar estressante demais – comentou minha mãe. – Ela não está raciocinando direito.

– Como ela vai fazer para ver a filha? – quis saber meu pai.

– Não sei, pai.

– Ela não quer ver a filha? – insistiu meu pai.

– Eu deveria mesmo ligar para ela – repetiu minha mãe, nervosa.

– Mãe, você não vai ligar para ela – interveio Marge. – Isso é assunto deles. Tenho certeza de que Vivian vai voltar para ver a filha. E, embora ela não tenha dito quando ao Russ, imagino que seja na próxima semana ou algo assim. Enquanto isso, provavelmente não é a melhor hora para soterrar Russ com uma tonelada de perguntas, nem para começar a planejar nada. Como vocês podem imaginar, ele teve uma semana bem complicada.

– Tem razão – disse minha mãe de repente. – Me desculpe. É que é muito chocante, sabe?

– Não faz mal, mãe – falei.

Vi meu pai se levantar do sofá e ir até a cozinha.

– Como você está se virando? – perguntou minha mãe para mim.

Passei a mão pelos cabelos.

– Estou fazendo o melhor que posso.

– Quer ajuda com alguma coisa? Está precisando de ajuda com London?

– Não. Estou conseguindo lidar com essa parte. Agora que ela está na escola, tem sido mais fácil.

– Por que não a traz para jantar aqui algumas noites por semana? Isso ajudaria?

Notei que minha mãe sentia necessidade de ajudar.

– Seria ótimo. Ela gosta bem mais da sua comida do que da minha.

Senti o contato de um vidro gelado no ombro. Meu pai estava segurando uma cerveja em cada mão e me estendeu uma das garrafas.

– Tome – disse ele. – Estou na garagem se você quiser conversar.

Vinte minutos mais tarde, quando entrei na garagem, meu pai me indicou um banquinho enquanto ele se acomodava numa caixa de ferramentas. Eu tinha trazido uma segunda cerveja para cada um. Um pensamento não me saía da cabeça, algo que não havia comentado nem com Marge nem com Liz, e queria a opinião dele.

– Não sei se eu vou conseguir.

– Conseguir o quê?

– Ser pai solteiro. Cuidar da London. Talvez fosse melhor ela ir morar em Atlanta com Vivian.

Meu pai abriu a cerveja que eu havia trazido.

– Suponho que você queira que eu diga que concordo.

– Não sei o que eu quero.

– Esse não é seu verdadeiro problema. Seu verdadeiro problema é que você está com medo.

– É claro que eu estou com medo.

– Ser pai é isso. Fazer o melhor possível, morrendo de medo de estar errando. Na minha opinião, nada deixa os cabelos brancos mais depressa do que os filhos.

– Você e a mamãe não tiveram medo.

– É claro que tivemos. Só nunca deixamos transparecer.

Perguntei-me se isso era verdade.

– Você acha que eu deveria brigar pela London como Marge falou? Se a coisa chegar a esse ponto?

Meu pai coçou a calça jeans e deixou uma mancha de graxa no tecido.

– Russ, eu acho que você é um pai bom pra cacete. Melhor do que eu fui, isso com certeza. E acho que London precisa de você.

– Ela também precisa da mãe.

– Pode ser. Mas pense no jeito como você tem cuidado dela. Sei que não foi fácil, mas você levantou da cama, foi lá e fez, e ela é uma menina feliz. E ser pai é isso. Você faz o que é preciso, e ama sua filha da melhor maneira de que é capaz. É isso que você tem feito e sinto muito orgulho de você. – Ele fez uma pausa. – Enfim, é isso que eu penso.

Tentei recordar quando ele havia me dito algo desse tipo antes, mas sabia que a resposta era nunca.

– Obrigado, pai.

– Você não vai chorar, vai?

Apesar de tudo, eu ri.

– Não sei, pai.

– Por que você está chorando?

Enxuguei uma lágrima que não sabia que estava ali.

– Ultimamente não preciso de muita coisa para isso.

15

Um dia de cada vez

Ao contrário de Danny, estive presente para testemunhar a angústia da minha mãe à medida que ela foi perdendo os parentes com quem crescera, um depois do outro. Eu tinha 13 anos quando meu avô morreu, 18 quando chegou a vez da minha avó, 21 quando minha mãe perdeu o primeiro irmão e 28 quando seu último irmão partiu deste mundo.

Em todas essas ocasiões, foi minha mãe quem precisou suportar o fardo mais pesado. Todas as quatro foram mortes demoradas, com idas frequentes ao hospital para administrar o veneno na esperança de matar o câncer antes que o câncer os matasse. Houve queda de cabelo e enjoos, fraqueza e perda de memória. E houve dor. Sempre muita dor. Já perto do fim, houve alguns dias e noites passados no CTI, em que meus parentes às vezes choravam de agonia. Minha mãe esteve presente o tempo todo. Todas as noites, depois do trabalho, ia para a casa deles ou para o hospital e passava horas ao lado deles. Limpava seus rostos com panos molhados e lhes dava de comer com canudos. Chegou a ter intimidade suficiente com médicos e enfermeiros de três hospitais distintos para chamá-los pelo primeiro nome. Quando chegou a hora, foi minha mãe quem cuidou dos funerais, e eu sempre soube que, apesar da nossa presença, ela se sentia muito sozinha.

Nas semanas e meses que se seguiram ao quarto funeral, pensei que ela fosse dar a volta por cima como sempre acontecera. Na superfície, minha mãe não havia mudado: continuava usando aventais, continuava passando a maior parte do tempo na cozinha quando Vivian e eu íamos visitar. Mas ela se tornou mais calada do que antes, pelo que me lembrava, e de vez em quando eu a pegava olhando pela janela acima da pia, alheia aos ruídos que fazíamos em volta. Pensei que tivesse a ver com a morte mais recente. Foi Vivian quem por fim sugeriu que a tristeza da minha mãe era cumulativa, e esse comentário me soou preciso e correto.

Como devia ser perder a família inteira? Isso é inevitável para qualquer um, suponho. Afinal, tem sempre alguém que sobrevive aos outros. Mas o comentário de Vivian me fez sentir pena de minha mãe toda vez que a visitava. Era como se sua perda tivesse virado minha, e comecei a passar lá com mais frequência.

Ia duas ou três vezes por semana depois do trabalho, ficava um pouco com minha mãe e, embora não conversássemos sobre aquilo que ela, e eu também, estávamos enfrentando, esse fato estava sempre presente entre nós, uma tristeza que contaminava tudo.

Certa noite, alguns meses depois de eu desenvolver esse novo hábito, passei na casa deles e vi meu pai podando a cerca viva enquanto minha mãe aguardava na frente de casa. Meu pai fingiu não notar que eu tinha chegado e nem se virou.

– Vamos dar uma volta de carro – anunciou minha mãe. – O que eu quero dizer com isso é que você vai dirigir.

Ela marchou em direção ao meu carro, abriu a porta do carona, sentou-se e fechou-a.

– O que está acontecendo, pai?

Ele parou de podar, mas não se virou para mim.

– Entre no carro e pronto. É importante para sua mãe.

Fiz o que eles mandavam e, quando perguntei aonde estávamos indo, minha mãe falou para seguir até o Corpo de Bombeiros.

Ainda confuso, fiz o que ela dizia e, quando estávamos chegando, ela de repente me disse para virar à direita. Dois quarteirões adiante, instruiu-me a dobrar à esquerda. Àquela altura, até eu sabia aonde ela queria que eu fosse, e paramos em frente a um portão ladeado por terrenos arborizados. Na nossa frente estava a torre da caixa-d'água. Minha mãe desceu do carro e eu fui atrás.

Ela passou algum tempo sem falar nada.

– Mãe, por que a gente veio aqui?

Ela inclinou a cabeça, e seus olhos pareceram seguir a escada que ia dar no patamar perto do topo.

– Eu sei o que aconteceu – disse ela. – Quando Tracey terminou com Marge. Sei que ela ficou arrasada e que você a encontrou aqui. Ainda era uma criança, mas deu um jeito de convencê-la a descer e a levou de volta ao alojamento.

Engoli qualquer negativa – algo fácil de falar, mas difícil de fazer. Nada do que eu dissesse teria importância. Aquele momento pertencia à minha mãe.

– Você sabe o que é pensar que minha filha poderia ter morrido aqui? Quando ela me contou, lembro que me perguntei por que ela não tinha ligado para mim ou para seu pai. Mas eu também sabia a resposta. Vocês dois compartilham uma coisa maravilhosa, e não sei nem explicar quanto orgulho isso me dá. Podemos não ter sido os melhores pais do mundo, mas pelo menos criamos vocês dois direito.

Ela continuou a encarar o castelo de água fixamente.

– Você se encrencou muito, mas nunca abriu o bico. Nunca disse onde tinha estado naquela noite. Eu queria dizer que sinto muito.

– Não tem problema – falei.

Quando ela se virou para mim, vi na sua expressão uma profunda tristeza.

– Você tem um dom – revelou ela. – Sente as coisas com muita profundidade, se envolve muito. Isso é maravilhoso. É por isso que você sabia exatamente como agir com Marge. Você pegou a dor dela e a transformou na sua dor, e agora está tentando fazer a mesma coisa comigo.

Embora ela tenha ficado calada por alguns instantes, eu sabia que havia mais coisa por vir.

– Eu sei que você acha que está ajudando, mas, não importa o que fizer, não vai conseguir levar embora minha tristeza. Só que você está ficando triste também. Isso parte o meu coração, e eu não quero que você faça isso. Estou atravessando essa situação um dia de cada vez, mas não tenho forças para me preocupar com você também.

– Não sei se eu consigo parar de me preocupar com você.

Ela tocou meu rosto.

– Eu entendo. Mas quero que você tente. Lembre-se de uma coisa: eu consegui atravessar todos os piores dias da minha vida até agora. Seu pai também, Marge também. E você também, claro. E o jeito de atravessá-los é um dia de cada vez.

Mais tarde naquela noite, pensei no que minha mãe tinha dito. Ela estava certa, claro, mas o que eu não sabia era que, por mais que a vida tivesse me desafiado em determinados momentos, os piores dias ainda estavam por vir, e seriam os piores de todos.

Nove mil, trezentos e sessenta minutos.

Era o tempo que fazia, pelo menos *aproximadamente*, desde que meu mundo tinha virado de cabeça para baixo, e eu sentia uma espécie de hiperconsciência da passagem de cada um desses minutos. Na semana anterior, cada um deles havia transcorrido com uma dolorosa lentidão, e eu parecia experimentá-los com cada célula do meu corpo, a cada movimento do relógio.

Estávamos na segunda-feira, 14 de setembro. Uma semana antes, Vivian tinha me deixado. Eu continuava a pensar nela de maneira obsessiva, e na noite anterior tivera dificuldade para dormir. A corrida ajudou, mas quando voltei tinha perdido o apetite. Na última semana, havia perdido mais 3 quilos.

Estresse. A dieta infalível.

Desde que peguei o telefone para ligar, acho que já sabia o que ia fazer. Disse a mim mesmo que só queria saber para onde Vivian iria viajar naquela semana, mas não era verdade. Quando a telefonista da Spannerman atendeu, pedi para falar com Vivian e acabei caindo numa mulher chamada Melanie, que se apresentou como sua assistente. Eu nem sabia que minha esposa tinha uma assistente, mas pelo visto havia muita coisa a seu respeito que eu desconhecia, ou que talvez jamais tenha ficado sabendo.

Fui informado de que Vivian estava numa reunião e, quando Melanie perguntou meu nome, menti. Falei que eu era um jornalista da cidade e queria saber se ela estaria disponível naquela semana para uma declaração. Melanie respondeu que Vivian estaria no escritório naquele dia e no seguinte, mas que depois disso iria viajar.

Então liguei para Marge e perguntei se ela poderia buscar London na escola e depois levá-la ao balé. Falei que iria me encontrar com Vivian, mas que voltaria para casa à noite.

Atlanta ficava a quatro horas de Charlotte.

Não sei bem como imaginei que minha visita surpresa iria correr. No carro, as previsões iam se substituindo umas às outras. Tudo que eu sabia era que precisava ver Vivian. Parte de mim torcia para que a casca dura que ela me apresentara ao telefone derretesse na minha presença, e para encontrarmos um jeito de salvar nosso casamento, nossa família e a vida que eu ainda queria ter.

Durante o trajeto, senti um nó no estômago, indício de uma ansiedade crescente que tornou a viagem mais difícil do que deveria ter sido. Por sorte, o tráfego estava relativamente tranquilo e cheguei aos arredores de Atlanta às 11h45. Quinze minutos mais tarde, com os nervos à flor da pele, achei o novo prédio da Spannerman e parei no estacionamento.

Encontrei uma vaga na área de visitantes, mas, antes de sair do carro, hesitei. Não sabia o que fazer. Deveria ligar para ela e avisar que estava ali? Ou simplesmente entrar no prédio e aparecer na recepção? Ou, ainda, passar pela recepção pisando firme e confrontá-la em sua sala? As incontáveis variações da conversa que eu havia imaginado no carro sempre começavam comigo sentado na sua frente à mesa de um restaurante, não com o processo que conduziria a essa etapa.

Minha mente, eu sabia, não estava funcionando direito nos últimos dias.

Vivian com certeza teria preferido que eu ligasse. Assim, talvez pudesse me evitar por completo. Por esse motivo, entrar de surpresa no prédio parecia um plano melhor, mas e se ela estivesse em reunião? Deveria deixar meu nome e me sentar na sala de espera, feito uma criança chamada para falar com o diretor da escola? Queria ir direto até a sala dela, mas não tinha ideia de onde ficava, e algo desse tipo causaria uma cena, o que talvez só piorasse as coisas.

Forcei-me a saltar do carro enquanto seguia pesando as alternativas. A única coisa de que tinha certeza era que precisava esticar as pernas e ir ao banheiro. Vi um café do outro lado da rua e atravessei o tráfego engarrafado até lá. Ao sair do café, atravessei a rua de volta e decidi ligar para Vivian da portaria do prédio. Foi então que os vi: Spannerman e ela, dentro de um Bentley marrom, preparando-se para sair do estacionamento. Sem querer que eles me vissem, aproximei-me do prédio e encolhi a cabeça. Ouvi o ronco do motor quando o carro enfim passou e se misturou ao tráfego.

Embora desde o início eu não tivesse um plano de verdade, o pouco que tinha estava virando fumaça. Apesar de não estar com fome, imaginei que pudesse comer alguma coisa e tentar encontrá-la dali a uma hora ou algo assim, o que parecia melhor do que ficar esperando, e andei de volta até o carro.

Ao sair do estacionamento, notei que o tráfego mal tinha andado e ainda podia ver o Bentley uns oito carros à frente do meu. Mais adiante, estava acontecendo algum tipo de obra: um caminhão carregado com vigas de aço entrava de ré numa construção e o tráfego na rua havia sido interrompido.

Quando o caminhão entrou, o trânsito recomeçou a fluir. Fui em frente, atento ao Bentley mais à frente, e o vi dobrar à direita. Ao fazer a curva, senti-me um espião, ou melhor, um sinistro detetive particular, mas pensei que, como não iria confrontá-los durante o almoço nem fazer nenhuma loucura, não havia nada de mais. Eu só queria saber aonde eles estavam indo almoçar. Queria saber alguma coisa sobre a nova vida que minha mulher estava levando, e isso era normal, era algo que qualquer um faria.

Não era?

Apesar disso, podia sentir minha raiva aumentar. Agora havia apenas um carro entre nós e eu podia vê-los mais à frente. Imaginei Walter falando e Vivian respondendo. Imaginei a mesma expressão de alegria que ela exibira ao falar ao telefone com ele depois de discutir com London, e minha raiva se transformou em decepção e tristeza por tudo que eu havia perdido.

Por que ela não me amava mais?

O trajeto deles não durou muito tempo. Eles pegaram uma rua à esquerda, depois entraram rapidamente na garagem subterrânea de um vistoso arranha-céu chamado Belmont Tower. Havia um porteiro em frente ao prédio, daqueles que se veem em Nova York, e passei direto, até finalmente parar no estacionamento de um restaurante no quarteirão seguinte.

Desliguei o motor e pensei se haveria um restaurante dentro do arranha-céu. Perguntei-me se era lá que ficavam os apartamentos funcionais. Perguntei-me se era lá que Spannerman morava.

Usei o celular e descobri: Belmont Tower era um empreendimento da construtora Spannerman. Havia também um vídeo. Cliquei nele, e Walter Spannerman apareceu louvando as vantagens do prédio. Como um último atrativo para os compradores, ele anunciava com orgulho que havia decidido morar na cobertura do edifício.

Parei o vídeo, mas, como um homem que decide andar sozinho até o local da própria execução, saltei do carro e me dirigi ao Belmont Tower. Quando estava perto, acenei para o porteiro, e ele veio até mim.

– Belo prédio – comentei.

– Sim, senhor. É lindo mesmo.

– Estava pensando: ele tem um restaurante? Ou um salão de jantar para os moradores?

– Não, não tem. Mas o prédio tem convênio com o La Cerna, logo ao lado. É um restaurante cinco estrelas.

– Tem algum apartamento para alugar?

– Não, senhor.

Levei uma das mãos ao bolso.

– Certo – falei. – Obrigado pela ajuda.

Minutos depois, atordoado por concluir que o mais provável era Vivian ter ido com Spannerman para a cobertura dele, eu estava de volta ao meu carro a caminho de Charlotte.

Cheguei meia hora depois de London voltar da escola e quando abri a porta ela veio correndo.

– Papai! Onde você estava?

– Tive que trabalhar – menti. – Me desculpe por não ter podido ir buscar você.

– Não faz mal. A tia Marge foi. Ela me trouxe para casa. – Ela me envolveu com os braços. – Estava com saudade.

– Eu também, neném.

– Te amo.

– Idem – falei.

– O que quer dizer *idem*?

– Você diz "idem" quando quer dizer a mesma coisa. Você disse que me ama, então eu disse "idem", ou seja, eu também amo você.

– Que legal – comentou ela. – Não sabia que dava para fazer isso.

– Este mundo é louco, não é? Aprendeu alguma coisa divertida na escola?

– Aprendi que aranha não é inseto. É uma coisa chamada *aracmídeo*.

– Aracnídeo, você quer dizer?

– Não, papai. *Aracmídeo*, com M.

Eu tinha bastante certeza de que estava enganada, mas ela acabaria descobrindo por si mesma.

– Que bacana.

– É porque os insetos têm seis patas e as aranhas têm oito.

– Uau... você é muito inteligente, sabia?

– Mas ainda assim eu não gosto de aranha. Também não gosto mais de abelhas. Mesmo elas fazendo mel. Mas borboletas são bonitas.

– Como você. Você também é bonita. Mais do que qualquer borboleta. Posso dar oi para a tia Marge um instantinho?

– Pode. Preciso ver se está tudo bem com o Seu Confete e a Dona Confete. Você se lembrou de pôr água para eles?

Xi.

– Não, não lembrei. Mas eles estavam com bastante água ontem. Com certeza estão bem.

– Vou lá ver.

Beijei-a na bochecha e a coloquei no chão. Ela correu em direção à escada e sumiu de vista. Percebi que Marge nos observava da cozinha.

– Você é um bom pai, sabia? – disse ela quando me aproximei.

– Eu tento. Como foi hoje?

– Durante a hora que tive que passar com ela, você quer dizer? Precisei trazê-la para casa *e* comprar um picolé. Aí mamãe apareceu com uma tonelada de comida e precisei cuidar disso também. Guardei um pouco na geladeira e o restante no congelador, aliás. Digamos apenas que você me deve uma fortuna por hoje. Estou exausta. Que dia! Não sei se aguento outro dia assim.

Minha irmã obviamente tinha um talento natural para o melodrama sarcástico.

– Não achei que fosse voltar tão cedo.

– Nem eu. E quando você chegou parecia um purê de batata. O que houve? Encontrou com ela?

– Eu a vi. Bom, meio que vi.

Contei o que tinha acontecido. Enquanto eu falava, ela serviu dois copos de água gelada e me entregou um.

– Posso fazer uma pergunta?

– Pode.

– Por que não a esperou voltar?

– Depois que eles foram para a casa de Spannerman, percebi que não queria encontrá-la.

– Por quê?

– Ela estava... *com ele*. Provavelmente na cobertura dele, ou sei lá. E...

– E daí? Ela deixou você. Disse que estava apaixonada por ele. Você sabe que eles estão indo para a cama, não sabe?

– Sei. Só não gosto de pensar nesse assunto... Não *quero* pensar nesse assunto.

Marge fez uma expressão compreensiva.

– Ou seja, você é perfeitamente são.

Hesitei, e me dei conta de que estava totalmente exaurido.

– O que é que eu vou fazer?

– Cuidar de si mesmo. E continuar sendo um bom pai para London.

– Em relação a Vivian, digo.

– Por enquanto vamos nos preocupar só com você e sua filha, ok?

Eu nunca deveria ter ido a Atlanta.

Na terça-feira, tentei mergulhar no comercial de Taglieri, mas foi difícil manter a concentração e fiquei pensando sem parar em Vivian. Tornava a vê-la no Bentley, com Spannerman no banco ao seu lado. Toda vez que imaginava seu rosto, exibia a mesma expressão apaixonada que eu tinha visto no quintal.

Essas imagens me assombravam e traziam consigo um sentimento de inadequação. De inferioridade. Eu não fora apenas rejeitado: fora substituído por alguém mais rico e mais poderoso, capaz de fazer Vivian sorrir e gargalhar de um jeito que eu não conseguia.

Ela me abandonara não por motivos próprios, mas por minha causa.

No dia seguinte, eu disse isso para Marge ao telefone. Como não conseguiu me tirar do baixo-astral, ela e Liz apareceram na minha casa depois do trabalho. Era terça à noite, e eu tinha servido London uma das refeições preparadas por minha mãe. Assim que as duas chegaram, Marge e London foram assistir a um filme na sala de TV, enquanto Liz e eu fomos sentar na varanda dos fundos.

Contei tudo o que havia acontecido e como eu estava me sentindo. Quando terminei, Liz uniu as mãos.

– O que você acha que aconteceria se falasse com ela?

– Eu esperava que ela decidisse voltar. Ou pelo menos que a gente fosse conversar sobre uma maneira de resolver as coisas.

– Por quê? Ela deu alguma indicação de que queria voltar? Ou tentar resolver as coisas?

– Não – confessei. – Mas Vivian é minha mulher. A gente mal se falou desde que ela saiu de casa.

– Tenho certeza de que vocês vão conversar quando ela estiver pronta. Só não posso prometer que você vai gostar do que ela vai dizer.

Não foi difícil ler nas entrelinhas.

– Você acha que ela não vai voltar, não é?

– Não tenho certeza se minha opinião é melhor do que a de qualquer outra pessoa. Nem se é relevante.

– Tem razão. Não é relevante. Mas já viu situações como essa e você conhece Vivian. Eu gostaria de saber o que você acha.

Liz suspirou.

– Não. Não acho que ela vá voltar.

Eu queria ficar anestesiado. Não queria sentir nem pensar em Vivian, mas parecia que a única hora em que conseguia esquecê-la era quando London estava na escola e eu me enterrava no trabalho. Na quarta-feira, continuei mergulhado no segundo comercial de Taglieri, antes de finalmente mandá-lo para o editor, que daria os últimos retoques e finalizaria. Na quinta à tarde, trabalhei na apresentação para o cirurgião. Eu iria propor uma campanha muito diferente da que havia recomendado a Taglieri, com uma presença on-line bem mais maciça e um site fácil de usar, forte ênfase em depoimentos de pacientes em vídeo, e-mail marketing, mídias sociais e outdoors, e, embora eu não estivesse nem perto de cem por cento durante a apresentação, saí da reunião no dia seguinte com um acordo de boca, sabendo que conseguira meu segundo cliente. Assim como Taglieri, o cirurgião contratou meus serviços por um ano.

Com esses dois clientes, dei-me conta de que havia coberto quase metade do meu antigo salário, sem contar os bônus. Era o suficiente para dar conta das minhas despesas mensais, com alguns pequenos cortes aqui e ali, e isso facilitou substancialmente as coisas quando peguei no telefone para cancelar os cartões de crédito conjuntos que tinha com Vivian.

Avisei a ela por mensagem de texto.

Ela me ligou mais tarde nessa noite. Desde minha insensata aventura em Atlanta na segunda-feira, eu vinha deixando London atender o telefone toda vez que a imagem de Vivian aparecia na tela. Dessa vez, ela avisou que Vivian iria me ligar mais tarde. Quando subiu para se preparar para dormir, perguntei-me se ela já havia entendido que as coisas entre mim e sua mãe não eram mais as mesmas ou que nós não seríamos mais uma família.

Enquanto esperava a ligação, tentei não criar expectativas, mas não pude evitar. Me imaginava ouvindo-a pedir desculpas ou dizer que iria voltar para casa, mas mesmo assim, em meio à turbulência das minhas emoções, esses pensamentos eram substituídos pela lembrança do que Liz me dissera ou de que o único motivo pelo qual Vivian estava ligando era porque eu havia cancelado os cartões e ela queria que eu soubesse quanto estava zangada.

Essa variação de humor me deixou exausto e, quando o celular finalmente tocou, eu já estava com pouca energia emocional para gastar, não importava o que ela pudesse dizer.

Deixei o aparelho tocar quatro vezes antes de por fim atender.

– Oi. London disse que você iria ligar.

– Oi, Russ – disse ela com uma voz calma, como se nada houvesse mudado entre nós. – Tudo bem?

Perguntei-me se ela realmente se importava ou se estava só sendo educada. Perguntei-me por que sentia tanta necessidade de tentar interpretar suas intenções, em vez de deixar simplesmente o telefonema fluir.

– Tudo – forcei-me a dizer. – E você?

– Tudo bem também. London estava com uma voz de quem vai ficar resfriada.

– Ela não comentou nada comigo.

– Nem comigo. Mas deu para ouvir na voz dela. Veja se ela está tomando as vitaminas. Pode valer a pena dar um pouco de suco de laranja para ela de manhã. Ela provavelmente vai precisar tomar um remédio pediátrico para resfriado.

– Como é que ela pode ficar resfriada? Está fazendo mais de 30 graus lá fora.

– Ela entrou na escola. Crianças novas, micróbios novos. Acontece em todas as escolas no começo do ano letivo.

– Tudo bem – concordei. – Vou ter que sair para comprar o suco e o remédio, mas ela tem tomado as vitaminas.

– Não esqueça. Enfim, estou ligando por vários motivos. O primeiro é que vou a Charlotte neste fim de semana. Estou com muitas saudades da London e, se você não se importar, gostaria de passar um tempo com ela.

Mas não comigo.

– Claro – respondi, mantendo a voz firme. – Ela vai adorar. Também está com saudades de você.

– Ótimo. Obrigada.

Pude ouvir seu alívio e me perguntei por que ela havia imaginado qualquer outra reação.

– Mas tem uma coisa – continuou Vivian. – Não acho que seja uma boa ideia eu ficar num hotel. Seria muito estranho para ela.

Franzi o cenho.

– Por que você ficaria num hotel? Pode ficar aqui em casa. A gente tem um quarto de hóspedes.

– Acho que ela iria notar se eu dormisse no quarto de hóspedes. E, mesmo que não note, não acho que a gente deva colocá-la na situação de imaginar nós três num programa juntos. Eu gostaria mesmo que ficássemos só nós duas, para o bem dela. Para ela não ficar confusa.

– O que você está querendo dizer?

– Você se incomoda de ir para a casa dos seus pais? Ou quem sabe ficar com Marge e Liz? Nas noites de sexta e de sábado?

Sentir minha pressão sanguínea subir.

– Você está brincando, não é?

– Não, Russ, não estou. Por favor. Sei que estou pedindo muito, mas não quero tornar as coisas ainda mais difíceis para London do que já estão.

Ou talvez você não queira tornar as coisas mais difíceis para você, pensei.

Deixei o silêncio pairar entre nós.

– Ok. Acho que posso falar com Marge. Meus pais vão estar fora.

– Obrigada.

– Lembre que London tem balé na sexta no final do dia, depois aula de arte no sábado de manhã, então provavelmente não vai dar tempo de você ir à ioga.

– Eu sempre coloquei minha filha em primeiro lugar, Russ. Você sabe disso.

– Você tem sido uma ótima mãe – reconheci. – Ah, para a aula de arte você vai ter que levar o vaso que ela fez semana passada. Neste sábado ela vai pintar.

– Onde o vaso está?

– Coloquei na despensa. Na prateleira do alto, à direita.

– Entendido. Ah, uma última coisa.

– Hum?

– Queria saber se você está com tempo para almoçar amanhã. Por volta de uma e meia, pode ser? A gente precisa conversar antes de eu ir buscar London na escola.

Apesar de tudo, senti o coração dar um pulo com a ideia de me sentar diante dela numa mesa. Com a ideia de vê-la.

– Claro. Onde?

Ela disse o nome de um lugar que nós dois conhecíamos, aonde havíamos ido muitas vezes. Inclusive, uma vez, em nosso aniversário de casamento.

Desliguei pensando se aquilo seria um sinal.

– É claro que você pode ficar com a gente – disse Marge ao telefone.

Eu acabara de voltar do mercado e guardara o suco de laranja na geladeira antes de ligar para minha irmã.

– Mas tem que prometer que não vai ficar andando de cueca velha nem vai se sentar à mesa sem camisa. Na verdade, nem precisa trazer nenhuma cueca velha, ok?

– Você não me conhece?

– É claro que conheço. Por que acha que estou dizendo isso?

– Eu prometo.

– Só que no sábado à noite a gente não vai estar aqui. Você vai ficar em casa sozinho. Um amigo nosso vai fazer um *open house.*

Sem mulher, sem filha, sem pais e agora sem irmã para me fazer companhia no fim de semana. Perguntei-me quando tinha sido a última vez que eu ficara sozinho e calculei que fazia anos que algo assim não acontecia.

– Sem problemas. Vou trabalhar.

– Eu vou ligar mesmo assim, para me certificar de que está tudo bem. Mas, voltando a Vivian, tem certeza de que esse almoço é uma boa ideia?

– Por que não seria?

– Quando alguém diz que "precisa conversar", nunca é boa coisa.

– Não estou esperando grande coisa, acredite.

– Que bom. Você se lembra do que Liz falou, não lembra? Ela não vai dizer que quer voltar.

– Liz contou sobre a nossa conversa?

– É claro que não. Mas eu conheço você, e não é muito difícil imaginar que tipo de pergunta você faria a ela. E, como eu conheço a Liz, sei também o que ela disse. Nós duas já conversamos um milhão de vezes sobre o que está acontecendo, sabe? Tem sido um assunto recorrente lá em casa estes dias.

– Vocês duas têm mais o que conversar além do meu casamento.

– E você teria razão 99% das vezes – disse ela. – Mas nos últimos tempos? A gente com certeza está nesse ínfimo 1%.

– Sobre o que mais vocês têm conversado?

– Sobre como você está sofrendo, e que a gente não sabe o que dizer para melhorar as coisas. Você é um homem tão bom, um pai tão bom... Não é justo.

Aquilo me deixou sem palavras.

– Não precisa se preocupar comigo – consegui dizer.

– Lógico que preciso. Eu sou sua irmã mais velha, lembra?

Hesitei.

– Você acha que Vivian também está sofrendo?

– Tenho certeza de que está. Não é possível fazer o que ela fez sem sentir pelo menos um tiquinho de culpa. Mas não sei se Vivian fica remoendo o que sente do mesmo jeito que você. Minha impressão é que vocês dois são muito diferentes.

Fazia sentido. Mesmo assim...

– Eu ainda gosto dela. Ela é uma esposa maravilhosa.

Marge respirou fundo do outro lado da linha.

– Tem certeza disso?

* * *

Vivian tinha razão em relação a London: quando ela acordou na sexta-feira, sua voz estava meio rouca e a caminho da porta ela começou a esfregar o nariz. Perguntei-me quanto tempo o remédio levaria para fazer efeito.

Após deixá-la na escola, enfiei umas roupas numa bolsa e fui de carro até o escritório. Ainda não havia recados para a Agência Fênix, mas o lado bom era que a recepcionista já havia se acostumado com a minha presença e começara até a dizer: "Bom dia, Sr. Green."

Passei a manhã quase toda trabalhando com o programador. Debatemos e tomamos decisões sobre o plano geral, em seguida tratamos de qual seria nosso foco na internet, dos banners personalizados, e no final minha sensação foi de que ele tinha trabalho mais do que suficiente para duas semanas, assim como eu.

Depois da reunião com o programador, mandei e-mails confirmando alguns aspectos do terceiro comercial de Taglieri, que seria filmado na outra sexta, depois deixei um recado para o cirurgião solicitando nomes de pacientes dispostos a dar depoimentos em vídeo.

Enquanto trabalhava, notei que a tensão nos meus ombros e nas costas parecia estar aumentando, e percebi que estava nervoso com a perspectiva de encontrar Vivian. Apesar da traição dela, apesar de ela ter me pedido que sumisse o fim de semana todo, perguntei-me se iria encontrar uma Vivian disposta a tentar dar um jeito na situação. Embora soubesse que Marge e Liz estavam tentando me manter com os pés no chão, o coração tem suas próprias razões. Aquela esperança poderia acabar comigo no final, mas por algum motivo perdê-la parecia ainda pior.

Saí do escritório ao meio-dia e meia e cheguei ao restaurante com quinze minutos de antecedência. Tinha feito uma reserva, e o garçom me levou até uma mesa perto da janela. A maioria das outras mesas já estava ocupada. Pedi um drinque, na esperança de que me ajudasse a ficar calmo. Queria agir durante o almoço da mesma forma que havia agido ao telefone, mas assim que Vivian entrou no restaurante prendi a respiração, e só soltei quando ela chegou perto da mesa.

Usando calça jeans e uma blusa vermelha que acentuava suas curvas, ela exibia como sempre um visual naturalmente elegante. Ergueu os óculos escuros, colocou-os na cabeça e me abriu um rápido sorriso quando me levantei. Enquanto ela se aproximava, pensei se deveria cumprimentá-la com um beijo no rosto, mas ela não me deu oportunidade.

– Me desculpe pelo atraso – disse ela, sentando-se. – Foi difícil achar vaga.

– O almoço de sexta aqui sempre fica cheio. Acho que muita gente está começando cedo o fim de semana.

– Com certeza – concordou ela, então apontou para meu copo quase vazio. – Pelo visto você também está.

– Por que não? Vou ser um homem livre neste fim de semana.

– Pode ser, mas mesmo assim você tem que dirigir.

– Eu sei.

Ela desdobrou o guardanapo devagar, ganhando tempo, e evitou cruzar olhares comigo.

– Como vai o trabalho?

– Melhor. Arrumei outro cliente. Cirurgião plástico.

– Que bom que as coisas estão dando certo. Ah, aliás, você se lembrou de dar o remédio para London?

– Lembrei. E o suco de laranja também.

– E ela sabe que eu vou buscá-la na escola hoje, não sabe?

– Sabe. E o quarto de hóspedes também está pronto.

– Você acha ruim se eu dormir na suíte? Eu troco a roupa de cama primeiro, claro.

– Não, não acho ruim. Ainda somos casados.

Pensei notar um lampejo de irritação, mas ele sumiu com a mesma rapidez que havia surgido.

– Obrigada. Só quero que London tenha um fim de semana agradável.

– Tenho certeza de que vai ter.

Ela se virou para a janela, olhou para a rua, então pareceu se lembrar de alguma coisa. Estendeu a mão para a bolsa, pegou o celular e digitou a senha. Apertou uma tecla, usou o dedo para rolar a tela e apertou mais umas duas teclas. Rolou mais um pouco a tela. Enquanto durou o silêncio, tomei mais um gole do meu drinque e esvaziei o copo. Por fim, Vivian deixou o celular de lado e abriu um sorriso tenso.

– Me desculpe. Estava só vendo como anda o trabalho. Passei quase a viagem inteira até aqui no celular.

– Como foi a viagem?

– Como o fim de semana está começando, peguei um trânsito pesado. E a gente chegou tarde ontem à noite. Viemos de Houston e na noite anterior estávamos em Savannah. Nem sei dizer como estou feliz com a ideia de ter um fim de semana relaxante.

Tentei ignorar a expressão *a gente*. Era melhor do que *Walter*, mas mesmo assim doía. Não falei nada, e Vivian pegou o cardápio. Não conseguia me lembrar de uma conversa mais tensa entre nós.

– Já escolheu o que vai comer? – perguntou ela.

– Acho que vou pedir só uma sopa. Não estou com tanta fome.

Ela ergueu os olhos e pela primeira vez pareceu de fato me ver.

– Você emagreceu – comentou. – Continua correndo?

– Todo dia de manhã. Perdi uns 7 quilos.

Não revelei que a maior parte era recente e por causa dela, já que eu perdera praticamente todo o apetite.

– Dá para ver no rosto – disse ela. – Você estava ficando papudo, mas agora a gordura quase sumiu.

Estranho, pensei, como ela era capaz de fazer um elogio e ao mesmo tempo dar uma alfinetada. Perguntei-me se ela continuava indo à academia com Spannerman e se algum dia tinha comentado que ele estava papudo. Provavelmente não.

– Já decidiu o que vai fazer com London no fim de semana? – perguntei.

– Ainda não. Acho que vai depender dela, claro. Quero passar muito tempo fazendo o que ela quiser.

Vivian correu os olhos pelo cardápio. Não levou muito tempo. Até eu sabia que ela pediria uma salada, a única dúvida era qual salada seria. Pouco depois de Vivian colocar o cardápio de lado, o garçom apareceu. Ela pediu um chá gelado sem açúcar e uma salada oriental; eu pedi uma sopa de legumes com carne. Quando o garçom se afastou, Vivian tomou um gole d'água, em seguida correu o dedo pela condensação que cobria o vidro. Assim como eu, parecia não saber o que dizer, de tão grande o desconforto.

– Então – falei por fim. – Você disse que queria conversar.

– Tem a ver principalmente com London – disse Vivian. – Ando preocupada com isso. Ela não está acostumada a me ver passar tanto tempo fora. Sei que tem sido difícil.

– Ela está bem.

– Ela não conta tudo. Eu só queria que houvesse um jeito de ficarmos mais juntas.

Eu poderia ter comentado que era só ela voltar para casa, mas isso ela com certeza já sabia.

– Posso imaginar.

– Venho conversando com Walter e, com a quantidade de viagens que vou ter que fazer nos próximos meses, ainda não posso levar London comigo para Atlanta. Passo três ou quatro noites por semana fora e ainda nem consegui arru mar o quarto dela nem começar a procurar uma babá.

Senti uma onda de alívio, mas mesmo assim quis me certificar de que havia escutado direito.

– Está dizendo que acha melhor London ficar comigo?

– Só por um tempo. Não estou abandonando minha filha. E você e eu sabemos que meninas precisam das mães.

– Precisam dos pais também.

– Você continuaria a ver London. Não sou o tipo de mãe que impediria minha filha de ver o pai. E você sabe tão bem quanto eu que quem a criou fui eu. Ela está acostumada comigo.

Minha filha. E não, eu reparei, *nossa* filha.

– Agora é diferente. Ela está na escola, e você trabalha fora.

– Seja como for – continuou ela –, eu queria conversar com você sobre o que está acontecendo agora, pode ser? E, mesmo que eu esteja viajando bastante, ainda assim quero poder estar com ela o máximo possível. Queria ter certeza de que você não vê nenhum problema nisso.

– É claro que não. Por que você acha que eu veria algum problema?

– Porque você está com raiva e magoado, e pode ser que queira tentar me magoar também. Quero dizer, você nem me ligou para avisar que iria cancelar os cartões de crédito. Simplesmente foi lá e cancelou. Sabe que deveria ter ligado antes, não sabe? Pra gente poder conversar?

Pisquei, pensando na conta bancária secreta que ela havia aberto.

– Sério?

– Só estou dizendo que você poderia ter lidado melhor com a questão.

A insolência dela era estarrecedora, e tudo que consegui fazer foi encará-la. O garçom chegou com seu chá gelado e, enquanto ele colocava a bebida na mesa, o celular dela tocou. Vivian olhou para a tela e se levantou da mesa.

– Preciso atender.

Observei-a se afastar da mesa e sair do restaurante. De onde estava eu podia vê-la, por mais que me forçasse a desviar os olhos. Fiquei mastigando umas pedras de gelo até o garçom voltar com um cesto de pães e um pouco de manteiga. Comecei a beliscar a entrada enquanto escutava o burburinho das conversas à minha volta. Depois de algum tempo, Vivian voltou à mesa.

– Me desculpe. Era trabalho.

E eu com isso?, pensei. Nem me importei de responder.

O garçom trouxe nossa comida e ela temperou a salada antes de cortá-la em pedaços que coubessem na boca. O cheiro da sopa estava delicioso, mas meu estômago tinha travado. A pequena quantidade de pão havia ocupado todo o espaço. Mesmo assim, forcei-me a dar uma colherada.

– Acho que a gente precisa conversar sobre mais uma coisa – disse ela por fim.

– O quê?

– O que a gente vai dizer para London. Estava pensando que seria bom sentar com ela no domingo, antes de eu ir embora.

– Por quê?

– Porque ela precisa saber o que está acontecendo, mas de um jeito que consiga entender. A gente precisa manter a coisa o mais simples possível.

– Eu não sei o que isso significa.

Ela suspirou.

– A gente vai dizer que, por causa do meu trabalho, eu preciso morar em Atlanta e ela vai ficar com você por um tempo. Vamos explicar que, aconteça o que acontecer, nós dois a amamos. Na verdade, não é preciso dar longas explicações, e de toda forma não acho que seria uma boa ideia.

Explicar que você está apaixonada por outro homem, você quer dizer?

– Eu posso falar com Liz. Ela talvez possa nos aconselhar sobre o que fazer e o que não fazer.

– Tudo bem, mas tome cuidado.

– Por quê?

– Ela não é sua terapeuta. É mulher da sua irmã. Imagino que ela tenha ficado do seu lado e quer que você acredite que eu sou a vilã nessa história.

Mas você é a vilã nessa história!

– Ela não faria isso.

– Só cuidado – alertou ela. – Também não acho que seja uma boa ideia contar para London o que está acontecendo entre nós. Seria melhor primeiro ela se acostumar com o fato de que não estamos mais juntos. Assim não vai ser um choque tão grande quando a gente contar.

– Contar o quê?

– Sobre o divórcio.

Deixei a colher de lado. Embora desconfiasse que ela acabaria dizendo aquilo, mesmo assim, ouvir as palavras cara a cara me deixou chocado.

– Antes de começar a falar em divórcio, não acha que seria uma boa ideia a gente conversar com um terapeuta? Para ver se existe algum jeito de salvar o que temos?

– Fale baixo. Aqui não é hora nem lugar para discutir isso.

– Eu estou falando baixo – respondi.

– Não está, não. Você não se escuta quando fica com raiva. Sempre levanta a voz.

Apertei o nariz e inspirei fundo.

– Está certo – concordei, forçando-me a falar mais baixo ainda. – Você não quer tentar mais nada?

Com o rumor das pessoas almoçando, mal consegui escutar minha própria voz.

– Não precisa sussurrar – retrucou ela. – Eu só estava pedindo para falar baixo. As pessoas podiam ouvir.

– Eu já entendi. Pare de mudar de assunto.

– Russ...

– Eu ainda amo você. Vou amá-la para sempre.

– E eu acabei de dizer que aqui não é hora nem lugar para isso! A gente está aqui para falar sobre a London e sobre por que provavelmente é melhor ela ficar aqui em Charlotte por enquanto, e sobre o que vamos dizer para ela no domingo à noite. Não estamos aqui para falar sobre nós dois.

– Você não quer falar sobre nós dois?

– Estou vendo que tentar ter uma conversa normal com você não foi uma boa ideia. Por que a gente não pode conversar como dois adultos?

– *Eu* estou tentando conversar com você.

Ela deu uma garfada na salada e pôs o guardanapo em cima da mesa. Não havia comido quase nada até então.

– Mas você nunca escuta! Quantas vezes preciso dizer que aqui não é hora nem lugar para conversar sobre nós dois? Falei numa boa, pensei que estivesse sendo clara, mas acho que você não pensa assim. Então por enquanto acho que o melhor é eu ir embora antes que você comece a gritar comigo, ok? Só quero ter um fim de semana agradável com a minha filha.

– Por favor. Não precisa ir embora. Me desculpe. Eu não estava tentando deixar você chateada.

– Não sou eu que está chateada – retrucou ela. – Quem está chateado é você.

Com isso, ela se levantou da mesa e se encaminhou para a porta a passos largos. Depois que ela se foi, passei alguns minutos sentado, em choque, antes de finalmente acenar para o garçom pedindo a conta. Rememorei a conversa e me perguntei se de fato havia falado alto ou se fora apenas uma desculpa fácil para Vivian encerrar logo o almoço.

Afinal, ela não tinha motivo algum para ficar.

Não só estava apaixonada por outro homem, como, no que dizia respeito ao fim de semana, havia conseguido de mim tudo o que queria.

16

O sol também nasce

Gostei de Liz assim que a conheci, mas admito ter ficado impressionado por meus pais também sentirem isso. Embora eles aceitassem o fato de Marge ser gay, eu tinha a impressão de que não ficavam totalmente à vontade com as mulheres que minha irmã namorava. Havia uma questão geracional: meus pais tinham crescido numa época em que os estilos de vida alternativos quase sempre ficavam escondidos no armário. Mas tinha a ver também com o tipo de mulher que Marge parecia preferir. Elas me pareciam um pouco mais duronas, com frequência dadas a falar palavrão nas conversas casuais, o que deixava tanto minha mãe quanto meu pai com vergonha.

Marge contou que tinha conhecido Liz no trabalho. Acho que a maioria das pessoas iria concordar que escritórios de contabilidade não eram lugares habituais para flerte, mas Liz havia acabado de abrir um consultório novo e precisava de um contador. Marge por acaso tinha disponibilidade em sua agenda à tarde e, quando Liz saiu do escritório, as duas haviam combinado de se encontrar para tomar um vinho e ir à abertura de uma exposição em Asheville.

– Vocês vão a uma galeria de arte? – lembro-me de ter perguntado para Marge.

Tínhamos nos encontrado num bar depois do trabalho, o tipo de lugar com marcas de cerveja em néon e um leve ranço de bebida derramada. Na época, aquele era um dos bares preferidos de minha irmã.

– Por que eu não iria a uma galeria de arte?

– Talvez porque você não gosta de arte?

– Quem disse que eu não gosto de arte?

– Você. Quando tentei mostrar alguns quadros da Emily, você disse, literalmente: "Eu não gosto de arte."

– Talvez eu tenha amadurecido nos últimos anos.

– Ou talvez essa Liz simplesmente tenha deixado você de queixo caído.

– Ela é interessante – reconheceu Marge. – E muito inteligente.

– Ela é bonita?

– Que importância tem isso?

– Estou só curioso.

– Sim. Ela é muito bonita.

– Deixe-me adivinhar. O vernissage foi ideia dela?

– Na verdade, foi, sim.

– Ela dirige moto? E gosta de usar casacos de couro?

– Como é que eu vou saber?

– O que ela faz?

– É terapeuta de casal e família.

– Você também não gosta de terapeutas.

– Eu não gosto dos meus terapeutas. Bom, o último era razoável, mas eu não gostava muito dos anteriores. E é verdade que há uns anos tinha bastante raiva deles, claro, e acho que não teria gostado de terapeuta nenhum.

– Você comentou com Liz sobre essa questão da raiva?

– Isso tudo faz parte do meu passado. Eu não sou mais assim.

– Bom saber. Quando vou conhecer a moça?

– Está meio cedo, você não acha? A gente ainda nem saiu.

– Ok. Então, depois que vocês saírem, quando é que eu vou poder conhecer a moça?

O encontro aconteceu pouco menos de duas semanas depois. Convidei as duas ao meu apartamento e preparei uns bifes na churrasqueira da minha minúscula varanda. Liz levou a sobremesa e nós três dividimos uma garrafa de vinho. Levei no máximo trinta segundos para me sentir à vontade com Liz, e era óbvio que ela já estava gostando muito da minha irmã. Dava para ver na maneira atenciosa como escutava toda vez que Marge falava, no seu riso fácil e em como parecia em sintonia com o lado emocional oculto de Marge. Quando finalmente chegou a hora de Liz ir embora, Marge me chamou de lado.

– O que achou dela?

– Achei fantástica.

– Fantástica demais para mim?

– Que papo é esse?

– Não entendo muito bem o que ela vê em mim.

– Está de brincadeira? Você é incrível. Você a fez rir a noite inteira.

Marge não pareceu convencida, mas mesmo assim assentiu.

– Obrigada por nos convidar. Apesar de ter queimado os bifes.

– Eu os deixei chamuscarem de propósito – expliquei. – Realça o sabor.

– Ah, realçou, sim. Queimar a comida muitas vezes é o objetivo dos grandes chefs.

– Tchau, Marge – falei. – E de nada.

– Te amo.

– Você só me ama porque eu a aturo.

Marge ainda levou mais um mês para apresentar Liz aos meus pais. Era domingo à tarde e, poucos minutos após chegar, Liz desapareceu na cozinha para ajudar minha mãe, e as duas conversaram como se fossem velhas amigas. Meu pai se sentou com Marge para ver beisebol na TV. Eu também me sentei com eles, embora nenhum dos dois parecesse ter percebido.

– O que você achou, pai? – perguntou Marge durante um dos intervalos.

– Do quê?

– Da Liz.

– Ela parece estar se entendendo com sua mãe.

– Você gostou dela?

Meu pai tomou um gole de cerveja.

– Não importa o que eu acho.

– Você não gostou dela?

– Eu não disse isso. O que eu disse foi que o que eu sinto em relação a ela não importa. A única coisa que importa de verdade é o que você sente por ela. Se você sabe por que gosta dela e ela é boa o suficiente para você, vai ser boa o suficiente para sua mãe e para mim.

O jogo então recomeçou e meu pai não disse mais nada. Tudo que consegui pensar foi que ele era, e sempre será, um dos caras mais espertos que eu já conheci.

* * *

Voltei ao escritório depois do almoço com Vivian, mas minha cabeça estava confusa e eu não me sentia bem. Aquela sensação ficou mais forte no meio da tarde, e comecei a sentir falta da companhia de London. Por mais importante que fosse para ela passar um tempo com a mãe, eu não estava convencido de que precisasse ficar invisível o fim de semana inteiro para que elas tivessem seu momento juntas. Perguntei a mim mesmo por que não havia protestado com mais veemência quando Vivian fizera essa sugestão, mas no fundo meu problema era eu mesmo. Eu sabia que ainda queria agradar a ela e, por mais que isso sugerisse uma falha no meu caráter, essa falha era exacerbada pelo óbvio: se eu não tinha conseguido lhe agradar antes, por que diabo achava que seria capaz agora?

Acho que essa foi a primeira vez que me dei conta da profundidade desse problema específico. Até eu tinha dificuldade para compreendê-lo. Logicamente, sabia que era ao mesmo tempo ridículo e inútil insistir, então por que cargas-d'água continuava a tentar?

Desejei ser outra pessoa. Ou melhor ainda, desejei ser uma versão mais forte de mim mesmo e perguntei-me se precisava de ajuda profissional. Perguntei-me se a ajuda profissional iria mudar alguma coisa. Me conhecendo, eu acabaria tentando agradar ao terapeuta.

Dizem que os pais sempre estragam os filhos e, como desde que me entendia por gente eu tentava agradar aos outros, a conclusão lógica era que isso era culpa dos meus pais. Por que então, pensei, eu sentia necessidade de visitá-los com tanta frequência? Por que tentava ficar com meu pai durante as partidas de beisebol ou dizia à minha mãe que sua comida era deliciosa?

Porque eu também queria agradar a eles, pensei.

Saí enfim do escritório pouco depois das cinco e fui de carro até a casa de Marge. Havia tomado a decisão de falar o mínimo possível sobre Vivian, pois até eu estava cansado dela, mas esse objetivo durou doze segundos, se tanto. Passei o jantar inteiro me lamuriando, e Marge e Liz me apoiaram como sempre. Se eu era um disco arranhado, elas também eram, e, embora tenham me assegurado repetidas vezes que eu iria ficar bem, ainda não tinha certeza se devia acreditar.

As duas me arrastaram para o cinema e pudemos escolher entre todos os blockbusters de verão ainda em cartaz. Escolhemos um filme divertido, uma daquelas histórias de anti-heróis combatendo caras realmente maus decididos a destruir o planeta, com muitas cenas de ação, mas mesmo assim foi difícil relaxar e curtir o filme. Pegava-me pensando no que Vivian e London teriam feito à tarde e no que teriam comido no jantar. Perguntava-me se minha mulher estaria sentada na sala de TV folheando uma revista depois de London ir para a cama. Perguntei-me se ela teria ligado para Spannerman e, em caso positivo, por quanto tempo eles tinham se falado.

Depois do cinema, tentei ler um pouco. Minha irmã tinha alguns livros no quarto de hóspedes, mas foi impossível me distrair com um romance. Desisti, apaguei a luz e passei horas me revirando na cama antes de finalmente pegar no sono.

Acordei duas horas antes de o dia raiar.

Às 10h45 de sábado, meu celular tocou. Eu já havia corrido, tomado banho, tomado café com Marge e Liz, e começara a bolar as perguntas para os depoimentos dos pacientes do cirurgião. É fácil fazer o dia render quando você acorda praticamente no meio da noite.

Quando tirei o celular do bolso, vi que era Vivian e apertei a tecla mágica.

– Alô.

– Oi, Russ. Está ocupado?

– Não muito. Estou na casa da minha irmã. O que houve? Tudo bem com London?

– Tudo. Só que eu esqueci de trazer o vaso para a aula de arte e estava pensando se você poderia passar em casa e pegá-lo. Já estou quase no ateliê e, se der meia-volta agora, ela vai chegar superatrasada.

– Ok. Sem problemas. Eu chego o mais rápido que conseguir.

Desliguei e peguei minhas chaves, que havia deixado num cesto sobre a mesa ao lado da porta.

– Aonde você vai? – ouvi Marge perguntar atrás de mim.

– Vivian ligou. Tenho que levar o vaso que London fez semana passada.

– Então é melhor ir cumprir sua missão, foquinha.

– Foquinha?

– Ela manda, você obedece. Se tiver sorte, quem sabe ela joga um peixe.

– É para London, não para Vivian – disparei.

– De tanto repetir isso, quem sabe você se convence.

Minha irritação com o comentário foi passando na pressa de chegar em casa e depois correr para o ateliê. Marge morava a dez minutos da minha casa. Se eu pegasse mais sinais verdes do que vermelhos, chegaria pouco depois do início da aula.

Perguntei-me, distraído, se London tinha comentado com Vivian sobre as flores amarelas e os *camungondos* cor-de-rosa. Sorri. *Camungondos.* A palavra havia soado tão fofa vinda dela que eu simplesmente não tive coragem de corrigir. Queria ver minha filha, nem que fosse por uns poucos segundos. Embora fizesse apenas um dia, estava com saudades.

Cheguei em casa, peguei o vaso e tive a sorte de topar com uma sequência de sinais verdes. Era óbvio que o Homem Lá de Cima compreendia a urgência da minha missão.

Ao entrar no estacionamento, vi Vivian parada em frente ao ateliê. Quando estacionei, ela já estava vindo na direção do carro e gesticulando para eu abaixar o vidro.

Abaixei e entreguei o vaso.

– Obrigada. Vou voltar lá para dentro.

Senti-me murchar como um balão velho.

– Antes de você ir... Vocês duas se divertiram ontem?

Ela já estava se afastando.

– Muito. Ligo amanhã para avisar a que horas você deve chegar em casa.

– Pode mandar London sair para eu dar um oi?

– Não vai dar – respondeu ela. – Eles já começaram a pintar.

Então se virou e desapareceu no ateliê sem dizer mais nada, e pensei comigo mesmo que as focas na verdade tinham sorte.

Pelo menos elas ganhavam um agrado.

Não quis voltar direto para a casa de Marge. O comportamento de Vivian tinha me deixado de mau humor, que era agravado por eu não ter dormido muito. Cafeína, pensei. Eu precisava de cafeína. Parei em frente ao café algumas lojas depois do ateliê. Vivian sem dúvida teria preferido que eu fosse tomar um chá gelado em outro lugar, para não correr o risco de London me ver! Numa atitude rara, porém, pensei que não estava nem aí se ela ficasse brava ou não. Na verdade, eu até queria que ela ficasse brava comigo.

Talvez aquele fosse o primeiro passo para corrigir a necessidade que tinha da aprovação de Vivian. No fim das contas, Marge tinha razão sobre meus motivos para correr até o ateliê: mesmo depois do almoço da véspera, eu continuava querendo a aprovação dela, não de London. Se aquilo tudo tivera alguma consequência positiva, fora que Vivian estava tornando mais fácil para mim *não querer* sua aprovação. Por que tentar quando simplesmente não era possível? E se ela por acaso me concedesse sua aprovação, eu tinha dúvidas se isso iria mudar alguma coisa.

Empurrei a porta do café e entrei, perguntando-me se aquele seria o primeiro passo para corrigir aquela falha de caráter específica, quando ouvi alguém chamar meu nome.

– Russ?

Reconheci a voz e vi Emily acenando de uma mesa, com um jornal aberto e uma xícara de chá à sua frente. Com a luxuriante cabeleira encaracolada por causa da umidade, usando camiseta casual e decotada para dentro de um short jeans desbotado e calçando sandálias, ela estava linda de um jeito simples, natural. Vê-la fez minha irritação evaporar e dei-me conta de que ela era justamente a pessoa que eu queria encontrar, ainda que não tivesse consciência disso.

– Ah, Emily, oi – falei, sem conseguir conter um sorriso.

Em vez de entrar na fila, peguei-me caminhando em direção a sua mesa, quase no piloto automático.

– Há quanto tempo! Tudo bem?

– Tudo – respondeu ela com um sorriso genuíno. – Meus dias têm sido uma loucura nas últimas semanas.

Os meus também, pensei.

– O que andou fazendo?

– Tive que finalizar umas peças para a galeria, mas David também estava aqui. Ou seja, a correria foi grande.

– Você comentou que ele viria. Quanto tempo ele ainda vai ficar?

– É o último fim de semana. Ele pega o avião de volta para Sydney na terça.

Enquanto ela falava, notei o brilho da luz refletida em seus olhos castanhos manchados de dourado, e isso me trouxe de volta lembranças que pareciam fazer os anos andarem para trás. Acenei em direção ao balcão e as palavras saíram antes de eu conseguir contê-las.

– Vai ficar um tempinho aqui ainda? Estava pensando em pedir um chá gelado.

– Vou ficar aqui – respondeu ela. – O chá de framboesa é incrível.

Fui até o balcão e fiz meu pedido. Aceitei sua sugestão e, quando o chá ficou pronto, levei o copo até a mesa. Ela havia acabado de dobrar o jornal, abrindo espaço para eu me sentar.

– Alguma coisa interessante no jornal?

– Muita coisa ruim. Isso cansa. Queria ler mais boas notícias.

– É para isso que existe o caderno de esportes.

– Imagino que sim. Mas só quando seu time ganha, não é?

– Quando meu time perde eu pulo o caderno.

Não foi especialmente engraçado, mas ela riu mesmo assim. Gostei disso.

– E com você, como andam as coisas? – perguntou ela. – Faz séculos que não o vejo.

– Eu não saberia nem por onde começar.

– Filmou os tais comerciais que queria? Para o advogado?

– Filmei. Eles agora estão sendo finalizados e espero que o primeiro entre no ar daqui a umas duas semanas. Vou filmar outro para ele semana que vem. E também arrumei outro cliente, um cirurgião plástico.

– Ele é bom? Caso eu precise dos serviços dele...

– Espero que ele seja bom – respondi. – Mas você não precisa de plástica.

– Boa resposta, mesmo que não seja verdade. E parabéns pelo novo cliente. Sei que você estava preocupado e fico feliz que as coisas estejam dando certo.

– Preciso de mais alguns clientes antes de poder suspirar aliviado, mas, sim, sinto que enfim estou no rumo certo.

– E notei que você emagreceu um pouco.

– Sete quilos.

– Você queria emagrecer? Porque eu não achava que você precisasse.

Não pude deixar de comparar a resposta dela com a de Vivian ao mencionar minha papada.

– Ainda quero perder mais um pouco. Voltei a correr, estou fazendo flexões, todas essas coisas saudáveis.

– Que bom. Dá para ver que está dando certo. Você está ótimo.

– Você também – falei. – Mas e você, o que tem feito? Você disse que precisou terminar uns quadros para a galeria?

– Estou trabalhando sem parar. Por algum motivo, praticamente todas as minhas obras que estavam na galeria foram vendidas em poucos dias no mês passado. Compradores diferentes, de estados diferentes. Não sei por quê. Talvez tenha tido a ver com o ciclo da lua, sei lá, mas o galerista ligou e perguntou se eu tinha mais trabalhos para expor. Para resumir, eu tinha um monte de telas pela metade e decidi tentar terminar. Finalizei oito, mas as outras... Essas vão levar mais tempo. Passei um tempão olhando para elas, repintando, acrescentando materiais diferentes... É como se as obras estivessem tentando me dizer como precisam ser acabadas, mas por algum motivo eu simplesmente não consigo escutar.

– Hoje em dia existem uns aparelhos de surdez maravilhosos.

– Sério? – fez ela, fingindo espanto. – Não sabia. Quem sabe a solução não é essa?

– É o máximo de ajuda que eu posso oferecer. Eu não sou artista.

Ela riu.

– E London hoje de manhã, como estava? Bodhi estava impaciente para encontrá-la. Eu diria que ele tem uma queda por ela, mas ele é novinho demais para esse tipo de coisa.

Teria sido fácil mentir e dizer algo inócuo, mas ali, sentado em frente a Emily, eu não quis fazer isso.

– Na verdade eu não sei como ela estava. Hoje de manhã ela ficou com Vivian.

– Então o que você está fazendo aqui?

– Vivian esqueceu de trazer o vaso que ela precisava pintar. Então eu tive que pegá-lo.

– É, ouvi falar nesse projeto quando cheguei – disse Emily, balançando a cabeça. – A gente faltou semana passada, então imagino que Bodhi deva fazer o vaso dele hoje. Ele está com o David agora, e devem estar só os dois lá.

– Acho que eu deveria perguntar então o que você está fazendo aqui.

– Fui eu quem trouxe Bodhi. David veio encontrar a gente. Está hospedado num apart-hotel desde que chegou. Por ele, tudo bem, mas Bodhi não dorme direito lá, então tem passado as noites em casa. Ou seja, desde que David chegou tem sido um festival de idas e vindas. O lado bom é que tive bastante tempo para trabalhar, já que ele passa muito tempo com o pai. Está tentando criar o máximo de memórias possível, acho. Hoje, por exemplo, depois da aula de arte eles vão andar de kart.

– Isso é uma coisa boa, não?

– Claro – respondeu ela, com menos entusiasmo do que eu esperava. – O que David não entende é que isso vai tornar as coisas ainda mais difíceis para Bodhi quando ele for embora outra vez. Ele finalmente estava se acostumando ao fato de o pai não estar por perto, e quem vai ter que catar os cacos sou eu.

– Você disse isso a ele?

– Como é que eu posso dizer? Apesar de não ter sido um bom companheiro para mim, ele na verdade é um pai bem amoroso. Além do mais, não é má pessoa. Sem ele não seria possível a gente ficar na casa e Bodhi entrar na escola certa. Ele foi mais do que generoso na negociação do divórcio.

Quando ela pronunciou a palavra *divórcio*, pensei na conversa com Vivian durante o almoço e devo ter feito uma cara estranha.

– Me desculpe – emendou Emily depressa. – Eu realmente estou me esforçando ao máximo para não falar sobre David. Não sei por que o nome dele parece surgir em todas as conversas.

– Não é isso – falei e segurei o copo de chá gelado com as duas mãos. – Vivian me deixou.

Emily ficou de queixo caído.

– Meu Deus – disse ela por fim. – Que horror. Não sei nem o que dizer.

– Não há o que dizer.

– Tem certeza de que não é só um tempo? Tipo uma separação temporária?

– Acho que não. Ontem no almoço ela falou em divórcio. E quer que a gente sente e converse com London amanhã à noite.

– O que houve? Quero dizer, você se incomoda de eu perguntar? Não é obrigado a responder, claro.

– Ela está apaixonada pelo chefe, Walter Spannerman. E agora está morando em Atlanta.

– Caramba.

Esperava uma reação maior.

– Pois é.

– E como você está?

– Às vezes ok, outras vezes não tão ok.

Ela aquiesceu com uma expressão compreensiva.

– Entendo exatamente o que está dizendo. Quando foi que isso tudo aconteceu? Também não precisa me contar se não quiser.

Pensei a respeito, então dei um gole no meu chá. Embora tivesse conversado muito com Marge e Liz, ainda sentia necessidade de processar o ocorrido em voz alta. Não sei bem por quê, mas as pessoas têm mecanismos diferentes para lidar com as dificuldades e, no meu caso, eu precisava falar. Repassar. Questionar. Refletir. Lamentar. Repetir. Repetir. Repetir. Minha irmã havia se mostrado mais do que paciente comigo desde que Vivian partira, mas eu me sentia mal por ter exigido tanto assim do seu ouvido. O mesmo valia para Liz. Apesar disso, sentia-me impelido a processar os acontecimentos e tinha um desejo irresistível de rememorar tudo outra vez.

– Eu gostaria de lhe contar, mas não sei muito bem por onde começar – disse por fim.

Olhei pela janela. Emily se inclinou por cima da mesa.

– O que vai fazer hoje à tarde? – indagou ela.

– Não tenho planos – respondi.

– Quer dar uma volta? Ou pelo menos sair daqui?

– Uma volta seria ótimo.

Embora não soubesse ao certo para onde ela estava indo, apenas que era mais ou menos na direção da sua casa, fui seguindo Emily no meu carro. Depois de algum tempo, ela entrou no acesso para um country club cuja cota estava um pouco acima do meu cacife. Parou numa sombra não muito longe de um campo de golfe e estacionei ao seu lado.

– Aqui está bom?

– Um campo de golfe?

– O passeio é lindo. Eu caminho aqui três ou quatro vezes por semana. Em geral de manhã.

– Você é sócia, imagino.

– David adorava jogar golfe – disse ela.

Pegamos o caminho usado pelos carrinhos e começamos a descer por um dos gramados verdejantes. Olhei em volta e percebi que Emily tinha razão. As relvas e os campos eram impecáveis e generosamente margeados por cornisos, magnólias e carvalhos. Havia sebes de azaleia bem-aparadas e lagos cintilando sob o céu azul. Uma brisa constante mantinha a temperatura tolerável.

– O que houve? – perguntou ela, e no curso dos nove ou dez buracos por que passamos eu lhe contei tudo.

Talvez não devesse ter contado. Talvez devesse ter sido mais reticente, mas, quando as palavras começaram a fluir, foi como se eu fosse incapaz de parar. Falei, falei, e respondi às perguntas eventuais de Emily. Contei-lhe sobre nosso casamento e os primeiros anos de London, sobre quanto era importante para mim fazer Vivian feliz, sobre meu desejo infindável de agradar. Falei sobre o último ano e descrevi em detalhes meu caos emocional desde que Vivian saíra de casa. Enquanto falava, senti-me alternadamente confuso e triste, com raiva e frustrado, mas sobretudo perdido. Eu parecia alguém que pensava conhecer as regras do jogo, mas depois descobria que tinha lido as regras erradas.

– Obrigado por me ouvir – falei quando cheguei ao final da minha triste história.

– Foi um prazer. Eu também passei por isso. E entendo você. Acredite. O ano em que David saiu de casa foi o mais difícil da minha vida. E sim, os primeiros meses foram uma tortura. Todo dia, a cada minuto, eu me perguntava se tinha feito a coisa certa quando disse a ele que fosse embora. E depois disso não posso dizer que virei uma Mary Poppins. Devo ter levado mais uns quatro ou cinco meses para começar a me sentir parecida com a Emily de antes, ao menos durante parte do tempo. Mas a essa altura eu também meio que já sabia que Bodhi e eu iríamos conseguir atravessar aquilo.

– E como você está agora?

– Melhor – respondeu ela e abriu um sorriso irônico. – Bom, na maior parte do tempo. É estranho, mas, quanto mais o tempo passa, menos eu me lembro das coisas ruins, ao passo que as lembranças boas perduram. Antes do Bodhi, aos domingos, a gente costumava ficar na cama até tarde, tomando café e lendo jornal. A gente nem conversava muito, mas ainda me lembro da sensação de conforto dessas manhãs. E, como eu disse, David sempre foi um bom pai. Seria tão mais fácil se eu esquecesse as coisas boas e não ruins...

– Pelo visto foi bem difícil.

– Pode ser horrível. Muitas vezes a pior parte são as brigas por causa de grana. Quando o dinheiro entra na jogada, a coisa pode ficar feia.

– Foi assim no seu caso?

– Graças a Deus, não. David é mais do que justo em relação à pensão. Se não fosse, a gente não iria conseguir. Vir de uma família podre de rica e ganhar muito dinheiro deve ter ajudado, mas também acho que ele se sentiu culpado. Ele não é um cara mau, só não é particularmente bom como marido, a menos que você não se importe com puladas de cerca constantes.

– Entendo que isso pode ser um problema para algumas pessoas.

Senti os olhos dela se moverem na minha direção.

– Ela talvez volte, sabe? Às vezes eles voltam.

Pensei no almoço de sexta e no modo como Vivian agiu quando lhe entreguei o vaso. Lembrei-me do que Liz tinha me dito.

– Acho que não.

– Mesmo que ela descubra que cometeu um erro?

– Mesmo assim não sei se ela iria querer voltar. Tenho a sensação de que ela já estava infeliz comigo havia muito tempo. Tentei ser o melhor marido e o melhor pai que pude, mas nunca parecia bastar.

– Você fala como se eu não fosse acreditar em você.

– E você acredita?

– Claro. Por que não acreditaria?

– Porque ela me largou.

– Essa decisão foi dela. E diz mais sobre ela do que sobre você.

– Mesmo assim me sinto um fracassado.

– Isso eu entendo. Eu sinto a mesma coisa. Acho que a maioria das pessoas sente.

– Não tenho certeza se Vivian sente isso. Ela parece não estar nem aí.

– Está, sim – disse Emily. – E ela também está sofrendo. Sair de um casamento não é fácil para ninguém. Mas ela também está apaixonada por outra pessoa, o que é uma grande distração. Não está pensando em vocês dois tanto quanto você. Ou seja, não está sofrendo com tanta frequência quanto você.

– Acho que preciso de uma distração.

– Ah, sim, é exatamente disso que você precisa. Quem sabe uma líder de torcida de 20 e poucos anos? Ou professora de aeróbica? Ou quem sabe uma bailarina?

Olhei para ela espantado. Emily deu de ombros e retomou:

– Eram as preferências do David. É claro que, na hora H, ele dormiria com qualquer uma.

– Sinto muito.

– Eu não. Ele não é mais problema meu – disse ela. – Está namorando uma pessoa lá em Sydney. Contou que na verdade está pensando em se casar.

– Já?

– A vida é dele. – Emily deu de ombros. – Se ele pedisse minha opinião, eu diria que deveria esperar mais um pouco, mas, como ele não pediu, eu não dei. Além do mais, a gente está divorciado. Ele pode fazer o que quiser.

Enfiei uma das mãos no bolso enquanto caminhava ao seu lado.

– Como é que você consegue fazer isso? Não deixar a coisa incomodar você, quero dizer? Quando penso em Vivian e Walter, eu sinto muita raiva. Dói. Não consigo desapegar.

– Ainda está muito recente – comentou ela. – Mas, por mais indiferente que eu pareça e por mais que tenha sido sincera no que disse sobre David, doeu quando ele me contou. Ninguém gosta de se sentir facilmente substituível. Durante muito tempo, apesar de eu dizer às pessoas que queria que ele fosse feliz depois da nossa separação, o que eu realmente desejava era que ele ficasse sentado em casa feito um ermitão, sentindo-se péssimo e chorando por tudo que perdeu.

Imaginei Vivian desse jeito.

– Parece bom. Como é que a gente os convence a fazer isso?

Ela riu.

– Quem dera fosse tão fácil, né? Ex nunca são fáceis. No fim de semana passado, ele chegou a dar em cima de mim.

– Sério? Mas e a namorada?

– Ela não surgiu na conversa. E confesso que por um ou dois minutos pensei em ceder. Ele é bonito, e costumávamos nos divertir juntos.

– Como foi que aconteceu?

– Foi o álcool – respondeu ela, e eu ri. – Enfim, ele tinha passado o dia inteiro fora com Bodhi e, quando chegaram em casa, Bodhi foi direto para a cama. Eu estava tomando uma taça de vinho e ofereci a ele. Uma taça acabou virando duas taças e David começou a se comportar como o galanteador de sempre. Quando dei por mim, ele estava com a mão no meu joelho. Eu sabia o que ele queria e...

Esperei-a organizar os pensamentos. Ela me encarou.

– Eu sabia que era uma péssima ideia, mas mesmo assim gostei do que ele me fez sentir. É doido, mas foi assim. Fazia muito tempo que eu não me sentia desejada e atraente. Parte disso é culpa minha, claro. Na verdade, eu não fiquei muito disponível nesse ano e meio. Saí com alguns caras e eles foram legais, mas me dei conta bem depressa de que não estava pronta para entrar em outro relacionamento. Ou seja, quando eles ligavam para um segundo encontro, eu os dispensava. Às vezes gostaria de ser o tipo de pessoa capaz de dormir com homens por aí sem me sentir culpada ou fácil, mas eu não sou assim. Nunca tive uma transa de uma noite só.

– Espere aí, não teve aquele cara na faculdade...

– Isso não conta – disse ela com um aceno distraído. – Eu apaguei essa noite da minha memória, então ela nunca aconteceu.

– Ah.

– Enfim, David começou a beijar meu pescoço e parte de mim pensou: *Ah, droga, por que não?* Felizmente caí em mim. O lado bom foi que ele aceitou a rejeição com elegância. Não deu chilique, não bateu boca. Apenas deu de ombros e suspirou, como se só eu fosse perder alguma coisa. – Ela balançou a cabeça. – E eu não acredito que acabei de lhe contar tudo isso.

– Não tem problema. Se isso faz você se sentir melhor, eu provavelmente não vou nem me lembrar. O turbilhão que tenho vivido está destruindo minha memória.

– Posso fazer uma pergunta?

– Pode.

– E London?

– Essa parte é mais complicada – admiti. – Por enquanto, Vivian acha que o melhor é ela ficar comigo, já que anda viajando muito e não teve tempo de arrumar o apartamento. Mas ela deixou bem claro que, depois disso, quer que London vá morar em Atlanta.

– E como você se sente em relação a isso?

– Eu não quero que ela vá, mas sei que ela precisa da mãe.

– E o que isso significa?

– Não sei. Imagino que a gente vá conversar a respeito. Para ser sincero, não tenho ideia de como vai ser o processo todo.

– Já consultou algum advogado?

– Não – respondi. – Ela só falou em divórcio ontem. E antes disso eu não estava em condições de fazer coisa alguma.

Eu agora já podia ver ao longe a sede do clube. Não sabia ao certo quanto tínhamos andado, mas fazia mais de uma hora que estávamos ali. Minha barriga roncou.

Emily deve ter escutado.

– Está com fome? Por que a gente não come alguma coisa?

– Não acho que estejamos vestidos para entrar no clube.

– A gente fica no bar. Lá é informal. É onde os golfistas vão depois de jogar.

Por mais que a caminhada com Emily tivesse me parecido *necessária*, almoçarmos só os dois no clube me deu a sensação de estar cruzando algum tipo de fronteira. Eu ainda era casado. Vivian e eu não estávamos nem legalmente separados. Aquilo, portanto, era errado.

Mas mesmo assim...

O outro lado da equação era óbvio até para mim. O que Vivian diria se viesse a descobrir? Que eu estava ultrapassando um limite? Que haveria fofocas?

Pigarreei.

– Almoçar me parece uma ótima ideia.

Por fora, a sede do clube era imponente e meio pomposa, mas o interior fora reformado recentemente e era mais leve e arejado do que eu imaginara. Janelas tomavam duas das paredes e proporcionavam uma vista espetacular do buraco dezoito. Observei um grupo de quatro jogadores se encaminhar para o *putting green*, enquanto Emily apontava para uma mesa de canto, uma das poucas ainda vazias.

– Que tal aquela ali? – perguntou.

– Ótima.

Quando a segui até a mesa, meu olhar se desviou para o outrora conhecido contorno de suas pernas e fiquei feliz por ela estar de short. Emily tinha pernas bronzeadas e esguias, do tipo que sempre me chamava a atenção.

Depois de nos sentarmos, ela se inclinou por cima da mesa.

– Eu disse que nossa roupa não seria um problema. Aquele grupo acabou de vir da quadra de tênis.

– Não tinha notado – comentei. – Mas que bom.

– Já comeu aqui?

– Uma vez, no salão de jantar. Jesse Peters é sócio e viemos encontrar um cliente.

– Eu o vejo de vez em quando. Ou pelo menos via. De vez em quando ele ficava me secando.

– É a cara dele.

– Ah, se você gosta de hambúrguer, o daqui é de outro mundo – disse ela. – O chef chegou a vencer um daqueles programas do Food Network. Vem acompanhado por umas batatas-doces fritas espetaculares.

– Faz tempo que não como hambúrguer. É isso que você vai pedir?

– Claro.

Contra minha vontade, pensei que Vivian jamais teria escolhido um hambúrguer e tampouco teria aprovado caso eu pedisse um.

A garçonete apareceu com os cardápios, mas Emily balançou a cabeça.

– Vamos querer dois hambúrgueres – pediu ela. – E eu uma taça de Chardonnay.

– Duas – falei, para minha surpresa.

A tarde inteira havia sido surpreendente até ali, é claro, mas de um jeito agradável. Notei que Emily estava olhando pela janela em direção ao *putting green*, então se virou para mim.

– Imagino que nossos filhos já tenham terminado a aula de arte. O que você acha que London está fazendo?

– Vivian deve tê-la levado para almoçar. Depois disso, não faço ideia.

– Ela não falou?

– Não – respondi. – Nosso almoço na sexta foi meio tenso e nem chegamos a conversar sobre os planos delas para o fim de semana.

– Minhas conversas com David também foram tensas por muito tempo. É uma situação difícil, desagradável para qualquer um, mesmo que inevitável. E só quem passou por ela entende como é terrível.

– Isso não é muito animador – comentei.

– Mas é verdade. Eu não teria conseguido sem o apoio de alguns bons amigos. Devo ter falado com Marguerite e Grace no telefone duas ou três horas por semana, no começo talvez até mais. E o mais estranho é que, antes de me divorciar, eu nem era tão próxima assim de nenhuma das duas. Mas acabei contando com o apoio delas, e elas sempre estavam lá para me amparar quando eu precisei.

– Pelo visto elas foram uma espécie de anjos da guarda.

– Foram mesmo. Até hoje não sei bem por que elas me apoiaram tanto. E acho que você talvez precise da mesma coisa: duas ou três pessoas com quem possa conversar de verdade. Foi estranho... Pensei que meus esteios fossem ser minha irmã Jess ou Dianne, que devia ser minha melhor amiga na época. Mas não foi isso que aconteceu.

– Como assim?

– É difícil explicar, mas Marguerite e Grace sempre diziam a coisa certa no momento certo, exatamente da maneira certa. Jess e Dianne não. Às vezes elas davam conselhos que eu não queria escutar ou então me faziam duvidar se estava fazendo a coisa certa, quando o que eu realmente precisava era de alguém que me apoiasse.

Pensei nisso, e me perguntei com quem eu poderia contar. Marge e Liz, claro, mas elas eram como uma pessoa só. Eu já sabia que minha mãe se deixaria levar pelas emoções e meu pai não saberia o que dizer. Quanto a amigos, percebi que eu na verdade não tinha nenhum. Envolvido com o trabalho e a família, havia deixado a maioria das minhas amizades murchar desde que London nascera.

– Marge e Liz têm sido ótimas.

– Imagino que sim. Sempre gostei da sua irmã.

O sentimento é recíproco, pensei.

O garçom trouxe o vinho. Emily pegou sua taça.

– Precisamos fazer um brinde – disse ela. – A Marge, Liz, Marguerite, Grace, Bodhi e London.

– As crianças também?

– O verdadeiro motivo pelo qual não sucumbi foi Bodhi. Por causa do meu filho, eu não podia sucumbir. Com London vai ser a mesma coisa, você vai ver.

Assim que ela falou, soube que estava certa.

– Ok. Mas nesse caso sinto que preciso colocar você na lista também. Você tem me apoiado bastante até agora.

– E pode me ligar quando quiser.

Depois disso, passamos a conversar sobre amenidades. Falei sobre London, e ela falou sobre Bodhi. Contou sobre alguns dos lugares que tinha visitado desde que nos separamos. Talvez por já termos falado à exaustão sobre Vivian e David, seus nomes não foram citados, e pela primeira vez desde que minha mulher saíra de casa a angústia que eu vinha sentindo pareceu se dissipar por completo.

Os hambúrgueres chegaram, e ambos pedimos uma segunda taça de vinho. Como Emily tinha avisado, era um dos melhores hambúrgueres que eu já comera. Vinha recheado com queijo e em cima havia um ovo frito. No entanto, como minha falta de apetite recente fizera meu estômago encolher, não consegui comer mais da metade.

Nossos pratos foram tirados, mas continuamos na mesa para terminar o vinho. Ela me contou que certa vez Bodhi havia cortado os próprios cabelos e riu alto ao me mostrar a foto no celular. Ele havia tosado quase até a raiz uma mecha de mais de 2 centímetros onde antes ficava sua franja. A testa ficara parecendo banguela, mas o que tornava a foto impagável era seu sorriso.

– Excelente – comentei. – Como você reagiu?

– No início fiquei chateada, não só por causa do cabelo, mas pelo simples fato de ele ter pegado a tesoura. Mas então vi como ele estava orgulhoso e comecei a rir. Quando me dei conta, estávamos rindo juntos. Aí peguei o celular. Agora essa foto está num porta-retratos na minha mesa de cabeceira.

– Não sei como teria reagido se London tivesse feito isso. Mas uma coisa posso afirmar: Vivian não teria achado graça.

– Não?

– Ela não era muito de rir.

Na verdade, eu não conseguia me lembrar da última vez que a ouvira dar risada.

– Nem com a Marge? Eu vivia rindo da sua irmã.

– Principalmente da Marge. As duas não se dão muito bem.

– Como é possível? Marge ainda vive implicando com você?

– Sem dó.

Emily riu outra vez, e isso me lembrou quanto eu gostava de ouvir sua risada, que era ao mesmo tempo melodiosa e genuína.

– Sabe de uma coisa? – disse ela. – O dia de hoje acabou sendo bem melhor do que eu pensei que seria. Se você não tivesse aparecido, não sei o que eu estaria fazendo. Provavelmente estaria frustrada encarando meus quadros. Ou então fazendo faxina.

– Eu provavelmente estaria trabalhando.

– Isto aqui é bem melhor.

– Concordo. Quer mais uma taça de vinho?

– Querer eu quero, claro – respondeu ela. – Mas não posso. Estou dirigindo. Mas se você quiser, siga em frente.

– Também estou satisfeito. Quais são seus planos para hoje à noite?

– Como você, vou encontrar minha irmã. Lembra-se da Jess? Ela e o Brian me chamaram para jantar.

– Parece divertido.

– Humm... não tenho tanta certeza. Às vezes me pergunto se Brian acha que estou colocando minhocas na cabeça dela. Em relação a se divorciar.

– Eles estão tendo problemas?

– Todo casal tem problemas de vez em quando. Acho que eles já vêm no pacote.

– Por que casamento é tão difícil?

– Quem pode saber? Acho que deve ser porque as pessoas se casam sem saber de verdade quem são. Ou quanto são loucas.

– Você é louca?

– Claro. Não louca de verdade. Louca do jeito que todo mundo é louco. Uma pessoa pode ser sensível demais ao que considera os deslizes do outro ou o outro talvez fique muito bravo quando não consegue o que quer. Outra pessoa pode se fechar e guardar mágoas durante semanas. É disso que estou falando. Todos nós fazemos coisas pouco saudáveis para os relacionamentos, mas não tenho certeza de que as pessoas admitam isso, a não ser que se conheçam muito bem. E, se você considerar que cada parceiro vem com seu próprio pacote de problemas, é um milagre os casamentos durarem.

– É uma visão meio pessimista, você não acha? Seus pais são casados há milênios. Os meus também.

– Mas eles são felizes? Ou estão juntos porque se acomodaram? Ou porque têm medo de ficarem sozinhos? Mais cedo lá no café, fiquei observando um casal mais velho numa mesa perto da nossa. Eles podem estar juntos há cinquenta anos, mas não os vi dizerem uma única palavra um para o outro.

Pensei nos meus pais e lembrei que Marge e eu tínhamos nos feito a mesma pergunta.

– Você acha que um dia vai se casar outra vez?

– Não sei – respondeu ela. – Às vezes penso que quero, mas outras vezes acho que estou feliz sozinha. E Bodhi não me deixa muita energia para buscar um novo parceiro. O que posso dizer é que sei muito melhor o tipo de pessoa que eu quero, se um dia isso acontecer. Decidi ser muito exigente.

Fiquei calado, e de repente tornei a pensar em Vivian. O pensamento veio acompanhado de um peso quase físico.

– Eu não sei o que vai acontecer com Vivian. E ainda não sei por que ela estava tão infeliz comigo.

– Talvez Vivian estivesse infeliz, ponto final. Ou talvez ela só pense que vai ser feliz com outra pessoa, mas felicidade duradoura não é algo que outra pessoa possa proporcionar. É uma coisa que vem de dentro. É por isso que existem antidepressivos. É isso que, na melhor das hipóteses, as pessoas aprendem fazendo terapia.

– Tudo isso é muito zen.

– Levei um tempo para finalmente aceitar que as puladas de cerca de David não tinham a ver comigo, nem com o fato de eu não ser bonita ou carinhosa o suficiente. Tinham a ver com a necessidade dele de provar a si mesmo que era desejável e poderoso. E o jeito que ele tinha de fazer isso era dormindo com outras mulheres. No fim das contas, sei que dei o melhor de mim para nosso casamento dar certo, e sei que isso é tudo que posso exigir de mim mesma. – Ela estendeu a mão por cima da mesa e a pousou no meu braço. – O mesmo vale para você, Russ.

Quando ela retirou a mão, o calor e o conforto do seu toque permaneceram, como uma afirmação física de suas palavras.

– Obrigado – consegui dizer.

– De nada. E estou falando sério. Você é um cara legal.

– Você não me conhece mais tão bem assim.

– Na verdade, acho que conheço, sim. Você é mais ou menos o mesmo cara que sempre foi.

– E pisei na bola com você.

– Você cometeu um erro. Sei que não foi para me machucar. E repito, eu o perdoei. Você é que ainda precisa perdoar a si mesmo.

– Estou cuidando disso. Mas de certa forma você dificulta as coisas sendo tão compreensiva.

– Prefere que eu seja cruel e vingativa?

– Se você fosse, eu provavelmente iria desmoronar.

– Não iria, não. Você é mais forte do que pensa.

Já tínhamos terminado o vinho e, num acordo tácito, nos levantamos da mesa. Olhei rapidamente para o relógio e vi que fazia quase três horas que estávamos juntos, o que não parecia possível.

Caminhamos para a saída e depois até nossos carros.

– Lembra o que eu disse sobre encontrar uns dois bons amigos em quem se apoiar? Você provavelmente vai precisar deles.

– Está se oferecendo?

– Eu já me ofereci, lembra? E detesto dizer isso, mas, pela minha experiência, é provável que as coisas piorem antes de melhorarem.

– Não consigo imaginar como elas podem piorar.

– Para o seu bem, espero que isso não aconteça.

Estendi a mão e abri a porta do carro para ela.

– Eu também.

* * *

– Rebobine e comece do começo – pediu Marge. – Você foi dar um longo passeio e depois almoçou com Emily? E tomou vinho?

Fazia alguns minutos que ela e Liz tinham chegado em casa. No caminho, haviam telefonado para perguntar o que eu queria jantar. Estavam pensando em comprar comida mexicana e, como respondi que não estava com fome, Marge falou que mesmo assim levaria alguma coisa para mim. Dentro da embalagem havia um burrito do tamanho de um punho, acompanhado de arroz e feijão refrito. Marge e Liz tinham escolhido salada de tacos. Sentamos os três à mesa.

– Sim – confirmei. – O que tem de mais nisso?

Marge fez uma pausa e inalou a bombinha, então abriu um sorriso de ironia.

– Digamos que é uma reviravolta do segundo ato que eu não previ, entende?

– Sério? – perguntou Liz entre uma mordida e outra. – Eles já tinham tido aquele encontro no Chick-fil-A, lembra?

– Querem parar com essa conversa de encontro? A gente caminhou. A gente conversou. A gente almoçou.

– Isso descreve um encontro. Mas tudo bem. Minha pergunta é se você acha que vai ligar de novo para ela.

– O filho dela é o melhor amigo da London. Se a gente for combinar de os dois se verem, talvez eu precise ligar.

– Não foi isso que eu quis dizer.

– Eu sei o que você quis dizer – falei. – Não estou interessado em sair com ninguém. No momento, não consigo pensar que algum dia vá tornar a querer.

O que eu não disse foi que, embora não quisesse sair com ninguém, também não gostava muito da ideia de ficar sozinho. O que queria era que Vivian e eu voltássemos. Queria rebobinar e começar tudo de novo.

Marge pareceu ler meus pensamentos.

– Notícias da Vivian? Ela disse a que horas você vai poder voltar para casa amanhã?

– Ainda não. Vou ligar para London mais tarde. Acho que aí ela vai me dizer.

Marge apontou para o burrito.

– Você não está comendo.

– Não conseguiria acabar isto aqui nem que passasse um mês isolado numa ilha deserta.

– Por que não prova pelo menos?

Fiz o que ela pediu. Embora o burrito estivesse gostoso, eu ainda estava satisfeito por causa do hambúrguer. Virei-me para Liz.

– Você aprendeu alguma receita mexicana nas suas aulas?

Liz fez que sim com a cabeça enquanto espetava a salada com o garfo.

– Algumas. Poderia ter preparado alguma coisa, mas fiquei com preguiça. E teria que passar no mercado.

– Tem alguma fácil e saudável? Que pudesse agradar a London?

– Várias. Quer que eu selecione as melhores?

– Você poderia? Quero manter as coisas normais, mas não sou muito experiente na cozinha. Mesmo assim, quero manter London numa rotina saudável. E isso inclui o jantar.

– Amanhã passo as receitas.

– Obrigado – falei. – E como foi o *open house*?

– Bem divertido – respondeu Liz. – A casa é muito estilosa. Apesar de terem se mudado há pouco tempo, já penduraram todos os quadros. Na verdade, ficou bem impressionante.

Num reflexo automático, perguntei-me se eles teriam alguma obra de Emily. Perguntei-me também como estaria correndo a noite dela com a irmã, Jess. Sob o olhar atento de Marge, espetei com o garfo outro pedaço de burrito.

– Hoje foi o primeiro dia em que não pensei em Vivian todos os segundos que passei acordado.

Marge adotou uma expressão pensativa.

– E como foi isso?

– Estranho. Mas acho que foi bom para mim. Não me sinto mais tão angustiado.

– Russ, você já está começando a se curar – comentou Marge. – É mais forte do que pensa.

Sorri, e lembrei que Emily tinha dito exatamente a mesma coisa.

Depois do jantar, liguei para Vivian pelo FaceTime e ela atendeu no segundo toque.

– Oi. London e eu estamos no sofá assistindo a um filme. Ela pode ligar daqui a pouquinho?

– Oi, papai! – ouvi minha filha dizer. – O Nemo e a Dory estão com os tubarões!

– Pode, claro. Vocês se divertiram hoje?

– Muito. Depois ela liga, ok?

– Te amo, papai! – gritou London. – Saudades!

O som da sua voz me deu um aperto no coração.

– Ok. Vou estar por aqui.

Fui ajudar Marge e Liz na cozinha levando o celular e o mantive em cima da mesa quando minha irmã trouxe o tabuleiro de Palavras Cruzadas. Descobri que Liz levava o jogo a sério, e que jogava bem. No fim, ela acabou fazendo mais pontos do que eu e minha irmã juntos, mas achei o jogo bem mais divertido do que me lembrava.

Na verdade, quase divertido o bastante para me fazer esquecer que London não ligou de volta.

Quase, mas não totalmente.

Pela manhã, recebi uma mensagem de Vivian. *Pode voltar às seis e meia? Me avise se está bom para você.*

O horário me pareceu um tanto tarde, sobretudo porque ela precisava voltar de carro para Atlanta, mas não era eu quem iria mencionar isso. Ela estava tentando passar o máximo de tempo possível com London. No entanto, como ainda estava irritado por não ter falado com minha filha, deixei o celular de lado sem responder. Só lhe mandei uma mensagem quase às duas da tarde.

Nessa manhã, corri quase 13 quilômetros e ao chegar em casa fiz cem flexões. Foi só quando tomei banho que minha irritação começou a passar.

Liz montou um livrinho de receitas com uns quinze pratos, a maioria com no máximo seis ingredientes. Depois me ensinou a planejar as refeições e fomos ao mercado comprar tudo de que eu iria precisar.

Embora Marge e Liz fossem discordar, eu me senti um pouco segurando vela, e depois do almoço peguei o carro e fui até a livraria. Nunca fora um leitor muito voraz, mas quando vi tinha ido parar na seção de autoajuda. Havia algumas prateleiras sobre como lidar com o divórcio e folheei todos os títulos antes de por fim selecionar alguns. Quando estava na fila, tive certeza de que a vendedora leria os títulos e olharia para mim com pena, mas a adolescente de cabelo cor-de-rosa atrás do caixa simplesmente passou o leitor de código de barras, enfiou os livros numa sacola e me perguntou se eu desejava pagar em dinheiro ou no cartão.

Em seguida resolvi passar no parque, contando com a pequena possibilidade de London estar por lá. Se estivesse, eu não tinha certeza se iria me intrometer, mas queria vê-la. Ocorreu-me que eu estava me comportando feito um viciado em abstinência, mas não liguei.

Quando cheguei, não vi sinal de Vivian e London. Mesmo assim, estacionei. Como a temperatura no fim de semana estava mais amena, havia mais crianças do que o normal. Sentei-me num banco e abri um dos livros. Comecei a ler, no início porque achei que devia, mas, uma hora depois, porque de fato queria.

O que descobri foi que Marge, Liz e Emily tinham razão. Embora me parecesse que estava enfrentando algo único, a verdade é que não era. A montanha-russa emocional, a culpa, as perguntas recorrentes, a sensação de fracasso: tudo isso fazia parte do processo na maioria dos divórcios. Mas ler a respeito, em vez de apenas ouvir os outros falarem, fez a coisa toda parecer de certa maneira mais real, e quando finalmente fechei o livro estava me sentindo um pouco melhor. Pensei em voltar para a casa da minha irmã, mas então vi um menino parecido com Bodhi e peguei o celular.

Quando Emily atendeu, fui tomado por um nervosismo inexplicável e me levantei do banco. Andei na direção da cerca que demarcava o parque.

– Alô?

– Oi. Sou eu, Russ.

– O que houve? Está tudo bem?

– Tudo. Só estou com saudades da London e precisei sair de casa. E você, tudo bem?

– Meio que a mesma coisa. David e Bodhi estão no cinema. Acho que depois vão comer uma pizza. Ou seja, fiquei encarando meus quadros outra vez.

– Já conseguiu decifrar os sussurros?

– Estou me esforçando. E você, fez o que hoje?

– Corri 13 quilômetros. Me senti ótimo. Fiquei um pouco com Marge e Liz, depois fui à livraria. Agora estou fazendo hora e quis ligar para você e agradecer por ontem.

– O prazer foi meu. Eu me diverti.

Ouvir aquilo me deu uma estranha sensação de alívio.

– E como foi o jantar com sua irmã ontem?

– Ela e o marido tinham brigado antes de eu chegar. Embora tenham sido discretos, flagrei vários olhares de raiva e ouvi mais de meia dúzia de suspiros. Foi meio como voltar ao passado, à época do David e tal.

Eu ri.

– Que horror.

– Não foi bacana. Mas ela ligou hoje de manhã para pedir desculpas. Aí, na sequência, começou a contar outra história sobre como Brian parece fazer questão de ficar contra ela.

Continuamos a conversar enquanto eu dava a volta no parque, e mais de uma vez me peguei sorrindo. Tinha esquecido como era fácil conversar com Emily, como ela escutava com atenção e quanto ela era generosa na hora de se abrir. Nunca parecia levar muita coisa demasiado a sério. Aquela sempre fora uma característica sua, mas agora parecia temperada pela maturidade. Queria ser mais parecido com ela.

Quarenta minutos depois, finalmente desligamos. Como na véspera, o tempo pareceu voar. Ao voltar para o carro, perguntei-me por que Vivian e eu não conseguíamos conversar com a mesma desenvoltura, e, ao permitir que seu nome entrasse na minha consciência, senti mais uma onda de frustração por não ter podido falar com London. Impedir minha filha de falar com a mãe era algo que eu jamais tinha feito desde que Vivian saíra de casa. Emily nunca faria uma coisa dessas, pensei. Enquanto dava partida no carro, peguei-me pensando em como Emily tinha uma beleza natural: não usava maquiagem para camuflar a pele levemente morena, nem fazia reflexos nos cabelos ou preenchimentos de colágeno.

Ela era mais bonita agora do que quando namorávamos, pensei.

Percebi que Emily tinha ficado feliz por eu ligar, e era inegável como isso fazia com que me sentisse melhor. Afinal, agradar aos outros é melhor quando acontece de forma espontânea. E, enquanto eu me sentia num esforço constante para agradar a Vivian, com Emily parecia que eu só precisava ser eu mesmo, e isso já mais do que bastava.

No entanto, por mais que Emily tivesse sido uma distração, eu não havia mentido para Marge e Liz. Como ela era uma velha amiga, e ainda por cima atraente, era compreensível que gostasse da sua companhia, e provavelmente fazia sentido eu ter lhe telefonado. Eu me sentia à vontade com ela, como sempre acontecera. Isso não significava, porém, que eu estivesse pronto, ou sequer interessado num relacionamento. Afinal, relacionamentos saudáveis exigiam duas pessoas ajustadas, e no presente momento isso não era algo que eu poderia oferecer.

Contei isso a Marge antes de ir para casa, mas ela só balançou a cabeça.

– É a voz da Vivian que você está ouvindo na sua cabeça – disse ela. – Se você se visse como todo mundo vê, saberia o cara interessante que é.

Cheguei em casa às seis e meia e, diante da porta, hesitei, sem saber se deveria bater. Era ridículo, claro, e minha atitude me levou a um sentimento de frustração crescente, direcionado mais a mim mesmo do que a Vivian. Por que eu ainda me importava tanto com o que ela pensava?

Por hábito, ouvi a mim mesmo responder em silêncio, e sabia que hábitos podiam levar muito tempo para serem superados.

Abri a porta e entrei, mas não vi sinal de London ou Vivian. Ouvi ruídos no andar de cima e estava andando em direção à escada quando Vivian apareceu segurando uma taça de vinho. Acenou para mim e eu a segui até a cozinha. Olhei em volta e reparei que havia panelas e pratos empilhados na pia. Nem o fogão nem a bancada tinham sido limpos. Ainda havia meio copo de leite e um jogo americano sobre a mesa, e era evidente que ela não tinha a menor intenção de arrumar a cozinha antes de sair.

Senti que eu não a conhecia mais, se é que um dia havia conhecido.

– London está lá em cima no banho – disse ela, sem preâmbulos. – Falei que iria chamá-la daqui a alguns minutos, porque a gente queria conversar com ela. Mas pensei que primeiro a gente precisava deixar tudo combinado.

– Já falamos sobre isso na sexta, não?

– Já, mas eu queria ter certeza de que você se lembrava.

O comentário foi como um insulto.

– Eu lembro.

– Ótimo – disse ela. – Acho também que vai ser mais fácil para ela se eu conduzir a conversa.

Porque você não quer que ela saiba sobre Walter, não é?

– O show é todo seu.

– Como assim?

– É isso – respondi. – Quem está tomando todas as decisões é você. Ainda não perguntou o que eu quero.

– Por que esse mau humor todo?

Ela estava falando sério?

– Por que London não me ligou ontem à noite?

– Porque ela dormiu. Menos de dez minutos depois de você ligar, capotou no sofá. O que eu deveria ter feito? Acordado a menina? Você está com ela todos os dias. Eu não.

– Foi uma decisão sua. Quem saiu de casa foi você.

Vivian estreitou os olhos e pensei ver neles não apenas raiva, mas ódio. Ela manteve a voz sob controle.

– Eu tinha esperanças de que fôssemos conseguir nos comportar como adultos hoje, mas está bem claro que você tem outros planos.

– Está tentando pôr a culpa disso em mim?

– Só quero que você se controle enquanto a gente fala com a nossa filha. A alternativa é tornar a coisa o mais dolorosa possível para ela. O que você prefere?

– Eu preferiria não estar fazendo nada disso. Preferiria que você e eu tivéssemos uma conversa honesta sobre como salvar nosso casamento.

Ela me deu as costas.

– A gente não tem mais nada para conversar. Acabou. Você deve receber a papelada do divórcio esta semana.

– Papelada do divórcio?

– Pedi para minha advogada preparar. É meio que padrão.

Padrão, tive certeza, significava que, pelo contrato, London iria morar com ela em Atlanta.

Senti um nó no estômago. De repente não queria mais aquilo, não queria estar ali. Não queria perder minha mulher e minha filha, não queria perder tudo, mas eu não passava de um espectador vendo minha vida se desintegrar de uma forma inteiramente fora do meu controle. Estava exausto e, quando a náusea finalmente passou, era como se meu corpo fosse se dissolver.

– Vamos acabar logo com isso.

London lidou melhor com a situação do que imaginei, mas, pensando bem, ficou claro para mim que ela estava tão exausta que não conseguia prestar atenção. Some-se a isso o nariz escorrendo e tive a sensação de que o que ela de fato queria era ir para a cama.

Como eu imaginava, Vivian omitiu boa parte da verdade e manteve a conversa tão curta que me peguei pensando por que ela a havia considerado importante. No final, desconfiei que London continuasse sem a menor ideia de que algo estava de fato mudando entre mim e Vivian, afinal ela já estava tão acostumada com as viagens da mãe quanto eu. A única hora em que se abalou foi quando chegou o momento de Vivian ir embora. As duas choraram ao se despedir com um abraço em frente à casa, e os soluços de London pioraram quando Vivian finalmente saiu com o carro.

Levei-a para dentro. Minha roupa ficou molhada com suas lágrimas. Seu quarto estava com o cheiro de um curral. Além de limpar a cozinha, eu teria que limpar a gaiola dos hamsters. Dei a London mais um pouco de remédio para o resfriado e a coloquei na cama. Ela se aconchegou contra mim e passei o braço em volta dela.

– Eu queria que a mamãe não precisasse ir embora – disse ela.

– Eu sei que é difícil – falei. – Vocês se divertiram no final de semana?

Ela assentiu.

– O que vocês fizeram?

– Fomos fazer compras e vimos filmes. Também fomos à fazendinha. Lá tem umas cabras fofinhas que deitam de lado quando ficam com medo, mas eu não deixei elas com medo.

– Você foi ao parque? Andou de bicicleta?

– Não. Mas andei de carrossel no shopping. Andei num unicórnio.

– Que legal.

London tornou a concordar.

– Mamãe disse que você precisa se lembrar de limpar a gaiola dos hamsters.

– Eu sei. A gaiola está meio fedorenta.

– É. Mamãe também não quis segurar nem o Seu Confete nem a Dona Confete porque eles também estavam fedorentos. Acho que eles precisam tomar banho.

– Não sei se hamsters podem tomar banho. Vou descobrir.

– No computador?

– É.

– O computador sabe um monte de coisa – disse ela.

– Com certeza.

– Papai?

– Hum?

– A gente pode ir andar de bicicleta?

– Que tal esperar uns dias, até você se sentir melhor? E você também tem aula de balé, lembra?

– Lembro – respondeu ela, sem entusiasmo.

Para tentar impedir que seu ânimo piorasse outra vez, perguntei:

– Encontrou Bodhi no fim de semana?

– Ele estava na aula de artes. Eu pintei meu vaso.

– Com flores amarelas? E *camungondos* cor-de-rosa? Posso ver?

– A mamãe levou. Ela disse que ficou bonito.

– Ficou, com certeza – falei, tentando esconder a decepção. – Eu queria ter visto.

– Quer que eu pinte um para você? Eu posso pintar. E acho que consigo desenhar os *camungondos* ainda melhor.

– Eu adoraria, querida.

Limpei a gaiola dos hamsters e a cozinha. Embora não tivesse notado mais cedo, precisei dar um jeito na sala de TV também. Havia Barbies e acessórios de boneca espalhados por todo lado. Precisei dobrar mantas e guardá-las no baú e jogar no lixo uma tigela de pipoca pela metade antes de lavá-la e secá-la. Lembrei que ainda tinha os pratos preparados por minha mãe e passei alguns potes do freezer para a geladeira. Também guardei as compras que tinha feito com Liz e Marge mais cedo.

Então deitei na cama e senti o perfume, o mesmo que sabia que Vivian estava usando. Era um aroma leve e floral, mas que eu não conhecia, e eu soube que não conseguiria dormir. Troquei a roupa de cama por lençóis limpos. Perguntei-me se ela queria dar algum tipo de recado ao deixar os lençóis sujos e a casa bagunçada. Podia ser raiva, mas eu achava que não. Meu instinto me dizia que ela não estava mais ligando para o que eu poderia sentir, pois não estava mais ligando para mim.

17

Um passo à frente, um passo atrás

Quando eu namorava Emily, antes de cometer aquela estupidez, fomos passar a primeira semana de julho em Atlantic Beach, na Carolina do Norte. Alugamos com outros dois casais uma casa perto o suficiente do mar para podermos escutar as ondas batendo num ritmo incessante. Embora tivéssemos dividido o aluguel por três, era um pouco caro para todos, de modo que levamos isopores cheios de comida comprada no mercado. Nosso plano era cozinhar em vez de comer em restaurantes e, quando o sol começava a baixar, acendíamos a churrasqueira e começávamos nosso banquete. À noite, ficávamos tomando cerveja na varanda ouvindo rádio, e me lembro de pensar que aquelas eram as primeiras de muitas férias daquele tipo que Emily e eu tiraríamos juntos.

O Quatro de Julho foi particularmente especial. Emily e eu acordamos antes de todo mundo e fomos caminhar na praia enquanto o sol nascia. Quando os outros levantaram da cama, já tínhamos montado nosso posto na praia, inclusive uma panela a vapor que eu havia alugado para preparar as vieiras e os camarões desembarcados no cais poucas horas antes. Para acompanhar os frutos do mar, fizemos milho cozido e salada de batatas e montamos uma rede barata de vôlei. Quando nossos amigos finalmente apareceram, passamos o resto do dia no sol, relaxando, nadando no mar e nos besuntando de filtro solar.

Naquela semana havia um parque de rua na cidade, numa rotatória principal perto da praia, a mais ou menos meio quilômetro da casa em que estávamos. Era um daqueles parques itinerantes, com brinquedos mambembes, ingressos caros e jogos quase impossíveis de ganhar. Mas havia uma roda-gigante, e meia hora antes do horário marcado para a queima de fogos Emily e eu nos separamos do grupo e fomos andar nela. Calculei que teríamos tempo de sobra para nos juntar aos nossos amigos depois, mas o destino quis que o brinquedo quebrasse bem na hora em que chegamos ao topo.

Enquanto estávamos parados lá em cima, pude ver os operários mexendo no motor ou no gerador de energia. Mais tarde, vi alguém sair correndo e voltar trazendo uma caixa de ferramentas grande e evidentemente pesadíssima. O homem da manutenção gritou que a roda-gigante voltaria a funcionar dali a pouco, mas alertou para que não balançássemos os carrinhos.

Embora fosse um dia muito quente, o vento estava forte, e eu passei o braço em volta de Emily, que se aninhou junto a mim. Ela não estava com medo, nem eu. Mesmo que o motor estivesse quebrado, eu tinha certeza de que devia haver algum tipo de alavanca manual que poderia ser usada para fazer todos desem-

barcarem. Lá do alto onde estávamos, ficamos observando as pessoas passearem pelas barraquinhas do parque e admirando o tapete de luzes das casas e das ruas, que parecia se estender por muitos quilômetros. Depois de algum tempo, ouvi o estouro conhecido de fogos de artifício sendo lançados de uma barca no mar, e então linhas douradas, verdes e vermelhas cintilantes se espalharam pelo céu. Uau, sussurrou Emily, e ficou repetindo isso durante a hora e meia que passamos presos na roda-gigante. O vento fazia o cheiro de pólvora descer pela praia e, ao puxá-la mais para perto, pensei que a pediria em casamento antes de o ano terminar.

Foi mais ou menos nessa hora que nossos amigos nos viram. Eles estavam na praia, parecendo pessoinhas em miniatura, e quando entenderam que estávamos presos começaram a gritar e apontar. Uma das meninas gritou que, se estivéssemos planejando passar a noite ali, seria bom pedir uma pizza.

Emily sorriu e não disse nada.

– Vou fingir que você pagou os operários para eles pararem a roda-gigante de propósito – disse ela por fim.

– Por quê?

– Porque enquanto eu viver acho que nenhum Quatro de Julho vá se comparar com este.

Na segunda-feira de manhã, London acordou com o nariz vermelho e fungando sem parar. Embora não estivesse tossindo, pensei se deveria mandá-la para a escola, mas quando sugeri que faltasse ela resistiu.

– Mas a professora hoje vai levar o peixinho dourado dela e eu vou poder dar comida para ele! Além disso, hoje é dia de colorir.

Eu não sabia muito bem em que consistia o dia de colorir, mas era óbvio que para ela isso tinha importância. Dei-lhe um remédio para resfriado no café da manhã e ela foi para a escola. Ao deixá-la, percebi que a professora também estava resfriada, o que fez com que me sentisse melhor em relação à minha decisão.

Quando estava voltando para o carro, peguei-me perguntando o que Vivian estaria fazendo, e na mesma hora afastei esse pensamento. *Quem se importa?*, lembrei a mim mesmo. O mais importante, porém, era que eu tinha um comercial para filmar ainda naquela semana e outro cliente para impressionar.

No escritório, fui soterrado por trabalho. Confirmei todo o necessário para filmar o terceiro comercial de Taglieri na sexta. Entrei em contato com o programador para falar do cirurgião plástico e consegui até me encontrar com um treinador de animais que dizia ter o cachorro perfeito para filmar o quarto comercial de Taglieri. Marcamos a filmagem para a quinta-feira da semana seguinte.

Ou seja, felizmente não tive muito tempo para pensar em Vivian.

* * *

O acordo de separação foi entregue por FedEx na terça-feira à tarde. Chegou também por e-mail, mas não consegui me forçar a ler nenhuma das duas versões. O que fiz foi ligar para Joey Taglieri e perguntar se ele poderia dar uma olhada. Combinamos de nos encontrar no dia seguinte, em um restaurante italiano não muito longe do escritório dele.

Encontrei-o em uma mesa reservada no canto, coberta por uma toalha quadriculada vermelha e branca sobre a qual estava pousado um envelope pardo em cima de um bloco de anotações amarelo. Ele estava bebendo água mineral e, quando me sentei, fez deslizar na minha direção um papel e uma caneta.

– Antes de a gente começar, preciso que você assine um contrato. Eu disse que não trabalho mais com direito de família, mas para você posso abrir uma exceção. Também posso recomendar alguns advogados, inclusive o que cuidou do meu segundo divórcio, mas não sei quanto eles vão poder ajudar por motivos que vou explicar daqui a pouco. Mas, seja qual for sua escolha, a questão é que tudo o que me disser estará protegido pelo sigilo profissional entre advogado e cliente, mesmo que no fim das contas você decida escolher outro.

Assinei o contrato e o deslizei de novo na sua direção. Satisfeito, ele se reclinou na cadeira.

– Quer me contar o que aconteceu?

Contei a ele a mesma história que já havia contado para Marge, Liz, meus pais e Emily. A essa altura, tinha a impressão de já ter repetido aquela história cem vezes. Taglieri passou o tempo inteiro tomando notas. Quando terminei, recostou-se na cadeira.

– Certo, acho que entendi – disse ele. – Também já olhei o documento, e acho que a primeira coisa que você deveria saber é que pelo visto ela pretende dar entrada no divórcio na Geórgia, não na Carolina do Norte.

– Por que ela faria isso?

– As leis da Geórgia e da Carolina do Norte são diferentes. Na Carolina do Norte, um casal precisa passar um ano separado legalmente antes de o divórcio ser concedido. Isso não significa necessariamente morar em casas separadas, mas ambos precisam ter o entendimento de que estão separados. Ao final desse ano, um dos dois entra com o pedido de divórcio. O outro então tem trinta dias para registrar uma resposta, mas as coisas podem ser apressadas um pouco, e a partir daí vocês entram no calendário do tribunal. Quando chega a sua vez, o divórcio é concedido. Na Geórgia não existe essa exigência de *um ano de separação*. Mas existe, isso sim, uma exigência de *domicílio*. Vivian só pode entrar com o pedido de divórcio quando estiver domiciliada no estado por seis meses, mas depois disso o divórcio pode sair em trinta dias, supondo que vocês dois já tenham combinado tudo. Em suma, como ela está morando em Atlanta desde o dia 8 de setembro, ou talvez até antes dessa data, deve conseguir o divórcio em março ou abril do próximo ano, em vez de daqui a quase um ano inteiro. Em outras palavras, ela reduz o processo em seis meses. Tem umas outras diferenças relacionadas a divórcio consensual ou litigioso que duvido se apliquem ao caso. Meu palpite é que ela vai pedir divórcio consensual, o que fundamentalmente significa que o casamento acabou.

– Quer dizer que ela está com pressa para se ver livre de mim, é isso?

– Prefiro não comentar – respondeu ele com uma careta. – Enfim, esse é um dos motivos pelos quais resolvi oferecer meus serviços. Ao contrário dos advogados que contratei para o meu divórcio, eu fiz o exame da Ordem tanto na Geórgia quanto aqui na Carolina do Norte... Dá-lhe, Bulldogs! Em outras palavras, ou você trabalha comigo ou arruma um advogado na Geórgia. Também dei uns telefonemas hoje de manhã... Parece que a advogada da Vivian é osso duro de roer. Nunca tratei com ela, mas tem fama de ser barra-pesada, que gosta de exaurir a outra parte até a pessoa simplesmente jogar a toalha. Também é muito seletiva em relação a clientes, então meu palpite é que Spannerman deve ter mexido uns pauzinhos para convencê-la a representar sua mulher.

– O que é que eu devo fazer? Não tenho ideia de por onde começar.

– Você deve fazer exatamente o que está fazendo agora: arrumar um advogado. E acredite, ninguém no começo sabe o que fazer, a não ser que já tenha passado por isso. Para resumir a história, na Geórgia vai ser preciso dar entrada numa porção de documentos de todo tipo: declarações de renda, acordos de pensão entre cônjuges, uma declaração juramentada referente à guarda. A advogada dela com certeza vai fazer pressão para estar tudo pronto quando completarem seis meses, de modo que os dois advogados vão ter bastante trabalho.

– E o acordo que ela mandou?

– É basicamente um contrato entre vocês dois. Estipula a pensão alimentícia do cônjuge e a partilha dos bens, essas coisas.

– E London?

– É aí que as coisas podem se complicar. O tribunal se reserva o direito de tomar decisões em relação à guarda de menores, direito de visitação e pensão alimentícia. Vocês dois *podem* chegar a um acordo, e o tribunal vai levar isso em conta, mas não é obrigado a acatar a decisão de vocês. Mas, se a decisão de vocês for razoável, o tribunal tende a acatar. Como London é criança ainda, ela praticamente não vai opinar. Provavelmente é melhor assim.

Desconfiei que ele teria que repetir aquilo tudo outra vez.

– O que a Vivian quer?

Taglieri pegou o acordo dentro da pasta e começou a folhear as páginas.

– Em relação à partilha dos bens, grosso modo, ela quer metade de tudo. Metade do valor imobiliário da casa, metade do saldo das suas contas-corrente e de investimentos, metade da sua aposentadoria. Quer também o carro e metade do valor de tudo que a casa contém, em espécie. Ela quer também um dinheiro adicional, que imagino ser metade do total que você investiu na sua empresa.

De repente, me senti como se tivesse passado uma semana doando sangue.

– Só isso?

– Bom, tem também a pensão do cônjuge.

– Pensão? Ela hoje ganha mais do que eu e está namorando um bilionário.

– Não estou dizendo que ela vai conseguir. Desconfio que vai usar isso e a proposta de partilha dos bens como uma forma de obter o que ela realmente quer.

– London.

– É – concordou ele. – London.

Depois do encontro com Taglieri, não havia tempo para voltar ao escritório. Em vez disso, fui cedo para a escola. Era o primeiro da fila de carros. Como não conseguia pensar em outro assunto, estava examinando o acordo de separação quando ouvi alguém bater no meu vidro.

Era Emily.

Ela usava uma calça jeans desbotada com rasgos nos joelhos e uma blusa justa, e vê-la acendeu algo dentro de mim. Abri a porta e saí para o sol.

– E aí? Tudo bem?

– Acho que sou eu quem devia fazer essa pergunta. Passei os últimos dias pensando em você, me perguntando como as coisas correram no domingo.

– Correram tão bem quanto esse tipo de coisa pode correr, imagino eu. Praticamente só a Vivian falou.

– E London, como está?

– Ela parece bem. Tirando o fato de ainda estar se curando de um resfriado.

– Bodhi também. Começou ontem. Acho que mais da metade da turma pegou esse resfriado. Parece uma colônia de leprosos. – Ela pareceu me examinar por um instante. – E tirando isso, como você está?

– Mais ou menos – admiti. – Tive que falar com um advogado hoje.

– Ai... – disse ela. – Essa parte eu detestei.

– Não foi muito divertido. Ainda parece tudo um sonho, como se não estivesse acontecendo de verdade. Mesmo eu sabendo que está.

Ela me encarou e, enquanto mantinha o olhar cravado em mim, fiquei impressionado com seus cílios longos. Será que sempre tinham sido tão compridos assim? Peguei-me fazendo um esforço para lembrar.

– Ele conseguiu responder suas dúvidas? – quis saber ela.

– Eu nem soube direito que perguntas fazer. Era isso que estava olhando no carro. Vivian mandou uma proposta de acordo financeiro.

– Eu não sou advogada, mas se tiver alguma dúvida pode me ligar. Talvez eu não consiga responder tudo, claro.

– Obrigado.

Notei que mais carros estavam entrando na fila, agora em fluxo constante. Até onde pude ver, eu era o único homem. Enquanto encarava Emily, de repente escutei a voz de Vivian na minha cabeça, *fofocas!*, e me perguntei se alguma das mães na fila de carros estaria nos observando. Num reflexo, dei um pequeno passo para trás e enfiei a mão no bolso.

– David voltou para a Austrália?

Ela fez que sim com a cabeça.

– Ontem à noite.

– Bodhi ficou chateado?

– Muito. Aí, claro, acordou doente.

– E sem previsão de ele voltar?

– Ele disse que talvez consiga vir alguns dias na época do Natal.

– Que bom.

– É. Se ele de fato aparecer. No ano passado falou a mesma coisa. David é muito bom em prometer. O problema é que nem sempre cumpre o que fala.

Perguntei-me onde estaria London naquele Natal. Perguntei-me onde eu estaria.

– Ops – disse Emily, inclinando a cabeça. – Eu disse alguma coisa errada, não é? Você foi pra outro lugar agora.

– Me desculpe. Estava só pensando nas coisas que o advogado me disse hoje. Parece que eu talvez precise vender a casa.

– Ah, não. Sério?

– Não sei se vou ter escolha. Não tenho dinheiro suficiente em mãos para pagar o que Vivian quer.

Isso para não dizer outra coisa: se eu acatasse todas as demandas de Vivian, ficaria arruinado. Com a pensão dela e a de London, não conseguiria nem alugar um apartamento de dois quartos.

– Vai dar tudo certo – disse Emily. – Eu sei que às vezes é difícil de acreditar, mas vai, sim.

– Tomara. Tudo que eu queria agora era... fugir, sabe como é?

– Você precisa se distrair de tudo isso – sugeriu ela, e levou as mãos aos quadris. – Que tal vocês irem ao zoológico de Ashboro comigo e com Bodhi no sábado?

– E a aula de arte?

– Ah, por favor. – Ela jogou uma mecha dos fartos cabelos por cima do ombro. – Eles podem faltar um dia. E eu sei que Bodhi vai adorar. London já foi lá?

– Nunca.

A objetividade do convite me desarmou e me esforcei para encontrar uma resposta. Aquilo era um convite para sair? Ou tinha mais a ver com Bodhi e London?

– Obrigado – falei. – Eu aviso se der.

Agora já podia ver as professoras começando a se reunir perto da porta e os alunos a se dividir por turmas. Emily também notou.

– É melhor eu voltar para o carro – disse ela. – Não quero travar a fila. Já demora o suficiente sem isso. Foi bom ver você, Russ.

Ela acenou para mim.

– Também foi bom ver você.

Observei-a se afastar ainda tentando decifrar o significado do convite, mas à medida que ela foi se afastando, senti o nítido impulso de ficar mais com ela. Talvez não estivesse pronto e talvez fosse cedo demais, mas de repente queria a companhia dela mais do que tudo.

– Ei, Emily – chamei.

Ela se virou.

– A que horas você está pensando em ir?

Ao chegarmos em casa, como London estava se sentindo um pouco melhor, fomos andar de bicicleta. Deixei-a ir na frente e a fui seguindo pelas ruas do bairro. Seu domínio da bicicleta melhorava a cada passeio. Eu ainda precisava avisá-la para chegar perto do acostamento quando algum carro se aproximava, mas era comum ver crianças de bicicleta no bairro e a maioria dos motoristas nos dava bastante espaço.

Andamos por uma hora. Em casa, ela fez um lanche e subiu para vestir a roupa do balé. Ela estava demorando uma eternidade e, depois de algum tempo, subi para ver o que estava acontecendo. Encontrei-a sentada na cama, ainda vestida com a mesma roupa de antes.

Sentei-me ao seu lado.

– O que houve, querida?

– Eu não quero ir ao balé hoje – disse ela. – Estou doente.

O resfriado não havia atrapalhado em nada o passeio de bicicleta, então eu sabia que era outro o motivo. A verdade é que ela não gostava da aula de balé nem da professora Hamshaw. E quem poderia culpá-la por isso, não é mesmo?

– Se estiver cansada ou se sentindo mal, não precisa ir.

– Mesmo?

– É claro que não.

– A mamãe pode ficar brava.

Sua mãe nos deixou, pensei. Mas não foi isso que eu disse.

– Eu converso com ela. Se você está doente, está doente e pronto. Mas tem alguma outra coisa acontecendo?

– Não.

– Porque se tiver você pode me dizer.

Como ela não falou mais nada, passei um braço à sua volta.

– Você gosta de ir ao balé?

– É importante – respondeu ela, como se estivesse recitando uma regra sagrada. – A mamãe fazia balé.

– Não foi isso que eu perguntei. Perguntei se você gosta.

– Eu não quero ser árvore.

Franzi o cenho.

– Meu amor, pode me explicar melhor o que está acontecendo?

– Na minha turma tem dois grupos. Um vai viajar para dançar na competição. São as que dançam melhor. Eu estou no *outro* grupo. A gente também vai ter que dançar, mas só para nossos pais. E eu tenho que ser uma árvore na dança que a gente está ensaiando.

– Ah. E isso é ruim?

– É, é ruim, sim. Eu só preciso mexer os braços quando as folhas crescem e caem.

– Pode me mostrar?

Ela suspirou e se levantou da cama. Com os braços, fez um círculo acima da cabeça e uniu os dedos das mãos. Então separou os braços e desceu as mãos até as laterais do corpo, agitando os dedos. Quando terminou, tornou a se sentar ao meu lado na cama. Eu não soube muito bem o que dizer.

– Não sei se isso faz você se sentir melhor, mas sua árvore está muito boa – falei, por fim.

– Isso é para quem dança mal, papai. É porque eu não danço bem o suficiente para ser o sapo, a borboleta, o cisne ou o peixe.

Tentei imaginar o que esses animais fariam e como seria a coreografia, mas de que adiantava? De qualquer forma, em breve iria assistir.

– Quantas outras meninas fazem árvores?

– Só eu e a Alexandra. Eu queria ser uma borboleta, treinei muito e sei fazer todos os movimentos, mas a professora Hamshaw disse que é a Molly quem vai ser a borboleta.

No mundo de uma menina de 5 anos, imaginei que aquilo fosse muito importante.

– Quando vai ser o espetáculo?

– Não sei. A professora disse, mas eu esqueci.

Pensei que precisava me lembrar de perguntar à professora. Antes ou depois da aula, claro, para não ofendê-la nem atrapalhar a aula.

– Você quer ir ao zoológico neste fim de semana? Comigo, com o Bodhi e a tia Emily?

– O quê?

– Ir ao zoológico. A tia Emily e Bodhi vão. Ela convidou a gente, mas eu não quero ir se você não quiser.

– Um zoológico de verdade?

– Com leões, tigres e ursos. Minha nossa!

Ela franziu a pequena testa.

– Por que você disse "minha nossa"? – indagou por fim.

– É uma expressão de um filme chamado *O mágico de Oz*.

– Eu já assisti?

– Não – respondi.

– É sobre o quê?

– Sobre uma menina chamada Dorothy. A casa dela é levada por um tufão e ela vai parar num lugar chamado Oz. Lá conhece um leão, um homem de lata e um espantalho, e eles tentam encontrar o mágico para ela poder voltar para casa.

– No filme também tem ursos e tigres?

– Não que eu me lembre.

– Então por que a menina fala isso?

Boa pergunta.

– Não sei. Talvez por medo de encontrar um desses animais.

– Eu não tenho medo de ursos. Mas tigres dão medo. Os tigres podem ser muito maus.

– Ah, é?

– Aprendi isso quando vi *Mogli*.

– Ah.

– A mamãe também vai ao zoológico?

– Não – respondi. – Ela está trabalhando.

London pareceu refletir sobre isso.

– Entendi – disse ela. – Se o Bodhi vai, a gente pode ir também.

À noite, quando Vivian ligou para ela pelo FaceTime, notei que estava vestida como se fosse jantar fora, certamente com Spannerman. Não comentei nada, mas, enquanto ela falava com London, esse pensamento não me saiu da cabeça.

Depois de algum tempo, London tornou a vir até mim e me estendeu o celular.

– A mamãe precisa falar com você.

– Tá bom, querida – falei, pegando o aparelho.

Esperei que ela saísse antes de erguer a tela.

– E aí? – perguntei.

– Queria avisar que vou passar o fim de semana fora e talvez seja difícil entrar em contato comigo.

Cada pedaço do meu ser ansiava por saber os detalhes, mas forcei-me a não perguntar nada.

– Ok.

Pelo visto, ela esperava que eu fosse insistir para ter mais informações, pois minha resposta pareceu desconcertá-la.

– Então tá – retomou ela, após uma pausa constrangida. – Enfim, eu com certeza vou a Charlotte no fim de semana que vem para ficar com ela e gostaria de dormir em casa outra vez.

– Sem mim – falei, tentando não soar muito magoado.

– Estou pensando no que é melhor para a London, então, sim, sem você. E quinze dias depois é aniversário dela, claro, e eu gostaria de fazer a mesma coisa. Ficar na casa, quero dizer. O aniversário cai numa sexta, mas quero dar uma festa para os amiguinhos dela no sábado. É lógico que você deve ir à festa, mas depois provavelmente o melhor seria nos deixar passar o resto do fim de semana só nós duas.

– É o fim de semana do aniversário dela – protestei. – Eu também quero ficar com a minha filha.

– Russ, você está com ela o tempo todo – disse Vivian, levantando o queixo.

– Ela fica na escola. E tem várias atividades. Você pode até pensar que eu passo muito tempo com ela, mas não.

Vivian deu um suspiro irritado.

– Você vê London toda noite. Lê para ela antes de dormir. Você a vê todo santo dia de manhã. Eu não.

– Porque você foi embora – falei, articulando as palavras devagar. – Porque se mudou para Atlanta.

– Então você me impediria de ver minha filha? Que tipo de pai você é? Falando nisso, não deveria ter deixado London faltar ao balé hoje.

– Ela está resfriada – falei. – Estava cansada.

– Como é que ela vai melhorar se você fica deixando ela faltar à aula?

O tom de acusação fez minhas costas contraírem.

– É a primeira aula que ela falta. Não é o fim do mundo. Além do mais, nem acho que ela goste de fazer balé.

– A questão não é essa – disse Vivian, estreitando os olhos. – Se ela quiser um papel maior no próximo espetáculo, não pode faltar às aulas. Você a está expondo a mais uma decepção.

– E a questão é que eu não acho que ela vai ligar, porque para começo de conversa ela não gosta de fazer balé.

Pude ver o peito dela subir e descer, e um rubor apareceu pelo decote do vestido preto.

– Por que você está fazendo isso?

– Isso o quê?

– O que você sempre faz! Inventando problema, tentando arranjar motivo para uma briga.

– Por que é que sempre que eu digo o que penso ou dou uma opinião diferente da sua você me acusa de estar tentando arrumar briga?

– Ah, pelo amor de Deus. Estou tão de saco cheio dessa sua babaquice, você não faz ideia.

E ela desligou. Aquilo me incomodou mais do que deveria, mas percebi, com uma satisfação sombria, que me incomodou menos do que teria caso ainda estivéssemos juntos. Na verdade, me incomodou menos do que teria incomodado no dia anterior. Talvez isso fosse uma evolução.

Passei os dois dias seguintes trabalhando, pulando de um projeto para o outro como no início da semana. Entrei em contato com os pacientes sugeridos pelo cirurgião e marquei horários para filmá-los no dia 6 de outubro. Seria um dia longo.

Na sexta-feira filmei o terceiro comercial, certificando-me de posicionar a câmera abaixo do nível da mesa, para captar a atriz mirim de baixo. Assim conseguiríamos enfatizar sua idade e criar um efeito cômico.

As imagens ficaram tão boas que até os membros da equipe de filmagem riram. Perfeito.

Nessa noite, levei London à aula de balé como de costume.

Apesar de seu nítido desânimo, ela desceu vestida com a roupa certa e lembrou que não devíamos nos atrasar.

Não tornei a perguntar se ela gostava de fazer balé. Tinha certeza de que Vivian dera uma bronca nela igual à que dera em mim e eu não queria colocar minha filha numa posição desagradável. Eu, mais do que ninguém, sabia como Vivian era capaz de fazer as pessoas se sentirem culpadas.

Ao vê-la sentada no sofá da sala de TV, com os ombros levemente arriados, acomodei-me ao seu lado.

– O que você gostaria de fazer depois do balé? – perguntei.

– Não sei – balbuciou ela.

– Porque eu estava pensando que talvez, quem sabe, a gente pudesse...

Hesitei. Um ou dois segundos se passaram antes de ela olhar para mim.

– Talvez a gente pudesse o quê?

– Nada. Deixa pra lá.

– O quê?

– Bom, estava pensando se você talvez não quer...

Fingi perder o interesse.

– Fala logo! – insistiu ela.

Forcei um longo suspiro.

– Estava pensando que, como a mamãe não está aqui, quem sabe você e eu poderíamos ter uma noite juntos.

Por mais que não tivesse noção de tudo que acontecia entre mim e Vivian, London sabia tudo sobre nossas noites juntos.

A expressão no rosto dela foi de assombro.

– Uma noite juntos? Só você e eu?

– Era o que eu estava pensando. Depois do balé, a gente pode se arrumar com a roupa que quiser e preparar juntos o jantar, e depois a gente pode colorir, pintar com tinta a dedo ou quem sabe até assistir a um filme. Mas só se você quiser.

– Eu quero.

– Ah, quer? E o que vai querer comer?

Ela levou um dedo ao queixo.

– Frango, eu acho – respondeu, e eu aquiesci.

– Que delícia. Era exatamente o que eu estava pensando.

– Mas eu não quero pintar com tinta. Pode manchar meu vestido.

– E colorir, que tal? Eu não sou muito bom nisso, mas posso tentar.

O rosto dela se iluminou.

– Não tem problema você não ser muito bom, papai. Você pode treinar.

– Parece uma ótima ideia.

Pela primeira vez desde que eu havia começado a levar e buscar London em suas atividades, ela se mostrou de bom humor a caminho do balé, embora a aula não tivesse nada a ver com isso. Passei o trajeto inteiro ouvindo-a tagarelar sobre quais roupas ela podia usar à noite. Ela ponderou sobre qual vestido escolher, e se iria combiná-lo com um prendedor de cabelo brilhante ou com um arco e quais sapatos ficariam melhores.

Uma vez dentro da sala, a professora Hamshaw acenou para minha filha entrar na sala, mas London de repente se virou e correu para me dar um abraço antes de correr de volta até a porta. A professora não esboçou reação alguma, e supus que aquilo fosse a maior gentileza de que ela era capaz.

Enquanto London estava na aula, corri até o mercado e comprei os ingredientes para o jantar. Como sabia que precisaríamos acordar cedo no dia seguinte, pois havia marcado com Emily às oito, comprei um frango assado na delicatéssen, uma lata de milho verde, peras fatiadas, um vidro de molho de maçã pronto e suco de uva branca. Se começássemos o jantar às seis e meia, ela poderia estar na cama mais ou menos no horário normal.

O que eu não tinha considerado era que meninas de 5 anos podem demorar muito tempo se arrumando. Depois do balé, London subiu correndo a escada de casa e me proibiu de ajudá-la. Fui até meu closet e também me arrumei, chegando a vestir um paletó. Preparei o jantar, o que levou no máximo cinco minutos, em seguida pus a mesa com nossa melhor louça. Depois de servir o suco de uva em taças de vinho, completei o cenário com velas. Então me encostei na bancada para esperar.

Depois de algum tempo, fui até a mesa e me sentei.

Por fim, me sentei no sofá e liguei na ESPN.

De vez em quando, ia até a escada e a chamava. Ela insistia que eu não devia subir e dizia que ainda estava se arrumando.

Quando ela finalmente desceu a escada, senti aquela ardência nos olhos que prenuncia o choro. Tinha escolhido uma saia azul, uma blusa quadriculada de azul e branco, meias finas brancas e sapatos também brancos, e uma faixa azul nos cabelos para combinar. O toque final era o colar imitando pérolas. Por mais que tivesse minhas reservas às frequentes expedições de compras de Vivian com nossa filha, até mesmo London sabia que tinha causado um efeito e tanto.

– Você está linda – falei, levantando-me do sofá e desligando a TV.

– Obrigada, papai – disse ela e se aproximou com cuidado da mesa de jantar. – A mesa está muito bonita.

Achei aquela tentativa de parecer adulta quase insuportável de tão encantadora.

– Obrigado, querida. Vamos jantar?

– Vamos, por favor.

Dei a volta na mesa e puxei a cadeira para ela. Depois de se sentar, ela estendeu a mão para pegar a taça de suco e deu um gole.

– Está muito bom – comentou.

Servi os pratos e os levei até a mesa. London estendeu o guardanapo no colo com cuidado, e eu também.

– Como foi na escola hoje? – perguntei.

– Foi legal – disse ela. – Bodhi falou que quer ver os leões amanhã no zoológico.

– Eu também quero. Eu gosto de leões. Mas espero que lá não tenha nenhum mau como o Scar.

Eu estava me referindo, naturalmente, ao vilão de *O rei leão*.

– Lá não vai ter nenhum leão igual ao Scar, papai. É só um desenho animado.

– Ah. Tem razão.

– Como você é bobo.

Enquanto ela pegava o garfo com delicadeza, sorri.

– É, já me disseram.

Depois do jantar, fomos colorir. London por acaso tinha um livro com animais do zoológico, e passamos uma hora na mesa da cozinha criando animais que só poderiam existir em mundos cor de arco-íris.

Embora ela só estivesse na escola havia algumas semanas, percebi que estava colorindo melhor. Conseguia manter as cores dentro das linhas e havia até começado a sombrear várias partes dos desenhos. Os borrões e os rabiscos de apenas um ano antes haviam desaparecido.

Minha menininha estava crescendo, lenta mas decididamente, e por algum motivo isso fez meu coração doer em lugares que eu nem sabia existirem.

18

Isso não é um encontro

Um mês depois de me formar na faculdade, fui ao casamento de um antigo colega de fraternidade chamado Tom Gregory, em Chapel Hill. Tom era filho de médicos, e a noiva, uma morena magrinha e delicada chamada Claire DeVane, era filha do dono de 56 restaurantes de fast-food da cadeia Bojangles, especializados em frango frito e biscoitos. O ramo podia não ter o mesmo glamour de um banco de investimentos, mas rendia muito dinheiro e, como presente de casamento, o pai de Claire dera ao casal uma pequena mansão e um Mercedes conversível.

A festa, claro, exigia traje a rigor. Eu havia acabado de entrar no Grupo Peters e ainda não tinha recebido meu primeiro salário. Nem preciso dizer que vivia duro. Embora tivesse dinheiro suficiente para alugar um smoking, precisei ficar hospedado na casa de outro colega de fraternidade. O nome dele era Liam Robertson, e ele estava prestes a entrar na UNC para estudar direito. Embora também fosse de Charlotte, nunca tínhamos sido próximos: ele era o tipo de cara que adorava violar os juramentos da fraternidade e dar porres em calouras. Apesar disso, existia uma fidelidade entre os membros do Alpha Gamma Rhos.

Até então, eu só havia usado smoking uma vez na vida. Alugara um azul para minha festa de formatura do ensino médio, e minha foto ao lado da garota que tinha convidado para a festa ficara enfeitando a lareira na casa dos meus pais até eu me casar. Só que aquele primeiro smoking tinha uma gravata-borboleta de presilha, enquanto a gravata do que eu tinha alugado para o casamento precisava de um nó de verdade.

Infelizmente, Liam Robertson tinha tão pouca noção quanto eu de como atar um nó de gravata e, quando a hora de sairmos para o casamento foi se aproximando, eu já havia feito meia dúzia de tentativas frustradas. Foi nessa hora que a porta da frente da casa de Liam se abriu e Emily entrou.

Eu já a vira antes, mas nós nunca fôramos apresentados. Ela e Liam tinham crescido no mesmo bairro e supostamente eram só amigos. Mesmo assim, ela o acompanharia ao casamento "para poder falar bem de mim caso eu conheça alguma garota". Quando a vi, tive que olhar duas vezes.

Aquela não era a Emily que eu tinha visto com Liam antes, a menina meio bicho do mato que vivia de saia comprida e sandália Birkenstock, e em geral sem maquiagem. Aquela mulher ali na minha frente estava usando um vestido de festa com um decote generoso e escarpins pretos de salto alto, e a elegância era realçada por pequenos e discretos brincos de brilhante. O rímel chamava atenção para a bela cor dos seus olhos, e a boca, valorizada pelo batom vermelho, era carnuda e exuberante. Os cabelos caíam em ondas até bem abaixo dos ombros.

– Oi, Emily! – ouvi Liam gritar. – Russ precisa de ajuda para se vestir!

– Prazer em ver você também, Liam – disse ela, irônica. – E sim, obrigada pelo elogio.

– Você está linda, aliás – acrescentou Liam.

– Agora não adianta – murmurou ela entre os dentes enquanto vinha na minha direção. – Ele sempre foi sem noção – observou quase para si mesma. – Imagino que você seja Russ?

Aquiesci, tentando não a encarar.

– Eu sou Emily. Tecnicamente, sou a garota que Liam vai levar ao casamento, mas na verdade não. Para mim ele é mais um irmão mais novo que só pensa em si mesmo.

– Eu ouvi isso! – gritou Liam.

– É claro que ouviu. Mas só porque eu estava falando de você.

Apesar de nossos rostos estarem a poucos centímetros de distância, a familiaridade descontraída dos dois fazia com que eu me sentisse excluído.

– O que temos aqui? – perguntou ela, soltando a gravata-borboleta e, em seguida, tornando a amarrá-la em volta do meu pescoço.

Percebi que ela era só um pouquinho mais baixa do que eu e estava usando um perfume floral embriagante.

– Obrigado – falei. – Como é que você sabe dar esse nó?

– Tive que ajudar meu pai quando era pequena – respondeu ela. – Ele também nunca conseguia amarrar direito a gravata. Sempre ficava torta.

Ela puxou e ajeitou a gravata-borboleta, fazendo com os longos dedos movimentos que eu não consegui ver. Nossos rostos estavam tão próximos que tive a sensação de estar prestes a beijá-la e tornei a pensar em quanto ela era bonita. Meus olhos foram atraídos para sua boca, depois para o contorno do seu pescoço. O decote profundo do vestido deixava aparecer um lacinho rendado na frente do sutiã.

– Está gostando da vista? – brincou ela.

Senti meu rosto corar e apressei-me em olhar para a frente, feito um cadete no quartel. Ela sorriu.

– Homens... Vocês são todos iguais.

Continuei em postura de sentido, e não disse mais nada até ela terminar. Então, dando leves tapinhas no meu peito com as duas mãos e piscando o olho, ela arrematou:

– Mas, como você até que é bonitinho, posso perdoá-lo.

Na manhã seguinte, quando cheguei de carro em frente à casa de Emily, eu a vi colocando um pequeno cooler dentro do seu utilitário.

London desceu do carro, correu até ela e lhe deu um abraço.

– Cadê o Bodhi? – ouvi minha filha perguntar.

– Está lá no quarto dele – respondeu Emily. – Ele está escolhendo alguns filmes para assistir no caminho. Quer subir lá e ajudar?

– Quero, sim, senhora – respondeu London, e correu até a porta da frente e sumiu dentro da casa.

Emily a observou se afastar, então se virou para mim. Estava de short e camiseta sem manga, e tinha prendido os cabelos num rabo de cavalo. Apesar do visual casual estilo *mãe no parque*, parecia esbanjar saúde e vitalidade. Não pude evitar olhar seus cabelos volumosos e sua pele perfeita.

– "Senhora"? – repetiu ela quando cheguei perto, referindo-se a London.

– Ela é muito educada – falei, esperando que meu olhar fixo não tivesse sido muito evidente.

– Gostei – disse ela. – Eu tentei com Bodhi, mas pelo visto nunca colou.

Com as crianças dentro de casa, ela parecia tão jovem quanto a garota que eu conheci no passado, o que provocou uma sensação de nostalgia que me desorientou.

– Acho que hoje vai ser divertido – comentei. – London está bem animada, sabe?

– Bodhi também. Ele quer que London vá no carro com a gente.

– Tudo bem – falei. – Eu sigo vocês.

– Você também vai com a gente, seu bobo. Não tem motivo para irmos em dois carros, e eu não vou dirigir sozinha com os dois de jeito nenhum. Além do mais, vamos levar duas horas para chegar lá, e esta belezinha aqui passa DVDs para as crianças – disse ela, indicando o utilitário.

Seu tom brincalhão me transportou de volta para a primeira vez que conversamos, e me lembrou como eu havia ficado nervoso.

– Quer que eu vá dirigindo? – propus.

– A menos que você prefira ficar encarregado do lanche. O que significa abaixar, se virar e desembrulhar comida a cada cinco minutos, claro.

Lembrei-me do comentário do meu pai sobre viagens em família.

– Não, tudo bem. Provavelmente é melhor eu ir dirigindo.

Antes mesmo de sairmos do bairro, Bodhi perguntou se eles podiam assistir a *Madagascar 3*.

– Vamos esperar chegar à autoestrada – disse Emily por cima do ombro.

– Posso comer alguma coisa? – perguntou ele.

– Você acabou de tomar café.

– Mas estou com fome.

– O que você quer comer?

– Goldfish – pediu ele.

Vivian nunca havia permitido esse biscoito na nossa casa, mas ele era um ícone da minha infância.

– O que é Goldfish? – quis saber London.

– Um biscoito de queijo em formato de peixe – explicou Emily. – É bem gostoso.

– Posso comer um, papai?

Relanceei os olhos para o retrovisor e me perguntei o que minha filha estava achando de eu estar sentado na frente com Emily e não com sua mãe ou se isso tinha alguma importância para ela.

– Pode, claro.

A viagem até o zoológico passou depressa. No banco de trás, as crianças ficaram alegremente entretidas com o filme, mas, como elas podiam escutar nossa conversa, não tocamos nos nomes de Vivian ou David. Emily e eu tampouco mencionamos nosso passado em comum. Em vez disso, contei o que andava fazendo no trabalho e ela falou sobre seus quadros e disse que faria uma exposição em meados de novembro, ou seja, até lá ficaria mais ocupada do que nunca. Também trocamos notícias sobre nossas famílias, e a conversa e as risadas fluíram com facilidade, como se nunca tivéssemos perdido o contato.

No entanto, apesar da familiaridade entre nós, aquele passeio ainda parecia pouco usual e meio estranho. Não era um encontro, mas também não era algo que eu poderia ter imaginado um mês antes. Eu estava viajando de carro com Emily, levando as crianças, e, embora no início tivesse pensado que fosse experimentar um difuso sentimento de culpa, isso não aconteceu. Pelo contrário: peguei-me olhando de relance para ela nos momentos de silêncio e me perguntando como David podia ter sido tão burro.

E, claro, por que eu tinha sido tão burro tanto tempo antes.

– Eles vão ficar exaustos – previu Emily pouco depois de chegarmos ao zoológico.

Assim que estacionamos, eles apostaram corrida até o guichê e, depois que entramos, correram até o chafariz, então voltaram, e imediatamente saíram correndo para a loja de suvenires. Senti orgulho ao notar que London pelo visto tinha herdado alguns genes de corredora, pois os dois pareciam correr no mesmo nível. London e Bodhi analisavam a lojinha quando nos aproximamos deles andando num passo normal.

– Só de olhar para eles já estou exausto.

– Foi correr hoje de manhã?

– Só um treino curto. Pouco mais de 6 quilômetros.

– Melhor do que eu. Andar aqui no zoológico vai ser meu exercício de hoje.

– Como você se mantém tão em forma?

– *Pole dancing* – foi a resposta.

Ao ver minha expressão de surpresa, ela riu.

– Você provavelmente iria gostar disso, não é? – Ela me deu uma ombrada. – Estou brincando, seu bobo. Mas você deveria ter visto a sua cara! Impagável. Tento ir à academia algumas vezes por semana, mas o principal é que fui abençoada com bons genes e vigio minha alimentação. É mais fácil do que ter que me exercitar o tempo todo.

– Que bom para você. Eu gosto de comer.

Quando entramos na loja, London veio saltitando na minha direção.

– Papai, olhe! Asas de borboleta! – exclamou ela, suspendendo um par de asas rendadas, semitransparentes, grandes o suficiente para ela poder vestir.

– Muito bonitas – falei.

– A gente pode comprar? Se eu for a borboleta no balé...

No balé da professora Hamshaw, com as outras meninas que não dançavam bem o bastante para competir? No espetáculo em que London seria uma árvore?

– Não sei, querida...

– Por favor. São tão bonitas... E, mesmo se eu não for a borboleta, posso usar hoje e divertir os animais. E quando chegar em casa posso mostrar as asas para o Seu Confete e a Dona Confete.

Disso eu não tinha tanta certeza, mas quando olhei o preço das asas fiquei aliviado por não custarem os olhos da cara.

– Quer mesmo usar essas asas hoje?

– Quero! – pediu ela, dando pulinhos no mesmo lugar. – E Bodhi quer as asas de libélula.

Senti o olhar de Emily pousado em mim e me virei para ela.

– Talvez assim fique mais fácil ver os dois se eles saírem correndo – comentou ela.

– Tudo bem. Mas só as asas, hein?

– E só se vocês passarem protetor solar – acrescentou Emily.

Ao contrário de mim, ela havia lembrado de levar protetor. Ops.

Depois de pagar, ajudei London a vestir as asas. Emily fez o mesmo com Bodhi. Depois de passarmos tanto protetor nas crianças que elas poderiam escorregar por dentro de canos bem finos, ficamos olhando os dois saírem correndo outra vez, de braços abertos.

O zoológico era dividido em duas áreas principais: América do Norte e África. Visitamos primeiro a América do Norte. Passamos por várias jaulas, maravilhados com animais tão diversos quanto focas, falcões peregrinos, jacarés, ratos-almiscarados, castores, um puma e até mesmo um urso-negro. Todas as vezes, as crianças chegavam à jaula na nossa frente e, quando as alcançávamos, em geral já estavam aflitas para ir para a próxima. Felizmente, apesar do tempo excepcional, o zoológico não estava muito cheio. A temperatura estava amena e pela primeira vez em meses a umidade não era opressiva. O que não impediu as crianças de pedirem picolé e refrigerante.

– Que fim levou o Liam? – perguntei para Emily. – Faz dez anos que não tenho notícias dele. A última coisa que soube foi que ele era advogado em Asheville e já estava no segundo casamento.

– Ele continua advogando – respondeu ela. – Mas o segundo casamento também não durou.

– Se não me engano, ela era garçonete também? Quando os dois se conheceram?

– Ele gosta de um tipo específico – disse ela com um sorriso. – Disso não há dúvida.

– Quando foi a última vez que você teve notícias dele?

– Há uns sete, oito meses, talvez? Ele soube que eu estava me divorciando e me convidou para sair.

– Ele não foi um dos caras legais com quem você nunca marcou um segundo encontro, foi?

– Liam? Meu Deus do céu, não. A gente se conheceu criança, mas sabe... Ele sempre foi egoísta demais para o meu gosto. E na faculdade a gente andava junto mais por hábito do que por amizade. Quando digo "por hábito", quero dizer que ele me passava pelo menos uma cantada por semestre, em geral quando bebia.

– Eu sempre me perguntei por que você aguentava aquele cara – ponderei.

– Porque nossos pais eram amigos e moravam na mesma rua, de frente uns para os outros. Meu pai achava o Liam um cara legal, mas minha mãe, graças a Deus, desde o início viu qual era a dele. Ou seja, tinha mais a ver com o fato de ele estar sempre presente. No campus, em casa. Na época, eu não tinha desenvolvido a capacidade de simplesmente cortar as pessoas da minha vida. Nem quando elas eram umas imbecis.

– Mas se não fosse por ele a gente nunca teria se conhecido.

Emily sorriu com nostalgia.

– Lembra quando você me chamou para dançar? No casamento?

– Lembro – falei.

Eu tinha levado mais de uma hora para tomar coragem, embora Liam a essa altura já tivesse escolhido como alvo a mulher que viria a se tornar sua esposa número um.

– Você estava com medo de mim – disse ela com um sorriso compreensivo.

Percebi que caminhávamos bem próximos. Mais à frente, London e Bodhi também andavam lado a lado, e me veio uma lembrança da história que lia todas as noites para minha filha. Nós quatro andando dois a dois, pois ninguém deveria ter que andar sozinho.

– Eu não estava com medo – esclareci. – Estava com vergonha, porque você tinha me flagrado espiando quando foi me ajudar com a gravata.

– Ah, pare com isso... Eu fiquei lisonjeada com aquilo, e você sabe. A gente já falou sobre isso... Eu tinha perguntado sobre você para o Liam, lembra? Ele disse que você era nerd demais para mim. E que não era bonito o suficiente. Nem rico o suficiente. E aí me passou outra cantada.

Eu ri.

– Agora estou lembrando.

– Você ainda tem contato com os amigos da faculdade? – Ela estreitou os olhos, como se estivesse tentando se lembrar de rostos. – A gente sempre via seus amigos quando namorava.

– Na verdade, não – respondi. – Depois que me casei e London nasceu, meio que perdi o contato. E você?

– Tenho umas amigas da faculdade e umas poucas de infância. A gente ainda se fala e se encontra, mas provavelmente não tanto quanto deveria. Como no seu caso, a vida ficou atribulada.

Reparei que suas bochechas e o nariz tinham sardas muito leves, tão claras que só eram visíveis sob a luz de outono naquele ângulo perfeito. Não me lembrava de ela ter sardas quinze anos antes. Mais um lado surpreendente daquela Emily antes conhecida. Por um instante, perguntei-me o que Vivian iria pensar se nos visse juntos agora.

De repente, a situação toda me pareceu irreal: eu ali com Emily no jardim zoológico com as crianças, e Vivian nos braços de Spannerman em algum outro lugar. Como as coisas tinham chegado àquele ponto? E em que momento minha vida tinha dado aquela guinada imprevisível?

Emily pousou a mão no meu braço e me despertou daquele devaneio.

– Está tudo bem? – Ela me olhou com atenção. – Você meio que ficou ausente por um segundo.

– Tudo, desculpe. – Tentei abrir um sorriso. – Às vezes isso acontece, nas horas mais aleatórias... Como tudo que está acontecendo é estranho e inexplicável, digo.

Ela passou alguns instantes calada e retirou a mão.

– Vai ser assim por um tempo – recomeçou, suave. – Mas, se você conseguir, tente deixar vir o que tiver que vir e ficar o que tiver que ficar. E o que tiver que ir embora, deixe ir e pronto.

– Isso no momento está além das minhas forças.

– "No momento" é a parte importante. Você vai chegar lá.

Nessa hora, a falta de Vivian provocou em mim uma dor indistinta, mas que não durou. Foi um golpe fraco, sem a força de um gancho, e entendi que era Emily que o anestesiava. Dei-me conta de que, se pudesse escolher, iria preferia passar o dia com uma amiga divertida e compreensiva do que com uma esposa que parecia me desprezar.

– Há tempos eu não fazia um programa assim – refletiu Emily.

Olhei para ela com um ar curioso e ela prosseguiu:

– Sair com um amigo do sexo oposto... Só sei que foi antes de David. Talvez tenha sido até antes de eu e você começarmos a namorar. Por que será?

– Porque a gente estava casado.

– Mas eu conheço outras pessoas casadas que têm amigos do sexo oposto.

– Não estou dizendo que isso seja impossível – admiti. – Mas pode ser esquisito, e acho que a maioria das pessoas pensa assim. A natureza humana sendo o que é, e considerando as dificuldades do casamento, a última coisa que qualquer cônjuge precisa é de uma alternativa atraente. Isso pode deixar o outro em situação de inferioridade.

Emily fez uma careta irônica.

– É isso que eu estou fazendo? – indagou. – Não, não precisa responder. Foi uma pergunta inadequada. – Ela ajeitou alguns fios soltos no rabo de cavalo. – Não é minha intenção piorar as coisas entre você e Vivian.

– Eu sei. Mas não tenho certeza se você poderia piorar alguma coisa. Até onde eu sei, ela agora pode estar em Paris com o cara.

– Você não sabe onde ela está?

– A única vez que nos falamos esta semana foi quando ela me disse que queria ver London em dois dos próximos três finais de semana, inclusive no fim de semana do aniversário dela, e depois gritou comigo por ter deixado nossa filha faltar ao balé. Ela também disse que seria "difícil entrar em contato", seja lá o que isso signifique. E que eu deveria ir dormir na casa da Marge ou dos meus pais quando ela estiver em Charlotte, porque ela quer ficar lá em casa. E, ah, que ela está de saco cheio da minha babaquice.

Emily fez uma careta.

– Não foi o melhor telefonema da minha vida – admiti.

– Mas você sabe que ela não deveria passar todos os finais de semana com London. E que você não deveria sair de casa.

– Ela diz que quer tornar as coisas mais fáceis para London.

– A mim parece que ela quer o que ela quer e pronto.

– Tem isso também – concordei. – Mas ao mesmo tempo entendo o lado dela. Ia alterar muito a vida da London ter que ir para um hotel quando a mãe estiver na cidade.

– A vida dela já foi alterada – assinalou Emily. – Por que Vivian não pode dormir no quarto de hóspedes e pronto?

– Ela acha que London pode ficar confusa.

– Então sugira que ela vá para a cama depois de London já estar dormindo e ponha o despertador para acordar antes dela. Quando estiverem juntos, sejam cordiais um com o outro. Sei que é difícil quando as emoções estão à flor da pele, mas não é impossível. E é melhor do que você ser chutado para fora de casa toda vez que ela vier visitar a filha. É errado, ponto final, e você não merece ser tratado assim.

– Tem razão – admiti, mas já estava apreensivo com a discussão que aquilo inevitavelmente iria desencadear.

Mais do que ninguém, Vivian sabia me machucar quando não conseguia o que queria.

– Daquela primeira vez que a gente se encontrou no café, eu disse que tinha visto você deixar London na aula, lembra?

– Lembro, sim.

– O que eu não disse foi que passei um tempo observando vocês. Vi o jeito como você trata sua filha, o jeito como ela o abraçou e disse que o amava. É óbvio para todo mundo que você é o amor da vida dela.

Inexplicavelmente, senti-me corar.

– Bom, de certa forma ela agora só tem a mim...

– É mais do que isso, Russ – interrompeu ela. – Para as meninas, o primeiro amor da vida sempre deveria ser o pai, mas nem sempre é o caso. Quando vi vocês se despedindo naquele dia, fiquei impressionada com o carinho e a proximidade entre vocês. Aí o reconheci e simplesmente soube que precisava falar com você. Então eu segui.

– Ah, pare com isso.

– Palavra de escoteira – disse ela, fazendo o sinal do escotismo. – Você me conhece. Eu sou movida pelos instintos. Sou artista. Lembra?

Eu ri.

– É – falei, encarando seu olhar decidido e me sentindo lisonjeado, embora não soubesse ao certo por quê. – Que bom que você fez isso. Não sei como eu estaria agora se a gente não tivesse se reencontrado. Você tem sido uma grande ajuda.

– Pois é, é isso que eu faço – disse ela com um sorrisinho de "deixa disso".

– Sabe o que é mais estranho?

– O quê?

– Eu não tenho lembrança nenhuma de como você ficava quando estava com raiva. Nem me lembro de alguma briga séria entre nós dois. Me diga a verdade: você fica com raiva?

– Claro! E posso ser assustadora – alertou ela.

– Não acredito.

– Então é melhor não experimentar. Eu pareço uma mistura de urso-pardo, chacal e tubarão-branco. – Ela gesticulou para o ambiente à nossa volta. – Pensei que metáforas de animais cairiam bem. Enfim, já que estamos no zoológico.

Depois de ver os animais da América do Norte e o aviário, fomos almoçar. Apesar dos lanchinhos constantes das últimas quatro horas, Bodhi traçou um prato de nuggets com batata frita e um milk-shake de chocolate. London deve ter comido um terço disso, mas para ela era muito. Nem Emily nem eu estávamos com fome, e optamos por água mineral.

– A gente pode ir ver os leões agora? – pediu Bodhi.

– Só depois de passar mais protetor – respondeu Emily.

As duas crianças pularam da cadeira e Emily as besuntou de creme outra vez.

– Você tem muito talento para se lembrar disso. Toda vez eu esqueço.

– Você nunca viu os parentes de David na Austrália. Eles moravam no interior, no interiorzão mesmo, e dava para medir as rugas deles com uma régua. Muita gente aqui exagera no sol, mas ver aqueles parentes dele no casamento realmente me impressionou. Agora quase não saio de casa sem protetor.

– Por isso tem a pele de uma mulher de 20 anos.

– Ah! Boa tentativa! Mas mesmo assim é um belo elogio.

Fiquei tentado a esclarecer que estava sendo sincero, mas preferi recolher as bandejas.

– Quem está pronto para ir à África? – perguntei.

Admito que gostei mais da parte do zoológico dedicada à África. Quando era pequeno, já tinha visto jacarés no rio Cape Fear, ratos-almiscarados e castores, todo tipo de ave, inclusive aquela majestosa águia-de-cabeça-branca, e até mesmo um urso. Quando eu estava no ensino fundamental em Charlotte, um urso foi visto atravessando a rua em frente à minha escola e foi parar nos galhos de um carvalho. Era um animal jovem e, embora fosse uma visão rara, todos sabiam que ursos não eram tão incomuns assim na Carolina do Norte. Na verdade, o maior urso-negro de que se tem notícia foi morto no condado de Craven. O fato é que os animais norte-americanos que vimos no zoológico não me pareceram tão exóticos assim.

Mas eu nunca tinha visto uma zebra ou girafa na vida, nem mesmo um chimpanzé. Jamais havia ficado cara a cara com babuínos ou com elefantes. Talvez os tivesse visto no circo, que minha família frequentava a cada temporada na cidade, mas ver os animais num ambiente que de certa forma remetia à natureza africana bastou para fazer até mesmo as crianças pararem para olhar por um tempo. Dei meu celular para London e ela tirou mais de cem fotos, o que a deixou mais animada ainda.

Não nos apressamos e só acabamos a visita no final da tarde. Na volta para o carro, as crianças se arrastavam atrás de nós.

– Parece a fábula da tartaruga e da lebre – comentei com Emily.

– Só que essas lebres aí devem ter corrido três vezes o que a gente andou.

– Bom, pelo menos eles vão dormir bem.

– Só espero que Bodhi não durma no carro. Se ele tirar uma soneca de duas horas, vai ficar acordado até a meia-noite.

– Não pensei nisso – falei, subitamente preocupado com o horário de London. – Assim como não me lembrei de trazer protetor solar. Ou lanchinhos para a viagem. Pelo visto ainda tenho muito que aprender para criar uma filha sozinho.

– Estamos todos aprendendo – disse ela. – Ser pai ou mãe é isso.

– Você parece saber o que está fazendo.

– Às vezes – respondeu ela. – Mas nem sempre. Esta semana, quando Bodhi ficou doente, eu não sabia se devia cuidar dele feito um bebê ou tratar o resfriado como um acontecimento banal.

– Eu sei como meus pais teriam reagido. Se eu não estivesse sangrando profusamente, com alguma fratura exposta ou uma febre alta o bastante para fritar meu cérebro, eles davam de ombros e me diziam para aguentar firme.

– Mas mesmo assim deu tudo certo. Ou seja, talvez eu tenha sido mole demais com Bodhi. Talvez ele comece a gostar de ficar doente, porque isso lhe garante tratamento especial.

– Por que é tão difícil ser um pai ou mãe bom de verdade?

– Não é preciso ser bom de verdade – disse ela. – Basta ser bom o suficiente.

Enquanto refletia sobre suas palavras, entendi por que meus pais e Marge gostavam tanto dela. Assim como eles, Emily era sábia.

19

Encontrar meu próprio caminho

Foi o casamento em Chapel Hill que consolidou minha decisão de rever Emily. No momento em que o bolo foi cortado e a noiva lançou o buquê, nós dois já havíamos dançado mais músicas do que eu consegui contar. Quando a banda fez um intervalo, saímos para tomar um pouco de ar na varanda. Sobre nós, uma grande lua alaranjada pairava baixo no céu, e pude ver que Emily a observava com o mesmo assombro que eu.

– Por que será que ela fica laranja? – refleti em voz alta.

– Quando a lua fica baixa no céu – ouvi Emily responder, para minha surpresa –, a luz se espalha, pois precisa atravessar mais camadas de atmosfera do que quando ela está lá em cima. Até a luz chegar aos nossos olhos, as partes azuis, verdes e roxas do espectro já se dissiparam, e só continuam visíveis para nós o amarelo, o laranja e o vermelho.

– Como é que você sabe disso? – perguntei, maravilhado, virando-me para ela.

– Meu pai me explicava sempre que a gente via uma lua assim – respondeu ela, meneando a cabeça para o globo brilhante que flutuava acima do horizonte. – Acho que com o tempo eu decorei.

– Mesmo assim, fiquei impressionado.

– Nao fique. Se você me perguntar qualquer outra coisa sobre o céu noturno além de onde fica a Ursa Maior, eu não poderia te ajudar. Por exemplo, sei que uma ou duas dessas estrelas lá em cima provavelmente são planetas, mas não sei dizer quais.

Corri os olhos pelo céu e apontei.

– Está vendo aquela ali, logo acima da árvore? É Vênus.

– Como você sabe?

– Porque ele é mais brilhante do que as estrelas.

Ela estreitou os olhos.

– Tem certeza?

– Não – confessei, e ela riu. – Mas meu pai me disse. Ele costumava me acordar no meio da noite para podermos ver juntos as chuvas de meteoros.

Um sorriso de nostalgia atravessou seu rosto.

– Meu pai também fazia isso comigo. E toda vez que a gente ia acampar ele passava horas acordado com a Jess e comigo procurando estrelas cadentes.

– Quem é Jess?

– Minha irmã mais velha. Você tem irmãos?

– Tenho uma irmã mais velha também. Marge.

Tentei imaginar Emily criança, com a família.

– Está difícil imaginar você acampando.

Ela franziu o cenho.

– Por quê?

– Sei lá – respondi. – Acho que você me dá a impressão de ser uma garota da cidade.

– Como assim?

– Você sabe... cafés, recitais de poesia, galerias de arte, protestos, vota em socialistas.

Ela riu.

– Uma coisa é certa: você não me conhece nem um pouco.

– Bom – comecei, tomando coragem. – Eu gostaria de conhecer você melhor. O que gosta de fazer para se divertir?

– Está me chamando para sair?

O olhar dela me deixou meio vermelho.

– Se sua ideia de diversão for pular de paraquedas ou atirar flechas em maçãs equilibradas sobre minha cabeça, estou perguntando só para puxar conversa.

– Mas se for para jantar e ir ao cinema...

Ela arqueou a sobrancelha.

– Já faz mais o meu estilo.

Emily levou uma das mãos ao queixo e balançou a cabeça devagar.

– Não... Jantar e cinema é meio... meio clichê – falou por fim. – Que tal uma trilha?

– Trilha?

Olhei para seus saltos agulha e foi difícil imaginá-la ao ar livre, comungando com a natureza.

– Isso. Que tal Crowders Mountain? A gente pode subir até o topo.

– Nunca fui lá.

Na verdade, nunca tinha nem ouvido falar do lugar.

– Então combinado – disse ela. – Sábado que vem está bom?

Olhei para ela, perguntando-me de repente quem convidara quem para sair. Mas, afinal, isso tinha alguma importância? Porque eu já havia entendido que Emily era extraordinária, e sabia, sem sombra de dúvida, que queria conhecê-la melhor.

No domingo, quando tive um tempo livre, trabalhei no terceiro comercial e o despachei para o editor, o que levou menos tempo do que pensei. Teve que levar menos tempo, na verdade, pois passei o resto do meu dia com London.

Talvez dizer isso não seja politicamente correto, mas o fato de London estar na escola também melhorava minha vida. Por mais que eu amasse minha filha, os domingos me deixavam exausto, e eu estava ansioso para voltar ao trabalho, nem que fosse porque me parecia de certo modo mais fácil do que entreter uma menina de 5 anos por dezesseis horas seguidas.

No entanto, meu bom humor acabou antes mesmo de eu chegar à minha sala alugada na segunda de manhã. Havia acabado de deixar London na escola quando recebi uma ligação de Taglieri perguntando se era possível eu dar uma passada no seu escritório.

Meia hora mais tarde, estava sentado em frente a ele na sua sala. Taglieri estava sem paletó, com as mangas da camisa arregaçadas. Sobre a mesa havia pilhas desorganizadas do que supus serem casos em andamento.

– Obrigado por ter vindo hoje – disse ele. – Entrei em contato com a advogada de Vivian na sexta. Queria dar uma sacada nela e ver se tinha algum jeito de fazer esse processo todo correr com a maior suavidade possível.

– E...?

– Infelizmente, ela é exatamente como me descreveram. Depois que eu desliguei, entrei no site do escritório dela porque precisava ver a cara da mulher. Durante o telefonema, não parava de imaginar uma estátua de gelo em vez de uma pessoa de verdade. Sério, ela foi gélida.

Sua descrição fez surgir vários cenários futuros, nenhum deles particularmente favorável para mim.

– O que isso quer dizer?

– Quer dizer que provavelmente a coisa toda vai ser mais difícil para você do que deveria, dependendo da sua disposição para brigar.

– Não ligo tanto para dinheiro, estou mais preocupado com a London. Quero a guarda compartilhada.

– Já entendi – disse ele, erguendo a mão. – Eu sei que é isso que você quer. Mas não sei ainda o que significa. Vivian agora mora em Atlanta e, como ela quer transferir o domicílio para a Geórgia, não vai voltar para cá. Minha pergunta é: você estaria disposto a se mudar para Atlanta?

– Eu preciso me mudar? Minha casa está aqui. Minha família. Meu emprego.

– Justamente. Mesmo que você conseguisse a guarda compartilhada, como iria funcionar? Você não teria tantas oportunidades assim de ver London. É por isso, imagino eu, que Vivian está pedindo a guarda exclusiva, além da guarda física. Ela está disposta a conceder direito de visita...

– Não – interrompi. – Isso não vai acontecer. Eu sou o pai. Tenho direitos.

– Tem, claro. Mas nós dois sabemos que os tribunais tendem a favorecer a mulher. E a advogada de Vivian falou que ela era a principal responsável pela criança até poucos meses atrás.

– Eu trabalhava para ela poder ficar em casa!

Joey ergueu as duas mãos e sua voz adquiriu uma cadência tranquilizadora.

– Eu sei – continuou ele. – E também não acho isso justo. Mas nas disputas de guarda os homens têm uma desvantagem real. Principalmente em situações como esta.

– Foi ela quem saiu de casa. Ela nos abandonou!

– Segundo a advogada de Vivian, foi porque você não lhe deixou outra alternativa. Não conseguia mais sustentar a família e tinha sacado uma parte grande da poupança. Ela foi forçada a arrumar um emprego.

– Não é verdade! Vivian arrumou esse emprego porque quis. Eu não a obriguei a fazer nada...

Taglieri me encarou com um olhar de compreensão.

– Eu acredito em você. Russ, eu estou do seu lado. Estou só transmitindo algumas das coisas que advogada dela me disse. Aliás, ela pode até ser a rainha do gelo e meio truculenta, mas eu não tenho medo de enfrentar essa mulher. Ela nunca precisou bater de frente com o Buldogue, e eu sou bom no que faço. Só queria colocar você em dia pessoalmente e preparar você para o que vai acontecer daqui para a frente. A coisa já está feia e provavelmente vai ficar mais feia ainda nos próximos meses.

– O que eu preciso fazer?

– Por enquanto, nada. Ainda está cedo. Quanto à proposta de acordo que ela mandou, é só fingir que ela não existe. Vou fazer uma minuta de resposta para você avaliar. Já tenho algumas ideias. Minha agenda no tribunal, no entanto, está lotada nas próximas duas semanas, então não vou mandar nada por enquanto. Não quero que se preocupe por eu demorar a entrar em contato. Em situações como esta, sempre se quer resolver tudo o mais depressa possível, mas em geral não é assim que funciona. O que eu quero fazer é me encontrar com a advogada e ter uma conversa mais longa, mas mesmo depois disso não há motivo para pressa. No momento, London ainda está morando com você. Isso é bom e, quanto mais essa situação durar, melhor para você. Lembre que Vivian só pode entrar com o pedido de divórcio em março do ano que vem, no mínimo, então ainda temos tempo para chegar a um acordo razoável para as duas partes. Até lá, talvez você possa tentar combinar com Vivian alguma alternativa que seja aceitável para os dois. Não estou dizendo que ela vá topar algo desse tipo. Na verdade, duvido que tope. Mas vale a pena tentar.

– E se ela não quiser entrar num acordo?

– Nesse caso, é só continuar a fazer o que você está fazendo com London. Ser um bom pai, dedicar um bom tempo à sua filha, garantir que ela vá à escola, que coma e durma direito. A importância disso é incalculável. Lembre que a gente sempre pode chamar um psicólogo para conversar com ela e apresentar um laudo no tribunal...

– Não – interrompi. – Não vou meter London no meio disso. Não quero que ela seja obrigada a escolher entre a mãe e o pai.

Ele baixou os olhos.

– Você pode até achar que não é boa ideia, mas Vivian talvez insista nisso na esperança de sair ganhando.

– Ela não faria isso – falei. – Ela adora a filha.

– É justamente porque ela adora a filha que você não deveria se surpreender com nada que ela estiver disposta a fazer para conseguir a guarda.

Saí da reunião com Taglieri mais bravo e mais amedrontado do que nunca desde que Vivian saíra de casa. No escritório, fiquei soltando fumaça. Liguei para Marge e repeti o que o advogado me relatara. Minha irmã ficou tão chocada quanto eu. Quando ela se referiu a Vivian usando a palavra que denota a fêmea do boi, compartilhei seu sentimento.

Só que conversar com Marge não fez com que me sentisse melhor, e acabei ligando para Emily e perguntando se ela poderia almoçar comigo.

Considerando quanto estava furioso, eu queria evitar um restaurante. Por isso, pedi a ela que me encontrasse num parque perto de casa, onde havia algumas mesas de piquenique. Sem saber o que ela iria querer, comprei numa delicatéssen dois sanduíches e dois tipos de sopa. Acrescentei ainda uns sacos de batatas fritas e duas garrafas de suco de frutas.

Quando cheguei ao estacionamento, Emily já estava sentada. Estacionei ao lado do seu carro, peguei os pacotes com a comida e andei até a mesa.

Devia estar com uma cara abalada quando me aproximei, pois ela se levantou do banco e me deu um abraço rápido. Estava vestida de maneira parecida com o dia em que fomos passear no campo de golfe, de short, bata e sandália.

– Eu até perguntaria como você está, mas é óbvio que hoje está sendo um dia ruim, né?

– Com certeza – reconheci, mais afetado pela sensação do seu corpo contra o meu do que me sentia à vontade para admitir. – Obrigado por ter vindo me encontrar.

– De nada.

Ela se sentou. Coloquei a comida em cima da mesa e me acomodei à sua frente. Atrás de nós, crianças em idade pré-escolar brincavam numa pequena estrutura de madeira com escorregas baixos, rampas e balanços. As mães estavam em pé por perto ou sentadas em bancos, e algumas mexiam no celular.

– O que está acontecendo?

Contei-lhe minha conversa com Taglieri. Ela escutou com o cenho franzido e no final inspirou profundamente, com um ar de incredulidade.

– Ela faria mesmo isso? Enfiar London no meio de uma disputa entre vocês dois?

– Pelo visto, Taglieri acha que não é apenas possível, mas provável.

– Ai, que horror. Não é de espantar que você esteja abalado. Eu ficaria uma fera.

– Abalado é um eufemismo. No presente momento, eu mal consigo pensar na Vivian. O que é estranho, porque desde que ela foi embora é como se tudo que eu quisesse fosse encontrá-la.

– É difícil mesmo – concordou Emily. – E só quem passou por essa situação sabe como é.

– David não agiu assim, agiu? Você disse que ele foi generoso financeiramente, e você ficou com a guarda do Bodhi.

– Mesmo assim, foi um horror. Quando ele foi embora de casa, estava saindo com uma pessoa e passei um mês ouvindo conhecidos dizerem que o tinham visto para lá e para cá com essa mulher, agindo como se não tivesse preocupação nenhuma neste mundo. Foi totalmente desmoralizante. Aquilo era a prova de que o fim do casamento e o fato de me perder não tinham importância alguma para ele. E, embora ele no final tenha sido generoso, no começo não foi assim. Primeiro ele falou em levar Bodhi para a Austrália.

– Ele não poderia fazer isso, poderia?

– Provavelmente não. Bodhi é cidadão americano. Mas só a ameaça já me tirou o sono por algumas semanas. Eu não conseguia me imaginar longe do meu filho.

Aquele era um sentimento que eu entendia muito bem.

Depois do almoço, em vez de voltar para o escritório, fui para casa. Sobre a lareira e nas paredes havia dezenas de fotografias, a maior parte de London. O que eu nunca tinha percebido, em todos os anos que morava ali, era quantas fotos da minha filha também incluíam Vivian, quase todas tiradas por um profissional, enquanto só algumas fotos caseiras de London comigo enfeitavam a casa.

Enquanto estudava as fotos, perguntei-me havia quanto tempo Vivian me considerava tão pouco importante na vida da minha filha. Talvez eu estivesse exagerando: enquanto ela ficava com London, eu estava no trabalho, então é claro que havia mais fotos delas juntas. Mas por que ela não tinha percebido isso e consertado a situação? Por que não tinha tentado registrar mais momentos de nós três, para London ver por si mesma que eu a amava tanto quanto a mãe?

Eu não sabia ao certo. O que sabia era que não queria ser constantemente lembrado de Vivian, ou seja, algumas coisas precisavam mudar. Tomei uma decisão súbita e percorri a casa retirando todas as fotos em que Vivian aparecia. Não pretendia jogá-las fora. Distribuí algumas no quarto de London, e outras enfiei numa caixa e guardei no armário do hall, de modo que Vivian pudesse levar para Atlanta. Em seguida pus um short e uma camiseta. Fui até a sala de TV e comecei a mudar os móveis de lugar. Sofás, cadeiras, luminárias. Cheguei até a trocar um quadro do escritório por outro da sala de estar. Quando acabei, não dava para dizer que tinha ficado melhor – Vivian tinha um bom instinto para a decoração –, mas com certeza estava diferente. Fiz o mesmo no escritório: encostei a escrivaninha em outra parede, mudei a estante de lugar e inverti a posição de dois quadros. No quarto de casal, deixei a cama onde estava, mas mudei de lugar todos os outros móveis que consegui, depois troquei o edredom por outro que achei no armário de roupa de cama e não era usado havia anos.

Em outro armário encontrei objetos de casa variados e passei alguns minutos trocando vasos, luminárias e centros de mesa. Acho que um lado positivo das compras compulsivas que Vivian tinha feito ao longo dos anos era que meus armários estavam abarrotados com o equivalente a uma loja de departamentos.

Assim que chegou em casa da escola, London percorreu o novo ambiente com os olhos arregalados.

– Parece uma casa nova, papai.

– Um pouco – reconheci. – Gostou?

– Gostei muito! – exclamou ela.

Embora sua aprovação tenha me deixado feliz, eu desconfiava que jamais teria lhe ocorrido não gostar. Com exceção da aula de balé, minha filha parecia gostar de tudo.

– Que bom – falei. – Não mexi em nada no seu quarto.

– Você poderia ter mudado a gaiola dos hamsters de lugar se quisesse.

– Você quer que eu mude?

– Eles ainda fazem bastante barulho de noite. Assim que escurece, começam a correr naquela roda.

– É porque eles são notívagos.

Ela me encarou como se eu estivesse louco.

– Claro que não, papai. Eles são roedores.

– Notívagos – falei, enunciando a palavra bem devagar. – Quer dizer que eles gostam de dormir durante o dia.

– Para não ficarem com saudades de mim enquanto estou na escola?

Sorri.

– Exato.

Ela passou alguns segundos calada.

– Ei, papai?

Eu adorava o jeito como ela dizia essas palavras quando estava a ponto de me pedir alguma coisa, e me perguntei com quantos anos finalmente iria abandonar o hábito. Ou se a essa altura eu sequer iria perceber.

– O que foi, querida?

– A gente pode ir andar de bicicleta?

Com a corrida que tinha dado de manhã e depois de todo aquele esforço de arrumação, eu já estava exausto. Mas o "*Ei, papai*" venceu, como em geral acontecia.

Pela primeira vez, lembrei-me de passar protetor solar na minha filha.

Mas, como já era final de setembro e estava relativamente tarde, digamos que foi para me habituar.

London pôs seu capacete e, assim que a ajudei a dar a partida, coisa que ela ainda não sabia fazer sozinha, subi na minha própria bicicleta e pedalei depressa para alcançá-la.

Embora as ruas perto da nossa casa tivessem trechos incrivelmente planos e compridos, as da parte mais distante do bairro tinham ladeiras. Não eram ladeiras íngremes, vejam bem: quando eu era jovem, provavelmente as teria considerado uma chatice. Eu preferia descer as ladeiras mais inclinadas, daquelas que me faziam segurar o guidom com tanta força que meus dedos ficavam dormentes, mas London e eu éramos diferentes nisso. A ideia de ir cada vez mais rápido sem ter que pedalar a deixava nervosa, e até então tínhamos evitado as ruas íngremes.

Era a coisa certa a fazer, sobretudo no começo, mas senti que ela havia chegado ao estágio em que poderia encarar um declive leve, e fomos nessa direção.

Infelizmente, os mosquitos estavam vorazes, e vi London dar um tapa no próprio braço. A bicicleta balançou um pouco quando ela soltou o guidom por alguns segundos, mas não parecia haver risco de queda. Minha menininha tinha progredido muito desde nosso primeiro passeio. Aumentei o ritmo das pedaladas até chegar ao seu lado.

– Como você está andando bem agora! – gritei.

– Obrigada.

– Quem sabe a gente traz Bodhi para andar de bicicleta um dia desses?

– Ele ainda não sabe andar. Ainda usa rodinhas.

Lembrei-me de Emily ter falado a mesma coisa.

– Você não acha que já está pronta para tentar uma descida?

– Não sei – respondeu, me olhando de viés. – Eu tenho um pouco de medo.

– Não é tão difícil. E andar ainda mais rápido é bem divertido.

Ela soltou o guidom outra vez para esticar a mão e coçar o braço oposto. Mais uma vez, a bicicleta balançou.

– Acho que um mosquito me mordeu.

– É provável – falei. – Mas mosquito não morde, pica.

– Está coçando.

– Eu sei. Quando a gente voltar eu passo uma pomada no seu braço.

Por fim chegamos à parte do bairro onde havia ladeiras e subimos pedalando um leve aclive. O lado oposto era mais curto e mais íngreme e, quando chegamos ao alto, London parou a bicicleta e pôs o pé no chão.

– O que você acha? – perguntei.

– É meio grande – respondeu ela, com a voz trêmula de ansiedade.

– Acho que você consegue – falei, para incentivá-la. – Que tal se a gente tentasse?

Quando eu era menino, mal teria considerado aquele declive uma ladeira. É claro que aquilo acontecera um quarto de século antes e, na minha memória, eu sempre soubera andar de bicicleta. Talvez tivesse esquecido as inseguranças de ser iniciante.

Digo isso agora por causa do que aconteceu em seguida. Acho que, não fosse por uma sequência específica de acontecimentos imprevisíveis, cada qual conduzindo ao outro como num efeito dominó, o mais provável era que tudo tivesse corrido bem. Só que não correu.

Assim que London começou a andar outra vez, a bicicleta balançou e se desviou do meio da rua para o lado esquerdo. Desta vez ela se desequilibrou e se desviou da reta mais do que das outras vezes, mas ela provavelmente teria conseguido se endireitar, não fosse o carro que começou a dar ré para sair de uma casa uns 20 metros mais à frente. Eu duvidava que o motorista tivesse nos visto: seu quintal era margeado por cercas vivas e London era pequena. Além do mais, a tirar pela velocidade do carro, mesmo de ré, o motorista parecia estar com pressa. London viu o carro saindo e foi ainda mais para a esquerda. Ao mesmo tempo, deu um tapa em outra picada de mosquito. Logo à sua frente havia uma caixa de correio presa a uma base sólida.

Seu pneu dianteiro bateu no meio-fio que dividia o asfalto da terra batida.

– Cuidado! – gritei ao ver a bicicleta balançar com força.

London tentou voltar com a outra mão para o guidom, mas a mão escorregou. A essa altura eu já sabia o que iria acontecer, e fiquei olhando, horrorizado, enquanto a roda dianteira virava de repente. London voou por cima do guidom, e seu corpo e sua cabeça bateram na caixa de correio com um ruído nauseante.

Enquanto o pneu dianteiro da sua bicicleta continuava a girar, desci da minha bicicleta e comecei a correr na sua direção, gritando seu nome. Notei vagamente a expressão de surpresa no rosto do motorista antes de me agachar ao lado da forma inerte da minha filha.

Ela estava de bruços, imóvel, sem dar um pio. Todos os nervos do meu corpo foram tomados pelo pânico. Virei-a delicadamente.

Quanto sangue.

Ai, meu Deus, ai, meu Deus, ai, meu Deus...

Não sei se eu estava dizendo essas palavras em voz alta ou as escutava na cabeça. Senti minhas entranhas derreterem. London estava de olhos fechados. Quando a virei, seu braço apenas caiu no chão, como se ela estivesse dormindo.

Só que ela não estava dormindo.

No seu pulso, parecia que alguém tinha enfiado um limão debaixo da pele.

Nessa hora, o medo que senti foi mais forte do que qualquer outra coisa que eu já tivesse experimentado. Rezei por um sinal de que ela ainda estivesse viva, mas por um tempo que pareceu uma eternidade nada aconteceu. Por fim, suas pálpebras tremeram e ouvi um arquejo. O grito que se seguiu foi amedrontador.

A essa altura, o motorista já havia ido embora, e eu duvidava que tivesse visto o que acontecera. Como eu não tinha levado o celular, não podia ligar para a emergência. Pensei em correr até alguma casa, qualquer uma, e usar o telefone para chamar a ambulância, mas não queria deixar minha filha sozinha. Todos esses pensamentos passaram correndo pela minha cabeça num piscar de olhos, e ela precisava ir para o hospital.

Hospital...

Peguei-a no colo e comecei a correr, carregando minha filha machucada.

Atravessei o bairro dando tudo de mim, sem sentir nem as pernas nem os braços, avançando com um único objetivo.

Assim que cheguei em casa, abri a porta do carro e deitei London no banco de trás. O sangue continuava a escorrer de um ferimento grande em sua testa e tinha encharcado sua blusa, como se tivesse sido mergulhada em tinta vermelha.

Entrei correndo em casa para pegar minhas chaves e a carteira e saí de novo correndo até o carro, batendo a porta de casa com tanta força que as janelas estremeceram. Pulei no banco do motorista e dei a partida. Os pneus cantaram.

No banco de trás, London não estava mais se mexendo, e tinha fechado os olhos outra vez.

Com os sentidos aguçados pela adrenalina, nunca tive tanta consciência do meu entorno do que enquanto pisava cada vez mais fundo no acelerador. Passei voando por casas e furei uma parada obrigatória antes de acelerar outra vez.

Chegando à rua principal, fui ultrapassando carros à esquerda e à direita. Num sinal vermelho, fiz uma pausa e então avancei, ignorando o barulho das buzinas.

London jazia quieta, numa inércia aterrorizante.

Fiz o trajeto de quinze minutos em menos de sete e parei bem em frente ao pronto-socorro. Mais uma vez peguei minha filha nos braços e a levei até a sala de espera, onde metade dos lugares estava ocupada.

A enfermeira da triagem sabia reconhecer uma emergência e se levantou imediatamente.

– Por aqui! – disse, e me conduziu por uma porta dupla.

Corri até uma sala de emergência e deitei minha filha na maca, ao mesmo tempo que outra enfermeira surgia, seguida instantes depois por um médico.

Esforcei-me para explicar o que havia acontecido enquanto o médico erguia as pálpebras da minha filha e apontava uma luz para suas pupilas. Seus movimentos eram eficientes e ele começou a bradar ordens para os enfermeiros.

– Acho que ela estava inconsciente – falei, sentindo-me impotente.

O médico respondeu de forma seca com um palavreado técnico que eu não tinha a menor possibilidade de compreender. O sangue do rosto de London foi limpo e seu pulso rapidamente examinado.

– Ela vai ficar bem? – perguntei por fim.

– Temos que fazer uma tomografia – respondeu ele. – Mas primeiro preciso estancar o sangramento.

O tempo pareceu passar em câmera lenta enquanto eu via a enfermeira limpar o rosto de London mais cuidadosamente com um gaze até expor um talho de 1 centímetro logo acima da sobrancelha.

– Nós podemos costurar, mas eu recomendaria chamar um cirurgião plástico para fazer isso de modo a minimizar a cicatriz. Posso ver quem está disponível, a menos que o senhor prefira chamar algum cirurgião conhecido.

Meu cliente novo.

Falei o nome do cirurgião e o plantonista balançou a cabeça.

– Ele é muito bom. – Virou-se para um dos enfermeiros. – Veja se ele pode vir para cá. Caso não possa, descubra quem está de plantão.

Na hora em que dois outros enfermeiros entraram empurrando uma maca, London se mexeu e começou a choramingar. No mesmo instante, fui até ela e comecei a lhe murmurar coisas, mas seu olhar parecia fora de foco e ela não dava sinais de saber onde estava. Tudo estava acontecendo tão depressa...

Enquanto o médico começava a lhe fazer perguntas com delicadeza, a única coisa em que eu conseguia pensar era que a tinha convencido a descer a ladeira.

Que tipo de pai eu era?

Que tipo de pai incentiva o filho a fazer algo tão arriscado?

Tive certeza de que o médico estava pensando as mesmas coisas quando olhou para mim. Vi compressas e ataduras serem postas na cabeça da minha filha.

– Agora vamos ter que levá-la – disse o médico, e sem esperar minha resposta London foi empurrada para fora da sala.

Preenchi os papéis do plano de saúde e liguei para Marge do telefone do hospital. Ela prontamente disse que passaria na minha casa, pegaria meu celular e me encontraria lá. Disse também que ligaria para Liz e para os meus pais.

Fiquei sentado na sala de espera, com as mãos unidas e a cabeça baixa, e, pela primeira vez em anos, rezei. Rezei pedindo que minha filhinha ficasse boa, e odiei a mim mesmo pelo que tinha feito.

Meu pai foi o primeiro a chegar. Estava fazendo um serviço a poucos quarteirões do hospital e entrou na sala de espera com o rosto contraído de preocupação. Depois que contei o que havia acontecido, ele não ofereceu nem esperou um abraço, apenas foi se sentar na cadeira ao meu lado. Melhor dizendo, desabou na cadeira. Observei-o fechar os olhos e, quando ele finalmente os abriu, não foi capaz de me encarar.

Compreendi então que estava tão apavorado quanto eu.

Liz chegou em seguida, depois minha mãe, e por fim Marge, mais pálida do que o normal. Ao contrário do meu pai, todas elas quiseram e precisaram ser abraçadas depois de eu contar o que sabia. Minha mãe começou a chorar. Liz uniu as mãos como se fosse rezar. Marge arfou, tossiu e inalou a bombinha.

Meu pai finalmente falou:

– Ela vai ficar bem.

Mas eu sabia que ele estava dizendo isso porque era no que queria acreditar, não por achar de fato que fosse verdade.

Pouco depois, meu cliente cirurgião plástico chegou, e eu me levantei.

– Obrigado por ter vindo – falei. – Nem sei dizer quanto isso significa para mim.

– Não há de quê. Eu também tenho filhos, então entendo a situação. Deixe-me ver o que posso fazer.

E ele desapareceu pela porta dupla.

* * *

Aguardamos.

Depois aguardamos mais um pouco, num limbo insuportável.

Algum tempo depois, os médicos enfim reapareceram.

Tentei ler suas expressões quando eles acenaram para que os seguíssemos, mas não consegui. Eles nos levaram até uma das salas de atendimento e fecharam a porta.

– Tenho quase certeza de que ela vai ficar bem – disse o plantonista sem preâmbulos. – A tomografia não revelou nenhum sinal de hematoma subdural ou outros danos ao cérebro. London já recuperou a consciência e consegue responder as perguntas que lhe fizemos. Ela sabe onde estava e o que aconteceu. Tudo isso é bom sinal.

Senti meu corpo inteiro soltar um ar que eu não sabia estar prendendo.

– Como ela passou um tempo inconsciente, vamos mantê-la no hospital até amanhã, em observação. É só por precaução. Em casos raros, o inchaço pode surgir depois, mas não imagino que isso vá acontecer. Queremos só ter certeza. E é claro que ela vai ter que ficar bem quietinha nos próximos dias. Deve poder voltar à escola na quarta, mas nada de atividade física por no mínimo uma semana.

– E o corte na cabeça?

Quem respondeu foi meu cliente:

– Foi um corte limpo. Dei pontos internos e externos. Ela vai ficar com uma leve cicatriz, que talvez dure alguns anos, mas com o tempo deve desaparecer.

Aquiesci.

– E o braço?

– Foi o pulso – corrigiu o plantonista. – O raio X indica que não houve fratura, mas o inchaço é tão grande que não podemos ter certeza. O pulso tem vários ossinhos bem pequenos, então por enquanto não dá para saber se alguma coisa quebrou. No momento acreditamos que foi só uma entorse feia, mas vocês vão ter que trazê-la para tirar outra chapa daqui a uma ou duas semanas, para ter certeza. Até lá, a tala vai bastar.

Inconsciente. Cicatriz. Uma entorse no pulso ou coisa pior. Aquelas informações me deixaram exaurido.

– Posso ver minha filha?

– Claro – respondeu ele. – Agora estão colocando uma tala no pulso dela e vão transferi-la para um quarto particular, mas não deve demorar muito. Levando em conta o que aconteceu, até que London teve sorte. Que bom que ela estava de capacete. Poderia ter sido bem pior.

Graças a Deus Vivian insistira comigo que fizesse London usar capacete, pensei.

Vivian.

Tinha me esquecido completamente de ligar para ela.

– Como está se sentindo, meu amor? – perguntei.

London estava com uma cara melhor do que quando eu a trouxera para o pronto-socorro, mas com certeza não era a menininha que havia subido na bicicleta mais cedo naquela tarde. Uma grande atadura branca escondia sua testa, e seu pulso parecia minúsculo dentro da tala volumosa. Abatida e frágil, parecia engolida pela cama.

Minha mãe e meu pai, Liz e Marge haviam entrado no quarto. Depois dos abraços, beijos e frases de preocupação, eu me sentei na cama ao lado de London. Segurei a mão que não estava machucada e apertei de leve.

– Minha cabeça está doendo – disse ela. – E o meu pulso também.

– Eu sei. Eu sinto muito, meu neném.

– Eu não gosto de protetor solar – protestou ela com uma voz fraca. – O guidom fica escorregando.

Tive um lampejo dela coçando as picadas de mosquito no braço.

– Não pensei nisso – falei. – A gente nem deve precisar mais de muito protetor agora que o verão acabou.

– Está tudo bem com a minha bicicleta?

Dei-me conta de que havia deixado as duas bicicletas lá mesmo. Perguntei-me se alguém teria recolhido a minha bicicleta. Achava que sim. Talvez até o motorista. Também tinha quase certeza de que elas estariam lá quando eu voltasse para pegá-las. Nosso bairro era desse tipo.

– Tenho certeza de que está, mas se não estiver a gente pode consertar. Ou comprar outra.

– A mamãe vai vir?

Eu preciso, preciso mesmo dar o tal telefonema, pensei.

– Vou descobrir. Com certeza ela vai querer falar com você.

– Tá bom, papai.

Beijei-a na cabeça.

– Já volto.

O restante da família ficou em volta da cama enquanto eu saía para o corredor. Como queria privacidade, fui na direção dos elevadores. O que eu não queria era que ninguém da minha família, principalmente London, ouvisse uma conversa que eu relutava a ter. Ao verificar meu telefone, vi que Vivian já tinha ligado duas vezes, sem dúvida querendo falar com a filha. Fiz a ligação e senti a barriga contrair.

– London? – indagou ela ao atender.

– Não, sou eu, Russ. Queria primeiro dizer que London está bem. Vou passar o telefone para ela daqui a pouco, mas primeiro você precisa saber que ela está bem.

– Por quê? O que houve?

Foi possível sentir seu medo como uma corrente elétrica.

– A gente foi andar de bicicleta e ela caiu. Teve uma entorse no pulso e abriu a testa, e tive que vir com ela para o hospital...

– Hospital?

– É – falei. – Me deixe terminar, ok?

Inspirei fundo e comecei a relatar o que havia acontecido. Para minha surpresa, ela não interrompeu nem levantou a voz. Mas sua respiração saía entrecortada, irregular, e quando acabei pude perceber que ela havia começado a chorar.

– E você tem certeza de que ela está bem? Não é da boca para fora?

– Eu juro. Como eu disse, vou pôr você para falar com ela daqui a um minutinho. Eu saí do quarto para ligar.

– Por que não me ligou antes?

– Eu deveria ter ligado, sinto muito. Fiquei tão em pânico que não raciocinei direito.

– Não, eu entendo. Eu... ahn... – Ela hesitou. – Espere um segundo.

Foi mais do que um segundo: fiquei esperando quase um minuto antes de ela enfim voltar a falar.

– Estou indo para o aeroporto agora. Quero ficar com ela hoje à noite.

Eu já ia dizer que não havia necessidade, mas sabia que, se nossos papéis estivessem invertidos, teria movido céus e terras para estar com minha filha.

– Posso falar com ela agora?

– Claro – respondi.

Voltei pelo corredor e entrei no quarto de London. Entreguei o telefone à minha filha, que o apertou bem junto ao ouvido, mas mesmo assim pude escutar o que sua mãe dizia.

Vivian não citou meu nome uma vez sequer. Concentrou-se inteiramente em London. Mais para o final da conversa, ouvi-a dizer que queria falar comigo outra vez. Dessa vez não senti necessidade de sair do quarto.

– Oi – falei.

– Ela está com uma voz boa – disse Vivian, com um alívio evidente. – Obrigada por colocá-la para falar comigo. Estou no carro agora e devo chegar daqui a menos de duas horas.

Graças ao jatinho de Spannerman, tenho certeza. Esse era sem dúvida o motivo pelo qual ela me fizera esperar antes. Para poder pedir a ele.

– Vou estar aqui. Me avise quando aterrissar.

– Combinado.

* * *

Vivian me mandou uma mensagem ao pousar. Por um instante, pensei se meus parentes deveriam ficar ali, mas em seguida repreendi a mim mesmo. London estava no hospital e eles ficariam até o fim do horário de visita. Porque é isso que as famílias devem fazer. Fim de papo.

Mesmo assim, desconfiei que minha família estivesse sentindo uma curiosidade natural em relação a Vivian. Fazia mais de um mês que meus pais não a viam, desde o primeiro dia de escola de London, e tinha mais tempo ainda que Marge e Liz não a encontravam. Com certeza estavam todos se perguntando se a nova Vivian era diferente da que eles conheciam havia anos. E imaginando como iríamos nos comportar uns com os outros, claro.

Uma enfermeira veio checar os sinais vitais de London. O médico então entrou e tornou a lhe fazer perguntas. Embora com a voz fraca, minha filha respondeu direitinho. Ele disse que continuaria a monitorar sua condição regularmente nas próximas horas. Quando ele saiu, encontrei um canal na TV em que estava passando *Scooby-Doo*. Embora London tenha começado a assistir, pela sua cara não iria demorar a pegar no sono.

Vivian chegou poucos minutos depois. Com uma calça jeans desbotada rasgada nos joelhos, sandálias pretas e um suéter preto bem fino, estava elegante como sempre, embora parecesse tensa.

– Oi, todo mundo – falou, soando ofegante e preocupada. – Vim o mais rápido que pude.

– Mamãe!

Ela correu até London e a cobriu de beijos.

– Ai, querida... Você teve um acidente, foi?

– Cortei a testa.

Vivian se sentou ao lado da filha. Seus olhos brilhavam de lágrimas que ela tentava conter.

– Eu sei. Seu pai me contou. Que bom que você estava de capacete.

– Que bom mesmo – concordou London.

Vivian deu outro beijo no alto da cabeça da filha.

– Me deixe dar oi para todo mundo. Depois quero ficar com você um pouco.

– Tudo bem, mamãe.

Vivian se levantou da cama e foi até meus pais. Abraçou-os e beijou-os, assim como Marge e Liz. Dei-me conta mais tarde de que só a tinha visto tocar Marge e Liz poucas vezes na vida. Para meu assombro, ela também me deu um rápido abraço.

– Obrigada a todos por terem vindo – disse ela. – Sei que ter vocês aqui fez a London se sentir melhor.

– Claro – respondeu minha mãe.

– Ela é uma menininha dura na queda – afirmou meu pai.

– O horário de visita está quase no fim – disse Marge. – Então a gente vai indo. Vamos deixar vocês três um pouco a sós.

– Nós também – completou meu pai, balançando a cabeça. – Vamos deixar vocês sozinhos.

Observei-os juntar suas coisas e então os acompanhei até o corredor. Assim como Vivian, abracei-os e agradeci por terem ido. Pude ver em seus rostos as perguntas que eles queriam fazer mas não fizeram. Mesmo que tivessem, duvido que eu saberia responder.

Voltei para o quarto e vi Vivian inclinada ao lado de London na cama. Nossa filha estava lhe contando sobre o carro que tinha dado ré e o protetor solar que havia deixado o guidom escorregadio.

– Deve ter sido assustador.

– Foi muito assustador. Mas depois disso eu não me lembro de nada.

– Você foi muito corajosa.

– É, eu sou, sim.

Tive que sorrir diante dessa afirmação.

– Que bom que você está aqui, mamãe – disse ela então.

– É, que bom. Eu tive que vir porque te amo muito.

– Eu também te amo.

Vivian se deitou ao lado de London na cama, envolveu-a nos braços, e as duas ficaram assistindo a *Scooby-Doo*. Sentei-me na cadeira e fiquei olhando as duas, por algum motivo aliviado por Vivian estar ali. Não só por causa de London, mas porque parte de mim ainda queria acreditar que ela era uma boa pessoa, apesar de tudo que tinha feito comigo.

Enquanto observava as duas, acreditei nessa bondade. Notei também a desolação de Vivian e reconheci quanto era difícil para ela estar afastada da filha. Senti sua angústia por estar tão longe quando o acidente aconteceu, apesar da rapidez com a qual conseguira chegar.

Pude ver as pálpebras de London começarem a baixar. Levantei-me da cadeira e atravessei o quarto para apagar a luz. Vivian me deu um esboço de sorriso, e pensei com melancolia que, da última vez que nós três tínhamos estado sozinhos juntos num quarto de hospital, London ainda não tinha um dia de idade.

Naquela ocasião, eu teria jurado pela minha vida que nós três estaríamos sempre unidos pelo amor que sentíamos um pelo outro. Na época éramos uma família, nós três. Mas as coisas agora eram diferentes, e fiquei sentado no escuro me perguntando se Vivian sentia essa perda tão profundamente quanto eu.

* * *

London teve alta no meio da manhã do dia seguinte. Eu já havia ligado para a escola e para a professora de piano explicando sua ausência e cancelando as aulas da semana. Também avisei à professora que London não deveria se movimentar muito no recreio quando voltasse à escola. Por sorte, as enfermeiras me deram uns lenços umedecidos para limpar o banco de trás do carro, porque eu não queria que London visse o sangue e a sujeira.

Quando estava assinando os papéis da alta, olhei de relance para Vivian e notei quanto ela parecia cansada. Nenhum de nós tinha dormido muito: enfermeiras e médicos haviam passado a noite inteira entrando no quarto para conferir como London estava, acordando nós três. Supus que minha filha passaria a maior parte do dia dormindo.

– Estava pensando se eu poderia dar uma passadinha na casa – disse Vivian, num tom hesitante que não era do seu feitio. – Para poder ficar mais tempo com a London. Você acharia ruim?

– De jeito nenhum – respondi. – Tenho certeza de que ela vai gostar.

– É provável que eu também precise de uma soneca e de uma ducha.

– Tudo bem – falei. – Quando você precisa voltar?

– Vou pegar o avião hoje à noite. Walter e eu temos que estar em Washington amanhã. Mais lobby.

– Sempre ocupada – comentei.

– Ocupada demais, às vezes.

Na volta para casa, fiquei analisando o comentário dela, intrigado com o cansaço em sua voz. Será que ela estava só cansada ou o estilo de vida das altas rodas estava começando a parecer menos empolgante do que antes?

Pensei que era um erro tentar encontrar significado em cada palavra, tom e nuance. O que Emily tinha me dito? Se for para vir, deixe vir. Se for para ficar, deixe ficar. E, se for para ir embora, deixe ir.

Ao chegarmos em casa, carreguei London para dentro nos braços. Ela já havia começado a pegar no sono e levei-a direto para o quarto. Vivian subiu conosco e, depois de ajeitar London na cama, eu a vi ir para o quarto de hóspedes. Embora eu tivesse certeza de que havia notado a rearrumação dos móveis, ela não comentou nada.

Meu carro era pequeno demais para pôr minha bicicleta na mala, mas consegui colocar a de London no banco de trás. Alguém havia encostado as duas na caixa de correio. Levei a de London para casa, vesti a roupa de ginástica e voltei correndo para o lugar do acidente. Foi quando estava pegando minha bicicleta que vi o sangue já seco no asfalto e senti o estômago se revirar. Voltei de bicicleta para casa, fui correr mais um pouco e tomei uma ducha para me refrescar. Tanto London quanto Vivian ainda estavam dormindo, então fui para o quarto tirar uma soneca. Fechei a persiana e dormi feito uma pedra.

Quando acordei, encontrei Vivian e London assistindo a um filme na sala de TV. Embora estivesse com as mesmas roupas da chegada, Vivian tinha tomado banho e estava com as pontas dos cabelos ainda molhadas. London estava aninhada ao seu lado no sofá. Sobre a mesa de centro viam-se os restos do lanche da minha filha, peito de peru e fatias de pera, que ela havia comido quase inteiramente.

– Como está se sentindo?

– Bem – respondeu ela, sem erguer os olhos.

– Dormiu bem? – quis saber Vivian.

Fiquei espantado com o tom casual da sua voz.

– Dormi. Estava precisando. – Indiquei o prato com um gesto. – Sei que ela acabou de lanchar, mas em que você está pensando para o jantar? Quer que eu prepare alguma coisa?

– Talvez seja mais fácil pedir alguma coisa, não? A menos que você esteja disposto a cozinhar.

Não era o caso.

– Comida chinesa?

Ela puxou London mais para perto.

– Quer jantar comida chinesa?

– Pode ser – respondeu London, ainda entretida com o filme.

Fiz uma careta ao olhar a atadura em sua cabeça e a tala no braço. Ainda não me acostumara.

Embora eu quisesse conversar com London, pois parte de mim se perguntava se ela estaria brava comigo por causa do acidente, não queria fazer nada que pudesse perturbar a trégua que parecia reinar entre mim e Vivian. Em vez disso, fui até a cozinha, comi uma banana, depois fui para o computador no escritório e tentei me distrair com o trabalho, embora estivesse claramente sem concentração. Pouco depois, liguei para o restaurante chinês e saí para buscar a comida.

Comemos na varanda dos fundos, exatamente como nos velhos tempos. Em seguida London tomou banho e vestiu o pijama. Conforme a hora de dormir foi se aproximando, Vivian e eu nos encaixamos em nossos papéis conhecidos: primeiro ela leu uma história para nossa filha, depois foi a minha vez. No entanto, quando eu finalmente desci, ela já havia pendurado a bolsa no ombro e aguardava junto à porta.

– Preciso ir andando – falou.

Havia um quê de resignação na sua voz? Tornei a lembrar a mim mesmo que era inútil buscar qualquer significado naquilo.

– Imagino.

Ela ajeitou a alça da bolsa, como se o gesto a ajudasse a encontrar as palavras que buscava.

– Notei que você mudou os móveis de lugar e tirou uma porção de fotos. Nas quais eu aparecia, digo. Ia comentar mais cedo, mas achei que não era o momento.

Por algum motivo, seja ele qual for, eu não quis reconhecer que tinha feito isso num acesso de raiva. Mas tampouco sentia que fosse errado. Sabia que faria a mesma coisa outra vez.

– Assim como você, estou só tentando seguir em frente – afirmei. – Mas eu coloquei algumas fotos de família no quarto da London. Porque nós sempre vamos ser os pais dela.

– Obrigada. Foi muita delicadeza sua.

– Guardei as outras numa caixa se você quiser levar. Tem algumas incríveis de vocês duas.

– Seria ótimo.

Fui até o closet pegar a caixa. Enquanto eu a carregava debaixo do braço, vi os olhos de Vivian relancearem para as fotos. Senti de modo incisivo, talvez mais do que nunca, que nossa época como casal tinha definitivamente acabado, e tive a sensação de que ela estava pensando a mesma coisa.

– Vou pegar minhas chaves para pôr na mala do carro – falei.

– Eu carrego, pode deixar – falou ela, estendendo a mão para a caixa. – Não precisa me levar. Tem um carro esperando em frente à casa.

Entreguei-lhe a caixa.

– Um carro?

– A gente não pode deixar London aqui sozinha, não é?

Certo, pensei, perguntando-me por que havia deixado de pensar em algo tão elementar. Estar com Vivian, uma Vivian que me lembrava a mulher com quem eu tinha me casado, a mesmíssima Vivian com quem eu não tinha mais futuro, parecia ter me tirado do eixo.

– Ok então – falei e enfiei uma das mãos no bolso. – Com relação ao próximo final de semana... Sobre eu ter que ir para a casa da Marge ou dos meus pais...

– Não precisa – interrompeu ela. – Hoje me dei conta de que não tem por que você fazer isso. Não é justo. Eu fico no quarto de hóspedes e pronto, se não for problema.

– Tudo bem.

– Mas você sabe que eu continuo querendo passar o máximo de tempo que puder com a London. Só nós duas. Sei que pode não parecer justo, mas por enquanto não quero deixá-la confusa.

– Claro. Faz sentido.

Ela ajeitou a caixa embaixo do braço e me perguntei se devia lhe dar um abraço ou beijá-la no rosto. Como se houvesse antecipado minhas ações, ela se virou para a porta.

– Até o fim da semana – disse ela. – E amanhã eu ligo para London.

– Combinado – falei, e abri a porta.

Uma limusine aguardava na rua com o motor ligado. Vivian começou a andar na direção do carro e vi o motorista descer rapidamente para ajudá-la com a caixa. Ele abriu a porta e colocou a caixa no banco. Vivian aguardou ele se afastar e entrou no carro. Não pude evitar pensar que, para ela, aquilo tudo parecia tão natural quanto o ato de respirar, como se ela sempre houvesse tido um carro com motorista, como se sempre tivesse namorado um bilionário.

Não consegui vê-la através do filme escuro da janela, e me perguntei se ela estaria me observando, mas no fim acabei simplesmente virando as costas. Entrei em casa e fechei a porta tomado por uma estranha tristeza.

Hesitei um instante. Então peguei o celular.

Emily atendeu no segundo toque.

Passamos quase duas horas ao telefone. Embora praticamente só eu tenha falado, tentando comunicar o sentimento de perda que havia me tomado, ela conseguiu me fazer sorrir e gargalhar mais de uma vez. E, sempre que eu me perguntava em voz alta se era uma boa pessoa, ela me garantia que eu não tinha culpa alguma. Era algo que eu precisava ouvir, e nessa noite, quando por fim me recolhi, fechei os olhos e pensei na sorte que tivera de redescobrir Emily, exatamente o tipo de amiga de que eu mais precisava.

20

Outono

– Eu amo o outono – disse-me Emily. – Ele "nos conquista com seu pedido mudo de pena por seu declínio".

– Como é?

– Estava falando sobre o outono.

– Isso eu captei. Só estava tentando entender o que você disse.

– Não fui eu. Foi Robert Browning. Bom, mais ou menos... talvez eu tenha errado uma palavra ou outra. Aquele poeta inglês.

– Não sabia que você lia poesia.

Era outubro de 2002, poucos meses depois de ela e eu termos ficado presos na roda-gigante. Foi também pouquíssimas semanas depois do Grande Erro, aquele que envolvia a mulher que eu conhecera no bar. Marge já me avisara mais de uma vez para não comentar nada com Emily, mas o terrível segredo ainda me fazia sofrer.

Na verdade, estávamos fazendo um programa a quatro junto com Marge e Liz.

Tínhamos ido até Asheville visitar a Biltmore House, que durante muito tempo fora a maior residência particular do mundo. Eu já estivera lá quando criança, mas nunca com Emily. A ideia do passeio fora dela, e também a de convidar Marge e Liz. Quando ela citou Browning, nós quatro estávamos saboreando um vinho da vinícola da propriedade.

– Eu fiz faculdade de arte, mas também tive que cursar outras matérias – disse Emily.

– Eu também. Mas nunca fiz nenhuma que desse poesia.

– Foi porque você se formou em administração.

– Exato – interveio Marge. – Não precisa pressionar Emily só porque você estragou sua educação.

– Não estou pressionando Emily. E eu não estraguei minha educação superior... Estava só puxando conversa.

– Não o deixe assustá-la, Emily – continuou Marge. – Meu irmão pode ser meio inculto, mas tem boas qualidades.

Emily riu.

– Espero que sim. Já faz mais de dois anos que a gente está junto. Eu detestaria pensar que passei esse tempo me rebaixando ao ficar com ele.

– Eu estou aqui, hein? – falei para as duas. – Estou ouvindo tudo.

Emily deu uma risadinha, e dessa vez Marge também riu. Liz exibia uma expressão benevolente.

– Não deixe que elas o chateiem, Russ – disse ela, tocando meu braço. – Se elas não pararem, eu e você podemos ir para a estufa ficar de mãos dadas e fazer ciúme nas duas.

– Ouviu isso, Marge? – indaguei. – Liz está me dando mole.

– Boa sorte – respondeu Marge, dando de ombros. – Eu conheço o tipo dela, e não é você. Você tem cromossomos Y demais para a Liz.

– Que pena. Porque eu conheço uma centena de caras que adorariam sair com ela.

Marge sorriu para a companheira.

– Disso eu não tenho a menor dúvida.

Liz enrubesceu, e meu olhar cruzou com o de Emily. Ela se inclinou e sussurrou no meu ouvido:

– Elas formam um casal perfeito.

– Eu sei – sussurrei de volta. – Também acho.

Na mesma hora em que eu disse isso, a culpa começou a me devorar com uma fúria renovada. Menos de uma semana depois, contei a ela sobre o Erro.

Por que não fiquei de boca fechada?

* * *

– Nenhum hematoma? Nenhum corte nem telefonema histérico para a emergência?

No dia seguinte, fui levar London à escola e, ao voltar, encontrei Marge na cozinha da minha casa. Eu havia ligado mais cedo para lhe contar sobre a conversa com Vivian, mas ela me interrompera, pois queria ouvir o relato inteiro pessoalmente.

– Ela ainda está sentindo dores, mas está bem.

– Eu não estava me referindo a London. Estava falando de você. Ou poderia estar falando da Vivian também, acho. Dependendo de quanto ela tenha deixado você com raiva.

– Foi tudo bem – tranquilizei-a. – Na verdade, foi surpreendentemente agradável.

– Como assim?

– Ela não ficou com raiva, nem me fez sentir que o acidente foi culpa minha. Ela foi... simpática.

– Você sabe que não foi culpa sua, não é? – falou minha irmã. – É por isso que se chama acidente.

– Eu sei – respondi, perguntando-me se acreditava totalmente nisso.

Marge se virou e tossiu. Quando ela estendeu a mão para pegar a bombinha, notei que estava meio abatida.

– Está tudo bem? Você tossiu à beça na outra noite – comentei, preocupado.

– Nem me fala. Semana passada passei dois dias trancada numa sala com um cliente que estava superdoente. Aí ele me ligou para avisar que estava com bronquite... Bacana, o cara.

– Você foi ao médico?

– Fui ao pronto-socorro no fim de semana. O médico acha que deve ser viral, ou seja, não receitou nada. Tomara que eu esteja bem quando a Liz e eu formos para a Costa Rica.

– Quando vocês viajam mesmo?

– Vamos ficar fora do dia 20 ao 28.

– Nem sei como é ter tempo para tirar férias – refleti, sentindo pena de mim mesmo.

– É uma maravilha – retrucou Marge. – Já ficar lamentando não é nada agradável. E como você e Emily estão se entendendo? Você contou para ela o que aconteceu com London?

– Falei com ela ontem à noite. Depois que Vivian foi embora.

– Ah.

– Como assim, "ah"?

– Você conhece o velho ditado. O jeito mais rápido de dar a volta por cima é ficar em cima de alguém.

– Quanta elegância.

– Não me culpe – disse ela. – Não fui eu que inventei. E nós dois sabemos que isso também vale para as mulheres. O jeito mais rápido de dar a volta por cima é ficar debaixo de alguém.

– Emily e eu somos só amigos.

Ela estendeu a mão e apertou meu ombro.

– Tente se convencer disso, caçulinha.

Depois que Marge saiu, foi mais fácil ir para o escritório, mas me concentrar no trabalho foi mais difícil. Embora a intensidade emocional dos últimos dois dias não chegasse nem aos pés dos dias que se seguiram ao anúncio de Vivian de que estava apaixonada por Spannerman, eu me sentia com pouca reserva de energia. Muita coisa havia acontecido em pouco tempo. Não fazia nem um mês desde o início daquele furacão.

Mesmo assim, havia coisas a fazer. No alto da lista: garantir que a filmagem do quarto comercial de Taglieri respeitasse o cronograma. Depois de reconfirmar tudo, fiquei surpreso ao receber um e-mail do editor dizendo que a edição da terceira peça, a da atriz mirim, estava pronta.

Como o terceiro comercial havia ficado muito bom, meu instinto me dizia para colocar no ar sem demora tanto o primeiro quanto o terceiro. Deixei um recado com essa sugestão para Taglieri e em pouco tempo recebi sinal verde. Ao fechar o cronograma de veiculação com a empresa de TV a cabo, senti um conhecido arrepio de animação ao pensar que *meu* trabalho e *minha* empresa em breve iriam alcançar centenas de milhares de pessoas.

Foram telefonemas menos emocionantes, mas deixei também dois recados na academia de balé. A professora Hamshaw ainda não havia retornado a minha ligação.

Quando vi London em meio aos coleguinhas na saída da escola, ela foi só sorrisos, e, embora tenha andado até o carro mais devagar do que de costume, deu para perceber que tinha tido um dia bom.

– Papai, adivinha o que aconteceu na aula hoje? – perguntou ela assim que entrou no carro. – Minha professora me deixou ser a ajudante dela. Foi tão divertido!

– O que você fez?

– Eu a ajudei a entregar os papéis e depois a recolher. E limpei o quadro branco com o apagador durante o recreio. Mas aí ela me deixou ficar colorindo nele e tive que apagar depois também. E passei o dia inteiro usando um crachá escrito "Ajudante da Professora".

– E deu para fazer isso tudo com o pulso doendo?

– Eu usei a outra mão – disse ela, e demonstrou. – Foi fácil. E no final do dia ganhei um pirulito.

– Pelo visto o seu dia foi incrível. Precisa de ajuda para colocar o cinto? – ofereci, já que tivera que ajudá-la de manhã.

– Não – respondeu ela. – Acho que agora eu consigo. Aprendi a fazer muita coisa com a outra mão.

Observei-a puxar o cinto. Embora tenha levado mais tempo do que de costume, ela acabou conseguindo.

Saí do estacionamento e estava começando a acelerar para me misturar no tráfego quando tornei a ouvir sua voz.

– Ei, papai?

Relanceei os olhos para o retrovisor.

– O que foi, meu amor?

– Eu preciso ir ao balé hoje?

– Não – respondi. – O médico disse que esta semana seria melhor pegar leve.

– Ah – fez ela.

– Sua cabeça doeu hoje? E o pulso?

– Minha cabeça não doeu nadinha. Meu pulso, sim, às vezes, mas eu tentei ser forte igual ao Bodhi.

Eu sorri.

– Bodhi é forte?

– Muito forte – disse ela, balançando a cabeça. – Ele consegue levantar todo mundo da turma. Até a Jenny!

Supus que Jenny fosse grande para a idade.

– Uau, não sabia.

– Você acha que eu poderia ir à casa do Bodhi? Queria ver a Noodle de novo.

Vi num lampejo a imagem de Emily.

– Preciso perguntar para a mãe do Bodhi, mas, se ela deixar, por mim tudo bem. Mas esta semana não... Talvez na próxima, ok? Nesta você precisa descansar.

– Tá bom – disse ela. – Eu gosto da tia Emily. Ela é legal.

– Que bom – falei.

– E foi legal no zoológico com ela e o Bodhi. Posso ver as fotos que tirei no seu celular?

Entreguei-lhe o celular e ela começou a percorrer as fotos. Ficou relembrando os animais que tinha visto e o que eles estavam fazendo, e enquanto ela seguia tagarelando notei que não se referiu à mãe nem uma vez, embora houvesse estado com Vivian na véspera.

Dei-me conta de que ela havia se acostumado a ficar só comigo.

* * *

Como London havia passado a maior parte do dia anterior vendo televisão, não quis deixá-la de novo parada em frente a essa babá eletrônica. Ao mesmo tempo, precisava limitar sua atividade e, como passamos um bom tempo colorindo havia pouco, estava meio sem ideias. Por impulso, decidi passar no Walmart a caminho de casa. Lá escolhi um jogo de tabuleiro chamado Pia, Coruja, Pia. A caixa explicava que o objetivo do jogo era ajudar as corujas a voar de volta para o ninho antes de o sol nascer. Cada jogador tirava um cartão colorido e ajudava sua coruja a voar pelas casas daquela cor a caminho do ninho, mas, quando um jogador tirava uma carta do sol, a partida avançava mais um passo em direção ao nascer do sol. Se as corujas conseguissem voltar para seus ninhos a tempo, todos os jogadores ganhavam.

Calculei que nós dois poderíamos dar conta daquele jogo.

London ficou encantada em passear pela seção de brinquedos. Andava de um lado para outro no corredor, fascinada com sucessivos artigos. Mais de uma vez, tirou da prateleira algum brinquedo e perguntou se eu poderia comprar. Embora tentado, não cedi. Quase tudo que ela me mostrou teria prendido seu interesse só por alguns minutos, e sua caixa e suas prateleiras de brinquedos já estavam entupidas de bichos de pelúcia e bugigangas esquecidas.

No fim das contas, o jogo foi um sucesso. Como as regras eram simples, London aprendeu depressa e se mostrava alternadamente felicíssima ou triste, conforme parecia que as corujas fossem chegar em casa a tempo ou não. Jogamos quatro partidas na mesa da cozinha antes de ela começar a ficar cansada.

Em seguida, cedi quando ela perguntou se poderia ver um pouco de TV, e ela se deitou no sofá bocejando. Talvez fosse só a voz de Vivian me atormentando num canto da minha mente, mas eu ainda sentia que precisava avisar à professora Hamshaw sobre o acidente. Como ela não havia retornado meu telefonema, entendi que precisava fazer isso pessoalmente.

Disse a London que iríamos passar no estúdio e coloquei-a no carro. Vi a professora Hamshaw num recinto envidraçado que supus ser a sala dela. London preferiu ficar no carro. A professora olhou para mim assim que entrei, mas levou um tempo até enfim vir na minha direção.

– London faltou à aula de segunda – observou ela com uma sobrancelha arqueada, demonstrando claro desprazer antes mesmo de eu ter a chance de falar.

– Ela sofreu um acidente de bicicleta bem feio. Deixei dois recados para a senhora. Ela foi parar no hospital. Está se recuperando, mas não vem à aula hoje nem sexta.

A expressão da professora não se modificou.

– Que bom que ela está bem, mas London tem uma apresentação em breve. Ela precisa vir às aulas.

– Ela não vai poder. O médico disse que ela precisa ficar de repouso esta semana.

– Nesse caso, infelizmente ela não vai poder se apresentar no espetáculo da próxima sexta.

Pisquei os olhos.

– Como é?

– London já faltou a duas aulas. Com três faltas, ela não preenche os requisitos para se apresentar. O senhor pode achar injusto, mas é uma das regras da academia. Ela foi informada quando se inscreveu.

– Da primeira vez ela estava doente – falei, cada vez mais incrédulo. – Na segunda-feira, estava inconsciente.

– Lamento muito pelo infortúnio dela – disse a professora, sem parecer lamentar nem um pouco. – Como eu já disse, que bom que ela está se recuperando. Mas regras são regras.

Ela cruzou os braços magros.

– É porque ela precisa ensaiar? Ela vai ser uma árvore e me mostrou o que tem que fazer. Tenho certeza de que, se vier na semana que vem, ela vai ter tempo mais do que suficiente para dominar os movimentos.

– O senhor não está entendendo. – A boca da Sra. Hamshaw formava uma linha fina. – Eu tenho regras aqui na academia porque os pais e as alunas sempre arrumam um motivo para faltar à aula. Uma doença, a visita dos avós, ou muito dever de casa. Nesses anos todos já ouvi todo tipo de desculpa que o senhor pode imaginar, mas só posso cultivar uma cultura da excelência se todo mundo demonstrar que está comprometido.

– Minha filha não está participando de nenhuma competição – argumentei. – Ela não foi selecionada.

– Então talvez ela devesse ensaiar mais, e não menos.

Reprimi o impulso de dizer à professora Hamshaw quanto achava ridícula aquela sua operação quase militar, mas me controlei.

– O que a senhora sugere que eu faça? – perguntei, devagar. – Já que o médico recomendou limitar a atividade dela?

– Ela pode vir à aula e ficar sentada no canto assistindo.

– Neste momento, ela está com dor de cabeça e exausta. E na sexta-feira vai ficar entediada se ficar só sentada olhando.

– Então ela pode se preparar para a apresentação do Natal.

– Na qual London vai poder ser de novo uma árvore? Ou quem sabe um enfeite?

A professora se empertigou e inflou as narinas.

– Há outras bailarinas na turma dela que demonstram bem mais comprometimento.

– Que ridículo! – explodi.

– É o que as pessoas dizem quando não gostam das regras.

* * *

Levei London para casa e comemos os restos da comida chinesa. Vivian ligou e, quando a ligação pelo FaceTime terminou, London mal conseguia manter os olhos abertos.

Tomei a decisão drástica de pular o banho e a vesti com o pijama. Li um livro curto para ela na cama e segundos depois de eu apagar a luz ela já estava dormindo. Desci a escada e pensei que deveria usar o resto da noite para trabalhar um pouco, mas não estava com ânimo.

Em vez disso, liguei para Emily.

– Olá – atendeu ela. – Como estão as coisas?

– Tudo indo, eu acho.

– E com London? Bodhi contou que ela hoje foi ajudante da professora, então deve estar se recuperando bem.

– É, ela ficou bastante animada com isso – falei. – Ela está mesmo bem, só um pouco cansada. E você, o que fez hoje afinal?

– Trabalhei num dos quadros da minha exposição. Acho que estou chegando mais perto, mas é só um palpite. Eu provavelmente poderia ficar para sempre trabalhando nesse quadro e nunca achar que ele está pronto.

– Eu quero ver.

– Quando quiser – disse ela. – Por sorte, as outras telas que comecei estão indo bem. Até agora, pelo menos. – Ela riu. – Como está se virando? Nem posso imaginar o medo que você sentiu. Eu com certeza ainda estaria traumatizada.

– Foi bem ruim – admiti. – E hoje não foi muito relaxante.

– O que houve?

Narrei minha conversa com a professora Hamshaw.

– Quer dizer que London não vai poder participar da apresentação? – perguntou Emily quando terminei.

– Na verdade, acho que ela nem estava tão animada assim. Só queria que Vivian não fizesse tanta questão dessa aula de balé. Acho que London não gosta nem um pouco.

– Então a deixe sair.

– Não quero mais um motivo para discutir com a Vivian. E não quero minha filha no meio disso.

– Já ocorreu que, de tanto viver agradando a Vivian, você só está pondo mais lenha na fogueira?

– Como assim?

– Se você ceder toda vez que ela ficar brava, ela vai saber que tudo que precisa fazer é ficar brava para conseguir o que quer. Quero dizer, e daí se ela ficar brava? O que ela vai fazer?

Emily não arrematou com a pergunta *Se divorciar de você?*, mas a verdade evidente do que dissera me espantou. Seria esse o motivo de tudo ter ido ladeira abaixo desde o início? Eu nunca ter me imposto? Ter vivido evitando conflitos? O que era mesmo que Marge havia me dito um dia?

Seu verdadeiro problema é que você é bonzinho demais.

Diante do meu silêncio, Emily voltou a falar:

– Não sei se o que eu disse tem alguma relevância. Eu posso estar errada. E não estou dizendo isso porque eu *quero* que vocês dois briguem. Só estou dizendo que você é o pai da London e tem tanto direito quanto Vivian de tomar decisões em relação ao que é melhor para a filha de vocês. Ultimamente tem até mais direitos do que ela, já que é você quem está cuidando da menina. Você agora é o genitor mais importante, não ela, mas ainda parece confiar no juízo dela mais do que no seu próprio. Na minha opinião, London parece uma menina muito feliz, então é evidente que alguma coisa certa você andou fazendo.

– Mas o que você acha que eu devo fazer? – perguntei, tentando digerir o que ela acabara de dizer.

– Por que não conversa com London e pergunta o que ela quer fazer? Aí basta confiar no seu instinto.

– Você faz a coisa parecer tão fácil...

– Os problemas dos outros são sempre mais fáceis de resolver. Você ainda não aprendeu isso?

Ela riu, um som ao mesmo tempo tranquilizador e revigorante.

– Preciso dizer uma coisa: às vezes você me lembra a Marge.

– Vou encarar isso como um elogio.

– E é.

Emily e eu ainda passamos mais uma hora conversando e, como sempre acontecia depois de falar com ela, desliguei me sentindo melhor. Mais pé no chão. Mais eu mesmo. E isso bastou para me dar força para passar uma hora no computador, dando uma adiantada no trabalho do dia seguinte.

Pela manhã, enquanto London comia seu cereal, expliquei o que a professora Hamshaw tinha dito.

– Quer dizer que eu não vou poder participar da apresentação?

– Eu sinto muito, querida... Está chateada por não participar do espetáculo?

A reação dela foi imediata.

– Não faz mal – falou, e deu de ombros. – Eu não queria mesmo ser árvore.

– Não sei se isso faz você se sentir melhor, mas eu achei sua árvore ótima.

Ela me olhou como se tivessem brotado espigas de milho das minhas orelhas.

– É uma árvore, papai. A borboleta se mexe. As árvores não.

– Aham – falei, aquiescendo. – Verdade.

– Eu preciso ir ao balé na sexta?

– Você quer ir?

Em vez de responder, ela apenas deu de ombros, e não foi difícil ler nas entrelinhas.

– Se não quiser, então acho que não precisa ir. Você só deveria fazer balé se gostar e quiser.

Ela passou alguns instantes estudando os marshmallows flutuando na sua tigela de Froot Loops, e me perguntei se tinha escutado.

– Acho que não quero mais fazer balé, então – disse ela por fim. – A professora Hamshaw não gosta muito de mim.

– Ótimo. Então não precisa mais fazer balé.

London hesitou e, quando ergueu os olhos para mim, pensei ter detectado uma leve ansiedade.

– O que a mamãe vai dizer?

Ela provavelmente vai ficar uma fera, pensei.

– Ela vai entender – falei, tentando soar mais confiante do que de fato me sentia.

Depois de levar London à escola, fui para o estúdio, onde encontrei o adestrador de animais e Gus, um bullmastiff.

O comercial poria a ênfase na *tenacidade*, e o plano era fazer Gus puxar sem piedade um brinquedo de cachorro. Quatro imagens apareceriam intercaladas com as do cão, com as seguintes legendas:

Quando você se fere num acidente de trabalho,
Precisa de um advogado determinado e incansável.
Ligue para o escritório de Joey Taglieri.
Ele não vai desistir até você receber o dinheiro que merece.

Gus, o bullmastiff, acabou se revelando um ator de grande talento, e a filmagem terminou bem antes do meio-dia.

Quando fui buscar London na escola, não a encontrei tão alegre quanto na véspera. Limitar sua atividade e restringir a TV exigiu certa criatividade e resolvi levá-la à pet shop. Precisava mesmo comprar serragem para os hamsters, mas pensei também que ela poderia gostar de olhar os peixes.

Na loja havia mais de cinquenta aquários diferentes, cada qual com uma plaquinha listando os tipos de peixe lá dentro. London e eu passamos mais de uma hora indo de aquário em aquário e identificando as várias espécies.

Não chegava a ser o SeaWorld, admito, mas não foi um jeito ruim de passar uma tarde tranquila.

Na saída, ela passou um tempinho brincando com filhotes de cocker spaniel que estavam dentro de um cercadinho baixo. Os cães eram muito fofos, e suspirei aliviado porque ela não pediu um.

– Foi legal, papai – disse ela a caminho do carro.

Eu carregava o saco de serragem e a comida dos hamsters debaixo do braço.

– Achei que você pudesse gostar.

– A gente deveria comprar uns peixes. Tinha uns muito bonitos.

– Aquários são ainda mais difíceis de limpar do que gaiolas de hamster.

– Tenho certeza de que você ia conseguir, papai.

– Pode ser. Mas não sei onde iríamos colocar o aquário.

– A gente poderia pôr em cima da mesa da cozinha!

– É uma ideia. Mas onde a gente iria comer?

– A gente poderia comer no sofá.

Não consegui reprimir um sorriso. Adorava conversar com minha filha. De verdade.

Passei no mercado a caminho de casa. Seguindo uma das receitas da Liz, comprei ingredientes para fazer *quesadillas* de frango.

Praticamente deixei London preparar o jantar sozinha. Fui lhe dando instruções para cada etapa e fatiei o frango depois de ela o refogar, mas tirando isso ela fez tudo sozinha. Cozinhou o frango, pôs a carne dentro das tortilhas, acrescentou queijo ralado e dobrou as tortilhas antes de colocar cada uma na frigideira para tostar dos dois lados.

Quando a comida ficou pronta, ela me guiou até a mesa e eu levei para lá dois pratos, talheres e dois copos de leite.

– Parece uma delícia e está com um cheiro ótimo – comentei.

– Eu quero tirar uma foto para a tia Liz e a tia Marge antes de você começar a comer.

– Tudo bem.

Ofereci meu celular e ela tirou fotos dos dois pratos, em seguida enviou para Marge e Liz.

– Onde você aprendeu a mandar mensagens? – indaguei, chocado.

– A mamãe me ensinou. Bodhi também. Ele me mostrou no celular da tia Emily. Acho que eu já tenho idade suficiente para ter um celular.

– Pode até ser, mas eu prefiro falar com você ao vivo.

Ela revirou os olhos, mas pude ver que tinha achado graça.

– Pode comer agora se quiser.

Cortei um pedaço com o garfo e o levei à boca.

– Uau, que delícia. Você se saiu superbem.

– Obrigada. Não esquece de beber o leite.

– Pode deixar.

Não conseguia me lembrar da última vez que havia tomado um copo de leite. O gosto era melhor do que na minha lembrança.

– Que incrível. Nem acredito como você está ficando grande.

– Eu tenho quase 6 anos.

– Eu sei. Já sabe o que vai querer de aniversário?

Ela pensou um pouco.

– Um aquário, talvez – disse ela. – E vários peixes bonitos. Ou talvez um poodle igual à Noodle.

Talvez passar o dia na pet shop não tivesse sido uma ideia tão boa, pensei.

Depois de London ir para a cama, dei uma ligada para Emily.

Ela já estava deitada e, como sempre, ficamos conversando descontraidamente, com uma mistura de recordações antigas e detalhes das nossas vidas atuais. O telefonema durou quase quarenta minutos e, quando desliguei, me dei conta de que falar com ela não só estava se tornando parte da minha rotina, mas também um dos melhores momentos do meu dia.

Na sexta à tarde, Vivian mandou uma mensagem avisando que chegaria entre nove e dez da noite, ou seja, bem depois da hora de London ir para a cama.

Recebi a mensagem no trabalho e passei alguns segundos ponderando o que deveria fazer quando ela chegasse, se é que deveria fazer alguma coisa, já que London talvez não estivesse acordada. Será que Vivian finalmente iria querer conversar? Ou ficar assistindo televisão na sala de TV na minha companhia ou não? Ou iria direto para o quarto de hóspedes? E o que eu faria durante todo o fim de semana?

Tentei repetir o mantra de Emily, mas não ajudou. Parte de mim, eu sabia, continuava tentando encontrar maneiras de agradar a Vivian.

Velhos hábitos são difíceis de abandonar.

Sem a aula de balé na agenda, decidi organizar mais uma noite minha com London. A ideia era mantê-la acordada até Vivian chegar. Pensei que levá-la para jantar e depois ao cinema poderia ser divertido, e consegui achar um filme infantil que terminaria a tempo de estarmos em casa às nove. London então poderia entrar no banho e vestir o pijama, e com sorte Vivian chegaria mais ou menos nesse horário.

Revelei meus planos a ela quando fui buscá-la na escola e assim que chegamos em casa ela subiu correndo a escada para se arrumar.

– Você tem tempo de sobra – falei lá para cima. – A gente só precisa sair às cinco e meia.

– Eu quero começar agora! – gritou ela de volta.

Às quatro, ela já estava pronta e foi me encontrar no escritório, onde eu finalizava no computador as imagens estáticas que pretendia intercalar no comercial do cachorro.

Ela havia escolhido uma blusa branca, saia branca e sapatos e meias brancos, e prendido os cabelos para trás com uma faixa branca.

– Você está muito linda – falei, eliminando qualquer restaurante italiano da lista de possíveis lugares para jantar.

Bastaria um deslize para estragar aquela roupa.

– Obrigada. Mas eu não gosto nem um pouco do curativo na minha testa. Nem da tala.

– Nem reparei. Você com certeza vai ser a menina mais bonita de todo o restaurante.

O rosto dela se iluminou.

– Quando a gente vai sair?

– Ainda falta uma hora e meia.

– Tá – disse ela. – Posso ficar sentada na sala de TV até chegar a hora.

– Você poderia brincar com as suas Barbies – sugeri.

– Não quero amarrotar meu vestido.

Claro.

– O que você gostaria de fazer?

– Não sei. Só não quero me sujar.

Pensei um pouco.

– Quer jogar Pia, Coruja, Pia de novo?

Ela bateu palmas.

– Quero!

Passamos uma hora jogando e então fui me trocar. Como da última vez, vesti uma calça social e um paletó e calcei sapatos de couro novos e estilosos. London me aguardava no hall de entrada e tentei dar um pouco de cerimônia à ocasião fazendo uma mesura antes de lhe abrir a porta.

Fomos jantar num restaurante de carnes chique e, após alguns minutos conversando como se fosse adulta, London voltou ao modo criança. Falamos sobre

Bodhi, sobre sua professora e a escola, e sobre quais tipos de peixe ela iria querer no aquário.

Em seguida fomos assistir ao filme, que deixou London cheia de energia e animada para ver a mãe. Pode ter sido também efeito das passas cobertas com chocolate que ela comeu. Quando chegamos em casa, ela subiu correndo, tomou banho e pôs o pijama.

Vivian chegou pouco depois de eu começar a ler para nossa filha. London pulou da cama e desceu correndo. Desci atrás e vi minha filha se jogar nos braços da mãe, que fechou os olhos num misto de alegria e alívio.

– Que bom que consegui te ver antes de você ir para a cama – disse Vivian.

– É, que bom. O papai e eu saímos juntos. Primeiro a gente foi jantar, depois viu um filme e conversou sobre o meu aquário.

– Aquário?

– Para o aniversário dela – expliquei. – Tudo bem?

– Tudo. A viagem de carro é bem comprida, principalmente saindo na hora do rush.

Aquiesci. Sentia-me estranhamente fora de lugar. Gesticulei em direção ao andar de cima.

– Eu já li para ela. Se você quiser ir lá para cima.

Ela tornou a olhar para London.

– Quer que a mamãe leia umas histórias para você?

– Quero! – exclamou London.

Fiquei olhando as duas subirem a escada. Embora estivesse na minha casa, com minha mulher e minha filha, senti-me subitamente muito sozinho.

Refugiei-me no quarto de casal. Não queria conversar com Vivian nem achava que ela fosse querer. Fiquei lendo na cama e tentei não pensar no fato de que ela iria passar a noite debaixo daquele mesmo teto.

Tive uma breve fantasia de que ela entrava de fininho no meu quarto, e perguntei-me o que eu faria. Será que cederia, usando a desculpa de que ainda éramos casados? Ou mesmo como uma despedida? Ou será que me mostraria tão decidido quanto Emily ao levar uma cantada de David?

Queria pensar que eu seria mais como Emily, mas não tinha certeza de que seria tão forte. Mesmo assim, tive a sensação de que nem eu nem Vivian ficaríamos felizes caso aquilo acontecesse. Eu não fazia mais parte do futuro dela e aquilo só iria aumentar o poder que ela ainda tinha sobre mim, apesar de tudo o que havia feito. Além do mais, eu desconfiava que me sentiria culpado. Afinal, quando me imaginei fazendo sexo com Vivian de novo, dei-me conta, com súbita clareza, de que queria na verdade que fosse Emily no seu lugar.

* * *

Pela manhã, acordei cedo e fui dar uma corrida longa. Tomei banho, preparei meu café da manhã, e estava na segunda xícara de café quando Vivian apareceu na cozinha. Estava usando um pijama comprido que eu havia lhe comprado de aniversário poucos anos antes. Ela foi até o armário, pegou um saquinho de chá, então encheu de água a chaleira que estava no fogão.

– Dormiu bem? – perguntei.

– Dormi, obrigada. O colchão do quarto de hóspedes é melhor do que eu me lembrava. Mas talvez eu esteja só cansada.

– Já decidiu o que vai querer fazer com a London hoje depois da aula de arte?

– Não quero nada muito desgastante. É melhor ela pegar leve ainda. A gente poderia ir ao Discovery Place, aquele museu de ciência e tecnologia para crianças. Mas quero saber o que ela gostaria de fazer.

– Eu vou para o escritório – informei. – Quero adiantar o máximo que puder o trabalho do cirurgião, principalmente depois que ele largou tudo para ajudar London.

– Agradeça a ele por mim. O trabalho ficou muito bom. Dei uma espiada ontem.

A chaleira apitou, e ela encheu a xícara de água. Pareceu hesitar se deveria se sentar comigo à mesa comigo, antes de finalmente decidir fazê-lo.

– Preciso lhe contar uma coisa – comecei. – Sobre o balé.

– O que tem o balé?

Ela tomou um golinho cauteloso da xícara fumegante.

Contei a história toda, tentando ser o mais sucinto possível, incluindo o fato de que London não poderia participar da apresentação.

– Hum – fez Vivian. – E você disse que ela estava no hospital?

– Disse. E não adiantou. Depois London me confessou que não quer mais fazer balé. Ela acha que a Sra. Hamshaw não gosta dela.

– Se ela não quiser ir, não a faça ir. É só uma aula de balé.

Vivian deu de ombros, num gesto exagerado. Falou de um jeito que em nada lembrava a maneira como insistia que London fizesse balé. Não havia motivo para mencionar isso, mas fiquei pensando se eu algum dia entenderia o que era importante para ela. E se algum dia havia entendido qualquer coisa a seu respeito.

Quando London desceu, ainda estávamos na cozinha. Grogue de sono, ela andou até a mesa.

– Oi, mamãe, oi, papai – falou, e deu um abraço em cada um de nós.

– O que vai querer de café? – perguntou Vivian.

– Froot Loops.

– Ok, querida. Eu pego para você.

Dobrei meu jornal e me levantei, tentando disfarçar o assombro diante da facilidade com a qual Vivian concordara em dar a London aquele cereal açucarado.

– Divirtam-se hoje, meninas.

Passei quase o dia inteiro no computador finalizando tudo que podia em relação ao aspecto tecnológico da campanha publicitária do cirurgião, exceto a publicação dos vídeos dos pacientes no site. Encaminhei as informações para o programador e mandei também e-mails para lembrar aos pacientes a filmagem na terça.

Quando levantei a cabeça, eram quase seis da tarde. Mandei uma mensagem para Vivian perguntando a que horas London iria para a cama, pois queria ler para ela antes de dormir. Ela respondeu na hora com o horário. Como eu não tinha parado para almoçar, comprei um sanduíche na delicatéssen do outro lado da rua e resolvi dar uma ligada para Emily.

– Está ocupada? – perguntei, arrumando distraidamente minha mesa de trabalho.

– Nem um pouco – respondeu ela. – Bodhi está brincando no quarto e eu estava dando um jeito na cozinha. Como está indo o fim de semana?

– Até agora, tudo bem. Passei o dia no escritório. Trabalhei pra caramba. Daqui a pouco vou para casa ler uma história para a London.

– Vi a London hoje quando fui deixar Bodhi na aula de arte. Vi a Vivian também.

– E como foi?

– Não parei para conversar – disse ela.

– Boa tática. Eu provavelmente também vou dar um jeito de me esconder dela depois de ler para London. Não tenho por que abusar da sorte. Você tem planos para hoje à noite?

– Não. Vou terminar de arrumar a cozinha e ficar vendo TV. Quem sabe tomar um vinho depois que Bodhi for para a cama.

Contra a minha vontade, de novo, como na noite anterior, me imaginei indo para a cama com Emily. Afastei os pensamentos com firmeza.

– Quer companhia? – perguntei. – Depois que eu tiver lido para a London? Posso passar aí por uma hora ou algo assim. Quem sabe você me mostra aquele quadro no qual tem trabalhado.

Ela hesitou, e tive certeza de que iria dizer não.

– Seria ótimo – foi o que ela respondeu.

* * *

Cheguei em casa bem na hora em que London estava se preparando para ir dormir e, como sempre, Vivian e eu assumimos nossos papéis familiares. Ela leu para nossa filha primeiro, depois subi e tomei seu lugar. London me contou sobre o dia delas: além da aula de arte e do Discovery Place, tinham ido ao shopping. Quando apaguei a luz, Vivian já estava no quarto de hóspedes com a porta fechada.

Bati à porta, e a ouvi responder do outro lado.

– Pois não?

– Vou dar uma saída. Só queria avisar, caso London acorde. Devo voltar antes das onze.

No silêncio que se seguiu, quase pude ouvi-la perguntar *Aonde você vai?*.

– Tudo bem – disse ela após alguns instantes. – Obrigada por me avisar.

Emily havia deixado um bilhete preso na porta que me dizia para entrar e dava instruções sobre como chegar ao quintal dos fundos.

Atravessei a casa em silêncio, tentando não acordar Bodhi. Me senti um adolescente tentando não chamar a atenção dos pais e me perguntei se a criança que existe dentro da gente algum dia de fato vai embora.

Emily estava descalça, de calça jeans e blusa vermelha, com as pernas compridas apoiadas num banco baixo na beirada do quintal. Ao seu lado havia colocado uma cadeira. Sobre a mesa da varanda estavam uma garrafa de vinho aberta e uma taça vazia. Ela segurava outra taça pela metade.

– Bem na hora. Acabei de ir ver o Bodhi. Ele está dormindo a sono solto.

– London também.

– Comecei sem você – disse ela, erguendo a taça. – Sirva-se.

Servi o vinho e me sentei ao lado dela.

– Obrigado por me receber.

– Quando um amigo diz que precisa se esconder, minha porta está aberta. Por falar nisso, como estão as coisas?

Pensei na pergunta antes de responder.

– A gente não brigou, mas também não se viu muito. É estranho. Parece que tem um peso constrangedor dentro da casa.

– As emoções pesam – disse ela. – E ainda está cedo para vocês dois. Como London estava quando você leu para ela?

– Bem. As duas tiveram um dia bom.

– Você acha que ela já sabe o que está acontecendo?

– Acho que ela percebeu que tem alguma coisa diferente, mas só.

– Provavelmente por enquanto é melhor assim. Já é difícil o suficiente passar por essa fase. Ter de se preocupar com os filhos tornaria ainda pior.

Aquiesci; sabia que ela estava certa.

– Você fica muito aqui no quintal?

– Menos do que deveria... Às vezes esqueço como é bonito aqui. Gosto muito de ficar olhando as estrelas por entre as árvores, e adoro o barulho dos grilos. – Ela balançou a cabeça. – Sei lá... Acho que eu fico presa na rotina. É por isso que ainda não consegui colocar a casa à venda. Por pura preguiça.

– Não acho que seja preguiça. O ser humano cria hábitos, só isso.

Tomei um gole de vinho e deixei um silêncio confortável se instalar entre nós. Por fim, tornei a falar:

– Eu sinto que lhe devo um agradecimento.

– Por quê?

Senti-a se virar na minha direção e seus olhos me procurarem na semiescuridão.

– Por ter me deixado vir aqui. Por falar comigo ao telefone. Pelos conselhos que você me dá. Por aguentar minha confusão e minhas lamúrias. Por tudo.

– É para isso que servem os amigos.

– Emily, nós dois somos amigos antigos – falei. – Mas isso já faz tempo, e nos últimos quinze anos não estivemos próximos. Mas, de algum jeito, rapidamente você virou uma das minhas melhores amigas... de novo.

Pude ver a luz das estrelas cintilar nos seus olhos.

– Uma vez li uma coisa sobre amizade e nunca mais esqueci. Dizia assim: "Amizade não significa há quanto tempo você conhece uma pessoa. Amizade significa alguém entrar na sua vida, dizer 'Eu estou do seu lado', e depois provar."

Sorri.

– Gostei.

– Russ, você fala como se estivesse sendo um estorvo para mim. Só que não é. Acredite ou não, eu gosto de conversar com você. E gosto de a gente ter reavivado a antiga amizade. Além de Grace e Marguerite, somos só Bodhi e eu. E sei lá... Nossa amizade tem algo de muito reconfortante. Não ter que explicar tudo sobre quem a gente é e de onde vem... A gente já sabe tudo isso.

– Acho que eu sou tipo um sapato velho, né?

Ela riu.

– Um sapato de estimação, talvez. Aquele que sempre coube certinho e que você nunca conseguiu substituir.

Senti um calor genuíno emanar dela, uma sensação muito reconfortante, e percebi que havia sentido falta disso durante todos aqueles anos de incerteza com Vivian.

– Eu sinto a mesma coisa, Em. – Encarei-a. – De verdade.

Ela passou alguns minutos calada, girando o copo de vinho nas mãos.

– Lembra aquela noite em que a gente ficou preso na roda-gigante? A noite dos fogos?

– Lembro – respondi.

– Achei que você fosse me pedir em casamento naquele dia – disse ela baixinho. – E quando você não pediu eu fiquei muito... decepcionada.

– Me desculpe – falei, sincero.

– Não precisa se desculpar... Bobagem. – Ela descartou meu pedido com um gesto. – O que estou tentando dizer é que eu teria aceitado e talvez a gente tivesse se casado. Mas isso também significa que eu não teria Bodhi nem você teria London, e nesse caso quem a gente seria? Talvez nosso casamento tivesse acabado em divórcio. Ou talvez a gente agora se odiasse.

– Eu acho que poderia ter dado certo.

O sorriso dela pareceu conter um toque de melancolia.

– Pode ser. Não há como saber. A gente já apanhou o suficiente da vida para entender como ela pode ser imprevisível.

Encarei-a.

– Você sabe que vive dizendo coisas que me surpreendem e me fazem pensar, não sabe?

– É porque eu cursei humanas, não administração.

Eu ri, e subitamente me senti inundado de gratidão por ela ter reaparecido na minha vida bem na hora em que eu mais precisava.

Só cheguei em casa bem depois da meia-noite.

– Você chegou tarde ontem à noite – comentou Vivian quando nos cruzamos na cozinha na manhã seguinte. – Pensei que tivesse dito que estaria em casa antes das onze.

Apesar de ter dormido tarde, eu havia acordado cedo e, quando Vivian desceu, já estava pronto para começar meu dia.

– Perdi a noção da hora.

Percebi que ela estava curiosa para saber onde eu havia estado e o que tinha feito, mas não era da conta dela. Não mais. Mudei de assunto.

– A que horas você acha que vai embora? Já que precisa dirigir?

– Umas seis, seis e meia? Ainda não sei exatamente.

– Quer jantar em família antes de ir?

– Eu ia levar a London para jantar cedo.

– Tudo bem – falei. – Então chego em casa às seis.

Ela pareceu esperar que dissesse algo sobre meus planos para o dia. Em vez disso, voltei a bebericar meu café e a folhear o jornal. Quando ela entendeu que eu não diria nada, finalmente tornou a subir para tomar uma ducha e se preparar para o dia com London.

21
A todo vapor

Emily e eu nos vimos seis vezes antes de irmos para a cama. Nosso primeiro encontro depois daquele casamento foi a trilha que ela sugeriu. Fomos também a um show. Almoçamos e jantamos algumas vezes. A essa altura, eu já estava bem a fim dela, mas não tinha muita certeza do que ela sentia por mim.

Então, uma manhã, fui pegá-la cedo e fomos de carro até a praia de Wrightsville. Almoçamos em um restaurantezinho à beira-mar e depois fomos passear na areia. Catamos conchas e colocamos dentro do meu boné enquanto andávamos pela praia em direção ao píer, e ainda me lembro do modo como a brisa erguia fios dos seus cabelos, que brilhavam ao sol, quando ela se abaixava para catar uma concha particularmente bonita.

Ambos sabíamos o que iria acontecer. Eu havia reservado um hotel para aquela noite. No entanto, em vez de ficar mais nervosa à medida que o dia avançava, ela pareceu se acomodar em um estado de lânguida tranquilidade. Com a tarde já avançada, depois de fazermos o check-in, ela foi tomar uma longa chuveirada enquanto esperava deitado na cama, zapeando pelos canais da TV. Ao sair do banho, apareceu só de toalha para pegar uma muda de roupa.

– Está assistindo a quê?

A você, eu poderia ter respondido. Mas não foi o que eu disse. Em vez disso, respondi:

– Nada, na verdade. Estou só esperando você acabar no banheiro para poder tomar banho também.

– Não vou demorar – prometeu ela.

Ocorreu-me que Emily, mais do que qualquer outra mulher até então, me deixava à vontade porque parecia sempre muito à vontade comigo. Dei-lhe alguns minutos, então me levantei da cama. Ela agora estava vestida, passando um pouco de maquiagem.

– O que está fazendo? – indagou.

– Estou só olhando você.

Meu olhar cruzou com o dela ela no espelho.

– Por quê?

– Acho sexy ver você se maquiando.

Ela se virou e apertou os lábios. A gente se beijou, e ela tornou a se virar para o espelho.

– Por que você fez isso?

– Depois que eu passar batom, você não vai poder me beijar por um tempo. A menos que também queira usar batom.

Ainda fiquei olhando por mais um minuto antes de voltar para a cama. Deitei-me pesadamente, sentindo o agradável formigamento causado pelo beijo e pela promessa da noite que estava por vir.

Jantamos num bistrô com vista para o canal e nos demoramos à mesa até bem depois de o sol se pôr. Na saída, ouvimos música e seguimos o som até um bar mais adiante na mesma rua, onde uma banda tocava. Dançamos até o bar fechar e voltamos para o hotel depois da meia-noite agradavelmente cansados.

Quando destranquei a porta e entramos no quarto, o clima entre nós era de pura eletricidade. As arrumadeiras haviam tirado a colcha da cama e o quarto estava à meia-luz. Abracei Emily e puxei-a para junto de mim, sentindo o calor do seu corpo contra o meu.

Então a beijei. Nossas línguas se encontraram enquanto minhas mãos começavam a explorar os contornos do seu corpo. Ela gemeu baixinho e nosso desejo ficou ainda mais intenso quando apalpei seu seio através da fina fazenda do vestido. Ela começou a desabotoar minha camisa.

Continuamos a nos beijar enquanto ela abria os botões um a um. Suspendi seu vestido, e ela ergueu os braços para me ajudar. Tirei o vestido por cima da sua cabeça ao mesmo tempo que minha camisa caía no chão. A pele dela ardia contra a minha. A peça seguinte a cair foi seu sutiã, e logo estávamos nus na cama nos movendo no mesmo ritmo, perdidos em nossos próprios sentimentos e nos mistérios um do outro.

Finalmente aconteceu na quarta-feira, e confesso que fiquei tão surpreso quanto a recepcionista, mas já chego a essa parte. Vamos começar do começo.

No domingo, quando apareci na casa dos meus pais, Marge e Liz não estavam lá. Liguei para a casa da minha irmã e sua voz soou terrivelmente ruim. Ela estava tossindo, dolorida e com febre, o pacote completo. Minha mãe, ao ficar sabendo, resolveu na mesma hora fazer uma canja de galinha, que eu então fui incumbido de levar para Marge. Seu aspecto estava ainda pior do que sua voz, se é que isso era possível, e ela brincou que até mesmo Liz estava mantendo distância, já que pelo visto ela fora infectada com a peste.

Decidi me arriscar e a abracei mesmo assim, em seguida fui para casa.

Vivian foi embora por volta das seis e meia, depois de trazer London de volta do jantar. Sua partida foi tão cordial quanto o resto do fim de semana. Ela não fez qualquer pergunta sobre o meu dia e eu não perguntei sobre o dela. Simplesmente nos despedimos, e ela saiu. Depois de pôr London na cama, liguei para Emily e perguntei se ela se importaria em buscar minha filha na escola na terça, já que eu passaria o dia filmando. Ela me garantiu que não tinha problema.

Na segunda-feira, o novo site de Taglieri entrou no ar, e os dois primeiros comerciais começaram a ser veiculados. Postei os comerciais no site e no YouTube. Fiquei trabalhando de casa para poder assistir às peças na TV e senti uma empolgação quase física ao vê-las. Enquanto isso, trabalhei em *templates* para o e-mail marketing e em outdoors para o cirurgião, burilando a mensagem que desejava passar. Na terça, um dia muito longo conforme eu já previa, filmei os pacientes, em seguida fui buscar London na casa de Emily e, para deleite da minha filha, acabamos ficando para jantar.

Na quarta, quando estava no carro a caminho do escritório, recebi uma mensagem de texto de Taglieri pedindo que lhe telefonasse, e senti um aperto no coração. Talvez pelo fato de o fim de semana anterior não ter tido nenhum drama com Vivian, tive certeza de que ele estava ligando com más notícias em relação ao divórcio.

Retornei a ligação assim que estacionei, em pé em frente ao escritório. Minha sensação era de que precisava estar de pé ao falar com ele.

– Oi, Joey – falei, tentando manter a voz firme. – Recebi sua mensagem. Queria me falar alguma coisa?

– Sobre o meu negócio – respondeu ele. – Sobre minha conta bancária.

– Como é?

– Sabe aquele novo número 0800? O que você estampou naqueles dois comerciais? O telefone não para de tocar. Uma loucura. As pessoas adoraram o comercial da menina. Acharam hilário. E agora, para elas terem as informações básicas, é só a gente mandar entrarem no site. É incrível. Eu jamais teria acreditado. Meus funcionários estão ficando malucos tentando dar conta de tudo.

– Você está feliz – falei, atordoado.

– É claro que eu estou feliz. Quando é que o comercial do cachorro vai ao ar? E você precisa inventar umas outras ideias. Pode ir começando a pensar.

– Claro.

– E Russ?

– Sim?

– Obrigado.

Desliguei o telefone e entrei no escritório me sentindo 10 centímetros mais alto. Quando acenei para a recepcionista, vi-a levantar a mão.

– Sr. Green? Não quer pegar seus recados?

– Você tem recado para mim?

– Dois, na verdade. Ambos de escritórios de advocacia.

Mais uma vez pensei em Vivian e me perguntei se ela teria dito à advogada que me ligasse diretamente. Não entendi bem por que ela não havia passado meu número de celular. Até onde eu sabia, Vivian nem sequer tinha meu número do escritório.

Mas quem tinha ligado não era a advogada de Vivian. Uma das ligações era de um escritório especializado em ações coletivas em Greenville, na Carolina do Sul, e a outra de um escritório especializado em responsabilidade civil de Hickory. Em ambos os casos, fui transferido na mesma hora para sócios sêniores, e ambos pareciam ansiosos para falar comigo.

– Gostei dos comerciais que você fez para Joey Taglieri e estava pensando se você se interessaria em vir aqui nos falar dos seus serviços.

Desliguei e soltei um grito de empolgação. Eu simplesmente precisava contar para alguém.

Peguei o telefone para ligar para Marge, mas no último segundo mudei de ideia e resolvi ligar para Emily.

Flutuando.

Foi assim que me senti durante o resto da semana. Como se estivesse flutuando, longe das preocupações que haviam pesado sobre mim por meses.

Embora aquilo pudesse ser temporário, pois tudo que sobe desce e tal, decidi que iria aproveitar cada minuto, mesmo que os dois escritórios não virassem meus clientes. A possibilidade de assinar com esses escritórios já era incrível, mas na sexta-feira eu recebi mais três telefonemas de advogados, ou seja, tinha agora um total de cinco novos potenciais clientes, todos os quais haviam me procurado. Eu tinha marcado reuniões com todos eles e, dependendo de quantos fechassem comigo, pensei que talvez precisasse contratar outra pessoa para dar conta de tudo.

A Agência Fênix estava oficialmente inaugurada.

– O que você vai fazer com todo esse dinheiro que vai ganhar? – perguntou-me Marge durante o almoço.

Era sexta à tarde e, para recompensar a mim mesmo, eu havia decidido trabalhar só metade do dia.

– Porque você por acaso tem uma irmã que está de olho num carro novo.

– Isso seria legal, não é?

– Eu sempre soube que você chegaria lá.

– Eu ainda não cheguei lá – alertei. – Ainda preciso fazer as apresentações.

– Nessa parte você é bom. Só não era muito bom em fazer o telefone tocar.

Sorri, ainda cheio de adrenalina.

– Você não tem ideia de como estou animado. E aliviado.

– Posso imaginar.

– E você, como está se sentindo?

Ela fez uma careta.

– Um pouco melhor. Agora já não estou tossindo tanto durante o dia, mas as noites ainda são bem difíceis. Finalmente convenci o idiota do meu médico a receitar uns antibióticos, mas só comecei a tomar ontem. Ele disse que eu talvez só me sinta melhor na segunda.

– Que droga.

– Para Liz é chato também. Como eu a acordo o tempo todo, comecei a dormir no quarto de hóspedes.

– Quer dizer que a canja da mamãe não funcionou?

– Não. Mas estava gostosa. – Ela afastou o sanduíche. – Quais são seus planos neste fim de semana? Vivian não vem, não é?

– Ela vem no próximo. Para o aniversário da London. E, como tenho certeza de que London vai fazer questão de que Bodhi vá à festa, Emily provavelmente também vai aparecer.

– E eu também – disse Marge, sorrindo. – Mal posso esperar para ver isso.

– Não vai acontecer nada. Ela tem se comportado bem ultimamente.

– Hum... vamos ver quanto tempo isso dura – disse Marge com um olhar cético. – Aliás, você vai à casa dos nossos pais amanhã? Liz e eu estamos pensando em dar uma passada lá, já que não fomos no fim de semana passado. Quero dizer, como eu estava com peste.

– Graças a Deus a Liz não pegou – observei.

– É, ainda mais porque ela está trabalhando feito uma louca. Uma das outras terapeutas do consultório está de licença-maternidade desde julho passado.

– Falando em maternidade, quando é que você e Liz têm consulta no especialista em fertilidade? Você não disse que era em algum momento de novembro?

Ela aquiesceu.

– Dia 20. Na sexta antes do Dia de Ação de Graças.

– E se vocês duas puderem ter filhos? As duas engravidariam?

– Eu teria a criança. Sempre achei que seria divertido engravidar.

– Quando completar oito meses você me fala se ainda pensa assim. Quando London nasceu, Vivian já estava de saco cheio de estar grávida.

– Mas é a Vivian, e era mais jovem. Eu sei que essa vai ser minha única vez e vou fazer questão de aproveitar cada minuto.

– Ter um filho vai mudar sua vida. Com certeza mudou a minha.

Ela adotou uma expressão quase sonhadora.

– Mal posso esperar.

* * *

Quando peguei London na escola, a primeira coisa que ela perguntou ao entrar no carro foi se iríamos sair de novo só nós dois.

– Já que hoje é sexta-feira e a mamãe não está...

Por que não?

– Mas que ideia maravilhosa.

– O que a gente vai fazer? – perguntou ela, já fervilhando de animação.

– Hum. A gente poderia jantar em casa ou sair. Ou então poderíamos ir ao aquário de verdade.

– O aquário! A gente pode mesmo ir lá?

– Claro. Tenho quase certeza de que fica aberto até as oito.

– A gente pode convidar Bodhi?

– Você quer chamar Bodhi para nossa noite juntos?

– É. E eu posso usar minhas asas de borboleta. As que eu comprei no zoológico. E ele também pode usar as dele.

– Para ir ao aquário?

– Para os peixes – disse ela.

Não tive certeza de ter entendido a relação, mas, se aquilo a deixava feliz, por mim tudo bem.

– Eu posso ligar, mas talvez Bodhi esteja ocupado hoje. Está meio em cima.

– Vamos tentar. E a tia Emily também pode ir.

Esperei chegarmos em casa para ligar para Emily. Quando perguntei sobre o aquário, ela me pediu para esperar e gritou para Bodhi.

– Quer ir ao aquário hoje à noite? London vai!

– Quero! – ouvi Bodhi gritar, e Emily voltou à linha.

– Imagino que você tenha escutado.

– Escutei, sim.

– A que horas você está pensando em ir?

– Que tal eu buscar vocês daqui a uma hora?

Ela hesitou.

– Que tal eu buscar vocês? DVDs para as crianças no carro, lembra? Sei que não é muito longe, mas vamos pegar a hora do rush. Você se importa em ir dirigindo outra vez?

– Nem um pouco – falei.

– Me mande o endereço por mensagem. E vou começar a nos aprontar aqui.

– Ah – falei. – London quer que Bodhi vá usando as asas que comprou no zoológico.

– Por quê?

– Sei lá.

Ela riu.

– Por mim tudo bem. Muito melhor do que ele correndo por aí com um sabre de luz.

Como estava virando hábito, London levou algum tempo para se arrumar para nossa noite juntos. Acabou escolhendo uma saia branca com renda, uma blusa rosa de mangas compridas, tênis cor-de-rosa e, claro, as asas de borboleta.

Eu havia optado por um traje mais casual: calça escura, camisa escura e sapatos confortáveis.

– Essa roupa realmente chama a atenção – comentei. – Você está mesmo pronta para ver os peixes.

– Quero pegar algumas ideias para o meu aquário – disse ela.

Para o aniversário, pensei. Pelo menos ela estava facilitando as coisas para mim, mesmo que eu acabasse tendo que limpar o troço.

– Quer levar um filme? A gente vai no carro da tia Emily outra vez.

– Acho que a gente deveria ver *Procurando Nemo*.

– Me parece uma boa escolha.

Ela encontrou a caixa do filme e me trouxe. Naquele instante, recebi outra mensagem de Taglieri. *As ligações não param. Você é o cara!*

Aquela semana estava mesmo se revelando incrível. O que eu não sabia é que ela ainda ficaria muito melhor.

O aquário Sea Life ficava em Concord, uns 25 quilômetros ao norte de Charlotte, mas com o trânsito levamos quase quarenta minutos para chegar lá.

Nenhum de nós se importou. Contei a Emily meus triunfos profissionais recentes, comentei os planos de Liz e Marge de formar uma família e falei sobre meus pais. Ela me contou as últimas novidades sobre sua família e comentou sobre os quadros para a exposição. Mais uma vez, por um acordo tácito, não mencionamos Vivian, David ou nosso passado em comum.

No aquário, as crianças ficaram correndo de atração em atração, exatamente como tinham feito no zoológico. Emily e eu fomos atrás, mais devagar, sempre de olho nos dois. Enquanto andávamos, não pude evitar notar os olhares masculinos que ela atraía. A maioria dos homens estava acompanhado pelas famílias e eram bem discretos. Acho que Emily nem notou. Eu, porém, me peguei prestando atenção na forma como as pessoas reagiam a ela de um jeito que não prestava antes.

Ao final do passeio pelo aquário, as atrações que mais agradaram as crianças foram os tubarões, as tartarugas marinhas, os cavalos-marinhos e o polvo. Bem na hora em que estávamos indo embora, ouvi uma música saindo por uma porta aberta sinalizada como entrada de funcionários.

A música que estava tocando acabou, e o DJ da rádio entrou no ar para anunciar a música seguinte: "Two by Two", de JD Eicher. Parei de andar.

– Ouviu isso, London? Tem uma música chamada "dois a dois". Igual ao seu livro preferido.

– É sobre animais?

– Não sei – respondi. O DJ ainda estava falando, e virei-me para Emily. – Hoje era o dia em que ela faria a apresentação de balé. Ela queria ser a borboleta.

– Eu agora *sou* uma borboleta – anunciou London, deixando as asas esvoaçarem à brisa do final do dia.

– Bom, como hoje é a nossa noite juntos, quer dançar comigo?

– Quero!

Instantes depois, a música começou, e segurei London pelas mãos. O sol agora estava baixo no céu e o crepúsculo tingia tudo de sépia. Com exceção de Emily e Bodhi, éramos os únicos em frente ao aquário.

A letra da canção me afetou de um jeito estranho enquanto eu dançava com minha filha. Ela se balançava e pulava segurando minhas mãos, revelando lampejos da jovem em que iria se transformar e da menina inocente que ainda era.

Percebi que era a primeira vez que eu dançava com a minha filha, e não sabia quando nem se aquilo tornaria a acontecer. Não conseguia me imaginar dançando com ela dali a alguns anos, já que certamente ela ficaria constrangida, então aproveitei o instante e me entreguei àquela dança, grato por mais essa maravilha ao fim de uma semana já inesquecível.

– Foi a coisa mais tocante que eu já vi – comentou Emily comigo quando estávamos andando até o carro. – Tirei umas fotos com meu celular. Mando por mensagem depois.

– Foi bem especial – concordei, ainda enlevado pela melodia. – Que bom que Bodhi não tentou interromper.

– Isso não iria acontecer. Eu o chamei para dançar, mas ele recusou. Aí disse que tinha encontrado um caracol e quis que eu pegasse.

– Meninos e meninas são mesmo diferentes, não é?

– Você fica com o açúcar, o perfume e as outras coisas finas – disse ela, referindo-se ao poema infantil. – Enquanto isso, eu fico com o caracol.

– Pelo menos não ficou com os rabinhos pequeninos.

– Só porque ele não achou nenhum.

Eu ri.

– Aposto que eles devem estar morrendo de fome.

– Eu também estou morrendo de fome.

– A verdadeira pergunta é se a gente deixa os dois escolherem onde vamos comer, ou se escolhemos nós.

– Só um aviso: se a gente não encontrar alguma coisa logo, Bodhi talvez comece a ficar de mau humor. E se isso acontecer você não vai querer estar por perto.

– Então... que tal o Chick-fil-A?

– Perfeito – disse ela.

Nem é preciso dizer que as crianças adoraram a ideia.

Quando finalmente chegamos em casa, London continuava acesa, mas sua energia começou a baixar quando ela vestiu o pijama. Liguei para Vivian e deixei nossa filha falar com ela por alguns minutos pelo FaceTime. Em seguida resolvi ler *Dois a dois*. Quando estava terminando, lembrei que Emily havia prometido me mandar as fotos de nós dois dançando. Peguei meu aparelho, vi que ela já havia mandado e as percorri rapidamente com London.

– Não estamos bonitos?

Ela pegou o celular da minha mão e observou as fotos.

– Não dá para ver meu rosto porque meu cabelo está na frente.

– É porque você estava olhando para o meu pé – falei. – Tudo bem. Eu também estava olhando para o meu pé.

Ela continuou examinando as imagens. Enquanto isso, lembrei-me dos porta-retratos que havia retirado de casa e fiz uma anotação mental para imprimir uma daquelas fotos e mandar emoldurar.

London me devolveu o telefone.

– O que a gente vai fazer amanhã?

– Tem aula de arte, claro. E depois a gente vai visitar a vovó e o vovô. Você quer fazer alguma coisa especial?

– Não sei.

– Poderia me ajudar a limpar a gaiola dos hamsters.

– Não, obrigada. É meio nojento.

É mesmo. E fedido também, pensei.

– Vamos ver o que você vai ter vontade de fazer amanhã – falei, e ajeitei as cobertas à sua volta.

Dei-lhe um beijo de boa-noite e tornei a descer. Liguei a televisão, mas as fotos enviadas por Emily pareciam me chamar. Peguei o celular outra vez e passei um tempo olhando as fotos com um sorriso no rosto, mais grato do que nunca por ser pai de uma menininha tão fantástica.

* * *

Na manhã seguinte, Emily acenou assim que entrei no ateliê com London. Minha filha correu para abraçá-la, em seguida foi procurar Bodhi.

– Foi divertido ontem à noite – disse Emily. – Acho que a gente forma uma boa equipe para manter as crianças entretidas.

– Concordo – falei, pensando que eu também tinha ficado bem entretido. – E obrigado pelas fotos... Devo mandar emoldurar uma ou duas. Mesmo só com um iPhone, é óbvio que você tem um olhar de artista.

– Pode ser... Ou pode ser que eu só tenha mandado as melhores das mais de cem que eu tirei – disse ela com um sorriso brincalhão.

Então moveu o polegar na direção do centro comercial.

– Quer tomar um café enquanto as crianças estão ocupadas?

– Não consigo pensar em nada melhor para fazer – falei, e segurei a porta para ela. Era verdade.

– É *o câncer* – insistiu minha mãe. – Eu sei que ele está com *o câncer*, eu simplesmente sei.

Em pé na cozinha, minha mãe repetia suas preocupações de sempre num tom especialmente urgente. Mal passamos pela porta depois da aula de arte e ela já me puxou de lado para uma conversa sussurrada.

– Ele está com dificuldade para respirar outra vez?

– Não – respondeu ela. – Mas ontem à noite eu tive de novo aquele sonho do hospital. Só que dessa vez não tinha nenhum porco roxo. E dessa vez o médico era uma mulher. Ela estava falando sobre *o câncer*.

– Já pensou que talvez seja só um sonho?

– Você por acaso sonha a mesma coisa duas vezes?

– Não faço ideia. Eu não me lembro dos meus sonhos. Mas não levaria isso muito a sério a menos que você tenha de fato percebido alguma coisa estranha com meu pai.

Ela me olhou com uma expressão pesarosa.

– *O câncer* às vezes não causa muitos sintomas, só quando já é tarde demais.

– Então está dizendo que, como ele está bem, pode ser que esteja doente?

Ela cruzou os braços.

– Me explique por que eu tive o mesmo sonho *duas vezes*.

Dei um suspiro.

– Quer que eu converse com ele de novo?

– Não. Mas quero que fique de olho nele. E, se você notar alguma coisa, preciso da sua ajuda para levá-lo ao médico.

– Não sei nem se eu saberia o que procurar – protestei.

– Você vai saber quando vir.

* * *

– Mamãe ficou alugando você com aquela conversa sobre *o câncer*? – perguntou Marge enquanto se servia um copo de chá gelado da jarra em cima da mesa.

Eu acabara de ir me juntar a ela e Liz na varanda dos fundos após despachar London para ajudar minha mãe na cozinha. Como de hábito, meu pai estava na garagem, decerto tirando o motor de algum carro com as próprias mãos.

– Ah, sim – respondi e estendi meu copo para Marge encher. – Já faz alguns meses que ela veio com essa, então acho que eu já deveria estar preparado. – Esfreguei uma das mãos no rosto. – Tomara que eu nunca fique assim.

– Assim como?

– Com medo o tempo todo.

– Ela tem bons motivos – disse Marge. – *O câncer* dizimou toda a família dela. Você nunca se preocupa com isso?

– Acho que nunca tive tempo de me preocupar com isso.

– Eu penso no assunto – declarou ela. – Não a ponto de me preocupar, mas de vez em quando penso. Mas imagino que, se nosso pai um dia desenvolver um câncer, as células saudáveis vão chegar correndo, dar um tapinha nos ombros das células ruins, em seguida encher elas de porrada.

O sol da tarde se refletia no seu rosto bem-humorado, destacando os malares.

– Falando nisso, você está com uma cara boa – observei. – Emagreceu um pouco.

– Obrigada por ter enfim reparado – disse ela, pavoneando-se um pouco. – Você não comentou nada ontem.

– Agora estou prestando atenção. Está fazendo regime?

– Claro. Eu vou sair de férias, ou seja, vou à praia, e uma mulher precisa estar na sua melhor forma. Além do mais, com todas essas suas corridas, você estava começando a ficar mais bonito do que eu, e isso eu não iria suportar.

Revirei os olhos e me virei para Liz.

– E com você, Liz, tudo bem? Marge comentou que está soterrada de trabalho.

– É, estou substituindo outra terapeuta que está de licença. Ultimamente passo a maior parte do tempo livre sonhando com nossa escapulida para a Costa Rica. Andei testando umas receitas latino-americanas, mas Marge não prova nenhuma por causa dos carboidratos. Eu vivo lembrando a ela que na Costa Rica não tem tanta gente acima do peso quanto aqui, mas não adianta.

– Eu conheço meu corpo – contrapôs Marge. – E o fato de ter ficado doente ajudou, pois meu apetite desapareceu. Mas, para falar de um assunto mais interessante, você esteve com a bela Emily hoje? Na aula de arte?

Virei-me abruptamente para Liz.

– Sabe o que eu gosto em você?

– O quê?

– Você não parece sentir necessidade de se intrometer na minha vida toda vez que a gente conversa.

– Ela não precisa se intrometer – disse Marge. – Em geral você sai falando tudo que está pensando ou sentindo sem ninguém perguntar.

Apesar de tudo, ela tinha certa razão. Suspirei.

– Não só a vi hoje, como fomos ao aquário ontem à tarde. Com as crianças. Somos amigos, só isso.

– E você provavelmente nem reparou quanto ela é bonita.

Liz riu.

– Seja qual for o motivo, Russ, fico feliz por você. As coisas parecem estar bem melhores ultimamente.

– Estão – falei, surpreendendo a mim mesmo. – Estão, sim.

Depois de Vivian falar com London pelo FaceTime, pedi-lhe que me ligasse de novo para conversarmos sobre a festa de aniversário de nossa filha. Quando ela ligou, seu tom estava perceptivelmente mais frio do que no fim de semana.

– Já organizei tudo – disse ela. – Aluguei um daqueles pula-pulas para montar no quintal. Chamei o bufê e encomendei um bolo da Barbie. Também mandei os convites por e-mail.

– Ahn, ok... – falei, pego desprevenido pela sua frieza. – Pode me dizer a que horas começa a festa?

– Às duas.

E mais nada. Ela parecia estar tentando fazer com que me sentisse pouco à vontade de propósito.

– Certo, então – falei, devagar. – Imagino que você já tenha convidado meus pais, Marge e Liz por e-mail, mas vou confirmar com eles só para garantir.

Como ela não respondeu, continuei:

– E ainda está planejando ficar no quarto de hóspedes, certo?

– Sim, Russ. Eu vou ficar no quarto de hóspedes. A gente já falou sobre isso.

– Só para ter certeza – comentei, e ela encerrou abruptamente a ligação.

Soltei um longo e lento suspiro. Apesar da trégua do fim de semana, pelo visto tudo ainda podia acontecer.

22
O olho do furacão

Quando eu era criança, adorava as tempestades com trovões.

Marge me achava maluco, mas sempre que uma tempestade se aproximava eu era tomado por uma sensação elétrica de expectativa, parecida com a que meu pai sentia antes de começar o campeonato nacional de beisebol. Insistia para apagar todas as luzes e levava as poltronas para perto da grande janela retangular da sala de estar. Às vezes até preparava um saco de pipoca no micro-ondas, e Marge e eu comíamos assistindo ao "espetáculo".

Ficávamos sentados no escuro, vidrados, enquanto os raios partiam o céu ao meio ou faziam as nuvens se acenderem feito luzes estroboscópicas. Nas melhores tempestades, os raios caíam perto o suficiente a ponto de sentirmos a eletricidade estática, e eu notava que Marge apertava com força o braço da poltrona. Mas nós sempre contávamos quantos segundos se passavam entre o raio e o trovão, para acompanhar a aproximação da tempestade.

No Sul, os temporais em geral não duram muito. Em geral passavam em meia hora, quarenta minutos, e quando o ronco do último trovão silenciava nós nos levantávamos das poltronas com relutância, acendíamos a luz e voltávamos ao que estávamos fazendo antes.

Furacões, porém, eram outra história. Meu pai, sempre cauteloso, protegia a grande janela da sala com tábuas de madeira, de modo que não tínhamos como admirar o espetáculo em sua plenitude. Mas eu permanecia fascinado pelos ventos apocalípticos, pela chuva torrencial e, principalmente, pela aproximação do olho do furacão, aquele instante surreal em que os ventos cessavam por completo e às vezes dava até para ver o céu azul lá em cima. A calmaria, porém, era apenas passageira, pois a segunda metade do furacão ainda estava por vir e com ela, às vezes, uma destruição ainda maior.

Qual será a analogia mais próxima da vida? Ou melhor, da minha vida naquele ano terrível? Uma série de temporais violentos que explodiram em rápida sucessão? Ou um único e imenso furacão, com um olho que me tapeou e me fez pensar que havia sobrevivido intacto, quando na realidade o pior ainda estava por vir?

Não sei.

Tudo que sei é que, enquanto eu viver, espero nunca mais ter que passar por um ano como aquele.

* * *

London adorou a festa de aniversário. O pula-pula foi um sucesso, ela bateu palmas de alegria ao ver o bolo e divertiu-se brincando com os amiguinhos, principalmente Bodhi. Emily trouxe o filho, mas não ficou na festa, dizendo que precisava encontrar o dono da galeria para finalizar alguns detalhes da exposição. Outros pais já haviam prometido levar Bodhi em casa. Ela pediu desculpas, mas acho que nós dois estávamos ansiosos para evitar qualquer constrangimento com Vivian.

Mais cedo de manhã, enquanto Vivian levava London de carro para lá e para cá no utilitário que trouxera de Atlanta, fui à pet shop e montei o aquário no quarto dela. Escolhi vários peixes coloridos e pus um laço de fita em volta do aquário. Quando Vivian e London chegaram da aula de arte, pedi que minha filha fechasse os olhos e a levei até a porta do seu quarto. Ao abri-los, ela deu um gritinho, então se precipitou quarto adentro na direção do presente.

– Posso dar comida para eles?

– Claro – falei. – Eles com certeza estão com fome. Vou mostrar quanta comida você tem que dar, ok?

Despejei um pouco de comida na tampa do recipiente de plástico e lhe entreguei. Ela jogou na água e ficou olhando fascinada os peixes nadarem até a superfície e começarem a devorar os flocos. Quando olhei para Vivian por cima do ombro, vi que ela estava de braços cruzados e que tinha a boca contraída.

Durante a festa, porém, Vivian foi só sorrisos com todo mundo, inclusive comigo e com toda a minha família. Pediu à minha mãe que a ajudasse na hora de cortar o bolo e, quando London abriu uma caixa cheia de acessórios da Barbie, presente de Marge e Liz, incentivou-a a ir abraçá-las, o que London fez.

Mais tarde, Marge chegou perto de mim e murmurou entre os dentes:

– Ela está agindo como se nada tivesse mudado entre vocês dois.

Quando pensei a respeito, isso me deixou ainda mais nervoso do que a frieza anterior de Vivian.

Depois da festa, ela levou London ao shopping. Como o Dia das Bruxas estava chegando, queria ajudar a filha a escolher uma fantasia. Aproveitei esse tempo para arrumar a casa: enchi sacos de lixo com pratos e copos descartáveis e embalei uma bandeja de sobras para guardar na geladeira. Depois disso, decidi que o melhor talvez fosse não aparecer muito pelo restante do dia e saí para o escritório.

Trabalhei até o começo da noite, concentrado nas apresentações para os escritórios de advocacia que haviam entrado em contato comigo. Quando a hora de London dormir foi se aproximando, mandei uma mensagem para Vivian perguntando se já podia ler para ela, mas algum tempo depois recebi uma resposta seca dizendo que ela já estava dormindo.

Fiquei até tarde no escritório nessa noite, mas acordei cedo no domingo para ir correr. Tomei banho e estava tomando café quando ouvi Vivian se mexer no quarto de hóspedes lá em cima. Embora eu tenha feito hora na cozinha, imaginando que ela poderia querer falar sobre como a festa tinha dado certo, ela não apareceu.

Voltei ao escritório para terminar as apresentações, todas bem parecidas. Estava consciente de que a trégua entre nós dois tinha chegado ao fim, mas não sabia ao certo por que motivo. Será que ela estava enciumada por London ter adorado o aquário, presente que eu havia escolhido sem a participação dela? Mas já fazia quase uma semana que ela estava fria comigo, ponderei.

Mandei-lhe uma mensagem de texto assim que cheguei ao escritório, perguntando a que horas ela estava pensando em viajar. Só foi responder quase às cinco da tarde, informando que iria sair dali a meia hora, o que me obrigou a correr para chegar a tempo.

Quando cheguei, London veio correndo e pulou no meu colo.

– Eu dei comida para os peixinhos, papai! E eles estavam com muita fome! Também deixei o Seu Confete e a Dona Confete verem os peixes. Segurei os dois bem perto do vidro.

– Já deu nome aos peixes?

Ela aquiesceu.

– São todos tão bonitos, então eu já sabia os nomes deles. Vem que eu vou mostrar.

Ela me puxou pela escada até seu quarto e foi apontando os diferentes peixes e recitando seus nomes: Cinderela, Jasmine, Ariel, Bela, Mulan e Dory, "porque é delas que eles me lembram".

No térreo, Vivian já estava esperando junto à porta. Despediu-se de London com um abraço e um beijo. Então virou-se parcialmente na minha direção, articulou um "Tchau" protocolar sem me encarar e saiu.

Eu deveria simplesmente tê-la deixado ir. No entanto, após um instante, fui atrás dela. A essa altura ela já estava abrindo a porta do carro.

– Vivian? Espere um pouco.

Ela se virou. Quando me aproximei, seu rosto parecia petrificado.

– Está tudo bem?

– Tudo, Russ – respondeu ela, mas sua voz indicava o contrário.

– Você parece zangada.

– Está me perguntando isso a sério? – Ela arrancou os óculos escuros do rosto. – É claro que eu estou zangada. E decepcionada.

– Por quê? O que foi que eu fiz?

– Quer mesmo falar sobre isso agora?

Ela me encarou com um olhar hostil por cima da porta do carro.

– Quero só saber o que está acontecendo...

Vivian fechou os olhos, como quem toma coragem, e quando tornou a abri-los pude ver a fúria brilhando em seu olhar.

– Por que você está levando London quando sai com sua namorada?

A pergunta me pegou tão desprevenido que levei um segundo para compreender a quem ela estava se referindo.

– Está falando de Emily?

– É claro que estou falando de Emily!

– Ela não é minha namorada – balbuciei. – London e Bodhi são amigos.

– E aí vocês dois levam as crianças ao zoológico? E ao aquário? Tipo um programinha de dois casais? – despejou ela. – Tem ideia de quanto isso é confuso para a menina? Por que você faz uma coisa dessas?

– Eu não estou tentando confundir London...

– Sabe o que ela fez ontem? Quando a gente foi à aula de arte? Saiu correndo e *abraçou* a Emily. Na frente de todo mundo!

– London abraça qualquer um...

– ELA ABRAÇOU A EMILY! – gritou Vivian, com o rosto vermelho. – Achei que você fosse mais esperto! Por acaso você me vê insistindo para London sair comigo e com Walter? Eu nem falo para ela sobre o Walter. Ela nem sabe que ele existe! Eu nem falei para ela que a gente vai se divorciar!

– Vivian...

– Pare! – disparou ela. – Não quero ouvir você tentar justificar por que vocês quatro vivem saracoteando pela cidade como se agora fossem uma família. Você não esperou muito, não é?

– Emily é só uma amiga – protestei.

– É sério que você vai ficar aqui tentando me convencer que só encontra a Emily porque London e Bodhi são amigos? – indagou ela, com sarcasmo. – Me responda o seguinte: também tem saído com os pais dos outros amiguinhos da London?

– Não, mas...

– E você não pensa nela? Não fica ligando para ela? Não vai atrás dela em busca de apoio?

Não pude negar, e minha expressão deve ter me entregado.

– Eu tenho feito o máximo para manter London fora dessa história – prosseguiu ela. – Mas você... você não parece ter pensado nem por um segundo no que seria melhor para sua filha. Ou no que ela pode estar pensando ou sentindo. Só está pensando em você e no que você quer... A mesma coisa de sempre. Você não mudou nem um pouco, não é, Russ?

Com isso, ela entrou no carro e bateu a porta. Deu ré e saiu em disparada enquanto eu ficava ali, petrificado e totalmente desorientado.

* * *

Nessa noite não consegui dormir.

Será que Vivian tinha razão? Será que eu só vinha pensando em mim mesmo? Rememorei todas as vezes que havia estado com Emily. Refiz os passos que haviam nos conduzido ao zoológico e ao aquário. E perguntei a mim mesmo: se o melhor amigo de London fosse outro, será que eu teria visitado esses lugares com os pais desse menino?

No fundo do meu coração, eu sabia que a resposta era não, e então me perguntei quanto vinha mentindo para mim mesmo.

Senti a repercussão da raiva de Vivian alguns dias depois, sentado na sala de Taglieri. Ele havia me ligado porque tinha novidades relacionadas às negociações do divórcio.

– Finalmente consegui falar por telefone com a advogada da Vivian e percorremos a proposta do acordo item por item – disse ele, então suspirou. – Não sei o que anda acontecendo entre você e Vivian, mas estava esperando que cada um cederia um pouco, como é a praxe nesse tipo de negociação. O que eu não esperava era que ela fosse aumentar as exigências.

– Ela quer *mais*?

Senti uma dormência se espalhar pelo meu corpo ao ouvir aquelas palavras.

– Quer.

– Mais o quê?

– Tudo. Mais pensão. Mais dinheiro na partilha dos bens comuns.

– Quanto exatamente?

Quando ele me disse o valor, empalideci.

– E se eu não tiver esse dinheiro?

– Bom, para começo de conversa... eu colocaria a casa à venda.

Por mais que já estivesse apreensivo em relação ao movimento seguinte de Vivian, sentia como se tivesse levado um soco inesperado.

– A advogada também me pediu para avisar que Vivian vem passar o fim de semana do Dia das Bruxas aqui e que preferiria que desta vez você não ficasse em casa.

– Por que ela mesma não me disse isso?

– Porque Vivian decidiu que, daqui em diante, quer que toda comunicação passe pelos advogados. Ela não quer falar com você diretamente.

– Mais alguma coisa? – perguntei, atordoado.

– Ela também quer levar London para Atlanta no fim de semana de 13 de novembro.

– E se eu disser não?

– Ela provavelmente vai direto para o tribunal. E Russ... – Ele me encarou com um ar sério. – Não vale a pena brigar por uma coisa dessas, porque você não vai ganhar. A menos que a mãe apresente conduta inadequada, ela tem o direito de ver a filha.

– Eu não brigaria por isso. Estou só... abismado.

– Quer falar sobre o que deixou Vivian assim?

– Na verdade, não – respondi, pois não adiantaria nada. – O que ela está dizendo sobre London?

– Por enquanto, quer ficar com a filha fim de semana sim, fim de semana não. Mas vai insistir na guarda exclusiva mais para a frente.

– Isso não vai acontecer.

– O que é mais um motivo para colocar sua casa à venda. Por mais que eu tenha cobrado honorários mais baixos que o costume, essa briga vai custar caro.

Pelo menos no trabalho as coisas estavam melhorando. Nas semanas seguintes à festa de aniversário de London, antes de o mês acabar, consegui assinar com quatro dos cinco escritórios de advocacia.

Embora isso significasse que eu de repente estava soterrado de serviço, assim como meu programador e a equipe de filmagem, o trabalho com Taglieri havia me ensinado a otimizar significativamente o tempo. Enquanto isso, a campanha do cirurgião plástico foi lançada enquanto Marge e Liz estavam na Costa Rica, e ele ficou empolgado com os resultados.

London e eu, por nossa parte, havíamos nos acomodado em uma rotina regular. Os pontos em sua testa foram retirados e, depois de um raio X confirmar a ausência de ossos quebrados, a tala também foi removida. Ela ainda não estava pronta para retomar o piano, mas deu conta do recado direitinho na aula de arte. Na nossa noite juntos, levei-a para jantar num restaurante chique chamado Fahrenheit, do qual se tinha uma vista da cidade de Charlotte iluminada e cujos cardápios elegantes eram manuscritos. O tipo de lugar que Vivian teria amado.

Conforme o Dia das Bruxas foi se aproximando, não fiquei muito com Emily.

Para o bem ou para o mal, os comentários de Vivian tinham me afetado. Embora eu tentasse convencer a mim mesmo que nosso relacionamento era platônico, sabia que era mais do que uma simples amizade. Eu certamente sentia atração por ela e à noite me pegava encarando o telefone e me perguntando se estaria de alguma forma prejudicando London por recorrer ao apoio de Emily.

Não me entendam mal. Eu ainda ligava para Emily quase todas as noites. Não queria ou não conseguia abrir mão desse ritual reconfortante. No entanto, lá no fundo, podia ouvir a voz de Vivian, e às vezes desligava me sentindo confuso e culpado. Sabia que não estava pronto para um relacionamento, mas, ao ligar com tanta frequência, estaria me comportando como se estivesse? E o que eu queria de verdade a longo prazo em relação a Emily? Será que me contentaria em permanecer só seu amigo? Será que ficaria feliz caso ela começasse a sair com outra pessoa? Ou ficaria arrependido e pensando no que poderia ter sido, talvez até me entregando ao ciúme?

Lá no fundo, eu sabia a resposta. Com exceção de Marge, considerava Emily minha amiga mais próxima, mas mesmo assim não havia lhe contado o que Vivian dissera. Por que não conseguia ser sincero com ela em relação ao conflito que me consumia? Talvez parte de mim sentisse que eu havia mentido para Emily desde o início sobre minhas intenções. Eu queria mais do que amizade. Não agora, mas futuramente.

E, por mais egoísta que isso possa parecer, não queria correr o risco de perdê-la antes disso, o que aumentava ainda mais minha indecisão quanto ao que exatamente deveria fazer.

Na véspera do Dia das Bruxas, me organizei para dormir num hotel.

Marge e Liz tinham voltado da Costa Rica tarde da noite na quarta-feira e eu não me sentia à vontade para lhes pedir que me hospedassem. Tampouco queria ficar com meus pais. Embora soubesse que eles não se importariam, não queria que soubessem que meu relacionamento com Vivian tinha se deteriorado tanto. Na festa de aniversário de London, a aparente alegria de Vivian levara minha mãe a me puxar de lado para tentar me convencer de que ela ainda sentia alguma coisa por mim. Era uma conversa que eu não queria encarar outra vez.

Taglieri mandou uma mensagem de texto avisando que Vivian chegaria sexta no começo da noite, provavelmente por volta das sete, ou seja, não teria minha noite com London. Em vez disso, minha filha e eu jantamos em casa. Depois de comermos, ela subiu correndo para ver seus hamsters e seus peixes enquanto eu começava a limpar a cozinha.

Vinte minutos depois, ouvi Vivian abrir a porta.

– Olá! – entoou ela. – Cheguei!

Meu coração disparou como se eu houvesse sido flagrado fazendo algo que não devia pelo simples fato de estar na minha própria casa. Enquanto isso, Vivian entrou naturalmente, como se quem ainda morasse ali fosse ela.

Espichou a cabeça pela porta da cozinha à procura de London.

– Ela está no quarto – falei. – Subiu correndo para ver os bichos.

– Ok – disse ela, balançando a cabeça. – Ela comeu?

Pensei que você tivesse dito à sua advogada que não deveríamos ter nenhuma comunicação direta. Mas tudo bem, vou jogar o seu jogo.

– Sim, ela jantou. Ainda não tomou banho. Não sabia se você ia levá-la ao cinema ou...

– Ainda não decidi. Vou falar com ela. – Ela fez uma pausa. – Tudo bem com você?

– Tudo – falei, espantado outra vez com seu comportamento. – Tudo bem. Animada para o Dia das Bruxas?

– Vai ser divertido. Escolhi uma fantasia incrível para London. É a Bela de *A Bela e a Fera*, só que com mais brilho.

– Ela vai amar. Batizou um dos seus peixes de Bela.

– Não deixe de chegar a tempo para vê-la.

– Você quer que eu passe aqui?

Ela revirou os olhos, mas neles vi somente incredulidade, não raiva, como se eu fosse apenas tapado, e não digno de ódio.

– Claro, Russ. Ela é sua *filha*. E é *Dia das Bruxas*. Além do mais, você tem que estar aqui para dar doces às crianças que passarem. O que você achava que fosse acontecer amanhã à noite?

Como de costume, Vivian tinha conseguido me manter no escuro até o último minuto.

Como eu não via Marge e Liz desde a festa de aniversário de London, passei na casa dos meus pais na tarde seguinte, antes da distribuição de doces. Notei na hora que Marge tinha emagrecido ainda mais. Estava linda, mas eu quase lhe disse para não perder mais peso, pois seu rosto ficaria muito escovado. Liz também parecia ter perdido alguns quilos, embora não tantos.

As duas me abraçaram assim que passei pela porta.

– Então é assim que você fica depois das férias, é? – falei para minha irmã, assobiando baixinho.

– Eu sei. Demais, não é? Agora estou pesando a mesma coisa de quando estava na faculdade.

– Você também está ótima, Liz. Tem certeza de que vocês duas não passaram esse tempo todo num spa sem contar para ninguém?

– Obrigada. Mas não – disse ela. – Foram só as velhas e boas caminhadas e passeios turísticos. E, assim como Marge, comi bem pouco arròz com feijão.

– Estou com inveja. Eu parei de emagrecer, apesar de continuar correndo.

– Como estão as coisas? – perguntou Marge. – Quando falei com a mamãe ontem à noite, ela disse que você tinha assinado com alguns clientes novos, é isso mesmo? Vamos lá para trás conversar um pouco.

– Ok. Me deixem só dar um oi para a mamãe e o papai e daqui a pouco encontro vocês lá fora.

Passei quinze minutos com meus pais. Felizmente, minha mãe não mencionou *o câncer*. Em seguida fui encontrar minha irmã e Liz na varanda dos fundos, ambas tomando chá gelado em copos altos.

Passamos a hora seguinte falando sobre a viagem: as tirolesas, o vulcão de Arenal, as trilhas pela floresta tropical e perto da praia. Atualizei-as também sobre o que andava acontecendo no meu mundo. Bem na hora em que essa parte da conversa estava chegando ao fim, minha mãe enfiou a cabeça pela porta e perguntou a Liz se ela se importaria em lhe dar uma ajuda na cozinha.

– Quer dizer que você descobriu que teriam que se comunicar pelos advogados, mas aí ela apareceu em casa e agiu como se estivesse tudo normal?

Assenti.

– Não me peça para explicar – respondi. – Estou só agradecendo a Deus pelos pequenos favores.

– O que eu ainda não entendo é por que Vivian ficou com London tanto no aniversário quanto no Dia das Bruxas. Você também deveria ficar com ela para fazer algumas das coisas divertidas.

– Foi só coincidência, o jeito como os fins de semana se alteraram.

Marge não pareceu satisfeita com essa explicação, mas pelo visto deixou passar.

– E como se sente em relação a vender a casa?

– Acho que estou dividido. A gente não precisa de um lugar tão grande... Para ser sincero, a gente nunca precisou. Mas ao mesmo tempo a casa tem muitas lembranças. Enfim, eu não tenho muita escolha. Mesmo que minha agência esteja enfim decolando, não vou ter dinheiro suficiente para pagar Vivian quando assinarmos o divórcio. – Fiz uma pausa. – Acho difícil acreditar que faz quase dois meses que ela foi embora. Sob certos aspectos, parece que foi ontem. E sob outros parece que faz uma eternidade.

– Não consigo nem imaginar – comentou Marge.

Ela virou a cabeça, tapou a boca e deu uma tossida que vinha bem do fundo do peito.

– Você ainda está doente?

– Não – respondeu ela. – É só um resto de bronquite. Parece que os pulmões podem levar meses para se curar, mesmo depois que a inflamação já passou. Na Costa Rica eu me senti bastante bem, mas agora preciso de férias das férias. Liz não deixou a gente parar nenhum minuto... Ainda estou esgotada. E meus joelhos estão me matando por causa das trilhas.

– Fazer trilhas é um bom exercício, mas sobrecarrega as articulações – comentei.

– Falando nisso, me avise se você e Emily algum dia quiserem ir fazer uma trilha conosco. Vai ser como antigamente.

– Aviso, sim.

Minha resposta fez Marge inclinar a cabeça.

– Xi. Pressinto problemas no paraíso. Alguma coisa que você não esteja me contando?

– Na verdade, não – desconversei. – Só não sei para onde esse relacionamento está indo.

Marge me olhou com atenção.

– Por que você não pode apenas ficar feliz com o que tem agora? Porque me parece que ela tem lhe dado muito apoio nesses últimos meses.

– Tem, sim.

– Então apenas a valorize por isso e deixe acontecer o que tiver que acontecer.

Hesitei.

– Vivian acha que sair com Emily e as crianças confunde a cabeça da London. E ela tem razão.

Marge fez cara de ceticismo, mas por fim uniu as mãos em cima da mesa e se inclinou na minha direção.

– Então não leve London nem Bodhi – disse ela, direta. – Por que não tenta sair com ela sozinha?

– Como num encontro?

– Isso. Um encontro.

– Mas e London?

– Liz e eu ficaríamos com ela com prazer. Além do mais, você não acabou de dizer que London vai para Atlanta daqui a algumas semanas? Aproveite a oportunidade, irmãozinho.

Na noite do Dia das Bruxas, Vivian se mostrou mais calorosa do que o normal, e até insistiu para tirar uma foto de London comigo no seu celular, e logo depois a enviou para mim. Distribuí doces para as crianças do bairro. Eram tantas que me sentei na cadeira de balanço da varanda para não precisar ficar me levantando do sofá.

Na manhã seguinte, acordei com uma mensagem de Vivian dizendo que iria embora por volta das seis. Será que eu poderia tentar estar em casa a essa hora?

À noite, antes de sair, ela me puxou para um abraço e sussurrou que eu estava me saindo muito bem com London.

* * *

As primeiras duas semanas de novembro se confundiram numa sequência de dias de dezoito horas pontuados pelas rotinas que eu já havia incorporado. Eu corria, trabalhava, cuidava de London, que agora havia recomeçado as aulas de piano, cozinhava, limpava a casa e ligava toda noite para Emily. Por causa de meus novos clientes, fiquei tão ocupado que nem tive tempo de passar na casa dos meus pais no fim de semana, nem de encontrar Marge e Liz sequer uma vez. Apesar disso, alguns acontecimentos desse período se destacam na minha memória.

Na semana depois do Dia das Bruxas, recebi uma corretora para poder colocar a casa à venda. Ela percorreu o imóvel todo e fez várias perguntas. Mais para o final da visita, sugeriu que eu reorganizasse os móveis de modo a valorizar mais os cômodos. Um a um, por sugestão dela, os móveis foram parar de volta no lugar em que Vivian os havia posto originalmente. Antes de sair, a corretora pegou um martelo no carro e fincou no quintal da frente uma placa vermelha chamativa que avisava que a casa estava à venda.

Ver aquela placa fez algo murchar dentro de mim e por reflexo liguei para Emily. Como sempre, ela me trouxe de volta à terra firme, e tentou me animar com a ideia de virar uma nova página da minha vida, numa nova casa. Talvez fosse a perspectiva de Vivian levar London para passar o final de semana em Atlanta, mas, quando a conversa começou a perder fôlego, me peguei pensando na sugestão de Marge de convidar Emily para sair. Antes de eu conseguir tomar coragem, porém, quem falou foi ela:

– Russ, eu estava querendo saber... Você gostaria de ir comigo ao vernissage da exposição da qual falei? Alguns quadros meus vão estar lá.

Sua voz soou meio nervosa, e quase pude vê-la ajeitando os cabelos atrás da orelha, como sempre fazia quando estava ansiosa.

– Enfim, se você não puder tudo bem, mas, como o vernissage é no final de semana agora, em que London vai estar em Atlanta, eu pensei que...

– Eu adoraria – interrompi. – Que bom que você me convidou.

Conforme o fim de semana de 13 de novembro foi se aproximando, ajudei London a preparar sua viagem para Atlanta, o que levou mais tempo do que eu previra. Ela estava animada com a ideia de visitar a mãe no apartamento novo, e fez e refez a mala umas quatro ou cinco vezes. Passou dias preocupada com o que levar, e acabou pondo na mala um monte de roupas, além das Barbies, dos livros de colorir, dos lápis de cera e do livro *Dois a dois*. Vivian tinha mandado mensagem dizendo que iria buscar London às cinco, o que supus significar que faria o trajeto de ida e volta de carro. É claro que eu tinha me esquecido do jatinho de Spannerman, mas fui lembrado desse fato assim que a limusine parou em frente à casa.

Levei a mala de London até o carro e a entreguei ao motorista. London já havia entrado na limusine e estava explorando o interior confortável.

Doeu vê-la partir, mesmo que fosse com a mãe.

– Trago London de volta no domingo por volta das sete – disse Vivian. – E é claro que você pode ligar quando quiser, eu a coloco ao telefone.

– Vou tentar não ser chato com isso.

– Você é o *pai* dela – disse Vivian. – Não é *chato*. – Ela olhou para o outro lado antes de prosseguir: – E, só para você saber, ela não vai conhecer Walter neste fim de semana. É cedo demais para isso. Eu não faria uma coisa dessas com ela.

Aquiesci, surpreso... e, sim, indiscutivelmente grato.

– Vocês têm algum plano importante? – perguntei, por algum motivo desejando atrasar sua partida.

– Lá tem várias coisas para fazer. Acho que vamos improvisar. Mas é melhor eu ir andando. Não quero chegar lá muito tarde.

Dessa vez não houve abraço. Quando ela se virou, porém, seus olhos toparam com a placa da imobiliária e ela parou. Então, jogando os cabelos por cima dos ombros num gesto decidido, foi até a porta aberta e o motorista a fechou depois de ela entrar.

Observei a limusine se afastar sentindo-me estranhamente perdido. Apesar de tudo que havia acontecido até ali, sempre parecia haver um jeito novo de me lembrar que eu tinha perdido o meu futuro, o futuro que um dia imaginara.

Não sei por quê, mas a ideia de ir ao vernissage de Emily na galeria me deixara nervoso. Nós tomávamos café juntos praticamente todo fim de semana, falávamos ao telefone quase todas as noites, e eu havia passado uma noite bebendo vinho no quintal da casa dela. Passáramos dias inteiros em expedições com as crianças. Além do mais, aquele seria um evento em que o trabalho dela estaria sendo exposto, não o meu. Então, se fosse para alguém ficar nervoso, deveria ser ela.

Mesmo assim, meu coração batia mais depressa do que o normal e minha boca havia ficado um pouco seca quando Emily veio atender à porta da sua casa. Olhar para ela, emoldurada pelo batente da porta, não ajudou. Eu não sabia direito como os artistas deviam comparecer a seus vernissages, mas tinha desaparecido qualquer vestígio da mãe descontraída que eu conhecia tão bem. No lugar dela havia agora uma mulher deslumbrante, com um vestido de noite preto que deixava as costas à mostra, e os cabelos soltos até abaixo dos ombros feito uma cascata lustrosa. Notei que era maquiagem suficiente para fazer parecer que não estava maquiada.

– Bem na hora – disse ela, aproximando-se para um abraço rápido. – E como você está elegante!

Eu havia optado pelo que Vivian chamava de *look de Hollywood*: blazer preto, calça preta e suéter preto com gola em V.

– Não sabia direito o que vestir – admiti, ainda sentindo o contato daquele breve abraço.

– Me deixe só verificar se a babá tem tudo de que precisa. Aí a gente pode ir, ok?

Observei-a subir a escada e a ouvi falar com a babá. Lá no alto, ela abraçou e beijou Bodhi antes de voltar para o hall.

– Vamos?

– Claro – falei, certo de que ela era uma das mulheres mais lindas que eu já vira. – Mas só com uma condição.

– Qual?

– Você precisa me dar umas dicas de etiqueta em vernissages.

Ela riu, e aquele som relaxado desfez a tensão no meu diafragma.

– No caminho a gente conversa – disse ela.

Foi até o armário da entrada e pegou um xale de casimira.

– Mas vamos sair logo, antes que Bodhi perceba que esqueceu alguma coisa importante e a gente leve mais vinte minutos para conseguir escapar.

Abri a porta e a observei ir na frente, reparando em como o vestido se colava às suas curvas de forma perfeita. Meu olhar foi descendo até eu ter uma lembrança da noite em que ela havia me ajudado com a gravata-borboleta, o que me fez corar e erguer os olhos.

Dei ré com o carro até a rua e o guiei na direção do centro, onde ficava a galeria.

– Então, essa exposição é importante para você? – perguntei. – Sei que anda trabalhando feito louca para aprontar todos os quadros.

– Não é uma exposição no MoMA nem nada desse tipo, mas o dono da galeria faz um bom trabalho. Está no ramo há tempos e uma vez por ano convida seus melhores clientes para uma mostra exclusiva. Alguns são colecionadores importantes na região. Em geral são seis ou sete artistas expondo, mas este ano acho que ele trouxe o trabalho de nove. Dois escultores, um artista que trabalha com vidro, outro que faz cerâmica e cinco pintores.

– E você é um deles.

– Sou um dos pintores todos os anos.

– E quantos ele representa?

– Sei lá, uns trinta.

– Viu? E você é tão modesta que eu jamais teria sabido.

– Eu sou modesta porque meus quadros não são vendidos por muito dinheiro. Nada do que eu fiz vai parar na Sotheby's ou na Christie's. Mas a maioria dos artistas cujas obras são vendidas por um quadrilhão de dólares já morreu, claro.

– Não parece justo.

– Você está pregando para os convertidos – brincou ela.

– E qual é o seu papel no vernissage?

– Bom, é meio que um evento social, e eu sou uma das várias anfitriãs. Vai ter vinho e canapés, e vou ficar perto das minhas obras para o caso de algum convidado ter perguntas ou querer falar comigo.

– E se eles quiserem comprar uma das obras?

– Nesse caso, o convidado fala com o galerista. Na verdade, não cabe a mim decidir quanto vale um quadro. Por mais que eu tenha brincado sobre obras que valem milhões, não gosto de pensar na arte em termos monetários. As pessoas devem comprar uma obra porque a amam. Porque ela lhes diz alguma coisa.

– Ou porque fica bonita pendurada na parede?

– Ou isso – disse ela com um sorriso.

– Estou animado para ver seu trabalho. Me desculpe por não ter passado na galeria antes de hoje...

– Russ, você é um pai solteiro ocupado – respondeu ela, apertando meu braço de leve para me tranquilizar. – Estou feliz por ter aceitado vir comigo hoje. Assim vou ter com quem conversar quando ninguém estiver olhando meus quadros. É meio desanimador ficar perto da sua obra e ver as pessoas a ignorarem ou desviarem os olhos para você não tentar falar com elas.

– Isso já aconteceu?

– Acontece todas as vezes – disse ela. – Nem todo mundo que vai lá gosta do meu trabalho. Arte é algo subjetivo.

– Eu gosto do seu trabalho. Enfim, do que vi nas suas paredes.

Ela riu.

– Isso é porque você gosta de mim.

Olhei para ela.

– Também.

Quando chegamos à galeria, já não me restava qualquer vestígio de nervosismo. Como sempre, Emily tornava fácil estar na sua companhia, pois claramente se sentia à vontade comigo. Eu havia me esquecido de como esse sentimento de aceitação era libertador e, quando paramos na porta antes de entrar, peguei-me olhando para ela e me perguntando quanto minha vida teria sido diferente se eu tivesse me casado com ela, e não com Vivian.

Emily flagrou meu olhar e inclinou a cabeça.

– Em que está pensando?

Hesitei.

– Estava pensando em como fico feliz por London e Bodhi serem amigos.

Ela estreitou os olhos para mim com um ar de ceticismo.

– Não tenho certeza de que você estava pensando nas crianças agora.

– Não?

– Não – reafirmou ela com um sorriso cúmplice. – Tenho quase certeza de que estava pensando em mim.

– Deve ser maravilhoso ler o pensamento dos outros.

– E é – disse ela. – E meu próximo truque é o seguinte, observe: vou entrar na galeria sem nem tocar na porta.

– Como é que vai fazer isso?

Ela se fez de desapontada.

– Você não vai nem abrir a porta para mim? Pensei que fosse um cavalheiro.

Eu ri e abri a porta para ela. Por dentro, o prédio muito iluminado parecia um loft industrial: um grande espaço aberto, com vários grupos de anteparos que não chegavam até o teto. Das divisórias pendiam quadros, e pude ver cerca de vinte pessoas aglomeradas em volta das obras, a maioria segurando taças de vinho ou de champanhe. Garçons e garçonetes circulavam com bandejas prateadas de canapés.

– Vai na frente – falei. – A estrela hoje é você.

Emily correu os olhos pelo recinto e andou na direção de um senhor de ar distinto e cabelos grisalhos. Fiquei sabendo que aquele era Claude Barnes, o galerista. Com ele estavam dois casais vindos de outras cidades para ver a exposição.

Arrebatei duas taças de vinho de um garçom e entreguei uma para Emily. Começamos uma conversa casual. Vi Emily apontar para uma parte da exposição nos fundos da galeria e quando a conversa acabou andamos devagar até lá.

Levei alguns minutos examinando seus quadros e pensei que eles não eram apenas belos e arrebatadores, mas também misteriosos. Enquanto as obras que eu tinha visto na casa de Emily eram abstratas, naquelas pude identificar elementos mais realistas. Com pinceladas vigorosas, as cores praticamente explodiam para fora da tela. Um dos quadros, em especial, não parava de atrair meu olhar.

– São espetaculares – falei, sendo sincero. – Não consigo nem imaginar o trabalho que deu pintar esses quadros. Qual era o que estava deixando você nervosa?

– Este aqui – respondeu ela, e apontou justamente para o que havia me atraído.

Estudei-o de perto, em seguida dei alguns passos para trás para examiná-lo de vários ângulos.

– É perfeito.

– Ainda acho que não está pronto – disse ela, balançando a cabeça. – Mas obrigada.

– Sério – falei. – Eu quero comprar.

– Tááá... – fez ela, soando ao mesmo tempo cética e lisonjeada. – Tem certeza? Você não sabe nem quanto custa.

– Eu quero comprar – repeti. – Sério.

Ao ver que eu estava sendo sincero, ela chegou a ficar vermelha.

– Uau. Bem, eu fico honrada. Vou ver se convenço Claude a lhe dar o desconto de "amigos e parentes".

Tomei um gole do meu vinho.

– E agora?

– Agora a gente espera e vê se alguém aparece. – Ela deu uma piscadela. – E, se alguém aparecer, deixe que eu falo, ok? Não quero ser uma nova Margaret Keane.

– Quem?

– Margaret Keane. Uma artista cujo marido passou anos levando o crédito pelo trabalho dela. A vida dela virou um filme chamado *Grandes olhos*. Você deveria assistir.

– Por que a gente não assiste juntos uma noite dessas?

– Combinado.

À medida que a galeria ia se enchendo, ouvi Emily explicar seu trabalho a visitantes interessados. Meu papel, se é que eu tinha algum, era tirar fotos com os celulares das pessoas. Praticamente todo mundo que surgia parecia querer uma foto com Emily. Imaginei que fosse por ela ser a artista, mas depois de algum tempo notei que nenhum dos outros pintores parecia fazer tanto sucesso.

Enquanto Emily conversava com os convidados, fui passear pelas mostras dos outros artistas. Algumas das esculturas chamaram minha atenção, mas eram tão grandes e abstratas que eu não conseguia imaginar como poderiam ficar bonitas na casa de alguém. Também gostei do trabalho de alguns dos outros pintores, embora na minha opinião o de Emily fosse melhor.

Emily e eu ficamos beliscando canapés enquanto as pessoas iam e vinham. O fluxo de visitantes chegou ao auge por volta das oito, depois começou a diminuir. Embora a exposição estivesse marcada para terminar às nove, Claude só trancou as portas às 21h45, depois de o último convidado sair.

– Acho que correu bem – disse ele ao se aproximar. – Várias pessoas expressaram interesse no seu trabalho. Não me espantaria se você vendesse tudo nos próximos dias.

Emily se virou para mim.

– Tem certeza de que ainda quer comprar aquele quadro?

– Tenho – respondi, consciente de que no momento aquilo era um luxo que eu mal tinha dinheiro para pagar.

Por algum motivo, contudo, não me preocupei. Claude franziu o cenho de leve, sem dúvida imaginando que o pedido de um desconto substancial estava a caminho. O franzido sumiu com a mesma rapidez com que havia surgido.

– Ficou interessado em alguma outra peça? Dos outros artistas?

– Não – respondi. – Só aquela mesmo.

– Podemos falar sobre isso amanhã, Claude? – perguntou Emily. – Está ficando meio tarde e estou cansada para falar de trabalho.

– Claro – disse ele. – Obrigado por tudo o que fez hoje, Emily. Você é sempre ótima nesse tipo de coisa. Sua personalidade agrada às pessoas.

Ao lado dela, concordei em silêncio com Claude.

– O que você quer fazer agora? – perguntei a caminho do carro. – Se estiver cansada, posso levá-la para casa.

– Está de brincadeira? – indagou ela. – Eu chamei uma babá e disse que só voltaria à meia-noite. Só falei para Claude que estava cansada pra gente poder sair de lá. Quando ele começa a falar, às vezes é difícil fazê-lo parar. Eu adoro esse cara, mas raramente chamo uma babá, e vou aproveitar ao máximo.

– Quer ir jantar? A gente talvez encontre algum lugar ainda aberto.

– Estou entupida – disse ela. – Mas quem sabe beber alguma coisa? Você topa?

– Você tem algum bar preferido?

– Russ, eu sou mãe de uma criança de 5 anos. Não saio muito. Mas ouvi dizer que o Fahrenheit tem uma vista espetacular e fogueiras. E, como hoje está meio friozinho, sentar perto do fogo parece perfeito.

– Levei London lá faz pouco tempo, na nossa noite juntos.

– Grandes mentes pensam da mesma forma.

Pouco depois, estávamos no bar do terraço do Fahrenheit, aquecendo-nos diante de uma alta fogueira e admirando o tapete de luzes da cidade lá embaixo. Pedi duas taças de vinho a uma garçonete.

Envolta no xale de casimira, Emily tinha os olhos semicerrados e exibia uma expressão serena. À luz rosada do fogo, estava extraordinariamente bonita. Quando percebeu que eu a estava observando, me abriu um sorriso preguiçoso.

– Eu me lembro desse olhar – disse ela. – Você costumava me olhar assim antigamente, um milhão de anos atrás.

– Ah, é?

– Às vezes eu ficava toda arrepiada.

– Mas não fica mais, né?

Seu dar de ombros tímido me respondeu o contrário.

– Eu sei que disse que estou feliz por você ter entrado na minha vida...

Quando me calei, ela ergueu os olhos para me encarar.

– Mas...?

Resolvi dizer a verdade.

– Não tenho certeza se estou pronto para um relacionamento.

Ela passou alguns instantes sem dizer nada.

– Tudo bem – murmurou por fim, com um levíssimo tom de pesar.

– Eu sinto muito.

– Sente muito por quê?

– Porque eu tenho falado demais com você. Talvez tenha levado você a pensar que eu estava pronto, quando eu sei que não estou. Às vezes minhas emoções ainda estão um caos. Eu ainda penso muito na Vivian. Não que eu a queira de volta, porque percebi que não quero. Mas ela ainda tem uma importância, uma centralidade na minha vida que não é saudável. E você tem sido tão generosa... Me escuta quando estou para baixo, me dá um apoio emocional sem limites. E, o melhor de tudo, me faz rir...

Quando eu parei de falar, pude sentir seus olhos me examinarem detidamente.

– Algum dia reclamei de você me ligar demais? Ou que suas confidências são um fardo?

Fiz que não com a cabeça. Tive a sensação de que alguma revelação estava tentando surgir dentro do meu cérebro caótico, como uma bolha de ar subindo pela água.

– Não – falei. – Nunca.

– Você está descrevendo uma situação em que não me ofereceu nada em troca. Só que ofereceu, sim.

Os reflexos ruivos de seus cabelos escuros reluziram à luz da fogueira quando ela os afastou do rosto. Inclinando-se na minha direção, ela tornou a falar:

– Eu gosto de ter notícias suas, quer você esteja feliz ou não. Gosto de saber que posso falar com você sobre tudo, e que você vai entender porque um dia tivemos uma história juntos. Gosto de sentir que você conhece meu verdadeiro eu, com defeitos e tudo.

– Você não tem defeitos. Pelo menos nenhum que eu consiga ver.

Ela deu um muxoxo de incredulidade.

– Está de brincadeira? Ninguém é perfeito, Russ. Eu gosto de pensar que aprendi algumas lições na última década, e talvez seja mais paciente do que antes. Mas estou longe de ser perfeita.

A garçonete trouxe nosso vinho e, no silêncio que se seguiu, nossos pensamentos pareceram tomar um rumo mais sério. Emily deu um gole na bebida e, quando se virou para mim de novo, pensei detectar na sua expressão uma vulnerabilidade passageira.

– Me desculpe. Acho que joguei um balde de água fria na noite.

– De jeito nenhum – disse ela. – O fato de você estar sendo honesto significa muito para mim, Russ. Acho que é disso que eu mais gosto em você. Você não tem medo de me dizer as coisas: que está magoado, que tem medo de fracassar, que não está pronto para um relacionamento. Não sabe como é difícil para as pessoas se abrirem assim. David nunca conseguiu. Eu nunca sabia o que ele estava realmente sentindo... Na metade do tempo, acho que nem ele sabia. Você é muito aberto. É algo que eu sempre admirei em você, e isso não mudou. – Ela fez uma pausa, como se não soubesse se deveria continuar. – Eu gosto muito de você, Russ. Você me faz bem.

– A questão é justamente essa, Emily. Eu não gosto de você apenas... Acho que estou apaixonado.

Ela pareceu ter recebido um choque.

– Você acha?

– Não – falei, com uma certeza crescente. – Eu *estou* apaixonado por você. É estranho dizer isso logo depois de dizer que não estou pronto para dar os próximos passos, mas é o que eu sinto.

Passei alguns instantes olhando para a fogueira, tentando reunir coragem.

– Eu não sou o tipo de homem que você deveria amar. Você pode ter alguém muito melhor do que eu. Quem sabe com o tempo...

Dizer essas palavras doeu mais do que eu previra. Deixei a frase no ar, sentindo um nó se formar na garganta.

Emily me encarou em silêncio. Então estendeu a mão e a pousou sobre a minha perna, meneando a cabeça para que eu a segurasse. Fiz isso e senti uma onda de calor e incentivo quando seus dedos se entrelaçaram nos meus.

– Você não pensou que eu talvez também esteja apaixonada por você?

– Não precisa dizer isso.

– Não estou só dizendo, Russ. Eu sei como é amar. Talvez nunca tenha deixado de amá-lo... Deus sabe que eu o amei com cada pedaço do meu ser. Não acho que esse tipo de sentimento simplesmente desapareça. Ele deixa marcas. – Ela sustentou meu olhar. Sua voz era suave. – Eu não me importo de esperar até você estar pronto. Porque gosto do que a gente está tendo agora. Gosto de você ter virado um dos meus amigos mais próximos. E sei quanto você gosta de mim. Lembra o que eu falei sobre amizade? "É alguém entrar na sua vida, dizer 'Eu estou do seu lado', e depois provar."

Aquiesci.

– Você pode não acreditar, mas está fazendo isso por mim. Eu também não sei se estou pronta para um relacionamento. O que sei é que eu quero você na minha vida e que a ideia de perdê-lo outra vez partiria o meu coração.

– Como a gente fica então?

– Que tal ficarmos aqui, sentados perto do fogo, você e eu, e aproveitarmos a noite? Podemos ser amigos hoje, amanhã, e até quando você quiser. E você vai continuar me ligando, e vamos continuar conversando e tomando café enquanto as crianças estiverem na aula de arte. E, como todas as outras pessoas no mundo, vamos continuar vivendo as coisas um dia de cada vez.

Encarei-a, maravilhado com sua sabedoria e a capacidade de fazer tudo parecer tão simples.

– Eu te amo, Emily.

– Também te amo, Russ. – Ela apertou minha mão. – Vai ficar tudo bem – disse ela, confiante. – Acredite em mim.

Fiquei acordado na cama por um bom tempo nessa noite. Emily e eu tínhamos passado mais uma hora junto ao fogo, absorvendo tudo que fora dito. Ao levá-la em casa, senti o impulso de lhe dar um beijo, mas tive medo de atrapalhar o equilíbrio que havíamos acabado de encontrar.

Ela sentiu minha hesitação e simplesmente se aproximou para um abraço. Passamos um longo tempo abraçados sob a luz da entrada, e a intimidade desse momento me pareceu mais real e mais significativa do que qualquer outra coisa que pudéssemos ter feito.

– Me ligue amanhã, tá? – sussurrou ela, soltando-me, mas não sem antes tocar meu rosto num gesto carinhoso.

– Ligo, sim.

E com isso ela se virou e entrou.

As duas últimas semanas de novembro estão entre as mais felizes da minha memória recente. Nosso aniversário de casamento passou sem incidentes. Nem Vivian nem eu mencionamos a data quando ela falou com London pelo FaceTime, e na verdade foi só depois de a ligação terminar que me lembrei do fato. Estava conseguindo render muito bem no trabalho para meus novos clientes. London voltou de Atlanta no domingo à noite e, embora houvesse se divertido, retomou a rotina sem problemas. Falei com Emily todos os dias, e cheguei a um acordo com Claude para comprar o quadro, que então pendurei na sala de TV. Estive com Marge, Liz e meus pais no fim de semana seguinte, um dia depois de as duas se consultarem com o especialista em fertilidade. Quando estávamos todos sentados juntos na sala de TV, elas contaram seus planos aos meus pais.

– Já não era sem tempo! – exclamou minha mãe, pulando da cadeira para abraçar as duas.

– Vocês vão ser boas mães – acrescentou meu pai, com a mesma aspereza de sempre.

Depois ele também as abraçou. Como abraços do meu pai são tão raros quanto eclipses solares, sei que elas ficaram tocadas.

Por Taglieri, soube que Vivian queria London em Atlanta no fim de semana de Ação de Graças. Na verdade, queria que ela fosse para lá na quarta à noite e só voltasse no domingo. Aquilo não me deixava feliz, mas mais uma vez o padrão de fim de semana sim, fim de semana não coincidiu com outro feriado. Vivian veio na quarta pegá-la de limusine e levá-la de novo de jatinho. Ao ver as duas se afastarem, pensei em como a casa iria ficar silenciosa sem minha filha nos quatro dias seguintes.

A casa ficou *mesmo* silenciosa nesse fim de semana. Porque ninguém, nem mesmo eu, estava lá.

Na verdade, esse foi o fim de semana em que meu mundo começou a desmoronar novamente à minha volta.

Só que dessa fez foi ainda pior.

Como foi que aconteceu?

Como sempre parece acontecer: sem aviso.

Mas é claro que, em retrospecto, houvera avisos o tempo todo.

Era sábado de manhã, 28 de novembro, dois dias depois do Dia de Ação de Graças. Eu havia passado a noite anterior com Emily. Tínhamos jantado e ido ao Charlotte Comedy Zone, uma casa de espetáculos especializada em comédia. Mais uma vez me senti tentado a lhe dar um beijo no final da noite, mas apesar disso apenas demos outro longo e delicioso abraço, que confirmou meu desejo de mantê-la na minha vida por muito, muito tempo. O que eu sentia por ela já estava ocupando o lugar da lembrança de Vivian de um jeito que eu não previra e que torci para continuar. Eu estava me sentindo incontestavelmente mais leve e otimista em relação ao futuro do que me sentia em meses, ou mesmo anos.

O telefonema veio no sábado de manhã. Ainda não eram seis horas quando o telefone fixo começou a tocar. Aquilo por si só já não era bom sinal. Meu celular estava no modo avião e ninguém ligaria para o fixo àquela hora a menos que algo terrível tivesse acontecido. Mesmo antes de atender, eu sabia que quem estava ligando era minha mãe, para dizer que meu pai estava no hospital. Que ele tinha infartado. Ou coisa pior. Sabia que ela estaria histérica, provavelmente aos prantos.

Mas não era minha mãe quem estava ligando.

Era Liz, para falar sobre minha irmã.

Marge tinha dado entrada no hospital, contou ela.

Havia passado uma hora tossindo sangue.

23
Não

Quando Marge tinha 11 anos, ela e minha mãe sofreram um acidente de carro.

Na época, minha mãe ainda dirigia uma daquelas peruas imensas, revestidas com placas de madeira. Por serem de outra geração, meus pais não tinham o costume de usar cinto de segurança, e nossa família raramente usava.

Marge gostava menos ainda do cinto do que eu. Enquanto eu apenas me esquecia de colocá-lo quando entrava no carro, pois ainda era bem novo. Marge decidia não o usar de propósito, já que assim ficava mais livre para me socar ou me beliscar quando quisesse. Coisa que acontecia com demasiada frequência, eu poderia acrescentar.

Eu não estava no carro nesse dia e, embora não tenha certeza da precisão de minhas lembranças, parece que o acidente não foi culpa da minha mãe. Ela não estava andando excessivamente depressa, a rua não estava movimentada e ela atravessava um cruzamento com o sinal verde. Enquanto isso, um adolescente, talvez sintonizando rádio ou então se entupindo de batatas fritas do McDonald's, furou o sinal vermelho e acertou em cheio a traseira da perua.

Apesar de minha mãe ter tido alguns ferimentos, todo mundo ficou mais preocupado com Marge. O ímpeto da colisão a havia projetado contra uma janela lateral, estilhaçando o vidro. Embora ela não estivesse inconsciente ao chegar ao hospital, estava sangrando e com muitos hematomas, e tinha fraturado a clavícula.

Quando entrei no quarto do hospital com meu pai, a visão da minha irmã me assustou. Aos 6 anos, eu não sabia grande coisa sobre a morte nem sobre hospitais. Meu pai foi se postar junto à cama dela com uma expressão neutra, mas pude perceber, pela sua postura, que ele estava com medo, o que me deixou ainda mais assustado. Ele baixou os olhos para meu rosto consternado e franziu o cenho.

– Russ, venha ver sua irmã.

– Não quero – lembro-me de ter dito.

– Pouco importa o que você quer – respondeu ele. – Eu falei para vir aqui e você vai fazer o que estou mandando.

Seu tom não dava espaço para argumentação, então avancei devagar em direção à cama. O rosto de Marge estava muito inchado, com hematomas bem feios e vários pontos, como se os seus pedaços houvessem sido costurados de volta no lugar. Aquela menina não se parecia com a minha irmã. Não se parecia com ninguém. Parecia o monstro de um filme de terror, e vê-la me fez cair no choro.

Até hoje eu gostaria de não ter chorado. Meu pai achou que eu estivesse cho-

rando por causa de Marge, e senti quando ele pousou a mão no meu ombro para me reconfortar, o que só me fez chorar mais ainda.

Só que eu não estava chorando por causa de Marge. Estava chorando por mim mesmo, porque estava com medo, e com o tempo passei a me censurar por essa reação.

Algumas pessoas têm coragem.

Nesse dia descobri que eu não era uma delas.

Os médicos não sabiam qual era o problema de Marge. Enfermeiros coletaram amostras de sangue e tiraram uma radiografia do seu tórax. Fizeram também uma tomografia. Três médicos diferentes a examinaram. Vi uma agulha ser inserida nos pulmões da minha irmã para colher tecido para mais análises.

Durante todo o tempo, a única pessoa que não parecia preocupada era a própria Marge. Parte tinha a ver com o fato de que, desde sua entrada no hospital, a tosse havia cedido. Ela ficou brincando com os médicos e os enfermeiros enquanto Liz e meus pais observavam, com o semblante contraído de preocupação, e pensei outra vez no talento de minha irmã para esconder seus temores, mesmo daqueles que a amavam. Enquanto isso, em outro setor do hospital, os exames eram feitos. Ouvi o médico sussurrar palavras como *patologia* e *radiologia. Biópsia. Oncologia.*

Liz estava claramente preocupada, mas ainda não em pânico. Meus pais, sentados feito duas rochas, mal conseguiam se manter sob controle. E eu estava apreensivo, pois Marge não estava com uma cara nada boa. Sua pele exibia uma palidez acinzentada que acentuava a perda de peso, e peguei-me rememorando tudo o que tinha visto e as coisas que ela me dissera ao longo dos últimos meses. A tosse forte que nunca parecia ir embora, as dores nas pernas. Sua exaustão depois das férias.

Meus pais e eu, Liz e os médicos, todos nós estávamos pensando na mesma coisa.

O câncer.

Só que não podia ser câncer. Marge não podia estar tão doente assim. Ela era minha irmã e tinha só 40 anos. Pouco mais de uma semana antes, havia consultado um especialista porque queria ter um filho. Estava animada com a perspectiva de engravidar. Tinha a vida inteira pela frente.

Marge não podia estar doente. Ela não estava com *o câncer*!

Não.

Não, não, não, não, não...

* * *

Fiquei grato por Vivian ter levado London para Atlanta, pois não sabia o que teria feito com ela o dia inteiro. Passei horas entrando e saindo do quarto de Marge no hospital. Quando não aguentava mais, ia andar de um lado para outro no estacionamento ou tomar um café na lanchonete. Liguei para Emily e contei o que estava acontecendo. Falei que não precisava ir ao hospital, mas ela foi assim mesmo.

Pouco antes do meio-dia, Marge e Emily tiveram um reencontro breve mas cheio de carinho, e em seguida, no corredor, Emily me abraçou enquanto eu tremia de medo. Disse que queria me ver mais tarde se eu estivesse disposto, e prometi lhe telefonar.

Por fim, liguei para Vivian. Quando contei o que estava acontecendo, ela pareceu engasgar e na mesma hora propôs trazer London de volta no jatinho. Expliquei que London provavelmente estava melhor lá com ela, pelo menos durante o fim de semana. Ela entendeu.

– Ah, Russ – disse ela baixinho, num tom totalmente diferente da sua rispidez habitual. – Eu lamento muito mesmo.

– Ainda não há nada para lamentar. A gente não tem certeza de nada.

Eu estava mentindo para mim mesmo, e tanto Vivian quanto eu sabíamos disso. Ela conhecia muito bem o histórico familiar da minha mãe. Quando tornei a falar, pude ouvir minha voz embargada:

– Me faz um favor? Não comente nada com a London por enquanto, ok?

– Claro que não. O que posso fazer para ajudar? Você está precisando de alguma coisa?

– Por enquanto, nada – respondi. – Obrigado.

Estava ficando difícil articular as palavras, e meus pensamentos começaram a se dispersar.

– Eu aviso.

– Me mantenha informada, tá?

– Tá bom – prometi, e sabia que o faria.

Afinal, ainda éramos casados.

À tarde, enquanto meus pais e Liz estavam na lanchonete do hospital, fiquei com Marge. Ela me perguntou sobre o trabalho e, como ela insistiu, descrevi as campanhas que estava montando para os clientes. Acho que ela se lembrou daquele dia no hospital tanto tempo antes, depois do acidente de carro, e percebeu quanto eu estava assustado. Como sabia que eu era capaz de falar sobre trabalho no piloto automático, ficou fazendo perguntas para me distrair.

Como se tornara seu costume, ela perguntou sobre Emily, e eu finalmente admiti que havia me apaixonado, mas ainda não estava pronto para contar aos nossos pais. Ao ouvir isso, ela abriu um sorriso.

– Tarde demais. Eles já sabem.

– Como? Eu não falei nada.

– Nem precisou – disse ela. – No Dia de Ação de Graças, quando você ligou para Emily, o que sentia por ela ficou evidente. Minha mãe arqueou as sobrancelhas, e meu pai se virou para mim e falou: "Já? Ele ainda nem se divorciou."

Apesar de tudo, eu ri. Aquilo era a cara do meu pai.

– Não percebi que estava dando bandeira.

– Aham – fez ela, balançando a cabeça. – Só queria que você não tivesse esperado até hoje para trazê-la aqui. Eu estou um caco. Deveria ter armado um encontro logo depois da Costa Rica, quando eu ainda estava bronzeada.

Aquiesci, surpreso com o tom normal da sua voz.

– Foi mal.

– Queria conhecer Bodhi, também. Já que ouvi falar tanto nele.

– Com certeza vai ter a oportunidade.

Ela torceu o lençol do hospital com força, depois o soltou.

– Andei pensando em nomes de bebê – falou. – Comprei um daqueles livros, sabe? No trabalho, toda vez que o tédio bate, dou uma folheada. Comecei até a marcar alguns.

Nomes de bebê? Ela estava mesmo pensando em nomes de bebê? Pude sentir que as lágrimas queriam brotar em meus olhos e me esforcei para falar sem que minha voz falhasse:

– E tem algum preferido?

– Se for menino, gosto de Josiah. Ou de Elliot. Ou de Carter. Se for menina, gosto de Meredith e de Alexis. Liz também deve ter a lista dela, claro, mas ainda não conversamos sobre isso. Ainda está tudo muito no começo, então temos tempo de sobra para decidir.

Tempo de sobra.

Marge deve ter ouvido a si mesma, pois primeiro olhou para o relógio na parede, em seguida para a porta do quarto, que estava aberta. Enfermeiros passavam apressados, entretidos com seus afazeres, como se aquele dia fosse igual a qualquer outro.

– Quando será que eles finalmente vão me deixar ir embora? – indagou ela. – Por que está levando tanto tempo? Já estou aqui há horas. Será que eles não sabem que eu tenho coisas a fazer?

Como não respondi, ela deu um suspiro.

– Você sabe que eu vou ficar bem, não é? Enfim, não vou ignorar o que aconteceu hoje de manhã, mas não estou me sentindo nem um pouco mal. Muito melhor do que antes de ir para a Costa Rica, na verdade. Provavelmente só devo ter pegado algum parasita lá. Só Deus sabe como são os padrões de higiene daquelas cozinhas.

– Vamos ver o que os médicos dizem – murmurei.

– Se cruzar com algum, mande eles se apressarem. Não quero desperdiçar meu fim de semana inteiro aqui.

– Vou mandar.

Marge continuou a enrolar e desenrolar o lençol.

– London volta amanhã, não é?

– Volta. Não sei direito a que horas. No final da tarde, acho.

– Por que não a leva para jantar lá em casa esta semana? Você tem andado tão ocupado que a gente não teve tempo para nossos encontros habituais.

Senti a garganta apertar outra vez ao observá-la torcer o lençol.

– Jantar é uma ótima ideia. Mas nada de comida da Costa Rica. Por causa dos parasitas.

– É – disse ela, encarando-me. – Pode acreditar quando digo que você não quer pegar o que eu tenho.

O dia passou arrastado.

Meio da tarde. Final da tarde.

Vivian mandou mensagem perguntando se havia alguma novidade. Respondi que ainda estávamos aguardando.

Emily mandou mensagem perguntando como eu estava.

Morto de medo, respondi.

Quando o crepúsculo foi chegando, o céu começou a nublar. O quarto de Marge estava banhado numa luz cinza uniforme, e a televisão muda passava o programa de tribunal *Judge Judy*. O aparelho que monitorava os sinais vitais de minha irmã emitia bipes regulares. Um médico que não conhecíamos entrou no quarto. Apesar da atitude controlada, ele exibia uma expressão severa, e eu já sabia o que iria nos dizer. O médico se apresentou como Dr. Kadam Patel, oncologista. Por cima do seu ombro, no corredor, vi uma menina passar sendo empurrada numa cadeira de rodas. Estava segurando no colo um bicho de pelúcia, um porco roxo.

Igual ao sonho da minha mãe.

Empalideci, e minha mente se desconectou assim que ele começou a falar, mas escutei vários pedaços.

Adenocarcinoma... mais frequente em mulheres do que em homens... mais provável de acometer pessoas jovens... células não pequenas... crescimento mais lento do que outros tipos de câncer de pulmão, mas infelizmente está em estágio avançado, e a tomografia mostrou que há metástases em outras partes do corpo... nos dois pulmões, nos nódulos linfáticos, nos ossos e no cérebro... efusão pericárdica maligna... estágio IV... incurável.

Incurável...

Minha mãe foi a primeira a soltar um gemido, o lamento pungente da mãe que sabe que sua filha está morrendo. Liz fez o mesmo um segundo depois, e meu pai lhe deu um abraço. Não disse nada, mas seu lábio inferior começou a tremer e ele fechou os olhos com força, como quem tenta impedir a realidade de entrar. Marge ficou sentada na cama sem se mexer. Ao olhar para minha irmã, pensei que eu fosse desmoronar, mas consegui ficar de pé, não sei como. Marge não desgrudava os olhos do médico.

– Quanto tempo eu tenho? – perguntou ela, e pela primeira vez nesse dia ouvi medo em sua voz.

– Impossível dizer – respondeu o Dr. Patel. – Embora não haja cura, existe tratamento. Os tratamentos melhoraram exponencialmente na última década. Eles não só conseguem prolongar a sobrevida, como também aliviar alguns dos sintomas.

– Quanto tempo? – ela exigiu saber. – Com tratamento?

– Se tivéssemos descoberto antes... – esquivou-se o Dr. Patel. – Antes da metástase...

– Mas não descobrimos – interrompeu Marge.

O Dr. Patel se empertigou um pouco mais.

– Repito, não há como saber com exatidão. A senhora é jovem e está em boa condição física. Ambos os fatores aumentam a expectativa de vida.

– Eu entendo que seja uma pergunta à qual o senhor não queira responder. Entendo também que cada paciente é um caso, ou seja, não há como ter certeza. Mas o que eu quero é sua estimativa mais precisa possível. – Sua voz deixou bem claro que ela não iria desistir. – O senhor acha que eu tenho um ano?

O médico não respondeu, mas exibia uma expressão desolada.

– Seis meses? – insistiu Marge, e mais uma vez o médico não respondeu. – Três?

– No momento, acho que seria melhor começamos a discutir alternativas de tratamento – disse o Dr. Patel. – Começar agora mesmo é de suma importância.

– Eu não quero discutir *tratamentos* – falou Marge, irritada. – Se o senhor acha que eu só tenho alguns meses, se está me dizendo que não existe cura, de que adianta?

Liz havia se controlado o suficiente para enxugar os olhos. Aproximou-se da cama e segurou a mão de Marge. Levou-a à boca e depositou nela um beijo.

– Amor? – murmurou Liz. – Eu quero ouvir o que o médico tem a dizer sobre as alternativas de tratamento, ok? Sei que você está com medo, mas eu preciso saber. Pode escutar? Por mim?

Pela primeira vez, Marge desgrudou os olhos do médico. O rastro de uma lágrima havia deixado um risco na bochecha, que brilhou ao refletir a luz do quarto.

– Tudo bem – sussurrou ela, e só então começou a chorar.

Quimioterapia sistêmica.

Ao longo dos quarenta minutos seguintes, o médico explicou com toda a paciência os motivos para o tratamento que estava recomendando. Como o câncer tinha se espalhado pelo corpo de Marge e chegado ao cérebro, na realidade não havia alternativas cirúrgicas. Radioterapia era uma possibilidade, mas, por causa do estado avançado da doença, os benefícios também não compensavam os custos. Em geral os pacientes tinham mais tempo para pesar todos os prós e contras da quimioterapia, inclusive os efeitos colaterais, que ele descreveu em detalhes, porém, mais uma vez, como o câncer estava muito avançado, o médico recomendou fortemente que Marge começasse sem demora a quimioterapia.

Para isso, ela precisaria de um cateter. Uma vez providenciada essa parte, meus pais e eu saímos do quarto para ir à lanchonete. Não falamos nada. Ficamos sentados em silêncio, cada qual tentando processar o que estava acontecendo. Pedi um café que não tomei e pensei que quimioterapia é basicamente administrar um veneno, e que a esperança é que as células cancerígenas morram antes das normais. Veneno demais, e o paciente morre; veneno de menos, e o remédio não faz efeito algum.

Minha irmã já sabia disso tudo. Meus pais e eu também. Tínhamos sido criados sabendo tudo sobre *o câncer*. Todos nós sabíamos sobre os estágios, as taxas de sobrevivência e de possível remissão, cateteres e efeitos colaterais.

Afinal, o câncer não se propagava apenas nos corpos das pessoas. Às vezes ele também se propagava nas famílias, como na minha.

Mais tarde, voltei ao quarto da minha irmã, sentei-me na cadeira e fiquei olhando o veneno ser administrado e começar a matar à medida que ia penetrando seu organismo.

Saí do hospital quando o céu já estava escuro e acompanhei meus pais até o carro deles. Pareceu-me que os dois arrastavam os pés, mais do que andavam, e pela primeira vez eles me pareceram velhos. Enfraquecidos e totalmente exaustos. Eu sabia disso porque também me sentia assim.

Liz havia pedido para ficar sozinha com Marge. Assim que ela falou isso, senti-me culpado. Perdido em meus próprios sentimentos com relação à minha irmã, não havia me ocorrido que as duas precisavam de um tempo juntas, sem ninguém mais como plateia.

Depois que meus pais saíram com o carro do estacionamento, caminhei vagarosamente até o meu. Sabia que não podia ficar no hospital, mas não queria ir para casa. Não queria ir para lugar nenhum. O que eu queria era poder rebobinar o tempo e voltar ao dia anterior. Vinte e quatro horas antes, estava jantando com Emily e animado com a perspectiva de uma noite de risadas.

Os esquetes da Comedy Zone eram bons e, embora um dos comediantes fosse obsceno demais para meu gosto, o segundo era casado e tinha filhos, e as histórias que ele contou me soaram familiares. Em determinado momento, segurei a mão de Emily e, quando senti seus dedos se entrelaçarem nos meus, tive a sensação de ter chegado em casa. Na verdade, a vida é isso, lembro-me de ter pensado. Amor, risadas, amizade. Momentos felizes com aqueles de quem gostamos.

No caminho para casa, o dia anterior me parecia muito distante, como se fosse outra vida. O eixo do meu mundo havia se modificado e, assim como meus pais, eu tinha envelhecido nas últimas horas. Ficara esvaziado. Ao semicerrar os olhos agora embaçados por lágrimas, perguntei-me se algum dia me sentiria inteiro outra vez.

Emily mandou uma mensagem perguntando se eu ainda estava no hospital e, quando respondi que tinha voltado para casa, ela disse que iria passar lá.

Quando chegou eu estava no sofá, em uma casa iluminada por um único abajur na sala de TV. Eu não me levantei quando ela bateu à porta, e ela entrou mesmo assim.

– Oi – falou, com uma voz suave.

Atravessou a sala e se sentou ao meu lado.

– Oi – respondi. – Me desculpe por não ter ido abrir a porta.

– Não faz mal. Como está Marge? E você, como está?

Sem saber o que responder, apertei o nariz. Não queria chorar outra vez.

Ela passou o braço ao meu redor e eu me recostei nela. Assim como fizera mais cedo, ela me abraçou com força, e não precisamos dizer nada.

Marge teve alta no domingo. Embora fraca e enjoada, queria voltar para casa, e não havia por que mantê-la no hospital.

Afinal, a primeira dose de veneno já havia sido administrada.

Fui empurrando a cadeira de rodas seguido por meus pais. Liz caminhava ao lado de Marge, abrindo caminho pelos corredores movimentados. Ninguém por quem passamos lançou sequer um olhar na nossa direção.

Fazia frio do lado de fora. A caminho do hospital, Liz me pedira que passasse na casa delas e pegasse um casaco para Marge. Explicou que uma chave ficava debaixo de uma pedra, à direita da porta principal.

Eu havia entrado e revirado o armário do hall na tentativa de encontrar algo macio e quente. Acabara me decidindo por um casaco acolchoado comprido – era a melhor opção..

Antes de sairmos, Liz ajudou Marge a ficar em pé para ela poder vestir o casaco. Minha irmã cambaleou, fazendo uma careta de esforço, mas manteve o equilíbrio. Liz e meus pais foram juntos para o estacionamento, depois tomaram direções diferentes para pegar seus carros.

– Odeio hospitais – comentou Marge comigo. – A única vez que fiquei de bom humor num hospital foi quando London nasceu.

– Concordo – falei. – Para mim também é assim.

Ela puxou a aba do casaco para fechá-lo no pescoço.

– Então me empurre lá para fora, pode ser? Vamos sair daqui.

Fiz o que ela pediu e, assim que saímos do prédio, senti um vento frio bater no rosto. As poucas árvores do estacionamento estavam desfolhadas, e o céu estava cinza-chumbo.

Quando Marge falou novamente, foi tão baixinho que quase não escutei.

– Russ, estou com medo – sussurrou ela.

– Eu sei. Eu também.

– Não é justo. Eu nunca fumei, praticamente nunca bebi, sempre comi direito. Sempre me exercitei.

Por um instante, ela pareceu novamente uma criança.

Agachei-me para podermos ficar na mesma altura.

– Tem razão. Não é justo.

Ela então me encarou e soltou uma risada resignada.

– Você sabe que é tudo culpa da nossa mãe, não é? Dela e dos genes da família dela. Não que eu algum dia vá dizer isso a ela. E não que eu a culpe de fato. Porque não culpo.

Eu pensava exatamente a mesma coisa, só não tinha dito as palavras em voz alta. Sabia que minha mãe estava atormentada pelo mesmo pensamento e que esse era um dos motivos pelos quais mal havia aberto a boca no hospital. Estendi a mão e peguei a de Marge.

– Estou me sentindo uma merda – disse ela. – Já decidi que odeio quimioterapia. Vomitei quatro vezes hoje de manhã e não tenho nem força suficiente para ir ao banheiro sozinha.

– Eu vou ajudar – falei. – Prometo.

– Não vai, não.

– Como assim? É claro que eu vou ajudar.

Eu nunca tinha visto minha irmã tão triste, minha irmã Marge, que descartava até mesmo as maiores perdas com uma desenvoltura cheia de pragmatismo.

– Eu sei que é isso que você acha que deve fazer. E sei que vai querer fazer isso. – Ela apertou minha mão. – Mas eu tenho Liz. E você tem London, e a agência, e Emily.

– Não estou nem aí para o trabalho no momento. Emily vai entender. E London passa quase o tempo todo na escola.

Marge demorou a responder. Quando falou, foi como se estivéssemos voltando a uma conversa que eu nem sabia que estávamos tendo:

– Sabe o que eu mais admiro em você? Entre outras coisas? – perguntou ela.

– Não faço ideia.

– Eu admiro sua força. E sua coragem.

– Eu não sou forte – protestei. – Nem corajoso.

– É, sim – insistiu ela. – Quando eu penso no último ano e em tudo por que você passou, não sei como você conseguiu. Vi você se transformar no pai que eu sempre soube que poderia ser. Vi você na pior depois que Vivian foi embora. E vi você se reerguer. Tudo isso enquanto abria um negócio, com todas as dificuldades que vêm no pacote. Não existe muita gente que teria encarado os últimos seis meses como você encarou. Eu com certeza não teria conseguido.

– Por que está me falando isso? – perguntei, sem entender.

– Porque eu não vou deixar você parar de fazer o que precisa por minha causa. Isso acabaria comigo.

– Eu vou estar do seu lado. Você não vai conseguir me convencer do contrário.

– Não estou pedindo que você me abandone. Estou pedindo que continue a viver sua vida. Estou pedindo que seja forte e corajoso outra vez. Porque London não é a única que vai precisar de você. Liz vai precisar de você. Mamãe e papai também. Um de vocês tem que ser a fortaleza. E, apesar de você talvez não acreditar, lá no fundo sei que você sempre foi o mais forte de todos.

24

Dezembro

Quando relembro Marge adolescente, duas coisas me vêm à mente: patins e filmes de terror. No final dos anos 1980, começo dos 1990, os patins clássicos aos poucos foram substituídos pelos in-line, *mas Marge se manteve fiel aos patins tradicionais que tinha quando criança. Acho que minha irmã tinha uma nostalgia dos rinques de patinação do começo da sua infância. Durante sua adolescência, os fins de semana eram passados quase inteiramente sobre patins, em geral com o walkman e os fones nos ouvidos, até mesmo depois de ela tirar carteira de motorista, o que é espantoso. Havia poucas coisas que Marge adorasse mais do que andar de patins. Entre elas um bom filme de terror.*

Embora minha irmã, assim como eu, adorasse comédias românticas, seu gênero preferido era o terror, e ela nunca perdia os lançamentos na semana de estreia. Pouco importava se o filme houvesse sido detonado pela crítica e pelo público: caso não conseguisse encontrar um entusiasta do seu calibre, ela ia ao cinema sozinha e feliz, tão dedicada quanto uma groupie à sua banda preferida. De A hora do pesadelo *a* Amytiville 4 – A fuga do mal, *passando por* O mistério de Candyman, *Marge era uma verdadeira aficionada em filmes de terror, dos mais sofisticados aos mais rasteiros.*

Quando eu lhe perguntava por que amava tanto esses filmes, ela apenas dava de ombros e dizia que às vezes gostava de sentir medo.

Eu não entendia, assim como não entendia qual era a graça de ficar zanzando com rodinhas nos pés. Por que alguém iria gostar de sentir medo? A vida já não tinha coisas assustadoras mais do que suficientes para nos tirar o sono à noite?

Agora eu achava que entendia.

Marge gostava desses filmes porque eles não eram reais. O medo que ela sentia durante a projeção era temporário: começava e depois terminava, e ela saía do cinema emocionalmente esgotada, mas ao mesmo tempo aliviada por estar tudo bem no mundo. Ao mesmo tempo, podia confrontar, ainda que só por um tempo, um dos sentimentos inevitáveis da vida, a raiz de nosso instinto universal de lutar ou fugir. Obrigando-se a ficar no cinema apesar do medo, acho que Marge sentia que podia sair mais fortalecida e bem-equipada para encarar os terrores de verdade que a vida lhe reservasse.

Em retrospecto, acho que talvez ela tivesse alguma razão.

Vivian voltou com London no domingo à noite. Antes de sair, me deu um abraço mais demorado do que eu esperava. Nele pude sentir sua preocupação, mas, estranhamente, seu corpo não me parecia mais familiar.

London havia gostado da viagem, mas dessa vez comentou ter sentido saudades tanto dos peixes quanto dos hamsters. Assim que chegou em casa, subimos para o quarto, onde ela me contou que seu jantar de Ação de Graças fora numa mansão. Supus que Vivian tivesse apresentado nossa filha a Spannerman como reação por ter visto London abraçar Emily no ateliê. Na sua cabeça, eu sem dúvida fora o primeiro a violar o tabu, o que lhe dava o direito de fazer a mesma coisa.

Imagino que eu deveria ter me importado mais com isso, mas naquele momento não dava a mínima. Estava exausto, e sabia que de toda forma London acabaria conhecendo Spannerman. Que diferença fazia se fosse naquele fim de semana ou em sua próxima visita a Atlanta?

Que diferença fazia qualquer coisa agora?

Enquanto London estava ocupada com os peixes, resolvi limpar a gaiola dos hamsters, algo que deixara de lado durante sua ausência. Agora já estava acostumado e foi bem rápido. Levei a sujeira para o lixo do lado de fora, lavei as mãos e tornei a subir. Encontrei London com Seu Confete.

– Está com fome, querida? – perguntei.

– Não. Mamãe e eu comemos no avião.

– Só para ter certeza.

Sentei-me na cama e fiquei olhando para minha filha, mas pensando sobretudo em Marge. Minha irmã queria que eu continuasse a viver minha vida, a agir como se nada houvesse mudado. Só que tudo havia mudado, e eu me sentia oco, tão vazio quanto um barril jogado num ferro-velho. Não sabia se conseguiria fazer o que Marge pedira, e não tinha certeza se queria fazê-lo.

– Sabe de uma coisa? – disse London, levantando a cabeça.

– O quê, meu amor?

– No Natal, eu vou fazer um vaso para a tia Marge e a tia Liz, igual ao que fiz para a mamãe. Só que desta vez vou pintar uns peixes.

– Tenho certeza de que elas vão adorar.

Por alguns instantes, London pareceu me estudar com uns olhos inexplicavelmente sérios.

– Está tudo bem com você, papai?

– Tudo – respondi. – Comigo tudo bem.

– Parece que você está triste.

E estou, pensei. *Estou me segurando para não desmoronar.*

– É que eu estava com saudades de você, só isso.

Ela sorriu e veio na minha direção com o hamster na mão.

– Quer segurar o Seu Confete?

– Claro – respondi.

Ela depositou o bicho na minha mão com cuidado. O hamster era macio e leve, mas pude sentir as minúsculas garras se agitarem em busca de apoio. Seus bigodes tremeram, e ele começou a cheirar minha mão.

– Sabe de uma coisa? – tornou a perguntar London.

Forcei um ar inquisitivo.

– Agora eu já sei ler – completou ela.

– Ah, é?

– Eu li *Dois a dois* sozinha. Li para a mamãe.

Perguntei-me se na verdade ela já sabia recitar de memória, mais do que propriamente ler, afinal, nós tínhamos lido aquele livro juntos umas cem vezes. Mas, nesse caso também, que diferença fazia?

– Quem sabe você me mostra mais tarde?

– Tá bom – concordou ela, então passou o braço à minha volta e apertou. – Eu te amo, papai.

Senti o cheiro do xampu infantil que ela usava e uma nova dor me apertou o coração.

– Também te amo.

Ela apertou com mais força antes de soltar.

– Pode me devolver o Seu Confete?

Marge largou o emprego na segunda-feira. Eu sei porque recebi uma mensagem dela dizendo: *Resolvi me aposentar*.

Passei na casa da minha irmã após deixar London na escola. O trabalho podia esperar. Pouco me importava o que Marge me pedira. O que eu queria era vê-la. Liz veio atender à porta e pude ver que havia chorado, embora seus olhos só estivessem um pouco vermelhos.

Encontrei Marge recostada no sofá, com as pernas encolhidas, enrolada num cobertor. Na TV estava passando *Uma linda mulher*. Aquilo me provocou uma enxurrada de lembranças e de repente tornei a ver Marge adolescente. Na época em que tinha uma vida inteira pela frente, uma vida medida em décadas, não em meses.

– Oi – disse ela, apertando o botão de *pause*. – O que está fazendo aqui? Não deveria estar no trabalho?

– Eu conheço o patrão – respondi. – Ele disse que não tinha problema eu chegar um pouco atrasado hoje.

– Engraçadinho.

– Eu tive os melhores professores.

Ela abriu espaço, e eu me deixei cair no sofá ao seu lado.

– Confesse: você recebeu minha mensagem e passou aqui porque está com inveja de mim por ter enfim abandonado a corrida sem sentido da vida profissional. – Ela abriu um sorriso desafiador. – Decidi que está na hora de viver um pouco.

Tentei em vão encontrar uma resposta irônica. No silêncio que se seguiu Marge cutucou minhas costelas com os pés.

– Relaxe. Baixo-astral e pessimismo nesta casa não entram. – Ela espiou por cima do ombro. – Liz estava bem? – sussurrou ela por fim.

– Acho que sim. Na verdade a gente não conversou.

– Pois deveriam. Liz na verdade é uma pessoa legal.

– Só legal? – perguntei, com um sorriso forçado. – Mas e você, como está se sentindo?

– Muito melhor do que ontem – respondeu ela. – Falando nisso, posso levar London para patinar neste fim de semana?

– Você quer levar London para andar de patins?

Minha incredulidade deve ter transparecido, pois Marge se empertigou.

– Acredite ou não, eu me recuso a permitir que vocês me mantenham presa dentro de casa. E acho que London vai gostar. Eu com certeza vou.

Ficou implícito que aquilo provavelmente seria algo de que minha filha se lembraria para sempre, já que seria a primeira vez dela nos patins.

– Quando foi a última vez que você andou de patins?

– E você com isso? Eu não desaprendi a patinar de uma hora para outra. Não sei se você se lembra, mas eu patinava muito bem.

Não é isso, pensei. *Estou me perguntando se você vai ter forças*. Desviei os olhos para a televisão, convencido de que Marge evitava encarar a realidade. Na imagem congelada na tela, Julia Roberts estava num bar, discutindo com a colega de quarto sobre dinheiro. Embora eu não visse aquele filme havia anos, ainda me lembrava praticamente de todas as cenas.

– Tudo bem. Mas só se você der *play* pra gente ver o filme.

– Você quer gastar sua manhã vendo *Uma linda mulher*? Em vez de ir ganhar dinheiro?

– A vida é minha.

– Bom, mas que isso não se torne um hábito, ok? Você é bem-vindo para passar aqui depois do trabalho, mas antes não. Eu provavelmente vou precisar de meu sono de beleza.

– Aperta logo esse *play*.

Ela arqueou de leve a sobrancelha e apontou o controle para o aparelho.

– Comecei a assistir faz pouco tempo.

– Eu sei.

– A gente costumava ver esse filme juntos.

– Eu sei – repeti. – Assim como também sei que você sempre teve uma queda pela Julia Roberts.

Ela riu. O filme recomeçou, e minha irmã e eu passamos as duas horas seguintes assistindo, recitando as falas e comentando cada cena, exatamente como quando éramos crianças.

Depois do filme, Marge foi para o quarto tirar um cochilo, enquanto Liz e eu tomávamos café na cozinha.

– Não sei o que eu vou fazer – confessou Liz, com a expressão de alguém que foi atropelado por acontecimentos que não consegue compreender. – Na Costa Rica ela parecia bem. Quase não tossiu, e foi difícil acompanhar o ritmo dela. Não entendo como ela podia parecer tão saudável um mês atrás, e agora... – Ela balançou a cabeça, atarantada. – Eu não sei o que devo fazer. Cancelei minhas sessões de hoje e de amanhã, mas Marge basicamente me proibiu de tirar uma licença. Quer que eu continue trabalhando pelo menos alguns dias por semana e insistiu que sua mãe pode me substituir quando for preciso. Que a gente deveria montar uma escala ou algo assim.

Quando ela levantou a cabeça, seus olhos estavam repletos de dor.

– É como se ela não me quisesse por perto – concluiu Liz.

– Não é isso – falei, cobrindo a mão dela com a minha. – Ela ama você. Você sabe disso.

– Então por que está praticamente me afastando? Por que ela não consegue entender que eu só quero ficar com ela o máximo que puder, pelo tempo que for possível?

Com os olhos fixos na janela, olhando para o nada, ela apertou minha mão.

– Ela ainda quer ir a Nova York semana que vem – acrescentou por fim.

– Você não está pensando seriamente em ir, está?

Andar de patins era uma coisa, mas uma viagem de turismo para uma das cidades mais movimentadas do mundo?

– Eu não sei o que fazer. Marge perguntou ao médico ontem à noite sobre a viagem e ele disse que, se ela estivesse se sentindo disposta, não havia motivo para não ir, uma vez que está no intervalo entre as sessões de químio. Mas como eu posso ir e não pensar *Esta é a última vez que Marge está vendo isso* ou *Esta é a última chance que a Marge tem de fazer isso e aquilo*?

Ela me encarou à espera de uma resposta, mas não havia nada que eu pudesse dizer.

Afinal, a maioria das perguntas de Liz era igual às minhas, e eu também não tinha respostas.

Na terça de manhã, 1º de dezembro, recebi uma mensagem de texto de Marge convidando a mim e London para jantar naquela noite. Era um jeito sutil de me dizer para não aparecer antes disso.

Essa ideia me deixou deprimido e, depois de levar London à escola, combinei de encontrar Emily para um café. De calça jeans e suéter grosso de gola alta, ela parecia tão fresca e jovial quanto uma universitária.

– Você está com uma cara cansada – observou. – Como tem segurado as pontas?

– Estou sobrevivendo – respondi, passando a mão pelos cabelos num gesto fatigado. – Me desculpe por não ter ligado esses dias.

Ela levantou as mãos.

– Não precisa se desculpar. Nem consigo imaginar tudo por que você está passando. Andei preocupada com você.

Por algum motivo, suas palavras me reconfortaram.

– Obrigado, Em. É muito importante para mim ouvir isso.

– Quer me contar o que anda acontecendo? – perguntou ela, tocando meu braço.

Passei a hora seguinte falando sem parar, enquanto meu café esfriava aos poucos até ficar na temperatura ambiente. Enquanto falava, dei-me conta de que, desde que Emily tornara a entrar na minha vida, eu vinha passando de uma catástrofe emocional a outra. Depois, quando ela me abraçou, peguei-me mais de uma vez maravilhado com o fato de ela ainda estar me aturando.

No jantar dessa noite, Liz se esforçou para preparar algo que sabia que London iria gostar: um frango marinado, batatas temperadas e salada de frutas.

Minha mãe estava indo embora quando chegamos e a acompanhei até seu carro. Antes de entrar, ela parou.

– Marge me proibiu de largar qualquer um dos meus clubes – contou. – Na verdade, ela insistiu que eu devo manter exatamente a mesma rotina, mas Russ... – Ela franziu o cenho, preocupada. – Sua irmã não sabe como vai ficar ruim. Ela vai precisar de ajuda. É como se estivesse negando a realidade.

Aquiesci, indicando que eu vinha pensando a mesma coisa.

– Sabe o que ela me disse agora mesmo? Que quer que seu pai venha consertar algumas ripas da varanda, porque estão apodrecendo. E algumas das janelas que estão emperrando. E uma pia do banheiro que está pingando. Insistiu tanto para consertar essas coisas, como se isso tivesse alguma importância agora. – Ela me encarou com um ar de incompreensão. – Por que se preocupar com umas ripas podres? Ou com as janelas?

Embora eu não tenha respondido, compreendi enfim o que Marge estava fazendo. De repente entendi por que ela só queria que eu fosse lá à noite, por que obrigava Liz e minha mãe a dividirem o tempo que passavam com ela. Entendi por que ela queria que meu pai fosse lá fazer reparos na casa e por que insistia em levar London para andar de patins.

Marge, mais do que ninguém, sabia que cada um de nós não apenas queria um tempo a sós com ela, mas que iríamos precisar disso antes do fim.

Conforme os efeitos colaterais da primeira sessão de quimioterapia foram diminuindo ao longo da semana, Marge ficou cada vez mais forte. E nós todos quisemos acreditar que o tratamento estava dando certo, porque desejávamos desesperadamente ao menos mais alguns meses com ela.

Hoje sei que só Marge entendia, em algum nível intuitivo, o que de fato estava acontecendo dentro do seu corpo. Para começar, só aceitou o tratamento porque era o que todos queríamos que fizesse. Agora, pensando bem, percebo que ela sabia, desde que concordou com a químio, que aquilo não iria deter em nada o avanço da doença.

Até hoje me pergunto como ela sabia.

Liz e minha mãe organizaram uma escala de horários para que uma delas estivesse sempre em casa durante o dia depois que Marge e Liz voltassem de Nova York.

Na sexta seguinte ao meu jantar na casa de Marge, meu pai tirou uma manhã de folga no trabalho e apareceu na casa dela com sua caixa de ferramentas e a mala do carro lotada com uma pilha de ripas pré-cortadas. Iniciou o lento processo de trocar as ripas e fez um intervalo na hora do almoço. Marge e ele almoçaram sanduíches e chá gelado na varanda dos fundos enquanto admiravam o trabalho do meu pai até então e debatiam as chances dos Braves na temporada do ano seguinte.

No sábado, Marge chegou à minha casa depois da aula de arte para levar London para andar de patins. Naquela mesma aula de arte, sem que minha irmã soubesse, London havia fabricado seu presente de Natal. Liz e eu fomos também e ficamos vendo da arquibancada Marge ajudar London a avançar vagarosamente pelo rinque. Como a maioria das crianças, London ficava tentando andar com os patins, em vez de deslizar, e foi preciso uma boa meia hora para ela começar a dominar o movimento correto. Se Marge não estivesse segurando suas duas mãos enquanto patinava de costas, minha menininha teria se esborrachado pelo menos vinte vezes.

Ao final da sessão, porém, as duas puderam patinar lado a lado, ainda que devagar, e foi com um orgulho visível que London finalmente desamarrou os cadarços com a ajuda de Liz e devolveu os patins. Fui me sentar ao lado de Marge enquanto ela se curvava para também tirar os seus.

– Você vai ficar com os braços e as costas doloridos amanhã – previ.

Aos meus olhos, ela parecia cansada, mas não soube dizer se era por estar doente ou porque era compreensivelmente exaustivo amparar London mil vezes para ela não cair.

– Eu vou ficar bem – disse ela. – London não é muito pesada. Mas como *fala* essa menina. Ela falou, falou, falou o tempo todo. Chegou até a me perguntar qual era a minha cor de peixe preferida. Não tive a menor ideia do que responder.

Sorri.

– Nova York provavelmente vai parecer tranquila depois disso. Vocês vão amanhã?

– Vamos... Mal posso esperar – disse ela, empertigando-se. – Falei para Liz que nossa primeira parada vai ser na árvore de Natal do Rockefeller Center. Quero entrar no espírito natalino.

– Me mande umas fotos.

– Mando, sim – prometeu ela. – Aliás, eu já sei o que quero de Natal. De você.

– Pode falar.

– Eu conto quando voltar. Mas vou lhe dar uma pista: quero ir a um lugar com você.

– Tipo uma viagem?

– Não – respondeu ela. – Não é uma viagem.

– Então aonde você quer ir?

– Se eu contasse, não seria surpresa.

– Se você não me contar, como vou poder ir lá?

– Que tal deixar essa parte comigo?

Agora já sem os patins e novamente de sapato, vi-a lançar um último e saudoso olhar na direção do rinque. O lugar estava ficando lotado de crianças, grupos de adolescentes ruidosos e alguns adultos nostálgicos. Pela expressão de Marge, entendi que ela estava pensando que nunca mais teria a oportunidade de patinar.

Entendi que ela não queria apenas ensinar London ou criar uma lembrança que sua sobrinha pudesse levar para sempre. Minha irmã também tinha começado a se despedir das coisas que amava.

Marge e Liz passaram seis dias fora. Durante a viagem, trabalhei bastante, pois queria adiantar o máximo possível as novas campanhas publicitárias, sobretudo para me impedir de ficar pensando na minha irmã. Conforme prometido, ela me mandou pelo celular fotos na árvore de Natal do Rockefeller Center: uma dela e de Liz juntas, e outra dela sozinha.

Mandei tratar no Photoshop, imprimir e depois emoldurar as fotos, com a intenção de dar um par para Marge e Liz de Natal e ficar com o outro para mim.

Enquanto isso, fui procurado por mais dois escritórios de advocacia, entre eles um pequeno em Atlanta que vira meu trabalho recente no YouTube. Quando comecei a montar as apresentações, peguei-me repassando os últimos seis meses.

Quando abri a agência, parecia que todas as minhas preocupações tinham a ver com trabalho ou dinheiro, e na época eu havia achado esse estresse insuportável. Pensava que as coisas não poderiam ficar muito piores, e podia recordar perfeitamente Marge me garantindo que tudo acabaria dando certo no final.

Ela havia acertado, claro.

Por outro lado, não poderia ter estado mais errada.

Os feriados de fim de ano estavam se aproximando.

– Quais são seus planos para o Natal? Com London? – quis saber Marge.

Era domingo à tarde, e ela acabara de se levantar de uma soneca, mas ainda parecia cansada. Estávamos no sofá e ela havia se enrolado num cobertor, embora para mim a casa parecesse aquecida. Ela e Liz tinham voltado de Nova York na véspera e eu queria vê-la antes de London retornar de Atlanta.

– Você e Vivian já conversaram sobre isso? Faltam só quinze dias para o Natal, sabe.

Encarei minha irmã, e parecia que ela havia emagrecido ainda mais desde que eu a vira no rinque de patinação. Tinha os olhos encovados e, por algum motivo, sua voz soava ligeiramente mais aguda e mais fraca.

– Ainda não. Mas infelizmente vai cair mais uma vez num final de semana dela.

– Russ, eu sei que já disse isso antes, mas não é justo você não ter nenhum feriado com London.

Não era mesmo. Só que eu não podia fazer muita coisa a respeito, de modo que tentei mudar de assunto.

– Como foi lá em Nova York?

– Incrível – respondeu ela com um suspiro. – Mas as multidões... Nossa. Tinha filas até o final do quarteirão só para entrar em algumas das lojas. Os espetáculos foram fantásticos e comemos em alguns restaurantes realmente inesquecíveis.

Ela mencionou alguns dos musicais que as duas tinham visto e restaurantes onde haviam comido.

– Então valeu a pena?

– Com certeza – disse ela. – Pedi para o hotel organizar algumas noites românticas quando estávamos lá. Champanhe, morangos cobertos com calda de chocolate, uma trilha de pétalas de rosas até a cama. E também aproveitei para levar umas lingeries novas e exibir meu novo corpo esbelto. – Ela moveu as sobrancelhas para cima e para baixo. – Acho que consegui deixar Liz de quatro.

– Por que você iria querer que ela ficasse de quatro?

– Sério? É assim que você raciocina?

– Quando minha irmã começa a falar de sua vida amorosa, prefiro me fazer de ingênuo – expliquei. – Eu não fico dividindo detalhes da minha.

– Você ainda não tem uma vida amorosa com Emily. E, se quiser minha opinião, já está na hora de fazer alguma coisa a respeito.

– A gente está vivendo um momento legal – insisti. – Falamos ao telefone todas as noites, nos encontramos para tomar café. E saímos na sexta-feira à noite.

– O que vocês fizeram?

– Jantamos. E fomos cantar no karaokê.

– Cantar no karaokê? – espantou-se Marge.

– Ela cantou. Mas, claro, a ideia foi dela. E, além de tudo, ela canta bem.

Marge sorriu e se afundou mais um pouco no sofá.

– Parece divertido – falou. – Na verdade não é sexy nem romântico, mas divertido. Já recebeu alguma proposta pela casa?

– Algumas demonstrações de interesse aqui e ali, mas nada oficial ainda. A corretora disse que dezembro é sempre devagar. Ela quer fazer um *open house* em janeiro.

– Me avise quando vai ser. Liz e eu vamos lá disfarçadas para elogiar a casa na frente dos interessados.

– Vocês têm mais a fazer do que ir olhar uma casa à venda.

– É provável – admitiu ela. – Mas você sempre acaba precisando da minha ajuda, de um jeito ou de outro. Tive que cuidar de você a vida inteira. – Ela olhou na direção da cozinha, onde Liz preparava o almoço. – Vou ter outra sessão de químio esta semana. Sexta que vem, acho. Não estou nem um pouco animada.

Ela suspirou, e um tremor de apreensão atravessou seu semblante. Ela se virou para mim e acrescentou:

– Já que é assim, o melhor seria a gente fazer nosso negócio na quinta.

– Que negócio?

– Nossa viagem, lembra? Meu presente de Natal?

– Você sabe que eu ainda não faço a menor ideia de que papo é esse, não sabe?

– Tudo bem. Eu busco você às sete. Liz pode preparar a London para dormir se você não se importar.

– Claro que eu não me importo – falei.

Ela reprimiu um bocejo e entendi que estava na hora de ir.

– Melhor eu ir andando. Tenho uma tonelada de trabalho que ainda quero terminar antes de London chegar em casa.

– Ok – disse ela. – Estou animada com a quinta-feira à noite. Não se esqueça de vestir roupas quentes.

– Combinado – prometi.

Levantei-me do sofá, hesitei, então me inclinei e dei um beijo no rosto da minha irmã. Seus olhos estavam fechados.

– Até mais.

Ela meneou a cabeça sem responder e, pelo ruído da sua respiração, eu soube que tinha pegado no sono outra vez, antes mesmo de eu chegar à porta.

* * *

Vivian entregou London por volta das sete horas naquela noite. Enquanto o motorista esperava na limusine ligada em frente à casa e London tomava banho, conversamos rapidamente na cozinha.

– Com relação ao Natal – disse ela, indo direto ao ponto. – Eu acho que seria melhor a gente passar aqui. Pela London, digo. Vai ser o último Natal dela nesta casa. Eu posso ficar no quarto de hóspedes se você não se importar. – Ela estendeu a mão para a bolsa e pegou um pedacinho de papel. – Já comprei algumas coisas, mas talvez fique mais fácil se você comprar alguns destes outros itens para eu não ter que trazer tudo para cá. Fiz uma lista. É só guardar as notas, depois a gente divide tudo.

– O que for mais fácil – concordei, pensando no que Marge tinha dito sobre os feriados e imaginando que ela ficaria satisfeita. – Estive com a Marge hoje – falei, recostando-me na bancada.

– Como ela está?

– Já está começando a dormir à beça.

Vivian aquiesceu e baixou os olhos.

– Que horror – comentou ela. – Sei que você acha que Marge e eu nunca nos demos muito bem, mas eu sempre gostei dela. E sei que ela não merece uma coisa dessas. Quero que você saiba disso. Ela sempre foi uma ótima irmã.

– E ainda é – falei, mas quando as palavras saíram eu me perguntei por quanto tempo mais poderia dizê-las.

Na quarta, depois da escola, Emily e eu combinamos de levar as crianças a uma plantação de pinheiros de Natal, onde era possível escolher sua própria árvore e mandar cortá-la. Boa parte do lugar estava decorado como a aldeia do Papai Noel, e as crianças podiam encontrá-lo antes de visitar seu ateliê, onde eram servidos chocolate quente e biscoitos. Melhor ainda: o lugar entregava a árvore em casa e a montava na base, algo que para mim era uma necessidade, já que eu desconfiava que meu Prius ficaria esmagado sob o peso da árvore se precisasse levá-la.

Quando comentei com Marge, ela insistiu em nos encontrar na plantação com Liz.

Faltavam nove dias para o Natal.

No estacionamento, vi Marge descendo do carro. Quando a abracei, pude sentir as costelas saltadas, o câncer aos poucos a devorando por dentro. No entanto, ela parecia estar com mais energia do que logo após voltar de Nova York.

– E imagino que este aqui seja Bodhi – falou, apertando a mão do menino com uma formalidade comovente. – Como você é alto para a sua idade! – comentou ela, e então lhe perguntou sobre o que ele gostava de fazer e o que queria de Natal.

Quando as crianças começaram a ficar visivelmente ansiosas, deixamos que corressem em direção à plantação, onde logo se perderam entre os triângulos verdes dos pinheiros.

Emily e eu fomos atrás, caminhando junto com Marge e Liz.

– Em, quais são seus planos para as festas? – quis saber Marge. – Vocês vão para algum lugar?

– Não – respondeu ela. – Vamos fazer os mesmos programas em família de sempre. Ver minha irmã e meus pais. Desde que London aprendeu a andar de bicicleta, Bodhi está implorando para ganhar uma, então acho que vou ter que comprar... mesmo que não esteja assim tão confiante em relação à minha capacidade de ensiná-lo a andar.

– Você a ajuda, não ajuda, Russ? – disse Marge, me dando uma cotovelada.

Fiz uma careta.

– Marge sempre foi ótima em me oferecer para fazer coisas.

– É, eu acho que me lembro. – Emily riu. – Russ comentou que vocês se divertiram em Nova York.

As duas ficaram um pouco para trás, entretidas na conversa. Dei o braço a Liz e fui seguindo o caminho que as crianças tinham pegado.

– Como está funcionando o revezamento com minha mãe? – perguntei.

– Acho que está dando certo. Agora só estou trabalhando três dias por semana, então sua mãe fica com Marge quando estou fora.

– Ela parece disposta hoje.

– De manhã estava um pouco cansada, mas foi se animando no caminho para cá. Acho que fazer programas como este a faz sentir que não tem nada de errado com ela, ainda que por pouco tempo. Foi a mesma coisa quando estávamos em Nova York.

– Que bom que Marge quis vir. Só não quero que fique cansada demais.

– Eu disse isso a Marge. E sabe o que ela respondeu?

– Não posso nem imaginar.

– Ela me falou para eu não me preocupar tanto assim, porque ainda tem uma coisa importante para fazer.

– O que isso quer dizer?

Liz balançou a cabeça.

– Seu palpite vale tanto quanto o meu.

Quando paramos para esperar Emily e Marge nos alcançarem, fiquei pensando nas palavras enigmáticas da minha irmã. Ela sempre fora chegada numa surpresa, e me perguntei que últimos mistérios estaria guardando na manga.

* * *

Na noite seguinte, Marge e Liz chegaram à minha casa às sete em ponto. Assim que Liz entrou, London lhe deu a mão e a levou até seu quarto para lhe mostrar o aquário.

Apesar da temperatura relativamente amena, Marge estava enrolada num cachecol e num gorro. Estava também de luvas e usava o casaco acolchoado que eu levara para o hospital e que estava grande demais para ela.

Parecia impossível terem transcorrido menos de três semanas desde que ela fora hospitalizada às pressas.

– Está pronto? – indagou, impaciente, obviamente pronta para sair.

Peguei meu casaco e desencavei um par de luvas e um gorro, embora não pudesse imaginar que fosse precisar deles.

– Aonde a gente vai?

– Você vai ver – disse ela. – Vamos. Antes que eu amarele.

Apesar de ainda intrigado, quando começamos a virar em ruas que eu reconheci de repente entendi o que ela estava querendo.

– Você não está falando sério – falei quando ela parou diante do portão e desligou o motor do carro.

– Estou, sim – disse ela com firmeza. – E este é seu presente de Natal para mim.

Quando ergui os olhos, o castelo de água surgiu lá em cima. Parecia pairar numa altura impossível, imensurável.

– É proibido subir na torre.

– Sempre foi. Isso nunca nos deteve antes.

– Éramos crianças – contrapus.

– E agora não somos mais – disse ela. – Preparado? Ponha seu gorro e suas luvas. É provável que esteja ventando lá em cima.

– Marge...

Ela me encarou.

– Eu consigo subir – falou, num tom que não admitia discordância. – Depois da próxima rodada de químio, talvez não consiga mais. Mas agora eu ainda consigo e quero que você venha comigo.

Marge não me esperou responder. Desceu do carro e foi andando em direção à escada de aço usada para manutenção. Fiquei paralisado, indeciso. Quando decidi ir correndo atrás dela, minha irmã já havia subido quase 2 metros. Ou seja, é claro que eu não tive escolha senão começar a subir também. Se ela se cansasse, se se sentisse fraca ou tonta, eu precisava estar ao seu lado para segurá-la. No fim das contas, foi o medo de que algo acontecesse com ela que me impeliu a segui-la.

Marge não havia mentido. Embora tenha precisado fazer uma pausa a cada 6 metros mais ou menos, recomeçava sempre a subir, numa escalada incansável. Lá embaixo dava para ver os telhados das casas, e senti cheiro de fumaça subindo das lareiras. Fiquei grato por estar de luvas, pois os degraus de metal estavam frios o bastante para deixar minhas mãos dormentes.

Quando finalmente chegamos lá em cima, Marge avançou bem devagar até o ponto em que eu a tinha encontrado naquela noite horrível, quando ela ainda estava na faculdade. Assim como daquela vez, deixou as pernas dependuradas na borda da estreita passarela. Fui depressa até ela e passei o braço em volta dos seus ombros outra vez, para o caso de ela ficar tonta.

– Você deve estar com frio.

– Eu não, fale por você – retorquiu ela. – Coloquei uma segunda pele antes de vir.

– Ok. Então chegue essa bunda mais para cá para eu poder me aquecer também.

Ela se aproximou, e passamos um tempo admirando nosso bairro de um ponto de vista que apenas os pássaros tinham. Estava frio demais para os ruídos noturnos de grilos e sapos. Em vez disso, captei um leve murmúrio de sinos de vento e o barulho da brisa fazendo farfalhar os galhos das árvores. Havia também o chiado da respiração de Marge, baixo e úmido. Perguntei-me quanta dor ela estaria sentindo. Afinal, o câncer sempre traz dor.

– Eu lembro quando você me encontrou aqui, bêbada feito um gambá – falou ela. – Bom, não me lembro de tudo... Na verdade não me lembro de quase nada daquela noite a não ser do momento em que você de repente apareceu.

– Foi uma noite difícil.

– Às vezes fico pensando o que teria acontecido se você não tivesse aparecido. Me pergunto se eu teria mesmo pulado ou talvez caído. Na época eu estava arrasada por causa da Tracey, mas hoje olho para trás e não consigo evitar achar que foi uma boa coisa. Porque no final eu encontrei a Liz. E o que eu e ela temos não se parece em nada com o que eu tinha com a Tracey. Nunca pareceu. Ela e eu, sabe?, a gente dá certo.

– É, eu sei. Vocês têm uma coisa que todo mundo quer.

– Estou preocupada com ela – admitiu Marge. – Liz é muito boa em ajudar os outros a atravessar seus problemas, mas acho que ela se doa tanto no trabalho que não sobra muita coisa para ela mesma. E isso me assusta. Porque eu quero que ela fique bem. Quero que ela seja feliz. – Ela deixou o olhar se perder ao longe, como se estivesse tentando ver o futuro. – Quero que ela um dia conheça outra pessoa, alguém que a ame tanto quanto eu. Alguém com quem ela possa ficar velhinha.

Engoli em seco para conseguir falar.

– Eu sei.

– Quando a gente estava em Nova York, ela jurou que não tinha o menor interesse em algum dia conhecer outra pessoa. E eu cheguei a ficar brava com ela. A gente brigou e depois fiquei me sentindo péssima. Nós duas ficamos, mas...

– Tem muita coisa acontecendo, Marge – falei, com uma voz suave. – Liz entende isso. E ela vai ficar bem.

Se minha irmã me escutou, não deu nenhum sinal disso.

– Sabe o que mais me assusta?

– O quê?

– Que ela vai perder contato com London. Ela ama tanto aquela menina... London é uma das grandes responsáveis por termos pensado em ter um filho. E agora...

– Liz sempre vai fazer parte da família – interrompi. – Garanto que ela vai ter um papel importante na vida da minha filha.

– E se London for morar em Atlanta? – insistiu Marge.

– Mesmo assim elas vão se ver sempre – garanti.

– Mas você só vai estar com ela em um feriado ou outro e a cada quinze dias, não é? Talvez duas semanas no verão?

Hesitei.

– Eu sinceramente não sei o que vai acontecer em relação a London.

Vivian tinha se mostrado mais generosa e menos volátil desde que ficara sabendo da doença de Marge. No entanto, era a pessoa menos previsível que eu conhecia, e eu titubeava em fazer promessas que não poderia cumprir.

Marge se virou para mim.

– Você tem que brigar por ela – disse minha irmã de maneira enérgica. – London deveria morar com você.

– Vivian não vai deixar isso acontecer. E duvido que a justiça deixe.

– Então você precisa pensar em alguma solução. Porque eu vou dizer uma coisa: as meninas precisam do pai. Olhe para mim e papai. Ele pode não ter sido o cara mais extrovertido do mundo, mas eu sempre soube, em algum nível muito profundo, que ele estava lá para me ajudar. E pense no que ele fez por mim quando eu saí do armário. Pelo amor de Deus, a gente parou de ir à igreja! Ele escolheu a *mim*... contra Deus, contra nossa comunidade, contra todo mundo. E, se você não estiver por perto quando London chegar às suas próprias encruzilhadas na vida, ela vai se sentir abandonada por você. Você tem que estar do lado da sua filha... todos os dias, não só de vez em quando.

Ela se calou por um instante, como se o esforço de falar a houvesse deixado sem ar.

– Enfim, ela agora está acostumada com você cuidando dela – acrescentou Marge. – E você é ótimo nisso.

– Estou tentando, Marge.

Ela segurou meu braço.

– Você precisa fazer mais do que isso – disse, com a voz decidida. – Precisa fazer tudo que puder para continuar na vida dela. Não só no fim de semana ou nas férias, mas como o pai que vai estar sempre lá para abraçá-la quando ela chora, pegá-la do chão quando ela cair, ajudar com o dever de casa. Para dar apoio quando ela não estiver conseguindo ver um jeito de seguir em frente. Ela precisa que você faça isso por ela.

Encarei as ruas vazias lá embaixo, banhadas pela luz halógena dos postes.

– Eu sei – falei baixinho. – Só espero que eu não fracasse.

A árvore de Natal foi entregue no domingo de manhã, e London e eu passamos a primeira parte do dia colocando os enfeites, pendurando luzinhas entre os galhos e debatendo o posicionamento de cada ornamento. Quando liguei para Marge e Liz à tarde para ver se elas queriam passar em casa e ver a árvore de Natal, Liz atendeu e disse que elas não iriam conseguir.

– Hoje foi um dia bem ruim – disse ela.

Marge havia feito a segunda sessão de quimioterapia na sexta, um dia depois de irmos ao castelo de água, e eu não a vira desde então. Segundo Liz contou, os enjoos e a dor estavam piores do que da primeira vez e minha irmã mal conseguira sair da cama.

– Posso fazer alguma coisa para ajudar?

– Não – respondeu ela. – Seus pais passaram praticamente o dia inteiro aqui. Ainda não foram embora. – Ela baixou a voz. – Seu pai... Acho que ver Marge desse jeito está matando o coitado. Ele não para de arrumar coisas novas para consertar. É claro que para sua mãe também é difícil, mas ela passou por isso tantas vezes que pelo menos sabe o que esperar. Seu pai está tentando muito ser forte pela Marge, mas essa situação o está destruindo por dentro. Ele ama tanto a filha... Os dois amam.

Peguei-me pensando no que Marge tinha falado naquela noite no castelo de água, sobre ser o tipo de pai presente para o que der e vier, sempre. Pelo visto, mesmo no fim.

– Ele é um ótimo pai, Liz. Tomara que eu consiga ser metade do pai que ele é.

Na segunda, último dia de escola de London antes do feriado de inverno, finalmente consegui atacar a lista de Natal que Vivian me deixara. O trabalho havia me mantido ocupado quase todos os dias e, como dividia meu foco entre "clientes" e "Marge", a lista havia escapado ao meu radar. Por sorte, Emily ainda precisava fazer umas compras de última hora, então fomos juntos de loja em loja no final da manhã. Faltando apenas quatro dias para o Natal, tive medo de algumas coisas terem acabado, mas consegui encontrar tudo que estava na lista.

Fizemos uma parada no meio da maratona de compras para almoçar. Havia um café no shopping e, embora a comida estivesse com um cheiro bom, eu estava com pouco apetite. Naquela manhã, me pesara e vira que havia começado a emagrecer outra vez. Eu não era o único: Liz também estava perdendo peso, e percebi que às vezes parecia um pouco desleixada, como se não ligasse mais para a própria aparência. Seus cabelos, muitas vezes presos num rabo de cavalo malfeito, estavam perdendo o brilho. Minha mãe e meu pai também estavam sofrendo. Nas últimas semanas, meu pai parecia ter adquirido uma corcunda de derrotado, e as rugas de preocupação no rosto da minha mãe ficavam mais profundas a cada dia que passava.

Mas nosso sofrimento não era nada comparado ao de Marge. Caminhar estava se tornando um suplício, e muitas vezes ela precisava lutar para permanecer acordada por mais de uma hora. Quando eu ia visitá-la, às vezes ficava sentado com ela em seu quarto escuro, escutando seu esforço para respirar, mesmo dormindo. Às vezes ela gania durante o sono e eu pensava se estaria sonhando. Se ao menos ela pudesse ter um sonho que a fizesse sorrir, pensei.

Pensamentos como esse me preocupavam mesmo quando eu estava com Emily, qualquer que fosse o ambiente. Quando meu almoço chegou, encarei a comida com um ar inexpressivo e pensei no rosto emaciado de Marge. Dei uma única garfada e afastei o prato.

Se minha irmã não conseguia comer, acho que uma parte de mim pensava que eu tampouco merecia me alimentar.

– Você precisa passar aqui – disse Marge sem preâmbulos logo que eu atendi sua ligação.

Eu havia deixado Emily em casa poucos minutos antes.

– Por quê? Está tudo bem?

– Quer mesmo que eu responda a essa pergunta? – indagou ela, com um vestígio do antigo humor sardônico. – Mas, sim, estou me sentindo melhor do que antes e queria que você passasse aqui.

– Preciso buscar London na escola daqui a pouquinho. E antes tenho que deixar os presentes em casa.

– Passe aqui no caminho e deixe os presentes com a gente – sugeriu ela. – Assim London não vai encontrar.

Chegando à casa delas poucos minutos depois, comecei a descarregar as sacolas do porta-malas. Quando ergui os olhos, minha mãe apareceu na soleira da porta. Mesmo com a ajuda dela, levamos duas viagens para descarregar tudo.

– Nem sei onde colocar essa tralha toda – falei, olhando para a montanha de sacolas no chão da cozinha.

Será que London precisava mesmo daquilo tudo?, pensei.

– Vou pôr tudo num dos armários – disse minha mãe. – Entre. Marge está esperando você.

Encontrei minha irmã no sofá, enrolada num cobertor como de costume, com as persianas da sala fechadas. As luzes da árvore de Natal emitiam um brilho alegre, mas Marge parecia ter envelhecido anos desde que eu a vira pela última vez. Seus malares se destacavam sob as olheiras encovadas, e seus braços tinham um aspecto emaciado e flácido. Ao me sentar ao seu lado, tentei disfarçar minha consternação por vê-la daquele jeito.

– Soube que têm sido dias difíceis – falei, pigarreando.

– Já me senti melhor, de fato. Estou melhorando agora, mas... – Ela esboçou um sorriso, um arremedo da incontrolável Marge de antigamente. – Que bom que você veio. Queria falar com você.

Falar parecia exigir um grande esforço.

– Emily ligou faz um tempinho – completou ela.

– Emily?

– É. Você se lembra dela, não? Cabelo esplendoroso, um filho de 5 anos, a mulher que você ama? Enfim, ela me ligou porque está preocupada com você. Disse que você não está comendo.

– Ela *ligou* para você? – falei, percebendo que estava ficando irritado.

Agora Marge iria começar a se preocupar com a *minha* saúde?

– Eu *pedi* que ela ficasse de olho em você e me contasse como você estava – disse minha irmã com a voz mandona que eu recordava da infância. – E foi por isso que eu lhe pedi para vir aqui. – Ela me avaliou com um olhar crítico. – É melhor você jantar de forma decente hoje, senão vou ficar zangada com você.

– Quando foi que você pediu a Emily que "ficasse de olho" em mim? – exigi saber.

– Quando a gente foi comprar a árvore na aldeia do Papai Noel.

– Marge, você tem coisas mais importantes com que se preocupar do que comigo – falei, consciente de como parecia um menino malcriado.

– É aí que você se engana – disse ela. – Isso é uma coisa que eu não vou deixar você tirar de mim.

Terça-feira, 22 de dezembro, era o último dia de aula de London antes das férias de inverno, e era o dia em que eu havia planejado embrulhar todos os presentes.

Na véspera, quando eu estava na sua casa, Marge tinha me perguntado se poderia ajudar com os embrulhos, já que os presentes estavam lá mesmo.

Quando cheguei com os papéis de embrulho após levar London à escola, a primeira coisa que pensei foi que ela estava com uma cara melhor do que na véspera. Ao mesmo tempo, me detestei por ter começado a fazer essas avaliações toda vez que a via, só para ver minhas esperanças crescerem ou serem destruídas dependendo de como Marge aparentasse estar.

Liz estava em casa com ela nesse dia e exibiu uma alegria forçada quando levamos os presentes para a cozinha e começamos a embrulhar. A pedido de Marge, ela preparou um chocolate quente grosso e cheio de espuma para nós três, mas notei que minha irmã quase não bebeu.

Marge embrulhou alguns dos presentes menores, então tornou a se recostar na cadeira e deixou o resto ao nosso encargo.

– Ainda estou chateado com você por ficar se preocupando comigo, falando com Emily – reclamei.

Apesar da sua condição, era óbvio que Marge estava se divertindo com aquele meu desconforto. Dava para ver no brilho de seus olhos.

– Foi por isso que eu não pedi sua permissão. Aliás, se estiver interessado em saber, não foi só sobre isso que a gente conversou. A gente falou de várias coisas.

Não soube ao certo se aquilo me agradava.

– Que coisas?

– Isso é entre mim e ela – rebateu. – Mas por enquanto o que eu quero saber é se você comeu ontem à noite. Relatório completo, por favor.

– Fritei uns bifes para London e para mim – respondi, com um suspiro. – E fiz purê de batata.

– Ótimo – disse ela, satisfeita. – E falou com Vivian sobre os planos para o Natal? Além do fato de ela vir para Charlotte?

A tradição na minha família era nos reunirmos na casa dos meus pais no dia 24. Minha mãe preparava um jantar caprichado, depois deixávamos London abrir os presentes da família enquanto *A felicidade não se compra* passava na televisão. Na manhã do dia 25, em casa, Vivian e eu ficávamos com London só para nós.

– Ainda não combinamos os detalhes – falei. – Ela só chega amanhã. Aí a gente vê.

– Você provavelmente vai ter que comprar alguma coisa para ela – comentou Marge. – Pela London, para ela poder ver a mãe abrindo algum presente. Não precisa ser nada caro.

– Tem razão. Não tinha pensado nisso.

– O que você comprou para Emily?

– Nada ainda – confessei.

– Já tem alguma ideia? Está ficando meio em cima...

– Não sei – falei, olhando para Liz e Marge em busca de inspiração. – Um suéter, talvez? Ou um belo casaco?

– Essas coisas poderiam fazer parte do presente, mas ela me disse o que vai lhe dar, então você vai ter que se esforçar mais do que isso.

– Tipo uma joia, algo assim?

– Se você quiser, tenho certeza de que ela vai gostar. Mas estava pensando que você deveria fazer algo que venha do coração.

– Tipo o quê?

– Eu acho... – disse ela, pronunciando as palavras devagar. – ... que você deveria escrever uma carta para ela.

– Que tipo de carta?

Marge deu de ombros.

– Russ, você ganha a vida escrevendo. Escreva quanto ela foi importante para você nestes últimos meses. Quanto você quer que ela continue na sua vida. Fale para ela... – Marge se animou – ... que você quer que ela dê uma nova chance para vocês dois.

Ajeitei-me na cadeira.

– Ela já sabe o que eu sinto por ela. Eu vivo repetindo.

– Escreva uma carta mesmo assim – insistiu Marge. – Vai ficar feliz por ter escrito.

Fiz o que Marge sugeriu. Acompanhado por London, cujas aulas de piano só recomeçariam depois do ano-novo, fui direto da escola para o shopping, onde encontrei alguns presentes para Vivian: seu perfume preferido, um lenço, o novo romance de um autor de que ela gostava. Comprei também um casaco de seda bordado para Emily que, eu tinha certeza, iria combinar com suas cores exuberantes e seu estilo despojado, e um cordão de ouro com um pingente de esmeralda que acentuaria a cor dos seus olhos. Mais tarde, depois de London ir para a cama, sentei-me à mesa da cozinha e escrevi uma carta para Emily. Precisei de mais de um rascunho para chegar à versão final. Apesar do trabalho de ganhar a vida trabalhando as palavras, escrever coisas que vinham do coração era totalmente diferente, e tive dificuldade para alcançar o delicado equilíbrio entre emoção pura e sentimentalidade piegas.

No fim, fiquei satisfeito com a carta, e me senti grato pela sugestão de Marge. Lacrei-a num envelope e estava prestes a guardar o bloco e a caneta de volta na gaveta quando percebi que ainda não tinha terminado.

Fiquei acordado até bem depois da meia-noite, e escrevi outra carta, para Marge.

* * *

Vivian apareceu pouco depois do meio-dia do dia seguinte, não muito depois de eu voltar da casa de Emily, onde fora deixar os presentes. Como a árvore já estava decorada, London e eu tínhamos passado a manhã enfeitando a lareira e pendurando as meias. Já estava meio em cima da hora, mas ela não ligou nem um pouco. Estava orgulhosa por ter idade suficiente para ajudar.

Deixei Vivian ficar com nossa filha um pouco, então fiz um sinal de que precisava falar com ela. Fomos para a cozinha enquanto London assistia TV na sala e perguntei-lhe o que ela gostaria de fazer na noite do dia 24. Ao ouvir minha pergunta, ela me encarou como se a resposta fosse evidente.

– Bom, a gente não vai para a casa dos seus pais como todo ano? Sei que pode parecer meio estranho, levando em conta tudo que está acontecendo, mas vai ser o último Natal da Marge e quero que London fique com ela e com o resto da família, como sempre ficou. Foi por isso que eu vim para cá, para começo de conversa.

Pensei que, embora não nos amássemos mais, ainda havia momentos em que eu recordava alguns dos motivos por que eu tinha me casado com Vivian.

A véspera e o dia de Natal correram como quase sempre haviam corrido.

Por motivos óbvios, o clima ainda estava um pouco tenso no início da noite de Natal. Todos se mostraram educados uns com os outros, e nos abraçamos e beijamos generosamente quando Vivian, London e eu chegamos. Quando acabei de tomar minha primeira taça de vinho, porém, já estava claro que o único objetivo de todo mundo era tornar o encontro agradável para o bem de London... e de Marge.

Vivian gostou dos presentes que eu tinha lhe comprado. Para mim, ela escolhera umas roupas de corrida e uma pulseira Fitbit para monitorar meus exercícios. Marge e Liz se extasiaram diante do vaso que London fizera para elas, admirando sobretudo as cores dos peixes. Lágrimas brilharam nos olhos da minha irmã e da minha cunhada ao abrir as fotos emolduradas tiradas em Nova York, e minha irmã pegou o envelope com a carta que eu havia escrito com um sorriso carinhoso estampado no rosto. London ganhou uma porção de coisas da Barbie de quase todo mundo e, uma vez abertos os presentes, colocamos *A felicidade não se compra* enquanto ela brincava com seus brinquedos novos.

O único acontecimento de fato digno de nota ocorreu depois de abrirmos os presentes. Com o canto do olho, vi Marge e Vivian saírem juntas da sala e se refugiarem no escritório. Mal dava para ouvir o murmúrio de suas vozes através da porta apenas encostada.

Foi estranho ver as duas conversando tão intimamente, ainda por cima em particular, mas eu sabia exatamente o que estava acontecendo.

Assim como todos nós, Vivian também queria uma oportunidade para se despedir.

No dia de Natal, depois de London abrir o resto de seus presentes, saí de casa para Vivian poder ficar sozinha com nossa filha. A essa altura tínhamos passado praticamente as últimas 48 horas juntos e, se eu precisava de um intervalo, tinha certeza de que ela sentia a mesma coisa. No meio de um divórcio e da disputa de guarda, não era fácil para ninguém manter a cordialidade, quanto mais uma alegria forçada.

Mandei uma mensagem para Emily perguntando se poderia passar lá, e recebi uma resposta imediata dizendo para ir logo. Ela disse que havia comprado um presente para mim e queria que eu visse.

Mesmo antes de eu descer do carro, ela já estava saindo pela porta e vindo na minha direção. Quando chegou perto, me deu um abraço, e ficamos grudados sob a luz pálida daquele dia frio de dezembro.

– Obrigada pela carta – disse ela. – É linda de morrer.

Acompanhei Emily até dentro de casa e abri caminho em meio a um redemoinho de brinquedos novos e papel de embrulho rasgado no centro do qual estava a reluzente bicicleta nova de Bodhi. Ela seguiu na frente até a árvore de Natal, estendeu a mão até atrás da árvore e pegou um embrulho plano e retangular.

– Pensei em lhe dar antes do Natal, mas, como Vivian estava na sua casa, achei que seria melhor lhe dar aqui.

Puxei o papel de embrulho, que saiu fácil. Quando vi o que Emily tinha feito, tudo que consegui fazer foi ficar olhando fixamente enquanto a lembrança me invadia outra vez. Subjugado pelas emoções, não consegui dizer nada.

– Eu mandei emoldurar, mas você pode transformar em outra coisa – disse ela com uma voz tímida. – Não tinha certeza se você iria querer pendurar.

– É incrível – falei por fim, sem conseguir desgrudar os olhos da imagem.

Emily havia pintado a foto de London dançando comigo em frente ao aquário, mas de alguma forma aquilo parecia mais real, parecia ter mais vida do que a foto. Era de longe o presente mais significativo que eu já havia recebido. Abracei-a, compreendendo de repente por que Marge insistira tanto para eu lhe escrever uma carta.

Ela sabia que Emily iria me dar um presente vindo direto do coração e queria ter certeza de que eu fizesse a mesma coisa. Mais uma vez, minha irmã tinha cuidado de mim.

* * *

O ano foi rumando para sua conclusão inevitável. Vivian voltou para Atlanta. Eu havia fechado o escritório por uma semana e passei quase o tempo inteiro com London. Ia à casa de Marge e Liz diariamente. Marge continuou a melhorar, alimentando nossa esperança. Além disso, estive com Emily três vezes, embora duas delas tenham sido com as crianças. A única exceção foi a véspera de ano-novo, quando a levei para jantar e dançar.

Na virada do ano, quase a beijei. Ela quase me beijou também, e nós dois rimos disso.

– Falta pouco.

– Sim, falta pouco – respondeu ela.

No entanto, por mais romântico que tenha sido esse momento, senti que a realidade começava a exercer seu poder.

Em 2015, eu achava que tinha perdido tudo.

Em 2016, desconfiava que fosse perder mais ainda.

25

Adeus, ano velho

Os planos românticos de Marge em Nova York não tinham sido sem precedentes. Mais ou menos quando ela e Liz completaram cinco anos de relacionamento, minha irmã havia planejado uma complexa gincana de Dia dos Namorados.

Quando Marge me revelou seus planos, confesso que fiquei chocado. Aquilo não me parecia nada típico da irmã que eu conhecia. Afinal de contas, Marge era contadora e, embora seja injusto fazer generalizações, sempre me pareceu mais uma pessoa pragmática e esperta do que romântica e apaixonada.

Embora ela raramente mostrasse o seu lado sentimental, obviamente, quando decidia, podia ser a melhor nisso. De fato, a gincana se revelou uma obra de mestre. Nova York, em comparação, tinha sido brincadeira de criança.

O elemento central da gincana de Dia dos Namorados, que envolvia locais espalhados por toda Charlotte, era uma série de dez enigmas. Os enigmas eram rimados e conduziam a revelações específicas. Uma amostra:

Hoje, Liz querida, vai ser só curtição,
Pra você lembrar que é seu meu coração,
Então vai lá no lugar onde é rainha,

Bem cedo de manhã e quando passa a noitinha,
E olhe para a esquerda, meu amor querido,
Onde o primeiro indício vai estar escondido.

Marge havia pregado a primeira pista, uma chave pequenina, ao lado do espelho do banheiro, o que levou Liz a uma caixa postal que era aberta com aquela chave. Dentro da caixa havia outro enigma... e assim por diante. Algumas pistas eram mais difíceis do que outras. Para descobrir uma delas Liz teve que beber uma taça de champanhe inteira, e a dica estava colada no fundo da taça. Na época, fiquei espantado com a complexidade e a criatividade da invenção de Marge.

Hoje, quando penso nisso, os planos elaborados de Dia dos Namorados de Marge já não me espantam, nem sua meticulosa organização. Não acho mais que isso contradiga sua personalidade. Porque traçar planos para a felicidade alheia era o que minha irmã sabia fazer melhor.

Minha irmã, a contadora, sempre tinha um plano, principalmente para aqueles que amava.

Minhas lembranças do início de 2016 estão condensadas numa série de instantes vívidos, que contrastam com o fundo indistinto da minha existência cotidiana.

O plano de fundo consistia no meu trabalho, o que significava escrever, filmar, editar e planejar campanhas publicitárias; nos cuidados com London, antes e depois da escola; nas minhas corridas diárias; e em Emily, cujas conversas por telefone todas as noites e eventuais encontros me davam força. Essa rotina formava a trama regular dos meus dias, além de servir de distração temporária para os picos e abismos que marcaram essa fase da minha vida. Com a passagem do tempo, tenho certeza de que esqueci mais do que me lembro daqueles dias. Algumas coisas eu me obriguei a esquecer.

Mas outras lembranças seguirão comigo para sempre.

Mais ou menos uma semana depois do ano-novo, Marge foi fazer outros exames. Embora eu não a tenha acompanhado ao hospital, meus pais e eu fomos encontrar Marge e Liz quando chegou a hora de saber os resultados.

Encontramos o médico no seu consultório, que ficava em frente ao hospital, do outro lado da rua. Ele nos encarou de trás de uma escrivaninha de madeira, sobre a qual um punhado de fotos de família dividia espaço com uma alta pilha de papéis. Nas paredes havia estantes repletas de livros, além da coleção habitual de diplomas emoldurados, placas e condecorações. O único elemento incongruente era um grande cartaz emoldurado do filme *Patch Adams*. Eu me lembrava vagamente desse filme, que tinha Robin Williams no papel de um médico carinhoso, gentil e engraçado, e me peguei pensando se o Dr. Patel almejava ter atributos semelhantes.

Será que um dia algo engraçado fora dito naquele consultório? Será que algum paciente ria ao conversar com seu oncologista? Será que alguma brincadeira conseguiria amenizar o horror do que estava acontecendo?

Para nós, Marge parecia estar melhorando um pouco: estava com mais energia desde as festas de fim de ano e sua dor não parecia tão intensa. Até a respiração parecia menos difícil. Tudo isso deveria ter sinalizado boas notícias. Pude notar a esperança no rosto dos meus pais. Percebi o modo confiante como Liz segurava a mão de Marge. Ao longo da semana anterior, nós havíamos compartilhado nossas esperanças secretas, tentando buscar forças uns dos outros.

Marge, porém, não parecia esperançosa. Desde o instante em que se sentou, exibia um ar resignado, e eu soube então, com absoluta certeza, que ela seria a única a não derramar uma só lágrima naquela tarde. Enquanto o restante de nós havia permanecido preso em diferentes estágios do luto – negação, raiva, barganha, depressão –, somente ela conseguira avançar até a aceitação.

Minha irmã sabia, muito antes de o médico abrir a boca, que o avanço do câncer não tinha diminuído. Na verdade, sabia desde o início que a doença tinha se espalhado ainda mais.

– Por favor, não me pergunte como estou – disse Marge. – Minha mãe e meu pai acabaram de ir embora, e ela me fez essa pergunta mil vezes. E meu pai não parou de perguntar o que mais precisava de conserto. Minha vontade foi dizer *eu*, mas não achei que eles fossem gostar da piada.

Estávamos os dois sentados no seu sofá e, como havia se tornado nosso costume, encarávamos o espaço vazio onde antes ficava a árvore de Natal. Meu pai a retirara poucos dias antes, mas os móveis ainda não tinham sido postos no lugar, deixando um espaço vazio no canto da sala.

– É um dia difícil para eles – falei. – Eles estão fazendo o melhor que podem.

– Eu sei – disse Marge. – E amo o fato de o papai ficar vindo aqui em casa. A gente tem conversado como não conversava há anos, e não só sobre beisebol.

Ela suspirou e então, de repente, fez uma careta. Uma onda de dor vinda de algum lugar, ou de todos os lugares, enrijeceu seu corpo inteiro antes de finalmente passar.

– Quer que eu pegue alguma coisa para você? – perguntei, sentindo-me mais impotente do que nunca.

– Acabei de tomar um comprimido – respondeu ela. – Não me importo de tomar os analgésicos, embora eles me deem sono. Não funcionam tão bem quanto eu gostaria, claro. Deixam a dor um pouco menos intensa, mas só. Enfim... – Ela olhou na direção da cozinha, onde Liz estava sentada à mesa colorindo com London. Baixou a voz para falar: – Eu disse para a Liz que não vou fazer mais nenhuma sessão de químio. – Exibia uma expressão triste mas decidida. – Ela ficou bem chateada.

– Ela está com medo, só isso. Mas você acha mesmo que é a melhor decisão?

– Você ouviu o que o médico disse – retrucou ela. – A quimioterapia não está dando certo. E pra completar faz com que me sinta pior ainda. Estou perdendo dias inteiros depois de cada sessão, e não me resta muito tempo.

– Não fale isso.

– Me desculpe. Eu sei que você não quer escutar. Ninguém quer.

Ela fechou os olhos com força e uma nova onda de dor provocou outra careta. Dessa vez pareceu levar um tempo excessivo para passar.

– Imagino que London não saiba que eu estou doente, não é?

Balancei a cabeça.

– Ela ainda nem sabe que Vivian e eu estamos nos divorciando.

Marge abriu um dos olhos para me espiar.

– Talvez esteja na hora de contar para ela, você não acha?

Não respondi, pois não sabia nem por onde começar. Era coisa demais para impor a uma criança de 6 anos: o divórcio dos pais, a morte da tia e uma mudança, talvez até para um lugar tão longe quanto Atlanta, deixando para trás o pai e os amigos.

Eu não queria que minha filha tivesse que lidar com nada disso. Nem *eu* queria lidar com essas coisas. Quando senti as lágrimas brotando em meus olhos, Marge estendeu a mão e a pousou sobre a minha.

– Está tudo bem – tranquilizou-me ela.

– Não está, não. Nada do que está acontecendo está bem. – Minha voz começou a falhar. – O que eu vou fazer com London? O que vou fazer com você?

Ela apertou minha mão.

– Eu mesma vou conversar com ela sobre mim, pode ser? Então com essa parte não precisa se preocupar. Ando querendo mesmo fazer isso. Quanto ao resto, eu já falei o que penso.

– E se eu não conseguir? E se eu decepcionar você?

– Você não vai me decepcionar – disse ela.

– Como você pode saber?

– Eu apenas sei. Eu acredito em você.

– Por quê?

– Porque eu conheço você melhor do que ninguém – respondeu ela. – Do mesmo jeito que você me conhece.

* * *

Na sexta-feira seguinte, em meados de janeiro, Vivian foi de jatinho a Charlotte buscar London para passar o fim de semana com ela. Quando sugeri que estava na hora de falar com London sobre nosso divórcio, ela propôs que conversássemos quando as duas voltassem. Afinal de contas, não queria estragar o fim de semana da filha.

Na manhã seguinte, minha corretora organizou o primeiro evento de visitação e, conforme prometido, Marge e Liz compareceram e ficaram elogiando a casa em voz alta na frente dos potenciais compradores. Depois do evento, a corretora me ligou para dizer que havia detectado um interesse genuíno pela casa em um casal específico, que iria se mudar de Louisville com os filhos.

– Aliás, sua irmã jogou fora o talento para atriz – comentou ela.

No domingo à noite, pouco depois de Vivian e London chegarem de Atlanta, nós nos sentamos com nossa filha à mesa da cozinha e, com toda a delicadeza, demos a ela a notícia.

Mantivemos a conversa num nível adequado para uma criança de 6 anos, insistindo que ambos continuávamos a amá-la e que sempre seríamos seus pais. Dissemos que ela não tinha nada a ver com o fato de não podermos mais ficar casados.

Como de costume, quem conduziu a conversa foi Vivian. Ela manteve uma atitude carinhosa e senti que conseguiu encontrar o tom certo, mas mesmo assim London caiu no choro. Vivian a abraçou e a beijou enquanto ela chorava.

– Eu não quero que vocês se divorciem – suplicou London.

– Eu sei que é difícil, meu amor, e a gente lamenta muito.

– Por que vocês não podem ser felizes um com o outro e pronto? – indagou ela, ainda aos soluços.

A incompreensão e a ingenuidade da minha filha me provocaram uma onda de culpa tão grande que senti desprezo por mim mesmo.

– Às vezes a coisa simplesmente não dá certo – tentei explicar.

As palavras soaram sem sentido até mesmo aos meus ouvidos.

– É por isso que estamos vendendo a casa?

– Infelizmente sim, querida.

– Onde é que eu vou morar?

Ao ouvir essa pergunta, olhei de esguelha para Vivian, alertando-a silenciosamente para não responder *Atlanta*. Apesar da expressão desafiadora, ela segurou a língua.

Pus a mão nas costas de London.

– A gente ainda está resolvendo essa parte. E eu prometo que, aconteça o que acontecer, sua mãe e eu vamos estar por perto para cuidar de você.

Depois de algum tempo, ela acabou se acalmando, mas continuou claramente confusa e abalada. Vivian subiu com ela e começou a prepará-la para dormir. Quando ela desceu, interceptei-a junto à porta.

– Como ela está? – perguntei.

– Chateada – respondeu Vivian. – Mas é normal, segundo minha terapeuta. Com o tempo ela vai ficar bem, contanto que você não torne o divórcio mais amargo do que precisa ser. É aí que as crianças sofrem mais, e você não vai querer fazer isso com London.

Engoli uma resposta. Afinal, não era eu quem estava tornando as coisas difíceis, mas sabia que era inútil falar.

Vivian recolheu suas coisas, pois a limusine e o jatinho, afinal, estavam à espera, mas parou na soleira da porta.

– Sei que agora não é uma hora boa, com a doença da Marge e tal... – começou ela. – Mas a gente precisa acertar nosso acordo o mais rápido possível. Basta você assinar e acabamos logo com isso.

E ela se foi.

Engolindo a raiva, subi a escada para poder dar boa-noite à minha filha.

Deitada na cama, com os olhos vermelhos e inchados, ela mal olhou para mim.

Nessa noite, pela primeira vez em anos, London fez xixi na cama.

Nos dias que se seguiram à nossa conversa com London, ela estava perceptivelmente mais quieta e passou ainda mais tempo no quarto do que de costume. Continuou fazendo xixi na cama, não toda noite, mas em duas outras ocasiões, e não quis mais ler *Dois a dois* antes de dormir. Embora me deixasse lhe dar um beijo de boa-noite, não esticava mais os braços para me enlaçar pelo pescoço.

Por recomendação de Marge, falei com a professora na escola sobre o que estava acontecendo entre mim e Vivian. A professora me garantiu não ter observado nada de estranho, exceto por um incidente recente no bebedouro. Um dia de manhã, London de alguma forma derramou água na blusa e na mesma hora abriu o berreiro. Ficou inconsolável, e de nada adiantaram as tentativas de consolo tanto da professora quanto dos coleguinhas.

Em outras palavras, minha filha estava passando por um momento difícil. Na quinta, depois da aula de piano, sugeri espontaneamente irmos tomar um sorvete, mas a reação dela foi morna. Finalmente a convenci a ir, mas ela mal tocou no sorvete, alheia à sujeirada que o sorvete derretido estava fazendo no carro. Mais tarde, quando estava brincando com suas Barbies, ouvi-a falando sozinha enquanto inclinava a jovem boneca na direção do Ken.

– *Eu não quero ir morar com a mamãe em Atlanta* – disse a Barbie ao Ken. –

Quero ficar aqui com o papai. O papai é legal, a gente sai pra jantar junto e ele me deixa cozinhar. E eu quero brincar com Bodhi todos os dias e ver a vovó, o vovô e a tia Marge e a tia Liz.

Nessa noite não consegui dormir, revendo mentalmente o diálogo encenado por London. Marge tinha razão, pensei. Tomei coragem, liguei para Taglieri no dia seguinte e deixei bem claro que estava disposto a fazer o que fosse preciso para garantir que minha filha continuasse morando comigo.

Nesse mesmo dia, a corretora ligou para avisar que eu tinha recebido uma oferta pela casa.

– Bom, você com certeza mexeu em casa de marimbondo – falou Taglieri.

Era quarta-feira, cinco dias depois de eu lhe transmitir minhas instruções, e ele pediu que eu fosse a seu escritório para conversar sobre a resposta. Ajeitei-me na cadeira e ele voltou a falar.

– Ontem recebi uma carta da advogada da Vivian.

– E...?

– Se você decidir disputar a guarda com ela, as coisas vão ficar bem feias. Para resumir, a advogada me alertou que elas vão defender agressivamente a tese de que você é um pai inadequado.

Empalideci.

– E isso significa o quê?

– Para começar, querem chamar um psicólogo para avaliar London e fazer um levantamento das necessidades e preferências dela. Mencionei essa possibilidade com você lá no começo, não sei se está lembrado. Como London é muito novinha, em geral minha opinião é que a utilidade de um parecer desses é limitada, mas, dependendo do psicólogo que elas vão usar, elas esperam conseguir apresentar um relatório que reforce as alegações delas. Algumas dessas alegações são frívolas. Elas estão dizendo que você não alimenta London com uma dieta saudável, que às vezes a deixa jantar junk food cheia de açúcar, por exemplo, ou que, como não conseguiu levá-la à aula de balé, ela foi expulsa da turma. Mas há outras alegações que o psicólogo talvez possa explorar num nível mais profundo.

– Tipo quais?

Uma leve náusea me dominou ao ouvir Taglieri enumerar as possibilidades.

– Que você está forçando London a ter contato com sua namorada nova, Emily, quando ela ainda não está pronta para isso.

– Bodhi, filho da Emily, é o melhor amigo da London!

– Eu sei. E espero que o psicólogo confirme isso. Mas a gente nunca sabe até eles protocolarem o relatório no tribunal. – Ele fez uma pausa. – A carta contém também uma alegação mais séria, de que você expôs sua filha ao perigo de propósito quando a pressionou a descer uma ladeira de bicicleta, sabendo que ela ainda era inexperiente e não estaria à altura de um desafio daqueles. Além disso, você não avisou a Vivian na hora e, para disfarçar sua inépcia, minimizou deliberadamente os ferimentos da menina quando finalmente vocês se falaram.

– N-Não foi assim que aconteceu! – gaguejei, e senti meu rosto corar. – Vivian sabe que foi um acidente. Ela sabe que eu jamais poria minha filha em risco de propósito!

Taglieri levantou a mão.

– Estou só comunicando o teor da carta. Mas tem mais uma coisa, e você vai ter que ficar calmo, certo?

Cerrei os punhos com força e senti as veias latejarem nas têmporas. Taglieri retomou.

– Na carta, a advogada menciona que você tem "noites juntos" com sua filha. Que ela se veste como uma adulta e vocês dois vão a lugares românticos.

– E daí?

– Russ... – Taglieri me lançou um olhar consternado. – É nojento, mas a advogada está sugerindo que sua relação com London talvez seja pouco saudável ou mesmo francamente inadequada...

Levei um segundo para compreender a sugestão. Quando a ficha caiu, fiquei sem ar.

Meu Deus... Vivian não faria uma coisa dessas... Nunca na vida ela faria uma coisa dessas...

Cheguei a ficar tonto, e pontinhos pretos começaram a dançar na periferia do meu campo de visão. Estava consternado, enojado, furioso... Na verdade, nenhum desses adjetivos tinha força suficiente para descrever o que eu estava sentindo.

– Foi só uma insinuação, mas o fato de isso ter sido mencionado na carta me preocupa – alertou Taglieri. – No mínimo sinaliza que elas estão dispostas a pintar um retrato muito negativo de você, para não dizer francamente repulsivo.

Mal consegui processar as palavras dele. Vivian não faria aquilo... Como ela podia sequer *insinuar* uma coisa como aquela...?

– Vou falar com a advogada por telefone mais tarde, porque não posso simplesmente ignorar esse tipo de ameaça velada. Além de incrivelmente antiprofissional, a carta é uma tentativa de intimidar você. Ao mesmo tempo, nos dá uma ideia de até onde Vivian pode ir para conseguir a guarda. E, se a disputa for parar no tribunal, quero deixar bem claro que a gente nunca consegue prever qual vai ser a decisão de um juiz.

– O que é que eu faço? Eu sei que London quer morar comigo...

– Como eu disse, me deixe primeiro falar com a advogada. Mas o melhor, como falei lá no começo, é você e Vivian chegarem a um acordo. Porque, como seu advogado, não posso dizer que esteja otimista quanto a suas chances de ganhar a briga.

Passei o resto do dia cambaleando como se tivesse levado uma surra.

Não fui trabalhar. Não fui para casa. Não fui visitar Marge e Liz nem passei na casa dos meus pais.

Em meio à minha fúria muda, ao meu horror, eu não queria falar com ninguém. Consegui apenas mandar uma mensagem para Emily pedindo-lhe que buscasse London na escola e ficasse com ela até eu voltar para a cidade. Ela me perguntou onde eu estava e o que havia acontecido, mas não consegui responder. *Preciso ficar sozinho por algumas horas*, escrevi. *Obrigado*.

Então entrei no carro e comecei a dirigir.

Três horas e meia mais tarde, cheguei à praia de Wrightsville e estacionei.

O céu estava nublado e o vento, frio. Fiquei andando pela praia por mais tempo do que havia durado o trajeto e, enquanto caminhava, meus pensamentos giravam em círculos, de London para Marge, de Marge para Vivian, depois de volta a London. Com eles vinham incerteza, medo e ondas incessantes de emoção. Senti alternadamente raiva e confusão, tristeza e terror, e voltei para o carro com o rosto ardendo por causa do vento e a alma anestesiada. Apesar de não ter comido nada o dia inteiro, não sentia fome alguma.

Voltei para Charlotte e fui pegar minha filha bem depois de o céu escurecer. Seu horário de ir para a cama já tinha passado, mas felizmente Emily lhe dera o jantar. Não consegui reunir energia para conversar com Emily sobre o que estava acontecendo. Havia coisas demais que eu ainda não era capaz de traduzir em palavras.

Foi a Marge que acabei recorrendo, sobretudo porque ela não me deixou alternativa.

Era a última sexta-feira de janeiro, e eu havia combinado de ficar com ela enquanto minha mãe ia à farmácia comprar os remédios receitados para minha irmã. O câncer agora estava tão avançado que ninguém se sentia à vontade para deixá-la sozinha, mesmo que fosse por um tempo curto. Uma única luminária cortava a penumbra da sala e as persianas tinham sido fechadas a pedido de Marge. Ela dizia que a luz forte lhe causava dor nos olhos, mas eu sabia a verdade: ela não queria que a víssemos com nitidez, pois até mesmo uma olhada rápida bastava para revelar a real extensão da doença. Minha irmã havia perdido tanto cabelo que começara a usar um boné do Atlanta Braves sempre que estava acordada. Embora estivesse enrolada num cobertor, a contínua perda de peso era evidente nas mãos ossudas e no pescoço dolorosamente descarnado, no qual o pomo de adão se sobressaía como se fosse um botão. Sua respiração soava úmida e viscosa, e ela vivia sendo tomada por acessos de tosse e engasgos que deixavam minha mãe e Liz em pânico. As duas lhe davam tapinhas nas costas para tentar liberar o muco e o catarro, que muitas vezes vinham com sangue. Marge dormia mais de dezesseis horas por dia, e a última vez que saíra de casa fora para ir ao evento de visitação da minha casa quinze dias antes.

Minha irmã já não conseguia dar mais que alguns passos sozinha. O câncer no cérebro tinha afetado o lado direito de seu corpo, como se ela houvesse tido um derrame. A perna e o braço direitos estavam fracos, e o olho começara a ficar caído. Ela só conseguia sorrir pela metade.

Mesmo assim, sentado ao seu lado, achei-a mais linda do que nunca.

– Emily passou aqui ontem – disse ela, pronunciando as palavras vagarosamente, com esforço. – Eu gosto tanto dela, Russ... E ela gosta de você de verdade. Você precisa ligar para ela – disse Marge, encarando-me. – Precisa conversar com ela, contar o que está acontecendo. Ela está preocupada.

– Por que ela veio aqui?

– Porque eu precisava falar com ela. Queria passar um tempo com a mulher que meu irmão ama. O modelo novo e melhorado, digo. – Ela forçou um leve sorriso. – Foi assim que a chamei. Acho que ela gostou.

Sorri. Apesar do declínio, Marge continuava sendo Marge.

Ela passou alguns instantes juntando forças, então continuou:

– Acho que também está na hora de eu conversar com London.

– Quando?

– Você consegue trazê-la no fim de semana?

– Ela não vai estar aqui. Vai estar em Atlanta com Vivian.

– Então que tal hoje depois da escola?

A seu modo, minha irmã me dizia que o tempo estava se esgotando.

De repente, senti um nó na garganta.

– Tudo bem – sussurrei.

– Quero ver Vivian, também. Você pode organizar isso?

Meu ventre se contraiu ao escutar esse nome e desviei o rosto. Ainda estava furioso e consternado, e mal conseguia pensar na minha ex-mulher, quanto mais lhe pedir para visitar minha irmã à beira da morte. Marge notou minha expressão, mas mesmo assim insistiu:

– Eu preciso que você faça isso por mim. Por favor.

– Vou mandar uma mensagem para ela. Mas não sei se ela vem. Ela costuma ter uma agenda apertada.

– Vamos ver o que ela responde. – Ela piscou e percebi que até mesmo suas pálpebras estavam ficando mais lentas. – Diga a ela que é importante para mim.

Peguei o telefone e mandei uma mensagem para Vivian. Ela respondeu quase na mesma hora. *Claro*, dizia seu texto. *Fale pra Marge que eu chego por volta das cinco*.

Avisei à minha irmã e observei-a fechar os olhos. Pensei que estivesse a ponto de pegar no sono, mas ela tornou a abri-los.

– Já aceitou a oferta pela casa?

Balancei a cabeça.

– A gente ainda está negociando um pouco o preço.

– Está levando um tempão.

– Os potenciais compradores viajaram. Mas a corretora diz que está quase lá. Ela acha que a gente assina semana que vem.

– Isso é bom, não é? Assim você vai poder pagar a Vivian.

Mais uma vez, o som daquele nome fez com que eu me retraísse.

– É, acho que sim.

Marge me encarou.

– Quer me contar o que aconteceu? Emily disse que você sumiu a quarta-feira toda e não quis conversar com ela sobre o assunto.

Levantei-me do sofá e fui espiar pela janela para ter certeza de que minha mãe não estava chegando de carro. Não queria que ela ouvisse o que estava acontecendo. A última coisa de que ela precisava era mais estresse em sua vida. Tornei a me sentar, uni as mãos e contei a Marge sobre minha conversa com Taglieri e a carta da advogada de Vivian.

– Bom... – comentou minha irmã quando terminei. – Não é de todo inesperado. Ela foi muito clara desde o início que tinha intenção de levar London para Atlanta.

– Mas... mas essa *ameaça*. Ela está fazendo um jogo tão *sujo*.

– O que seu advogado diz?

– Que não está otimista quanto às minhas chances. E que ainda acha que ela e eu deveríamos tentar chegar a um acordo.

Marge passou alguns instantes calada, mas tinha um olhar intenso, quase febril.

– Primeiro você precisa saber o que realmente quer.

Franzi o cenho.

– Por que você fica repetindo isso? A gente já falou sobre esse assunto. Eu já lhe disse o que eu quero.

– Então faça o que precisa fazer.

– Brigar nos tribunais, você quer dizer? Jogar sujo igual à Vivian?

Marge balançou a cabeça.

– Não acho que isso seria bom para London. E sua prioridade é ela.

– O que você está sugerindo?

– Eu acho que você sabe – disse ela, e tornou a fechar os olhos.

E ali, enquanto contemplava seu rosto cansado, finalmente me dei conta de que realmente sabia.

Quando saí da casa de Marge, liguei para Emily e perguntei se poderíamos almoçar juntos. Ela topou, e combinamos de nos encontrar num bistrô não muito longe da casa dela.

– Primeiro quero pedir desculpas por não lhe contar o que estava acontecendo – falei assim que nos sentamos. – Para ser sincero, eu não sabia nem por onde começar.

– Não faz mal, Russ – disse ela. – Às vezes precisamos processar as coisas sozinhos primeiro. Não se sinta pressionado por mim... Estou aqui para ouvi-lo quando estiver pronto para falar. Ou mesmo que não esteja.

– Não, eu agora estou pronto – falei, e toquei sua mão.

Inspirei fundo e lhe contei tudo: como London tinha ficado abalada, minhas instruções para Taglieri, a reação de Vivian. Enquanto eu falava, ela levou as mãos à boca.

– Não consigo nem imaginar como você deve ter se sentido – comentou quando acabei. – Eu teria ficado... em choque. E teria ficado uma fera com certeza.

– Eu fiquei. Ainda estou – admiti. – Pela primeira vez, sinto que de fato odeio a Vivian.

– E não é para menos – disse Emily. – Talvez não seja uma ideia tão ruim assim deixar um psicólogo falar com London. Você provavelmente vai conseguir neutralizar essas alegações malucas logo de cara.

– Ainda tem a questão do acidente de bicicleta.

– Russ, crianças sofrem acidentes. É por isso que a lei exige que elas usem capacete quando andam de bicicleta. Os juízes sabem disso.

– Eu não quero que a disputa pela guarda chegue aos tribunais. Nem quero que London tenha que falar com um psicólogo. Se ela precisar de terapia para lidar com o divórcio, aí é outra coisa. Mas não vou colocar minha filha na situação de ter que escolher entre a mãe e o pai. – Balancei a cabeça. – Estou tentando manter o foco no que é melhor para ela. E sei que ela precisa de mim como uma presença consistente, cotidiana, não de um jeito ocasional e pontual. Então vou fazer o que for preciso.

Eu sabia que estava sendo vago, mas havia coisas que simplesmente não podia dizer a Emily.

Ela aquiesceu, então puxou o copo d'água na sua direção. Em vez de levá-lo à boca, porém, girou-o sobre a mesa.

– Eu estive com Marge ontem – falou.

– Eu sei. Ela me disse. O que achou de ser chamada de "modelo novo e melhorado"?

Esbocei um sorriso.

– Me senti honrada. – Ela então arrematou, com um sorriso triste: – Ela é uma pessoa tão boa...

– A melhor do mundo.

Na verdade, não havia mais nada a dizer.

Depois da escola, levei London à casa de Marge. Como ela já estivera ali várias vezes no último mês, sabia que a tia estava doente, embora não tivesse consciência da gravidade da situação. Quando Marge abriu os braços, foi até ela como de costume e lhe deu um abraço carinhoso.

Quando perguntei, só movendo os lábios, *Você quer que eu fique?*, Marge fez que não com a cabeça.

– London, vou lá ficar com a vovó um pouco, ok? Você fica de olho na tia Marge pra gente?

– Tá bom – respondeu ela, e deixei as duas sozinhas na sala.

Minha mãe e eu fomos nos sentar na varanda dos fundos e não falamos muita coisa.

Pouco tempo depois, quando vi minha filha chegar à cozinha, tornei a entrar e a abracei enquanto ela chorava.

– Por que Deus não faz a tia Marge ficar melhor? – perguntou ela com uma voz engasgada.

Engoli em seco, sentindo um bolo na garganta, e apertei seu corpinho junto ao meu.

– Não sei, querida. Não sei mesmo.

Vivian me mandou uma mensagem dizendo que pretendia ir direto para a casa de Marge depois que seu avião pousasse e, portanto, só chegou em casa às seis e meia.

Assim que vi a limusine em frente à casa, pensei na carta da advogada. Deixei a porta da frente aberta, mas me refugiei na cozinha, tomado por uma onda de repulsa. Embora ela tivesse acabado de passar mais de uma hora com minha irmã, eu continuava sem vontade alguma de lhe dirigir a palavra.

Ouvi Vivian entrar na casa, em seguida a voz trêmula de London perguntando à mãe se precisava mesmo ir para Atlanta. Apesar de Vivian prometer que as duas iriam se divertir muito, London começou a chorar. Passos ecoaram quando ela correu até a cozinha e se jogou nos meus braços.

– Papai, eu não quero ir – implorou ela, soluçando. – Quero ficar aqui. Quero ver a tia Marge.

Peguei-a no colo e a abracei. Vivian entrou na cozinha. Não consegui ler sua expressão.

– Você precisa ficar com sua mãe também. Ela sente saudades de você o tempo todo. E ela ama muito você.

London seguiu choramingando.

– Você vai cuidar da tia Marge enquanto eu estiver fora?

– É claro que vou – respondi. – Nós todos vamos cuidar dela.

Com London em Atlanta, fiquei a maior parte do fim de semana na casa de Marge, conforme prometera à minha filha. Meus pais também estavam lá, assim como Liz.

Passamos longas horas ao redor da mesa da cozinha contando histórias sobre Marge, como se nossas vívidas lembranças e relatos sobre os feitos absurdos da minha irmã pudessem mantê-la viva por mais tempo. Enfim contei a meus pais e Liz como fora a noite em que resgatei minha irmã no castelo de água. Liz rememorou a gincana de Dia dos Namorados. Rimos da obsessão de Marge por patinação e filmes de terror, e relembramos o idílico dia que Marge e Liz haviam passado comigo e com Emily na vinícola de Biltmore. Exaltamos o intelecto afiado de Marge e comentamos o fato de ela ainda me considerar um caçula desesperadamente necessitado da sua superior orientação.

Desejei que Marge estivesse ali para ouvir todas essas histórias, mas ela só esteve conosco durante parte delas. Passou o resto do tempo dormindo.

London voltou de Atlanta no final de domingo. Vivian se despediu de nossa filha junto à limusine e não entrou.

Era o último dia de janeiro. Tanto Marge quanto eu tínhamos nascido no mês de março, ela no dia 4, eu no dia 12. Ambos éramos do signo de Peixes, e no universo do zodíaco dizem que as pessoas nascidas sob esse signo são compassivas e dedicadas. Eu sempre havia pensado que isso fosse mais verdadeiro em relação à minha irmã do que a mim.

Dei-me conta de que faltavam menos de cinco semanas para seu aniversário, e eu sabia que ela não estaria presente para comemorá-lo.

Assim como Marge, eu simplesmente sabia.

26

Despedida

Quando Marge e eu éramos jovens, meus pais não tinham vidas sociais muito ativas. Embora meu pai de vez em quando tomasse uma cerveja com os amigos, isso era relativamente raro, e minha mãe mal saía de casa. Entre o trabalho, a cozinha, a faxina da casa, as visitas a parentes e a criação dos filhos, não sobrava muito tempo livre para ela. Meus pais tampouco saíam com frequência só os dois: jantar fora era considerado uma extravagância, algo que eu me lembro de eles terem feito talvez meia dúzia de vezes. Contabilizando aniversários, aniversários de casamento, Dias dos Namorados, Dias das Mães e Dias dos Pais, seis jantares em dezoito anos não é muito.

Isso significava que, quando eles saíam, Marge e eu ficávamos animadíssimos com a ideia de ter a casa só para nós. Assim que o carro deles se afastava, fazíamos pipoca ou marshmallows com biscoitos, ou os dois, e assistíamos a filmes com o volume no máximo, até inevitavelmente algum amigo de Marge ligar. Quando ela começava a falar ao telefone, eu de repente era esquecido, mas em geral não me importava com isso, pois assim sobravam mais marshmallows para mim.

Certa vez, quando ela estava com uns 13 anos, convenceu-me de que deveríamos construir um forte na sala de estar. Encontramos um rolo de corda de varal no barracão de ferramentas. Passamos a corda pelo pau da cortina e levamos até o relógio de parede, depois até um duto de ventilação, e de novo até o pau da cortina. Pegamos toalhas e lençóis num armário e os prendemos à corda com pregadores de roupa. Pusemos outro lençol por cima, e mobiliamos o forte com as almofadas do sofá. Marge trouxe da garagem um lampião de acampamento abastecido com propano. Não sei como, conseguimos acendê-lo sem pôr fogo na casa. Meu pai ficaria uma fera se descobrisse. Marge então apagou todas as luzes e engatinhamos até dentro do forte.

Montar aquilo tudo tinha levado mais de uma hora, e seria preciso quase o mesmo tempo para desmontar e arrumar as coisas, ou seja, só poderíamos passar quinze ou vinte minutos dentro do forte antes de meus pais voltarem. Mesmo quando saíam, eles nunca ficavam fora até muito tarde.

Ainda me lembro dessa noite como uma experiência quase mágica. Para mim, aos 8 anos, era algo novo, uma aventura, e o fato de ser também contra as regras fazia com que me sentisse mais velho do que na realidade era. Pela primeira vez, eu era menos um menino pequeno, e mais um colega de Marge. E, ao olhar para minha irmã à luz débil do lampião dentro de nosso forte improvisado, lembro-me distintamente de pensar que ela não era apenas minha irmã, mas também minha melhor amiga. E mesmo nessa época eu já sabia que nada iria mudar aquela verdade.

No dia 1º de fevereiro, a temperatura máxima registrada foi de 22 graus. Cinco dias depois, caiu para apenas 10, e a mínima desceu a 5 graus negativos. Essas fortes oscilações de temperatura no início de fevereiro pareceram deixar Marge ainda mais enfraquecida. A cada dia que passava, infelizmente, minha irmã ficava pior.

Suas dezesseis horas de sono por dia aumentaram para dezenove, e cada inspiração era uma luta. A paralisia do lado direito tornou-se ainda mais pronunciada e alugamos uma cadeira de rodas para poder movê-la pela casa com mais facilidade. Ela começou a falar arrastado e praticamente não tinha apetite, mas essas coisas não eram nada em comparação com a dor que estava sentindo. Minha irmã tomava tantos analgésicos que desconfiei que seu fígado devia estar se desintegrando, mas mesmo assim o único momento em que parecia sentir algum alívio era durante o sono.

Não que Marge alguma vez tenha falado sobre a dor. Nem com meus pais, nem com Liz, nem comigo. Como sempre, ela se preocupava mais com os outros do que consigo mesma, mas seu sofrimento era evidente quando seu rosto se contraía e seus olhos de repente se enchiam de lágrimas. Testemunhar sua agonia era uma tortura para todos nós.

Muitas vezes eu ficava sentado ao seu lado na sala enquanto ela dormia. Outras vezes ficava sentado na cadeira de balanço do quarto. Ao contemplar sua forma adormecida, as lembranças me levavam para o passado, feito um filme exibido de trás para a frente. Um filme cuja estrela era Marge, que tinha as falas mais memoráveis de todas. Minha irmã era sempre cheia de vida, sempre intensa, e me perguntei se minhas lembranças permaneceriam assim, ou se com o passar do tempo iriam aos poucos se apagando. Eu fazia um esforço hercúleo para ver além da doença e dizia a mim mesmo que devia à minha irmã recordar exatamente como ela era antes de adoecer.

No dia em que a temperatura despencou até 5 graus negativos, lembrei-me de algo que meu pai tinha me dito sobre uma espécie de rã que vive da Carolina do Norte até o círculo ártico. Por serem animais de sangue frio, elas são vulneráveis a temperaturas muito frias e podem ficar totalmente congeladas, até o ponto em que seus corações cessam por completo de bater. No entanto, evoluíram de tal forma que seu glicogênio continua a ser transformado em glicose, algo que funciona meio como se fosse um anticongelante natural. Os animais podem permanecer imóveis durante semanas, mas, quando o tempo enfim começa a esquentar, a rã pisca o olho e seu coração recomeça a bater. Após uma rápida inspiração, ela sai pulando em busca do parceiro, como se Deus tivesse só apertado o botão de pausa.

Ao observar minha irmã adormecida, peguei-me desejando um milagre igualzinho a esse.

Por mais estranho que parecesse, o resto da minha vida seguia avançando a passos largos.

O trabalho ainda era ocasionalmente uma distração bem-vinda, e o entusiasmo dos clientes pelo produto do meu esforço era um raro ponto positivo nessa época. Encontrei-me com a corretora e assinei na linha pontilhada. O casal de Louisville pediu um prazo maior, pois queria que os filhos terminassem o ano escolar na sua cidade, de modo que marcamos o pagamento para maio. E um dia, durante o almoço, Emily me pediu casualmente o nome da minha corretora, revelando que ela também estava pensando em vender sua casa.

– Acho que eu preciso de um novo começo – falou. – Num lugar em que não tenha morado com David.

Na época, desconfiei que ela estivesse só tentando dar apoio moral à minha decisão de vender a casa, afinal ela sabia que eu ainda estava inseguro. Alguns dias depois, contudo, enviou-me pelo celular uma foto da placa de VENDE-SE recém-fincada no seu quintal.

Nada permanece igual por muito tempo. Assim como a minha vida, a de Emily estava seguindo em frente. Eu só gostaria de saber em que direção a minha estava indo.

Meu pai continuava a aparecer na casa de Marge com sua caixa de ferramentas quase todas as tardes. O que começou como "reparos necessários" na casa foi se transformando aos poucos numa reforma de grande extensão. No dia em que Marge e Liz foram ao evento de visitação da minha casa, ele havia arrancado o lavabo inteiro, decidido a melhorá-lo e transformá-lo no tipo de banheiro que, segundo ele, sua filha merecia.

Em matéria de tecnologia, meu pai era um dinossauro. Até aquela altura da vida, não vira motivo algum para comprar um celular. Seu patrão sempre sabia o endereço da obra e todos os outros integrantes da equipe tinham celular, de modo que era sempre possível entrar em contato com ele. Afinal, quem mais lhe telefonaria?, pensava ele. Por que se dar ao trabalho?

Logo depois do ano-novo, porém, meu pai me procurou e pediu ajuda para comprar um telefone. Como não sabia nada sobre "essas engenhocas", perguntou se eu poderia escolher um aparelho para ele.

– Quero um que faça todas aquelas coisas complicadas, mas não seja muito caro.

Embora ele não tivesse mencionado essa característica, escolhi um telefone que, na minha avaliação, também fosse simples de usar. Incluí meu pai no meu plano de operadora, depois passei algum tempo lhe mostrando como fazer e receber chamadas e mandar mensagens de texto. Gravei o meu contato, além dos de Marge, Liz e de minha mãe.

– Este aparelho tira fotos? – perguntou meu pai. – Vi que alguns agora fazem isso.

Quase todos os telefones fazem isso há anos, pensei, mas não foi o que respondi.

– Tira, sim.

Mostrei-lhe a função e observei-o enquanto ele treinava tirar fotos e visualizá-las. Também lhe mostrei como apagar as que não quisesse. Embora tivesse a sensação de que tinha sido informação demais, vi-o guardar o celular no bolso com cuidado e sair na direção do seu carro.

Tornei a vê-lo na casa de Marge no dia seguinte. Ela havia despertado de sua soneca e nossa mãe tinha preparado uma canja de galinha. Marge tomou metade da tigela, menos do que esperávamos que tomasse e, quando a bandeja foi levada embora, nosso pai se sentou ao seu lado. Com um ar quase tímido, começou a lhe mostrar imagens de várias torneiras, pias e porta-toalhas, bem como opções de piso e revestimento para as paredes. Ficou claro que ele tinha ido à loja de materiais de construção e aquele era o único jeito de garantir que Marge participasse da reforma.

Marge sabia que nosso pai nunca tinha sido um homem de falar muito e tampouco se mostrava abertamente afetuoso. Diante de todo aquele esforço, contudo, minha irmã podia ver que, à sua maneira, ele estava gritando a plenos pulmões o amor que sentia por ela, na esperança de fazê-la escutar, de algum modo, o que sempre achara tão difícil de dizer.

Meu pai foi tomando notas à medida que ela fazia suas escolhas e, quando eles terminaram, Marge se inclinou para mais perto dele, não lhe deixando escolha senão abraçá-la.

– Eu te amo, papai – sussurrou ela.

Ele então se levantou do sofá e saiu da casa com um andar pesado. Todos sabiam que ele ia sair para comprar os itens escolhidos por Marge, mas depois de alguns minutos me dei conta de que não o escutara ligar o carro.

Quando me levantei para espiar a frente da casa por entre as cortinas, vi meu pai, o homem mais forte que eu já conhecera, sentado no banco do motorista do seu carro com a cabeça abaixada e os ombros a sacudir.

* * *

Nesses dias, a cozinha de Marge vivia exalando aromas espetaculares, pois minha mãe tentava desesperadamente preparar pratos que dessem à filha vontade de comer. Eram sopas e ensopados, molhos e massas; tortas de banana e de merengue de limão ou então sorvete caseiro de baunilha. A geladeira e o congelador viviam abarrotados, e sempre que eu aparecia minha mãe me dava um pouco de comida para eu levar para casa, e aos poucos minha geladeira também ficou lotada.

Toda vez que Marge estava acordada, minha mãe punha uma bandeja na sua frente. Na segunda semana de fevereiro, começou a lhe dar comida na boca, pois minha irmã também estava perdendo força no lado esquerdo do corpo. Minha mãe erguia a colher com cuidado até seus lábios, limpava sua boca entre uma colherada e outra, depois lhe oferecia um gole de alguma bebida para tomar de canudinho.

Enquanto Marge comia, minha mãe falava. Falava sobre meu pai e sobre como o jovem e novo dono da empresa de hidráulica estava lhe dificultando a vida por faltar tanto ao trabalho. A essa altura meu pai devia ter anos de férias acumuladas, mas o dono da empresa era o tipo de pessoa que nunca está feliz, um homem que ao mesmo tempo exigia muito dos empregados e pouco de si mesmo.

Minha mãe descrevia as tulipas que havia plantado para meu pai e falava sobre a palestra à qual tinha ido com as amigas do Red Hat Society. Também encantava Marge com as coisas que London tinha lhe contado, por mais insignificantes que fossem. Mais de uma vez, ouvi minha mãe se fingir de chateada por ninguém ter lhe avisado com antecedência sobre a aventura de Marge e London nos patins.

– Eu busquei e deixei você tantas vezes naquele rinque de patinação que meus pneus abriram sulcos no asfalto do estacionamento... e você se esquece de me contar que minha *neta* foi andar de patins pela primeira vez?

Eu sabia que ela estava parcialmente brincando, que teria adorado assistir, e me recriminei silenciosamente por essa omissão. Afinal de contas, minha mãe não queria apenas ver London de patins nesse dia. Queria também ver a própria filha patinando com abandono e alegria estampados no rosto... uma última vez.

Quando a segunda semana de fevereiro foi se aproximando, tive a sensação de que o tempo estava correndo simultaneamente mais rápido e mais devagar. As horas que passava todos os dias na casa de Marge pareciam em câmera lenta, marcadas por longos períodos de silêncio e sono. Por outro lado, a cada vez que eu chegava, era como se a deterioração dela tivesse dado um salto. Certa tarde, antes de ir buscar London na escola, passei lá e a encontrei acordada na sala.

Como ela e Liz estavam conversando em voz baixa, propus ir embora, mas Liz fez que não com a cabeça.

– Fique – pediu ela. – Eu estava mesmo prestes a sair para encontrar um paciente. É uma emergência. Conversem um pouco vocês dois. Espero não demorar.

Sentei-me ao lado da minha irmã. Não perguntei como ela estava se sentindo. Sabia que ela odiava essa pergunta. Em vez disso, com uma voz arrastada e metálica, ela perguntou sobre Emily e meu trabalho, sobre London e Vivian. Como ela se cansava muito depressa, quase só eu falava. Mais para o final, porém, indaguei se podia lhe fazer uma pergunta.

– Claro que pode – respondeu ela, atropelando as sílabas.

– Eu lhe escrevi uma carta no Natal, mas você nunca me disse o que achou.

Ela deu seu meio sorriso, aquele com o qual eu já estava acostumado.

– Eu ainda não li.

– Por que não?

– Porque ainda não estou pronta para me despedir de você – respondeu ela.

Confesso que às vezes eu me perguntava se ela algum dia teria oportunidade de ler a carta. Ao longo dos três dias seguintes, toda vez que eu ia à casa de Marge ela estava dormindo, em geral no quarto.

Eu ficava uma hora ou duas na companhia de Liz ou da minha mãe, dependendo de qual das duas estivesse por lá. Admirava os últimos consertos e reformas feitos por meu pai, e quase sempre comia um pratão de comida que minha mãe punha na minha frente.

Costumávamos ficar na cozinha. No início eu achava que fosse porque ninguém queria incomodar Marge enquanto ela estivesse dormindo, mas mudei de ideia ao perceber que, se as marteladas do meu pai não conseguiam acordá-la, não seriam nossas vozes baixas que a acordariam.

Finalmente entendi uma tarde, quando Liz saiu para varrer a varanda. Sem ter o que fazer, fui até a sala e me sentei no lugar em que Marge e eu costumávamos ficar.

Meu pai estava trabalhando no banheiro sem fazer barulho, mas mesmo assim percebi um ruído estranho, ritmado, que parecia um ventilador ou uma ventoinha com defeito. Sem conseguir detectar sua origem, fui primeiro à cozinha, depois ao banheiro, onde me deparei com meu pai deitado de costas no chão com a cabeça enfiada debaixo da pia nova, agora nos estágios finais de instalação. Nesses dois lugares, porém, o ruído estava mais baixo. Só aumentou quando avancei pelo corredor, e foi então que entendi o que estava fazendo aquele barulho horroroso.

Era minha irmã.

Apesar da porta fechada, o que eu tinha escutado lá do outro lado da casa era o barulho da sua respiração.

Nesse ano, o Dia dos Namorados caiu num domingo. Marge havia planejado um encontro especial na sua casa e convidara até Emily e Bodhi. Fui com London para lá assim que ela chegou de Atlanta.

Pela primeira vez em duas semanas, encontramos Marge sentada ereta no sofá. Alguém, talvez minha mãe, talvez Liz, a tinha ajudado a se maquiar um pouco. Em vez do boné de beisebol, ela agora estava usando um lindo lenço de seda, e um grosso suéter de gola alta ajudava a disfarçar o peso perdido. Apesar de o tumor ter feito estragos no seu cérebro, ela conseguiu acompanhar a conversa, e cheguei a ouvi-la rir uma ou duas vezes. Houve momentos em que aquilo quase parecia as tardes habituais de sábado ou domingo na casa dos nossos pais.

Quase.

A casa em si jamais tivera melhor aspecto. Meu pai havia concluído o lavabo, e os ladrilhos e a pia nova reluziam, refletindo os metais de última geração. Ele também havia passado a semana anterior pintando todos os rodapés e frisos da casa. Minha mãe tinha distribuído um verdadeiro banquete sobre todas as superfícies da cozinha e, assim que Emily chegou, a fez prometer levar para casa uma montanha de sobras, inclusive tudo que restasse das tortas.

Recontamos várias histórias de família, mas o ponto alto da noite foi quando Liz deu a Marge seu presente de Dia dos Namorados. Ela havia feito um álbum de retratos das duas, que começava com fotos delas crianças e prosseguia por toda a vida das duas. As páginas da esquerda continham as fotos de Liz; as da direita, as de Marge. Eu sabia que minha mãe devia ter ajudado Liz a compilar as imagens. Conforme Marge foi virando as páginas devagar, vi minha irmã e sua companheira crescerem juntas diante dos meus olhos.

Depois de algum tempo, o álbum começou a mostrar fotos das duas juntas, algumas tiradas em viagens exóticas, outras em casa mesmo. Fossem elas formais ou casuais, no entanto, cada imagem parecia ter sido escolhida para contar a história de um instante particularmente significativo em sua vida juntas. O álbum inteiro era um testamento ao amor delas, e quando dei por mim estava à beira das lágrimas.

Foram as últimas duas páginas que acabaram comigo.

À esquerda estava a foto delas debaixo da árvore de Natal do Rockefeller Center, em Nova York, a última viagem que fizeram juntas, e à direita uma foto que parecia ter sido tirada apenas algumas horas antes, na qual Marge tinha exatamente o mesmo aspecto daquele instante.

Liz explicou que meu pai havia tirado a foto e que, sem ela saber, mandara imprimir numa loja ali perto. Ao voltar, tinha pedido a Liz que a colocasse na última página do álbum.

Todos os olhos se voltaram na sua direção.

– Eu sempre tive muito orgulho de você – disse meu pai, com a voz embargada, olhando para Marge. – E quero que saiba que eu também a amo.

No dia seguinte, a espera começou.

Hoje acredito que, no Dia dos Namorados, Marge usou boa parte das suas últimas reservas de energia. Na segunda-feira, passou quase o dia inteiro dormindo, e a partir desse momento não comeu mais nada sólido, contentando-se em bebericar um caldo de galinha morno pelo canudo.

Enquanto minha mãe e meu pai eram presenças constantes na casa da minha irmã, eu entrava e saía, principalmente por causa de London. Minha filha vinha apresentando um temperamento instável, que não lhe era comum, desde que soubera a verdade sobre a tia, e de vez em quando fazia uma cena ou caía no choro por algum motivo banal. Ficava particularmente emotiva quando eu me negava a levá-la para visitar Marge, mas era difícil explicar a ela que sua tia agora passava quase o tempo todo dormindo.

Alguns dias depois da celebração do Dia dos Namorados, contudo, Liz me ligou em casa à noite.

– Pode trazer London aqui? – indagou ela, com urgência na voz. – Marge quer ver a sobrinha.

Chamei London, que já estava no andar de cima de pijama, com os cabelos ainda molhados do banho. Ela desceu correndo a escada e teria corrido direto até o carro, mas consegui bloquear a porta para fazê-la vestir um casaco. Quando comentei que ela estava descalça, ela pegou um par de galochas aleatório no armário e as calçou, apesar de não estar chovendo.

Vi que estava segurando uma Barbie, que não quis largar nem na hora de pôr o casaco.

Quando cheguei à casa de Marge, Liz abraçou e beijou London e na mesma hora apontou na direção do quarto do casal.

Apesar da corrida ansiosa até o carro, London hesitou por alguns instantes antes de começar a andar pelo corredor. Segui alguns passos atrás dela. Mais uma vez pude ouvir minha irmã e o som da vida se esvaindo dela a cada respiração. Dentro do quarto, o abajur de cabeceira despejava uma mancha de luz morna sobre o chão de tábuas corridas.

London parou na soleira da porta.

– Oi... amor – disse-lhe Marge.

Apesar de arrastadas, as palavras saíram inteligíveis.

London se aproximou da cama com cuidado, sem fazer barulho para não incomodar a tia doente. Apoiei-me no batente da porta e a observei se aproximar da cama de Marge.

– O que... você tem... aí? – indagou Marge.

– Eu trouxe um presente para você – respondeu London, e lhe entregou a boneca que vinha segurando aquele tempo todo. – É a minha Barbie preferida, porque eu tenho desde que era pequena. Ela foi minha primeira Barbie e quero que você fique com ela.

Ao perceber que Marge não tinha forças para pegar a boneca, London a depositou ao seu lado, apoiando-a na minha irmã deitada sob as cobertas.

– Obrigada. Ela é bonita... mas... você é mais.

London abaixou a cabeça e tornou a levantá-la.

– Eu te amo, tia Marge. Eu te amo muito. Não quero que você morra.

– Eu sei... e eu também... te amo. Mas queria... queria lhe dar uma coisa. A tia Liz colocou... na penteadeira. Um dia... quando você tiver idade... quem sabe pode assistir... com o seu pai... tá bom? E quem sabe... quando assistir... você vai pensar em mim. Promete... promete para mim... que vai fazer isso?

– Prometo.

Meus olhos relancearam na direção da penteadeira. Vi o DVD que Marge tinha dado de presente à minha filha, e ao ler o título pisquei para conter as lágrimas.

Uma linda mulher.

– Marge acha que eu deveria ter um filho – disse Liz alguns dias mais tarde enquanto tomava um café na cozinha.

Sua expressão era um misto de cansaço e confusão.

– Quando foi que ela falou isso?

– Bom, a primeira vez foi quando a gente foi a Nova York. Ela vive repetindo que minha saúde é boa o bastante para isso, mas...

Liz não completou a frase.

Esperei que continuasse, mas ela parecia perdida.

– Você quer fazer isso? – perguntei, com uma voz hesitante.

– Sei lá, Russ... É tão difícil pensar nisso tudo agora... Não consigo me imaginar fazendo uma coisa dessas sozinha, mas ela tocou no assunto de novo ontem.

Ela passou alguns instantes raspando a madeira da mesa com a unha e deixou um pequeno sulco na madeira. Depois acrescentou:

– Disse que já tomou providências financeiras para o caso de eu mudar de ideia depois. Que eu teria dinheiro para a fertilização in vitro, para uma babá se quisesse, e até para a educação da criança.

Quando inclinei a cabeça, tentando entender como e quando Marge havia tomado essas providências, Liz correu a mão pelos cabelos para tentar domar uns fios soltos no rabo de cavalo bagunçado.

– Parece que, logo depois de tirar o certificado de contadora, ela fez um seguro de vida bem alto. Na verdade, duas apólices distintas. Foi incrementando os prêmios ao longo dos anos, e é bastante dinheiro. A apólice maior está no meu nome, e é mais dinheiro do que eu jamais irei precisar, mesmo que decida ter um filho sozinha. Recentemente, ela passou a outra apólice para o nome dos seus pais. Para seu pai poder se aposentar. Eu perguntei de você...

Levantei a mão para interrompê-la.

– Que bom que o dinheiro vai ficar para você e para meus pais.

Liz parecia confusa, como se na verdade nenhuma das informações que havia me passado até então fizesse sentido para ela.

– O que fiquei me perguntando quando ela me contou isso tudo foi: *Como ela podia saber?* – continuou ela. – Fiz essa pergunta a Marge e ela respondeu que, com o histórico familiar de vocês, e apesar de não saber quem seriam de fato os beneficiários, pois acho que no começo pôs os seguros no seu nome e no dos seus pais, ela queria ter certeza de que o seguro existiria caso ela algum dia precisasse.

– Ela nunca comentou nada comigo.

– Nem comigo – reconheceu Liz. – Quando a gente conversava sobre ter um filho, antes de ela ficar doente, acho que eu nunca de fato me preocupei com o custo. A gente ganha razoavelmente bem e tem um pouco de grana guardada, mas na verdade acho que sempre confiei que, se Marge dizia que a gente podia pagar, a gente podia pagar...

Por alguns instantes, Liz pareceu à beira do desespero.

– Eu mal estou conseguindo dar conta de mim mesma. Disse a ela que não me achava capaz de criar um filho sem ela. Marge sempre foi a mais maternal de nós duas. E sabe o que ela respondeu?

Encarei-a, à espera.

– Disse que eu era a inspiração dela e que qualquer criança que eu criasse faria do mundo um lugar melhor. E, se existir um céu, prometeu que vai olhar pelo nosso filho para sempre.

No dia seguinte, foi minha vez de me despedir.

Quando cheguei à casa dela, Marge estava dormindo como de hábito. Fiquei ali por um tempo, de olho no relógio para não perder a hora de buscar London na escola, mas logo a babá eletrônica chiou na cozinha e minha mãe e Liz acorreram apressadas ao quarto. Minutos depois, minha mãe voltou à cozinha.

– Marge quer ver você.

– Como ela está?

– Parece razoavelmente coerente, mas é melhor você ir agora. Às vezes ela começa a ficar confusa, e não fica acordada por muito tempo.

Ao observar a postura firme da minha mãe, tive certeza de que ela era tão forte quanto meu pai, pois estava suportando dia após dia o insuportável.

Abracei-a por um instante, então desci o corredor até o quarto. Como no Dia dos Namorados, Marge estava usando um lenço bonito, e calculei que tivesse pedido a Liz que o amarrasse antes de eu entrar.

Puxei uma cadeira do canto do quarto e a arrastei até a cama. Quando estendi a mão para segurar a da minha irmã, Liz se retirou. A mão de Marge estava morna, mas sem vida alguma. Não se movia. Não sabia nem se ela podia sentir, mas mesmo assim a apertei.

– Oi, mana.

Ao ouvir minha voz, ela piscou os olhos, em seguida fez força para limpar a garganta.

– Leia – disse ela, e a palavra saiu toda embolada.

Levei alguns segundos para entender o que ela queria, mas então vi o envelope que Liz havia posto sobre o criado-mudo e o peguei. Abri, tirei de dentro a única folha de papel que havia, inspirei fundo e comecei a ler.

Marge,

É tarde da noite, e estou lutando para encontrar as palavras. Queria que elas viessem com mais facilidade. Na verdade, nem sei se dá para transmitir em palavras quanto você sempre significou para mim. Eu poderia dizer que a amo, que você é a melhor irmã que um cara poderia ter, poderia confessar que sempre a admirei. Mas, como eu já disse essas coisas antes, tudo isso me parece dolorosamente inadequado. Como posso me despedir da melhor pessoa que já conheci da maneira como ela realmente merece?

Aí me ocorreu que tudo que eu preciso dizer pode ser resumido numa única palavra.

Obrigado.

Obrigado por ter cuidado de mim durante toda a minha vida, por ter tentado me proteger dos meus próprios erros, por ser um exemplo vivo da coragem que eu tão desesperadamente desejava possuir. Mas, acima de tudo, obrigado por me mostrar o que significa amar e ser amado de verdade.

Você me conhece: o mestre dos grandes gestos românticos, dos jantares à luz de velas e das flores nos encontros. Mas o que eu só entendi há pouco tempo é que esses instantes planejados de carinho nada significam a não ser que aconteçam com alguém que aceita você do jeito que você é.

Passei tempo demais num relacionamento em que o amor sempre pareceu condicional: eu vivia tentando, sem conseguir, me tornar alguém digno de um amor de verdade. Mas, pensando em você e Liz, e em como vocês são uma com a outra, acabei me dando conta de que o cerne do verdadeiro amor é a aceitação, não o julgamento. Ser aceito inteiramente pelo outro, mesmo nos seus momentos de maior fraqueza, significa enfim alcançar a tranquilidade.

Você e a Liz são minhas heroínas, minhas musas, porque o amor de uma pela outra sempre deixou espaço para suas diferenças e sempre celebrou tudo aquilo que vocês têm em comum. E nestas horas mais escuras seu exemplo foi uma luz que me ajudou a encontrar o caminho de volta para as coisas que mais importam. Só rezo para que, algum dia, eu também conheça o tipo de amor que vocês duas compartilham.

Te amo, minha doce irmã.

Russ

Minhas mãos tremiam quando dobrei a carta de novo e tornei a colocá-la no envelope. Não me senti capaz de dizer nada, mas o olhar sábio de Marge me fez compreender que não precisava.

– Emily – disse ela com um chiado. – Você... tem... isso... com... ela.

– Eu a amo – concordei.

– Não... a deixe... escapar.

– Não vou deixar.

– E não... a traia... de novo. – Ela conseguiu abrir um arremedo de sorriso irônico. – Ou... pelo menos... não conte.

Não consegui me segurar e ri. Minha irmã, mesmo à beira da morte, não tinha mudado nada.

– Não vou traí-la.

Ela levou um tempinho para recuperar o fôlego.

– Nossos... pais... Eles precisam... conviver... com London. Fazer parte... da vida... dela.

– E sempre vão fazer. Assim como Liz.

– Estou... preocupada... com eles.

Pensei na minha mãe, e em todas as pessoas queridas que ela havia perdido; pensei no meu pai, chorando no carro.

– Faça... isso.

– Vou fazer. Prometo.

– Te... amo.

Apertei sua mão, então me abaixei e lhe dei um beijo no rosto.

– Eu te amo mais do que você pode imaginar.

Ela abriu um sorriso cheio de carinho e fechou os olhos.

Foi a última vez que falei com ela.

Nessa noite, meu pai arrumou sua caixa de ferramentas e todos nos despedimos de Liz com beijos. Estava na hora de as duas ficarem a sós.

Não sei o que elas disseram uma para a outra nos dois dias seguintes, se é que disseram alguma coisa. Liz nunca nos contou, e falou apenas que Marge teve um dia de surpreendente lucidez antes de por fim entrar em coma. Fico feliz por Liz ter estado lá para vê-la lúcida e rezo para que ambas tenham tido oportunidade de dizer a maioria das coisas que faltavam dizer.

Um dia depois, minha irmã morreu.

O enterro foi curto. Pelo visto Marge tinha deixado instruções rígidas em relação a isso, mas a breve cerimônia atraiu dezenas de pessoas, todas agasalhadas sob o céu frio e nublado.

Fiz um discurso abreviado e do qual pouco me lembro, exceto ter visto Vivian em pé mais para trás do grupo reunido, longe da minha família, de Liz e de Emily.

Antes do enterro, London havia perguntado se podia dançar para a tia uma última vez. Assim, depois de todos se dispersarem e seguirem para seus carros, ajudei-a a vestir suas asas translúcidas. Sem música, e tendo a mim como único espectador, London esvoaçou graciosamente ao redor da terra recém-revirada, como uma borboleta a entrar e sair das sombras.

Uma coisa eu sei: Marge teria adorado.

Epílogo

No parque, estou sentado à sombra enquanto London corre, escala e brinca no balanço. Tem feito calor nas últimas semanas, e o ar está tão denso de umidade que levo camisetas limpas no porta-malas do carro para trocar de roupa de vez em quando. As camisetas não ficam secas por muito tempo, mas acho que isso é típico do final de julho.

Nos últimos quatro meses, a Agência Fênix assinou com mais três clientes, todos escritórios de advocacia, e agora representa empresas em três estados distintos. Tive que arrumar uma sala nova, e dois meses atrás contratei meus primeiros funcionários. Mark tem dois anos de experiência numa empresa de marketing digital em Atlanta, e Tamara acabou de se formar em cinema na Clemson. Ambos são "nativos digitais" e digitam mensagens de texto usando os dois polegares, em comparação com o método cata-milho adotado pelo chefe deles. São inteligentes e ávidos por aprender, e possibilitaram que eu passasse mais tempo com London neste verão.

Assim como no verão passado, minha filha não para. Tênis, piano e arte, além de balé numa outra academia, com uma professora que as crianças costumam abraçar. Eu a levo e busco nas atividades, e trabalho enquanto ela está ocupada. À tarde, muitas vezes é possível nos encontrar na piscina do bairro ou no parque, dependendo da sua disposição. Fico espantado ao constatar quanto ela mudou desde nosso primeiro verão juntos. Está mais alta, mais confiante, e ao levá-la de um lugar para outro muitas vezes posso ouvi-la articulando as palavras que vê nos outdoors.

Minha casa não é tão grande quanto a antiga, mas é confortável, e os dois quadros de Emily enfeitam as paredes da sala de estar: o que comprei na exposição e o outro que ela pintou de London dançando comigo. Embora eu esteja morando nessa casa desde o final de maio, ainda há caixas por abrir, e tive de alugar um guarda-móveis para a mobília da minha antiga casa de que não precisava mais. É provável que acabe vendendo a maioria, mas com todas as mudanças recentes na minha vida simplesmente não tive tempo. Afinal de contas, ainda estou me acostumando a viver em Atlanta.

Vivian e eu nos encontramos no dia seguinte ao enterro e em menos de uma hora resolvemos tudo. Ela recusou a oferta de pensão para ela e, em relação à partilha dos bens, pediu apenas metade do valor da casa, da poupança e dos investimentos. Deixou-me ficar com o dinheiro do plano de aposentadoria conjunto, mas, enfim, dinheiro já não era para ela a mesma preocupação de antes. No mesmo encontro, ela revelou que estava secretamente noiva de Spannerman. Os outros ficariam sabendo quando nosso divórcio estivesse assinado. Embora eu pudesse ter ficado magoado, constatei, para minha surpresa, que a notícia não me abalou em nada. Eu estava apaixonado por Emily e, assim como Vivian, estava pronto para um novo capítulo na minha vida.

Mas dinheiro nunca tinha sido o verdadeiro motivo de discórdia entre nós e, sim, a guarda de London. Assim, fiquei ao mesmo tempo aliviado e um pouco cético quando ela se aproximou e disse, num tom enfático:

– Quero pedir desculpas pela carta que minha advogada mandou. – Ela pousou uma das mãos no coração. – Eu despejei tudo aquilo no escritório dela e não percebi como minhas palavras poderiam ser distorcidas. Sei que você jamais faria nada inadequado com London e quando finalmente vi a carta que ela havia mandado cheguei a ficar enjoada. – Ela suspirou. – Não posso nem imaginar o que você deve ter pensado de mim.

Ela fechou os olhos e, naquele momento, decidi acreditar nela. Parte de mim ansiava por isso. Não queria pensar que Vivian algum dia tinha sido capaz de uma atitude como aquela, mas a verdade é que nunca vou saber como as coisas de fato aconteceram.

– Quando Marge pediu para me ver naquela noite, ela me disse sem rodeios que London precisava de nós dois e que eu estaria ferindo minha filha se continuasse insistindo na guarda exclusiva. É claro que fiquei uma fera. Na época, achava que aquilo não era assunto dela. Mas o que ela me disse me afetou mais do que eu queria admitir, e com o tempo fui me dando conta de que sua irmã talvez tivesse razão.

Ela não parava de girar uma fina pulseira de ouro no pulso.

– Sempre que London vai a Atlanta – continuou Vivian –, tudo que ela faz é falar em você. Como se divertiu com você, os jogos que vocês jogam juntos, os lugares que visitaram. – A voz dela tremeu. – Eu nunca quis tirar London de você. Só queria que ela ficasse comigo. Então, quando Marge falou que você iria se mudar para Atlanta... fiquei estarrecida. Nunca imaginei que você fosse abandonar Charlotte ou seus pais. Sempre achei que tivesse aberto a própria empresa porque não pensava seriamente em arrumar trabalho em outra cidade.

Quando ameacei protestar, ela ergueu uma das mãos.

– Foi por isso que eu quis a guarda exclusiva para começo de conversa. Porque eu também amo London, e só ver minha filha a cada quinze dias estava me matando. Acho que eu nunca pensei que você abriria mão de tanta coisa para continuar na vida dela.

Ela me encarou.

– Russ, você é um ótimo pai. Hoje eu sei disso. Se estiver mesmo disposto a se mudar para Atlanta como Marge falou, e quiser dividir o tempo com London, acho que a gente provavelmente consegue se organizar.

E foi exatamente isso que fizemos. Para começar, London pôde ficar comigo em Charlotte até terminar o ano letivo. Dois dias depois do fim das aulas, a van da mudança partiu rumo a Atlanta. Quando Vivian viaja, o que ainda a faz passar três ou quatro noites por semana fora da cidade, London fica comigo. Também pego minha filha em fins de semana alternados e, nas sextas em que ela está comigo, London e eu temos uma noite juntos fixa. Para evitar o que aconteceu no ano anterior, Vivian e eu combinamos de alternar feriados daqui para a frente. Continuo lendo para minha filha antes de dormir quando ela está com a mãe; comprei para ela um iPad mini, e London o apoia num travesseiro para me ver pelo FaceTime. Melhor ainda: quando as aulas voltarem, vou poder buscá-la na escola todos os dias e ela vai ficar comigo até Vivian sair do trabalho. Imagino que isso signifique que London e eu às vezes vamos jantar juntos, e outras vezes ela vai jantar com a mãe, mas estou confiante de que Vivian e eu daremos um jeito.

Pego-me agradecendo a Vivian por todas essas coisas, consciente de que, em todos os anos desde que a conheci, minha ex-mulher nunca deixou de me surpreender.

Às vezes até de um jeito bom.

Fiquei muito apreensivo antes de contar a Emily que iria me mudar.

A maioria das pessoas aplaudiria minha decisão de priorizar minha filha e colocar de lado um novo relacionamento amoroso, mas eu sabia também que uma mulher como Emily aparece apenas uma vez na vida. Charlotte e Atlanta eram próximas o suficiente para um relacionamento curto, mas será que a longo prazo poderia mesmo dar certo? Assim como eu, Emily nascera e fora criada em Charlotte, e seus pais e sua irmã moravam perto. Nós não estávamos saindo havia muito tempo. Naquele ponto da nossa relação, ainda nem tínhamos nos beijado.

– Você pode achar alguém melhor do que eu – foi como iniciei a conversa.

Havia homens mais inteligentes e mais gentis, pretendentes mais ricos e mais bonitos, prossegui. Quando ela me interrompeu para perguntar que papo era aquele, despejei tudo: minha conversa com Marge, meu encontro com Vivian no dia seguinte ao enterro, a conclusão de que eu precisava me mudar para Atlanta. Por London. Será que ela poderia me perdoar?

Ela se levantou e me deu um abraço. Estávamos na cozinha da sua casa, e nesse instante relanceei os olhos para seu estúdio, onde ela estava trabalhando em mais um quadro. Pretendia dá-lo de presente a Liz. Assim como havia feito com a minha imagem com London, estava pintando uma versão da foto de Marge e Liz tirada sob a árvore de Natal do Rockefeller Center.

– Já faz um tempinho que eu sei que você vai se mudar para Atlanta – sussurrou ela no meu ouvido. – Marge me contou quando estive com ela. Por que você acha que vendi minha casa?

Emily e eu agora moramos a pouco mais de 1 quilômetro um do outro. Moramos de aluguel por enquanto, porque ambos sabemos que é só uma questão de tempo para começarmos a procurar as alianças. Tem gente que acha que estamos indo rápido demais: meu divórcio só saiu faz três meses. Mas eu responderia: *Quantas pessoas têm a sorte de se casar com o melhor amigo?*

Quanto a London, saber que Bodhi não só mora aqui, mas vai estudar na mesma escola – tem uma excelente aqui perto –, facilitou, e muito, a sua transição. Pouco depois de ver London descer no escorrega, desviei os olhos para o estacionamento e vi Emily entrar com o carro. Bodhi saltou e foi direto até London, e quando Emily sorriu e acenou para mim tive certeza de que meu dia havia melhorado muito.

Aos interessados, aliás: na primeira noite de Emily em Atlanta – para onde ela se mudou uma semana depois de mim e London –, comemoramos com champanhe e acabamos na cama. Desde então, sinto que finalmente cheguei em casa.

Não tem sido fácil para meus pais, nem para Liz. Nos fins de semana em que London está com Vivian, pego o carro e vou a Charlotte visitar meus pais. Liz muitas vezes aparece, e nossas conversas convergem naturalmente para Marge. Não temos mais chorado ao ouvir o nome dela, mas o vazio e a dor continuam lá. Não tenho certeza de que qualquer um de nós algum dia vá conseguir preenchê-lo por completo.

Entretanto, há pequenos raios de esperança.

No fim de semana passado, quando Liz e eu estávamos conversando, ela me perguntou, num tom casual, se eu a achava velha demais para ser mãe solteira. Quando lhe garanti que não, ela apenas meneou a cabeça. Não a pressionei, mas pude ver que o presente de Marge para Liz já estava gerando o fruto da possibilidade.

Mais tarde nesse mesmo dia, meu pai comentou que o novo patrão estava arruinando a empresa de hidráulica e que ele não sabia se iria querer ficar para testemunhar isso. No começo desta semana, quando meus pais vieram nos visitar em Atlanta, flagrei minha mãe examinando os classificados de imóveis do jornal.

Como eu já disse antes, minha irmã sempre teve um plano.

* * *

Quanto a mim, Marge soube desde o princípio o que eu precisava fazer, e nas semanas que sucederam ao enterro muitas vezes me perguntei por que não tinha simplesmente dito para me mudar para Atlanta, em vez de me deixar tatear sozinho até chegar à resposta.

Só recentemente entendi o que a tinha impedido de falar: depois de uma vida inteira confiando na sua orientação, ela sabia que eu precisava aprender a acreditar em meu próprio julgamento. Sabia que seu irmão caçula só precisava de mais um empurrãozinho para se tornar o homem que ela sempre soubera que eu poderia ser: o homem que enfim tinha confiança para agir nos momentos em que mais importava.

Foi um ano para ficar na memória e um ano para esquecer, e eu hoje não sou o homem que era doze meses atrás. No fim das contas, perdi coisas demais. A dor que sinto pela morte de Marge ainda está demasiado fresca. Vou sentir para sempre a falta dela, e sei que sem ela não teria conseguido atravessar o ano que passou. Também não consigo imaginar quem eu seria hoje sem London, e toda vez que olho para Emily vejo claramente um futuro com ela ao meu lado. Marge, Emily e London me apoiaram quando eu mais precisei, de maneiras que hoje parecem quase predestinadas.

Mas o fato é o seguinte: com cada uma das três eu era uma pessoa diferente. Era irmão, pai e pretendente, e acho que essas distinções refletem uma das verdades universais da vida. Em qualquer momento que se considere, eu não sou eu por inteiro, mas apenas uma versão parcial de mim mesmo, e cada versão é ligeiramente diferente das outras. Porém, eu hoje acredito que cada uma dessas versões de mim mesmo tinha alguém ao seu lado. Consegui sobreviver àquele ano porque andava lado a lado com aqueles que mais amava e, embora jamais tenha confessado isso a ninguém, há momentos, mesmo agora, em que sinto Marge caminhando junto a mim. Quando preciso tomar alguma decisão, ouço-a sussurrar a resposta; quando sinto o mundo pesar sobre mim, ouço-a me dizer para relaxar. É esse o meu segredo. Ou melhor, *nosso* segredo, e acho que eu tive sorte, pois ninguém deveria ser obrigado a atravessar a vida sozinho.

Agradecimentos

Há sempre muita gente a agradecer depois de concluir um romance.

Meus filhos, Miles, Ryan, Landon, Lexie e Savannah, que continuam a me servir de inspiração.

Theresa Park, minha agente, e Jamie Raab, meu editor, estão do meu lado há vinte anos e sempre sinto gratidão por seus comentários e pelo esforço para tornar meus romances o melhor que eles podem ser.

Na Park Literary + Media, a brilhante, talentosa e extremamente capaz equipe composta por Emily Sweet, Abby Koons, Alex Greene, Andrea Mai, Vanessa Martinez e Blair Wilson. Eles fazem pelos autores o que ninguém mais no mercado editorial é capaz de fazer, e devo grande parte do meu sucesso a seus extensos esforços.

Na United Talent Agency, Howie Sanders e Keya Khayatian são há quase vinte anos meus conselheiros indispensáveis, meus incansáveis defensores e minha reserva criativa. Ajudaram-me a atravessar dramáticos altos e baixos, e sua inteligência estratégica e lealdade inabalável não têm igual. Nunca pude recompensar Larry Salz por todos os seus árduos esforços em nome da NSP TV, mas devo dizer que lhe sou profundamente grato. David Herrin, um gênio por mérito próprio, será sempre meu guru e meu oráculo em matéria de dados e repercussão social. Danny Hertz foi indispensável à minha equipe e desejo-lhe tudo de bom em sua empolgante nova carreira.

Scott Schwimer, meu incansável advogado e amigo, tem sido minha espada e meu escudo também há vinte anos. Sua lealdade pessoal e seu faro aguçado para os negócios vão além do que qualquer um poderia esperar de um advogado. Além do mais, ele também tem sido uma paciente e reconfortante referência em todo tipo de desafio.

Meus assessores de comunicação, Catherine Olim, Jill Fritzo e Michael Geiser, fizeram nestes últimos anos muito mais do que exige sua função. Ninguém poderia desejar representantes mais vigilantes e talentosos no mundo da comunicação; seu compromisso pessoal e eficácia profissional sempre me deixaram pasmo.

LaQuishe "Q" Wright é a líder inconteste em mídias sociais relacionadas ao entretenimento e nunca deixa de me maravilhar com sua argúcia e seu profissionalismo. Mollie Smith também tem sido uma integrante de imenso valor da minha equipe de mídias sociais, e sua confiabilidade, rapidez de resposta e senso de design seguem melhorando tudo aquilo que faço.

Na Hachette americana e inglesa, a equipe a quem preciso agradecer é numerosa demais para eu citar integralmente, mas espero que todos saibam quanto sou grato pelo esforço de cada um. Para citar apenas algumas pessoas:

Arnaud Nourry, Michael Pietsch, Amanda Pritzker, Beth DeGuzman, Brian McLendon, Anne Twomey, Flamur "Flag" Tonuzi, Claire Brown, Chris Murphy, Dave Epstein, Tracy Dowd, Caitlin Mulrooney-Lyski, Matthew Ballast, Maddie Caldwell, Bob Castillo, Kallie Shimek, Ursula Mackenzie, David Shelley e Catherine Burke

Na Warner Bros. TV, gostaria de agradecer a Peter Roth, Susan Rovner e Clancy Collins-White pelo apoio e pelo elegante profissionalismo. O mesmo vale para Stacey Levin, Erika McGrath e Corey Hanley por seu esforço na NSP TV.

Meus agradecimentos também se estendem a Denise DiNovi e Marty Bowen, produtores incríveis que deram vida a muitos dos meus romances nas telas.

A Peter Safran, sua encantadora esposa Natalia, a Dan Clifton e ao talentoso Ross Katz, gostaria de expressar minha sincera gratidão por seu trabalho em *A escolha*.

Entre outros que também merecem minha gratidão estão Jeannie Armentrout e Tia Scott, que garantem que tudo flua bem na frente doméstica.

Andy Sommers, Mike McAden, Jim Hicks, Andy Bayliss, Theresa Sprain e o Dr. Eric Collins se mostram sempre prestativos em diversas áreas da minha vida, e eu não poderia lhes agradecer o bastante.

Sou grato também a Pam Pope e Oscara Stevick, que fazem coisas incríveis com números.

Há também amigos especiais que merecem meu agradecimento, entre eles Michael Smith, Victoria Vodar, David Geffen, Dr. Todd Lanman, Jeff Van Wie, Jim Tyler, Chris Matteo, Paul DuVair, Rick Muench, Robert Jacob, Tracey Lorentzen, Missy Blackerby, Ken Gray, Dr. Dwight Carlbloom, David Wang e Catherine Sparks.

Por limitações de espaço, sou forçado a omitir incontáveis outras pessoas que merecem gratidão, mas espero que elas saibam quanto seu esforço significou para mim. O trabalho criativo é uma empreitada coletiva, e tive o privilégio de trabalhar com uma equipe extraordinária em quase todos os passos do caminho.